"十三五"国家重点图书、音像、电子出版物出版规划项目

外教社新编外国文学史丛书

◎ 张振辉 著

波兰文学史 上卷

HISTORIA LITERATURY POLSKIEJ *TOM I*

上海外语教育出版社
SHANGHAI FOREIGN LANGUAGE EDUCATION PRESS

图书在版编目(CIP)数据

波兰文学史. 上卷 / 张振辉著. —上海：上海外语教育出版社，2017
（外教社新编外国文学史丛书）
ISBN 978-7-5446-5025-0

Ⅰ.①波… Ⅱ.①张… Ⅲ.①文学史－波兰 Ⅳ.①I513.09

中国版本图书馆 CIP 数据核字(2017)第 233326 号

出版发行：**上海外语教育出版社**
（上海外国语大学内） 邮编：200083
电　　话：021-65425300（总机）
电子邮箱：bookinfo@sflep.com.cn
网　　址：http://www.sflep.com
责任编辑：苗　杨

印　　刷：上海叶大印务发展有限公司
开　　本：700×1000　1/16　印张 27.75　字数 543千字
版　　次：2019 年 1 月第 1 版　2019 年 1 月第 1 次印刷
印　　数：1 100 册

书　　号：ISBN 978-7-5446-5025-0 / I
定　　价：80.00 元

本版图书如有印装质量问题，可向本社调换
质量服务热线：4008-213-263　电子邮箱：editorial@sflep.com

前言

波兰是位于欧洲东北部、一个在面积大小和人口数量上都属于中等的国家。这里风光旖旎，物产丰富，民情质朴，人民热情好客。波兰人民对待世界各民族都很友好，但是许多世纪以来却曾饱受异族的侵略和压迫，他们不仅为自己的独立自由和侵略者进行了长时期不屈不挠的斗争，也参加过欧洲许多别的民族争取自由的斗争，为他们自己也为和他们一样遭受异族奴役的世界各民族的解放，付出了极大的牺牲。波兰和我国自古就有长期的交往，建立了友谊。继马可·波罗13世纪来到中国后，更多的欧洲人从16世纪下半叶开始访问中国。那时候，为缔结中波友谊贡献最大的是在17世纪中叶来华的波兰耶稣会传教士卜弥格（1612—1659）。他来到中国时正值明朝末年，曾受到当时在广东肇庆的南明朝廷的友好接待，和他们结下了深厚的友谊。当时满清的军队已经占领了中国南方的许多地方，对南明造成了很大的威胁。南明朝廷成员当时都信基督教，因此他们想派他们非常信任的卜弥格，代表南明朝廷去罗马天主教廷，希望求得罗马教廷对他们的军事援助。卜弥格因此在17世纪中叶，曾代表南明王朝出使罗马，成为我国古代封建朝廷首次和西方进行外交活动的代表。除此之外，卜弥格来到中国后，对他在这里见到和了解到的一切产生了极大的兴趣，并以无比坚强的毅力和求实精神，对中国的历史、政治制度、语言文字、文化习俗、地理环境、著名物产、动植物和中医等都进行了深入的研究，撰写了一系列至今仍具有很高科学价值的著作，如《中国地图册》、《中国植物志》、《中国医药概说》、《中国诊脉秘法》等。他在这些方面的科学研究都具有开创性质，在他之前，没有一个西方人能够像他这样，在中国进行实地考察，写出这么多的全面介绍中国古代文明成就的著作。他的这些著作无论在当时还是对后世，都产生了深远的影响。卜弥格是中学西传的伟大先驱，他取得的这些成就源于他对中国的无限热爱，他曾经说："这整个中国的土地是多么美好，那里的大自然比任何地方都要慷慨和大方。"为了对中国的爱，为了向西方传播中国的古代文明，他付出了毕生的精力。

除了卜弥格，这时期还有一位波兰耶稣会的传教士穆尼阁（1609—1656）于1643年（亦说1646年）来到了中国，他在中国甚至住了十几年。穆尼阁是一位著名的数学家和天文学家，写过一部关于日食月食的著作《天步真原》。他在中国也曾结识一位中国学者薛凤祚。他的这部著作曾由薛凤祚翻译成中文，向中国介绍了欧洲计算日食发生时间的方法。穆尼阁死后，薛凤祚将他的遗著加以辑录而成为《天学会通》，并将《天步真原》和《天学会通》合编成《历学会通》，内容涉及天文、数学、医学、物理、水利等各个学科的知识，这是波兰西学东渐最早的见证。

这一时期,中国同欧洲的交往增多,也有大量中国的艺术品和介绍中国文化的著作通过荷兰、法国传到了波兰,这曾引起波兰一个很有作为的国王扬·索别斯基三世(1624—1696)极大的兴趣。他想进一步了解中国,曾经写过一封信给康熙皇帝,表示要和清朝政府建立联系,还附上自己的肖像。这封信由比利时耶稣会传教士南怀仁带给了康熙。1677年,索别斯基三世在华沙修建了一座夏天休闲的宫殿,叫维拉努夫宫,又叫夏宫,宫里当时收藏了许多有关中国的书籍和中国地图。索别斯基三世为了了解中国,还读过一些论述中国古代哲学思想的著作和中国诗歌,他很尊崇孔子,特别爱读晋代田园诗人陶渊明的诗。1686年,他的夏宫还专门设立了一个"中国厅",这个厅完全是按中国风格布置的,厅内放置了来自中国的家具和瓷器等。17世纪末,波兰从荷兰和法国进口了大量中国的工艺品,包括刺绣、瓷器、红木雕花家具等,夏宫中的中国艺术品都来源于此,它们有些甚至保存到了今天。据说这个中国厅的墙壁上,最初还覆盖了绣有彩色花鸟人物的中国锦缎,厅里放了紫檀木金丝镶嵌雕花的茶几、中国的木托盘、竹篮子和木刻佛像等。索别斯基三世后来在1688年11月6日又托一位波兰传教士带过一封信到北京去,信中写道:"我们还不知道有什么关于中国事物的书。但是我想,不管怎样,能寄给我们各种各样的资料,主要是关于中国风土人情和文化艺术的资料,我们会十分高兴的。"这也充分表现了他对中国的热爱。

1755年8月,法国著名启蒙运动思想家和作家伏尔泰(1694—1778)在巴黎、枫丹白露①以及法国王室里上演了他创作的歌剧《中国孤儿》。一般认为,该剧是根据中国元代杂剧作家纪君祥的《赵氏孤儿》改编的。实际上,它写的是发生在宋末元初的一个故事,和《赵氏孤儿》写的春秋时代发生在晋国的故事并不一样②,

---

① 地名,在法国。
② 伏尔泰的《中国孤儿》是根据中国元代剧作家纪君祥的《赵氏孤儿》改编而成的。他阅读了耶稣会法国(一说比利时)神父马若瑟(1666—1735)的法译本《赵氏孤儿》后,写了这个剧本。虽然这两个剧本写的都是托孤救孤的故事,但在内容上有很大的差别。《赵氏孤儿》讲的是春秋时期发生在晋国的一个故事。晋灵公时,权臣屠岸贾为报个人私仇,杀害了赵盾一家300余人。但是赵盾的儿子赵朔为晋灵公的驸马,有一个不到半岁的儿子与晋灵公的女儿所生。为了避免这个婴儿遇害,公主将他托付给了一位经常出入驸马府的民间医生程婴。程婴随后把赵氏孤儿藏在药箱里,企图带出宫外,但被守门将军韩厥搜出,没想到韩厥也深明大义,他在迟疑当中,决定让程婴把婴儿带了出去,为赵氏留下唯一的血脉。他放走了程婴和赵氏孤儿,然后拔剑自刎。屠岸贾得知赵氏孤儿逃出,竟下令杀光晋国境内所有一个月以上、半岁以下的婴儿,违抗者杀全家诛九族。程婴此时不仅要救出赵氏孤儿,而且"要救晋国小儿之命",于是他投奔了赵盾同僚、已经退休的晋国大臣公孙杵臼。两人商定,以程婴亲生儿子冒充赵氏孤儿,藏在公孙杵臼的家里,再由程婴出面告发。于是屠岸贾派兵捉拿公孙杵臼,杀死了假孤儿,公孙杵臼随后撞阶而死。为了拯救赵氏孤儿,程婴献出了自己的独子,此后他便承担了护孤抚孤的重任。他因"揭发"公孙杵臼收留"赵氏孤儿"有功,被屠氏留下做门客,其子(实为赵氏孤儿)也被屠氏收为义子。20年后,程婴将屠杀赵氏家族一事告知赵氏孤儿。此时已是晋悼公当朝,在上卿魏降的帮助下,赵氏孤儿杀了屠氏,诛其族。悼公赐赵氏孤儿姓赵名武,袭父祖爵位。程婴、公孙杵臼、韩厥等为拯救赵氏孤儿作出了牺牲的义士均受到朝廷嘉奖。伏尔泰的《中国孤儿》剧虚构了一个跟《赵氏孤儿》情节有些相仿的故事,但时间已改在宋末元初。南宋末年,成吉思汗攻陷北京。宋皇临死前向大臣张惕托孤。成吉思汗闻讯后四处搜捕大宋遗孤,以求斩草除根。张惕苦思救孤良策,最后决定以亲生儿子冒名顶替大宋遗孤。其妻伊达梅虽然支持丈夫,但强烈的母爱又使她拼死反对丈夫的决定,最后她竟向成吉思汗道出实情,以求保住儿子一命。早年成吉思汗流落北京时曾向伊氏求婚,遭拒绝,现在便以其夫、其子及大宋遗孤三人的性命为要挟,再次向伊氏求婚。(转下页)

但它赞扬了中华民族的文明和美德。该剧的演出曾经引起很大的反响,因而也进一步地引起了波兰人对中国的兴趣。此外,18世纪50—70年代,在法国还曾流行一个所谓重农主义的经济学派,这个学派提出一切都要遵循"自然秩序",认为农业生产乃社会财富和一切收入的唯一来源,这和我国古代重农抑商的政治理念有相似之处。在生产力发展水平比较低的条件下,农业是人们维持生存的物质基础,也是统治者剥削剩余价值的主要来源,所以中国古代帝王多以重农标榜自己的圣贤。儒家、道家和法家也都重农轻商。波兰当时是一个封建农奴制国家,因为受到法国重农主义学派的影响,也对中国传统的重农思想极为关注。这一时期出版的B. 赫麦洛夫斯基的《新的雅典娜们或曰所有学科的研究院》[①]、W. 扎哈利亚谢维奇的《世界所有的部分都确定了》(1740)和K. 韦尔维奇《世界地理》(1773)中都有关于中华帝国各方面的介绍。1775年,波兰又出版了F. 布尼茨基的《基督教信仰在中国普及的历史,还有关于这个国家的详细介绍》。实际上,从公元1623年在陕西出土的《大秦景教流行中国碑》中我们了解到,基督教早在唐朝初期就从波斯传入了中国。

在18世纪末,波兰启蒙运动时期著名作家伊格纳齐·克拉西茨基(1735—1801)对中国的历史和文化也很感兴趣。他虽然没有去过中国,但他除了反映波兰启蒙思想的文学创作外,也写过许多关于中国的历史和文化、诗歌和戏剧,甚至中国的果园种植的著作。1781年,他出版的两卷本百科全书还收进了许多介绍中国的条目。他在关于中国的总条目中写道:中国是世界上最古老的国家,它北与鞑靼交界,南与东京(指越南的北部)、老挝和交趾支那为邻。据可靠资料,它是世界上人口最多、物产最丰富和管理得最好的国家。中国的长城有四百英里长,它的西边是一个有许多山脉和没有人烟的沙漠地带,东边是大海。在克拉西茨基的另一部著作《最需要的信息集》中,他还介绍了孔子,说孔子是中国古代的一个哲学家。他在基督前550年出生于齐国,后来在鲁国当过地方官,但是他的治理国家的思想和策略在那里实行不了,因此他去了宋国,在那里开始讲学。他有三千弟子,其中有72个是最优秀的。他的教学思想一是要使学生具有优良的品德,二是培养学生的口才,三是教导学生如何治理国家和坚守公民的职责,四是使学生养成良好的习性。后来孔子又回到鲁国,73岁去世[②],死后葬在山东曲阜。后来中国各地为纪念他,建了许多孔子庙。克拉西茨基在遗作《死去了的人的对话》

(接上页)关键时刻,伊氏以国家和民族利益为重,大义凛然,毫不犹豫地拒绝了征服者的逼婚,并积极投入救孤活动。与此同时,已被捕入狱的张惕面对征服者的严刑拷打,始终不改初衷。伊氏在救孤失败后也被捕入狱,决定与丈夫一同自刎,以报宋皇,以谢天下。成吉思汗又震惊又羞愧,终于下令赦免张惕夫妇,并收大宋遗孤及张惕之子为义子。剧本以成吉思汗恳求张惕留在宫中以中华民族的高度文明教化元朝百官而结束。

① 这是波兰的第一部百科全书,第一卷出版于1745年,第二卷出版于1746年,第三和四卷出版于1754—1756年。这里说的雅典娜是希腊神话中的主要神祇之一,古代迈锡尼的神祇。

② 事实上孔子(公元前551—公元前479年)享年72岁。

(1804)中,甚至虚构了孔子和古希腊哲学家柏拉图的一段对话,说明孔子非常重视家庭成员之间的亲密关系,认为这是一座大厦的基础,如果这个基础不牢固,大厦就有倾倒的危险,这就说明了一个国家和这个国家每一个人的家庭之间的关系是多么密切。

克拉西茨基在他的著作中,还谈到了中国封建社会的政治制度,他说中国的政府是一个君主专制的政府,在那里,君主是世袭的。中国还有一种仪式,在举行这种仪式时,皇帝要亲自拜天和耕地,他耕地后,朝廷里的大臣们也要耕。他还说唐太宗这个皇帝很朴素,他的衣着和别人一样,他吃饭的时候,任何时候也不多于八个菜。他的朝廷里聚集了最有品格和最有学问的人,太宗根据他们的才能和专长,让他们参与政事,或者进行科学研究,他和他们的关系非常亲密。他还认为官吏要关心老百姓的福祉。一个国家如以武力去欺压它的百姓,会走向灭亡。克拉西茨基也说了唐太宗如何教育他的儿子高宗,他说:"孩子们,你们要知道,水可载舟,水亦可覆舟。你们要记住,人民像水一样,统治者和舟一样。"①此外,克拉西茨基在他的《作诗和诗人》一书(1802)中,还介绍了中国的诗歌。

浪漫主义著名诗人齐普里扬·诺尔维德也很尊崇孔子,对他的哲学很感兴趣,他说:"孔夫子是许多宗教、诗歌、哲学和历史文献的编纂者,他的这部著作是在基督前6世纪中叶完成的,他是一个立法的人。""我们的大师的主张是要有一颗正直的心,爱近亲像爱自己一样。"②斯坦尼斯瓦夫·科斯特卡·波托茨基1815年也发表了《中国人的年表、宗教和语言的概述》。

波兰于1795年被沙俄、普鲁士和奥地利三国瓜分后,一些波兰的爱国者和革命者因为参加了抗俄民族解放斗争,被沙皇政府流放到了西伯利亚或者俄罗斯东部和中国邻近的边远地区。他们中不少人到过中国,如波兰文学史上青年波兰时期的著名作家瓦茨瓦夫·先罗谢夫斯基,他父亲参加过1863年1月在华沙爆发的波兰民族抗俄起义,曾被捕入狱。他自己在上中学时就参加过秘密爱国组织,后来在华沙宣传革命思想,被沙俄占领者当局逮捕并流放到西伯利亚。这期间,他到过中国东北、朝鲜和日本。经过实地考察,他于1903年创作和出版了《中国小说集》,其中最著名的长篇小说《洋鬼子》以19世纪末在辽宁营口市爆发的义和团运动为题材,对中国人称为"洋鬼子"的西方殖民主义者进行了严厉的谴责,同时他也热情颂扬了中国人民反帝反封建的革命斗争,对中国人民表示了由衷的敬仰和热爱。

19世纪末和20世纪初,还有一些波兰的工程技术人员来到中国,参加中国

---

① 唐太宗"晚年立子李治(唐高宗)为太子,随事训诲,如见太子吃饭,说,'你知道耕种的艰难,你就常常有饭吃。'如见骑马,说,'你知道马的劳逸,不用尽它的力气,你就常常能骑它。'如见乘船,说,'水可以载舟,也可以覆舟,民众好比水,人君好比舟。"见范文澜,《中国通史简编》修订本,第三编,第一册,人民出版社,1965年,第94页。

② 尤利乌斯·戈穆利茨基编,《齐普里扬·诺尔维德作品全集》,第11卷,国家出版机关,华沙,1971—1976,第411页,第112号。

早期的铁路修建,在中国进行过长期的科学考察。如1896年,俄国以"共同防御"日本为名,于清光绪二十二年四月二十二日(1896年6月3日),诱迫清政府和俄国签订了一个《御敌互相援助条约》(通称"中俄密约"),声称为使俄国便于在中国东北运送部队,以防日本的入侵,"中国允许黑龙江、吉林地方接造铁路,以达海参崴,该事交华俄道胜银行承办经理。"[①]因此在同年9月8日,中国驻德国和俄国的公使便与华俄道胜银行代表签订了《中俄合办东省铁路合同章程》,并根据合同规定,成立了中国东省铁路公司。有个波兰人斯坦尼斯瓦夫·凯尔贝茨当时也是这个公司的负责人之一。经过他的介绍,有许多此前参加过俄国西伯利亚大铁道修建的波兰铁路工程师,被派遣来到了中国东北,参加了中东铁路的设计和修建。有的工程师这时期还研究过中国东北的地质结构,绘制黑龙江、吉林和辽宁省的地质地图。波兰建筑师康斯坦丁·约基什还为哈尔滨城的建立提出了第一个设计方案。波兰矿冶工程师卡齐米日·格罗霍夫斯基于1915年来到中国,在中国的东北和内蒙古进行过长期的地质考察,还对这些地方的历史和考古进行了深入的研究。1922年,为庆祝中东铁路修建25周年,一些俄国人在哈尔滨举办了一个纪念展览会,同时组建了一个中国东省文物研究会,设立的博物馆就是今天的黑龙江省博物馆,格罗霍夫斯基也是这个研究会和博物馆的创始人之一。他在1915、1924和1927年,通过发掘和研究一个叫"成吉思汗土城"的废墟,绘制了这个土城的草图,包括它的老城和新城。格罗霍夫斯基认为它的老城是在唐朝建立的,他在这里还发现了一个基督教景教的十字架,认为这座土城可能曾归《马可·波罗游记》中称为约翰或王罕神父的景教教主的家属或者他们的后代所有。格罗霍夫斯基在20世纪20和30年代,还对戈壁沙漠的东部、内蒙古的呼伦贝尔城的南部、大兴安岭山麓一些古代的城防工事以及嫩江畔的前木古城和后木古城进行过长时期的科学考察。波兰人不仅对中国东北的铁路和城市建设作出了巨大的贡献,对内蒙古和东北的历史、地理和风土人情进行了深入的研究,而且他们也到过关内,于1907—1908年参加过从京汉铁路郑州站东至开封西至洛阳的汴洛铁路的修建,为关内铁路建设作出贡献。

  这期间,波兰人开始对中国的道教感兴趣,有人翻译出版了一部名为《道,天国之路》(1910)的著作,对道教作了介绍。有的波兰汉学家还撰写学术著作,对中国历史、文学、艺术、民族精神和习俗作了综合性的论述,如尤泽夫·塔尔戈夫斯基的《中华民族的精神》(1928)、萨瓦尔的《中国传说》(1931)、保罗·亚力桑德罗维奇的《龙的国度:中国人的性格和习俗》(1939)。此外,李白、杜甫和王维的诗也先后被译成了波兰文。其他著作和译作还有J. A. 希文奇茨基的《中国和日本文学史》(1901)、J. 扬科夫斯基的《中国诗之宝》(1902)、列米吉乌什·克维亚特科夫斯基的《中国文学》(1907)、R. 克维亚特科夫斯基的《中国诗选》(1914)、《竹叶》

[①] 张振辉、张西平译,《卜弥格文集》,华东师范大学出版社,2013年,第92页。

(1922)和 B. 利赫泰尔的《世界大文学》的第一卷等。在文学创作方面，布鲁诺·雅显斯基 1929 年发表的小说《焚烧巴黎》反映了中国人民 20 世纪反帝反封建的革命斗争。

  1949 年以后，特别是改革开放后，我们跟波兰的交往更密切了。当代著名汉学家爱德华·卡伊丹斯基（1925—　）因其父亲早年来到中国而出生在哈尔滨，1951 年毕业于哈尔滨工业大学，后曾长期在波兰驻华使馆和波兰驻广州总领事馆工作。工作之余以及退休后至今，他对丝绸之路的历史、波兰人早期来到中国进行友好活动的状况、中华人民共和国成立以来至今的经济发展都进行了深入的研究，撰写和出版了一系列具有科学价值和现实意义的著作。特别是他曾长期研究卜弥格，和笔者以及北京外国语大学海外汉学研究中心主任张西平教授合作，翻译的《卜弥格文集》在 2013 年出版后，在读者中引起了很大的反响，为中波文化交流作出了很大的贡献。

  此外，波兰的汉学家们在这期间，对我国古代哲学和文学的介绍也作出了很大的努力。从我国的《诗经》、《周易》，孔子、荀子、孟子、墨子和庄子的著作，《史记》，唐诗，宋词和《西游记》、《水浒》、《三国演义》、《金瓶梅》、《聊斋志异》到鲁迅、郭沫若、茅盾、巴金、老舍、叶圣陶、柔石、贺敬之、丁玲、周立波、赵树理、刘白羽的作品以及《红岩》、《青春之歌》等新时期的许多作家的作品，他们都进行了译介或部分的介绍。路德维加·罗杰维奇的《中国艺术史》(1953)、玛丽亚·古尔斯卡的《李氏五兄弟，中国民间童话和谚语》(1954)、J. 赫米耶列夫茨基、A. 登比茨基、维托尔德·雅布翁斯基和 O. 沃伊塔谢维奇的《中国文学作品选》(1956)等著作选译了从公元前 10 世纪到 1949 年一系列中国的散文和诗歌的精品。金思德的《中国的格言》(1977)、《孔子的事业》(1983)、《中国艺术》(1991)和《中国的语言》(2000)以及维托尔德·罗津斯基的《中国史》(1986)和泰奥多拉的《中国星相学》等都是这一时期介绍中国历史和文化具有代表性的学术成果，所有这一切都使波兰读者对我国的哲学、历史、文学、语言、艺术和民族习俗有了更多的了解。

  波兰也是一个人才辈出并且在人类的历史转折中作过巨大贡献的民族。哥白尼(1473—1543)的日心说了推翻了古罗马托勒密(公元 2 世纪)因为教会的维护而统治了一千多年的"地心说"，不仅动摇了中世纪基督教会的封建统治，而且促进了科学的发展，使人类对宇宙有了崭新的认识。居里夫人(1867—1934)[①]不仅和她的丈夫比埃尔·居里一起于 1903 年获诺贝尔物理奖，她自己又在 1911 年获诺贝尔化学奖，成为至今唯一两次获诺贝尔奖的科学家。她的钋和镭两种元素的发现促进了人类对原子核科学的研究和利用。肖邦(1810—1849)和贝多芬、莫

---

  ① 居里夫人，即玛丽娅·斯克多夫斯卡·居里，波兰著名物理学家和化学家，1891 曾就读于巴黎大学，1895 年与法国物理学家皮埃尔·居里结婚，共同研究放射现象，并先后发现钋与镭两种天然放射性元素。1903 年，居里夫妇共同获得诺贝尔物理奖。1906 年丈夫去世后，居里夫人继续从事科学研究并担任巴黎大学教授，1911 年又获诺贝尔化学奖。

扎特一样,是享誉世界的最伟大的音乐家。波兰文学在世界文学中同样占有非常重要的地位,波兰最伟大的爱国诗人亚当·密茨凯维奇于1955年曾被联合国教科文组织认定为世界文化名人,受到各国人民的敬仰,此外波兰还拥有4位获诺贝尔文学奖的作家和西方20世纪文学现象学的主要代表,在世界文坛享有盛誉。

我国对波兰文学的介绍总的来说是从鲁迅开始的。鲁迅于1903年发表的《摩罗诗力说》根据丹麦文学批评家勃兰兑斯的《十九世纪波兰浪漫主义文学》中的有关论述,首次提到了波兰浪漫主义诗人密茨凯维奇、斯沃瓦茨基和克拉辛斯基,并且简要地介绍了密茨凯维奇和斯沃瓦茨基的生平和创作。1909年,由鲁迅和他弟弟周作人共同翻译出版的《域外小说集》(一、二卷)中,又收进了显克维奇的4篇小说《乐人扬科》、①《天使》、《灯塔守》②和《酋长》。鲁迅在"著者事略"中,还简单地介绍了显克维奇的生平和创作,认为"显克微支③所作短篇,多描写民间疾苦,用谐笑之笔,记悲惨之情,故甚是令人感动。"④周作人还翻译了显克维奇的短篇小说《炭画》⑤,由鲁迅修改译文,并帮助出版了单行本。

后来在1929年,鲁迅又曾明确地指出:"A. Mickiewicz⑥是波兰在异族压迫之下的时代的诗人,所鼓吹的是复仇,所希求的是解放。"⑦他在1935年发表的《〈题未定〉草》一文中还说:"绍介波兰诗人,还在三十年前,始于我的《摩罗诗力说》。那时满清宰华,汉民受制,中国境遇,颇类波兰,读其诗歌,即易心心相印,不但无夸大之意,也不存献媚之心。"⑧

鲁迅后来在1933年发表的《我怎么做起小说来》中又说:"因为所求的作品是叫喊和反抗,势必至于倾向了东欧,因此所看的俄国、波兰以及巴尔干诸小国作家的东西特别多……记得当时最爱看的作者,是俄国的果戈理(N. Gogol)和波兰的显克微支(H. Sienkiewitz)。"⑨他在这一年发表的《英译本〈短篇小说选集〉自序》中也说:"后来我看到一些外国的小说,尤其是俄国,波兰和巴尔干诸小国的,才明白了世界上也有这许多和我们的劳苦大众同一运命的人,而有些作家正在为此而呼号,而战斗。"⑩在《中国新文学大系》小说二集序中他再一次提到了显克维奇,说:"如波兰的显克微支(H. Sienkiewicz)的警拔,却又不以失望收场,有声有色,

---

① 今译《音乐迷扬科》。
② 今译《灯塔看守》。
③ 今译显克维奇。
④ 鲁迅,《域外小说集》,新星出版社,2006年,第175、176页。
⑤ 今译《炭笔素描》。
⑥ 即亚当·密茨凯维奇。
⑦ 《鲁迅全集》,第七卷,人民文学出版社,2005年,第193页。
⑧ 《鲁迅全集》,第六卷,人民文学出版社,2005年,第368页。
⑨ 《鲁迅全集》,第四卷,人民文学出版社,2005年,第525页。
⑩ 《鲁迅全集》,第七卷,人民文学出版社,2005年,第411页。

总能使读者欣然终卷。"①在1935年致胡风的信中,他也说:"我看波兰的《火与剑》或《农民》,倒可以翻译的……"②可见鲁迅早年因为了解到波兰也和中国一样,是一个曾长期遭受异族侵略和压迫的民族,波兰人民多少年来不仅坚持反压迫的民族解放斗争,而且他们的文学"所鼓吹的是复仇,所希求的是解放。"这在鲁迅那个时代的半封建和半殖民地的中国,为了谋求民族的解放,和帝国主义的侵略者进行不懈的斗争,是很有必要的。像密茨凯维奇和显克维奇这些波兰文学史上最著名的经典作家表现了爱国主义和革命斗争精神的作品自然就成了鲁迅译介的首选。因此在20世纪30和40年代,以上作家的一些作品就已经有了中译。

中华人民共和国成立后,在20世纪50—60年代,因为和波兰同是社会主义阵营的国家,我国文艺界和出版界就开始比较系统地借助于别的西方文字的译本,间接地译介了许多波兰19世纪和20世纪的著名作家的作品,如密茨凯维奇、奥热什科娃、显克维奇、普鲁斯、科诺普尼茨卡、莱蒙特、热罗姆斯基、扎波尔斯卡、布罗涅夫斯基、克鲁奇科夫斯基等,此外也翻译出版了波兰战后一系列反映他们的社会主义建设的作品,使我国读者对波兰文学的发展,有了一个初步的认识。改革开放以后,一些在20世纪50年代曾在波兰华沙大学波兰语言文学系学习过的波兰文学翻译家和研究者和由我国自己培养的年轻一代的波兰文学翻译家,又从波兰文直接翻译和出版了大量的波兰文学经典名著和现代文学作品,因此波兰文学史上和波兰现代文学中几乎所有的经典作家的代表作和著名作品,现在都有了中译本。除了翻译,改革开放以来,由于以上专家们的努力,也出现了不少关于波兰文学颇有质量的研究论文和著作,波兰文学在我国的译介和研究呈现出了空前繁荣的局面。在这种情况下,为了向我国读者全面介绍波兰文学创作从古到今的发展状况,一部论述波兰文学通史的著作就很必要了。写这本书是笔者早在10年前的计划,为此长期以来,笔者不仅阅读了波兰最高文学研究机关波兰科学院文学研究所编写的波兰各个时期的文学史,而且也阅读了波兰当今许多著名的文学史家和文学评论家的波兰文学史著作以及波兰各个时期大量的文学作品,为这部著作的撰写作了充分的前期准备。在写作过程中,笔者也力图根据所掌握的材料对波兰开国至今一千多年的文学史作如实的分析和介绍,遇到疑难问题,笔者曾求教于波兰友人波兰罗兹大学波兰语言文学系波格丹·马赞教授和波兰科沙林市波中友协主席巴尔巴娜女士,并且得到了他们的许多帮助。此外北京外国语大学欧洲语言文化学院院长赵刚教授也提供过一些有关波兰现代作家的材料,谨此向他们表示衷心的感谢。另外,为了便于读者对于这部文学史进行研究和了解,笔者对其中所引的大量诗文都注明了它们的出处,有的引自中文图书,但大部分引自波兰出版的各类著作。这些诗文如果是中国译者翻译的,都注有译者的名

---

① 《鲁迅全集》,第六卷,人民文学出版社,2005年,第258页。
② 《鲁迅全集》,第十三卷,人民文学出版社,2005年,第458页。

字,没有注明译者的均为笔者自己翻译的。这部著作的出版还得到了上海外语教育出版社的热情支持和编辑梁晓莉女士的大力帮助。希望它能为繁荣我国的外国文学翻译和研究以及增进中外文化的交流,起到一定的促进作用,有不足之处,望读者批评指正。

张振辉

2017年11月22日

目 录

绪 论 ·· 1

第一章　中世纪文学 ·· 25
　　第一节　公元 10—12 世纪的文学　27
　　第二节　公元 13—15 世纪的文学　36

第二章　文艺复兴在波兰 ·· 75
　　第一节　宗教改革、贵族地位的提高和城市的进一步发展　77
　　第二节　印刷业、科学和教育事业的发展，人文主义思想家和政论家　82
　　第三节　早期人文主义诗歌　89
　　第四节　早期人文主义戏剧　93
　　第五节　叙事文学　100
　　第六节　米科瓦伊·雷伊　106
　　第七节　扬·科哈诺夫斯基　110
　　第八节　其他重要的作家　124

第三章　巴洛克时期的文学 ··· 137
　　第一节　社会背景　139
　　第二节　欢乐世界派诗歌　142
　　第三节　市民文学　148
　　第四节　散文作品——游记、日记和回忆录　155
　　第五节　戏剧　159
　　第六节　文艺理论和这一时期的代表作家　162

第四章　启蒙运动时期的文学 ·· 177
　　第一节　社会背景　179
　　第二节　政论文学的发展　185
　　第三节　诗歌　190
　　第四节　戏剧　226

第五章 浪漫主义时期的文学 233

第一节 概述 235

第二节 亚当·密茨凯维奇 243

第三节 尤利乌斯·斯沃瓦茨基 270

第四节 齐格蒙特·克拉辛斯基 285

第五节 其他重要诗人 292

第六节 小说 314

第七节 戏剧 322

第六章 实证主义和批判现实主义文学 327

第一节 概述 329

第二节 爱丽查·奥热什科娃 335

第三节 亨利克·显克维奇 350

第四节 波列斯瓦夫·普鲁斯 374

第五节 玛丽娅·科诺普尼茨卡 392

第六节 其他重要的作家 404

第七节 无产阶级革命文学的兴起 413

后　记 423

绪 论

为了便于读者了解这部《波兰文学史》（上、下卷）的详细内容，正文开始之前笔者先将波兰这个国家的一千多年的历史和她从古到今文学发展的概况作一个简要的介绍。

波兰位于欧洲的中部和东北部，北临波罗的海，东与立陶宛、白俄罗斯、乌克兰接壤，南和捷克、斯洛伐克为邻，西与德国搭界，面积312 683平方公里，人口3 860万。波兰人属于西斯拉夫民族，他们的语言属于印欧语系斯拉夫语族。波兰于10世纪中叶建国，国王梅什科一世在建国之初便接受了罗马天主教信仰，所以这个民族长期以来，都信仰罗马天主教。她早期的历史文献和文学作品也都是用拉丁文写的，而后来出现的用于书写的波兰文用的也是拉丁字母。波兰作为一个封建国家早期经历过繁荣的盛世，可是在12—14世纪出现了封建割据。在14世纪末和15世纪初，一个叫十字军骑士的日耳曼骑士团占领了波兰的北部沿海，它不仅残酷压迫它所占领地区的波兰百姓，而且不时侵扰波兰内地以及她的东邻立陶宛。因此波兰和立陶宛在1385年8月14日签订了两国王朝联合的协定，一起抵抗十字军骑士团的侵犯。1410年波兰和立陶宛联军在波兰北部奥尔斯丁省十字军骑士团大团长的住地玛尔堡城东南的格龙瓦尔德，和骑士团进行的决战，大败骑士团的军队，取得了波兰历史上反侵略战争最伟大的胜利。

15世纪中叶，在波兰农村，贵族的劳役制庄园也就是封建农奴制的形成，使得农民在人身、司法和土地的使用上都不得不依附于封建庄园主。随着封建庄园的扩大，农民拥有的土地越来越少，受到封建农奴制的残酷剥削和压迫。1569年，波兰和立陶宛为了防御沙皇俄国的入侵，在卢布林又签订了联盟条约，宣布两国合并。波兰和立陶宛两国合并后，有了共同的议会和国家机构，国王也由波兰和立陶宛的贵族共同选出，这个合并的国家便取名为波兰贵族共和国。国王虽由贵族自由选举，但选出来的国王却没有任何权力，国家政权完全由大贵族代表组成的议会所操纵。由于当时的白俄罗斯和乌克兰属于立陶宛，因此白俄罗斯和乌克兰的大片领土也划归了波兰，波兰成了中东欧一个地域空前广阔的国家。此后，波兰的大贵族和天主教僧侣也都纷纷来到乌克兰，在这里占领了大片土地，建立封建庄园，对乌克兰农民进行封建农奴制压迫，因而引起了乌克兰农民的反抗。在16世代末和17世纪中叶不论在波兰本土还是在乌克兰，都爆发了反封建的农奴起义。其中规模最大的是由乌克兰贵族波赫丹·赫麦尔尼茨基于1648年发动和领导的哥萨克起义。这次起义爆发后，很快就有许多乌克兰农民、市民、贵族和乌克兰人信仰的东正教的僧侣参加，使它变成了乌克兰的民族大起义。起义军最初在黄水滩和科尔桑城下连连大败波兰军队,取得了胜利的战果,但后来乌克兰农民军还是被波兰军队打败了,赫麦尔尼茨基因此去求助于沙皇俄国,并于1654年在彼列雅斯拉夫和沙皇签订条约,承认乌克兰接受沙皇俄国的保护,从此沙俄便侵入了乌克兰。赫麦尔尼茨基于1657年死后,波兰统治者1658年也和乌克兰在哈加契签订了合约,承认波兰、立陶宛和乌克兰三国组成联邦,但是沙皇俄国不承认这个合约。此后它和波兰打了九年仗,波兰战败,最后将原来属于波兰的乌克兰以第聂伯河为界,分成了两半,西部乌克兰仍属波兰,东部属沙皇俄国。与此同时,在1654年,瑞典封建主又从波兰北边入侵波兰,波兰军民在国王扬二世·卡齐米日领导下,经过一年多反侵略战争,才把瑞典侵略者赶出了自己的国土。

波兰经过连年战争,经济上遭到了极大的破坏,许多城市和乡村被焚毁,百姓流离失所。加之贵族共和国的议会又在1652年通过了一项名为"自由否决权"的议案,就是议会中提出的议案只要有一个议员反对,就不能通过。在很长一段时期,贵族议员为了个人的私利,使议会通不过任何有利于国计民生的决议,在国内从上到下造成无政府状态。此外这一时期文化教育事业的发展也停滞不前,波兰封建时代的教育都是由天主教会控制和掌握,大学里讲授经院哲学,拉丁语是必修课,学生能学到的只有宗教唯心主义的思想和理论,于波兰国家的建设和社会发展毫无用处。波兰从此在各方面都走向衰落。直到18世纪30年代,文化生活才开始出现活跃的局面,奥古斯特·波尼亚托夫斯基国王,由于朝廷里有一些贵族改革派的支持,便根据当时发展经济、现代科学、文化和教育的需要,进行资本主义改革。首先是各地办起了许多报刊,宣传大力发展波兰的经济和文化事业,有的刊物还介绍西欧各国工农业和商业发展的情况,以促进波兰经济的发展。在学校开始讲授波兰语文以及一些社会科学和自然科学的课程,国内也建立了新的科学研究机构。在1788—1792年波兰召开的所谓"四年议会"上,1791年5月3日还通过了著名的《五三宪法》,这部宪法规定"农民将受到法律和国家政府的保护"[①],农民的人身自由将得到保证。废除议会中的自由否决权,废除自由选王制,实行王位世袭。这部宪法的实施可消除波兰国内封建无政府状态,加强中央集权,有利于国家的统一和独立。它也提高了市民的政治地位,使农民获得人身自由,为发展资本主义创造了条件,具有进步意义。此外议会在1792年4月还通过了"波兰领土不可分割"的议案,以抵御外敌的侵略。可是《五三宪法》引起了沙皇政府的仇恨和恐惧,沙皇叶卡捷琳娜二世马上宣布要发兵消灭华沙的"革命瘟疫",因为在这之前,沙俄、普鲁士和奥地利已于1772年对波兰进行了第一次瓜分,占领了波兰和原属波兰的白俄罗斯和拉脱维亚的部分领土。沙皇政府这次进攻波兰的目的当然是要进一步占领波兰,而这时波兰少数反对改革的贵族保守派又发动了反对波兰中央政府的叛乱,并且勾结沙皇,引狼入室,沙皇政府于是联合

---

① 转引自刘祖熙,《波兰通史》,商务印书馆,2006年,第159页。

早就想进一步侵占波兰土地的普鲁士,组成联军,大举进攻波兰,而波尼亚托夫斯基政府由于事先没有防备,军队连遭失败,波兰于1793年遭到了沙俄和普鲁士的第二次瓜分。随后在1794年又爆发了由塔杜施·科希秋什科领导的波兰抗俄民族起义。这次起义失败后,在1795年1月,俄国、普鲁士和奥地利对波兰进行了第三次瓜分。至此,波兰的全部领土被瓜分完毕,波兰开始长达100多年的国家沦亡和被异族奴役的惨痛历史。在这段时期,沙俄、普鲁士和奥地利用它们作为占领者的有利条件,对波兰进行经济和文化侵略,企图彻底消灭波兰人的民族性,而波兰人民反对民族压迫的斗争也从未间断。波兰被瓜分后的第二年,参加过科希秋什科起义的扬·亨利克·东布罗夫斯基将军来到意大利的米兰,成立"波兰自愿军团",为恢复波兰的独立,曾长期和奥地利占领者浴血奋战。波兰19世纪规模最大的民族解放斗争是1830年在华沙爆发的十一月抗俄民族起义、1863年也在华沙爆发的一月抗俄民族起义以及1846年2月在克拉科夫爆发的反奥地利民族起义,这些起义斗争曾给予占领者以沉重的打击,但是由于各种原因,都遭到了失败。一月起义后,1864年在沙俄占领区的波兰王国废除了曾在农村实行了数百年的封建农奴制,使农奴获得了解放;继而波兰资产阶级代表又提出了实证主义纲领,企图通过实行资本主义民主和发展工商业和教育来振兴波兰;19世纪70年代末和80年代初,由于波兰民族和阶级矛盾的尖锐化和马克思主义的传播,1882年,在路德维克·瓦伦斯基领导下,波兰第一个无产阶级革命政党"无产阶级"成立了,坚持民族解放和无产阶级革命斗争。但是以上抗争都未能使波兰获得国家的独立和民族的解放。直到1918年第一次世界大战结束,由于普鲁士和奥地利战败、俄国爆发了十月革命,波兰才重新获得独立。

独立后的波兰社会矛盾依然十分复杂,波兰著名军事统帅尤泽夫·毕苏茨基在第一次世界大战结束后,为恢复波兰的独立进行了战斗,立下了功勋,但他在1926年5月12日发动军事政变,成立了萨纳奇亚政府,实行独裁统治,镇压无产阶级革命运动。在20世纪20年代末和30年代初,资本主义世界性的经济危机袭击波兰,工厂大批倒闭,失业人数增加,各地相继发生大规模的罢工。毕苏茨基于1935年死后,德国法西斯又对波兰开始形成日益严重的威胁,萨纳奇亚政府却对法西斯丧失警惕。德国法西斯于1939年9月1日晨,向波兰发动大规模的武装进攻,苏联军队也于9月17日越过波苏边界,趁机占领了原属波兰的第聂伯河以西的乌克兰和西白俄罗斯这些当时属于波兰的领土。波兰军队奋起抵抗法西斯的侵略,但遭到失败,波兰再次灭亡。在德国法西斯占领期间,波兰战前政府流亡伦敦,波兰人民遭遇了空前的劫难,但是流亡政府领导的政府军和波兰工人党领导的人民军在国内坚持战斗,一些爱国的知识分子坚持秘密办学、办刊物和出版社,宣传爱国主义和反法西斯斗争思想,力图保持波兰的文化传统不至中断。经过五年多艰苦卓绝的战斗,最后在苏联红军的配合下,波兰于1945年初打败了德国法西斯,再次获得解放。

1945年6月,波兰人民共和国民族统一临时政府成立。波兰从此进入了一个新的历史时期。新的政府成立后,经过1946—1949年的"三年计划",修复了战争造成的严重破坏。许多战时流亡国外的新老作家都怀着一颗炽热的爱国之心回到了波兰,参加祖国的建设,许多新的报刊也继相成立,波兰社会的发展呈现勃勃生机,但后来的社会主义建设过于依附于苏联。1956年波匈事件后,哥穆尔卡当选为波兰统一工人党的第一书记,提出了要实行"深刻的社会主义民主化"的口号,走"社会主义的波兰道路",执行波兰社会主义建设的第一个五年计划,取得了丰硕的成果。但他后来依然没有摆脱苏联的控制,在国内外政策的制定上重蹈苏联的模式,在第二和第三个五年计划的执行中,单纯发展重工业而忽视轻工业和农业生产,造成消费市场供应不足,人民生活水平下降。1970年12月,政府不得不作出提高食品价格的决定,引起格但斯克等一些城市的工人罢工和群众性的示威游行,游行群众和警察发生冲突,造成了流血事件。波兰统一工人党于1970年12月20日举行五届七中全会,哥穆尔卡在会上辞去第一书记职务,由波兰统一工人党政治局委员盖莱克接替第一书记一职。但是盖莱克后来也因为片面发展重工业,造成国民经济各部门发展比例失调,高积累引起了国民收入增长率下降,市场上消费品和食品供应依然紧张,政府不得不于1976年6月又一次宣布提高食品和肉类的价格,这又引起了一些地方大规模的罢工,国内形势日益严峻。1980年,波兰政府又一次提高肉类价格,这次提价在华沙、罗兹等地引起的罢工很快就蔓延到了全国。这一年8月在格但斯克造船厂,工人举行罢工时,成立了波兰独立自治团结工会,简称团结工会。面对日益严重的社会矛盾,波兰政府决定于1981年12月13日开始在全国范围内实行军管,1983年取消。1989年6月举行议会和参议院的大选中,波兰统一工人党在选举中遭到失败,以团结工会为核心的反对派获胜,成立了团结工会领导的政府。原来的波兰人民共和国也改名为波兰共和国,波兰发生了剧变。2004年,波兰加入欧盟,成为西方资本主义国家之一。

波兰文学和她的国家一样,发展至今也有一千多年的历史。它在西方文学的发展中,占有重要地位。波兰早在10—12世纪,除了流传于民间的口头文学和神话故事外,就出现了各种有文字记载的编年史和墓志铭,它们大都用拉丁文诗体写成,有的叙说波兰一座古城建成的历史,带有神话色彩;有的歌颂为波兰的兴盛作过巨大贡献或者抗击来犯之敌而维护波兰独立的国王的历史功勋;有的揭露了贵族宫廷内部争权夺利的斗争。这些作品大都突出了善良战胜邪恶的主题。还有一些写基督教使徒的生平和功德,以及他们的殉难。到13世纪,由于基督教的传播,有的文献颂扬一些主教的功德,例如其中有一篇,写一个主教批评了一个国王的暴政,在他的残酷统治下,老百姓和骑士都流离失所,教堂被玷污,宗教信仰被亵渎,这个主教最后被杀害,他是为了人民不受压迫和国家的统一而牺牲的。这时波兰各地也建立了许多教堂,教徒们唱圣诗也就成了一种习惯。这些诗歌的内容大都是祈求上帝的恩赐、护佑和关怀，其中也有对耶稣和在传播基督的教义和促进国家的繁荣上有功绩的主教们的赞美。14世纪初，教会为在人民群众中普及基督教教义，将一些拉丁文经文翻成了波兰文，这也是早期见之于波兰文的历史文献。到15世纪和16世纪初，用波兰语创作的诗歌和散文也越来越多了，这些诗歌一部分有文字记载，另一部分则是口头传下来的，它们有的赞美上帝和圣母马利亚；有的描写耶稣的诞生；有的写耶稣被钉上十字架以自己遭受苦难来拯救世上有罪的人；有的也写他后来的复活和升天。还有一些诗歌写过去在古罗马帝国，出身下层的基督教徒遭受罗马奴隶主的压迫。但也有出身贵族的人信仰基督，安贫乐道，好施乐善，把自己的一切都献给了出身下层、被压迫的基督教徒。

此外也有一些作品对波兰的基督教会的贪污腐化、聚敛钱财、用圣物做买卖的行为，进行了严厉的批评，要求教会退还一切他们以各种不正当手段侵占的财物，恢复到基督教诞生时教徒们安贫乐道的局面，这些作品大都脱离不了宗教的内容。在15世纪，还产生了一部对话形式的波兰文作品，它虽具有宗教内容，但联系了波兰的社会现实，表达了惩恶扬善的主题。有的诗歌作品开始描写波兰人文明礼貌、尊敬长辈的习俗。15世纪末，也出现了反映波兰社会矛盾的作品，揭露了贵族统治者利用自己的特权欺压百姓，以及后者的反抗。但是也有讽刺和责骂农民的诗，这一类诗歌的作者大都是站在农奴主老爷的一边。还有一些作品歌颂格龙瓦尔德战役的伟大胜利和克拉科夫作为当时波兰的首都的繁荣景象，老百姓丰衣足食，人人懂得文明礼貌。这一时期的散文有对基督教《圣经》的翻译和基督教圣人的生平的记载。在16世纪初，也出现了反映世俗生活的作品，题材十分广泛，其中有许多描写了一些来自神话或民间故事的丑角的形象，具有广泛的影响。

文艺复兴是13—16世纪欧洲一场反对中世纪的封建专制和教会神权的伟大斗争，也是一次复兴希腊、罗马古典文艺的运动。因为此前一千多年，罗马天主教会曾长期控制或攫取了各国世俗政权，进行黑暗的统治，人民群众遭受压迫，社会处于贫困、愚昧和落后的状态。这期间，统治欧洲的也是基督教文化，它要求在尘世禁欲苦行，死后进入天堂，但希腊罗马的古典文化具有人道主义和现世主义特征，重视科学和哲学的探讨，追求现世的幸福生活，基督教因此对它进行了无情的摧残。但在13和14世纪，欧洲各国由于城市的发展和市民阶层的兴起，产生了新兴资产阶级，这个阶级要扩张它的势力，就得扫除封建主和基督教会的统治，这样便产生了文艺复兴运动。文艺复兴最早出现在意大利，波兰文艺复兴出现较晚，它开始于15世纪，经16世纪，一直延续到17世纪初。它不仅受意大利的文艺复兴的人文主义的思想影响，也受德国宗教改革家马丁·路德(1483—1546)创立的新教和法国宗教改革家约翰·加尔文(1509—1564)创立的加尔文教的影响。它是波兰千年文学发展中第一个创作高峰时期。这首先表现在这一时期不仅作家和诗人数量较之过去大为增加，而且他们的出身几乎代表了所有的社会阶层。

他们除了用拉丁文写作，更多情况下用波兰文进行创作，作品所反映的社会生活面也更加广泛。在这些作品中，首先出现的是政论文，这些文章内容丰富，作者大都是针对波兰一些重大的社会问题发表自己进步的观点，他们中的代表如扬·奥斯特罗洛格表示要削弱当时教会和大贵族拥有的特权，以加强王权，实现国家权力的集中。安捷伊·弗雷契·莫杰夫斯基认为全社会都要关心病人和残疾人，维护法律的公正，要大力发展教育，提高教学水平，重视学生的品德教育。因为波兰信罗马天主教，长期以来，对罗马教廷存在一种依从关系，莫杰夫斯基也认为，不论是波兰的教会还是国家，都要摆脱这种依从关系，维护波兰民族的独立。

波兰文艺复兴时期的代表诗人是扬·科哈诺夫斯基和米科瓦伊·雷伊。扬·科哈诺夫斯是波兰文艺复兴最具代表性的诗人，也是波兰文学史上最著名的诗人之一。他的诗歌反映世俗生活题材十分广泛，是波兰过去任何一个作家都不能比的。诗人热切希望波兰走向繁荣富强，人民生活幸福，他首先批评贵族无政府主义造成国内混乱的局面，期盼人民团结起来，创造一个消除了矛盾的美好世界。他不仅歌颂爱国主义英雄行为，而且颂扬美丽的大自然，他要像古罗马诗人维吉尔那样，引起田园诗兴。科哈诺夫斯基为了向他出生仅30个月就夭折的女儿寄托哀思而写的《哀歌》，是波兰文学史上的经典，作品无论在感情的表达还是艺术形式的运用上都有所创新，并且联系到古罗马的哲学和艺术，表现了文艺复兴的人文主义思想倾向。波兰这时期也出现了戏剧创作的雏形，科哈诺夫斯基还创作了波兰文学史上第一部具有完整的故事情节、反映了矛盾冲突而又流传至今的剧作。

雷伊也是波兰文艺复兴代表诗人，他的作品除了诗歌还有戏剧和对话。这些作品同样紧密联系波兰的社会现实，主要揭露一些基督教的主教和神甫借祈祷骗人钱财，政府官员贪污腐化，大贵族各自为政，利用自由否决权，使议会不能通过任何有利于波兰国计民生的决议。与此同时，雷伊还提出了如何做一个好的贵族和负责任的议员的标准，即为了国家的兴旺和发达。当然，雷伊是从波兰贵族的立场出发，描绘了他理想中的贵族。

17世纪出现的称之为巴洛克的艺术原是一种建筑艺术的形式，源于意大利。它在风格上极力追求豪华和标新立异，为的是炫耀财富，和贵族宫廷文化有密切的联系。在文学创作中，巴洛克文学也极力追求辞藻的雕琢和夸张的描写。这一时期在波兰文坛上，一些作家热衷于歌颂美好的生活，认为世界和人都是美的化身，但也有一些作家认为世界和人都毫无价值。这两种对立的思想观点在波兰巴洛克早期的文学界占主要地位，但是这些作家的作品并没有更多的社会内容。这时期，波兰的市民阶层开始分化，一部分上升为贵族，一部分依附于封建保守势力反对当时在波兰盛行的宗教改革，还有一部分则保持原状。因此也有一些作家在他们的作品中，反映了贵族阶层的思想观点和生活状况，认为波兰中世纪的贵族骑士在抵御外敌保卫祖国的战斗中十分勇敢，为了祖国不惜牺牲自己的一切，表现了崇高的爱国主义思想精神;而当今的贵族特别是那些宫廷贵族生活上奢侈浪费,崇洋媚外,由于他们掌握国家的统治权,又各自为政,造成社会混乱,使得经济得不到发展,民生凋敝,他们完全丧失了以往爱国贵族的光荣传统。市民文学作者中,除了出身于这个阶级的上层外,也有社会下层的小商贩、手工业者,甚至乞丐和犹太人,他们揭露了社会的贫富悬殊和法制不公。

此外这一时期还出现了一些日记体和回忆录形式的作品。其中以扬·赫雷佐斯托姆·帕塞克的《回忆录》最有名。这部作品主要写他在17世纪参加波兰反对瑞典和东方的鞑靼入侵的战争,是很珍贵的历史文献。后来一些作家写历史小说还常把它作为重要的资料来源。这一时期一些具有代表性的诗人和作家有的写爱情题材,反映贵族的日常生活,认为这一阶层的人们有道德修养,风度儒雅,言谈风趣,但也颂扬农民的勤劳和朴实。有的作家反映波兰社会下层的宗教派别兄弟会在天主教会反宗教改革中遭受的迫害。著名作家扬·波托茨基的长诗《霍奇姆之战》颂扬了波兰军队1621年在霍奇姆打败土耳其入侵者的战争,这是波兰历史上著名的以少胜多的反侵略战争战役之一。

启蒙运动是18世纪西方资产阶级在继文艺复兴之后,又一次反对教会神权和封建专制的文化运动,它追求政治和学术思想的自由,崇尚理性,提倡科学技术。波兰启蒙运动出现在18世纪下半叶,深受法国启蒙运动百科全书派的思想家伏尔泰、卢梭等理性主义和唯物主义的思想影响。18世纪末,在法国资产阶级革命的影响下,在科希秋什科的起义斗争中,甚至产生了代表平民阶级利益的革命思潮。早在1765年,为了正确引领波兰的文学创作,波兰第一个文学家协会成立;与此同时,一些贵族也相继开办文艺沙龙,介绍和讨论新的文艺思想,许多报刊发表文章,介绍法国和意大利的古典主义文艺。这些都对这一时期的文学创作产生了很大的影响。这一时期的政论文主要揭露政府立法机关和教会的腐败,反对宗教神秘主义的宣传;要求取消议会中的自由否决权,规定议案以参会议员的多数通过为准;同时要求废除拉丁语作为学生在校的必修课,教师在课堂上一律讲波兰语并增设历史、地理、法律和哲学等课程,以新兴资产阶级的科学和民主思想代替封建压迫和封建迷信。著名政论家斯坦尼斯瓦夫·斯塔希茨和胡果·科翁泰在他们的政论中,都提出了一系列救国、富国、利民和具有民主思想的主张。比如他们要求议会中除了贵族的代表外,也要有市民阶层的代表参加,要建立波兰的常备军,大力发展城市工商业,建立工厂,出口波兰的产品,减轻农民在庄园里的负担,让农奴获得人身自由,将他们在庄园里无偿劳动改为租赁庄园的土地而给庄园主交地租的制度。斯塔希茨和科翁泰为了争取小贵族和市民参与议论国事的权利和自身的发展,为了农奴的人身自由,为了波兰的经济、科学和教育的发展,为了拯救波兰于危亡,奋斗了一生。

波兰这一时期受法国古典主义文艺理论的影响,提出了戏剧的创作和表演要遵循三一律的原则。除此以外,一些作家和文艺理论家认为要模仿自然,如果写悲剧，要展示英雄主义的伟大创举。这一时期的代表诗人的作品形式多样，大都揭露政府官僚的贪污腐败、不尽职守，贵族违法乱纪、以强凌弱和他们的种种卖国行径，天主教神甫们的怠惰、愚昧、伪善、挥霍浪费，用为教民祝福骗取钱财，指出教会是封建阶级压迫人民的工具。有的诗人讲述神话或寓言和童话故事，揭露现实中的种种弊端。这些诗人力举改革，他们要求各社会阶层享受平等的权利，人人都要努力地工作，创造幸福美好的生活。有的作品告诫人们不要忘记波兰过去许多爱国志士为保卫祖国表现出的勇敢精神和作出的流血牺牲，并对那些为改革事业作出了贡献的人们表示崇高的敬意。尤利扬·乌尔森·涅姆采维奇在他的长诗《历史之歌》中甚至介绍了波兰开国以来到启蒙运动时期所有的国王和著名的历史人物，歌颂了其中为波兰的繁荣、抵抗异族侵略维护民族独立创建业绩的杰出代表。伊格纳齐·克拉西茨基还创作和出版了波兰文学史上第一部长篇小说《米科瓦伊·多希维亚德钦斯基的奇遇》(1776)。作家在小说中描写了他的理想世界，这里的农村每个人都享有土地，靠自己的劳动养活自己，邻里之间和睦相处，互助互爱，人与人无等级之分。贵族主人公在自己的庄园里取消了封建劳役，和农民一起劳动，庄园里不仅种植庄稼，而且发展多种副业。主人公的家里尊老爱幼，幸福美满。有的作品描写的地主庄园还建了学校、医院，开展各种文化活动，庄园里的农民也参加庄园生产的管理，几乎成了一个集体经济，呈现欣欣向荣的景象。所有这一切都是波兰启蒙思想的具体表现，也是波兰早期反封建的、资本主义民主倾向的表现。

18世纪末的法国大革命和欧洲的民主运动也促使了欧洲浪漫主义文学思潮的产生。这个思潮在政治上反对西欧各国封建阶级和基督教会的反动统治，要求资产阶级的个性解放，在文学创作上强调抒发个人的感情和理想，把表达感情和发挥想象提到了文学创作的首位，认为启蒙运动时期古典主义宣扬的理性主义束缚了文艺创作中感情的抒发和自由的想象。浪漫主义也很重视民间文学，因为民间文学不受古典主义清规戒律的束缚，情感真挚，想象丰富，表达方式自由活泼，语言通俗，反映了社会下层人民的心声。但是由于西欧各国的社会状况和历史背景不同，各国浪漫主义文学发展的情况也不一样。波兰自1795年被沙俄、普鲁士和奥地利瓜分亡国后，爱国志士们不论在波兰国内还是国外，都不断地以各种方式进行反抗占领者的压迫、恢复民族独立的斗争。所以波兰19世纪上半叶的浪漫主义文学也和这一时期的波兰民族解放运动有着密切的联系。首先是亨利克·东布罗夫斯基的"波兰自愿军团"成立后，军团诗人尤泽夫·维比茨基就创作了一首《军团之歌》，号召波兰人民参加起义战斗，表示了"波兰不会亡，只要我们还活着"的坚定信心。因为它影响深远，从1926年开始直到今天，都被认定为波兰的国歌。与此同时，波兰浪漫主义文学也是在和启蒙运动时期的古典主义（后来又发展为伪古典主义）的争论中发展起来的。浪漫主义文学的评论家马乌雷齐·莫赫纳茨基首先要求突破伪古典主义文学创作的一切清规戒律，他还指责波兰古典主义文学一味模仿外国的样板，没有反映波兰的现实。莫赫纳茨基要求创造波兰民族的文学，他认为文学和祖国密不可分，要参与为了恢复波兰国家独立的起义斗争。他也强调文学创作中的想象和灵感，认为波兰的民间文学乃浪漫主义文学的一部分。

波兰浪漫主义又分积极浪漫主义和消极浪漫主义。以亚当·密茨凯维奇和尤利乌斯·斯沃瓦茨基为代表的波兰积极浪漫主义文学流派始终表现了对祖国炽热的爱，他们关心贫苦农民的命运，反对封建农奴制压迫，主张发动广大人民群众，为恢复波兰民族独立而进行武装斗争，同时在波兰进行社会革命，推翻一切独裁统治，使被压迫者得到翻身和解放。积极浪漫主义者爱祖国、爱人民、爱大自然、爱全人类，他们要使世界各民族都像兄弟一样团结在一起，享有真正的民主权利和自由。消极浪漫主义作家也强调个人的意志，但他们在政治上极力维护大贵族的特权，反对波兰民族解放运动，美化波兰过去贵族的生活方式。其代表作家是齐格蒙特·克拉辛斯基。消极浪漫主义由于其思想保守，在波兰的社会影响不及积极浪漫主义。亚当·密茨凯维奇是波兰积极浪漫主义的杰出代表，也是波兰最伟大的爱国诗人。他不仅以充满了爱国主义战斗激情的诗歌鼓舞波兰人民去和占领者作坚决的斗争，而且他也亲自组织领导和参加了波兰民族解放斗争。他在最早发表的诗歌《青春颂》中指出，虽然人间一片黑暗，但那里已经升起了爱的火焰。诗人把为大众谋幸福当成他一生的奋斗目标。他的诗剧《先人祭》和长篇叙事诗《塔杜施先生》是波兰文学史上最重要的经典著作。前者再现了波兰民间古老的习俗，反映了对封建等级制度的不满，也充分地表现了波兰爱国者对占领者进行民族压迫的仇恨和反抗以及诗人对祖国的无限热爱。后者成功地刻画了为了祖国的独立自由和农奴的解放而战斗和献身的革命者的英雄形象，指出了要加强波兰民族内部的团结一致，只有这样，才能打败来犯之敌，维护国家的主权和独立。因为在波兰历史上，贵族豪强长期以来的无政府状态，曾使波兰经济遭到破坏，国力衰弱，在外敌入侵时无力抵抗而被瓜分灭亡。与此同时，贵族嗜于打斗的恶习也不利于人民的团结。此外，长诗还以广阔的画面，生动展示了波兰贵族的日常生活和风俗习惯，是一部史诗式的作品。

尤利乌斯·斯沃瓦茨基也是积极浪漫主义的代表诗人。他的作品题材多样，有的借写历史题材，揭露教会维护沙俄占领者在波兰的反动统治的卖国行径。他的诗剧《科尔迪安》写贵族革命者脱离人民群众，企图以暗杀沙皇来推翻沙俄占领者的统治，最终遭到失败。长诗《贝尼约夫斯基》指责在十一月起义失败后流亡巴黎的波兰贵族民主派虽然提出了革命的口号，却又没有一个统一的纲领，他们内部争吵不休，对占领者斗争无力。齐格蒙特·克拉辛斯基虽然思想保守，但他的诗剧《非神曲》却真实地反映了波兰封建贵族由于堕落腐化和对农民的残酷压迫而走向没落，最后失去统治地位的历史必然趋势。作品指出了下层劳动人民反封建和资本主义压迫和剥削的斗争的正义性，但又把他们写成一群只知道杀人放火的乌合之众。剧中人向往人类幸福的生活和平等的权利,但又暗示这一切都实现不了。作者看到了当时波兰社会问题全部的严重性和困难,虽然他找不到解决的办法,但他的《非神曲》仍不失为一部杰作。

除了亚当·密茨凯维奇、尤利乌斯·斯沃瓦茨基和齐格蒙特·克拉辛斯基这些具有代表性的浪漫主义诗人外,这一时期的重要诗人还有安东尼·马尔切夫斯基、塞韦伦·戈什钦斯基和齐普里扬·诺尔维德等。安东尼·马尔切夫斯基的《玛丽亚》发表于1825年,是波兰浪漫主义时期第一部长篇叙事诗。作品抨击了社会等级制度对爱情的扼杀,揭露了贵族统治者极端残暴的本性,具有强烈的反封建的倾向。塞韦伦·戈什钦斯基的长诗《卡尼约夫城堡》反映了在当时属于波兰的西乌克兰地区波兰人信仰的天主教和乌克兰人信仰的东正教以及波兰地主和哥萨克之间的矛盾和冲突,刻画了哥萨克人勇敢、爱自由但又粗鲁和暴躁的典型性格。在作者笔下,乌克兰反波兰地主的哥萨克人都是一群杀人不眨眼的刽子手,作品对于场景的描写使人感到,整个事变的发生好像被一种神秘的力量操纵,魔鬼决定了人的生死。齐普里扬·诺尔维德的《肖邦的钢琴》也是一首名诗。诗人原是肖邦的友人,他在作品中表达了对肖邦的真挚的友情,指出了肖邦在世界文化史上崇高地位。他为祖国波兰拥有享誉世界的波兰文化感到自豪。

波兰文学史上的小说创作始于启蒙运动时期,到浪漫主义时期出现了繁荣的局面,以伊格纳齐·克拉谢夫斯和尤泽夫·科热尼奥夫斯基等为代表的小说作家不仅作品数量很大,而且题材十分广泛,有的写历史题材,有的反映现实,这一时期也开始产生了小说创作的流派。伊格纳齐·克拉谢夫斯基是一位著名的历史小说作家,他的历史小说题材涉及从波兰国家的诞生到他所在的19世纪之前的几乎全部历史。其中最著名的小说《古老的传说》以公元9世纪,也就是波兰作为一个国家诞生以前的一段历史为背景,反映了当时在这片土地上的波兰[①]和列谢克,即日耳曼两个民族相互之间的斗争到后来和解,因而诞生了波兰第一个王朝彼雅斯特的历史。波兰浪漫主义时期最著名的戏剧作家是亚历山大·弗列德罗,但是他的作品大都是喜剧,描写贵族的日常生活,并不具有浪漫主义戏剧特征。如他最著名的喜剧《处女的誓言》写男女相爱,原先有矛盾,由第三者用计,使矛盾得到解决,相爱男女终成眷属。《复仇》中的侍臣和公证人因为要各占一个城堡的一部分发生了纠纷,要进行决斗,但公证人的儿子和侍臣的侄女相爱,要他们的长辈也消除纠纷,相互和解,最后形成皆大欢喜的结局,这些作品没有反映很深的社会内容,但作者通过一些喜剧场面的描写,充分显示了剧中人不同的个性。

19世纪的欧洲,继浪漫主义文学之后是现实主义文学流派的产生。现实主义作为文学创作的基本方法侧重于客观如实地的反映现实生活,按照生活的本来

[①] 这个"波兰"的波兰文是Polan,有别于现在的"波兰"。现在的"波兰"的波兰文是Polska,音译为"波尔斯卡",英文把她译为"波兰"。

面貌精确和细腻地加以描述,力求真实再现典型环境中的典型人物。实际上,世界各国的文艺自始就不同程度地具有现实主义的因素和特色。但在19世纪30年代以后,西欧各国资本主义制度已经确立和得到巩固,与此同时,资本主义的社会矛盾也日益加剧,各种弊病越来越明显地暴露出来,加之科学技术的发展和唯物主义反对宗教唯心主义的胜利以及空想社会主义学说的传播,促使人们以更加客观的立场去看待和研究资本主义的社会问题。在文学中便产生了现实主义流派,如果以批判的眼光去看待现实和进行创作,便产生了批判现实主义。波兰现实主义文学产生于19世纪70年代,实证主义纲领提出实行资本主义民主和发展经济在当时虽有一定的进步意义,但由于波兰社会民族和阶级的双重压迫,这个纲领根本无法实施,社会下层的劳动人民陷入极端的贫困,人们对黑暗现实表示不满。一些著名的作家如爱丽查·奥热什科娃、亨利克·显克维奇、波列斯瓦夫·普鲁斯和玛丽娅·科诺普尼茨卡等从他们早期对实证主义的颂扬到后来对黑暗现实的揭露和批判,形成了波兰批判现实主义文学流派。这个流派以小说创作为主,有的作家写历史题材,有的作家直面现实,但不管是前者还是后者,在自己的作品中,都深刻地揭露了社会中的贫富不均以及民族和阶级矛盾,表现了炙热的爱国主义和深厚的人道主义思想情怀,对下层劳动人民不幸遭遇的同情和对一个没有剥削和压迫、幸福和美好社会的向往。波兰批判现实主义文学无论在作品的数量,还是它所反映的社会的广度和深度以及它的艺术质量都是空前的,它在波兰文学史上是最重要的流派之一。

爱丽查·奥热什科娃的小说《马尔达》反映了在波兰社会中,由于旧的习惯势力,妇女没有受教育的权利,一旦她们失去了依靠,就无法生存。作者把女主人公的不幸写得真实感人,在社会上引起了很大的反响。长篇小说《涅曼河畔》写一个地主家庭和农民家庭因为父兄一起参加波兰民族解放斗争并在战斗中牺牲,他们之间消除了阶级偏见,能够平等相待,和睦相处,并且结成了儿女亲家。

亨利克·显克维奇主要写历史小说,他在这方面所取得的杰出成就使他于1905年获诺贝尔文学奖,他是波兰第一个获诺贝尔文学奖的作家。他的历史小说三部曲包括《火与剑》、《洪流》和《伏沃迪约夫斯基骑士》,是他的第一部伟大史诗式的作品。《火与剑》以17世纪乌克兰农民起义为题材,揭露了领导起义的乌克兰贵族波赫丹·赫麦尔尼茨基勾结沙俄肢解波兰的卖国行径,但对农民起义作了歪曲历史的描写。《洪流》的历史背景是继乌克兰农民战争之后瑞典封建主入侵波兰,波兰军民在国王扬二世·卡齐米日和著名爱国将领斯泰凡·查尔涅茨基领导下,以人民战争打败了侵略者,把他们赶出了波兰的国土。显克维奇以生动的笔触,描写了波兰人民团结一致、不畏强敌、英勇战斗、势不可挡的气势,颂扬了国王在极端困难的情况下,表现出了高度的爱国主义思想精神,因而赢得了全民的拥护和爱戴。爱国将领勇猛善战、身先士卒,使他指挥的军队威力无比,能够迅速战胜敌人。作者在整个三部曲中,善于构建生动曲折和引人入胜的故事情节,成功地刻画出一系列个性鲜明的爱国者的英雄形象。长篇小说《你往何处去》以古罗马尼禄皇帝统治时期为背景，描写了暴君尼禄焚烧罗马和对当时处于社会下层的基督徒的残酷迫害。作者以他的卓越的艺术才能真实和生动地再现了人类在数千年前的历史巨变，具有震撼人心的魅力，使这部作品在世界文坛享有崇高的声誉。《十字军骑士》描写 14 世纪初十字军骑士团压迫波兰人民以及波兰和立陶宛联军 1410 年在格龙瓦尔德打败骑士团的经过，也是一部弘扬爱国主义思想精神的优秀作品。总体来说，显然维奇的历史小说对当遭受深重民族压迫的波兰人民的爱国热情，起了很大的鼓舞作用，促使他们去和占领者作坚决的斗争。在艺术上，正如瑞典皇家学院授予他诺贝尔奖的授奖词中所说，"他的史诗风格更是达到了艺术上绝对完美的地步。"①

波列斯瓦夫·普鲁斯也是一位杰出的批判现实主义作家，他的长篇小说《前哨》反映了普鲁士占领者对波兰农民的经济侵略，是过去波兰作品没有接触过的题材。《玩偶》成功地塑造了波兰的爱国者、革命者和资产阶级人道主义者的典型形象，深刻揭露了 19 世纪 80 年代贵族阶级的腐朽没落和波兰民族解放运动处于低潮时期的社会面貌。这部小说自发表以来，一直被公认为波兰批判现实主义的代表作。小说《妇女解放的斗士们》中的女主人公为了妇女解放而办女子学校付出了极大的努力和代价，但她们的努力最终失败，作品控诉了男女不平等造成的恶果。《法老》以古埃及拉美西斯十二世国王统治时期为背景，描写了祭司集团和法老的矛盾，也是一部重要的历史小说。玛丽娅·科诺普尼茨卡既是一位著名的小说家，也是一位诗人。她的长篇叙事诗《巴尔采尔先生在巴西》写 19 世纪 80 年代和 20 世纪初，波兰农民由于缺少土地，在国内无法谋生，曾大批迁移到西欧、北美和南美，表现了波兰农民流浪巴西，在国外寻找生路的苦难经历。最后他们在一个港口城市参加了当地工人反资本家剥削的罢工，表明了诗人对被压迫的农民的同情和拥护革命的态度。19 世纪 80 年代，由于无产阶级革命斗争的继续和发展，也首次出现了无产阶级革命文学，其中最有名的是波列斯瓦夫·切尔文斯基的《红旗》、瓦茨瓦夫·希文齐茨基的《华沙革命歌》和路德维克·瓦伦斯基的《镣铐玛祖卡歌》。它们的作者都是当时波兰无产阶级革命的领导者，这些作品号召全世界无产阶级和一切被压迫人民起来战斗，摧毁整个旧世界，创造新的生活。有的虽然在牢狱中，但表现了革命乐观主义精神，不仅自己而且要所有的波兰人都踏着波兰传统的玛祖卡舞的舞步走向街垒，参加战斗，打倒沙皇！这些诗歌配上乐谱后，在革命群众中广为流传，鼓舞了他们的斗志。

19 世纪末，除了批判现实主义文学和无产阶级革命诗歌外，文坛上又出现新的现代派文学，在波兰这一时期主要表现在诗歌和戏剧创作中的象征主义和表现

---

① 显克微奇，《第三个女人》，林洪亮译，漓江出版社，1987 年，第 552 页。显克微奇是林洪亮当时的译法，笔者现译为显克维奇。

主义的倾向。象征主义在 19 世纪 80 年代首先出现在法国,象征主义诗歌趋向于抒写难以捉摸的内心隐秘,侧重暗示和非明白的解释,使读者似懂非懂,以此体会其中的深意,同时力求展示半明半暗、明暗配合的色彩,强调音乐效果,即诗歌内在的节奏和旋律。法国诗人波德莱尔于 1857 年出版的诗集《恶之花》,揭露生活的阴暗面,歌唱丑恶事件,具有颓废派的思想倾向,有人认为这是"病态之花"。他的诗想象奇特,感觉过敏,被认为是法国象征主义的先驱。法国象征主义影响深远,除了法国象征派诗人外,还有比利时的象征派诗人和剧作家梅特林克等。在象征主义出现的同时,西欧的诗歌创作中也出现了颓废主义倾向,最早也见之于波德莱尔的诗中。19 世纪 80 时代的颓废主义者主张"为艺术而艺术",认为文艺创作不应受生活目的和道德的约束,否定文学的社会作用,并且宣传悲观和颓废的情绪。波兰的颓废主义和象征主义产生于 19 世纪末和 20 世纪初,文艺理论家哲隆·普热斯梅茨基和斯坦尼斯瓦夫·普日贝谢夫斯基这时期都提出了一整套为艺术而艺术的思想观点。哲隆·普热斯梅茨基认为,艺术和伦理道德无关,不表现意识,只表现所谓的"超意识",它属于"纯美学",确认了现代派文学是超然于社会责任和伦理道德的。斯坦尼斯瓦夫·普日贝谢夫斯基也认为,

> 倾向性的艺术,教育的艺术,娱乐的艺术,爱国主义艺术,带有某种道德和社会目的的艺术都不是艺术……为人民的艺术,是把艺术家所采用的手段令人厌恶地庸俗化了,是把本质难以接受的东西作了平民化的通俗化处理。①

他不仅把艺术、艺术家置于和民主、爱国、道德责任、人民群众完全对立的地位,而且本末倒置地说什么艺术是"生活的泉源"。总之,不论哲隆·普热斯梅茨基,还是斯坦尼斯瓦夫·普日贝谢夫斯基提出的"为艺术而艺术"所表现的历史唯心主义及反人民、反民主的政治倾向比西欧的颓废派提出的"为艺术而艺术"甚至更加强烈。关于象征主义,也是哲隆·普热斯梅茨基首次提出的,他认为象征主义是一种"本质的艺术和不朽的艺术",它揭示的是一个"无边无际的非感观的天地",一个"非意识"的非理性天地②,这也是和包括波兰批判现实主义在内的一切理性主义文学完全对立的。

但在波兰当时依然存在尖锐的民族和阶级矛盾的社会环境中,哲隆·普热斯梅茨基和斯坦尼斯瓦夫·普日贝谢夫斯基的"为艺术而艺术"的理论在文学创作的实践中是贯彻不了的。如波兰象征主义代表诗人卡齐米日·泰特马耶尔在他早期的诗歌确实表现了颓废的情绪,他对现世的一切都表示怀疑,认为只有在宗教的神秘主义中才能使他得到净化,可他又脱离不了这个在他看来罪恶的尘世,

---

① 《波兰文学批评 1800—1918》,第 4 卷,国家科学出版社,华沙,1959 年,第 155 页。
② 同上,第 55 页。

这便给他带来了烦恼和痛苦。他要在象征主义的文学创作中摆脱这种痛苦,他的作品充分利用了象征主义艺术手法,如他对大自然风光的描写,通过变幻不定的光照和色彩的描绘,给读者展现出或明或暗的画面,采用了许多象征的描写,来揭示人的生存状态。可是他后期的创作歌颂纯真的爱情和山区人民质朴和富于正义感的性格,走上了现实主义的创作道路。他在1905年革命后发表的作品中,宣扬爱国主义思想,甚至对革命表示同情,完全摆脱了早期作品中悲观颓废的思想情绪,希望在革命中找到正确的人生和文学创作的道路。

以斯坦尼斯瓦夫·韦斯皮扬斯基为代表的象征派剧作大都以波兰民族解放斗争的历史和现实为题材,表现了爱国主义的精神面貌,和西方象征派剧作中颓废没落的倾向有很大的区别。如他的诗剧《婚礼》,表面上是写波兰加里西亚一部分文艺界对城市庸俗的道德风习不满,要到农村来安家落户,实际是为了讽刺克拉科夫那些保守派知识分子和政要卖国求荣的丑恶面貌和庸俗可鄙的思想情趣,指出了1846年2月在克拉科夫爆发的反奥地利的民族起义失败的原因。剧本既写现实中发生的一切,又用象征和比喻来说明某种情况的发生。剧中场景光线的调配和声色的处理具有象征主义特色。他的《华沙歌》和《十一月之夜》都以1830年十一月起义为题材,前者赞颂了十一月起义参加者为国献身的精神,但作者通过人物的心理描写,表现剧中所发生的一切都是命中注定,带有宿命论的色彩。《十一月之夜》写了两个世界,一个是神话世界,另一个是起义斗争,神话中的人物甚至操纵人间的斗争,舞台上既神秘又现实,也表现了波兰象征主义的艺术特色。

表现主义在西方盛行的20世纪初至30年代,一些中产阶级知识分子厌恶都市文明,要寻求精神上的解脱和意识自由,它首先表现于绘画,后来在音乐、文学和电影领域都有了发展。表现主义诗歌多为暴露大城市的喧嚣、混乱、堕落和罪恶,它不重视细节描写,只追求强有力的主观精神和激情的表现。波兰表现主义代表诗人扬·卡斯普罗维奇在1899年发表的长篇抒情诗《赞歌》就已表现了一个不论是当时还是以后的现代派文学中最普遍的主题:世界面临灾难,人类将要走向灭亡,诗人认为这是因为这个世界有贫困和罪恶,是上帝创造了一个罪恶的世界。这个主题所包含的内容比西方表现主义所要表现的内容范围更大。但和西方表现主义不同的是在卡斯普罗维奇看来,上帝创造的这个世界,不只有罪恶,也有美好的事物,它要让美好和丑恶、痛苦和欢乐并存,说明诗人经受了痛苦和失望之后,想在宗教人道主义中看到希望。他的《赞歌》充分暴露了他在思想上的矛盾,表现了由此而产生的变幻不定的感情,在手法上则采取夸张的描写,着意展现某种混乱和破坏性的场面,以显示这种感情的突发性,使读者强烈地感受到抒情主人公的存在,充分表现了表现主义的艺术特色。

这一时期以斯泰凡·热罗姆斯基和弗瓦迪斯瓦夫·莱蒙特为代表小说作家不仅继承了19世纪批判现实主义的传统,而且反映波兰城乡更广泛的现实题材,在他们的某些作品中也表现了革命的倾向。如斯泰凡·热罗姆斯基的长篇小说

《无家可归的人们》反映了城乡无产阶级的生活状况。小说塑造了一个全心全意为无产阶级谋福利、具有大公无私品德的人物形象,他认为被压迫者无家可归的时候,他自己也无家可归。但是他要改善一些工人和贫苦农民居住和劳动的卫生条件的努力,因为遭到了唯利是图的资产者的反对而归于失败。作者希望改变被压迫者的悲惨命运,但他又看不到一种能够改变现实的力量。历史小说《灰烬》取材于18世纪末19世纪初的波兰民族解放运动,通过塑造各种不同思想和政治立场的人物,对这一历史背景作了真实的反映,并且指出了波兰民族的解放斗争不应倚重于外援而必须立足于依靠自己力量,真实反映了当时波兰民族解放运动的复杂情况。小说《罪恶史》和《早春》都反映了空想社会主义的理想,但作者又认为在他所面临的波兰现实中无法实现,因为他看到了独立后的波兰和占领者统治时期没有两样,认为只有人民群众革命斗争的胜利,才能实现他的理想。热罗姆斯基的创作融合了现实主义和象征主义两者的艺术特色。他无论在人物的刻画、场景的设计和景物的描写,都采取了许多象征主义的手法,成为波兰第一个运用这两种手法进行创作的小说作家。

弗瓦迪斯瓦夫·莱蒙特也是波兰20世纪初最重要的作家。他的长篇小说《福地》以罗兹这个城市资本主义经济的发展为题材,反映了诸多社会问题,如波兰资产阶级是怎么发展起来的、他们与外国资本的激烈竞争、他们内部的尔虞我诈以及他们对工人残酷的剥削和压迫。罗兹是当时波兰资本主义经济高度发展的城市,莱蒙特所反映的社会面貌具有一定的典型意义。长篇小说四部曲《农民》是莱蒙特最重要的作品,也是波兰文学史上最重要的经典之一。莱蒙特正是"由于他伟大的民族史诗《农民》"于1924年获诺贝尔文学奖。他是继显克维奇之后,第二位获此殊荣的波兰作家。① 在这部史诗式的作品中,莱蒙特对农奴解放后的波兰农村的社会面貌,作了最广泛和深入的展示。波兰农奴虽然获得了人身自由,但是贵族地主依然占有大量土地,农民没有土地沦为赤贫。地主利用权势,盗伐农民公有的森林,引起了农民的反抗。德国移民要占领波兰农村更多的土地,地主为了一己之利,要把他的土地卖给德国人,农民为了维护波兰民族的利益,和德国移民作了坚决的斗争。后来沙俄占领者要在波兰农村办俄语学校,对波兰农民子弟进行奴化教育,也遭到了农民的反对。但是在这些斗争中,农民最后都遭到了失败,可以看出当时波兰贵族勾结占领者进行反动统治的势力仍很强大。小说也成功地塑造了一系列不同个性和经历的农民形象。

加布列娜·扎波尔斯卡是"青年波兰"时期著名的现实主义剧作家、导演和演员。她的剧作如《杜尔斯卡太太的道德》等主要取材于波兰城市上层社会的生活,揭露资产阶级和小市民的庸俗、虚伪、吝啬和贪婪的习性,塑造了一大批成功的典型,被认为是波兰20世纪现实主义的经典剧作。

---

① 张振辉,《莱蒙特——农民生活的杰出画师》,长春出版社,1995年,第2页。

波兰于 1918 年获得独立后到第二次世界大战期间的文学创作发展流派纷呈，情况较为复杂。1919 年出现的斯卡曼德尔诗社聚集了尤利扬·杜维姆、雅罗斯瓦夫·伊瓦什凯维奇等这一时期最著名的诗人，他们提出了诗歌创作"民主化"、"日常生活化"和"大众化"的口号，要表现普通人的日常生活，语言应当"通俗化、具体化和形象化"[①]，有的诗人甚至坦诚地表示：

我并不要做你们的向导，
我只要深入到人群中去。[②]

波兰文学评论家都认为，波兰以往的诗歌创作都没有像斯卡曼德尔诗社这样，与人民大众有如此密切的联系，因此他们受到读者普遍的欢迎。几乎在斯卡曼德尔诗社诞生的同时，在克拉科夫和华沙也出现了一个新的诗歌流派——波兰未来派。这个流派的产生也曾受到 20 世纪初意大利未来主义的影响，主张同一切传统的文化决裂，面向未来。欧洲一些国家当时已经走上资本主义工业化的道路，科学技术的进步改变了社会的面貌，大都市的机器文明和竞争成了时代的主要特征，因此未来主义者认为，要歌颂"机器文明"和都市动乱的生活，显示"速度的美"和"力量"。[③] 波兰未来主义流派的代表布鲁诺·雅显斯基认为资本主义工业和技术的发展"创造了新的伦理、新的美学和新的现实"，要歌颂这个"新的现实"，[④] 但他后来也像俄国未来主义诗人马雅可夫斯基一样，走上了革命的道路。

除了未来派，在 20 世纪 20 和 30 年代，又相继产生了先锋派和第二先锋派。先锋派诗人提出了发展科学技术，创造一个他们认为理想的世界。第二先锋的诗人经受过 20 世纪 30 年代经济危机和法西斯主义的威胁，他们的作品热衷于反映阴森可怕的场景，预示灾祸的来临，因此被认为是 20 世纪 30 年代诗歌中的灾变派。

与此同时，以著名诗人弗瓦迪斯瓦夫·布罗涅夫斯基为代表的无产阶级革命诗歌继承了波兰积极浪漫主义诗歌和 19 世纪 80 年代革命文学的传统，它也是伴随着波兰 20 世纪 20—30 年代无产阶级革命斗争的发展而产生的。这些作品充满了革命斗争的激情和乐观主义精神，表现了崇高的理想，对当时波兰国内的工人运动起了很大的鼓舞和推动作用。尤其是布罗涅夫斯基，他在 20 世纪 30 年代西方资本主义经济危机和法西斯的威胁日益加剧的形势下，不仅真实反映了工人遭受残酷的剥削生活状况急剧的恶化，而且叫人们提高警惕，世界大战将会造成什么后果。他的诗歌也真实地反映许多波兰革命者的英雄业绩，描写了人类第一个无产阶级革命政权巴黎公社从诞生到失败的全过程。在波兰被德国法西斯占

---

① 张振辉，《20 世纪波兰文学史》，青岛出版社，1998 年，第 92 页。
② 耶日·克维亚特科夫斯基，《两次大战之间的 20 年》，国家科学出版社，华沙，2003 年，第 66 页。
③ 《中国大百科全书，外国文学》，第 2 卷，中国大百科全书出版社，1982 年，第 1055 页。
④ 张振辉，《20 世纪波兰文学史》，青岛出版社，1998 年，第 94 页。

领期间，他又和许多爱国诗人一起，以诗歌创作和宣传，投入了反法西斯战斗中。波兰解放后，人民当家做主，诗人深感祖国的解放和新生来之不易，他看到了人们在废墟上重建家园，到处都是热火朝天的劳动景象，过去一些革命作家的理想终于实现了，他为此感到无比的欣慰。布罗涅夫斯基不仅从事诗歌创作，而且亲身参加波兰无产阶级革命斗争，为波兰的独立和人民的解放奋斗了一生。他所代表的无产阶级革命文学乃波兰20世纪20—30年代最重要的流派之一。

  两次大战之间的戏剧以斯坦尼斯瓦夫·伊格纳齐·韦特凯维奇的荒诞派戏剧最有名。如果说西欧荒诞派戏剧直到20世纪50年代和60年代初才出现的话，那么韦特凯维奇就是西欧荒诞派戏剧的先驱了。西方荒诞派戏剧主要描写人生的荒诞，命运无常，人类面对荒诞的现实束手无策，在绝望中走向死亡，这些主题大都显得抽象和一般化。可韦特凯维奇在他的一系列文论中就明确地指出了社会生产水平的提高、科学技术的进步和物质财富的丰富会导致人类精神生活的空虚、社会矛盾的激化。他的这些观点虽不一定完全正确，但更具体地反映了资本主义社会现实的状况，可见他的思想观点并没有脱离现实主义的传统。他的戏剧创作表现的也大都是一些淫乱和仇杀的故事，揭露人们因为堕落而犯罪，很明确地提出了伦理道德的问题。在手法上，韦特凯维奇侧重于戏剧情节和人物塑造的荒诞构思，通过这种构思加深对戏剧思想主题的表现，给观众以视觉和听觉上的震撼，这一点和西方荒诞派戏剧完全没有戏剧所要表现的事件和剧情的转折不一样。

  在两次大战之间的小说创作中，现实主义仍占主导地位。如玛丽亚·东布罗夫斯卡、卓菲亚·纳乌科夫斯卡、万达·华西列夫斯卡、列昂·克鲁奇科夫斯基、尤利乌斯·卡登—邦德罗夫斯基、波娜·戈雅维钦斯卡和"城郊文学社"的作家等接触的题材、表现的思想特点和艺术风格各不相同，但玛丽亚·东布罗夫斯卡和她的长篇小说《黑夜与白昼》是这一流派最具有代表性的作品。小说以1863年一月起义到第一次世界大战为背景，真实地反映了这段时期波兰城乡发生的社会巨变，成功地塑造了一系列曾经参与这些变革的个性鲜明的典型人物。小说通过主人公的经历，再一次指出在一月起义后的波兰农村既要发展农村经济而又企图回避当时存在残酷的阶级压迫和斗争的现实，是做不到的。同时小说也热情颂扬了波兰1905年革命中的工人、农民和学生反对民族和阶级压迫的正义斗争，指出了波兰各社会阶层对革命不同的态度。小说在描写第一次世界大战爆发时，以激动人心的笔触，描绘了世界大战给波兰人民带来的深重灾难，和下层劳动人民在大难临头时所表现的舍己为人的高尚品德。《黑夜与白昼》继承了波兰19世纪批判现实主义传统，但就其反映社会的广度和深度来说，又超过了前者。这是一部史诗式的作品，是继莱蒙特的《农民》之后波兰20世纪文学中又一史诗作品。

  波兰解放后初期，作家们对法西斯占领时期记忆犹新，因此在他们的创作中，占主要地位的是反映战争和法西斯侵略罪行的题材。与此同时，一些左派的作家和评论家也进行了关于现实主义的讨论。1949年1月,波兰文学家协会在什切青召开作家代表大会,会上波兰党政领导向作家提出了社会主义现实主义为文学创作的基本原则,要求作家歌颂战后波兰的社会主义建设,把自己的创作和祖国人民走向共产主义的前景联系起来,担负起教育人民的使命,会后为此作了很多宣传。与此同时,在有关方面的推动下,在20世纪50年代初便产生了一大批以波兰社会主义建设和国内外阶级斗争为题材的小说,但是由于作者们没有深入到现实生活中去,这些作品的情节千篇一律,有明显的公式化倾向,对现实的描写也不够真实,因此受到许多作家和评论家的指责,被称为生产文学。但是在这前后,也产生了一些同样是反映波兰无产阶级革命斗争和社会主义建设的较为成功的作品。前者如卢奇扬·鲁德尼茨基的小说《旧的和新的》和伊戈尔·内维尔莱小说《纤维工厂回忆录》,写的是20世纪20—30年代波兰无产阶级翻身解放的斗争,因为作者亲身参加过这一系列的斗争,或者以他们了解的真人真事为背景,他们的作品因此成了真实记载20世纪波兰工人运动史的为数不多的杰作。卡齐米日·布兰迪斯的《公民们》虽然是一部遵循了社会主义现实主义创作原则的作品,但它深入揭露了波兰国内外各种社会矛盾和政府机构的官僚主义,真实反映了波兰社会主义建设的状况,成功刻画了具有鲜明个性的人物形象,从而摆脱了公式化的倾向,在同类作品中,也是写得较为成功的。

但因为社会主义现实主义的创作原则是波兰党政领导自上而下要求作家遵循和贯彻的,所以从一开始就有不少作家对它表示反对。他们认为,对各种不同创作方法都不能否定,对波兰和世界上古今一切有审美价值的艺术成果也不能一笔抹杀,作家要有创作的自由。实际上,在这一时期,除了"生产文学"外,也产生了不少其他各种题材的作品。在1956年波匈事变的前后,还出现了所谓清算文学,一味揭露波兰现实的黑暗,指责波兰社会主义的宣传都是骗局,也全盘否定了20世纪50年代前期歌颂波兰社会主义建设的文学,此后就没有人提社会主义现实主义了,作家们开始了自由创作的新时期。虽然哥穆尔卡1963年7月4日在统一工人党十三中全会的总结报告中说:"近年来,干预生活、热情奔放地反映我国现实的作品太少了,"并且指出"'清算文学'的作者们全盘否定50年代的文学是'极不正确的',我们不需要狭隘生产性的公式化的文学艺术,但是我们也反对在艺术作品中忽视对人的劳动的描写。我们需要的是反映劳动的真正的美、真正的伟大,是反映人与人之间的关系和与社会活动,与劳动有联系的道德冲突。"[①]但是波兰文艺界对这不感兴趣,一些作家在20世纪60年代也出版了各种题材包括历史和现实题材的作品,其中不乏成功之作,但是再也没有反映社会主义生产劳动的作品。在诗歌创作中,这一时期出现了一个当代派,也就是1956年开始发表作品的诗人一派。这一派诗人从一开始就表现出叛逆精神,要求反映社会生活

---

① 《外国文学动态》,1987年第4期,中国社会科学院外国文学研究所编,第33页。

中迄今没有反映或者不敢反映的问题,但他们的人生观、价值观和审美观都不一样。有的诗人一味揭露社会中的丑恶现象,形成了所谓"丑陋派";有的诗人力求创新,形成了自己独特的风格;有的诗人则仍以传统的表现手法,反映各种不同的现实题材。

后来在20世纪60年代末,诗坛上又出现了一个新浪潮派。新浪潮派诗人大都出生于战后,对40年代末和50年代的生活以及1956年事变没有亲身感受,但1968年以后的社会动荡使他们认清了各种矛盾和冲突产生的原因:国民经济发展停滞不前,社会上各种不实的宣传报道和人们精神生活的贫乏使他们感到苦闷以至愤懑。他们不仅写诗,还发表诗学理论著作,认为诗歌创作不能脱离现实,要反映个人和他们这一代人的生活体验,塑造具体的而不是抽象的抒情主人公;要打破清规戒律,进行独立思考,要说真话,以伦理道德的观点而不是政治观点看待事物。他们还认定马克思主义能够促使社会的变革,因为它揭露了社会异化的存在,并和它进行斗争,探索改造现实的途径。这一代诗人对20世纪波兰诗歌创作的发展曾经产生深远的影响。在20世纪末和21世纪初,波兰诗坛上又出现了所谓"地铁里的诗"。这是波兰文化和民族遗产部选定要在2011在我国首都北京和其他一些欧洲和亚洲的大城市举办的,命名为"地铁诗歌——来自波兰的诗展"的全部作品,其中包括波兰现代诗歌创作的老中青三代诗人的作品。"地铁诗歌"顾名思义,是反映世界在高科技统治时代的现代生活的诗歌。这些作品反映现实生活面之广泛、表现形式之多样,更是前所未有,尤其是青年诗人对现代生活中的各种新鲜事物非常敏感,如美国NBA的篮球赛、原子核物理,甚至核辐射、吸毒和不治之症的严重威胁,无不出现在他们的笔端。波兰现代诗歌创作进入了一个新的时代。

但在波兰战后诗歌创作中,影响最大的是两位曾先后获诺贝尔文学奖的诗人切斯瓦夫·米沃什和维斯瓦娃·希姆博尔斯卡。切斯瓦夫·米沃什因他"在自己的全部作品中,以毫不妥协的深刻性揭示了人在充满着剧烈矛盾的世界上所遇到的威胁",表现了"人道主义的态度和艺术特点",[①]于1980年获诺贝尔文学奖。他是继显克维奇和莱蒙特之后,波兰第三位获此殊荣的作家。切斯瓦夫·米沃什出生在立陶宛,他战前也是20世纪30年代第二先锋派即灾变派的代表诗人之一,把历史看成是一场大灾祸,世界将走向灭亡。德国法西斯占领波兰期间,他在华沙参加过地下文化活动,1942年收集整理波兰各地反法西斯抵抗运动的诗歌,编了一本《独立之歌》,宣传波兰反法西斯斗争,有重要意义。战后他大部分诗歌是他在1951年留居法国后又去了美国时写的,有对他的童年和家乡立陶宛的美好回忆;有的反映德国法西斯占领波兰期间首都华沙严酷的现实,表现了他对法西斯的痛恨和复仇的心愿;有的揭露了世间的庸俗、虚伪、丑恶和极端腐败的表现;

---

① 《外国名作家大词典》,漓江出版社,1989年,第559,560页。

也有对他敬仰的友人的赞美。诗人虽然认为现世黑暗，面临灾变，但他并不悲观，因为他也看到了美好事物的存在，他的诗歌继承了波兰浪漫主义和现实主义的传统，但在这个基础上大有发展，表现了新的"艺术特点"。

希姆博尔斯卡是一位富于哲理的诗人，她一生都把创作的着眼点投向了世界从古到今的发展和宇宙间所出现的各种自然现象，对大至宇宙的形成小至生活中的细节进行孜孜不倦的探讨。她认为大自然和人世间的各种事物纷纭复杂，但都是相对而存在的，比如天和地从整个宇宙宏观的角度来看就没有天地之分；事物之间虽有矛盾，但这种矛盾可以转化，或者以某种方式也可得到解决，所以她的哲理具有辩证的特点。此外诗人还认为宇宙和人类社会也是不断发展的，所以她遇到新的事物，都要谦虚地说一句"我不知道。"这样就使她不断地"开拓了新的生活领域"，认识了新的天地，寻找宇宙发展的规律。在这种思想精神指导下，她的诗歌创作也极富想象，时而赞颂，时而讽刺，但又充满了幽默和诙谐，在内容和形式上都丰富了波兰20世纪的诗歌创作。

波兰战后直至今天的小说创作题材之丰富、形式之多样、具有影响力作家之众多，都是波兰文学史上空前的。在这些方面，我们几乎无法列举，但是在他们中，最具有代表性和影响最大的当数雅罗斯瓦夫·伊瓦什凯维奇和维托尔德·贡布罗维奇。雅罗斯瓦夫·伊瓦什凯维奇无论从他一生文学创作品种、规模还是从他作品的艺术质量来看，在波兰战后的作家中都是首屈一指的。伊瓦什凯维奇战前是一位著名的诗人，是20世纪30年代斯卡曼德尔诗社的主要成员之一，后来他创作小说，战后出版了他的代表作：长篇小说《名望与光荣》。这部作品和弗瓦迪斯瓦夫·莱蒙特的《农民》、玛丽亚·东布罗夫斯卡的《黑夜与白昼》一样，也是一部史诗式的巨著。小说以第一次世界大战直到波兰二战后初期几乎半个世纪的历史为背景，通过各种人物和家庭不同的经历，以极为广阔的视野，真实再现了这个充满了各种矛盾和冲突、经历了社会巨变的时代的面貌，成功地刻画了一系列典型人物的不同个性和他们在社会巨变中表现的各种思想状态。小说对第二次世界大战爆发后，纳粹法西斯对波兰来势凶猛的袭击以及给波兰人民带来了空前灾难的描写，给读者以极大的震撼。波兰的战前政府虽然逃到了国外，但爱国军民在国内坚持反法西斯战斗，有的在战场上和敌人拼杀；有的在华沙开地下印刷厂，进行反法西斯和波兰民族解放斗争的宣传，他们不惜付出流血牺牲，为波兰民族解放事业作出了不朽的贡献。在艺术手法上，小说《名望与光荣》与《农民》、《黑夜与白昼》有所不同，后两部作品是从正面揭示那个时代错综复杂的阶级和民族矛盾，《名望与光荣》则更多的是通过人物坎坷的生活经历，从侧面反映他们所处的那个时代，并且以回忆、梦幻和意识流等手法展示他们在社会事变中的不同心态。这是一部综合了现实主义和现代主义各种表现手法的成功之作，使波兰长篇史诗创作在艺术上向前迈进了一大步。此外，伊瓦什凯维奇也写过剧本，他在战后曾长期担任波兰文学家协会主席，为波兰战后文学创作的发展，作出了很大的贡献。

维托尔德·贡布罗维奇是继韦特凯维奇为代表的荒诞派戏剧之后,在20世纪30年代和战后出现的荒诞派小说的代表作家。其作品的一个突出的特点是在故事情节的描写上超越时空的限制,以荒诞、怪异或变形的手法,表现主人公被压抑和异化的人性,具有强烈的讽刺意味,这种讽刺主要针对资本主义陈腐的教育制度、社会发展的不平衡和由于个性解放造成的道德败坏。作品也反映了他个人在国外因为受到欺骗、嘲弄和侮辱而产生的苦闷心情。波兰战后也产生了以斯瓦沃米尔·姆罗热克和塔杜施·鲁热维奇为代表的荒诞派戏剧。

塔杜施·鲁热维奇是战后一位影响很大的剧作家、诗人和小说家。他早期写诗,曾经受到战前先锋派的影响,认为大自然是混乱的,人类的科学技术可以驾驭和征服大自然,人类只有战胜了大自然的混乱,才能建立公正合理的社会秩序。有的作品以法西斯占领时期为背景,揭露了法西斯刽子手的暴行。20世纪50年代,鲁热维奇也写过一些歌颂劳动人民获得解放和新生以及波兰社会主义建设的作品。1956年以后,他的诗歌题材更广泛,有写他日常生活中的观感,有对现实中丑恶现象的讽刺,也有对友人的怀念。他的剧作和斯瓦沃米尔·姆罗热克的剧作的思想主题都联系到了战后的社会现实,如环境污染造成的危害,由于科学技术的发展引起人们的困惑等。有的剧作通过展示荒诞可笑的喜剧场面,讽刺社会中的虚伪、谬误、自相矛盾和因循守旧等等。在创作形式上他们的戏剧和战前韦特凯维奇的戏剧一样,一般不交代故事发生的时间和地点,出场的人物不报姓名也不说明身份,意在说明他们所揭露的某种类型的个人或现象的存在不是孤立或暂时的,他们或它们至少在一个时代存在于人类社会中,因此带有普遍意义。有的剧中荒诞的情节富有象征意义,有的甚至让观众上台和剧中的人物直接对话,一起表演,这样就使戏剧表演和观众融为一体了。总的说来,波兰20世纪荒诞派戏剧不论在创作构思还是人物和场景的设计方面,较之传统的浪漫主义和现实主义戏剧都有很大的突破,同时它也具有许多和西方的荒诞派戏剧不同的新的特点。波兰20世纪不论荒诞派戏剧还是小说都是这一时期波兰国内外影响最大的现代派文学。

波兰文艺理论的研究早在文艺复兴时期就已呈现,它在后来各个时期大都是在历史发展中根据社会或者文学流派产生和发展的需要而出现的。除了一个时期的文艺理论家外,许多作家和诗人也有参与。他们的文艺理论有的虽然受到同一时期西方各文学流派和思潮的影响,但他们联系波兰社会实际,创建了自己的理论体系,有效地指导了同一时期文学创作的方向。波兰20世纪文艺理论家罗曼·英加登创建了文学现象学,对文字作品的结构以及作者、作品和读者的关系等作了深入的和颇有新意的研究和论述,在西方文艺界产生了深远的影响,是西方文学现象学的主要代表。该流派的一些论著近年也介绍到了我国,引起了我国文艺界的高度重视。

第一章

中世纪文学

第一节
公元 10—12 世纪的文学

早在公元前 700 年,在波兰这块土地上,就居住着古斯拉夫人的部落,到公元前最后几个世纪,斯拉夫人分为东西两大集团,居住在奥得河和维斯瓦河流域的属于西方斯拉夫人。在漫长的岁月里,波兰境内的斯拉夫人主要从事农业和手工业生产,他们在原始公社瓦解后,便直接进入了封建社会。到公元 9 世纪,西斯拉夫人定居的波兰这块土地上,开始出现了许多封建国家的雏形,这些国家的人民有着共同的经济和文化,共同的语言——古波兰语。为了抵御异族的入侵,他们早就有把这些分散的国家组成一个国家的愿望。在今天的大波兰地区①,当时有一个叫波兰②的国家,它有两个主要的城堡,分别叫格涅兹诺和波兹南,格涅兹诺是首都,有坚固的防御设施,较少受到外敌的入侵,加之这里土地肥沃,物产丰富,可以成为这个统一国家的中心。10 世纪中叶,彼雅斯特家族的梅什科一世(?—992)成了波兰这个国家的君主,他便以他国家的有利条件,先后兼并了波兰其他地区的一些国家,完成了波兰全境的统一,在公元 966 年建立了一个也叫波兰的封建世袭制的国家,所以波兰的国家建立以来,至今已有一千多年了。但是这里的人民在统一的国家建立以前,曾经信仰后被称为异教或多神教③的太阳神、雷神和风神,他们祭神祭祖,希望神明保佑他们来年五谷丰登。可当时罗马的天主教统治整个欧洲,梅什科一世大公为了提高波兰国的国际地位,便从早先已信仰罗马基督教的捷克引进了罗马天主教的信仰,因此波兰文化的产生从一开始就受到了西欧中世纪拉丁文化的影响,带有浓郁的天主教信仰的色彩。波兰早期保存至今的首先是民间的口头文学,大都是一些民歌,用波兰文完成,谱上曲谱后,在老百姓中广为传唱,后来在一些文献中也有记载,主要反映老百姓的生活状况。如产生于罗马天主教传入波兰以前的一首在举行婚礼时、新人和他们的亲友队伍在去教堂的路上唱的歌中唱道:

----

① 大波兰是波兰历史上就有的地区,包括今波兹南和卡利什一带。
② 这个"波兰"的波兰文是 Polan,有别于现在的"波兰"。现在的"波兰"的波兰文是 Polska,音译为"波尔斯卡",英文把她译为"波兰"。
③ 波兰人在史前信仰的是多神教,罗马天主教传入波兰后,波兰过去的多神教被称为异教。实际上,罗马天主教将所有不合它的教义的宗教都称为异教。

上帝啊,请给我们的这些客人祝福吧!新娘啊!新娘!
请给新人的母亲祝福吧!新娘啊!新娘!①

还有当时流传于卢布林地区的一首民歌,写的是举行宴会和饮酒的场面:

克拉科夫有人给我们编织了花环,
我们喝醉了,摇摇晃晃。
桑多梅日有人给我们织了头巾,
我们喝醉了,摇摇晃晃。
桑多梅日人都到他那里去了。
我们喝醉了,摇摇晃晃。
啊,土尔恰的老爷们!
我们喝醉了,摇摇晃晃。
你们给我们带来了什么!
我们喝醉了,摇摇晃晃。
啊!我们把这些大礼品都拿走吧!
我们喝醉了,摇摇晃晃。
啊!这是芸香花编织的花环,
我们喝醉了,摇摇晃晃。②

有的民歌写死神穿着一件麻布衣,来到了湖边上,有人把他身上穿的衣服脱下来,扔到了湖里,便开玩笑的唱了起来,具有早期的多神教色彩:

死神在一个栅栏前转来转去,
要寻找一个木槌,……③

除了民间文学,波兰早期流传下来的历史文献则是用当时在欧洲通用的拉丁文写的。如在公元966—1000年,一些来自捷克的神父在国王的宫廷里宣讲基督教教义。公元999年,罗马教皇决定在当时波兰的首都格涅兹诺建立天主教会,由一位来自捷克布拉格的主教圣沃伊切赫的弟弟拉齐姆·高乌登迪担任第一任主教,此后波兰的天主教在王宫里的活动就直接听令于罗马教皇。天主教在波兰的传播初期曾遇到波兰社会下层和波兰原有的多神教信仰的抵制。后来由于捷

---

① 卡齐米日·布齐克、兹吉斯瓦夫·利贝拉、雅德维加·皮耶特鲁谢维乔娃、弗瓦迪斯瓦夫·希什科夫斯基,《波兰文学史,从有文字记载到18世纪末》,国家学校出版机关,华沙,1956年,第13页。
② 同上,第14页。
③ 同上,第15页。

克和德意志封建主的入侵,波兰的城乡遭到了破坏,直到波兰国王卡齐米日一世(1016—1058,1034—1058年在位)统治时期,国家才得以重建;与此同时,波兰各地也建立了许多新的天主教堂和教会组织。由于天主教在波兰的影响越来越大,便经常有一些外国的,如捷克、意大利、法国和德国的神父来到波兰王宫。他们在这里不仅讲授天主教教义,而且参与波兰国事的管理,用拉丁文参与波兰早期编年史的编写,成了波兰朝廷里一个特殊的知识阶层。波兰早在梅什科一世统治时期就产生了以赞美诗形式出现的文献记载,当时在国外也有人写波兰的国事年鉴,这些年鉴拿到国内加以补充,就成了波兰最早的历史文献。波兰最早的一部年鉴是由一位曾在梅什科宫廷里任职的主教约尔旦编写的,后一直由格涅兹诺主教拉齐姆·高乌登迪保管,故称《约尔旦和拉齐姆·高乌登迪编年史》。它记载了梅什科一世大公统治时期发生的一些大事,如梅什科一世在公元965年娶捷克大公波列斯瓦夫一世的女儿杜布罗娃为妻;公元966年,梅什科接受了来自捷克天主教神职人员的施洗,波兰全国因此也接受了天主教信仰;后又记载了他们的儿子、勇敢的波列斯瓦夫(967—1025,992—1025年为世袭大公,直到1025年才加冕为波兰国王)的诞生等。此外还有以勇敢的波列斯瓦夫的儿子梅什科二世(990—1034,1025—1034年在位)的妻子雷赫札命名的年鉴,产生于公元1032年。后来由于捷克封建主的入侵,梅什科二世死后,雷赫札带着她的年鉴逃到了德国。卡齐米日一世国王于1034—1058年在位期间,波兰的首都从格涅兹诺迁到了克拉科夫,雷赫札的这个年鉴才得以保存。年鉴后来又增补了其他的内容,除了涉及宫廷的事务外,也有许多关于教会的各种人物生平的记载,成了一个新的年鉴,这个新的年鉴产生于1266年,又叫《古编年史》或者《克拉科夫神甫会编年史》。

波兰早期最重要的历史文献是一位叫高尔·阿诺尼姆写的《编年史》。他的出身和国籍都不十分清楚,但一般认为他是个法国人,和法国作家伊德贝尔·德·拉瓦丹①生活在同一个时期,他也可能是伊德贝尔的学生,或者和他一起进行过文艺创作。高尔到过意大利和匈牙利,后又来到了波兰国王歪嘴的波列斯瓦夫(1085或1086—1138,1102—1138年在位)的朝廷里。来这里后不久,他就开始撰写他的这部《编年史》。这部《编年史》大概产生于公元1113—1116年间,它主要介绍了歪嘴的波列斯瓦夫国王的生平和业绩,从他于公元1085或1086年出生和他的童年生活,到他当上国王后,占领了波兰北部波姆热地区,扩大了波兰的疆土。它以书信、散文和诗体写成,在《前言》中,首先对当时波兰的自然和社会环境作了生动的介绍:

这个国家有许多森林,盛产黄金和白银,有许多面包、肉、鱼和蜜。虽然它的

---

① 伊德贝尔·德·拉瓦丹(1056—1133),法国宗教改革家、学者和诗人,曾任勒芒和图尔的主教。

周围有上面提到的那么多的信基督教和多神教的人民,但它的物产比他们的信仰丰富。它曾多次遭到别的民族的侵犯,但从来没有被奴役。这里空气新鲜,土地肥沃,森林里可以采蜜,水中有鱼。这里有许多善战的骑士、勤劳的庄稼人、耐劳的马匹,牛乐意在田里耕地,还有奶牛和绵羊。①

高尔的《编年史》除了写歪嘴的波列斯瓦夫国王的事迹外,也介绍了之前在波兰发生的一些历史事件,如勇敢的波列斯瓦夫对百姓慷慨施舍,所以他又叫慷慨的波列斯瓦夫。波兰国王弗瓦迪斯瓦夫·赫尔曼(1040—1102,1079—1102在位)有两个儿子,长子叫兹比格涅夫,幼子就是歪嘴的波列斯瓦夫。这时在波兰形成了封建割据的局面,兹比格涅夫依靠德国皇帝亨利五世的支持,反对他父亲统一国家的努力,可是当亨利五世的军队入侵波兰后,歪嘴的波列斯瓦夫率军奋勇抵抗,捍卫了国家的独立。在战争中,歪嘴的波列斯瓦夫表现得十分机智和勇敢,连德国的骑士们都唱起了赞颂他的歌,说他是不可战胜的。高尔的《编年史》虽然写的是这个历史事件,但他在行文中运用了许多比喻、美丽的形容词,富于文采,有的地方还采取了诗的形式,便于朗诵和歌唱,例如:

光荣属于波列斯瓦夫,
他的诞生是上帝的恩赐,
是因为圣伊捷的祈求。

如果你们想要知道,
这是怎么回事?
那就要告诉你们,
这是上帝的安排。②

高尔的《编年史》中还可见到对坎特伯雷的主教朗弗兰克③的赞颂,因为这位主教死后,英国、意大利和法国的人们都感到极大的悲哀,高尔则以波兰人的身份,要

所有的人都和我一起,
为这位品德高尚的大师礼葬。
他是富人,也是穷人,
是牧师,也是骑士,

---

① 泰列莎·米哈沃夫斯卡,《中世纪》,国家科学出版社,华沙,2003年,第112页。
② 同上,第119页。
③ 朗弗兰克(约1005—1089),意大利本笃会修士,1070—1089年间曾任英国坎特伯雷大主教。

可我们都是普通的农民，
也不管我们是斯拉夫人，
还是拉丁族的农民。

我们的同道和先生们，
斗士们，我希望听到你们
表示同情的声音，
我今天是个寡妇，我孤独，
你看见了吗？这都是
来到你身边的人们！①

　　史学家文岑蒂·卡德乌贝克(约1150—1223)也写过一部《波兰编年史》,记载了从波兰远古到1202年的历史,带有神话色彩,不一定可信。书里说的是：波兰人的祖先在公元前400年打败了当时居住在莱茵河以西今法国、比利时、卢森堡及荷兰、瑞士的一部分的高卢人的扩张,占领了从里海一直到德拉瓦河畔奥地利的卡仑迪亚一带的领土。公元前3世纪,马其顿的国王亚历山大又曾向古波兰人征收贡赋,波兰人杀了他派来的使者,后来和亚历山大打过仗。古波兰人还和古罗马的恺撒大帝打过仗,和意大利人打过仗,使他们占领的这片领土得以巩固。这时有一个叫克拉库斯的公爵来到了维斯瓦河畔,说要在这里建立一个国家,于是大家一致选举他为这个国家的国王,克拉库斯当选为国王后马上制定了公正的法律,发展经济,关心人民的福祉,使这个国家走向繁荣。他们在一座被这里的居民称为瓦维乌的小山上建了一个城堡,为了使这个城堡更加漂亮和得到保护,他又在这里建了一座城,叫克拉科夫。可当时在城堡下面的一个山洞里有一个像龙或者长蛇样的怪物,对克拉科夫造成了很大的威胁,因为它经常出来猎食这里居民的牲畜,甚至连人都不放过。克拉科夫的居民非常害怕,甚至想要离开这座城市。这时克拉库斯叫他的两个儿子把一些动物的尸体、朽木涂上硫黄、松香和焦油扔给这个怪物,怪物吃了后,肚子里发热,就被烧死了。克拉库斯后来统治克拉科夫多年,人民生活幸福。他死后,这里的居民为他建了漂亮坚固的坟墓,对他表示敬仰。现在瓦维乌城堡的城墙下还有一个洞叫龙穴,洞口有一个铜雕的龙,是雕刻家B.赫罗姆雕的。关于克拉科夫这个名字,有的说是后人为了表彰克拉库斯的功德,根据他名字的发音而取,有的又说他的两个儿子烧死了那个像蛇一样的怪物后,有许多乌鸦来啄食它的尸体,发出了克拉、克拉的叫声,因此人们就把这座城取名克拉科夫。

　　此外还有一部在12世纪编写的《大波兰编年史》。其中的第二章以诗体描述

---

① 泰列莎·米哈沃夫斯卡,《中世纪》,国家科学出版社,华沙,2003年,第125页。

了一个离奇的故事：一个波兰骑士瓦尔特尔来到了日耳曼人法兰克族在公元5世纪建立的法兰克王国的王宫里，当时这里有一个公主海尔贡达已和一个德国的公子订婚，但是瓦尔特尔却很机灵地赢得了海尔贡达对他的爱，并且把她带到了波兰。在去波兰的途中，那个德国公子还曾赶来和他决斗，但被他杀死了。后来他和海尔贡达住在克拉科夫附近一个叫蒂涅茨的地方。但不久后，瓦尔特尔了解到有个维希利采[①]的大公维斯瓦夫想要害他，他一怒之下，便设法将维斯瓦夫抓了起来，关在蒂涅茨城堡的一间暗室里，然后他去参加了一次对一些距离波兰十分遥远的国家的征讨，两年没有回家。孤独的海尔贡达这时却爱上维斯瓦夫，她不仅将他从城堡里救了出来，还和他一起奔赴了维希利采。瓦尔特尔战后回到了蒂涅茨，知道这里发生的一切后非常愤怒，便来到了维希利采。这时维斯瓦夫出外打猎去了，海尔贡达又对瓦尔特尔谎称是维斯瓦夫把她抓到这里来的，要瓦尔特尔藏在这里一间无人住的小房间里，等维斯瓦夫一回来，趁其不备就杀死他。瓦尔特尔没想到这是海尔贡达设下的圈套，他一进到房里就被这里的卫士抓了起来，后又被关在维希利采的监狱里，他们还用铁链把他捆锁在墙壁上。维斯瓦夫打猎回来后，又和海尔贡达一起来到瓦尔特尔被关的监狱里，故意在他面前炫耀他们的爱恋。瓦尔特尔的痛苦引起维斯瓦夫的妹妹对他的同情，她表示愿意救他。这是一个因为长得丑陋而嫁不出去的女人，因此她也向瓦尔特尔提出了条件，就是他得救后要娶她为妻，并且不能对她哥哥进行报复。瓦尔特尔同意她提出的要求，要她用他的剑砍断他身上的铁锁链，然后将剑藏在他的身后。第二天中午，维斯瓦夫和海尔贡达又来到关押瓦尔特尔的监狱里，依然向他炫耀他们的爱恋。瓦尔特尔手持利剑，一气之下，跑到他们跟前，咒骂了他们一顿后，将他们刺死。长诗的叙事者最后说："这个海尔贡达的墓碑就刻在维希利采的一个岩壁上，所有想看到她的人们都看得见。"[②]

有关瓦尔特尔这个人物的传说，早在9世纪，在盖拉尔德[③]用拉丁文写的一首叫《瓦尔塔琉斯》的长诗中就有记载（又说是一个圣加仑[④]来的名叫爱克哈德的僧人写的）。与此同时，在英国也出现了一部名为《瓦尔特尔》的长诗。到12世纪，瓦尔特尔的故事流传到了法国，此后它在欧洲就广为流传了。这个故事最早说的是：法兰克王国国王吉比胡被匈奴[⑤]国王阿蒂拉打败，被迫向匈奴纳贡，还派了一个叫哈加诺的奴仆去匈奴当人质。与此同时，阿基坦[⑥]国王阿尔费列也将他的儿

[①] 地名，在波兰凯尔采省南部。
[②] 泰列莎·米哈沃夫斯卡，《中世纪》，国家科学出版社，华沙，2003年，第152页。
[③] 此人生平不详。
[④] 地名，在瑞士。
[⑤] 即匈奴帝国，公元5世纪匈奴人在欧洲建立的一个国家。根据《关于瓦尔特尔的勃艮第匈奴的小说》这首长诗叙说的故事，瓦尔特尔不仅到过匈奴帝国，而且也可能到过勃艮第王国。
[⑥] 阿基坦，又译阿奎丹，法国西南部一个地区的名称，包括多尔多涅省、吉伦特省、朗德省、洛特-加龙省、比利牛斯-大西洋省等行政区，位于法国西南部大西洋岸边和西班牙交界处。

子瓦尔特尔送到了阿蒂拉的王宫里当人质。勃艮第①国王赫列利克还把他女儿海尔贡达送到了阿蒂拉的王宫里，以表示他们都臣服于匈奴。但吉比胡死后，法兰克王国新上任的国王巩特尔②拒绝向匈奴纳贡，哈加诺知道后，马上从阿蒂拉的王宫里逃回了法兰克王国。这时瓦尔特尔和海尔贡达抢了阿蒂拉的王宫里的一些财宝，也一起逃走了。他们逃了40多天后，来到了莱茵河的岸边，这里就是法兰克王国的首都沃尔马齐亚所在地，他们从这里乘船渡过了莱茵河。那个摆渡工后来要送鱼给法兰克国王巩特尔吃，他来到王宫里后，向国王谈起见到瓦尔特尔和海尔贡达劫掠了许多财宝的事，正好被当时也在王宫里的哈加诺认出来了，因此巩特尔认定这就是当年阿蒂拉在和法兰克王国打仗时从这里抢走的财宝，于是他便亲自带领12个骑士，还有哈加诺一起，要去捉拿瓦尔特尔和海尔贡达。瓦尔特尔和海尔贡达后来在一个峡谷里歇息的时候，巩特尔带着他的骑士追到这里来了，要捉拿他们，可是这些骑士在瓦斯孔斯基的森林里和瓦尔特尔的打斗中，都被瓦尔特尔打死了。这时巩特尔问哈加诺怎么办，哈加诺也不知该怎么办，一方面是因为瓦尔特尔是他过去在阿蒂拉王宫里当人质时交上的朋友，他不能与瓦尔特尔为敌，另一方面他又得忠于他的国王巩特尔，最后他要国王和瓦尔特尔进行决斗，但决斗中当瓦尔特尔正要用剑砍巩特尔的头部的时候，哈加诺要保护巩特尔，马上把自己的脑袋伸了过去，结果瓦尔特尔的剑砍在了哈加诺的头盔上。后来巩特尔、瓦尔特尔和哈加诺在打斗中都受了伤，大家把伤包扎好后又共赴酒宴，双方终于和解。巩特尔和哈加仍然回到了沃尔马齐亚，瓦尔特尔和海尔贡达来到了阿基坦，在那里统治了30年。

这个情节后来在西方各国出现的作品中发生了很大的变化。例如上面提到的在《大波兰编年史》中叙述的这个关于瓦尔特尔的故事，是在亨利克·桑多米日大公或者他的继任者正义的卡齐米日二世大公（1138—1194，1177—1194在位）在维希利采的公爵府里一个不知名作者写的，它就成了波兰关于瓦尔特尔的诗体故事。这个故事当然和盖拉尔德的长诗《瓦尔塔琉斯》中叙述的瓦尔特尔的故事内容大不一样。但在11—13世纪十字军东征的那个时代，西方国家也有一些文学作品描写过一个骑士打仗去后，他的妻子不守贞节，有两个男人向她求婚，为此还进行了决斗的故事。

在《大波兰编年史》之后，又出现过《古圣十字编年史》、《波兹南神甫会编年史》和《卢布林编年史》等，因此公元11—13世纪，波兰保存至今的历史文献，主要是用拉丁文撰写的编年史的形式出现的。

除以上编年史，保存在格涅兹诺大教堂里的波兰国王墓志铭中也有许多关于波兰早期历史事件的记载。其中最古老的见之于11世纪上半叶，而最重要的则

---

① 西欧古地区，公元5世纪初，日耳曼人的一支勃艮第人占据索恩河和罗纳河下游流域及瑞士西部，建立勃艮第王国，定都里昂，6世纪为法兰克人征服，并入法兰克王国。
② 巩特尔（？—437），勃艮第国王，古代传说中的英雄。

是曾经被刻写在波兹南大教堂的勇敢的波列斯瓦夫的墓碑上的一篇《勇敢的波列斯瓦夫墓志铭》。这个墓是伟大的卡齐米日三世国王(1310—1370,1333—1370在位)统治时期建的,但它早已被毁了,今天保存下来的文献是后人在原来的墓碑上拓下来的复制品。这篇墓志铭产生的时间说法不一,有的人认为它是14世纪一位颂歌的作者波兹南主教扬·罗兹写的,但是根据波兰最新的说法,它早在12世纪就已经产生了。这是一篇用诗体写成的墓志铭,具有文学作品的性质。它讲述了勇敢的波列斯瓦夫的父亲梅什科一世原是一个多神教教徒,母亲是个基督教徒,勇敢的波列斯瓦夫后来也受了基督教的洗礼。他在统治波兰期间,扩展了波兰的疆土,和德国皇帝奥托结成了友好邻邦。当德国皇帝亨利二世后来入侵波兰时,他捍卫了波兰国家的独立和领土的完整。公元1025年,他在格涅兹诺加冕为国王,他是波兰第一个国王。碑文上用拉丁文写道:

> 这里安睡着一个统治者,一只高贵的鸽子,
> 他叫勇敢的,天主给予他永远的祝福。
> 他的父亲是多神教徒,母亲信基督教。
> 他接受了圣洗,把自己当成天主的仆人。
> 他7岁就剃了发,像一个真正基督的角斗士,
> 他享有罗马。他发动战争,夺得了许多土地。
> 伟大的统帅啊,勇敢的波列斯瓦夫,光荣属于你。
> 奥托皇帝提高了斯拉夫人、哥特人,
> 即波兰人的王国的地位,
> 也免去了你大公的贡赋
> 你给他也准备了许多你喜欢的礼品,
> 因为你享有数不清的财富和你的荣誉,
> 奥托给了你国王的王冠,
> 愿你得到拯救,阿门。①

早期见之于文字记载的还有一种形式,就是对一些基督教圣徒生平的介绍,这在欧洲中世纪也很盛行,称为使徒行传。波兰最早的一部使徒行传大概是一个德国的天主教本笃会②传教士圣布鲁诺③1004年在罗马写的。他1005—1006年和公元1008—1009年初曾两次来到勇敢的波列斯瓦夫的宫廷。他介绍的是一位来自捷克布拉格的主教圣沃伊切赫的生平,题目叫《布拉格主教和殉难者圣沃伊

---

① 泰列莎·米哈沃夫斯卡,《中世纪》,国家科学出版社,华沙,2003年,第67页。
② 天主教隐修会之一,公元529年由意大利人本笃创立,故名。
③ 奎尔富特的圣布鲁诺,又称奎尔富特的圣卜尼法斯(约974—1009),德国基督教传教士,曾被教皇西尔维斯特二世任命为大主教。

切赫的第二次生命》。圣沃伊切赫早在公元997年1月就来到了波兰,在勇敢的波列斯瓦夫的宫廷里也受到过友好接待。997年他去普鲁士传教,可在那里被残忍地杀害了,和他一起去的人都逃回来了。勇敢的波列斯瓦夫知道后,将他的遗体从普鲁士的异教徒那里买了回来,埋葬在格涅兹诺,后被罗马教皇格列高利五世(972—999,996—999年任教皇)和他的继承者西尔维斯特二世(945—1003,999—1003年任教皇)尊为圣徒。圣布鲁诺的传记说圣沃伊切赫年轻的时候任性,不努力学习,好恶作剧;接受基督教的信仰特别是当了主教后,便开始清心寡欲,性格产生了很大的变化。作者描写了他在波兰的见闻和他对波兰特别是对勇敢的波列斯瓦夫的友情,也介绍了他曾去欧洲各地旅游的经过和传教的情况。他后来遭受苦难和被杀害的时候,表现出了作为一个圣徒的勇敢精神和英雄的本色。

除了《布拉格主教和殉难者圣沃伊切赫的第二次生命》,圣布鲁诺还写过一篇叫《五个殉难者兄弟的生平》的长诗。这是他到了勇敢的波列斯瓦夫的朝廷里后,大概在1005年末或1006年初写的,说的是在1003年11月12日午夜,有四个天主教本笃会的隐修士从意大利来到了卢布林省缅齐热茨附近森林中的一个修道院里,他们是本尼迪克特、约翰和他们在意大利的同道伊扎克和马太,此外修道院里还有一个仆役克利斯廷。有人说本尼迪克特从勇敢的波列斯瓦夫那里得到了许多黄金,现藏在这个修道院里。这个消息传出去后,有盗贼来到修道院,将他们五人全都杀害了。在长诗的结尾,圣布鲁诺还描写在他们的坟墓上出现了一枝点燃了的蜡烛和光环,可以听到有人在唱赞美诗和朗读福音书,说明了圣徒生前走过的路。

《马乌尔之歌》是一首叙事体长诗,说的是弗罗茨瓦夫大公彼得·弗沃斯托维茨的悲剧。他死于1153年,作品是他死后不久写就的。作者大概是弗罗茨瓦夫的圣文岑蒂修道院一个叫马乌尔的本笃会修道士,生平不详。因为这个修道院是彼得·弗沃斯托维茨所建,所以马乌尔写这首长诗也是为了对他表示敬意。长诗叙述的是1145—1146年间在波兰发生的一个历史事件:歪嘴的波列斯瓦夫国王的大儿子弗瓦迪斯瓦夫违背父亲的遗言,1138年继承了王位,但是他的几个兄弟在一些大贵族的支持下,在1146年又推翻了他。弗瓦迪斯瓦夫后来逃到了国外,在流亡中死去。彼得·弗沃斯托维茨也是歪嘴的波列斯瓦夫的儿子,曾任弗罗茨瓦夫省的省长。长诗写歪嘴的波列斯瓦夫死后,有一次,弗瓦迪斯瓦夫和彼得夜晚在林中燃起的篝火旁聊天,弗瓦迪斯瓦夫对彼得说他的妻子阿格涅什卡和一个修道院长私通,背叛了他;彼得也直截了当地告诉弗瓦迪斯瓦夫,说阿格涅什卡还和一个德国骑士有不正当的关系,弗瓦迪斯瓦夫从此冷淡了他的妻子。阿格涅什卡原是一个奥地利伯爵的女儿,她知道其中的缘由后,决定对彼得进行报复。于是她告诉她的丈夫弗瓦迪斯瓦夫,彼得和他的几个兄弟联合起来,要夺取王位,她鼓动丈夫发动内战。弗瓦迪斯瓦夫听信了她的话,便在国内到处烧杀抢劫,特别是抢劫了他的几个兄弟的财物。他的几个兄弟曾派特使去他那里,辩称他们没有搞什么阴谋,希望他不要胡作非为。但弗瓦迪斯瓦夫却对彼得进行无理的指责,阿格涅什卡甚至怂恿丈夫将彼得逮捕。于是弗瓦迪斯瓦夫就派了一个宫内的大臣多贝克去彼得在弗罗茨瓦夫的领地里,将没有防备的彼得抓了起来,还抓了他的儿子和他的奴仆,抢劫和烧毁了他的庄园。这时彼得的女婿雅克萨来到弗瓦迪斯瓦夫的府邸,知道岳父遭劫后,要求弗瓦迪斯瓦夫赦免他的岳父,但阿格涅什卡和弗瓦迪什瓦夫态度都很强硬,阿格涅什卡甚至要将彼得处死,最后他们决定挖掉彼得的眼睛,将他流放,由多贝克来执行。多贝克马上找来一个监狱里的刽子手,彼得于是成了一个盲人,还被割掉了舌头,只能靠他的儿子搀扶着行走。弗瓦迪斯瓦夫要求原来是彼得盟友的罗盖尔听他的命令,将他夺得的彼得的财宝找一个地方藏起来,被罗盖尔拒绝。罗盖尔随后又联合拥护彼得的臣民和军队在大波兰地区组织暴动,推翻了弗瓦迪斯瓦夫的统治,将他和他的妻子阿格涅什卡赶到国外去了。然后他们迎回了被弗瓦迪斯瓦夫驱逐的彼得,恢复了他过去的地位。过了七年,他去世后,和他的妻子一起被埋葬在他生前修建的圣文岑蒂修道院中。长诗突出了善战胜恶的主题,弗瓦迪斯瓦夫和阿格涅什卡由于他们的罪恶,被驱逐出境,彼得回到波兰后,好施乐善,他在七年中盖起了 72 座教堂,他自己也有了一个幸福的晚年。罗盖尔忠于他的盟友,跟罪恶毫不妥协,最后奋起反抗,表现了他的正义感。多贝克是个自私和贪婪的仆从,为了获得赏赐,他什么坏事都干得出来。长诗有许多场面如弗瓦迪斯瓦夫和妻子阿格涅什卡之间发生的吵闹、多贝克去抓彼得、彼得在狱中被弄成残废等,都写得动人心魄。作者采取了叙事、主人公的独白和对话等多种形式生动地展示了各种事变发生的经过,又以主人公的行动和心理变化,真实反映了他们的思想和个性,在波兰中世纪不失为一部成功之作。

第二节
公元 13—15 世纪的文学

公元 13 世纪的波兰,由于各地教区的设立,使得在许多城市和乡村,都建立了教堂,天主教会的势力迅速扩大,各地开办了许多教会学校。在每个这样的学校中,神学都是学生的必修课,青少年的基础教育几乎完全由教会掌握,因此这一时期留下来的文献也都带有宗教色彩,大都是用拉丁文写的,如凯尔采的文岑蒂关于圣斯坦尼斯瓦夫生平的记载就是其中的代表。文岑蒂大概生于公元 1200 年,年少时在克拉科夫的教会学校里读过书,1222 年曾任克拉科夫伊沃翁·奥德罗文日主教的助手,后当过波兰南部奥波莱省拉齐布日县修道院的院长。他的作品介绍了 1072 年曾任克拉科夫主教的圣斯坦尼斯瓦夫一生的经历,具有纪实的性质,但有的地方带有神话色彩。作者写这位主教曾批评国王大胆的波列斯瓦夫(1039—1081,1058—1079 年在位)对臣民实行暴政,国王叫刽子手把他杀死后,把他的尸体又砍成了几块,可是奇迹出现了,因为这个被砍成了几块的尸体又自动地合在一起了。作品贬斥了罪恶,声张了正义:

  人们都看到,从四面八方飞来了四只鹰,它们在使徒受难的地方高高地盘旋,赶走了那些兀鹫和吸血的鸟,以免它们触到他的身上。这四只鹰便以对他的敬仰日日夜夜都守护着他。我把夜晚叫做白天,把白天叫做夜晚。这个神圣的遗体被砍成了几块,就有几道上帝的真光照在它们的身上……有的神父看到这个奇迹的出现感到十分高兴,他们把那些砍成了几块的遗体都拾在一起,这一切都做得十分小心,生怕损坏了它们,甚至希望不留伤痕,然后给它们撒上珍贵的香料,安放在圣米哈乌的柱廊大厅里。①

  在文岑蒂的笔下,把遇难的圣斯坦尼斯瓦夫砍成了几块的遗体拾到一起,意味着整个波兰在信仰宗教的前提下实现国家的统一。大胆的波列斯瓦夫是个暴君:

  波列斯瓦夫抛弃了仁慈和德行,他陷入了罪恶的深渊,他随心所欲地把光荣变成了耻辱。他的自然的生活方式是违背自然的,他以许多血腥的屠杀取得了胜利后变得十分傲慢,他像一个魔鬼一样疯狂地吼叫着回到了波兰。他不是在和敌人打仗,而是在和自己的人打仗。②

  他对臣民的凶残是他和圣斯坦尼斯瓦夫主教产生矛盾的主要原因,因为圣斯坦尼斯瓦夫是站在被压迫的人民一边的。他虽然依仗自己的王权,杀害了主教,但由于人民的反抗和"祖国对他的仇恨",最后不得不逃到国外。由于精神上受到了过多的刺激,他后来变疯了,在绝望中以自杀了结了罪恶的一生。

  作者认为,波兰王国在勇敢的波列斯瓦夫统治时期创造了辉煌,但它现在"变成了荒原"。③ 老百姓和骑士都流离失所,教堂被玷污,宗教信仰被亵渎,这都是大胆的波列斯瓦夫国王所造成的。圣斯坦尼斯瓦夫虽然死得很惨,但他被砍成几块的尸骨却得了上帝的光照,最后还奇迹般地合在一起了,这是上帝创造的奇迹,在作品中也是一个象征。和这相反的是,像大胆的波斯瓦夫这个暴君"将殉难者的遗体砍碎成了许多部分一样,上帝也分割了他的王国,让许多大公在这里各自

---

① 泰列莎·米哈沃夫斯卡,《中世纪》,国家科学出版社,华沙,2003 年,第 170 页。
② 同上,第 175 页。
③ 同上,第 175 页。

为政。我们看到了我们的罪恶,这个分裂的王国被四周的强盗践踏和毁灭了"。①

但作品也预示了波兰国家终将走向统一和复兴的前景:

但是上帝的力量使主教和殉难者的圣洁的遗体见不到任何伤痕,在他那里出现的奇迹就是他的神圣的表现。他的功绩将使分裂的国家恢复过去的状态,正义和真理的力量会使它变得更加强大,它将燃起光荣和尊严的圣火。②

1400年4月7日华沙市议会的一些文件的印章上,出现了一个人身鱼尾的怪物的图像,它叫美人鱼。这是因为波兰古代有一个关于美人鱼的神话故事:传说华沙今天的老城过去是一片森林,有一条小河从这里流过,河里有一条美人鱼。它不仅貌美,而且歌也唱得十分动听。西蒙和马泰乌什这两个渔夫见到它后,立即被它的美貌和歌声迷住了。于是他们去找了一个隐士巴尔纳巴,问他该怎么对待这条美人鱼。隐士叫他们用渔网把它网起来,然后交给切尔斯基城堡的一个公爵,要它在这个城堡中给他唱歌。西蒙和马泰乌什于是把它网了起来,晚上关在一个营帐里,叫牧童斯塔谢克在那里看守。可是这个牧童也对它的歌声着了迷,它让他把它放了后,便用它的鱼尾踩在地上,跳到维斯瓦河边,然后跳进了河里。这时被它迷住了的牧童斯塔谢克也和它一起,跳进了河里。两个渔夫所在的渔村里后来发展成华沙这座城市,为了纪念这个神话,便用美人鱼作为它的城徽。后来美人鱼的形象有的上身是个女人,有的是个男人。女人的上身连着鱼尾的美人鱼形象一直到18世纪中叶才成为华沙的象征。

此外13世纪,在欧洲一些国家的教堂里,越来越多的神父在各种不同的场合,例如遇到选举教区的主教、教会开议事会、祭祀或者某个使徒日来临之际,就给社会各阶层的人们讲经传道,因此当时也出现了各种各样的经书。克拉科夫主教伊沃拉·奥德罗文日(1218—1229年任职)曾在巴黎学习,见到过那里的神父用法语讲道,他很希望波兰也有这样的习俗,因此他1222年在克拉科夫发展了一个多明我教派③的分支,让这个教派的神父们在社会下层的人民群众中讲经传道,曾经产生很大的影响。这个教派的神父们后来不仅在克拉科夫,而且在普沃茨克、桑多米日和格但斯克等地都建立了修道院。因此在13世纪末和14世纪初的波兰,出现了用拉丁文写的传道书,其中讲的大都是世界末日的来临、死亡以及因为犯罪而受到惩罚;此外还有魔鬼的诱惑,它一来到就要索取人的灵魂,把女人推到井里去。这些作品还对受贿的法官、悭吝的神父和作风恶劣的骑士进行了讽刺。

在西欧,信徒在教堂里唱宗教赞美诗,在11世纪就很盛行,但在波兰,到13

---

① 泰列莎·米哈沃夫斯卡,《中世纪》,国家科学出版社,华沙,2003年,第179页。
② 同上,第179页。
③ 多明我会,天主教托钵修会之一,1215年由西班牙人多明我创立于法国的图卢兹,注重布道活动,传播经院哲学,故又名"布道兄弟会"。

世纪才形成了一种普遍的习惯。这些诗歌的内容大都是祈求上帝的恩赐、护佑和关怀,其中也包括对耶稣和波兰最著名的主教圣斯坦尼斯瓦夫和圣沃伊切赫的赞美,配上曲谱后,以合唱的形式表现出来,营造出一种安详和谐的气氛。这些诗主要是在宗教活动比较频繁的城市如克拉科夫、格涅兹诺和波兹南的一些多明我教派的教徒创作的,他们中最著名的是波兹南主教肯帕来的沃加(死于 1346 年)。到 15 世纪,这种赞美诗的出现就更多了。此外颂歌也是一种赞美上帝的宗教抒情诗,上面提到的凯尔采的文岑蒂也创作过这样的诗,如他赞美圣斯坦尼斯瓦夫主教的诗中就有这样的诗句:

圣斯坦尼斯瓦夫
知道上帝的法度,
他抵制了波列斯瓦夫的罪恶,
没有和犯罪的人为伍。
可是当他站在上帝的祭坛前
望弥撒的时候,
波列斯瓦夫这个
凶恶的刽子手杀害了他,
还砍碎了他的尸身。

苍天啊,
你有这样的子民
会感到骄傲。
大地啊,为你的护佑者哭吧!
光荣属于圣斯坦尼斯瓦夫,
他以他的生命,
以他自己的受苦受难,
护卫着他的人民,
他是人民的牧师。①

在另一首颂歌中文岑蒂又写道:

波兰母亲啊,你会感到高兴,
你的子孙代代繁衍,生生不息。
光荣属于崇高伟大的上帝,

---

① 泰列莎·米哈沃夫斯卡,《中世纪》,国家科学出版社,华沙,2003 年,第 233,234 页。

他是国王们的国王。

由于上帝的恩赐，
在斯坦尼斯瓦夫主教
受难的时候，
出现了奇迹。
……

为了正义，
主教面对君王的暴行
没有退缩。
他是基督的士兵，
为了解救人民的苦难，
他单枪匹马，
投入了战斗。

克拉科夫
你是多么荣幸，
因为你拥有一个神圣的躯体。
上帝在乌有中创造了一切，
无论何时
都能得到他的祝福。

圣三位一体要说话
祝愿、赞美、荣誉和崇敬，
殉难者胜利了，
让欢乐永存。①

因此，凯尔采的文岑蒂不论在他的散文，还是在他的赞美诗中，都颂扬了圣斯坦尼斯瓦夫这位在波兰中世纪著名的主教的品德和他的历史功绩。为了人民不受压迫，为了国家的统一，他被残酷地处死，他的英名将与世长存。

基督教的祈祷文波兰早在10世纪从捷克引进罗马的天主教后就已经有了，有一些还是从捷克文和拉丁文翻译过来的。后来在13、14和15世纪初的文献记载中，才开始有了用波兰文写的天主教的祷文和举行宗教仪式时所唱的一些歌

---

① 泰列莎·米哈沃夫斯卡，《中世纪》，国家科学出版社，华沙，2003年，第220页。

曲,也是用诗体写成的,它们的作者往往是不可考的。这些祷文和歌曲先是在波兰的信徒中传诵或传唱,到后来才有了文字的记载,内容大都是叫人们弃恶扬善

不盗用别人的名声,对亲近的人不撒谎,不造伪证,不犯肮脏的罪。①

有的还宣扬

上帝所做的一切都是为了使人们脱离魔鬼的监督,使大家永远健康。②

或者对耶稣说:

上帝之子啊,你的复活赦免了我们的罪恶,你拯救了我们的世界,你改变了我们的生活。③

还有求助于圣斯坦尼斯瓦夫的话:

圣斯坦尼斯瓦夫,我们敬爱的保护人!波兰人都期求您赐予廉价的食粮。④

《圣母歌》也是在教堂里举行宗教仪式时唱的一首歌曲,1408 或 1409 年见之于历史文献,因为是波兰文写的,在当时流传很广,它的歌词是:

圣母,一个处女,上帝所敬仰的马利亚,
你被选定为主的母亲,就在主的身边,马利亚!
为我们争取吧,给我们恩赐吧!
给我们怜悯吧!
主耶稣是施洗约翰⑤的作品。

---

① 泰列莎·米哈沃夫斯卡,《中世纪》,国家科学出版社,华沙,2003 年,第 272,274 页。
② 同上,第 274 页。
③ 同上,第 277 页。
④ 同上,第 276 页。
⑤ 古罗马皇帝提庇留在位第 15 年,祭司撒迦利亚的儿子约翰受圣灵感召开始布道,在犹太和约旦河一带呼唤人们接受洗礼,以赦免自己的罪过。当时有许多人在约旦河受了他的洗。有人问约翰,如何做才能使罪得以赦免,约翰说:"凡有两件衣服的,就要分一件给那没有衣服的;凡有食物的人,就要把食物拿出来与他人分享。"人们见约翰布道以理服人,就猜他是救世主基督。这时耶稣从加利利来到约旦河,他见到约翰就请他施洗。约翰拉住他说:"我应当受你的洗,怎么反倒你要我为你施洗?"耶稣说:"我们暂且这样吧,因为这是要履行一切应做的事。"约翰只得同意为耶稣施洗,所以说:"主耶稣是施洗约翰的作品。"但约翰对人们说,耶稣是比他更伟大的人,因为在他出世前,耶稣就已存在,他只能以水施洗,而耶稣却能以圣灵和火给人们施洗。约翰死后,耶稣十分悲哀,因为约翰在他心中有很高的地位,而且耶稣从此也深感自己身上的担子更重,便更全身心地投入了传教的工作。

你听见了人间的声音吗？
你要实现人们的所思所想！
你听听我们的祈祷吧！

我们在祈求你的指引，
在世间信仰天主，
死后进入天堂，
给我们怜悯吧！①

　　这首歌虽然充满了宗教的情调，但它在中世纪的波兰，却产生了广泛的影响，因为人们不仅在举行宗教仪式时唱，而且在其他一些情况下也广为传唱。1410年，波兰和立陶宛联军为抗击当时驻扎在波兰北部沿海的名为十字军骑士的日耳曼骑士团对波兰马佐夫舍地区和立陶宛的侵扰，在格龙瓦尔德和骑士团决战，大败骑士团。在这次战役中，波兰的骑士就是唱着这首歌走上战场的，它为波兰人战胜邪恶鼓起了勇气。

　　在14世纪初，教会为使基督教的教义在群众中更加普及，也为了传教和布道的需要，便将一些拉丁文的经文翻成了波兰文，其中最著名的有《弗洛利昂②经文》和《圣十字经文》等，都产生于14世纪末和15世纪初。到15世纪和16世纪初，用波兰语创作的诗歌和散文就越来越多了，此外在1424年，还出现了第一部拉丁语和波兰语词典。这些诗歌的内容大都是有关宗教的，用于祈祷或举行各种宗教仪式，有的见之于历史文献，有的则是口头传下来的，它们的作者都是一些不知名的普通的教徒。例如其中一首赞美了上帝的恩赐：

我们会高兴地赞颂它，
因为它是上帝的恩赐，
每一个善良的灵魂，
都会来到上帝身边。

我们唱完了这首歌，
我们就得救了。
主啊，请赐予我们幸福和健康吧！

---

① 泰列莎·米哈沃夫斯卡，《中世纪》，国家科学出版社，华沙，2003年，第281页。
② 弗洛利昂公元250年出生在今奥地利南部的蔡伊塞尔马乌尔，年轻时参加过古罗马的军队，正值古罗马皇帝戴克里先（约243—约313，284—305年在位）统治时期，后因保护当时遭受迫害的基督教徒而被判死刑。公元304年5月4日，弗洛利昂被抛入今德国的洛尔希附近的爱乌翁斯河里淹死，后被尊为圣，是救火队的保护神。

我们临终时,不让我们感到痛苦。

谁要唱这首歌,
或者听到了这首歌,
主啊!你给予
他想从你那里得到的吧!①

还有一些诗歌赞美了圣母马利亚和耶稣,或者描写耶稣的诞生,或者写他被钉上十字架,以自己遭受苦难,来拯救世上有罪的人们,但他后来复活和升天了:

基督为我们诞生了,
从马利亚的腹中出生了,
在犹太人的城市伯利恒中,
早就传出了这个消息。
哈利路亚②!

牧人们在夜里放羊,
有一个天使要拯救罪恶
来到他们的面前,
他们看见了上帝的光芒,
哈利路亚!

可是他们都很害怕,
天使因此对他们说:
"你们不用害怕,
救世主已经诞生了。"
哈利路亚!

于是他们就高兴地唱起来,
感谢主耶稣,耶稣在天使那里,
听到了他们快乐的歌声,
他们对他表示赞美。
哈利路亚!③

---

① 泰列莎·米哈沃夫斯卡,《中世纪》,国家科学出版社,华沙,2003年,第345页。
② 祷告中赞美上帝之词。
③ 泰列莎·米哈沃夫斯卡,《中世纪》,国家科学出版社,华沙,2003年,第355,356页。

有的诗歌还以作者的想象,描写耶稣诞生时的情景,说明他是在极端的贫困中诞生的:

孩子在啼哭,因为他
躺在光秃秃的泥地上,
圣母跪在他跟前,为他祈祷。
"哈、哈、哈",孩子叫了。
他在为人们的罪恶哭泣,
圣母把他从地上抱起来,
用一块布把他包扎起来。
可是马厩里太狭窄,
孩子像牲口一样躺在那里,
那里也没有一个女人,
能够为圣母效劳。

所有的人都要高兴起来,
要唱一首新的歌,
因为主耶稣诞生了
他为我们打开了天堂的大门。①

有的诗描写圣母马利亚看见耶稣受难,感到十分痛苦,表现了人间的亲情:

我看见了我亲爱的那血肉模糊的躯体,
我看见了那犹大的叛逆,
在鞭打和折磨我的亲子,
那是血腥的时刻,是我最痛苦的时刻。

亲爱的儿子啊,你是被选定的,
娘将分担你的伤痛,
你总是在娘的心中,
娘要竭诚地为你效力。
你对娘说,你感到高兴,
因为你就要离开我,

---

① 泰列莎·米哈沃夫斯卡,《中世纪》,国家科学出版社,华沙,2003年,第397页。

你是我的希望。①

关于阿列克塞的故事也见之于 14 世纪宗教诗歌中，是用波兰文写的。当时在捷克、意大利、法国和德国都有关于这个人物的传说。但是在波兰的宗教诗中，他又被赋予了新的内容。故事发生在古罗马，阿列克塞出生于一个贵族世家，

他家有很大的宅院，
除了奴仆还有三百个骑士
守护着他的家园。②

他的父亲艾乌法米扬是个基督教徒，常常把一些无依无靠、饥寒交迫的孤儿带到自己家里，给他们食物和衣被。他的母亲也信仰基督，夫妻俩想要一个儿子，于是祈祷上帝。上帝满足了他们的愿望，艾乌法米扬把孩子取名阿列克塞，等到他长到 24 岁的时候，便让他娶了一个罗马皇帝的女儿。他深深地爱着这个姑娘，但他在新婚之夜，却对他的妻子说他要离家出走，到很远的地方去寻求对上帝的信仰，为上帝效劳，他要妻子也信仰上帝，善待穷人，孝顺公婆。随后阿列克塞带着家里许多金银财宝走了，他在外面到处流浪，把他带来的衣服送给他在途中遇到的乞丐，把金银财宝送给神庙里的祭司，后来他再也没有生活来源，只得沿途行乞，但是他好施乐善的名声在人们中传开了。他的父母知道他走后，感到非常痛苦，但后来打听到了他在耶利多茨尼这个地方，于是派了许多仆人去那里找他。他的仆人见到这个过去的贵公子现在一副乞丐相，认不出来了，于是施舍了钱财给他。他们回到罗马后，告诉主人说没有找到阿列克塞。后来阿列克塞离开了耶利多茨尼，来到了海上，16 年后，又回到了自己的家里。他走进家里后，艾乌法米扬第一眼认不出他是谁，一直到他说明了自己的身世，才知道了是他的儿子：

当他听到了这样的说话声，
就把一件外套蒙在头上，
因为他感到头脑昏昏，
差点从桥上掉下来了。③

但阿列克塞感到自己不久于人世，便开始把他一生的经历都写了下来。他死后，罗马城不断地响起了钟声，教皇和主教们还有许多市民都举起画有宗教图像的旗帜在大街上游行，以表示对他的敬仰。人们在死者的身旁点起了蜡烛，象征

---

① 泰列莎·米哈沃夫斯卡，《中世纪》，国家科学出版社，华沙，2003 年，第 453 页。
② 同上，第 491 页。
③ 同上，第 493 页。

圣火在燃烧。他身上还散发着扑鼻的香气,能给人们治病。他手上还抓了一卷纸,上面写的就是他一生的经历,可是这一卷纸谁都无法从他的手中取出来,不论是罗马皇帝、教皇、主教和祭司,还是普通人都没有办法。这时人们祈求上帝,设法让他们看见纸卷上写的是什么,奇迹终于出现了:

等到他的妻子来到他身边,
向他伸出了一只手后,
那卷纸就自动地落到了她的手中。①

因为在上帝的眼中,死者和他的妻子是最纯洁的,他们16年前结婚的时候,在新婚之夜没有同房就离别了。直到人们对他伟大的一生有了了解,才有人给他写下了这个诗篇。阿列克塞虽然出生于贵族之家,但这也是一个信基督教的家庭。他不仅虔信上帝,而且他还是一个禁欲主义者;他安贫乐道,消除了人世间的一切欲望,要保持所谓的纯洁;他同情下层人民的疾苦。因为在罗马帝国,基督教诞生的时候,许多教徒都是出身于社会下层,遭受罗马奴隶主的压迫,像阿列克塞这样虽然出身贵族,但是把自己的一切都献给了被压迫者的基督徒,受到人们的敬仰。

《波利卡尔普大师和死神的对话》是波兰中世纪第一部用波兰文写的以对话形式出现的作品,这个作品的原稿今未保存下来,但15世纪中叶一个普沃茨基的神父米热涅茨来的米科瓦伊保存了一份抄写稿,是由他的一个外甥米热涅茨来的大卫抄录的。这个作品大概产生于1463—1465年间,它的作者是一个基督教的牧师,生平不详。像这样和死神对话的形式出现的作品在西欧当时已经出现了多种,有用拉丁文写的,也有用德文写的,流传很广。用波兰文写的这篇《波利卡尔普大师和死神的对话》在形式上虽然有对这一类拉丁文作品的模仿,但它却反映了波兰社会的情况,所以它是用波兰文的再创作。在作品中,波利卡尔普大师和死神讨论人为什么都要死去。他问死神,为什么要让每个人都去死,它有什么权力去历数人们的罪恶,不管是信教人的罪恶,还是世俗人的罪恶,并对他们进行惩罚。波利卡尔普要死神不要去索人的命,死神说它不论对飞禽走兽,还是对各阶层的人们,都有这种权力。波利卡尔普于是向死神提出了以下几个问题:1. 死神是什么出身? 2. 它为什么那么残酷,能不能通过收买使它不再索人的命? 3. 它对什么人比较友好,如果它叫所有的人都死了,那么它自己又怎么安身? 4. 医生说他们调制了一种草药,可保长生不老,死神对这有什么看法? 5. 死神自己躲在地下或者碉堡里,能够避免死亡吗?死神听了后,认为智者这些问题提得很幼稚,然后他又要用财物收买死神,希望死神不要让他死去。死神对波利卡尔普说:

---

① 泰列莎·米哈沃夫斯卡,《中世纪》,国家科学出版社,华沙,2003年,第494页。

把你的礼品收起来吧！
我很讨厌这些东西，
我也无需利用它们，
我要消灭所有的生命。
……
因为夏娃把苹果给亚当的时候，
我就在那苹果里面，
亚当要用苹果来引诱我，
他触怒了上帝，
他让他的部落也犯了罪，
我要他死。①

整个作品要表现的是死神的绝对权威，任何一个有生命的东西都逃脱不了它的魔掌。不管你是健康的人还是有病的人，也不管你是老人还是年轻人，是富人还是穷人，是信教的人还是不信教的人，是什么等级和行业的人，甚至包括所有的飞禽走兽，都要受到死亡的惩罚。但死神要夺命的首先是那些兜售劣酒的酒店老板，这就和波兰的现实联系起来了，死神对酒店老板们说：

酒店老板们，有人常告诉我，
说你们兜售劣质的啤酒，
你们知不知道我这把砍刀，
会给你们的脖子涂上焦油。②

尤其是对那它眼中的"坏的和好的僧侣"更是赏罚分明。前者不守教规，私自逃离他所执事的教堂，因而受到教会严厉的谴责，还有那些贪赃枉法的法官、到处行骗的医生、商人和酒鬼，他们都将被死神处死，死后下到地狱里，还会遭到更加严厉的惩罚。而那些好的僧侣就不一样了，他们遵守教规，谦虚谨慎，他们不仅不会受到任何惩罚，还会受到上帝的赏赐，死后获得真正的乐趣。

写于1413—1415年间的《斯沃塔关于饭桌的诗》或者叫《关于餐桌礼仪的诗》是当时保存下来的唯一一首反映世俗事务的诗，但其中也不缺乏宗教内容。作者普热茨瓦夫·斯沃塔出身贵族，出生年月不详，据推测他死于1420年1月。他一生和许多大贵族官僚交往密切，对他们的生活方式和各种礼仪有多方面的了解；他的这首诗主要写贵族在进餐时要注意一些什么礼节，如在进餐前要做祷告，然

---

① 泰列莎·米哈沃夫斯卡，《中世纪》，国家科学出版社，华沙，2003年，第522,523页。
② 同上，第524页。

后还要净手才能入席,入席时每个人都要坐到符合自己身份和辈分的席位上;晚辈和年轻人要让长辈和年长者先入席,然后自己才就座;进餐时要保持文明礼貌,不要吃出吧嗒吧嗒的响声,不要用餐巾纸擦鼻子,不要用手在鼻子、耳朵和眼睛上搔痒,不要把痰吐在桌子下面;说话的时候也要让年长的人先说,对女人更要处处礼让和尊敬等等。可见中世纪的波兰,在贵族中就已形成较高文明程度的礼俗,对女人的尊敬乃中世纪波兰骑士的一种文明礼俗。诗人甚至把女人比做圣母,因为她养育了救世主,所以值得崇拜。

《威克里夫之歌》是一首在15世纪初捷克胡斯[①]运动影响下用波兰文写的反教会的长诗,在波兰影响很大。约翰·威克里夫是一个英国神学家[②],是胡斯的前辈。他反对教会的特权,反对教徒要进行忏悔。他提出所谓观念的现实主义的理论表现了要对教会进行彻底改造的政治观点,他严厉批评教会贪污腐化、聚敛钱财、用圣物做买卖的行为,要求教会退还一切他们以各种不正当的手段侵占的财产,恢复基督教诞生时教徒们安贫乐道的局面。他的学生还在群众中到处游说,在社会下层普通的教徒中广泛宣传他的政治观点,因此引起了教会的敌视,遭到了一系列的谴责。在他死后,站在教会一边的英国国王亨利四世[③]甚至命令将他的尸骨从坟里挖了出来,连同他的著作当众焚毁。但是他的著作早已流传民间和国外,时任捷克布拉格大学校长的胡斯看到后,马上把它译成了捷克文,由于胡斯的大力宣传,布拉格便成了威克里夫反教会的现实主义思想传播的中心。胡斯反对教会占有土地和社会的不公,因而得到中、小贵族和布拉格市民的支持,这也激化了他和教会的矛盾。1414年,康斯坦茨宗教会议召胡斯与会,斥之为异端,1415年7月6日,胡斯被处以火刑。

---

① 胡斯(约1372—1415),捷克爱国者和宗教改革家,出身于农民家庭,生于波希米亚,布拉格大学毕业,获文学、哲学、神学学位、历任该校文学教授、神学系主任和校长。1400年升神父,1402年3月起兼任布拉格伯利恒教堂教士。深受英国威克里夫思想影响,反对德意志封建主与天主教会对捷克的压迫和剥削;反对教会占有土地,抨击教士的奢侈堕落行为;主张用捷克语举行宗教仪式。1412年号召市民举行反对教皇兜售赎罪券的示威游行,遭镇压,被迫离开布拉格,避往郊区南部农村,继续宣传自己的主张,并反对德国贵族统治。1414年德皇以"保证其安全"的诺言骗他出席教皇和德皇联合召开的康斯坦茨宗教会议。但到会后不久即遭逮捕投入暗牢,最后于1415年7月6日在康斯坦茨广场上,以异端罪名,被判火刑处死;在火堆中,他向群众演讲、唱诗,英勇就义。胡斯之死激起了捷克人民极大的义愤,加速了胡斯战争的爆发。主要著作有《论教会》,另译有捷克文版《圣经》。以上见任继愈主编,《宗教词典》,上海辞书出版社,1981年,第759、760页。

② 约翰·威克里夫(1330—1384)欧洲宗教改革运动的先行者。生于英国的约克郡。牛津大学哲学、神学博士、教授,1369年起任英王的侍从神父。1374年受英王委派与教皇代表就英国教会的神职任免权问题进行谈判,未达成协议。从此抨击教皇,反对教皇权力至上,主张各国教会应隶属于本国国王;教皇无权向国王征收贡赋。建议国王没收教会土地,否认教士有赦罪权,要求简化教会仪式,并用民族语言举行宗教礼仪,建立摆脱教廷控制的民族教会,遭到教皇格列高利十一世(1370—1378年在位)连续5次的谴责和坎特伯雷大主教的通缉,但获得牛津大学师生的支持和英王的保护。1381年英王与教会共同镇压农民起义时,威克里夫被迫幽居写作,把《圣经》译成英文,完成重要神学著作《三人对话录》。主张《圣经》的权威高于教会;教徒应服从基督,不服从教皇。死于莱斯特郡,30年后著作被教会销毁,遗骸被焚烧扬灰。见任继愈主编,《宗教词典》,上海辞书出版社,1981年,第763页。

③ 亨利四世(1367—1413),英国国王,1399—1413年在位。

1364年，克拉科夫成立了波兰第一所大学。1400年，克拉科夫大学又经国王弗瓦迪斯瓦卡二世·雅盖沃①的改进，设有解放艺术系、神学系、音乐系和法律系，取名雅盖沃大学。上面提到的《威克里夫之歌》的作者耶捷伊·高乌卡（约1400—？）出生于大波兰地区什列姆附近的多布琴村的一个小贵族家庭，1420年进雅盖夫大学学过艺术，毕业后留校当了助教，1425年回到家乡，在附近一个教区里工作。1429年他又来到了克拉科夫，继续在克拉科夫大学任教，还担任过该校解放艺术系的系主任。1439年，他在克列帕日的圣弗洛里扬教堂里当了神父，这时他已经接触到了约翰·威克里夫的思想观点。由于胡斯运动的影响，他在大学课堂上，便开始宣扬威克里夫反教会的政治观点，使得他和学校以及克拉科夫教会产生了尖锐的矛盾。为此他被解除了大学里的职务，后来以宣传异端的罪名还吃过官司，被迫逃到了国外，受到过教会的通缉。但他在国外写信给克拉科夫主教和克拉科夫大学的领导，说他赞同威克里夫的政治观点，嘲笑大学里的教授无知，说他们白吃了波兰国王的粮食。1449年6月23日，他就是在这种情况下，写了这首《威克里夫之歌》。但是流传至今的《威克里夫之歌》并不是高乌卡的手稿，而是大约在1540—1560年间一个叫弗拉希乌斯②的新教神学家根据他可能当时得到的高乌卡的手稿复制的。高乌卡在对他写这个作品的说明中指出："约翰·威克里夫大师在讲学时说：现在的祭司并不是基督的祭司，而是皇帝的祭司，君士坦丁大帝③的祭司，因为君士坦丁皇帝赐给了他们外省的管理、财产、领地和城镇。基督没有赐给他们这些，他们不喜欢基督，他们喜欢的是那些反基督的人。"④长诗一开头就叫所有的波兰人、德国人和别的国家的人都赞同威克里夫的观念现实主义学说，他认为这种学说揭示了真理：

莱赫人⑤和德国人，
所有会说话的人，
虽然你们怀疑你们自己所说的话，
怀疑所有文献上的文字，
但威克里夫说的是真理。⑥

　　作者认为威克里夫是有史以来所有时代中最伟大的大师，一个人如果接受了他的学说，就永远也不会舍弃它，威克里夫的智慧是无所不包的：

---

① 弗瓦迪斯瓦夫二世·雅盖沃（1348—1434），1386—1434年在位。
② 弗拉希乌斯（1520—1575），美因河畔的法兰克福路德教宗教改革家。
③ 君士坦丁大帝（约280—337），古罗马皇帝，公元306—337年在位。
④ 泰列莎·米哈沃夫斯卡，《中世纪》，国家科学出版社，华沙，2003年，第538页。
⑤ 即波兰人。
⑥ 泰列莎·米哈沃夫斯卡，《中世纪》，国家科学出版社，华沙，2003年，第539页。

> 从上帝的智慧到
> 人的默契和大众的事务，
> 许多智者都不了解，
> 因为这些都是他的发现。①

高乌卡把祭司分为两派：一种是基督的祭司，他们秉承了救世主的使命，永远在他的身边；另一种是反基督的一派，属于这一派的有教皇和屈从于他的一些神父，还有受了他们欺骗的老百姓。高乌卡以公元4世纪罗马教皇西尔维斯特一世为比喻，说他的权力不是基督给的②，而是君士坦丁一世皇帝给的：

> 皇帝的祭司们反基督，
> 他们的权力不是来自基督，
> 而是来自反基督，
> 来自皇帝的一封信。③

> 拉索特的第一个祭司的权力
> 是从君士坦丁的这条龙的
> 尾巴那里得到的。
> 它在教堂里，每年
> 都散发着毒素。④

传说古罗马君士坦丁一世皇帝曾经迫害基督教徒，因此他患了麻风病，这是上帝对他的惩罚，西尔维斯特教皇给他治好了麻风病。一些信多神教的祭司说他只有用刚杀死的孩子们的血来沐浴，才能把病治好。但是君士坦丁一世听到了孩子们的哭声后，没有采取多神教徒的方法，因此他梦见了使徒保罗和彼得，保罗和彼得都叫他接受西尔维斯特的治疗。西尔维斯特不仅治好了他的麻风病，还让他接受了基督教信仰。后来又有一些信多神教的祭司告诉君士坦丁一世皇帝，说在塔尔佩伊斯卡岩壁下有一个洞，洞里有一条恶龙，它的呼吸每天都要毒杀300多人。西尔维斯特带着两个基督教的祭司来到洞里，以耶稣基督的名义，诅咒恶龙，将它降服，原来这是一个魔鬼的化身。君士坦丁一世大帝因为西尔维斯特给他治

---

① 泰列莎·米哈沃夫斯卡，《中世纪》，国家科学出版社，华沙，2003年，第539页。
② 西尔维斯特一世（？—335）为传说中的古代罗马城主教，古罗马皇帝君士坦丁一世在公元313年曾宣布帝国境内有信仰基督教的自由，释放被捕的教士和教徒，归还已没收的教会财产。西尔维斯特这时成了教皇。
③ 指君士坦丁一世皇帝的一道法令。
④ 泰列莎·米哈沃夫斯卡，《中世纪》，国家科学出版社，华沙，2003年，第540页。

好了病,特地赏给了他和他的继承者拉特兰宫①。但是在15世纪,教会的权势和贪财已经使他们背离基督的教义,他们是反基督的,要和他们作坚决的斗争。

使徒圣保罗说:
"要杀死反基督的人,
这是耶稣基督的命令。"②

把拥有权势和贪财的教会埋葬后,所有的基督教徒就会像基督教诞生时那样地安贫乐道,那样的圣洁,这才是这个宗教的教义所倡导的。

大约完成于15世纪末的一个不知名的作者写的《杀死安杰伊·滕钦斯基之歌》,是一首反映世俗现实中的阶级矛盾和斗争内容的长诗,用波兰文写的。长诗描写了发生在1461—1462年的一个真实的事件:克拉科夫总督扬·滕钦斯基的兄弟安杰伊·滕钦斯基是拉布什廷的领主,他要参加国王卡齐米日四世·雅盖隆契克(1429—1492,1447—1492年在位)于1454年3月发动的对当时占领波兰沿波罗的海一带领土、残酷压迫当地普鲁士人的十字军骑士团的战争③,将他已经破旧的兵器拿到克拉科夫一个兵器制造匠克列门斯那里修理,以备在战场上用来杀敌。滕钦斯基7月16日到克列门斯那里去取兵器时,对他的活很不满意,在给他付钱的时候,由原先约定的两个兹罗提减少到了18个格罗什(当时是40个格

---

① 此处后来一直是罗马教皇的驻跸处。
② 泰列莎·米哈沃夫斯卡,《中世纪》,国家科学出版社,华沙,2003年,第543页。
③ 十字军骑士团是10世纪欧洲各国封建主和教皇组织十字军东征时,德国封建主和教会于1190年在巴勒斯坦建立的一个条顿骑士团。耶路撒冷陷落后,它曾驻扎在匈牙利。1226年,波兰马佐夫舍公国的康拉德大公要占领波兰北部当时古普鲁士人居住的土地,便决定把这个骑士团引进来,想让它去征服普鲁士,使其臣服于马佐夫舍公国。13世纪末,这个骑士团在这个地区的政治、经济和军事上都得到了巩固,建立了自己的国家,便不再承认马佐夫舍宗主国的地位。他们不仅在他们占领的地区内对古普鲁士人和波兰居民进行残酷的压迫,而且开始侵犯马佐夫舍公国。立陶宛当时是骑士团东隅的一个邻国,它的领土最初由日姆兹和阿乌克什塔两大地区组成,后来又扩展到了俄罗斯和乌克兰。由于骑士团侵略扩张的目标不仅是波兰,也包括立陶宛,他们要在波罗的海南岸建立一个统一的骑士团国家,因此立陶宛自13世纪建国以来,就受到他们的侵犯。后来,立陶宛社会下层阶级,包括农民和贫穷的骑士因为受尽骑士团的侵略压迫之苦,强烈要求立陶宛和波兰结成联盟,以抵抗两个民族共同的敌人。波兰方面也有同样的愿望,一是因为被骑士团占领地区的波兰人民渴望从敌人压迫下获得解放,二是波兰国内广大市民阶层和商人都极力要求收复波兰北方被骑士团占领的土地,以便发展和立陶宛的贸易关系。为了实现这个双方都已表现出来的结盟愿望,波兰贵族代表和立陶宛大公雅盖沃于1385年8月14日在立陶宛克列沃签署了两国合并的协议。后来在1410年7月15日,波兰与立陶宛联合出兵,终于在格龙瓦尔德和骑士团军队的决战中,大败骑士团,从根本上摧毁了这个两国人民共同敌人的军事力量。这个骑士团财政破产,经历了深刻的内部危机,为了转嫁危机,它对当时也住在这里的普鲁士贵族、市民和农民横征暴敛,不断激起他们的反抗。1440年,普鲁士贵族和市民建立了反骑士团的"普鲁士联盟",反抗运动席卷全国。骑士团请求教皇和德意志皇帝的帮助。1453年底,皇帝腓特烈三世命令解散普鲁士联盟,宣布处死300名联盟的成员。1454年1月,普鲁士联盟请求波兰国王卡齐米日四世·雅盖隆契克给予援助,并把普鲁士置于国王的统治之下。1454年2月4日,普鲁士爆发了反骑士团的起义,解放了格但斯克、托伦和埃尔布隆格等城市,并派代表团同波兰国王谈判。1454年3月6日,卡齐米日四世宣布普鲁士并入波兰并向骑士团宣战。波兰和骑士团的战争延续了13年(1454—1466),史称13年战争。

罗什合一个兹罗提）。兵器制造匠因此表示抗议，滕钦斯基见到这样，便联络了一帮和他亲近的人，把克列门斯打得晕了过去。满身鲜血的克列门斯被抬回家里后，这件事在克拉科夫的市民中便传开了。一些市议会的议员向王后（国王领兵出征去了）提出了控告，王后要求双方克制，保持市内平静，对捣乱的人要罚八万银币，双方的矛盾要等国王回来之后才能解决，但市民中发生了骚乱。自以为了不起的滕钦斯基大摇大摆地走在街上，这时传来了克拉科夫马利亚大教堂的钟声，人群要捉拿滕钦斯基。滕钦斯基先后躲在一个修道院和一个方济各①教堂里，但最后被追赶来的市民打死了。市民们把他的尸体从教堂里拖出来后，在他的胡子上涂上油，还通过一条水沟把他拖到了市政厅的门前，让他暴尸三天。

过了几个月，国王卡齐米日和十字军骑士团的战争结束后，死者的哥哥扬·滕钦斯基和儿子拉布什廷的扬·滕钦斯基将捣乱分子和杀害安杰伊·滕钦斯基的人全部告上了法庭。扬·滕钦斯基要求法庭判那些违反王后关于保持平静的命令的捣乱分子八万银币罚款，拉布什廷的扬·滕钦斯基要求将杀害安杰伊·滕钦斯基的人判处死刑。被告包括克拉科夫所有的议员、行会的会长和市民，最后法庭判处了六个基本没有参与闹事更没有杀人的议员死刑和市民八万银币的罚款，死刑于1462年1月14日执行后，市民因付不起巨大数额的八万银币罚款，最后只付给了被害者的哥哥6 200兹罗提。

从长诗所述说的这个事件来看，这位不知名的作者的立场是站在被害者一边的。他把安杰伊·滕钦斯基描写成一个热爱祖国和效忠国王的高贵的骑士，他的被害是无辜的，死后还遭到了侮辱和迫害。作者一方面对死者表示极大的同情，另一方面也表现了对闹事的市民的仇恨，他在长诗中称他们是"坏人"和"乡巴佬"，对他们说："像狗一样的乡巴佬，你们在骗人。"②他还说那几个被无辜处死的议员是"叛徒"，早就想要害死安杰伊·滕钦斯基。诗中把克拉科夫的市民写成是一些极其凶恶和残忍的暴徒，他们对上层阶级的人们充满了仇恨，进行无耻的诽谤。这说明了当时大贵族官僚和新兴市民阶级的矛盾是多么的尖锐，而大贵族却可以利用他们所掌握的政权和法律，把市民的反抗镇压下去。

除此以外，在15世纪，波兰还有许多讽刺农民的诗。其实早在14世纪，欧洲一些国家的文学作品就表现了农奴主与农奴的敌对与仇恨：农奴主指责农奴懒惰，在地里不好好地给他干活；农奴则采取怠工或者逃离的方式，以反抗农奴主对他们的压迫。在波兰，这一类诗歌的作者大都是站在农奴主老爷的一边，对农奴进行讽刺和责骂，其中有用拉丁文写的，也有用波兰文写的，它们称农民为"骗子"、"盗贼"、"流氓"、"坏蛋"和"背信弃义"等等，把所有最恶毒的诅咒都加在农民的头上。一个不知名的作者在他的诗中带讽刺地写道：

---

① 方济各会为天主教托钵修会之一，1209年由意大利人方济各（1181—1226，生于意大利的阿西西里）得教皇批准而创立，提倡过安贫、节欲的苦行生活，会士间称小兄弟，故又称"小兄弟会"。
② 泰列莎·米哈沃夫斯卡，《中世纪》，国家科学出版社，华沙，2003年，第551页。

那些农民畜生都很狡猾，
他们有很多主意，
白天给老爷干活，
可总是歇着不干，
有时候假装卖力，
到了下午就溜走了。

老爷在的时候干得不错，
老爷走了就站在地里，
使劲地敲打着犁头。①

有的讽刺诗形式很简单，但却针对各阶层的人们。如在波兹南一个族长阿姆布罗热·帕姆波夫斯基(约 1444—1510)收藏的一部古书中，有一首诗写于 1495 年或 1496 年，诗中可以见到这种半开玩笑的口语化的词句：

老总管害死人，
大学生常吵架，
神甫爱冒险，
祭司最讨厌。
农民最烦人，
要饭的爱奉承，
太太们乐呵呵，
小姐们也高兴，
只有那个
不要脸的女人
是个大巫婆。②

有的诗对神甫进行讽刺，如产生于 1414 年的《讽刺神甫》的诗中，也带有开玩笑的口气：

祭司啊，你要修善你的灵魂，
就得少唠叨，多喝啤酒，
啤酒是一种奇怪的饮料，

---

① 泰列莎·米哈沃夫斯卡，《中世纪》，国家科学出版社，华沙，2003 年，第 560,561 页。
② 同上，第 561 页。

农民喝了它会撒谎，
神甫喝了它会变得疯狂。①

波兰中世纪虽然宗教禁欲主义禁锢人们的思想，但爱情诗已经出现，这也是受了 14 和 15 世纪的捷克、意大利和德国文学中已经十分普遍的爱情题材的作品的影响，但波兰这一时期流传下来的爱情诗并不很多。在克拉科夫波兰科学院的图书馆中保存了一首大概创作于 1462 年以后不久的爱情诗《我早就去外国旅游过》，写一个小伙子去国外找他的心上人，他找了很多地方，表示对她永不变心：

我早就去过国外，
我到过捷克，
意大利和摩拉维亚，
我到处寻找我的心上人，
可我在哪里都没有找到。

我定要找到属于我的爱，
我将永远为她效劳，
到生命的结束也忠贞不贰，
我要让她知道我这颗心，
不管是白天还是晚上，
什么时候都要让她知道。

爱情，你给了我什么？
你遮住了我的眼睛，
让我拜倒在你的脚下，
除了你，在这个世上
我没有别的人。

你给我怜悯吧！
把我永远放在你的心上，
这是一颗真正的爱恋之心，
永远不变，谁如果拒绝它，
那他就有一个魔鬼的灵魂。②

---

① 泰列莎·米哈沃夫斯卡，《中世纪》，国家科学出版社，华沙，2003 年，第 562 页。
② 同上，第 564,565 页。

波兰这一时期以散文体出现的历史文献首先是对基督教《圣经》的翻译,波兰第一部旧约全书的翻译是在国王弗瓦迪斯瓦夫二世·雅盖沃(1348—1434,1386—1434 年在位)的第四位王后卓菲娅·霍尔尚斯卡(1405—1461)指令下完成的,这个译本是由几个译者合译的。据说卓菲娅也曾指令翻译《圣经》新约全书,但是这个 15 世纪中叶产生的《圣经》的波兰文全译本手稿今天却没有保存下来。不久后出现的一个版本据说最接近 15 世纪中叶完成的译稿,通过对这个版本的校对,不难发现它曾受了早期《圣经》的捷克文翻译的影响,说明波兰和捷克早期在宗教事务上有密切联系。此外还有所谓宗教伪书的翻译,其中有的也讲了一些富有宗教内容的故事,而且讲得十分生动。例如有个故事说的是埃及一位信基督教的行政长官尤泽夫来到了一位波兰公爵的府邸里,公爵要把女儿阿塞内奇嫁给他,但她不愿意,她说她要嫁给埃及的国王或国王的儿子。但是她在公爵府里见到尤泽夫后,看见他那像国王一样华贵的装束和无比英俊的姿态又爱上了他,便不由自主地说了一句:"这是太阳降落在我们这里",①因此后悔自己当初不该表示拒绝。公爵和公爵夫人于是向尤泽夫介绍他们善良的女儿,让尤泽夫认识了阿塞内奇,并叫女儿吻了尤泽夫,尤泽夫也同意和她结婚,但他指责阿塞内奇过去不该崇拜异教的偶像。在婚礼上他给阿塞内奇祝了福,阿塞内奇在尤泽夫的善心的感召下,对自己过去跪拜异教神像表示忏悔。在他离去之后,她马上摔碎了她所跪拜的那些神像,伤心地哭了七天。作品具有感人的艺术魅力。

此外这一时期的文献还有关于基督教的一些圣徒生平的记载,也是从拉丁文翻译过来的,如写于 1451 年的《圣布瓦热伊的生平》虽然没有发表,但它的翻译手稿保存了下来。文献写的布瓦热伊是 4 世纪塞巴斯泰城②的一个主教,因为他那里的基督教徒遭受古罗马戴克里先皇帝的迫害,他只好躲在一个洞穴里,由一些鸟兽来养活他,他也为这些鸟兽祈福。有一天,阿吉科拉乌斯总督的士兵来这里打猎发现了这个洞穴,但它被那些鸟兽守护着,这些士兵又抓不到它们。阿吉科拉乌斯知道后,派来了大批人马,这时耶稣突然出现在布瓦热伊面前,要他作出牺牲,让总督的军队抓走,可他却在总督的面前当众创造了一个奇迹:有一个年轻人被鱼刺卡在喉咙里快要窒息至死,布瓦热伊很轻易地便从他的喉咙里取出了鱼刺,救活了他。但布瓦热伊仍被这个总督关进了监狱,总督要他舍弃基督教的信仰,改信多神教,遭到他的拒绝。他虽遭受严刑拷打,始终没有改变他的信仰。恼羞成怒的总督甚至下令要把他绞死,还要用铁钩撕碎他的尸体。当受伤的他重又被抬到监狱里后,有七个信基督教的妇女因为捡起了他流在地上的血滴,也被关

---

① 泰列莎·米哈沃夫斯卡,《中世纪》,国家科学出版社,华沙,2003 年,第 595 页。
② 即撒马利亚,今萨巴斯提亚赫,巴勒斯坦中部的一个古城镇,在今以色列盖里济姆山与以巴路山之间通路西北的一座小山上。公元前 4000 年,这里就有人偶然居住,公元前 880—879 年建镇,此后一直是希伯来王国的都城,公元前 722 年被亚述摧毁。《新约全书》时代希律大帝(公元前 37—公元前 4 年)曾加以重建并大规模扩建,更名为塞巴斯泰。见《不列颠百科全书》国际中文版修订本第 14 卷,中国大百科全书出版社,2007 年,第 560、561 页。

进了监狱。阿吉科拉乌斯又要对这些妇女施以酷刑,但奇迹又出现了,因为任何刑具都触不到她们的身上,总督于是下令砍了她们的头,而她们正好想要到天国去,和上帝见面。布瓦热伊虽然没有死,他还在遭受酷刑,这时传来消息,有65个多神教徒突然被淹死了,这是上帝对异教徒的惩罚。最后布瓦热伊被处死了,他在临刑前做祈祷,要让世上患咽喉病的人都恢复健康,这时从天上忽然来了一个声音,说他的话上帝听见了。

写于1529年的《殉教者尤斯塔修斯的一生》,讲述了一个古罗马骑士普拉齐克遭受苦难和皈依基督的故事:有一天,普拉齐克出外打猎时见到了一只鹿,它是耶稣的化身,它的角上很明显有一个十字架的印记。鹿要求普拉齐克和他的全家,包括他的妻子和两个儿子,都接受基督的信仰。普拉齐克因此受了洗,并且有了尤斯塔修斯这个教名。但不久后他不幸丧失了他的全部家财,不得不带着妻儿四处流浪,后来由于一些没有料到的特殊情况,他又不得不把妻子留在一些行为不端的海上航行的向导那里,他的两个儿子在渡过一条河时也被野兽抢走了。此后尤斯塔修斯一个人在附近的一个小村子里孤单单地住了很多年,在那里当了一名工匠。他的两个儿子后来得救了,也住在他邻近的一个村子里,但长大后却一直没有和他们的父亲见面。罗马皇帝图拉真①这时要对外发动战争,命令他的臣子去寻找这个因勇敢善战而著名的骑士。普拉齐克被他们找到后,也参加了战争,在战乱中他又找到了失散的妻子,也和两个儿子见面了。后来图拉真驾崩,他的儿子阿德里安努斯(117—138)继承了皇位。罗马新皇为嘉奖普拉齐克立下的战功和庆贺他找到了自己的妻儿,举行了盛大的庆典,但阿德里安努斯在庆典上正要朝拜罗马诸神的时候,发现普拉齐克一家都皈依了基督,一怒之下,便要拿他去喂狮子,后来普拉齐克和他的妻儿都被烧死了。但三天之后,奇迹又出现了,人们发现他们的身上并没有着火的痕迹。这是发生在公元120年的事,说明了罗马的统治者对基督教徒的残害和基督徒的圣洁。

16世纪初,也出现一些世俗内容的散文作品,题材更加广泛。如写于1543年的《倒让我们不相信妻子,也解不了秘密》一书中讲述了这么一个故事:有一个骑士,因为一些事情激怒了他的国王,国王对他的一些朋友说,他如果能又骑马又步行将他的朋友和敌人都带到王宫里来,可恕他无罪。为此他在他的妻子面前,假装要抢劫当时住在他家里的一个流浪人的钱财而把他杀了,要他的妻子保守秘密。后来在由国王指定的那一天,他带着他的妻子、儿子和一只狗来到了王宫里,站在国王面前,他把一只脚踩在狗的身上,说它是他最好的朋友,他是骑着狗并步行到王宫来的。妻子是他的敌人,因为她在王宫里说他真的杀害了他们家的那个流浪人,并且说出了他在家里藏匿流浪人尸体的地方。这个骑士当时只是假装,并没有杀害流浪人,那个地方只藏了一个口袋,里面装的是一只已经死了要拿

---

① 图拉真(公元52或53—117年),亦译特拉扬,古罗马皇帝,98—117年在位。

去埋了的小牛。国王认为他遵照了自己的意旨，带来了真的朋友和敌人，便宽恕了他。

中世纪欧洲各国的文学作品中，有三个最著名的丑角形象，即伊索、马尔霍乌特和索维兹德扎乌，这三个形象也存在于波兰15和16世纪的文学作品中。著名作家卢布林的别尔纳特（15世纪后半叶—1529年以后）出生于一个市民家庭，当过基督教神父。他在1522年发表过关于伊索这个传说中公元前6世纪的希腊寓言家生平的诗歌作品。

关于马尔霍乌特的故事原是公元5世纪产生的一个犹太神话，和公元前10世纪以色列国王所罗门和他建造的耶路撒冷神庙有关。马尔霍乌特常和所罗门国王讨论哲学和神学的问题，但他总是反驳所罗门王的观点，站在国王的对立面。在12世纪的德国文学中，这个所罗门王的反对者成了一个小丑。在波兰，写于1514年波兰文长诗《聪明的所罗门王跟粗野和不体面的马尔霍乌特的谈话，人都说，马尔霍乌特能言善辩》虽然取材于这个犹太神话，但作者对它进行了再创作。这里写的是，马尔霍乌特"个子矮小，但他的头很大，脑门开阔，呈红色，上面有褶皱……长着一副毛驴的面孔。他的头发像山羊头上的毛一样很脏乱，两只庄稼汉的脚又粗又大"，样子显然很难看。所罗门国王问他什么出身，他风趣地说：

我家12代农民，赫沃斯塔斯生了格鲁丘乌，格鲁丘乌生了鲁德克，鲁德克生了日古列茨，日古列茨生了库德米耶伊，库德米耶伊生了穆兹戈维耶茨，穆兹戈维耶茨生了韦普，韦普生了波蒂拉瓦，波蒂拉瓦生了库赫塔，库赫塔生了琴肖贡，琴肖贡生了奥皮奥乌卡，奥皮奥乌卡生了瓦尔霍乌，瓦尔霍乌生了马尔霍乌特，我就是马尔霍乌特。①

国王见马尔霍乌特善于言词，就向他提问，要他回答。国王说："一个非常漂亮和正直的女人比所有最有名的宝物都更应受到尊敬。"马尔霍乌特回答说："一个身体肥胖的女人在自己的生活中最有主意。"国王又说："每个人都要爱上帝。"马尔霍乌特回答说："如果你爱一个不爱你的人，那你就失去了爱，她就会和你逗趣。"几句很简单的话，把这个出身贫贱的主人公的聪明才智而又具有叛逆精神的个性彰显得栩栩如生。

索维兹德扎乌这个人物来自民间，德国15世纪的文学作品中就有关于他的描写，当时叫他"猫头鹰的镜子"。16世纪，波兰开始出现了描写索维兹德扎乌的作品，但今天保存得比较完整的却是写于17世纪的《爱逗趣和可笑的索维兹德扎乌，开始、生平和他的奇怪的行动》。这个作品叙述了他那富于幽默情趣的一生：

---

① 泰列莎·米哈沃夫斯卡，《中世纪》，国家科学出版社，华沙，2003年，第655页。

索维兹德扎乌,一个好孩子,出生在沙斯地区①的克诺托维策村,那附近有一片森林。他的父亲叫库拉斯·索维兹德扎乌,母亲叫汉娜。他一出生,父母就把他抱到教堂里去受洗,给他取了个迪拉·索维兹德扎乌的教名。这一天,村里的农民和老妇人照过去的习惯,都要到酒店去喝酒,在这条通往天国的热道上喝得酩酊大醉,但是索维兹德扎乌的父亲得给他们付酒钱。大家喝完了酒,要回去了,一个老妇人这时便不顾一切地抱着小索维兹德扎乌跳进一个很深的水池里,然后又来到他的家里,给他洗澡。因此贫穷的索维兹德扎乌这一天受了3次洗,首先是在教堂的洗盆里,然后在深水池里,又在他家的一个水桶里,这说明他以后会遭遇不幸。②

索维兹德扎乌③从小就爱与人逗趣、使恶作剧,不管对小孩还是大人都这样,人们都怨他的父亲没有把他教育好。后来他的父亲不得不搬到另一个地方居住。父亲死后,迪拉·索维兹德扎乌不得不出外流浪,独自谋生。他一无所长,也不爱干活,但他善于言词、爱逗趣,能给人带来乐趣,在和人们的交往中却能得到施舍,衣食无忧。但有时候他恶语伤人,他的恶作剧也引起了施舍者的痛恨和反对,他不得不逃离他所在的地方,而去别处寻找安身之地。

在16世纪和17世纪之间,也产生了一种以索维兹德扎乌命名的文学。由于索维兹德扎乌这个人物来自民间,以他命名的这种文学的作品大都以诗歌的形式出现,也流传于民间,其作者大都来自社会底层,有牧师、流浪艺人、教师、大学生,甚至还有流浪乞丐和罪犯等等。他们创作和发表作品往往不露他们的真实姓名,或者干脆不露姓名。这些作品所反映的题材非常广泛,思想内容也很复杂,其中有的反映城市贫民和穷苦农民的生活状况。如在《农民的悲哀》一诗中,作者以通俗的语言,反映地主和农民的阶级对立,贫富不均。由于农民遭受残酷的封建压迫,也勇于反抗。一个不露姓名的诗人在《世上的人们在做什么?》一诗中以一个农民的口气说:

我有时候见到一群牲畜,有羊也有牛。
我看见谷仓里满是米粮。
我看见园子里百花盛开,
还有那么多的蜂窝,
可我并不高兴,
因为这些都不是我的。④

---

① 在波兰马佐夫舍地区。
② 泰列莎·米哈沃夫斯卡,《中世纪》,国家科学出版社,华沙,2003年,第556页。
③ 索维兹德扎乌是波兰文 Sowizdrzał 的音译,意思是滑稽人物,轻佻的人。
④ 亚历山大·维尔孔、斯坦尼斯瓦夫·格热什楚克、安杰伊·博罗夫斯基、瓦尔瓦夫、沃什诺夫斯基、马利扬·塔塔拉、托马什·韦伊斯、斯坦尼斯瓦夫、雅沃尔斯基、马利扬·斯登平,《波兰文学史概述》,第一卷,国家科学出版社,华沙,1987年,第92页。

另外一个诗人也是这么表示：

让老爷自己和他亲爱的天主去耕他的地吧！
我早就不去那里了。
地主老爷大宴宾客，开怀畅饮，
可穷苦的农民整天饿着肚子，没有吃的。
地主老爷们大摆宴席，寻欢作乐，
他们的牲口圈、钱柜子里都装得满满的，
可农民连买盐的一文钱都没有，
我不稀罕这片农田！①

《穷困》一诗的作者是个有产者，但他同情穷苦的人，如实地反映了农村各社会阶层存在的状况：

后来我来到一个农舍，这是一栋茅屋，
我知道，这里住的不是阔富人，
而是无地的农民。
我看见这些穷苦的人，
他们从外面的院子里走进来，
他们种了我的地，一年又一年。
这里还有一个手艺人，
没有人关心他，可我为他写了一首小诗。
这些士兵、磨坊老板和酒店老板，
他们都有他们自由活动的天地。②

诗人扬·兹沃诺夫斯基在他的《杀狗犯了罪》一诗中还说：

如果谁在家门口
对着一个人杀了一条狗，
就要罚他五年学狗叫，
到那个时候，他的嗓子都变了。
如果行会里知道，
也不会让他做手艺。

---

① 卡齐米日·布齐克、兹吉斯瓦夫·利贝拉、雅德维加·皮耶特鲁谢维乔娃、弗瓦迪斯瓦夫·希什科夫斯基，《波兰文学史，从有文字记载到18世纪末》，国家学校出版机关，华沙，1956年，第149、150页。
② 同上，第150页。

但他如果杀死了一个农民,
却能堂堂正正地活着,
和那些正直的人交往,
一点也不妨碍。①

面对这样一个不合理的几乎是变态的社会现实,一些富于正义感的作者要问:

《圣经》上说上帝让人成了主人,
还让他创造的一切都为这个主人所有。
他让所有的土地都踩在人的脚下,
那里没有一个穷人。
可是现在,我们在这个世界上,
连一个角落都没有,
难道我们生出来就是坏人。②

一些穷苦的人,特别是流浪者居无定所,身无分文,永远在流浪中度日,生活上处于绝境。由于改变不了所面对的现实,他们就只好寻找自我安慰,甚至虚妄地感到很自由,也很自在,表现了一种玩世不恭的态度:

我可以自由地行走,
一点也不妨碍别人。
听到林中的鸟在自由地歌唱,
使我的心情感到愉快,
我能够自由地捕捉雷鸟,
和林中的野兽。
随心所欲地在小河中沐浴,
睡在宝塔顶上。
如果没有马就徒步行走,
如果没有一文钱,
就不吃不喝,自由地死去。③

诗人基扬来的扬在《新索维兹德扎乌的短诗》一诗中也说:

---

① 斯坦尼斯瓦夫·格热什楚克编,《16 和 17 世纪索维兹德扎乌文学作品选》,奥索林斯基民族出版机关,弗罗茨瓦夫,1985 年,第 LXXVIII 页。
② 同上,第 XXXIV 页。
③ 同上,第 XIV 页。

不要去想有什么战争,
在年轻的时候就要尽情地享受
这个世界的欢乐和这个世纪的平静,
悲哀时就哭,高兴时就舞。①

索维兹德扎乌文学大部分的作品也像最爱逗趣和恶作剧的索维兹德扎乌一样,在手法上都是采取一些逗趣和娱乐的方式,展现各种小丑的形象,对一些世所公认的道德标准,或者某种社会秩序和风俗习惯进行尖锐的讽刺。在这种情况下,它们的作者也往往用一些滑稽可笑的名字。它们所表现思想倾向和人们认为是美好的品行和道德观念是背道而驰的。如《犹大的口袋》一诗中写道:

你那里从来没有听说过,
什么品德和正当的事。
我们要赞扬的是眼泪和欺骗,
永远保持疏懒和怠堕
一个比一个机灵和狡黠,
骗子教撒谎的人如何干坏事,
偷盗被认为是最好的事。②

作者还认为：

读他的诗的人都是一些大老粗,
坐在桌子旁会有好的想法。③

有的作品的批判矛头更是直接针对现实:

虽然你的品德最高尚,
但你如果没有金银财宝,
你的品德有什么用?④

---

① 亚历山大·维尔孔、斯坦尼斯瓦夫·格热什楚克、安杰伊·博罗夫斯基、瓦尔瓦夫·沃什诺夫斯基、马利扬·塔塔拉、托马什·韦伊斯、斯坦尼斯瓦夫、雅沃尔斯基、马利扬·斯登平,《波兰文学史概述》,第一卷,国家科学出版社,华沙,1987年,第91页。
② 斯坦尼斯瓦夫·格热什楚克编,《16和17世纪索维兹德扎乌文学作品选》,奥索林斯基民族出版机关,弗罗茨瓦夫,1985年,第XXI页。
③ 同上,第XXVII页。
④ 同上,第XLI页。

但做坏事也不要过分,因为还有法典,

如果在饭馆里玩耍,
就要把那一罐啤酒冰一下,
如果房间里太热,
就坐到厅里去,
然后从口袋里把法典拿出来,
给大家读一读,
不要赌博,不要犯罪。①

面对这样一个黑暗的现实,一些社会下层的普通老百姓为了生存,当然也有他们的办法,扬·兹沃诺夫斯基在他的《规章》中说:

有多少忧愁,总得有个限度,
要把它当成开玩笑一样,
我,一个老头,遇到了这样的麻烦,
就写诗,从中得到了欢乐,
也消除了忧愁。

我要嘲讽这个世界,
我要改变这个世界。
有哭就有笑,如果你不高兴,
你就去做游戏。
你不仅自己,还要和别人一起高兴。
在我们波兰的土地上,
这是一个好主意。②

《规章》中还说:

谁如果东西丢了,或者被人偷了,
就要用鞭子教训他,让他知道,
要把自己的东西看管好。③

---

① 斯坦尼斯瓦夫·格热什楚克编,《16 和 17 世纪索维兹德扎乌文学作品选》,奥索林斯基民族出版机关,弗罗茨瓦夫,1985 年,第 XXVIII 页。
② 同上,第 XXXI 页。
③ 同上,第 LXII 页。

另外一个民间诗人在作品中对一些日常生活中的小事写得更多,更具体,当然也有诸多反讽:

你睡到中午还没有醒来,
非得老爷去你那里,
搧你一记耳光。

如果老爷把一件短上衣放在这里,
你就去它的衣兜里摸一下看!
作坊里的那些器皿要翻个个儿!
如果有人把你带到什么地方去,
你在那里,一定不要说真话!
为了对老爷表示忠诚,
你在什么地方都可进行偷盗。

你如果挣了钱,你就去喝酒,
或者去赌博,把它输掉吧!
如果有好的品德,
衣衫破了也没有关系。

在战斗中不要冲在前面,
要走在最后面,
但也不要胡闹,
不要搞恶作剧。①

基扬来的扬在《手艺所需的学问》一诗中则表示:

你要在这个世上玩一门手艺,
就要有一个作坊和一块木板,
在这里可以显示你的索维兹德扎乌技能。
没有地方取暖,永远流浪在外,
你如果找到了一位大师,就干起来吧!
他如果不理解你,你不要听他的,

---

① 亚历山大·维尔孔、斯坦尼斯瓦夫、格热什楚克、安杰伊·博罗夫斯基、瓦尔瓦夫·沃什诺夫斯基、马利扬·塔塔拉、托马什·韦伊斯、斯坦尼斯瓦夫、雅沃尔斯基、马利扬·斯登平,《波兰文学史概述》,第一卷,国家科学出版社,华沙,1987年,第92,93页。

你可以一直睡到中午也不醒来。
到那个时候,你的老板就会搧你的耳光,
你起来后不要洗脸也不要洗头,
你的老板不会责怪你。
你把你的鞋上涂上污泥,
对老板说,这是我的汗水,
把桌子上的工具都翻过来。
他如果叫你去什么地方,
你不要说真话,
在老板面前,
不要表现出你的正义感。

在路上要注意酒店和路标,
就是最差的啤酒和烧酒也要喝。
赤脚行走,破衣烂衫,不系腰带,
睡觉没被子,也没有夜晚,
这就是他的流浪生活。①

他在这首诗中,还对波兰文艺复兴时期诗人扬·科哈诺夫斯基表示了赞美:

诗人中最著名的诗人,
你永远不会死去,你总是和我们在一起,
因为我们要常看到你的美丽的诗,
我们惊异的是,有这么高超的智慧,
我们就千万人齐心合力,
也写不出你那样的诗,
我们不得不承认,
写不出你那样的诗。②

但是作为一个出身社会下层的平民诗人,他并不懂得科哈诺夫斯基的作品所表现的人文主义思想精神的历史价值和社会影响。

---

① 斯坦尼斯瓦夫·格热什楚克编,《16 和 17 世纪索维兹德扎乌文学作品选》,奥索林斯基民族出版机关,弗罗茨瓦夫,1985 年,第 XLIV、XLV 页。
② 亚历山大·维尔孔、斯坦尼斯瓦夫·格热什楚克、安杰伊·博罗夫斯基、瓦尔瓦夫·沃什诺夫斯基、马利扬·塔塔拉、托马什·韦伊斯、斯坦尼斯瓦夫·雅沃尔斯基、马利扬·斯登平,《波兰文学史概述》,第一卷,国家科学出版社,华沙,1987 年,第 91 页。

索维兹德扎乌文学是波兰民间对封建社会制度以及在这个制度统治下所产生的道德标准和社会秩序表示的不满和反抗,但这是一种消极甚至变态的反抗,说明被压迫者已经处于绝望的境地,因此他们的这种反抗不具有革命的性质,它没有也不可能想到或者展示一个美好的未来,不可能改变现有的社会制度和秩序。但这是波兰最早的讽刺文学,它对波兰以后各个时期出现的讽刺文学产生过巨大的影响。

产生于 15 世纪并在波兰文学史上被称为"阶层长诗"的作品大都揭露人间的罪恶。保存至今的《世上的过失》和《宫廷的浪费》这两首诗写于 1469 年以前,它们的作者沙莫图维①的奥洛赫出生于一个市民家庭,1456 年在雅盖沃大学学习,三年后曾任该校的助教,1466—1483 年间移居波兹南,在那里的一个大教堂里当过传教士。《世上的过失》这一首长诗分三部分。第一部分中反映了作者对人生充满了悲观失望的情绪,认为一切都在走向堕落、衰老和死亡:

每个快乐的一天都有悲哀的事,
人生只不过是走向死亡,
一个人如有所获,
他将任凭命运的摆布,
堕落将毁灭一切。

美好的青春已经逝去,
荣光不再,力量消亡,
既然造物主创造万物,
我对时光的流逝不感到奇怪,
一个人的命运就是,
随着时光的逝去、而走向死亡。

那么还留下什么呢?
死神在扣你的门,
它要消灭人们所爱的一切,
不论老年人还是年轻的人,
不论贵族出身的统治者还是大官,
不论穷人还是有钱的人,都不放过。②

---

① 地名,在波兰的波兹南省。
② 泰列莎·米哈沃夫斯卡,《中世纪》,国家科学出版社,华沙,2003 年,第 661,664,665 页。

长诗的第二部分则具体地揭露了社会各阶层人物的不良习俗,如基督教神父的行骗、高利贷者的敲诈勒索,还有酗酒、淫荡和贪得无厌,诗人认为这些恶习将使社会遭受祸乱。在长诗第三部分中,作者表示要惩治和消灭人世间的罪恶,每个人都要保持一颗善良的心,具有美好的品德。

对帝王或著名的历史人物业绩的歌颂,则表现在他们死后为他们写墓志铭。这一类的作品早在 11 世纪就已经出现,但保存下来的大都产生于 15 世纪。它们颂扬的对象也主要是弗瓦迪斯瓦夫二世·雅盖沃国王和他王室里的人。波兰第一个王朝彼雅斯特王朝因为它的最后一个国王伟大的卡齐米日三世于 1370 年逝世而结束,之后有一个短时期即 1370 年到 1382 年,由匈牙利安如王朝的路易来波兰执政,后来又由他女儿雅德维加(1374—1399)在 1384—1386 年继承了王位。这时期波兰要联合她东边的立陶宛大公国,共同对付十字军骑士团的入侵,因此两国代表曾于 1385 年 1 月在克拉科夫就实行两国王朝的合并达成了协议,同年 8 月 14 日在克列沃签订了条约,规定立陶宛大公雅盖沃娶雅德维加为妻,任波兰国王。1386 年 2 月,雅盖沃来到克拉科夫后,和当时只有 12 岁的雅德维加举行了婚礼,同时接受了基督教的洗礼,取名弗瓦迪斯瓦夫,在这一年的 3 月 4 日加冕为波兰国王,为弗瓦迪斯瓦夫二世。这样,波兰历史上便开始了雅盖沃王朝统治时期,由于和立陶宛合并,弗瓦迪斯瓦夫二世·雅盖沃也让立陶宛接受了基督教信仰。他在克拉科夫还创办了波兰第一所大学。1410 年,他率领波兰和立陶宛联军,在格龙瓦尔德打败了十字军骑士团,波兰因此重新控制了一段时期被十字军骑士团占领的通往波罗的海沿岸一些港口的通道。波兰王国和立陶宛公国在东方从此没有能与之抗衡的强敌,因此他和他的原配王后雅德维加为波兰的强大和波兰文化教育事业的发展,都作出了不可磨灭的伟大贡献。

歌颂格龙瓦尔德战役胜利的诗歌,早在波兰和立陶宛联军 1410 年在格龙瓦尔德打败了十字军骑士团之后不久后就已经产生,有用波兰文写的,也有用拉丁文写的,流传至今用拉丁文写的较多。其中最早出现的一首叫《天主的 1410 年》,作者具体情况不清楚,大概是一个和克拉科夫雅盖沃大学或者和王室或瓦维乌王宫的教会学校有联系的僧人。他在 1410 年或 1411 年就把这首诗的手稿交给了国王弗瓦迪斯瓦夫二世·雅盖沃,但这份手稿没有保存下来,今天能够见到的是 1434 年或 1444—1487 年间的一个复制品,内容和原来的手稿略有出入。这是一首典型的具有宗教内容的中世纪英雄史诗,它一开始就这么写道:

天主的 1410 年,
夏天,7 月 15 日的早晨,
那是我们的主派遣到世界各地
的使徒们的一天,

望弥撒已经结束。①

就在这一天,十字军骑士团派了几个使者来到了克拉科夫的王宫里,气势汹汹地交给国王雅盖沃两把利剑,说他们拒绝一切和平解决的办法,拒绝和谈,但战争还没有开始,要国王择定双方交战的地点。使者的态度傲慢,深信他们一定会取得战争的胜利。国王回答说:"只有上帝知道开战的地点,他会把它说出来的。"②作品描写了两军交战的经过,着力指出了十字军骑士团的大团长虽然不可一世,但他最终逃脱不了失败的命运:

当两支敌对的军队开始交战的时候,
军营里杀声震天,一片混乱,
这杀声一会在十字军骑士一边响起,
一会儿在我军的一边,
我们的军队比十字军骑士多四十面旗帜。
十字军骑士团的大团长乌尔里赫
这个在骑士团中最受尊敬的统帅,
他是马尔博克③的老爷和执政者,
一个自以为是和目中无人的人,
但他第一个倒在斯滕巴尔克附近的战场上,
和他的军队一起被彻底消灭。④

在诗的结尾,作为一个僧人的作者把波兰人民的胜利归功于救世主耶稣:"救世主啊,光荣属于你!"因为十字军骑士团是反基督的异教徒,他们对波兰的侵略是非正义的,也是反基督的。

15世纪用拉丁文写就的《赞克拉科夫》是一首颂扬作为文明城市的波兰雅盖沃王朝的首都克拉科夫的诗。这首诗保存了一份手稿和两份抄写稿,这两份抄写稿上都配了乐谱。手稿上标明的作者斯坦尼斯瓦夫·乔韦克,他在1423—1428年间,当过国王弗瓦迪斯瓦夫二世·雅盖沃的内侍官,在1428—1437年间,又当过波兹南的主教。他的诗中写道:

啊,克拉科夫城,你对
你的居民是那么慷慨地施舍,

---

① 泰列莎·米哈沃夫斯卡,《中世纪》,国家科学出版社,华沙,2003年,第676页。
② 同上,第676页。
③ 十字军骑士团当时驻扎的地方。
④ 泰列莎·米哈沃夫斯卡,《中世纪》,国家科学出版社,华沙,2003年,第677页。

他们都在你的身边团结一致，
你那里有许多僧人，
男人们身强力壮，足智多谋，
母亲们有许多孩子，
人人丰衣足食。

清澈的泉水滋润着你，
群山的阴影遮翳着你，
谁犯了罪，都逃脱不了惩罚，
谁不犯罪，会得到赏赐，
每个人都会得到怜悯。

你那里埋葬着
圣斯坦尼斯瓦夫的遗骸，
这是修道士们留下的宝贝，
都保存在非常好的法衣圣器室里。
雅德维加①，大众之母，
她的生命虽已走到了尽头。
但她仍然感到十分高兴。

骑士的花朵，敌人的恐惧，
在你的门坎上闪耀着勇敢的光芒，
你那里到处都有很好的习俗，
虽然合唱队唱出了悲伤的歌，
但这歌声甜美，动情，
它没有敌意，没有颓丧，
它像天真无瑕的孩子，
在翩翩起舞。②

此外还有对波兰国王和王后本人的颂扬，说弗瓦迪斯瓦夫③和卡齐米日④这两个国王是受上帝的派遣，在圣母光芒的照耀下，他们感到无比的幸福。诗人说他自己是个罪人，请求上帝在人民需要的时候给予帮助，给他的祖国波兰带来欢乐。全

---

① 即弗瓦迪斯瓦夫二世·雅盖沃的王后雅德维加。
② 泰列莎·米哈沃夫斯卡，《中世纪》，国家科学出版社，华沙，2003年，第681，682页。
③ 即弗瓦迪斯瓦夫二世。
④ 即卡齐米日四世·雅盖隆契克。

诗通过对具有优良传统的首都和国王的颂扬,表现了爱国主义的思想情怀。还有如萨诺克①来的格热戈日(约1407—1477)用拉丁文写的《波兰之星,雅德维加就安息在这里》则是以弗瓦迪斯瓦夫二世的王后雅德维加为其颂扬的对象。诗的作者格热戈日出生于一个较为贫困的贵族家庭,曾就读于克拉科夫雅盖沃大学,还曾去德国深造,1428年回到克拉科夫,在克拉科夫大学艺术系获学士学位。他在这首诗中写道:

> 这位夫人对陌生人是那么仁慈,
> 对恶人也充满了善意,
> 她对所有的人都那么友好,
> 时刻准备为他们排忧解难。
> 她既不傲慢,也没有恶意,
> 她的爱心使她不知道什么是痛苦,
> 她年轻时就驱除了一切邪念,
> 心灵深处都献给了上帝。②

当她要成为王位继承人的母亲的消息传出来后,引起了拥护她的百姓极大的欢乐,但她不久后就死了③,"她死了,这颗国王之星熄灭了。"④格热戈日在他的诗中写道:

> 你熟知的那朵鲜花在艳丽地开放,
> 就是罪恶的死神也玷污不了它,
> 可现在它在死亡的睡梦中萎谢了,
> 对已经逝去的生命,还能说些什么呢?
> 世上生长的一切都在死亡,
> 但美丽的鲜花会变成青草。
> 最坏的是那种可耻的死亡,
> 最好的是虔诚的终了,
> 她没有死,而只是离去。
> 她将死而复生,
> 因此不要哭,要为她祈祷,
> 要以心去为她祈祷。⑤

---

① 地名,在波兰东南部的热舒夫省。
② 泰列莎·米哈沃夫斯卡,《中世纪》,国家科学出版社,华沙,2003年,第693页。
③ 这里是说雅德维加和弗瓦迪斯瓦夫二世结婚后怀了孕,在1399年7月17日生产时,不幸和亲生的女儿一起死去了。
④ 泰列莎·米哈沃夫斯卡,《中世纪》,国家科学出版社,华沙,2003年,第694页。
⑤ 同上,第694,695页。

作者以他和虔信基督的波兰民族的名义，祝愿他们最爱戴的王后死后能进入如春天般美好的天堂：

宇宙之王啊，请你接纳这位波兰的王后，
让她进入你的天堂！
那里有甘松喷发着扑鼻的芳香，
那里有仙酒，流淌着蜂蜜和树香脂。
在那蜜汁流淌的地方，
响起了甜美的歌声。
那里没有炎热的夏日，
也没有冰冻的冬天，
只有芳香的流水和盛开的玫瑰，
那里永远是春天。①

波兰人文主义先驱亚当·希文卡（约1407—1477）用拉丁文写的《你的纹章在这里发出了美丽的闪光，但这不是你的骨灰……》颂扬的是在格龙瓦尔德战役中牺牲的波兰著名骑士黑色的扎维希。这位骑士参加过波兰反土耳其侵略的战争，他勇猛善战，曾屡建奇功，在战场中使敌人闻风丧胆：

你一见到土耳其人，
就使他们感到极大的恐惧，
你挥舞利剑像电光一样地闪烁，
你的武器闪着金光。
有人问："这是不是忒提斯的儿子②，
对什么都毫不留情？
他曾在可怕的奥尔库斯③被关押多年，
现在他脱离了牢狱，
给弗雷基亚带来了毁灭。"
是不是又来了与我们为敌的埃阿斯④？
我看见了他那凶恶的面孔

---

① 泰列莎·米哈沃夫斯卡，《中世纪》，国家科学出版社，华沙，2003年，第695页。
② 忒提斯是希腊神话中的海上女神，她的儿子是阿喀琉斯，荷马史诗《伊利亚特》中的著名英雄。
③ 古希腊神话中的地狱和冥国的统治者哈得斯所设的一个地牢。
④ 古希腊有两个英雄，一是大埃阿斯，萨拉密斯国王忒拉蒙的儿子，身躯魁梧，膂力过人，特洛伊战争的参加者，曾与赫克托耳对阵，把这位特洛伊英雄打翻在地。二是小埃阿斯，罗克里斯国王俄琉斯的儿子，大埃阿斯的战友和伙伴，特洛伊战争的参加者，希腊军中被公认为最优秀的投枪手。

和武尔坎努斯①制造的武器,
但我却认不出这个勇士
是一个什么样的英雄?
他手持利剑那么可怕地向敌人的盾牌刺了过去,
使敌人遭受了斯巴达式②的打击③。

但是他在格龙瓦尔德战场上却死得很惨:

你仰面躺在你的武器上,
流尽了紫红色的血
你的灵魂也已离去。
一个没有鲜血的躯体,
人们不会把你的尸骨埋葬,
只会把它当作野兽和禽鸟的美食,
这是命运给了你悲惨的结局。④

但是这位为保卫祖国作出了很大贡献,最后又英勇牺牲在战场上的战士,人民是不会忘记的。虽然他死后是那么孤独,他的英雄的名字却代代相传。

盖尔诺夫的弗瓦迪斯瓦夫的长诗《关于桑博尔⑤被毁的诗》写于 16 世纪,作者的生平不详。它也以波兰和土耳其战争为题材,说的是在 1498 年波兰国王扬一世·奥尔布拉赫特(1459—1501,1492—1501 年在位)出征摩尔达维亚,攻打苏恰瓦这个地方时失败,在撤退中遭到土耳其和鞑靼人的追击,沿途属于波兰的波多列⑥和红罗斯⑦等地的大量财物被土耳其军和鞑靼人焚毁。当侵略军来到乌克兰的利沃夫附近的桑博尔这个小镇的时候,血洗了一个修道院,杀害了其中的许多修道士,还有一些成了他们的俘虏。有两兄弟和敌人进行了顽强的战斗,英勇地牺牲了。但也有一些修道士有幸逃脱了敌人的魔掌,其中有一个叫科姆罗夫的扬是一个编年史作者,他把这个事件写进了历史。盖尔诺夫的弗瓦迪斯瓦夫根据科姆罗夫的扬的记载写了这首长诗,把土耳其侵略军比做豺狼,揭露了他们凶狠和

---

① 即赫淮斯托斯,古希腊神话中的火神和冶炼之神。
② 斯巴达为古希腊重要城邦,那里的人尚武,不注重精神文化。妇女以生育健康的儿童为天职,教育以培养合格的军人为最高目标。"斯巴达精神"常为后世黩武主义所推崇。这首诗的作者这里作了大胆的虚构,他所说的这一切并不符合希腊神话故事的内容,不过是用来比喻黑色的扎维希的勇敢善战而已。
③ 泰列莎·米哈沃夫斯卡,《中世纪》,国家科学出版社,华沙,2003 年,第 696 页。
④ 同上,第 696 页。
⑤ 地名,在乌克兰。
⑥ 地名,在乌克兰。
⑦ 历史地区名,包括今乌克兰的西南和波兰的东南部一带。

贪婪的面貌：

> 土耳其来的豺狼抓走了这里的羔羊，
> 他们带走了他们劫掠的财物，
> 把那些毫无防卫的羔羊全都杀害。
> 桑博尔被他们毁了，
> 修道院的兄弟们被他们抓走了，
> 这是从地狱里来的凶神恶煞，
> 他们烧毁了圣母的神庙。
> 有两兄弟惨遭一把利剑的砍杀，
> 土耳其人抓走了少女，
> 把男青年当他们的奴隶，
> 除了敌人的抢劫和屠杀，
> 就是基督教徒的哭泣和眼泪，
> 还有父亲、母亲和孩子的呻吟，
> 死肯定比像死一样的生好。①

面对侵略者的罪恶行径，长诗作者号召波兰的骑士奋起抵抗，保卫祖国：

> 骑士们，会集你们的力量，勇往直前，
> 要听从上帝的意旨，顺服于他，
> 因为背信弃义的豺狼今天和叛逆的熊一起联手，
> 要采取罪恶的行动，来进行抢劫和掠夺。
> 然后，豺狼又开始向波兰宣战，
> 他们悄悄地派来了许多恶徒，
> 强迫基督教徒们当他们的奴隶。②

克拉科夫的大学生大都出身贫苦，有的信教，有的保持世俗的生活，但是很少有人毕业取得了某种学位。当时在他们中也流传着一些用拉丁文写的诗歌，反映他们贫困的生活，诗中带有大学生开玩笑的口气：

> 我们的使者从我们的同学那里
> 给我们带来了这封信，

---

① 泰列莎·米哈沃夫斯卡，《中世纪》，国家科学出版社，华沙，2003年，第712页。
② 同上，第713页。

信中卑躬地请求我们给予施舍。
我们不要讨厌他们,
把这封信收下吧!
信上可以听到那些同学的声音,
他们在大声歌唱,
因为在学校里,
大家都生活在贫困中,
既没有喝的,也没有吃的。
有人在为他们的健康祈祷,
可是饥饿却使我们的胃肠难熬。①

---

① 泰列莎·米哈沃夫斯卡,《中世纪》,国家科学出版社,华沙,2003年,第730页。

第二章

文艺复兴在波兰

第一节
宗教改革、贵族地位的提高和城市的进一步发展

　　文艺复兴是13—16世纪欧洲一场反对中世纪的封建制度和教会神权的伟大斗争,也是一次复兴希腊、罗马古典文艺的运动。在文艺复兴前,从4世纪开始,大约一千多年中,在欧洲占统治地位的一直是基督教文化。它一开始就视古典文化为"邪教"和敌对者,对它进行坚决的斗争和无情的摧残。教会统治的欧洲文化把意识形态的各个领域都纳入神学的范畴,教会设立的学校只教神学,宣扬人在世间要禁欲苦行,以便死后进入天国。文艺复兴发源于意大利。14世纪的意大利,由于经济和城市世俗文化的发展,开始出现世俗学校,设立人文学科的教学,其中包括对人和自然的研究,主要是对古希腊罗马的语言、文学和自然科学的研究,即所谓"发现至今被忽视的文学"、"发现世界和人"。随后整个欧洲都开始了这一过程,是欧洲从中世纪的蒙昧向近代资本主义社会转变的一个历史过程。人文主义崇尚科学,宣扬人是宇宙的主宰和人生的欢乐,要求人在身心各方面的全面发展和个性解放,以"人权"对抗"神权"。与文艺复兴同时进行的是宗教改革,德国宗教改革家马丁·路德(1483—1546)曾任德国维腾堡大学的神学教授,他在公元1517年抨击教皇出售赎罪券的《九十五条论纲》中,指出教会滥用了教徒的忏悔,他认为这种忏悔是不能赎原罪的,因为它是用钱买来的。教会马上发表训谕对他进行指责:"起来吧,先生,审视一下你干的事吧!"路丁当众撕毁了这道训谕,然后发表文章指出,教士不是人与上帝之间的中介,教徒只凭信仰、灵魂就可以得救,而不必通过由教士主持的各种宗教仪式。他强调《圣经》的权威,轻视教皇颁布的敕令、通告和宗教会议通过的决议。他反对教士不能结婚和对使徒、圣物和圣像的崇拜。路德的政治主张在整个欧洲都引起了极大的反响,许多国家要求脱离罗马教会的控制。在德国甚至爆发了农民战争,德国皇帝虽然和教皇有矛盾,但不支持路德,还限制他的新教传播,因此在德国有几个公国和十几个城市对此提出了抗议。结果1555年德国奥格斯堡制定了一项规定:德国各公国的宗教信仰由该公国的统治者来决定。与此同时,法国宗教改革家约翰·加尔文(1509—1564)1536年在瑞士的巴塞尔也发表了他的神学著作《基督教原理》,否认罗马教会的权威,认为人的得救与否、贫穷与富贵,早已由上帝"预定"。同时他也反对天主教的教阶制和繁文缛节,允许教徒经营致富、贷款取利,以民主共和的

原则建立教会组织,但他对农民和城市平民的教派持敌对态度。荷兰著名人文主义者伊拉斯谟①也反对一切神学的思辨和教皇的独裁,他曾揭露基督教神职人员的贪污腐化和僧侣的愚昧和不学无术。他还提出了所谓"土地现实的神学"②的理论,认为信仰仍是一个"内在生命的艺术"③,宣扬和平、同心协力和爱,他的思想在欧洲,特别是在欧洲各国的统治者和知识界有很大的影响。宗教改革在宗教制度和意识形态的范围内,也是一场反对教会特权的斗争。

　　波兰的文艺复兴出现较晚,它开始于15世纪,经16世纪一直延续到17世纪初。它的出现曾经受到意大利人文主义思想传播的影响,这首先是因为15世纪波兰的王室、大公以及一些基督教的主教和意大利的人文主义学者有经常性的联系。1424年,卓菲娅·霍尔尚斯卡在克拉科夫被封为国王弗瓦迪斯瓦夫二世·雅盖沃的王后,在她的封后典礼上,意大利人文主义者弗兰切斯科·弗列尔福④就来到这里做客,他还当着那些来参加卓菲娅封后大典的丹麦国王、德国巴伐利亚大公和来自西利西亚的大公发表演说,祝贺这个大典成功举办。后来他又以意大利菲利普·维尔斯孔特大公的名义,向当时还不是国王的弗瓦迪斯瓦夫·雅盖隆契克写信,祝贺他1443年抵抗了土耳其的入侵。另一个意大利人文主义者菲利波·博纳科尔西⑤,因为宣传人文主义思想,曾经受到罗马教廷的追捕,1470年逃到了波兰,受到过利沃夫的主教萨诺克⑥的格热戈日的保护。同时他也受到了许多对古罗马文艺感兴趣的波兰主教的欢迎,人文主义者都时髦地称他卡利马赫。他1489年在克拉科夫,创立了波兰第一个人文主义协会"维斯瓦河上的文学协会",他还担任过国王卡齐米日四世·雅盖隆契克的谋臣和他几个儿子的教师。

　　与此同时,一些波兰著名学者也去意大利参观访问,给波兰带来了希腊罗马的古典文化,如著名的历史学家扬·德乌戈什(1415—1480)在瑞士的巴塞尔通过和意大利的人文主义者的交往,获得了许多古罗马历史学家的著作。卢齐斯克的扬(约1400—1460年以前)在意大利学过古罗马的雄辩术,也给波兰带回了许多古希腊罗马著作的复制本。他在国王卡齐米日四世·雅盖隆契克面前还发表演说,表示维护农民的利益。他的学生彼得·加索维耶茨曾任雅盖沃大学医学系的教授,也是波兰著名的人文主义雄辩家。此外还有出生在德国纽伦堡的雕塑家维特·斯特沃什(约1445—1533),他在波兰住了36年,于1489年依照德国南部雕

---

① 伊拉斯谟(约1466—1536),文艺复兴时期尼德兰人文主义者,生于今荷兰鹿特丹,天主教奥斯定修会会士,1492年升为神父,曾游历法、英、意、德等国,受人文主义影响。1503年发表《基督的战士手册》,强调教徒个人内心信仰,反对教会中流行的各种仪式。1509年写成著名的小说《愚人颂》,揭露封建统治者的罪恶和教会对人民的愚弄,描绘教皇、主教、修士、经院哲学家等都是一群崇拜"愚蠢"的贪婪淫荡之徒。伊拉斯谟对西欧宗教改革运动起了先导作用,但不举主张推翻教皇和否定教会,只希望从教会内部进行整顿。
② 耶日·齐奥梅克,《文艺复兴》,国家科学出版社,华沙,1973年,第26页。
③ 同上,第26页。
④ 弗兰切斯科·弗列尔福(1398—1481),意大利人文主义者。
⑤ 菲利波·博纳科尔西(1437—1496),意大利人文主义者,诗人、历史学家。
⑥ 地名,在波兰东南方的热舒夫省。

塑的风格,为克拉科夫玛利亚大教堂雕塑了一个著名的彩色木祭坛。当时还有人画了许多油画,或以波兰的城市生活为题材,或者是各阶层和各种装束的人物肖像画。

后来国王齐格蒙特一世(1467—1548,1506—1548年在位)在1518年和意大利公主米兰的博娜·斯福扎①结婚,又大大增加了这一时期波兰和意大利的交往。因为克拉科夫是波兰的首都,当时还来了许多意大利的王室人员、僧侣、建筑师和艺术家。他们按照意大利文艺复兴的风格,设计重建了保存至今的瓦维乌王宫;还按照意大利的建筑式样,建造了许多教堂。当时也有许多波兰的贵族子弟去意大利留学,但是也有一些年轻人信仰新教,去德国的维滕贝格、瑞士的苏黎世和巴塞尔留学。伊拉斯谟拥护宗教改革,反对经院学派,对波兰的文艺复兴影响很大。他和波兰的许多政界和文化界的名人当时都有书信来往,他在他的一封信中曾经这样称颂波兰:"我向波兰民族表示祝贺,因为它曾被看成是一个野蛮民族,现在它在科学、法律、宗教、风俗习惯和所有其他的方面,都是那么繁荣发展,那么美好,已经远离了野蛮的状态,可以和世界上最先进和最有文化的民族比美。"②一些波兰的人文主义者也认为他在波兰享有最高的声誉。这是因为伊拉斯谟虽然赞同马丁·路德和加尔文宗教改革的政治观点,但他希望不同教派之间进行和解。在波兰,一些不同教派的代表都拥护他的这个观点。路德教派在波兰主要流传于城市,拥护加尔文教的则在贵族控制的议会中占多数。16世纪50和60年代,加尔文教成了流传于波兰的主要的新教。波兰宗教改革的拥护者有两派,即加尔文派和上帝一位论③派,它们之间也有矛盾。1555年,波兰的加尔文派教徒和捷克兄弟会结成了联盟,可是教会当时迫使波兰国王公布了法令,禁止波兰的青年去国外宣传异教④的大学学习。1543年,波兰议会虽然在形式上通过了可以自由地去国外留学的法令,国王也公布了印刷自由的法令,但教会仍然反对印制宣传异教的书籍。国王齐格蒙特一世和他的儿子齐格蒙特二世·奥古斯特(1520—1572,1548—1572年在位)既要照顾教会的利益,又不反对新的教派观点,有时甚至按新教谋臣的主张办事,因而化解了教会与新教的矛盾,使波兰没有出现西方国家特别是法国出现过的那种教派之间的流血冲突和战争。在齐格蒙特执政时期,波兰的宗教改革只表现在思想意识上,对教会的组织形式并没有进行改革。中小贵族要建立他们自己的教会,他们的教会和波兰旧的教会不同的是,他们是独立自主的,不向罗马纳贡;在举行宗教仪式和唱赞美诗时,用波兰语代替拉丁语。他们还利用自己的权力,占领了一些旧的天主教堂,资助过一些宣

---

① 博娜·斯福扎(1494—1557),齐格蒙特一世的第二个王后。
② 卡齐米日·布齐克、兹吉斯瓦夫·利贝拉、雅德维加、皮耶特鲁谢维乔娃、弗瓦迪斯瓦夫·希什科夫斯基,《波兰文学史,从有文字记载到18世纪末》,国家学院出版社机关,华沙,1956年,第43页。
③ Unitarianism,简称"一位论"。古代的一位论又称"神格唯一论"(Monarchianism,源于希腊文Monarch,意为"君主"),主张上帝只有一位,反对三位一体之说,认为耶稣只是人而不是神。
④ 这里说的异教当然不是多神教,而是天主教会反对的宗教改革的拥护者。

传新教思想的学校和印刷厂。波兰宗教改革家扬·瓦斯基曾被长期流放德国和英国,他1556年才回到了波兰。加尔文也曾写信给齐格蒙特二世·奥古斯特国王,要求波兰进行宗教改革。瓦斯基回到波兰后,成了波兰宗教改革的代表,他主要在小波兰①和立陶宛实施宗教改革,主张加尔文教派、捷克的兄弟会和路德教的联合,但这个目标直到他死后的1560年才得以实现。中世纪的基督教阿里安派是古代出生于利比亚的基督教神学家阿里乌②的信徒,和阿里乌一样,他们反对所谓圣父、圣子和圣灵三位一体的教义,认为只有上帝是神,基督不是神,而是人、一个完美的人,但这个教派也被天主教看成是异端。在16和17世纪,波兰的阿里安派也就是波兰的兄弟会要求政教分离,反对对农民的封建剥削和压迫,属于波兰宗教和社会改革中的左派。这个派的两个哲学家西蒙·布得内(约1535—约1596)和沃尔措根③的著作宣扬唯物主义和理性主义,曾在荷兰的阿姆斯特丹出版,形成"波兰兄弟会的图书馆",对荷兰唯物主义哲学家斯宾诺莎(1632—1677)和英国唯物主义哲学家洛克(1632—1704)有很大的影响。阿里安派的教义在整个欧洲都属于一种平民的思潮,社会下层向往基督教创始阶段没有等级的美好社会。16世纪在德国、瑞士、荷兰又出现了基督教的另一个教派——再洗礼派,主张人到成年要再次受洗,并且要求财产一律公有④。波兰的阿里安派的革命性也表现在要求改变波兰现存的社会秩序,实现公有制,因此它除了新教的神父和一些社会下层的平民之外,也得到了一些开明贵族的拥护,这些贵族甚至卖掉自己的财产,要和平民一样地生活。波兰阿里安派的代表戈尼容茨的彼得1556年就表示反对三位一体的说法,针对加尔文教提出建立"大"教会,他还提出了要建立阿里安的"小"教会。

  意大利阿里安派的福斯图斯·索奇诺斯(1539—1604)则认为,人死后没有灵魂,但会到上帝那里去;上帝是用物质创造了世界,但他并不是万能的,也不是到处都在;他不能改变自然规律,但他引导人们走向了幸福之路。他在1578年出版《论救世主耶稣基督》,否认耶稣被钉死在十字架上是为了赎人类的罪过,认为耶

---

  ① 小波兰还有大波兰都是波兰历史上就有的地区的名称。小波兰包括今波兰东南方的克拉科夫、桑多梅日和卢布林一带。大波兰包括今波兰西部的波兹南和卡利什一带。
  ② 阿里乌(约250—336),生于利比亚,安提阿教理学校创始人路济安的学生,311年升为神父,313年在亚历山大里亚地区任职。323年反对三位一体教义,认为圣子不是上帝,与圣父不是同性、同体,是从属于圣父的,是受造物;并认为圣灵比圣子更低一级,曾赢得不少教徒和教士的拥护,引起基督教内部的严重分歧。325年在君士坦丁大帝所召开的尼西亚公会议上被定为异端而遭流放。三年后赦免,但未能重握教权,336年在君士坦丁堡谋求教权时病死。不接受尼西亚公会议决定的追随者形成了阿里安派。
  ③ 约翰·路德维希·沃尔措根(1599—1661),奥地利哲学家、神学家和数学家,曾长期住在波兰,他反对基督教的三位一体,崇尚法国哲学家和自然科学家笛卡尔(1596—1731)的理性主义哲学,积极参加波兰兄弟会的活动,用波兰文和拉丁文写过一系列的著作。
  ④ 再洗礼派,欧洲中世纪基督教的一个教派,不承认婴儿所施的洗礼,主张成年后需再次重行受洗,故称。16世纪宗教改革运动中出现于德国、瑞士和荷兰等地。主要成员为农民与城市平民,对封建制度及其支柱天主教会极度仇恨,从《圣经》中关于千年王国的说法汲取思想资料,热切希望现世实现公平社会。其中一部分人主张财产公有,反对贵族、地主和教会的封建土地占有制度。后便拿起武器参加1524—1525年的德国农民战争和1534年的闵斯德公社起义,受到反动统治阶级的残酷镇压。

稣是人类的老师,他给人们指出了得到拯救的道路:一个人能不能得到拯救不决定于信仰,而要看他所做的一切是否符合伦理道德。索奇诺斯也否认人类所谓的原罪,即生出来就有罪,认为这不合逻辑。他认为只有亚当一个人可能有罪,而不是全人类。人类通过发展科学和技术,就能够消除一切痛苦,而达到自我完善。16世纪70年代末他曾来到波兰,和波兰的阿里安派取得联系,帮他们确立了明确的信条,消除了他们内部的矛盾,实际上成了波兰阿里安派的领导者,但他在政治上不反对封建农奴制和波兰国家的法律,属于阿里安的温和派。索奇诺斯于1580年发表文章《论〈圣经〉的权威》,认为福音书上写的虽是上帝的话,但也无法证明这一点。索奇诺斯强调理智,他认为《圣经》上如有不符理智的内容,就应当删去。16世纪末,天主教会开始对改革派进行镇压,索奇诺斯也遭到迫害,他的著作被烧毁,他本人也险遭杀害,幸而有个叫马尔钦·瓦多维塔的牧师救了他。1598年索奇诺斯去了塔尔努夫的卢斯瓦维茨,那里是波兰阿里安派的聚集地,后在那里去世。

卢布林的市民马尔钦·切霍维茨还要求教徒不参加战争,甚至不参加社会管理。阿里安派的信徒说,既然大家都是兄弟,就不应当剥削农奴的劳动,要用自己的劳动来养活自己。还有一些波兰阿里安派的信徒当时派了代表团去德国,和德国的再洗礼派建立了联系。1569年他们在一个报告中,第一次用波兰文使用"共产主义"这个词。但是阿里安派的激进观点一开就遭到了别的新教徒的反对,就是它自己的哲学家西蒙·布德内也认为它提出的某些政治观点脱离了波兰的社会现实。

在16世纪上半叶,尽管要求宗教改革的各派政治观点有分歧,波兰的宗教改革事实上已经取得了胜利,至少是信新教的贵族取得了胜利。但是罗马教廷随后在1563年举行了普世会议①,宣布了罗马天主教会要和他们认为的全欧洲的异教②作坚决的斗争。1564年,罗马教廷又在波兰建立了耶稣会,通过耶稣会,后来在各地甚至东部信东正教的地区都开办了许多教会学校,极力宣扬天主教教义,影响越来越大,使得有些新教徒又转而接受了罗马天主教的信仰。在执行议会③后,因为教会反改革斗争的胜利,在波兰又恢复了天主教教会原貌。1569年,在齐格蒙特二世国王统治时期,波兰和立陶宛在卢布林订立合并条约,再次宣布波兰和立陶宛合并成一个国家,叫波兰共和国。这个国家的国王由波兰贵族的代表在议会中选举产生,在这些贵族中,有许多原来是中世纪的封建骑士,因为立了战功享有了土地,上升成了贵族。贵族在议会中实际上掌握了国家最高权力,而被

---

① 1563年,由教皇召集基督教的高级主教们,在意大利北部城市特伦托举行的会议,会议的议题是反对宗教改革。

② 这一时期所有拥护宗教改革的宗教派别都被认为是异教。

③ 在1562年、1565年和1569年,波兰议会召开了三次会议,决定从大贵族拥有的大量财富中征收一部分,归中央政府所有,这是为了波兰国家的治理。

选出来的国王的权利却受到了很大的限制。这样后来就形成了贵族各自为政的局面,削弱了波兰的国力,使得波兰在遭受异族侵犯时无力抵抗。另一方面,城市和手工工场的兴起与发展,在国内形成了巨大的市场。一部分农产品和手工业产品在国内销售,另一部分通过维斯瓦河运往波罗的海沿岸的港口城市,销往西欧。农村的封建贵族为了增加他们庄园里的农产品产量、在国内外销售中获得利益,便在他们控制的议会中通过法令,强迫农民每礼拜在他们庄园里进行一天、两天甚至三天的无偿劳动,于是形成封建农奴制。庄园里的农奴没有经过庄园主的许可,不能离开庄园,这样农奴就失去了人身自由。1570 年,新教各派又在波兰的桑多梅日结盟,但是把阿里安派排除在外。1573 年,波兰召开一次议会,决定成立华沙同盟,保证不同信仰的教派和平共处,都将得到保护,只有阿里安派例外。阿里安派在哲学、科学和教育事业的发展上,在整个欧洲都作出了很大的贡献,他们于 1602 年在波兰凯尔采省奥帕托夫县圣十字山区的一个叫拉科夫的村子①里开办的学校的教学达到了很高的水平,但这所学校在 1638 年被关闭了,阿里安派的信徒也在 1658 年被驱逐出境。他们在尼德兰仍出版了一系列阿里安派思想家们的著作。波兰宗教改革和反改革的斗争,就是这样以和平的方式得到解决。这种情况的出现,在欧洲只有波兰和奥地利。

第二节
印刷业、科学和教育事业的发展,人文主义思想家和政论家

　　15 世纪的欧洲,人文主义思想的传播和宗教改革的深入促使了印刷业的产生和发展,因为过去任何时候也没有像现在这样,有那么多的文献和人文主义者的著作需要在社会各阶层信教和不信教的群众中普及,欧洲各国之间也从来没有那么多的官方和非官方的外交活动,需要印制大量的文件。另外,各地世俗教育的普及和世俗学校的猛增也需要印制大量世俗和科学内容的教科书。与此同时,古希腊罗马的哲学和文学著作以及《圣经》的大量手稿或抄写稿也可以得到印制,在群众中普及。因此,欧洲许多大城市都开始建立印刷厂,按照时间的先后,这些在当时建立了印刷厂的城市有法国的斯特拉斯堡(1458)、德国的科隆(1465)、瑞士的巴塞尔(1468)、意大利的威尼斯(1469)、德国的纽伦堡(1470)、法国的巴黎(1470)、德国的乌尔姆和吕贝克(1472)、荷兰的乌得勒支(1472)、西班牙的巴伦西

---
① 当时是波兰阿里安派集中的地方。

亚(1473)、英国的伦敦(1476)、瑞典的斯德哥尔摩(1483)和葡萄牙的里斯本(1495)等。波兰第一家印制作坊诞生于1473年,这是一家流动性的作坊,工作地点不固定,它印制过一些日历和宗教书籍。1491年,克拉科夫一个刺绣工什瓦伊波尔特·菲奥尔由于得到了克拉科夫市政府的参事兼一个矿山矿主的资助,又开办了一家印刷厂,主要印制宗教赞美诗,后来因为它的印制品表现了胡斯运动的政治倾向,被教会查封了。与此同时,克拉科夫一些市民也开始办印刷厂,最先主要是用拉丁文和古斯拉夫语印制宗教方面的书籍,当时在克拉科夫有许多来自立陶宛的贵族,他们的宗教仪式是东方式的,习惯于用古斯拉夫语,如1491年出版的一部宗教书就是用古斯拉夫语写的。1503年在克拉科夫开办的一家印刷厂在1506年还首次将早已流传于民间、用波兰文创作的《圣母歌》印了出来,使它成了宝贵的历史文献。这家印刷厂还首次出版了巴尔塔扎尔·奥佩奇①用波兰文写的《主耶稣基督的生平》和这位作者匿名同样用波兰文写的《耶稣殉难史》。他在这本书的前言中说他是为了"展示这个闻名于世的语言的风采","通过波兰文书的普及使波兰人变得更聪明。"此外这家印刷厂还印制了费列尔夫·费德鲁斯②的《书简》和赫西奥德的《稼穑诗》③等。1510年,由从国外回来的弗洛里扬·温格列尔④创办的印刷厂除印制欧洲许多人文主义者如克洛斯诺⑤的保罗⑥的著作外,还出版波兰文艺复兴的诗人卢布林的别尔纳特的长诗《心灵的天堂》。曾就读于克拉科夫雅盖沃大学的谢罗宁·维克多在1517年开办的印刷厂则更多的是印制和出版卢布林的别尔纳特和波兰文艺复兴时期的代表作家米科瓦伊·雷伊的文学作品。

  此外西里西亚、托伦、波兹南、卡利什、利沃夫、格但斯克、华沙和立陶宛的克鲁莱维茨也相继建立了印刷厂和出版社,还出版了更多的波兰文艺复兴时期诗人和作家的作品。但其中有的印刷厂是新建立的波兰耶稣会创建的,以满足他们的反对宗教改革的宣传需要。波兰兄弟会即阿里安派的印刷业开创于1557年,他们先后在凯尔茨省的平丘夫县和卢斯瓦维齐、涅斯维耶日和沃塞克等地⑦办起了

---

  ① 巴尔塔扎尔·奥佩奇,波兰16世纪的一位翻译家,曾将许多当时西欧的宗教歌曲翻译成波兰文。
  ② 费德鲁斯(公元15—公元50年),古罗马寓言作家,他的寓言通俗易懂。他曾将古希腊伊索寓言翻译成拉丁文,在古罗马文学中开创了寓言这种种类的文学。
  ③ 赫西奥德,古希腊诗人,创作年代约在公元前8世纪与7世纪之交。他从小就参加田间劳动,年复一年地耕地、播种、收割,采摘葡萄,掌握了许多农业生产技术。他的《稼穑诗》对古罗马诗人维吉尔的《农事诗》有着无可置疑的影响。
  ④ 弗洛里扬·温格列尔(?—1543),克拉科夫的印刷家。他在1510—1516和1521—1536年间开办印刷厂,出版过许多波兰文书和地图。他1513年出版的卢布林的别尔纳特的长诗《心灵的天堂》是波兰印制的第一本波兰文书。
  ⑤ 地名,在波兰西部。
  ⑥ 克洛斯诺的保罗(?—约1517),诗人,克拉科夫雅盖沃大学教授,曾用拉丁文写过许多颂赞的诗。
  ⑦ 都在波兰。

印刷厂。著名出版家阿列克塞·罗德茨基[①]1574年曾在克拉科夫印制和出版过书籍和宣传品。由于他思想激进，既反对天主教会，也和新教各派的政治观点不同，不得不将他的宣传品以秘密的方式匿名散发。后来他将他的印刷厂从克拉科夫搬到了阿里安派的活动中心拉科夫，在那里为开展宣传活动服务，直到后来拉科夫被毁才被迫停业。

  印刷和出版业的大发展也使得在中世纪很少使用的波兰书面语大为普及，这不仅是因为波兰的人文主义者和这一时期的著名诗人和作家都用波兰语进行创作，而且教会也不反对在宗教活动中使用波兰语。为了天主教信仰在群众中普及，教会的领导机关还决定让主教们在讲道时用波兰语，但是和拉丁语相比，这时人们使用的波兰语不论口语还是书面语言都不够规范化。为了使波兰语的书面语言和文字更加规范化，各地的印刷厂在16世纪不仅出版了一系列波兰语语法和正字法方面的著作以及拉丁语波兰语和波兰语拉丁语词典，而且也对一些在波兰语的使用上最有成就的作家如扬·科哈诺夫斯基、乌卡什·古尔尼茨基等作品中的语言，进行了专门的研究、出版了有关他们语言的词典，从而大大丰富了波兰语的口语和书面语言。值得注意的是，波兰语的第一部语法书是一个外国人彼得·斯塔杜琉斯—斯托耶斯基编写的。他出生在法国的托内维，出生时间不详，1591年去世于克拉科夫。他曾就读于瑞士的洛桑，是加尔文和法国的宗教改革家伯撒[②]的学生，1549年应波兰的加尔文教派的邀请来到波兰，在平丘夫的一所中学教书，后又任该校校长。他波兰化了，不仅取了一个波兰的姓氏斯托耶斯基，而且和一个波兰女人结了婚。他虽信加尔文教，但他的激进思想使他趋向于阿里安派，他在死前也成了阿里派的信徒。他的《波兰语语法》1568年在克拉科夫出版时，他在献词中说波兰语有固定的语法规律，不难学，学起来令人愉快，他的语法书在当时对波兰语的规范化起了很大的作用。另外在当时的波兰语中，就已经有许多外来语，特别是来自拉丁语的语词。就某个语词的使用来说，有的作家用的是拉丁语中对应的语词，有的作家用的是波兰语中原有的语词，因此有时没有固定的用法。

  克拉科夫作为全国政治和文化的中心，全波兰的学子都来位于克拉科夫的雅盖沃大学就读，这里还有来自匈牙利、德国和瑞士的学生。克拉科夫的市民也开始在西里西亚开矿，同时开办炼铁厂、造纸厂和印刷厂。印刷厂后来逐渐遍布于全波兰，开始用波兰文印制一些历史文献和文学作品。此外，这一时期对于基督教《圣经》的翻译也是一个重点工程，在1561年、1563年和1572年，路德派、加尔文派、阿里安派的教徒都先后出版了他们翻译的波兰文版的《圣经》。最后由耶稣

---

  ① 阿列克塞·罗德茨基(16世纪末)，阿里安派印刷家，出版过波兰文艺复兴著名政论家安捷伊·弗雷契·莫杰夫斯基的著作。
  ② 伯撒(1519—1605)，生于法国荣纳省，曾在欧洲宗教改革家、基督教新教加尔文宗的创始人加尔文创建的学院里教过希腊文，一生忠守并传布加尔文的思想。

会雅库布·乌耶克①翻译、于1599年出版的《圣经》被教会认定为标准本,一直流传到今天。这一时期科学研究取得的最大成果无疑是米科瓦伊·哥白尼(1473—1543)在他的《天体运行论》中提出的"太阳中心说"。它推翻了古罗马托勒密(公元2世纪)提出的由于教会的维护而统治了学界一千多年的"地球中心说",在全世界引起了极大的震动。但宗教界对日心说最初并没有采取敌对的态度,早在1533年,罗马教皇克列门斯八世就看过《天体运行论》这部著作的复印稿。该书1543年在纽伦堡得以发表,更是维滕贝格②的一所新教大学里的一个数学教授约阿希姆·雷蒂克努力的结果,但是新教神学家俄西安德③在给它写的出版前言中,说了一句"哥白尼的结论还是一些不可靠的假设"。有一段时期教会对它曾采取了中立的立场,一部分具有人文主义思想的神职人员甚至对它产生了很大的兴趣。一直到宗教改革直接威胁到了罗马教会的利益,特别是在布鲁诺④和伽利略⑤的行动后,教会才于1616年将哥伯尼的著作列为禁书。

到15世纪末,雅盖沃大学因为哥白尼曾就读于此,它又成了占星术和天文学的研究中心。胡斯运动主要反对捷克上层僧侣的贪污腐化和教会的等级制度,通过布拉格和克拉科夫的文化交流,对波兰早就产生了很大的影响。雅盖沃大学当时也是胡斯思想传播的中心,在波兰有许多胡斯运动的拥护者。他们在下层劳动人民中宣传,用波兰文写了许多文章和宣传材料,但这被教会视为异端,因而大部分被教会销毁了。此外他们也曾发动反教会的武装起义,遭到国王的军队的镇压。这所大学这一时期在宣传人文主义和宗教改革上,起了很大的作用,例如它的解放艺术系就开始开设课程,介绍古罗马喜剧作家泰伦提乌斯(公元前190—公元前159)、散文作家西塞罗(公元前106—公元前43)、诗人维吉尔(公元前70—公元前19)、贺拉斯(公元前65—公元前8)、奥维德(公元前43—公元18)和尤维纳利斯(60—127)等人的生平和作品。1487—1494年间,一些国外的人文主义者如德国的采尔蒂斯(1459—1508)等也来到克拉科夫,他们和克拉科夫地位较高的市民阶层交往密切,以客座教授的身份在雅盖沃大学讲授古希腊罗马的哲学和文学。但是这种倾向后来引起了教会和克拉科夫主教的不满和干涉,因此到15世纪末和16世纪,一些具有人文主义思想的教授和学者就逐渐离开克拉科夫

---

① 雅库布·乌耶克(1540—1597),波兰耶稣会传教士、教育家。
② 地名,在德国。
③ 俄西安德(1498—1552),德国宗教改革家,生于纽伦堡附近的贡豪森,曾协助马丁·路德从事宗教改革活动。是他首先公布了哥白尼的著作。
④ 即乔丹诺·布鲁诺(1548—1600),文艺复兴时期意大利哲学家。1563年入多明我会,1572年升为神父,1576年因接受人文主义思想被控为异端,不得已逃离修会,流浪于瑞士、法、英、德等国。接受并发展了哥白尼的日心说,认为宇宙是无限的,太阳系只是无限宇宙中的一个天体系统,宣扬人文主义思想,认为自然界即神。主张感觉是理性的基础,而理性的任务在于探讨自然界的规律,鄙视封建社会的黑暗状况。1592年返回意大利后被捕入狱,被异端裁判所判处火刑,死于罗马鲜花广场。
⑤ 伽利略(1564—1645),意大利物理学家和天文学家,因相信并进一步论证了哥白尼的太阳中心说,于1633年被罗马异端裁判所判处监禁,直至寿终。

了。但雅盖沃大学的课堂里对人文主义思想的宣传并没有终止,而且这所大学在15和16世纪也相继培养出了像扬·德乌戈什、扬·奥斯特罗洛格,安捷伊·弗雷契·莫杰夫斯基等一系列波兰著名的人文主义学者。他们在欧洲一些最著名的大学中,为传播人文主义和宗教改革的思想作出了重要的贡献。

扬·德乌戈什(1415—1480)不仅在当时而且直到18世纪以前,都是波兰最重要的历史学家。他出生于一个贵族骑士家庭,父亲参加过1410格龙瓦尔德战役,并且立过战功。他从小就受到了宗教思想的教育,后在雅盖沃大学学过艺术和神学,曾在克拉科夫主教兹比格涅夫·奥列希尼茨基①的府中任职,受奥列希尼茨基的派遣,去过意大利,在那里了解了意大利文艺复兴的艺术成就。德乌戈什的一生著述颇丰,主要以编年史的形式,记载了波兰建国以来几个君王的生平和业绩以及他们执政时发生的重大事件,歌颂了他们反抗外来侵略、捍卫民族独立、反对分裂,为统一国家所作出的巨大贡献。他极力谴责十字军骑士团的残暴,认为格龙瓦尔德战役的胜利是正义战胜了邪恶,但德乌戈什维护罗马天主教的正统,反对捷克的胡斯运动,视其为邪教。

扬·奥斯特罗洛格(1436—1501)也是一位波兰中世纪具有很大影响的思想家和政治家。他曾长期在雅盖隆契克的朝廷里任职,成了国王理政的参谋。和德乌戈什相反,他的著作《关于整顿共和国的事务的备忘录》表现了他极力赞成胡斯的政治观点。奥斯特罗洛格主张削弱波兰大贵族和教会的权力,依靠中小贵族的力量以加强王权,实现国家权力的集中。他认为波兰应摆脱对梵蒂冈的依从关系,国王有权没收教会的财产,波兰军队的组成除了贵族和骑士外,也要有市民和农民。奥斯特罗洛格的政治主张在大贵族和教会具有很大的势力的中世纪波兰,对于维护国家的统一和独立是有进步意义的。

安捷伊·弗雷契·莫杰夫斯基(约1503—1572)是波兰文艺复兴著名的政论家。波兰16世纪的政论大都是以散文、报告文学或者杂文的形式写成的,涉及当时社会、政治、民风和宗教等诸多方面。安捷伊·弗雷契·莫杰夫斯基的政论,表现在这些方面,都最有成就。他出生在罗兹省彼得库夫—特雷布纳尔斯基县附近的一个小镇沃尔博日,父亲曾任这个小镇的世袭镇长。莫杰夫斯基年少时曾先后在沃尔博日一个教区里的学校和克拉科夫的一个中学里读书,1517年他在克拉科夫雅盖沃大学艺术系深造,1623年曾任格涅兹诺主教瓦斯基的办公室的办事员,和他的侄子、后来的宗教改革家扬·瓦斯基结成了深厚的友谊。1531年,莫杰夫斯基去过德国,曾在德国维滕贝格的大学里深造,在那里他认识了德国著名的人文主义者和宗教改革活动家菲利普·内兰赫冬,与之有过密切的交往。此外他还到过丹麦和捷克等欧洲其他国家,1540年才回国。1653年,莫杰夫斯基出版

---

① 兹比格涅夫·奥列希尼茨基(1389—1465),从1423年起任克拉科夫红衣主教,是大贵族的领袖,对弗瓦迪斯瓦夫二世·雅盖沃和弗瓦迪斯瓦夫三世·瓦尔内伊契克(1424—1444,1434—1444年任国王)国王的执政都产生过重大影响。

了一本名为《瓦斯基或论对杀人的惩罚》的小册子。这部著作主要揭露了法律的不公正,例如由当时贵族操纵的波兰议会在 1538 年通过了一项刑事法规定,不是贵族的人杀了贵族要判死刑,可贵族杀害了一个不是贵族的人只需要罚少量的款项就可以释罪。这样作为统治者的贵族实际上就可以随意杀害非贵族出身的人而不受到惩处,非贵族出身的人连生存的权利都得不到保证。为了改变这种状况,莫杰夫斯基曾先后对国王、一些贵族和主教进言,但都没有结果,因此他在这部著作中,对受到这种不公正对待的社会下层的被压迫者表示了深厚的同情:

我要和你们这些和共和国的行政管理机关没有任何关系的人们一起承受这种悲哀。……我想的是你们这些住在乡下、住在大街上和庄园里的人们。①

除了这个不公正的刑事法外,议会在 1538 年还通过了一项企图剥夺市民的财产的法律:规定市民阶层必须在四年之内将他们拥有的土地全都卖掉。在这种情况下,不受任何法律管辖的贵族就可以廉价购买大量的土地,以增加他们的财产。莫杰夫斯在他于 1545 年出版的《一个热爱真理的逍遥派的话》中,表示坚决反对对市民阶层财产的剥夺,因为这将不利于城市手工业和贸易的发展,他到过西方其他一些国家,知道"在别的国家,每个人以正当的手段,都可以获得财产,买到新的东西,遗憾的是,在我们的共和国。却不是这样"。②

1547 年,莫杰夫斯基被任命为国王的秘书,他对波兰的社会事务更加关注,在 1547—1548 年间写了他最重要的政论著作《论对共和的改进》,它分为《论习俗》、《论法律》、《论战争》、《论教会》和《论学校》五个部分,对波兰当时最为人们所关注的社会事务都提出了自己的观点。在《论习俗》中,他认为一个人从小就要教育他懂得为大众谋福利,"一个人生出来不单是为了自己。"③全社会都要关心病人和残疾人,为他们建立更多的医院;为乞丐寻找工作,使他们能够自己养活自己。另外他还谈到了要对市场上的商品进行检查,以保证商品的质量,要防止商品价格的不断上涨,否则将不能保证社会下层维持最低的生活水准。《论法律》说的是要维护法律的公正,不管是什么阶级出身的人,在法律面前都是平等的。莫杰夫斯基还要求在法律上保证贵族庄园里的农奴的人身自由。他反对一个民族对另一个民族发动侵略战争,因为每个民族都有生存和发展的权利,不容别的民族来侵犯,如果一个国家的领土和主权受到侵犯,就要以反侵略战争抵御外来的侵略。在《论教会》中,莫杰夫斯认为不论教会还是波兰这个国家,都要摆脱对罗马教会的依从关系,这是为了维护波兰民族的独立。《论学校》指的是教育,莫杰

---

① 卡齐米日·布齐克、兹吉斯瓦夫·利贝拉、雅德维加·皮耶特鲁谢维乔娃、弗瓦迪斯瓦夫·希什科夫斯基,《波兰文学史,从有文字记载到 18 世纪末》,国家学校出版机关,华沙,1956 年,第 85 页。
② 同上,第 85 页。
③ 同上,第 88 页。

夫斯基认为国家要不断增加对教育的投入，增加教师的收入，提高教学水平，特别要重视对学生品德的教育，使他们懂得为大众服务。莫杰夫斯基是波兰文艺复兴时期最伟大的思想家、政治家和爱国者，他的一生都在为波兰国家的繁荣富强和劳动人民的幸福而奋斗。他的著作不仅充分表现了他的民主主义和爱国主义的思想立场，而且在形式上大都采用了既通俗易懂而又富有文采的散文体，在波兰社会各阶层中的读者中有广泛的影响。他对波兰社会事务陈述自己的观点的时候，也往往采取古罗马演说家西塞罗的那种雄辩的方式，这样更能达到以理服人的目的。且看下面一段：

你们随意挥霍钱财到了什么程度？难道你们在上帝面前一点也不感到害怕？上帝给了我们惩罚罪犯的权力。他对我们每天流在地上的血，对我们的贫困和杀人犯给我们造成的痛苦不会坐视不管。他对我们的友人为我们的死而伤心流泪和那些正直的人对无辜者的流血的叹息也不会无动于衷。难道你们不知道上帝虽让你们分享了他的一部分权力，但他也会惩罚你们的昏庸和懒惰？你们说我们的被杀是有原因的，难道杀人犯的凶恶就是你们所说的原因？你们是共和国的统治者，对我们所有的人的死首先负有罪责，因为你们没有以公正的法律保证人身的安全。可是不论上帝，还是智慧，还是所有的民族在他们的决断中，都给你们指出了怎么样去惩治杀人凶手。①

在《致波兰民族和人民》中他还说：

我在前些年，就对杀人的罪恶如何进行惩治发表了自己的意见。我和一些参议员、主教和神职人员，和所有阶层的人们都进行过讨论，以为这是大家一致的要求，我的意见理应受到大家的欢迎，在这个共和国定会得到采纳，因为这是为了保障每个人的人身安全。而这也是出自上帝的圣训，是所有国家的法律和大自然本身的要求。尊敬的国王，还有许多大官和善良的人们都那么一致地表示赞同，更增加了我的信心。但是所有的一切后来都让我失望了，上帝的法律在这片土地上遭到了我们认定贿赂合法的法律最可耻的践踏，上帝的真理之光被我们对上帝的不敬而陷入了最深沉的黑暗所遮掩，阴险狡诈的罪恶扼杀了永恒的正义。②

在《热爱真理的逍遥派的话》中他也说：

如果在法庭上说的话都不算数，那么我们的法律不就像蛛网一样一捅就破了

---

① 耶日·齐奥梅克，《文艺复兴》，国家科学出版社，华沙，1973年，第135页。
② 《安捷伊·莫杰夫斯基文选》，奥索林斯基民族出版机关，弗罗茨瓦夫，1977年，第11、12页。

吗？抢劫是什么呢？不就是要违反一个人的意愿去剥夺他的所有吗？强盗绝不仅仅是指那些在光天化日之下抢劫一个人的财物的人。对我来说，每一个想要采取收买或者强硬的手段来剥夺我的所有的人都是强盗。值得注意的是，关于强盗，预言家以赛亚在《旧约以赛亚书》第33章中是这么说的："祸哉你这毁灭人的，自己倒不被毁灭。行事诡诈的，人倒不以诡诈待你。你毁灭罢休了，自己必被毁灭。你行完了诡诈，人必以诡诈待你。"[1]

在《论对共和国的改进》关于习惯的一章中他还举例说：

非常有名的哲学家苏格拉底和迈加龙[2]人斯蒂隆[3]都驯服了自己野蛮的天性，他们以许多美好的品德来装点它，使之融入其中，这就是很好的例子。这要经过很大的努力，要坚持不懈地行善。《福音书》中就有关于才能的寓言。上帝给人们的赐予如果得到细心的护养，就会不断地增加和变得更加有力，如果不加爱护，就会逐渐减少，最后损耗殆尽。[4]

第三节
早期人文主义诗歌

波兰文艺复兴早期的诗人大都用拉丁文写诗。笔者在本章第一节中提到的意大利人文主义者菲利波·博纳科尔西也是一个诗人，他用拉丁文于1467年写了他最著名的作品《萨诺克来的格热戈日的生平和性习》。这首诗赞美曾经是他在波兰的保护人的格热戈日的品德和成就，最早表现了人文主义的倾向。格热戈日出生于一个较为贫穷的贵族家庭，当过大贵族的家庭教师，后又在克拉科夫雅盖沃大学深造，国王卡齐米日四世·雅盖隆契克封他为主教。他是一个有人文主义思想的主教，他为促使波兰人文主义科学和文艺的发展作出了很大的贡献，博纳科尔西给他的成就以很高的评价。此外菲利波·博纳科尔西还写过一首叫《关于光荣的殉教者圣斯坦尼斯瓦夫的生平的萨福体的诗》，萨福（约公元前610—公元前580）是古希腊著名的女诗人，该诗说明菲利波·博纳科尔西继承了古希腊

---

[1] 《安捷伊·莫杰夫斯基文选》，奥索林斯基民族出版机关，弗罗茨瓦夫，1977年，第38页。这里还引了《圣经》"旧约全书"中的一段，译文见该书第796页，香港圣经会印发，1955年。
[2] 地名，在希腊。
[3] 此人生平不详。
[4] 《安捷伊·莫杰夫斯基文选》，奥索林斯基民族出版机关，弗罗茨瓦夫，1977年，第100，101页。

的文化艺术传统。在 1470—1471 年间，他还写过 60 多首讽刺性的短诗、爱情诗和哀诗，充分表现了人对社会事物的关心和人丰富的思想感情。

康拉德·采尔蒂斯①原是一个德国的吟游诗人，用拉丁文写抒情诗，也是一个数学家和天文学家，被誉为"大人文主义者"。他 1488 年来到克拉科夫雅盖沃大学深造，在这里对柏拉图哲学、古罗马诗人西塞罗和贺拉斯的诗以及剧作家塞内加②的悲剧进行过研究。大约在 1486 年，他在莱比锡出版过一部论诗学的著作《写诗和写歌的艺术》。1489 年在克拉科夫，他也参与了博纳科尔西建立"维斯瓦河上的文学协会"的工作。这个协会的成员瓦夫热涅茨·拉贝(卒于 1527)还于 1496 年在克拉科夫出版了一部关于诗体学的教科书。采尔蒂斯曾长期游历欧洲各国，在维也纳和德国的美因茨也建立过这样的文学协会。他写过许多颂诗和讽刺诗，都和波兰的现实有关，有的颂扬了克拉科夫的文明传统和维利奇卡盐井的开发③造福于人民，有的讽刺波兰一些城市市容不整、秩序混乱和一些市民的不良习惯。他也写过爱情诗。他还游历过维斯瓦河、莱茵河、多瑙河一带，甚至到过格陵兰岛上的图勒，在这些地方写过一些景物诗，大都是触景生情写的，感叹人生的短促。

维希利查的扬(约 1470—约 1517)出生于一个市民家庭。他在 1516 年出版的叙事长诗《普鲁士战争》中对格龙瓦尔德战役的描写，在形式上借鉴了古罗马诗人维吉尔的战争题材作品。

米科瓦伊·胡索夫斯基(生于 1475—1485 年间，卒于 1533 年以后)写过一首《野牛和森林之歌》(1523)。欧洲的野牛是一种珍奇动物，也常出现在波兰的森林里，当时住在罗马的一个波兰贵族爱拉兹姆·乔韦克要立陶宛维尔诺省长寄一个野牛的标本来给教皇列昂十世(1475—1521，从 1513 年起任罗马教皇)欣赏，因为列昂是欧洲文艺创作事业著名的保护人。胡索夫斯基当时也得到过爱拉兹姆·乔韦克的照顾，爱拉兹姆·乔韦克便请他写了这首《野牛和森林之歌》。后来列昂教皇逝世，野牛的标本并没有送去，但这首长诗保存了下来。它不仅真实地写了当时野牛的形体，而且描绘了立陶宛的狩猎场面和自然风光，反映了立陶宛人的风俗习惯，并提醒教会警惕土耳其人的入侵。

安杰伊·克日茨基(1482—1537)出身贵族，是一位宫廷诗人，写过一系列颂扬国王齐格蒙特一世的功德的诗，1512 年在国王和巴尔巴娜·扎波韦阿王后结婚时得以出版。巴尔巴娜王后死后，他为国王后来和博娜·斯福扎结婚又写过颂扬的诗。他也写过一些讽刺诗，揭露了一些神甫和普通的主教为了争得克拉科夫主教的地位勾心斗角、还有一些宫廷里的侍从想要当上国王的秘书而向统治者行贿。如在《克拉科夫主教扬·拉塔尔斯基》一诗中，他描写的主人公拉塔尔斯基，

---

① 康拉德·采尔蒂斯(1459—1508)，德国人文主义者、诗人、大学教授和出版家。
② 塞内加(公元前 4—公元 65 年)，古罗马悲剧作家。
③ 维利奇卡盐井在克拉科夫附近，波兰人从 13 世纪就开始了对它的开发，直到今天。

就是以这种不正当的手段,当上了克拉科夫的主教。诗人对他作了辛辣的讽刺:

在教堂里的祭台前——拉塔尔斯基来到这里卖身投靠,
他要给慷慨大方的上天献那么多的牺牲。
银制的祭台上,有斯坦尼斯瓦夫主教的神像,
还有齐格蒙特国王献的高贵的礼品。
令人奇怪的是,教堂的门都关上了,
可事实上,那个神像也被遮住了,
而且这还不够,因为有一扇门突然倒了下来,
碰倒了祭台上那枝燃烧着的蜡烛,
它还狠狠地砸在这位主教的脑袋上。
这个事件的发生可以作各种解释
但我认为它要说明的是:
一个头脑清醒的人最怕醉汉,
他怕醉汉逼迫他用大碗喝酒。①

此外克日茨基也写过一些爱情诗,很有特色。在《莉迪娅姑娘》一诗中,他写道:

莉迪娅把雪撒在我身上,我总是那么想:
雪里没有火,可雪就是火。
有什么比雪更冷的呢?可是姑娘啊!
雪如果从你的手里撒出来,
它就会点燃我胸中的火。
我要去到什么地方,
才不会落入爱情的圈套呢?
我的莉迪娅啊!
如果有一团火掉进了冰冷的水中,
只有你才能把我胸中的火扑灭
不要用雪和冰来扑灭,
要用那掉进水中的火来扑灭。②

诗中运用了一系列的比喻,描述抒情主人公欲爱一个姑娘可又产生了迟疑,

---

① 耶日·齐奥梅克,《文艺复兴》,国家科学出版社,华沙,1973年,第64页。
② 同上,第65页。

不敢大胆地迈步向前。诗人还写过一些讽刺诗,如《对宗教和共和国的控诉》(1522),主要是针对教会和国家机关中的腐败。

诗人扬·丹蒂谢克(1485—1548)当过主教和国王齐格蒙特一世的秘书,并且参加过国王齐格蒙特的外交活动。他的作品包括颂诗、哀诗和讽刺诗,主要以宫廷生活为题材,反映了国王一家的日常生活,如国王的婚事和丧事。此外他也写过战争题材的作品,有许多作品取材于古希腊神话,有的反映了16世纪欧洲发生的一些大事,如1515年3个国王在维也纳的会见。

波赫尼的斯坦尼斯瓦夫生于1504年之前,卒于1562年,他用波兰文写过几首赞美国王的诗,如《齐格蒙特·奥古斯特王子在立陶宛大公国的晋升》(1529)和《齐格蒙特·奥古斯特王子在波兰王国的晋升》(1530)用的是克列雷卡这个笔名,都是赞扬这些帝王的执政,一心为了国家利益,指出波兰正是需要这样的统治者。他于1531发表的诗集《命运》反映了各种不同的生活内容和场景,如一个人社会地位的提高、寻找职业和婚礼等。还有一首叫《关于普鲁士的失败的歌》(1510),歌颂了1410年波兰和立陶宛联军在格龙瓦尔德战役中取得的胜利:

上帝失去了他的自尊,
他不得不屈从,
啊,正义总是
在胜利者的一方。①

克莱门斯·扬尼茨基(1516—1543)是波兰文艺复兴时期用拉丁文创作的最具有代表性的诗人。他是大波兰一个农民的儿子,曾在当时由普沃茨克主教扬·卢布兰斯基(？—1520)于1519年在波兹南开办的卢布兰斯基大学学习。毕业后他在克日茨基主教②的图书馆里当了图书管理员,这时克日茨基也成了他的保护人。他们之间的关系非常亲密,扬尼茨基终生都感激克日茨基对他的照顾。克日茨基死后,他又住在克拉科夫省长彼得·克米塔(1477—1553)的府邸里,了解了许多官场上的情况。在他这一时期创作的长诗《控诉共和国》和《致波兰的大贵族们》中,揭露了一些大贵族为了一己之利,不惜损害国家利益的罪恶行径。他在诗中还明确地指出了这是"群众正确的指控",是"人民的哀怨"。在《波兰国王们的生平》一诗中,诗人更是为波兰第一个彼雅斯特王朝一些国王的平民出身感到骄傲。他因为自己也出身农民,在父亲的墓碑上,曾经这样写道:

这里躺着一个大家都不认识的农民,

---

① 耶日·齐奥梅克,《文艺复兴》,国家科学出版社,华沙,1973年,第76页。
② 安捷伊·克日茨基(1482—1537),波兰主教、诗人和外交家。

可他是一个诗人的光荣，
我给了他生命，他给了我荣誉。①

后来扬尼茨基还到过意大利，曾在帕多瓦的大学里深造，在《悼念斯坦尼斯瓦夫·斯普罗夫斯基的哀诗》中，他描写了意大利美丽的自然风光，表现了他对祖国的热爱和思念。扬尼茨基跟克日茨基和丹蒂谢克不同的是，克日茨基和丹蒂谢克描写大自然往往跟古希腊神话有联系，表现了他们对古希腊罗马文化的崇尚；扬尼茨基的写景则更真实地反映了大自然的特色。但不论克日茨基和丹蒂谢克崇尚古希腊罗马，还是扬尼茨基关心社会下层和回归自然，都表现了波兰文艺复兴时期的人文主义精神。在长诗《感叹自己和后代的哀歌》中，扬尼茨基还以回忆录的形式写了他一生的经历，诗中描写了他在各个时期对他有过关照的人、他的朋友，还有给他治过病的医生，表现了他和他们之间深厚的友谊。长诗语言朴实，情真意切，感人肺腑。

第四节
早期人文主义戏剧

在 16 世纪，波兰已经将古希腊欧里庇得斯（公元前 485—公元前 406）的戏剧《伊菲格涅亚在陶罗人里》在克拉科夫翻译成拉丁文出版。16 世纪上半叶，古罗马普劳图斯（约公元前 254—公元前 184）的喜剧和塞内加的悲剧，也在克拉科夫得到出版。这一时期，在克拉科夫雅盖沃大学的课堂上也开始讲授古罗马的普劳图斯、塞内加和泰伦提乌斯的戏剧。

除了古典戏剧知识的普及外，这一时期也产生了现代人文主义戏剧，如在瓦维乌王宫里就上演过关于奥德修斯的故事的《攸利赛斯②在逆境中的智慧》，这个剧本现在没有保存下来。其他在波兰得到普及大都是一些西欧国家的剧本，如意大利人文主义者布鲁尼③的《多幕喜剧》写一个青年追求一个少女，最后通过一个机灵的老妇人的帮助而终成眷属的故事，很明显是对古希腊喜剧的模仿。1518 年有人在克拉科夫雅盖沃大学的课堂上也介绍了这个剧本。出生于德国莱比锡

---

① 卡齐米日·布齐克、兹吉斯瓦夫·利贝拉、雅德维加·皮耶特鲁谢维乔娃、弗瓦迪斯瓦夫·希什科夫斯基，《波兰文学史，从有文字记载到 18 世纪末》，国家学校出版机关，华沙，1956 年，第 78 页。
② 奥德修斯（Odysseus），古罗马称为攸利赛斯（Ulysses）。
③ 布鲁尼（约 1370—1444），意大利文艺复兴时期人文主义者。他用典雅的西塞罗文体的拉丁文翻译了许多希腊古典著作，促进了西方对希腊文学的研究。他用意大利语写的但丁、彼特拉克和薄伽丘的传记，使人文主义运动中人们对意大利诗歌的欣赏日益加深。

的克利斯多夫·赫根多尔芬(1500—1540)曾经来到波兰,在 1529—1535 年间在波兹南的卢布兰斯基大学讲授过人文主义科学,对学校进行了改革,提高了教学水平,但他后来被视为异端,而不得不离开了这所大学。他在来到波兰之前就写过一个喜剧叫《两个少年》,说的是两个孪生兄弟,哥哥和一个女人发生不正当的男女关系,使她怀了孕,善良但很愚蠢的弟弟愿在父亲面前替哥哥承担罪责,说是这样可以得到父亲的赏赐。这个喜剧的创作技巧受了泰伦提乌斯和普劳图斯戏剧的影响,作品对主人公的淫乱没有进行谴责,却讽刺了另一个主人公的愚蠢,是所谓人文主义学者喜剧的典型。但这种喜剧的思想倾向不符合宗教改革的道德原则,后来再也没有人支持了。

中世纪宗教神秘剧在欧洲各国就已经产生,那时候主要以《圣经》故事和一些使徒和著名的主教的生平为题材,没有进行艺术上的加工,所谓宗教即艺术,或者艺术即宗教。在文艺复兴以前,也没有盖过正式的剧院,戏剧一般在教堂里或露天上演。演员的表演和观众没有明显的区分,有的甚至是以木偶戏的形式表现出来的。在文艺复兴时期,宗教神秘剧在欧洲各国依然盛行,它们表现的虽然是宗教题材,但在内容和艺术形式上都有了很大的发展,剧作者在描写宗教故事的同时,也展示世俗生活的场景,既有赞颂,又带讽刺和幽默,如大概是 1580 年在克拉科夫出版的《主的光荣的复活史》就是一个具有代表性的例子。它的作者维尔科维耶茨科的米科瓦伊(？—1601)曾在克拉科夫圣保罗修道院讲授基督的教义,约 1579 年任琴斯托霍瓦修道院的院长,后去过意大利。《主的光荣的复活史》这个剧本原先大概有过一个底本,但经过米科瓦伊的再创作,便注入了意大利宗教神秘剧的内容。这里有包括崇高和粗俗的情趣的展示,还表现了民间的幽默和智慧,它的演出让观众参与其中,观众并不是看戏,而好像是真的看到了耶稣的诞生,亲身体验到了耶稣所遭受的痛苦,又为他的复活而感到无比的喜悦。天堂、地狱的出现和剧中人的表演,以及各种事件的发生,都是作者根据他那个时代人们的思想情趣和生活习惯而想象出来的,剧中反映出来的历史事件不断增添了新的内容。例如守护耶稣坟墓的人为了一些生活小事而争吵、祭司和犹大的争斗等。剧中耶稣下"地狱"的那个场面并不使人感到悲哀,而显得很风趣,耶稣对地狱里的魔鬼说:

> 把门打开!
> 对着地狱所有的方向。
> (打开了地狱的门)
> 人们称颂的国王带着锁链
> 来到了你这里,
> 他要推倒你的城墙,
> (把锁链套在魔鬼的身上)

你这个魔鬼,像母鸡生蛋似的,
在咕哒、咕哒地叫着,
还披着锁链,在门那边跳着。
你关上了门,
坐在那里哼着小调,
你要和上帝开玩笑,
你不能和我一起进入天堂,
为此你会感到悲哀,
你看见了这面旗帜吗?
它被我的血染红了,
你这个卑鄙和罪恶的灵魂。①

  这是剧作者想象的耶稣对魔鬼说的一段话。下面是耶稣复活,必须把这个消息告诉在人间的圣母马利亚,但是谁都不能去:亚当在天堂里的苹果树旁边玩耍;亚伯和该隐有矛盾②,如果他们俩在路上相遇,就会打架;诺埃不愿去;巴普蒂斯塔即施洗约翰身上披了一张羊皮,去了会让马利亚吓一大跳;洛特尔③的脚被砍断了,不能去。这些情节借鉴了15世纪意大利神学家加布列拉·巴尔莱蒂的一部传道书中的描写。

  还有一种道德劝世的戏剧,在欧洲13世纪末和14世纪初就已经产生。这是一种道德劝世的戏剧,这个剧中展示的人物有的还用一些富有道德意义的抽象名词作为他们的名字,如"品德"、"信仰"、"和平"、"正义"、"善良"、"罪恶"、"现代性"、"虚无"、"新的"等等,但也有像"教堂"、"教会"和"邪教"这样的实物名称的人格化,它们作为剧中人的出现有褒也有贬的意思。在欧洲这一类的剧种中,以15世纪中叶英国出现的《每个人》最著名。剧中人"每个人"说明我们每个人都有可能积德行善或者作恶犯罪,因此善和恶就成了一个说教的公式,它们可以象征一个机关,说明人性的好坏。在宗教改革运动兴起后,善和恶就成了改革派和保守派争论的焦点,双方在他们创作和表演的戏剧中,都可以用"善"或"恶"所代表的人物来维护自己的立场和观点,并对对方进行讽刺或指责。在这种情况下,寓意剧也就成了政治斗争的一种表现形式。

---

① 耶日·齐奥梅克,《文艺复兴》,国家科学出版社,华沙,1973年,第88页。
② 根据《圣经·旧约》创世记记载,亚伯是亚当和夏娃的次子,以牧羊为生,他将自己羊群中的头胎小羊和羊脂油作为供物献上,上帝很高兴地收下了。他的哥哥该隐是个种地的,他献上的农作物未被上帝看中。该隐心怀嫉恨,就将亚伯杀害了。
③ 犹太人长老要罗马总督彼拉多处死耶稣,把他钉上十字架,彼拉多对他们说:"你们自己带他去钉吧!我没有理由判他死刑。"犹太人坚持要处死耶稣,彼拉多只好把耶稣交给了犹太人,士兵于是带走了耶稣,同时他们还带来了两个囚犯,要和耶稣一起处死,因此刑场上有3个十字架。这两个囚犯中有个叫洛特尔,他和耶稣一起,被钉在十架上,他的脚也被砍断了。见段琦编著,《圣经故事》,陕西出版集团,三秦出版社,2009年,第153、154、156页。

波兰流传下来的寓意剧最早产生于16世纪,其中具有代表性的有米科瓦伊·雷伊的《商人》和马尔钦·别耶尔斯基的《尤斯丁和孔斯坦齐娅的喜剧》。前者我们在本章第六节"米科瓦伊·雷伊"中再谈。马尔钦·别耶尔斯基全名为马尔钦·沃尔斯基—别耶尔斯基(约1495—1575),他年轻时曾长期住在克拉科夫的一些贵族的宫廷中,也参加过战争,他的思想观点和政治立场趋向于改革派,但和天主教会也有联系。后来他迁居在罗兹省帕耶契诺附近的一叫白村的村子里,这是他的故乡。他在这里创作和出版了一系列的作品如《全世界的编年史》、上面提到的《尤斯丁和孔斯坦齐娅的喜剧》(1557)和16世纪60年代出版的《讽刺作品集》等。《尤斯丁和孔斯坦齐娅的喜剧》这个剧中有35个人物,其中实在的人物有父亲和他的儿子尤斯丁和女儿孔斯坦齐娅、寡妇、老妇人、女仆、天使、维纳斯①和巴克斯②。抽象概念人格化的人物有诱惑、复仇、监督、惩罚、希望、智慧、爱、软弱、卑躬、耐心、快乐、信仰、正义、羞耻、平常、老、年轻、虚弱等。父亲向他的孩子介绍他的各种生活经验,要儿子进行选择,于是这些实在的人物和抽象概念人格化的人物都对父亲和他的儿子、女儿这三个主要人物发表自己的意见。父亲说:

> 我亲爱的儿子!竖起你的耳朵,听着!
> 还有你,我的女儿,你们要想想,
> 要把老年人的教导,
> 当成宝贝好好地收藏,
> 现在你们就来听听我的故事吧!③

可是面对这父子三人一生坎坷的命运,那个"虚弱"却向他们发出了警告:

> 我是人类的挡箭牌,是上帝的皮鞭,
> 这条凶恶的皮鞭,人都感到害怕。
> 我是死亡女神派来的使者,
> 谁也逃脱不了死神的魔掌。④

这时"诱惑"又对那个父亲说:

> 你这个愚蠢的老头,你的不幸

---

① 古罗马神话中爱情和美之女神,即希腊神话中的阿佛洛狄忒。
② 即狄俄尼索斯,希腊神话中的植物神、葡萄种植业和葡萄酿酒业的保护神。
③ 耶日·齐奥梅克,《文艺复兴》,国家科学出版社,华沙,1973年,第91页。
④ 同上,第91页。

就是忏悔也解救不了,
你难道不知道上帝的严厉,
对你这个虔诚的信徒,
会更加严厉。
这个哨兵是你的天使,
他是一个机灵的小伙子,
从我的口袋里偷走了我的墨水瓶,
他想掩盖你的罪恶,
但这给我造成了损失。①

"天使"也对"父亲"说:

你在这里干什么,
你这个癞蛤蟆?
伪善,人类的骗子!
在地狱里,你将永远受到惩罚。
你在这里还敢对我说三道四,
想扰乱一个人的心思。②

  这里所有的对话都在谴责对方。在剧作者看来,人世间充满了险恶和争斗,但人们面对现实,却必须作出选择。
  这一时期还出现了一种只有两个人对话的戏剧表演形式,它的题材多样,往往宗教和世俗内容混在一起。例如1549年在立陶宛的克鲁莱维茨出版的《关于某些宗教仪式和规章的一次简短和普通的谈话》,说的是一个大学生从德国的维滕贝尔格回到波兰,他的父母担心他信了异教,便请当地的神父去对他做说服工作,要他不要心生异念。神父便和这个大学生谈起了对死者的崇拜、违犯教规应当受到惩罚、要给教会贡献牺牲。但大学生并不听信他的这些道理,神父这时突然对他提出了抗议,因为一个忠于他的弟子克列哈受到这个大学生的挑唆,现在要反对他这个上帝忠实的仆人了。
  后来还有一个对上面这个对话的回答,表示要敬奉上帝,这就是什乔德尔科维茨的莫拉维茨基(生卒年代不详)于1594出版的《一个朝圣者和一个客店老板关于一些宗教仪式的新的谈话》。这个剧说的是一个在旅途中劳累不堪的朝圣者来到一家客店里求宿,这个客店的老板因为听到了一些关于路德教的新闻和天主

---

① 耶日·齐奥梅克,《文艺复兴》,国家科学出版社,华沙,1973年,第91、92页。
② 同上,第92页。

教会的习俗和仪典的笑话,感到烦恐不安,想讨教于朝圣者。朝圣者便向他谈起了祈祷、对圣者的敬仰和某些宗教习俗的重要意义,指出虽然人世间有险恶的争斗,但只要尊崇宗教的习俗,是可以进天堂的:

为什么那些坏蛋,
那些伪装的寓言家
要嘲笑圣主,
难道他们都是农民?
……
你的手里拿了一个铃子,
你是怎么想的?
你在炼狱里找到了什么?
你是那么相信它。
难道谁都进不了天堂,
非得第一个到炼狱里去?①

这个老板最后表示感谢地回答说:

亲爱的顾客,告诉你吧!
你来到我这里后,
我听到了很多好事,
我把你当成我的天使。②

《宫廷内侍和修道士的谈话》(1551—1554)也是一部宗教题材的作品,作者马尔钦·科罗梅尔(约 1512—1589)曾在意大利学习,当过波兰国王的秘书和瓦尔米亚地区的主教。他的这个作品分四部分,即《关于路德教的信仰和学说》、《一个信基督教的人要拥有什么?》、《关于上帝或耶稣的教会》和《圣教会的学说》。在第一部分中,宫廷内侍责骂一个修道士是真理、耶稣和十字架的敌人。这个修道士并不怪他,而且表示谦虚地对宫廷内侍说,"你用这么漂亮的称呼称呼谁?"宫廷内侍依然气势汹汹地骂道:"说你啦,你这个披着羊皮的狼,小丑!"但是在作品的第二和第三部分中,修道士向他讲明了天主教在它诞生的时候,它的教义所表现的正义性,这个宫廷内侍就退缩了,最后他甚至承认他骂修道士是错的。其实,他的责骂是针对当时天主教会的专制和腐败,也有一定的道理;修道士所说的是天主

---

① 耶日·齐奥梅克,《文艺复兴》,国家科学出版社,华沙,1973 年,第 97 页。
② 同上,第 97 页。

教早期的状况,那个时候,它是坚持真理和正义的。

　　文艺复兴时期,波兰民间戏剧处于萌芽状态。许多作品都以对话的形式出现,它们出场的人物身份明确,有贯穿始末的戏剧情节,虽然没有交代舞台布景,已显出戏剧的雏形。这种对话形式的作品主要流传于民间,虽然出版了,但作者是匿名的,它们反映的也是社会下层甚至最下层人民的生活状况和思想情趣。这些作品虽有戏剧性的情节,但它们出场的人物却是不固定的。例如《乞丐的悲剧》出版于1551年,它说的是悲剧,但具有喜剧的性质,因为在当时,"悲剧"和"喜剧"这两个概念是相通的。作品写一群乞丐聚集在一个酒店里参加一对新人的婚礼,新郎是个流浪者,新娘是女巫。他们宣称,他们都已经同房好多晚上了,现在举行婚礼,也不必到教堂里去接受神父的祝福。当参加婚礼的人都高兴地跳起舞来的时候,突然来了一个商人,他谴责在场所有的乞丐,说他们不该装成瞎子、残疾人和病人来骗人的钱。乞丐则反过来说商人的职业就是敲诈勒索和欺骗,双方甚至打了起来。被打的商人向乞丐的头人提出了控告,结果双方都受到了谴责或惩罚,最后乞丐又很高兴地说他们本来是很富有的,现在失去了一切,倒是很自由了。表面上看,这好像是一出闹剧,实际上具有强烈的讽刺意味:

我们现在很自由,
虽然我们没有国王,
公爵、老爷
打扮得那么漂亮,
也没有农民和市民
过得那么安逸。

　　一般认为,这种剧的作者是社会下层的流浪艺人。这里说的流浪艺人有的本来是教堂的执事或敲钟人,有一定的文化水平。他们创作这样的作品,情节也大都在乡村酒店里展开,一般带有喜剧的性质,但也反映教会上层的僧侣和财主老爷对下层贫民的欺凌和压迫,以及贫民对压迫者的控诉。

　　《乞丐的流浪》写一群乞丐由于长期流浪在外,不仅对波兰而且对外国如捷克、匈牙利、意大利和俄国人民的生活状况都很了解。但他们都是一些流氓无产者,常常和一些盗贼和犯罪分子混在一起,专事盗窃和行骗。此外还有一些流浪的士兵,其中有个士兵叫阿尔贝尔杜斯,他原是一个教堂里的仆役,被教区的一个主教派往军中服了两年役,回来后也成了一个专事诈骗的罪犯。《新流浪者的喜剧》写一个贫困的教师、一个教堂里敲钟的人和上面说的这个阿尔贝尔杜斯在一个村子里乞讨,但是村民说村里的粮食都被一些士兵抢光了,现在没有粮食。这几个讨饭的人便和那些抢粮食的士兵进行打斗,把他们打散了,并将其中一个士兵捆了起来。这时阿尔贝尔杜斯认出这个被捆的士兵是他的朋友,便把他放了。

村民因此也得到了解救，便把自己原先藏起来、没有被士兵抢走的粮食拿出来给他们吃，以表示对他们的感谢。

波兰文艺复兴时期的戏剧写的大都是社会最下层的乞丐、奴仆和流氓无产者，反映了他们对社会不公的不满和反抗。这些作品在艺术上还很不成熟，首先是其中的情节显得杂乱，人物没有鲜明的个性，苍白无力；但它们开创了戏剧创作的先河，对以后波兰的戏剧创作和表演，都有很大的影响。

第五节
叙事文学

16世纪在波兰产生的叙事文学是一种散文体的文学，其中有纪实性的散文也就是报告文学；也有虚构形式的作品，是小说的雏形。但其中也有用诗体写成的，这是波兰早期的叙事诗。按题材和表达内容来说，它可以分为宗教文学、诙谐文学、劝喻文学、伪历史文学、骑士文学和人文主义文学六大类。

宗教文学大都是讲述《圣经》故事的散文作品，但它们有的并不是对《圣经》故事内容的复述，而带有作者再创作的性质，因此往往被教会视为伪书。这种伪书在基督教诞生的早期就已经产生，其中有的是对早期流传的《圣经》故事内容的模仿；有的还对早期的《圣经》故事作了补充，成了后来的《圣经》中的组成部分。波兰16世纪的宗教叙事文学作品保留至今的大都是一些手稿或它们的复制品，很少得以出版。例如《普热梅希尔的沉思》现今保存的是它大约产生于1500年的复制品，现由波兰卢布林省普热希尔市一个希腊天主教的神甫会收藏。作品叙说的是圣母玛利亚和耶稣童年的生活，其中还有对圣母容貌的生动描写，这当然是作者的想象：

全能的上帝把她打扮得更加漂亮，赋予了她崇高的品德，她以她天生的丽质和伟大的美赢得了世人的敬仰。她的容貌是那么端庄和出奇的美，她的身材既不高也不矮，她的女性的魅力是那么神圣，她的眼里透着静谧和善意的光彩，给人们带来了欣喜。[1]

克拉科夫的一个修道院保存了写于1532年的《多明我沉思》的一份手稿。它叙说的是耶稣的受难。1522年出版的《主耶稣基督的生平》讲的是耶稣出生于一

---

[1] 耶日·齐奥梅克，《文艺复兴》，国家科学出版社，华沙，1973年，第107页。

个普通的手工业工人家庭。他小的时候母亲马利亚为他操持家务,他也经常和别的孩子一起玩,这是一个很普通的家庭。这种将耶稣和圣母常人化的描写很受读者的喜爱,因此这部作品后来在1538年和1541年又再版过两次。

所谓伪书就是它们的作者把耶稣和圣母马利亚都看成和普通人一样,他们并没有丑化这些基督教的创始人,依然把他们看成是圣者,说明他们崇尚基督教创始时的教义。与此同时,这些作品也表现了他们的文艺复兴以人为本的世俗观点。

波兰16世纪出现的诙谐文学的创作主要是围绕伊索、马尔霍乌特和索维兹德扎乌这三个人物的塑造而进行的,这些作品大都采取了诗歌的形式。伊索是公元前6世纪希腊传说的寓言家,据说他是弗里吉亚①人,原是萨摩斯岛贵族雅德蒙家的一个奴隶。由于他才智过人,受到主人的赏识,成了自由人。他作为自由民曾游历希腊各地,还经常出入于吕底亚国王克罗伊斯的宫廷。后来,他作为克罗伊斯的特使去德尔斐,被控亵渎神灵,为当地居民杀害。13世纪发现的一部《伊索传》的抄本记载了很多有关他的故事,说他心地善良,幽默机智,在危难的时候,总是能够想出一些办法,使自己转危为安。他藐视权贵,认为人生来是平等的,他反对社会上的贫富不均,反对人与人之间的争斗,代表了平民阶层的政治立场。在公元前5世纪,"伊索"这个名字就为希腊人熟知,希腊的寓言也开始归于他的名下。伊索的故事在波兰,主要反映在被认为是市民作家卢布林的别尔纳特的作品中。

卢布林的别尔纳特出身于城市平民家庭,他当过牧师,在一些权贵家里当过仆役。他的家乡卢布林是一个被天主教会认为是异教徒活动的地方,他也信过马丁·路德的新教。他的主要作品有《帕利努儒斯和卡戎的对话》、《童话集》和《品德高尚的智者弗里吉亚的伊索的生平和他的寓言》(1522)。

《品德高尚的智者弗里吉亚的伊索的生平和他的寓言》是一首叙事诗。别尔纳特为提升这位民间传说中出身卑贱的智者的地位,在这首诗中创造性地把他描写成一个爱国者和自由的战士,他一心为他那个社会谋福利,为奴隶的自由和他的祖国的独立而战,甚至为保卫祖国而牺牲了生命:

他是这样度过他的一生,
他做了许多大事,
他的死是光荣的,
许多世纪以后,
人们都不会忘记他,
因为聪明的人是不会死的,

---

① 古代位于小亚细亚的一个国家,它曾经是波斯帝国的一部分。

死后他依然活着。①

别尔纳特对社会上层的统治者进行了无情的鞭笞。天主教会和社会上层的僧侣在他看来，都是一些披着羊皮的狼。他们道貌岸然，却作恶多端，坑害百姓：

一只狼披上了羊皮，
它装成很谦逊的样子，
偷偷地跑到了羊群中，
把它们都吃了。

在上帝的羊圈里，
有一些灰色和黑色的狼，
为了不使自己的形体暴露出来，
它们用羊毛遮住它们的狼皮。②

在16世纪的波兰，中小贵族的社会地位迅速提高，甚至成了决定国家命运的统治阶级。他们不仅和以往世袭的封建大贵族、教会，而且和市民阶层以及城乡贵族府邸或庄园里的仆役和农民都有矛盾。在《帕利努儒斯和卡戎的对话》中，卡戎本是冥河上一个船夫，他总是驾着一条船让鬼魂渡过冥河，到地狱里去。帕利努儒斯则是古罗马诗人维吉尔（公元前70—公元前19）的史诗《埃涅阿斯记》中的一个人物，他本来是一个海上航行的舵手，后因过于劳累，在酣梦中跌入海里。海浪把他抛到意大利的一个海岸上，结果他被当地居民路卡尼亚人打死了。别尔纳特通过这两个属于下层劳动者的对话，揭露了世上统治者的贪婪以及他们和奴仆之间的对立关系，认为这种关系是改变不了的，因此他们之间有着不可调和的矛盾。

他的《童话集》中出现的大都是一些物件拟人化的形象，却很少有童话故事的描写，主要表现了诗人对他所处的那个时代世事的看法。他认为世界上的一切都是互相依存的，因此相互之间不要争斗，要互助互爱、和睦相处，否则就无法生存。如他在一个童话中说手和脚对肚子不满，因为肚子里吃多了，增加人体的重量，手和脚的行动就会增加负担，于是它们决定不去摄取食物，让肚子挨饿，结果反使包括手和脚在内的全身都受到了损害：

谁都不能说自给自足，

---

① 卡齐米日·布齐克、兹吉斯瓦夫·利贝拉、雅德维加·皮耶特鲁谢维乔娃、弗瓦迪斯瓦夫·希什科夫斯基，《波兰文学史，从有文字记载到18世纪末》，国家学校出版机关，华沙，1956年，第74、75页。
② 同上，第75页。

他们定要和别的人在一起,
你们知道人类的需求吗?①

在另外一个童话中,作者甚至具体地联系到波兰的社会事务,表示了自己的观点:

共和国的和睦
会给它带来很大的好处,
如果人都放弃了自己的私利,
就会对它很大的帮助。②

在《老爷们造成的贫困》这个童话中,他又说:

飞来了一群小鸟,
要参加我们的议会,
管理共同的事务,
……
但一只鹰能做到吗?
要大家一起努力。③

就像在《品德高尚的智者弗里吉亚的伊索的生平和他的寓言》中那样,他揭露了权势者的自私,认为财富就是压迫的工具:

哪里权势者多了,
那里的人就穷了。④

在《小人物吊死了大盗》这个童话中,他通过狼和狐狸的对话,说权势者都是一些大盗,但是"小人物"可以治罪于他们:

小人物吊死了大盗,
他们是出于正义,

---

① 卡齐米日·布齐克、兹吉斯瓦夫·利贝拉、雅德维加·皮耶特鲁谢维乔娃、弗瓦迪斯瓦夫·希什科夫斯基,《波兰文学史,从有文字记载到18世纪末》,国家学校出版机关,华沙,1956年,第72页。
② 同上,第72页。
③ 同上,第73页。
④ 同上,第73页。

就让那老爷少几个吧!①

别尔纳特的作品虽在艺术上不够成熟,其中说教成分较多,但他是波兰历史上第一个完全用本民族的文字也就是波兰文写作的作家。他的作品真实地反映了波兰16世纪的阶级矛盾,也充分地表现了他对封建压迫者的仇恨和决心维护社会下层被压迫者利益的政治立场。

所谓劝喻文学是波兰文学史上的一个称呼,指这一时期那些大都是按照一方看到另一方犯了罪,要指责或惩罚另一方,却又遇了第三方的另一种说法或劝阻这个公式来写的作品。但这都是一些翻译过来的作品,或者在翻译中经过再创作而成的作品。如1566年出版的《选自罗马和别的国家各种各样的历史故事和对它们的说明,还有那些热爱理智和品德高尚的人们的习惯》就写了40个这样的故事。这本书是根据14世纪在西欧就已经很普及的《罗马史》②一书编译的,编译者不很清楚,大概是扬·桑德茨基③和科希切克的扬④。其中有个故事说的是,有个和男人通奸的女人有三只公鸡,其中两只公鸡指责她荒淫无耻,她就把它们杀了。第三只公鸡对她说:你如果要平平安安地过日子,就不要声张。波兰的编译者用第一和第二只公鸡比喻耶稣和他的学生,他们对于罪恶深恶痛绝;用第三只鸡比喻中世纪和当前波兰的天主教会和教士,他们对罪恶不仅视而不见,而且包庇纵容。

科希切克的扬1530年出版的《庞提乌斯有各种各样令人喜爱的故事》也是一个编译的作品,是根据当时一部叫《罗马的七个智者的故事》和一部叫《罗马史》的著作编译的。它说的是古罗马有个国王庞提乌斯的妃子向国王控告狄奥列齐扬王子对她有罪恶的企图,这个妃子是王子的后妈,国王要惩罚王子,判他死刑。但是国王的一些谋臣为了改变国王的态度,便对他说凡是女人都荒淫无耻、背叛丈夫,狄奥列齐扬也说自己是一个好王子,他是无辜的,最后赢得了国王对王子的信任。这当然是一个虚构的故事,并无史实的依据。

《哲学家们的传记选,这是一些天生有学问的智者和有高尚品德的人的传记,他们的品德可以教育每一个人》产生于13和14世纪之交,最早是用拉丁文写的,后翻成了捷克文。马尔钦·沃尔斯基把它从捷克文译为波兰文后,于1535年在

---

① 卡齐米日·布齐克、兹吉斯瓦夫·利贝拉、雅德维加、皮耶特鲁谢维乔娃、弗瓦迪斯瓦夫·希什科夫斯基《波兰文学史,从有文字记载到18世纪末》,国家学校出版机关,华沙,1956年,第74页。

② 这是一部寓言集,其中写了两百多个关于一些古罗马皇帝生平的故事,也写了一些假想的皇帝,用以劝导人们从善。这部作品大概产生于1330年,作者不详,大概是一个英国方济各隐修会的修士写的,当时是基督教传教士们必读的书。

③ 扬·桑德茨基(? —1567),克拉科夫的一个出版家,宗教改革活动家。

④ 科希切克的扬(15世纪末至16世纪),克拉科夫雅盖沃大学的学生,编译过一些普及读物,如《聪明的所罗门国王和粗鲁和不体面的马尔霍尔特的谈话》(1521)和《以蓬齐亚努斯为例的美妙的故事》(约1530)。

克拉科夫出版。这是一部包括许多古希腊罗马和中世纪的哲学家和作家、教会的领袖人物以及一些神话人物的传记著作。

1563年出版的《一部关于那个光荣和著名的特洛伊城市和国家遭到破坏和毁灭的非常好看,每个阶层都很爱读和真的有用的历史书》是根据产生于公元4和5世纪的一个叫弗里吉亚人达列斯①的《关于特洛伊战争的回忆》和另一个叫克里特岛②人迪克蒂斯③的《特洛伊战争史》这两部书编译的。这两部书是以记事文学作品的形式写成的,其中有作者的虚构,也反映了荷马的《伊利亚特》中没有反映的东西。经过波兰译者的编译,作品还不免要表达译者的观点和新时期的社会内容,因此它们译成波兰文后,虽然反映了一些历史事件,描写了一些历史人物,但这一切并不都符合历史真实,因此在波兰文学史上,称为伪历史文学。扬·科哈诺夫斯基的戏剧《拒绝希腊使者》就反映了其中的内容。

这一时期的骑士文学是从德国传入的,波兰译者的编译赋予了它新的内容。如在波兰出版的《一个皇帝的警卫队的故事》(1569)、《梅卢增的故事》(1569)、《一个富人的故事》(1670)和《马盖洛娜的故事》④(在1565和1587年之间)在读者中都有广泛的影响。骑士文学题材多样,有的写爱情;有的写背信弃义。丢失的孩子被认为已经死去但若干年后又找到了、海盗的劫掠、奸夫淫妇一起逃跑、神奇的钱包和帽子等都经常出现在作品中。这样的题材后来也见之于波兰民间的歌谣。

有的叙事作品虽然具有宗教内容,但又表现反罗马教会的倾向,如《关于弗兰齐谢克·斯别拉的悲哀和可怕的历史,他因为害怕,背叛了主的真理》,是斯尼斯瓦夫·莫日诺夫斯基(约1528—约1553)1551年在立陶宛的克鲁莱维茨出版的。作品写的是一个真实的故事:弗兰齐谢克·斯别拉是意大利帕多瓦的一个律师,原是一个路德教徒。但意大利的路德教徒很少,而天主教势力很大,因此他被指责背叛了天主,受到了惩罚,甚至遭受了苦难。后来他不得不改信了天主教。另一个作品《教皇约翰三世的历史,名叫基尔贝尔塔,一个结了婚的女人》1560年在立陶宛的布列斯特出版,是一部无名氏的作品。它写一个叫基尔贝尔塔的少女逃离了父母,女扮男装地来到罗马的大学里学习。由于努力,她成绩不错,后又留在大学里任教。在公元872年,她竟然作为一个"男人",当选为教皇,叫约翰三世。但她当上教皇后,生活不检点,以致怀了孕,一次在参加游行时,因流产而死,在罗马教会闹出了很大的丑闻。这可以说是对教会的丑恶最大的讽刺。

---

① 弗里吉亚人达列斯是一个生活在公元一世纪的希腊作家的假名。
② 地中海上的一个岛。
③ 克里特岛人迪克蒂斯,一位撰写过反映特洛伊战争的伪编史著作的作者。其作品于公元2世纪至公元3世纪前后被后人整理出版发行,为欧洲中世纪反映特洛伊战争的文学作品提供了最主要的史料来源。
④ 法国10世纪的一部长诗,写普罗旺斯的彼得和意大利那不勒斯的公主马盖洛娜的恋爱史,1570年被翻成波兰文,是从德文或者捷克文转译过来的。

马尔钦·别尔斯基①1551年在克拉科夫出版的《整个世界的编年史》是一部包罗万象集历史和文学创作于一身的巨著。作者主要是根据约翰·纳乌克列鲁斯②的遗著《世界编年史》③(1516)等几部当时在西欧最有名的历史著作提供的史料而创作的,其中除了有关圣母马利亚、耶稣和给耶稣施洗的约翰的生平外,还写了许多关于一些教皇、古罗马皇帝、法国国王、德意志大公和十字军东征的故事,除了史实的陈述之外,也有作者出于想象的虚构,作品中既有人物的传记,也有童话、趣事和寓言的描写,甚至还有天文观察和气候变化的记载,但它所表现的思想倾向是同情改革、反对教会。

第六节
米科瓦伊·雷伊

米科瓦伊·雷伊(1505—1569)是波兰文艺复兴时期的代表作家之一。他出生于红罗斯的哈利齐附近的茹拉夫诺村一个富裕的贵族家庭,是独生子,1514—1518年曾先后在斯卡尔米耶日和利沃夫学习。后来父亲让他住在他认识的桑多梅日省长安杰伊·滕钦斯基的官邸里。雷伊在这里自学成才,他不仅开始写诗,而且在省长官邸举行娱乐活动的时候,他还能编写歌词,谱上曲后,让年轻人演唱,深受主人的喜爱。他谱写的歌曲还曾被拿到克拉科夫瓦维乌王宫里演唱,只可惜他的这些作品都没有保存下来。

大约在1530年,雷伊离开了滕钦斯基的家,第二年他结婚后住在茹拉夫诺乡下,因他善于经营农业和土地,不久后就扩大了自己的田产。这期间,他还常去贝乌斯基省省长米科瓦伊·谢尼亚夫斯基的府邸。谢尼亚夫斯基当时是波兰改革运动的代表人物之一,雷伊后来也是波兰政治改革的拥护者,他参加过议会,提出要限制大贵族和教会的权利。1543年,雷伊出版了他的第一部重要的作品《地主、村长和神甫三人之间的一次简短的争论》。它采取了诗体对话的形式,和波兰中世纪过去出现的对话作品不同的是,它不是人和非人比如和死神的对话,而是人和人的对话。参与对话的有村长、地主和神甫,对话反映了他们对波兰当时的一些社会问题的看法:村长和地主说教会贪得无厌,向农民征收了过多的什一税和别的牺牲,还假借祈祷和祝福骗取人们的钱财。可神甫又谴责政府官员贪污腐化,议员在议会上争吵不休,为了个人私利而不顾国家安危,地主对农民进行封建

---

① 马尔钦·别尔斯基(约1495—1575),波兰历史学家和作家。
② 约翰·纳乌克列鲁斯(?—1510),生平不详。
③ 这是在用德文写的编年史中,第一部用散文而不是诗的形式写的编年史。

压迫。村长和地主又指责一些人的挥霍浪费,在打猎的时候,踩坏了田里的庄稼:

谁懒得耕耘,就没有收获,
谁没有桨,就划不了船。①

最后又出现了一个拟人化的共和国,它说它也看见了自己的领导是那么无能,没给它做一件好事。作品对波兰社会上层的统治者进行了尖锐的讽刺。

1545年,雷伊又出版了《属于犹太人一代的约瑟的生平》。作品主人公约瑟是《圣经·新约》"马太福音"中的人物,他是雅各的儿子。作品写他深受父亲雅各的钟爱,但他却在父亲面前诉说他同父异母的哥哥们的过失。他的哥哥们也因为他父亲对他的宠爱而嫉恨于他,想杀害他,未能动手,便将他卖给了一个商人。商人将他带到了埃及,又转卖给法老的护卫长波提乏当奴仆。他因聪明能干而受到护卫长的重用,被提升为家务总管。波提乏的妻子见约瑟生得俊秀,便眉目传情,要拉他同寝。约瑟不从,这个女人反诬他要调戏她,波提乏便将他关进监牢。因上帝保佑,约瑟在牢中受到了监狱长的关护。后来约瑟为埃及的法老解梦,又受到重用,被任命为埃及的宰相,"派他治理埃及全地。"关于约瑟的故事从中世纪到文艺复兴,西欧各国主要是德国的一些作家的戏剧作品中均有反映。雷伊在作品中对这个故事进行了改写:约瑟早就认识波提乏和他的妻子阿奇扎,她勾引他被拒绝后,因为伤了自尊,便唆使他的哥哥们把他卖了;后在埃及他又被关进了监狱,后来被释放并得到高升,是因为他的无辜和善良感动了埃及的法老。这里面就去掉了宗教的内容,而侧重于人物品德的好坏的描写。像一个人物在对话中说的那样,这里是"崇尚美德和卑鄙无耻的争斗"。

下一个作品《商人,一个和上帝最后的审判相像的形象》出版于1549年,也是一个剧本。它是根据德国巴伐利亚地区的一个路德教徒托马斯·纳奥盖奥尔古斯在1540年出版的一个也叫《商人》的作品改写的。雷伊的这个再创作原比他的《属于犹太人一代的约瑟的生平》要早些,但因为它表现了强烈的反教会的倾向,国王齐格蒙特一世怕影响朝廷和教会的关系,迟迟不让它出版。因此直到国王于1548年死后,它才得以在克鲁莱维茨问世。雷伊的作品有剧中人,也有场次的安排,说的是基督见到世界上的人们犯了罪,要把它毁灭,但出于怜悯,他不愿伤害这些犯罪的人,希望他们能够醒悟过来,弃恶从善。因此他派了使者来到人间,要将对那些犯罪的人负有责任的神甫、主教、方济各修道院长和商人召唤到他的法庭受审。使者见到修道院长后,要赐他死,修道院长假装毫不在乎的样子:

闭嘴,你不要在这里装疯卖傻,

---

① 耶日·齐奥梅克,《文艺复兴》,国家科学出版社,华沙,1973年,第173页。

还是喝一杯酒吧!
炉子后面有酒杯,
我们什么酒都喝了,
知道什么叫做死。①

可他色厉内荏,因为剧本的舞台指示说:使者在那里冷笑,修道院长却晕过去了。他的手在颤抖,脸色苍白,神甫们看他这样,便呼唤方济各②,要他来拯救修道院长。作品对这些主教和神甫的虚伪和愚蠢进行了讽刺。

1562年,雷伊出版了一部诗集《一面照出了各种不同的阶层、人们和鸟兽的镜子,形状、事件和习俗都写上了》。作品以诗体写成,分四个部分:第一部分叫《值得回忆的国王和别的光荣的阶层的事情和行动》,第二部分叫《为人正直的波兰国民的状况和他们的某些住所》,第三部分叫《市俗和僧侣阶层和个人的事》,第四部分叫《市俗阶层的人所说的古时候的事》。其中有小部分是赞美诗,颂扬了历代波兰国王的业绩;大部分反映了波兰当前的社会状况,即波兰社会上层贵族和僧侣为了一己之利而互相争斗,给国家民族造成了危害,那些掌握大权的贵族老爷各自为政,在议会上整天争吵,使议会通不过任何有利于波兰国计民生的决议,他们永远是"争吵的一群",而那些主教和神甫都是一些"猪狗",只知道贪食。

他们画了一辆大车,
运载着一个裸露的共和国,
各种各样的人都对它表示敬仰,
可是有一些人把它往左边拉,
另一些又把它往右边拉,
因为它的仆人经常吵架,
谁如果不信,就去那里看看!
你会对那里值得称颂的议会感到惊奇,
那些可怜虫在那里只知道大喊大叫,
就像有人要扒他们的皮一样。③

贵族老爷的私人生活也极端的奢侈和浪费,连西欧在经济上更为发达的国家的人看了都很反感:

---

① 耶日·齐奥梅克,《文艺复兴》,国家科学出版社,华沙,1973年,第179页。
② 方济各,基督教方济各会的创始人。
③ 卡齐米日·布鲁克耶、兹吉斯瓦夫·利贝拉、雅德维加·皮耶特鲁谢维乔娃、弗瓦迪斯瓦夫·希什科夫斯基,《波兰文学史,从有文字记载到18世纪末》,国家学校出版机关,华沙,1956年,第97页。

有个意大利人坐在一个波兰老爷的饭桌旁,
他睡着了,因为他对这顿中餐感到厌倦,
醒来后他要洗澡,请主人准备热水,
他问:"这个庆祝会还要举行多久?
午饭已经吃够了,要吃晚饭了,
而后我还要坐在办公桌前办公。"
外国人也在笑话我们的奢侈,
波兰人真的是漂亮地疯了。①

诗中还有对天主教僧侣的讽刺和咒骂:

你们看看这个魔鬼,看看他那剃光了的头,
你们看吧!在他那里可以见到最古怪的迷信。
你们看吧!他的颈子上挂着两条裤腿,
打扮得像个老鬼,
你们看看那种信仰,那种学说,那种礼拜,
如果你们不知道什么叫疯狂的活,
那你在他那里还可看到更多的这一类的表现;
看到那些阔富的小丑是怎么变得神圣的。②

雷伊在1567—1568年间,又出版了一部长诗,叫《一面镜子和一个形状,在这面镜子里,每个阶层都很容易地可以看清自己的事物》。长诗分七个部分:《一个正直的人的生活》、《王国对不注意遵守秩序的怨恨(一句给每个信基督的人首先要说的简短的话)》、《一句格言、这是一个简短和合理的故事》、《一句给一个属于骑士阶层的正直的波兰人首先要说的简短的话》、《每个基督教的骑士都有一副铠甲》、《对一个正直和机敏的人……一个简短和友好的警示》、《和世界告别》。其中最重要的是第一部分《一个正直的人的生活》,讲做一个正直的人要具备什么条件。他要有自己的庄园和土地,雷伊这里说的是一个贵族,这个贵族要待人诚恳,为人正直,不搞欺诈,对什么都要有个满足,而不要贪得无厌。他应当是一个贵族议会的议员,在议会上真实地反映民情,不介入统治阶级内部的勾心斗角,不搞阴谋诡计、损害国家的利益。他要在自己的庄园里和农民一样,熟悉农务,耕播和施肥都不误农时,以保证庄稼的丰收。这就是贵族出身的雷伊理想中的贵族。长诗第二部分批判社会的不良作风和习俗,如贵族的自私、傲慢和酗酒等。第三和第

---

① 卡齐米日·布齐克、兹吉斯瓦夫·利贝拉、雅德维加·皮耶特鲁谢维乔娃、弗瓦迪斯瓦夫·希什科夫斯基,《波兰文学史,从有文字记载到18世纪末》,国家学校出版机关,华沙,1956年,第98页。
② 耶日·齐奥梅克,《文艺复兴》,国家科学出版社,华沙,1973年,第189页。

四部分介绍了激进的阿里安派,说它被贵族和教会视为寇仇,如果这种矛盾激化,就会造成社会的动乱。

第七节
扬·科哈诺夫斯基

扬·科哈诺夫斯基是波兰文艺复兴时期最具有代表性的诗人,也是波兰文学史上最重要的诗人之一。他1530年出生在拉多姆市附近齐岑村的一个贵族家庭,父亲彼得·科哈诺夫斯基在齐岑村和附近的黑森林村都有地产,他还在拉多姆的法院里当过执达员,在桑多梅日市当过律师。诗人的童年是在农村度过的。他从小和各阶层的农民生活在一起,对他们富于宗教性、富于民族特点的风俗习惯以及他们贫苦的生活和遭受压迫的情况十分了解。中学毕业后,他于1544年曾去克拉科夫雅盖沃大学攻读人文科学。1551—1552年间和1555—1556年,他两次来到立陶宛的克鲁莱维茨,在克鲁莱维茨大学继续深造。1552—1557年间,他也曾两次来到意大利的帕多瓦,在帕多瓦大学学习期间,对古希腊罗马文学有了更多的了解,此外他还游览了那不勒斯和罗马,参观了那里的名胜古迹。1558年和1559年间,他在回波兰的途中,到过马赛和巴黎,在这里对法国16世纪七星诗派的作品也有了一些了解。科哈诺夫斯基在意大利侨居期间,就用拉丁文写了大量诗歌,有的模仿古罗马哀歌形式,受古罗马诗人提布卢斯(约公元前54—公元前19年)和普罗佩提乌斯(约公元前50—公元前15年)等的影响,题材大都是和情人别离后的痛苦和思念:

在晴朗的天空里,微风拂拂吹来,
如果爱神给你们带来了温暖,
就是菲利达的聋了的耳朵
也会听到声声的叹息。
这是不幸的李科达的最后的嘱托。

菲利达啊,李科达是那么悲哀,
自从和你分别之后,
他就再也没有快乐的感受了。[①]

[①] 耶日·齐奥梅克,《文艺复兴》,国家科学出版社,华沙,1973年,第202页。

他在另一首哀诗中写道：

每一天和每个时辰我都是那么不幸，
当我初次见到你，我唯一的莉迪娅，
我就走在一条漫长的苦道上，
思念永远笼攫着我的心胸。①

1559年，科哈诺夫斯基已经回到了波兰，虽然他对故乡黑森林村祖传的地产已经有了一半的继承权，但他并没有去黑森林村，而是来到了首都克拉科夫。从1562年起，他就和朝廷里的副首相、克拉科夫的主教菲利普·帕德涅夫斯基有很密切的交往，翌年便在他的首相府中当了一个内侍官。诗人在这里不仅有了一个他很满意的生活环境，而且他也不时想到了他以后进一步的升迁，在《致彼得·克沃丘夫斯基》（大概写于1559年）这首小诗中，他对这个朋友由衷地说：

彼得，我不会再把你带到意大利去，
你自己有办法，我也会很好地支配我的时间，
不管我穿上了僧袍，或者依旧是便服，
也不管我住在王府，或在乡下耕地。②

这一时期，科哈诺夫斯基还用拉丁文写过一些赞美诗，其中有的颂扬了波兰国王齐格蒙特二世1559年取得对莫斯科公国战争的胜利。他在位期间，波兰和立陶宛合并成一个国家的条约重新签订，波兰变得空前的强盛。

科哈诺夫斯基第一篇波兰文写的诗《扬·塔尔诺夫斯基③之死……致他的儿子扬·克雷什多夫》发表于1561年，作品歌颂了主人公为波兰的繁荣昌盛付出的努力和牺牲：

你日夜操劳，殚精竭虑，
为祖国不惜流下了最后一滴血，
亲爱的儿啊！你就这样去了天堂。④

发表于1562年《赞歌》是一首赞颂造物主上帝的诗，上帝无处不在，上帝主宰

---

① 耶日·齐奥梅克，《文艺复兴》，国家科学出版社，华沙，1973年，第202页。
② 同上，第208页。
③ 扬·塔尔诺夫斯基(1488—1561)，曾任克拉科夫总督。他于1531年8月22日率领波兰军队在乌克兰的奥贝尔滕打败罗马尼亚的瓦拉几亚人的入侵。
④ 耶日·齐奥梅克，《文艺复兴》，国家科学出版社，华沙，1973年，第203页。

一切：

　　教会管不了你，你无处不在。
　　我知道，你并不想要黄金，
　　因为所有的一切都是你的。①

世界上有艺术家，也有各种艺术品，世界本身就是一个艺术品，而这一切都是上帝创造的，天空和天上的星星也是上帝创造的：

　　你是世上一切的主宰，你创造了天空，
　　你把金色的星星绣制得那么美丽，
　　你给辽阔的大地打下了坚实的地基，
　　你用无数的绿草遮盖了它的裸身。②

世界是一个艺术品，因为上帝赋予了它美的品质，上帝在它那里也创造了一个和谐和有良好的秩序的环境：

　　照你的意旨，大海的波涛在岸边喧嚣，
　　谁都不敢越过那设定的疆界。
　　丰沛的江河给人们带来了丰收，
　　白天和黑夜都知道自己的时间。③

1562—1563年间，科哈诺夫斯基写了一首名为《纪念享有一切崇高品德的滕钦的扬·巴普迪斯塔伯爵》。主人公滕钦的扬·巴普迪斯塔即扬·滕钦斯基，是一个真实的人物。他曾被国王派遣出使瑞典，在那里爱上了一个瑞典的公主。他完成使命回国后，又去瑞典看他的情人，在渡过波罗的海时被丹麦的船只劫持，后被虐待至死。诗人对主人公的不幸表示同情，说他品德高尚，为波兰国际地位的提高作出了很大的贡献：

　　安息吧，高贵的躯体，
　　我知道，你有高贵的品德和灵魂。
　　如果我的韵律有什么价值，

---

① 耶日·齐奥梅克，《文艺复兴》，国家科学出版社，华沙，1973年，第205页。
② 同上，第206页。
③ 同上，第206页。

我一定要道出你光辉的名字。①

　　诗人在克拉科夫后来又认识了王室的另一位副首相彼得·莫什科夫斯基。莫什科夫斯基也在帕多瓦上过大学，当过普沃茨克和克拉科夫的主教，这是一位具有人文主义和爱国主义思想的主教。莫什科夫斯基勤勉于波兰国事，认为波兰的天主教是波兰民族的宗教，不应受罗马教会的干涉。1564年，由于他的介绍，科哈诺夫斯基先后在波兹南和凯尔采省的兹沃伦教区当过神甫。有一段时期他还当过波兰国王的私人秘书，这期间，他又创作了长诗《团结一致》和《萨梯里，又名野蛮的丈夫》。《团结一致》发表于1564年，作品对世俗贵族和教会的矛盾，议会中的各派为了一己之利争吵不休的局面进行了尖锐的讽刺：

　　我很赞同行星之间的争吵，
　　但是土地、水、风和火
　　发生的灾难要加以控制。②

　　他希望特雷登特的主教努力，让"一盘散沙的人民团结起来"。《萨梯里，又名野蛮的丈夫》一诗大概也发表于1564年。萨梯里是希腊神话中酒神狄俄尼索斯的侍从，也是森林之神，他曾和狄俄尼索斯一起很快乐地生活在森林中。在古希腊的戏剧中，常常以许多萨梯里组成一个合唱队，而科哈诺夫斯基诗中的萨梯里近似于古罗马诗人维吉尔的《牧歌》中的塞伦。诗人认为，过去人们有过的田园诗兴和良好的风俗习惯已不存在，现在要恢复起来。诗中主人公萨梯里消除了森林里的砍伐声，这意味着波兰人不再打仗，开始发展贸易了：

　　这是最高超的技能，一车又一车的黑麦
　　运到了海边上，运到了格但斯克。
　　不要去看那波多莱③的废墟，
　　鞑靼人给我们带来的是军刀，
　　而不是森林里的产品。④

　　但科哈诺夫斯基在诗中，也批评贵族虽然发展对外贸易，却不注意保卫祖国的边疆。过去雅盖沃大学吸引了国内外的莘莘学子来这里求学，现在有钱的人都把子女送到国外去。过去大家盖了许多城堡和修道院，现在

---

① 耶日·齐奥梅克，《文艺复兴》，国家科学出版社，华沙，1973年，第212页。
② 同上，第209页。
③ 地名，在乌克兰。
④ 耶日·齐奥梅克，《文艺复兴》，国家科学出版社，华沙，1973年，第210页。

> 他们不相信国王,
> 也不相信神甫。①

1564年发表的《预言》是以牧师和庄园主对话的形式写成的。科哈诺夫斯基批评了贵族共和国公民的自私、贪婪和不尽职守,指出了这些不良作风对国家利益的危害。1567年发表的《诗神》表现了科哈诺夫斯基的艺术观点,他认为诗首先要给读者的心灵带来愉悦:

> 我对诗神吟唱,因为不管是谁生活在地球上,
> 都希望我的歌给他的心灵带来愉悦。②

同时他也认为诗歌要表现发自内心的感受,才具有永恒的价值。希腊神话中的特洛亚国王普里阿摩斯的儿子帕里斯劫走了斯巴达国王墨涅拉俄斯的王后海伦,一同漂流在海上,但海伦后来忘掉了自己的丈夫,她自愿归顺了帕里斯,在克剌奈岛上,和帕里斯一起过着豪华的生活。墨涅拉俄斯和他的哥哥阿伽门农发动了反特洛伊的战争,特洛伊英雄赫克托耳为保卫特洛伊而英勇牺牲。但这一切都已消失在历史的烟雾中,只有"真诚的韵律常在"。

1586年,科哈诺夫斯基出版一部诗集,名为《歌——两卷书》,第一卷中收了25首歌,第二卷收了24首。其中包括上文已提到的《赞歌》和《纪念享有一切崇高品德的滕钦的扬·巴普迪斯塔伯爵》等。"歌"在这里是指颂歌,有抒情的色彩,是对造物主创造了美丽的大自然、对爱国主义的英雄行为、田园生活的乐趣和爱情的称颂。如在第一卷书的第十首《歌》中,诗人写道:

> 是谁给了我翅膀?
> 是谁给了我羽毛?
> 让我高高地飞了起来,
> 我看见了整个世界,
> 我触摸了苍穹。③

《歌》中历数了从波兰开国的国王到他那个时代的国王齐格蒙特二世从政的业绩,他认为只有高高地飞到了天上,才看得见波兰历史发展的全貌。他嘱咐那些贵族的当权者要伸张正义,关心和爱护他们的臣民,因为这是上帝赋予他们的职责:

---

① 耶日·齐奥梅克,《文艺复兴》,国家科学出版社,华沙,1973年,第210页。
② 同上,第215页。
③ 同上,第218页。

你们是大众事务的管理者，
手中掌握了伸张正义的权力。
上帝委托你们关照你们的臣民，
赋予你们对主的羊群的领导。

你们要看清他们都是自己的人，
你们都坐在上帝赐给你们的位置上，
你们要做的不是你们自己的事，
而是给予所有的人的关爱的事。①

在有的《歌》中，诗人认为命运变幻无常，世界是不可知的，他叫人们

不要相信命运，你高坐在你的小车上，
但是你要注意，你的车轮坏了！
这位女士生来就没有主意，
自己的事情自己办不好。②

关于命运的概念，是西方文艺复兴哲学经常探讨的论题。科哈诺夫斯基对命运和世界有他的看法，他的《赞歌》原是一首赞颂造物主上帝的诗。他认为，上帝本来创造了一个和谐的世界，创造了美丽的星球和海洋，但是由于人类的罪恶，破坏了这种和谐，使它变得不可知了，甚至有被毁灭的危险，这样也使人类自己遭到不幸。诗人在《歌》的第二卷的第二首中，还讲述了《圣经》中关于洪水淹没了大地的故事，认为这是上帝为了伸张正义，对人类的惩罚，他告诉诺亚③，他要拯救人类，为人类谋幸福：

他对诺亚说：
你和你的部落在地球上

---

① 耶日·齐奥梅克，《文艺复兴》，国家科学出版社，华沙，1973年，第220页。
② 同上，第221页。
③ 根据《圣经》故事，上帝对诺亚说："人类现在恶贯满盈，他们的末日到了，我要把他们跟大地一起毁灭掉。""我要用洪水淹没全球，消灭陆上一切有生命之物。"上帝要诺亚用木头造一艘方舟，在洪水涨起来时，他和他的妻子、儿子儿媳都可进入方舟，各种飞禽走兽也可进入方舟。此外还要储备各类食品，供他们食用。方舟建成后7天，大地上连降了暴雨40天，引发洪水，淹没了高山和平地，地上的一切生物都被淹死了，只剩下了方舟里的诺亚一家人和被他装进了方舟里的那些飞禽走兽。40天后，雨停了，但直到150天后，洪水才渐退去。水退了后，上帝让诺亚全家将方舟内一切活物都按类带出船外，让它们在地上繁殖生长。上帝这时又对诺亚及其儿子们说："我要与你们和你们的后裔们，以及一切方舟中的活物立约，今后凡有血肉的生物不会再被洪水消灭，大地不会再被洪水吞没。"见段琦编著，《圣经故事》，陕西出版集团，三秦出版社，2009年，第5、6、7页。

就大胆地行动起来吧!
我给森林又添了新装,
这是一套常新的新装。

我在这里向每一个生灵保证,
我任何时候也不会
让洪水在大地上泛滥,
不会让它毁灭这个世界。

我在天上画了一道长虹,
我一看见它,就会想起我的誓言,
我要阻挡那无常的洪水,
我不会欺骗。

下面还有人表示:

上帝在天上已向我们保证,
说这样的洪水不用害怕,
我们衷心感谢他
为我们谋求幸福。①

《歌》中有的作品还叙述过古罗马诗人奥维德·普布利乌斯·那索(公元前43—公元18)的《变形记》中菲洛梅利变成夜莺的神话故事。有的作品从波兰的民间传说中吸取创作灵感,甚至直接引用波兰民歌中一些富于幽默感的歌词,如"我吻了你后,三天都感到嘴边有糖味"。

和两卷集《歌》一起发表的还有一首《圣约翰节营火晚会之歌》,这是一首田园牧歌式的作品。诗中描写一个幸福的农民,他既不做买卖,也不参加战争;他不受高利贷的盘剥,也不和人争斗;他避免了市井的喧嚣,生活在一个宁静的环境中,除了干庄稼活外,就是和仆人一起唱歌:

那里有各种各样的歌,
人们在一起闲聊和休憩,
跳起了齐纳尔舞和追踪舞。
....

---

① 耶日·齐奥梅克,《文艺复兴》,国家科学出版社,华沙,1973年,第222页。

牧童的短笛吹响了
悠扬的牧歌，
林中的野兽在欢跳。①

《短诗》在科哈诺夫斯基那里，是一种表现了幽默和逗趣的抒情诗，篇幅较短，但题材很广。科哈诺夫斯基一生也写过很多短诗，直到在死前才编成集子，1584在克拉科夫出版。这些作品有的描写他在故乡黑森林村平静和闲适的生活，有的反映他在克拉科夫王公贵族宫廷里的见闻，有的发表他对世事的看法。如在《论人生》一诗中，诗人写道：

短诗就是我们想到的一切，
短诗就是我们要做的一切。
世上没有信得过的事，
即便操劳也徒劳无益，
德行、美丽、力量、金钱和荣誉
都像田里的小草一样，自生自灭。②

这种对于世上一切事物都表示怀疑的态度在《歌》的一些作品中，也表现出来过；但这里好像是对人生的概括，所有一切的发生都不过是过眼烟云，就是尽最大的努力也无法挽回，因而带有一种悲观情调。有的短诗还带有讽刺意味，如在《传教士》一诗中，诗人对天主教传教士的虚伪进行了无情的揭露：

有人问一个传教士："牧师！
你为什么教人做的是一套，
可你自己做的却是另一套？"
（他家里有个厨女），他回答说：
"我的先生！我能讲出五百条教义，
但是我敢说，就是一千条你也不要，
你还是照我在教堂里
教你的那样去做吧！"③

有的作品表现了幽默的情趣，这是日常生活中的幽默。如作者在《西班牙大夫》中，是这么形容这个大夫的：

---

① 耶日·齐奥梅克，《文艺复兴》，国家科学出版社，华沙，1973年，第226页。
② 同上，第228页。
③ 同上，第230页。

我们的好大夫要睡觉了，
他不愿和我们一起等到吃晚饭。
把被子给他吧，不要去打搅他！
我们自己尽兴地娱乐，
吃了晚饭，我们便去找这个西班牙人，
带着酒壶去敲他的房门，
"大夫，开门，亲爱的同志！"
大夫不肯开，但门却自开了。
"到下午一点我们也不会妨碍你，
上帝赐予了你健康的身体。"
大夫回答说："只睡到下午一点。"
"你可以从一点睡到十点。"
大夫感到脑子里一片模糊，他说：
"我去睡的时候很清醒，
起来就喝醉了。"①

某些爱情题材的诗中也表现了幽默的情调。如《致一个姑娘》写一个老人爱上了一个年轻的姑娘，他虽然上了岁数，须发都白了，但他依然很健康，他叫她不要离开他：

不要离开我，美丽的姑娘，
我的白胡子和你的红扑扑的脸很相配，
......
我的胡子白了，但我的心还不老，
我的胡子白了，但我还没有驼背，
我的白头上有头蒜，尾巴是绿的。

不要离开我，美丽的姑娘！人都说：
猫虽然老了，它的尾巴还很硬。
橡树的枝子虽已枯干，
它的树叶虽已枯黄，
但它仍然坚实地挺立，
因为它的树根依然健康。②

---

① 耶日·齐奥梅克，《文艺复兴》，国家科学出版社，华沙，1973年，第230，231页。
② 同上，第231页。

有的短诗甚至采取了一种特殊的形式。例如在《虾》一诗中我们看到,这里的诗句中的语词的排列,纵横都是对称的:

我们娇惯这些女人真的没有办法,
我们爱护她们出于真心毫不夸张,
给予她们自尊是我们无私的品德,
爱护她们不是为了获得报酬,
真心诚意的爱护不怕背叛,
为了维护真理不怕指责。①

有的作品讽刺新教的教徒,说他们贪婪、自以为是,诗人的笔调也是富有幽默感的。如《异教徒》一诗写道:

你们这些异教徒拿教规当笑料,
为什么要到教堂里去呢?
如果弥撒和宗教仪式都那么不好,
而贪得无厌和刚愎自用都那么好,
那么你们就不要去参加那些仪式,
把草根插到别人的眼睛里。
你爱听新教教堂里的讲道,
那你就挤到那里面去吧!
那里会给你施舍。
如果你回到家里,
什么也没有给妻子带去。
那你就给门铃授洗吧!②

科哈诺夫斯基的《短诗》内容丰富,形式多样,和他的《歌》不同的是,它们大都采取幽默诙谐的语调,不管是赞誉还是讽刺,都给读者一种轻松愉快的感觉。1569—1571年间,科哈诺夫斯基慢慢离开了他曾长期居住的克拉科夫一些贵族统治者的府邸,而回到了他的故乡黑森林村,但这期间,他并没有断绝和他的一些故友的联系。

1577年,科哈诺夫斯基在他的故乡黑森林村的领地上,创作了一部诗剧《拒绝希腊使者》。该剧1578年在华沙出版,这是波兰文学史上的第一部具有完整的

---

① 耶日·齐奥梅克,《文艺复兴》,国家科学出版社,华沙,1973年,第232、233页。
② 同上,第233页。

故事情节、反映了事物发展的矛盾冲突而又流传至今的戏剧。它是一出独幕剧，以古希腊荷马史诗《伊利昂纪》①中特洛伊王子帕里斯在希腊拐走斯巴达王墨涅拉俄斯的妻子海伦的故事为题材；不同的是，科哈诺夫斯基的戏剧只写人的活动，没有神的参与，表现了诗人的人文精神。但这部诗剧在形式上，却像古希腊的悲剧一样，在演出的过程中，配以合唱队的演唱，只是剧中一些人物的对话中，很明显地表现出把剧本的内容和波兰的现实联系起来了。当希腊派使者来特洛伊要求特洛伊王子归还海伦并以战争来威胁国王的时候，特洛伊的一些官吏被王子帕里斯收买，为他的强盗行为作辩护，另一些主持公正的人又没有发言权，而国王的态度又不明确，他一会儿支持王子，一会儿又站在王子的反对派一边，使政府内部争吵不休。整个剧情的推进笼罩着悲观的气氛，特洛伊政府里许多人都害怕希腊派军队来攻打这个国家，认为这样他们就会灭亡，有的人甚至想要逃跑，但是帕里斯又拒绝交出海伦，因此形成了一片混乱的局面。这一切，实际上反映了当时波兰政府和议会中的真实情况。作者通过一个剧中人的独白，表达了他忧国忧民的思想情绪：

啊，王国内部一片混乱，
它的末日就要来临，
这里既没有法律，
也没有正义，
这里的一切，
都靠金钱收买。
一个流氓横行无忌，
可他的恶行不论大小
却得到众人的纵容。
这里既不知道谁是谁非，
就得听从他的主意。
谁也不懂得更感觉不到，
在共和国的身上，
长起了危害它的毒瘤。②

后来波兰几个世纪的衰亡，完全证明了诗人的预见。对于异族侵略，富有爱国心的科哈诺夫斯基也有警惕。16世纪中叶，克里米亚的鞑靼人和南方的土耳其人常进犯波兰。国王齐格蒙特二世死后，新的国王还没有选出来，鞑靼人便趁

---

① 亦译《伊利亚特》。
② 扬·科哈诺夫斯基，《拒绝希腊使者》，华沙，1978年，第598页。

波兰国内政局混乱之机入侵波多莱,土耳其人也强行插手波兰事务,而大贵族统治者则一味贪图享乐,置国家安危于不顾。诗人在剧中,预示如果希腊和特洛伊爆发了战争,那么

> 所有的道路和江河
> 都将浸泡在鲜血中,
> 随之而来的,
> 便是大火、毁灭,
> 都成了废墟。①

面对波兰的内忧外患,诗人也借剧中另一个人物之口,发出了深沉的哀叹:

> 啊,我亲爱的祖国!
> 啊,城墙,你是那些
> 名垂千古的先人的业绩,
> 可是等待你的却是灭亡。②

  剧本的结尾没有交代事情发展的结果,说明作者看到了波兰统治阶级的腐朽和黑暗,虽为国家前途担忧,却似乎也没有救治的办法,但他向人民提出了国家面临危亡的警示。剧本没有舞台指示和场景的描写,在艺术手法还不够成熟,但它开创了波兰戏剧创作的先河,在文学史上占有重要的地位。
  科哈诺夫斯基一生最重要也是最具有代表性的作品是他在1683年发表的长诗《哀歌》。诗人来到故乡黑森林村的这些年,原是要在这个与世隔绝的农村寻找一个幽静、祥和的天地,过上无忧无虑的美好生活。可是在16世纪70年代末,他的家庭却连遭不幸:1577年,他的弟弟卡斯佩尔·科哈诺夫斯基先他故去;在1578年或1579年,他的一个出生才"三十个月"的二女儿乌尔舒拉又夭折了。这使他在精神上遭受了极大的打击,特别是女儿的死,曾经使他长期陷入悲痛。他的《哀歌》就是在这种情况下创作的。这首长诗共分19段,写得层次分明,结构严谨,在表达作者失去他的爱女后的感情变化时,却又缠绵悱恻,十分动人。
  在长诗中,科哈诺夫斯基为了表达他那极端痛苦和悲哀的心情,把自己比做希腊神话中的忒拜国王安菲翁的皇后尼俄柏,当她失去了她的七个儿子和七个女儿后,"她已经没有生命,只是僵化的眼睛还不断地流着泪。"她被安置在西皮罗斯的悬岩上,她静静地站着,成了一尊大理石石像,至今还以泪洗面。诗人甚至请来

---

① 扬·科哈诺夫斯基,《拒绝希腊使者》,华沙,1978年,第602页。
② 同上,第602页。

了古希腊性情倨傲的哲学家赫拉克利特(约公元前535—约公元前475)和以写挽歌著名的古希腊抒情诗人西摩蒙尼德斯(公元前556—公元前469),呼唤着世上所有的哀伤和泪水,认为他的悲哀,就像世上所有的悲哀都聚在一起那样,因此他请他们都来为他哭他的女儿。有时他把女儿比做娇弱的夜莺的雏鸟,本来需要父母的呵护,却被一条残暴的恶龙吞食了。有时他又把她比做园里一株橄榄树的幼苗,还没来得及长出一片绿叶和一根枝杈,就被粗心的果农当成荆棘和荨麻刈除掉了。在诗人看来,这一切都是命运所使,他控诉这不公正的命运,他诅咒这恶毒的冥后派耳塞弗娜,他甚至对他生活的这个世界产生了怀疑:"世上的一切难道不都是虚无?"这和他过去对人生一直持乐观态度是完全不同的,说明他遭受这个沉重的打击后,悲哀和孤独使他几乎改变了对人生的看法。

在长诗的其他一些篇章中,科哈诺夫斯基又转到他对乌尔舒拉生前的回忆:女儿在世时最爱唱歌,唱得像夜莺样一样动听,父母有烦恼时,她总是给他们带来欢乐。现在,她吃过的点心还在,她穿过的衣服还在,她睡过的小床还在,她到过的所有地方都在,她的歌声依然回荡在父母的耳中,而她却不见了:

> 我可爱的小歌手,
> 斯拉夫的萨福①!
> 你本该继承我的土地和我的诗魂,
> 因为你已经显露出了你的天分。
> 你日夜不停地唱着一首首新歌,
> 清脆婉转,
> 就像绿树丛中小夜莺的啼鸣。
> 可是你那么快就无声无息了,
> 是残暴的死神把你吓走了,
> 你的歌声我还没有听够呀!
> 可我如今只能以泪水相伴。
> 你虽然停止了你的歌唱,
> 可你并没有死去,
> 你和妈妈吻别时说:
> "我的妈妈!
> 我再也不能服侍您了,
> 我再也不能坐在您的桌旁了。
> 我把家里的钥匙都交给你们,
> 我亲爱的爸爸和妈妈,

---

① 古希腊女诗人。

我将永远离你们而去。"
每当我想起你这最后的声音，
就好像受到了痛苦的折磨，
听到你这最后的告别，
妈妈的伤心更无法克制。①

在这些生动的笔触中，诗人不仅真实和形象地刻画出了他此时此刻感情起伏和变化的每一个细节，而且也反映出了他所处的环境笼罩着悲凉的气氛，达到了寓情于景的艺术效果。最后，诗人面对残酷的现实，只得无可奈何地喊道：

我可爱的乌尔舒拉，你在哪里？
你在这片土地的何方？
你是否飞上了那无际的蓝天，
和那些小天使一起飞翔？
你是在天堂里，还是在幸福岛上？
卡戎②可曾领你渡过思念的冥河，
让你喝尽那忘却的泉水？
你为何一点也不知道我的伤痛？
你抛弃了人形和少女的情思，
可你是否已经长上了羽毛，变成了夜莺？
你是在炼狱里赎去了原罪，
还是在身上依然留下了污点？
你的出生给我带来了无尽的悲哀，
可你是否回到了你来的那个地方？
如果你在，不管在哪里，
都要怜悯我的痛苦！
如果你不能恢复你过去的模样，
你就变成一个梦，
变成一个倩影，一个精灵，
飞到我跟前来吧！
这样你会给我带来欢乐。③

诗人的心情是复杂的，他因为再也见不到自己的女儿而极为悲痛，就只有幻

---

① 《扬·科哈诺夫斯基：哀歌》，奥索林斯基民族出版机关，弗罗茨瓦夫，1986 年，第 14、15 页。
② 卡戎常驾着一条船，让鬼魂渡过冥河，来到地狱里。
③ 《扬·科哈诺夫斯基：哀歌》，奥索林斯基民族出版机关，弗罗茨瓦夫，1986 年，第 20,21,22 页。

想女儿即使死了,也会像她在世时那样的纯洁和得到幸福,她会变成美丽的梦幻和精灵,来到他的身边。诗人以这来宽慰自己,在他的情感激动达到高潮之际,结束他的长诗,给读者留下了强烈的印象。《哀歌》是科哈诺夫斯基最优秀的作品,也是波兰文艺复兴时期文学最具有代表性的作品。这是因为它的作者不仅摆脱了中世纪神学思想的束缚,用波兰文创作,在诗歌中体现了文艺复兴以人为本的主导思潮;而且它也是作者发自肺腑的真情实感和最完美的艺术形式的结合。科哈诺夫斯基的诗歌和戏剧都最广泛地反映了时代的面貌,表现了时代精神,深刻地揭示了人的思想感情。他的诗歌在艺术形式上也进行了很大的革新,他是波兰第一个用十四行诗进行创作的诗人,他的作品也大部分都是用波兰文写成的。这些作品不论思想上,还是艺术上,都达到了波兰文艺复兴时期的最高水平,对当时和以后的波兰社会和波兰文学的发展,都产生了深远的影响。

第八节
其他重要的作家

除了米科瓦伊·雷伊和扬·科哈诺夫斯基,这一时期其他重要的作家还有乌卡什·古尔尼茨基、米科瓦伊·森普·沙任斯基、塞巴斯蒂安·格拉波维耶斯基、希蒙·希姆诺维茨、塞巴斯迪安·法比安·克洛诺维茨和斯坦尼斯瓦夫·格罗霍夫斯基等。

乌卡什·古尔尼茨基(1527—1603)出生于克拉科夫省波赫尼亚县一个城市贫民的家庭。1538 年,他跟舅父来到了克拉科夫,在这里上中学,并跟教会和宫廷里的一些人有了来往,1545 年当了克拉科夫主教斯·马切若夫斯基的秘书,后曾去意大利深造。古尔尼茨基 1552 年开始在王宫里供职,曾随国王齐格蒙特二世去过格但斯克和克鲁莱维茨,1553 年参加了国王派遣的一个使团去维也纳,后在克拉科夫附近的维利奇卡和肯蒂等地的教区任职,1557 年又去意大利的帕多维继续深造,回国后一直任国王的秘书和维尔诺王家图书馆的馆长。1556 年,古尔尼茨基发表了他最重要的作品《波兰御前大臣》,这是一部由一些人的谈话形式写成的作品,虽然它在形式上带有模仿意大利卡斯蒂利奥内的《侍臣论》[①]的性质,但是这部作品中参与谈话的都是波兰当时王室和教会中的一些真实的人物,谈话的内容是如何当好一个御前大臣,有人说:"我们的御前大臣应当是一个受到

[①] 卡斯蒂利奥内(1478—1529),意大利外交官、侍臣,他的著作《侍臣论》使他成为文艺复兴贵族礼仪的权威。

所有的人赞美的人,他在各个方面都要显得很美,尤其是语言要美。"①这实际上是要求波兰的国王和大臣们在运用语言中要保持波兰语的纯洁性。作者并不反对吸收一些外国语的词汇以丰富波兰的语言,但他反对有些人在日常的谈话中,为了赶时髦,经常夹杂着一些外国语,以显示他们的风雅,因为这不仅不能丰富波兰的语言,而且破坏了它的纯洁性。作者除对文学创作中普及波兰语言这个文艺复兴时期波兰作家最关心的问题,表示了自己的看法外,他在《波兰御前大臣》中所运用的语言也非常生动。作品既然是以一种对话的形式出现,那就可以更多地运用一些日常生活中的语言,如笑话和趣闻,使行文显得活泼、引人入胜。请看下面一段:

科焦乌先生是桑多梅日的一个地主。有一天,他在维兹拉的一个朋友家里,整天饿着肚子,没有吃饭。到了晚上,他就走了,也没有等仆人来接他。但他回到家里,却不知道厨房在哪里。因此,他想找一个人问一下,最后他找到了一个仆人,便问他说:"同志,你知道我的厨房在哪里?"那个仆人反问他:"你是谁?"他回答说:"我是科焦乌。"仆人马上说:"你既是科焦乌,那么你的厨房不是在羊圈里吗!"②

波兰文的科焦乌(kozioł)意思是山羊,作者用这个既可以当人名又有具体含义的词来对主人公进行讽刺,说明他很愚蠢,是意味深长的。波兰议会和政府自古以来虽然奉行一种贵族民主制度,但因其成员各持己见,难以通过某项有利于国计民生的决议,使国家常常处于无政府状态。因此这种讽刺在人们的生活中是习以为常的,它在以后各个时期的文学作品中还可以见到。

除《波兰御前大臣》外,古尔尼茨基一生还发表过《一个波兰人和意大利人关于自由和波兰的权利的谈话》、《一条通往完全自由的路》和《波兰王国史》等。《一个波兰人和意大利人关于自由和波兰的权利的谈话》也是以两个人的对话的形式写成的;《一条通往完全自由的路》则是一篇论文,都讲述了对政府机构、立法和财经制度应当进行改革的问题。《波兰王国史》写的不是波兰的历史,而是作者对他在王室工作的回忆和他见证的这期间波兰王室发生的一些大事。

米科瓦伊·森普·沙任斯基(1550—1581),出生于利沃夫一个官僚家庭,在利沃夫中学毕业后,1565 年来到德国,先后在维滕贝格和莱比锡的大学里深造,曾对宗教改革表示拥护。沙任斯基 1566 年或 1567 年去过瑞士和意大利,回国后曾住在利沃夫附近,1580 年又迁居到沃利查,这时他已经成了一个虔诚的天主教徒。沙任斯基一生中的大部分作品都没有流传下来,现存的只有他于 1568—

---

① 耶日·齐奥梅克,《文艺复兴》,国家科学出版社,华沙,1973 年,第 316 页。
② 同上,第 320 页。

1581年间创作的一部抒情诗集《韵律或者波兰诗》。该诗集直到他死后在1601年才得以出版。

沙任斯基是一个富于宗教思想感情的诗人,他这部包含着六首十四行诗和六首宗教赞美诗的诗集表现了浓郁的悲观主义思想情绪。诗人认为,不断变化着的现实世界完全听从命运的摆布,给人们带来了惶恐不安。一个人虽然获得了自由,可是这种自由往往使他误入歧途,走向灭亡。人总是在光明和黑暗之间,要进行选择,当罪恶出现的时候,他希望得到爱怜,引导他走向光明的世界,如在《论我们和魔鬼、躯体一起见到的我们的战争》一诗中写道:

和平——幸福,但是还有搏斗,
我们在世间的存在,
充满了凶险和黑暗。①

在《罗马墓志铭》一诗中,他还以古罗马的灭亡为例,说明人世和命运的可怕:

你,这个流浪汉!
你在罗马想看到什么呢?
你在罗马城里什么也见不着,
但你可以看到已经倒塌
和变成了废墟的城墙,
还有那被毁坏的剧院和教堂和柱子,
这就是罗马,一座巨大的城市,
幸福和庄严都变成了死尸。
它曾经征服世界,
可自己也被征服了。
今天,在被征服的罗马,
未被征服不可战胜的罗马已被埋葬。
一切都在改变,
没有改变的却依然存在,
台伯河②带着它的泥沙
往大海流去。
看吧,这就是命运,

---

① 安娜·拉伊扎、耶日·波拉尼茨基选,《波兰诗选,中学生读本,从中世纪到当代》,沙拉出版社,华沙,2001年,第67页。
② 在意大利。

命运在捉弄我们。①

那么"在这场可怕的搏斗中,我能干些什么呢?"面对可怕的命运,人是无能为力的,因此他会感到痛苦,感到孤立无援,只有求助于上帝:

永恒的主啊!
你的光,你的阳光,
就是你给众生的恩赐,
它将照亮所有的事物。②

这种反映命运主宰一切的宗教神秘主义的思想,在下一章论述的巴洛克时期和19世纪初浪漫主义时期的文学中也有反映,沙任斯基的作品可以说是它们的先声。

塞巴斯蒂安·格拉波维耶斯基(约1543—1607)也是一个天主教的诗人。他出身于贵族家庭,曾在国外上大学,在王宫里供职过很长一段时期,后来成了天主教的牧师,当了一个修道院的院长。他的诗集《宗教的韵律》是对造物主上帝的赞美,因为他创造了一个美好的世界,所以表现了乐观主义的精神,和沙任斯基作品的情调大不一样:

天上的灵魂,纯洁的灵魂,
上面是你的脊背,
天上嵌着一块透明的水晶,
永不熄灭的火焰
照亮了那岸的边缘。
你的力量使万物得以生长
我们知道,世上的一切:
太阳的光照,
大自然的跃进,
风、雷和云彩,
严寒和温暖的季节,
雨、冰冻、雪和朝露,
都对你发出了

---

① 切斯瓦夫·米沃什,《波兰文学史》,记号出版社,克拉科夫,1993年,第103,104页。
② 安娜·拉伊扎、耶日·波拉尼茨基选,《波兰诗选,中学生读本,从中世纪到当代》,沙拉出版社,华沙,2001年,第274页。

永远赞美天主的声音。①

但他认为人的命运是由上帝安排的,人本身改变不了自己的命运。他对上帝说:"主啊!如果你不给予帮助,人的努力就没有成效。/人生就像/飘来飘去的浮云/,就像/水泡/,瞬息即逝。""生"和"死"并不矛盾,有生就有死,有死也有生,生死都由上帝主宰。人如果相信上帝,就会得到幸福和安宁,要相信自己的一生是"走向光明的"。死也会使自己感到快乐。

希蒙·希姆诺维茨(1558—1629)出生于利沃夫市政局一个参事的家庭,1575年开始在克拉科夫雅盖沃大学解放艺术系学习,后来又在比利时和法国深造。回国后大约在 1586 年,他认识了国王齐格蒙特三世(1566—1632,1587—1632 年在位)的宰相和波兰军队的统领、著名的政治家扬·扎姆伊斯基(1542—1605),通过后者的帮助,获得了国王赐予的贵族的名衔。扎姆伊斯基后来想在他的领地扎姆希奇城办一所和雅盖沃大学同样规模的扎姆伊斯基大学和一个印刷厂,这也得到了希姆诺维茨的大力支持。在这所大学和这个印刷厂办起来后,他也曾在这里任校。扎姆伊斯基的爱国思想和他执行的一系列抵御外敌侵略的政策,对希姆诺维茨的一生和他的创作产生过很大的影响。希姆诺维茨对扎姆伊斯基也很尊敬,直到他死后,还写过回忆他的诗歌作品。希姆诺维茨晚年也一直居住在扎姆伊斯基馈赠给他的领地里。

希姆诺维茨在雅盖沃大学学习期间就开始了诗歌创作,他最初用拉丁文写诗,在他最早发表的长诗《迪乌斯·斯坦尼斯拉乌斯》中,谴责了战争给人类文明造成的破坏,但他认为维护祖国的独立和自由的战争是正义的。他在用拉丁文写的《对嫉妒的指责,几乎包括贺拉斯用过的所有的韵律》(1588)和《挽歌和赞歌》(1589)中,赞颂了扎姆伊斯基统率波兰军队战胜奥地利和鞑靼军的入侵,把他比作能够战胜强敌的罗马神话中的英雄埃涅阿斯②、斯蒂利科③和赫耳枯勒斯④,以表示对他的敬仰。特别是在《对嫉妒的指责,几乎包括贺拉斯用过的所有的韵律》中,他引用古罗马诗人贺拉斯的作品,把扎姆伊斯基比做古罗马的政治家和包括贺拉斯、维吉尔和普罗佩提乌斯等诗人的保护人麦采纳斯,因为扎姆伊斯基也是他的保护人。

当时国王齐格蒙特三世的执政依靠的是大贵族和耶稣会的势力,曾经引起中小贵族的不满,因此 1606—1607 年间,克拉科夫省长代表中小贵族,发动过一次

---

① 切斯瓦夫·米沃什,《波兰文学史》,记号出版社,克拉科夫,1993 年,第 104,105 页。
② 特洛伊战争中的英雄。古罗马诗人维吉尔在《埃涅阿斯纪》中描写了他的生平。
③ 弗拉维乌斯·斯蒂利科(360—408)古罗马政治家,从 393 年开始,任古罗马军队的统帅,和好几个罗马皇帝都有亲戚关系,曾掌握西罗马的统治权,但后来因为和皇室有矛盾,被指控勾结日耳曼人背叛罗马,在拉韦纳被处死。
④ 古罗马神话中的英雄,即希腊神话中的赫拉克勒斯,他是宙斯与凡女阿尔克墨涅所生之子,以力大闻名。

反对国王的暴动。这次暴动虽被镇压下去了,但是齐格蒙特三世原是瑞典国王扬三世的儿子,他又想利用他在波兰的势力,夺得瑞典的王位,因而引起了波兰和瑞典之间连年的战争。在长诗《在镇压了今天的骚乱之后的韵律》中,希姆诺维茨严厉地批评了齐格蒙特三世对内和对外所采取的一系列错误的政策,和由此而造成的严重后果:

今天一切都走向反面,
一切都被弃置和荒废,
你没有听见,
除了哭泣,只有埋怨。
在战乱的国家,
只有伤痛和损失。
那些失败的征战,
使土地被鲜血染红。
鞑靼人来这里抢劫,
可以自由地进入大门,
因为这里的军队,
每个月都在退却。
波多莱被毁灭了,
乌克兰粮仓,
所有的福利,
都成了废墟。
还有新建的城市,
碉堡和要塞,
也成了废墟。
无数的人被奴役,
贵族的漂亮的女儿
和善良的妻子,
都成了不幸的囚犯。①

诗人热爱自己的祖国,因此他也希望国王真心地热爱波兰,为她造福,以崇高的品德教育波兰的子民。1614 年,希姆诺维茨出版了他诗集《牧歌》。在出版这部诗集的时候,他还附上了一组关于动物的诗,叫《为一个集中的群体竖的墓碑》。

---

① 希蒙·希姆诺维茨,《牧歌和其他的波兰诗》,奥索林斯基民族出版机关,弗罗茨瓦夫,2000 年,第 204,205 页。

这组诗写出了30多种动物的生存状态,有的具有寓言的性质。如在《老狗》一诗中诗人写道:

> 我曾经是主人家一个忠诚的卫士,
> 他很喜爱我,为此我很自豪,
> 可我现在老了,令人厌恶,
> 被赶出了他的家门,死在粪堆里,
> 这就是对我的回报。①

在另一首诗《抚爱过狼崽的山羊》中,他写道:

> 我用自己的胸怀,
> 抚爱过这些狼崽,
> 可是它们长大后,
> 却把我吞食了。
> 你看!这是常有的。
> 我们这里的养育者,
> 遇到的都是这样的不义,
> 你们就来惩罚我的愚蠢吧!②

当然,像这样旨在揭露忘恩负义的恶行的寓言在欧洲别的国家的文学中,并不少见,但是希姆诺维茨是将它和波兰的现实连在一起的,有更深的含义。诗集《牧歌》是希姆诺维茨最重要的作品,它由20组牧歌组成。有的诗组只有一首诗,有的有几首、十几首或几十首不等。诗人热衷于歌颂大自然,认为是大自然把一切美好的东西都赐予了人们。在他的笔下,便展现出了一幅田园牧歌式的景象。如《结婚》这一首诗是为波兰军事统领谢尼亚夫斯基和贵族小姐 B. 塔尔诺夫斯卡举行婚礼而写的,它把新娘比作高贵的诗神,并描绘了一片富饶美丽的农村风光:

> 高贵的诗神保存了美丽的谢尼亚夫斯基,
> 她把甘泉作为礼品馈赠给人们,
> 每个人都能品尝到珍贵的美食,
> 也不忘把美食送进她美丽的嘴唇。
> 香馥馥的牧场上飞舞着勤劳的蜜蜂,

---

① 希蒙·希姆诺维茨,《牧歌和其他的波兰诗》,奥索林斯基民族出版机关,弗罗茨瓦夫,2000年,第184页。
② 同上,第188页。

它们的劳动给人们带来美好的时光，
朵朵鲜花争奇斗艳，散发着扑鼻的芳香，
在美丽的蜂房里，有甜丝丝的蜂蜜。
每个人都有对未来的憧憬，
每个人对自己都有欢乐的承诺。①

在《白面包》一诗中，诗人还生动地描写了一幅农村婚礼欢乐的景象：喜鹊在枝头吱吱地叫，欢迎宾客的到来；新郎在一群小伙子的拥簇下，骑着马，也来到了新娘的家门口。在随后举行的婚宴上，宾客们尽情地享用美酒和佳肴，给一对新人祝福，"祝你们享有幸福和美好的生活！"那么在诗人看来，谁该得到这种幸福呢？就是那些多少年前表现了智慧和拥有财富的人，多少年前曾经誉满天下的人，多少年前受到人民衷心爱戴的人。因此诗人写田园诗并不是单纯地赞颂受到大自然恩赐的农村和劳动生活的美好、反映农村的生活习俗，他还明确地指出，这种幸福应属于那些为祖国的独立和民族的复兴建立了伟大功勋、因而受到人民广泛拥戴的人，表现了他的爱国主义思想。但诗人认为，现实并不都是那么美妙的：

虽有伟大的人物，
能够成就伟大的事业，
他们将获得无限的光荣，
但世界却被懒汉
和下流汉所统治，
诗人又去为谁而歌唱呢？
如果有人要熄灭天上的太阳，
你将怎么去对待他呢？②

诗人这里指的当然是他在克拉科夫的王公贵族中所见到的一些人，主要是那些大贵族，他们往往以自己的权势谋求私利，造成无政府状态，不顾国家的安危，引起了诗人的不满。此外在农村，也不是到处都像上面所见到的那种世外桃源，如《割麦人》这一首诗中所描写的，完全不是那种田园牧歌式的景象，而是遭受封建农奴制压迫的农民：

已经到了正午，我们还在割麦，
难道要我们晕倒在这里。

---

① 希蒙·希姆诺维茨，《牧歌和其他的波兰诗》，奥索林斯基民族出版机关，弗罗茨瓦夫，2000年，第95页。
② 同上，第78页。

不管是饿肚子还是饱肚子，
都不能满足监工的要求。
他只管拿着鞭子，
在我们面前大喊大叫，
还要抽我们的脑袋
把我们抽得头破血流。①

在《牧歌》中，还有一首叫《周年》的诗，也是为了纪念他一生最敬仰的爱国者扬·扎姆伊斯基逝世周年而写的，只是逝世几周年尚不明确。诗人把扎姆伊斯基比做古希腊神话中的达佛尼斯，也就是牧人，因为达佛尼斯原是西西里岛的牧人，他是牧歌这种艺术形式的创始人。在诗人看来，扎姆伊斯基不仅是祖国的卫士，还是人民的牧师，他以自己的行动教育人民爱自己的国家，指引人民前进的方向：

今天是我们埋葬
伟大的达佛尼斯的周年，
他的坟墓不是用铁锹
铲土堆起的土堆，
而是全体人民
捧在手上的宝贝，
那些参加了他的葬礼，
埋葬了他的百姓，
没有一个不为
这位高尚的牧师
的死去感到惋惜。②

塞巴斯迪安·法比安·克洛诺维茨（约 1545—1602）出生于大波兰苏尔米日采县一个城市平民的家庭，在中学读书时学过拉丁语和德语，1561 年起在克拉科夫雅盖沃大学学习，1567 年和父亲一起做生意去了捷克。回国后克洛诺维茨在利沃夫住过一段时期，后来去了加里西亚，在那里了解了当地的风土人情，还搜集了不少来自民间的神话故事和传说，这对他一生的文学创作，产生了很大的影响。1574 年，他迁居到卢布林，在那里当过法院里的文书和陪审员以及市政局的参事，还曾在附近的扎姆伊斯基大学继续深造，晚年他还当过卢布林市市长。他一

---

① 卡齐米日·布齐克、兹吉斯瓦夫·利贝拉、雅德维加·皮耶特鲁谢维乔娃、弗瓦迪斯瓦夫·希什科夫斯基，《波兰文学史，从有文字记载到 18 世纪末》，国家学校出版机关，华沙，1956 年，第 139 页。

② 希蒙·希姆诺维茨，《牧歌和其他的波兰诗》，奥索林斯基民族出版机关，弗罗茨瓦夫，2000 年，第 175 页。

生中最重要的作品都是在这里创作和发表的,其中有用拉丁文写的长诗《红俄》(1584)、《众神的胜利》(1600)以及用波兰文写的长诗《船夫》(1595)和《犹大的口袋》(1600)等。克洛诺维茨和波兰文艺复兴时期其他诗人不同的是,他的作品大都反映下层劳动人民的生活,并且带有许多神话和传说,无论在思想上还是艺术上,都形成了他独特的风格。如在长诗《红俄》中的红俄主要是指乌克兰的利沃夫和基辅一带,诗人描写了许多农村的劳动者如林务官、畜牧师、养蜂人和庄稼人的生活状况、他们的思想情趣和宗教信仰。诗人认为,这一带农村土地肥沃,自然条件好,可以创造美好的生活。

《船夫》指的是维斯瓦河上的船夫,诗人写他自己乘坐一艘维斯瓦河上的货船,从华沙的一座桥下出发,去格但斯克做买卖。他在诗中用了古希腊荷马史诗《奥德赛》中的主人公奥德修斯当年漂游海外所遇到的种种风险作比喻,说明即使经商也不要冒险。他在这里也借用了一个波兰民间的传说,说的是有一只能飞的老鼠,一只阿比鸟和一束木莓花都变成了商人,他们各自借来了一口袋钱币、一些宝石和呢绒,装在一艘船上,想要到外面去做买卖,可是他们在途中遇到了暴风雨,他们的船被打翻了,他们的钱财都落入了水中。能飞的老鼠怕债主来讨债,白天不得不躲了起来,只在夜里才敢出来。阿比鸟潜入了水中,想在那里找到它失去的宝石。木莓花从此便生长在路旁边,想要抓住过往行人的衣襟,以为那上面有它失去的呢绒。只有诗人沿维斯瓦河而上,他看见河岸上的工匠学会了用鱼皮来造船,燕子在教泥瓦匠砌墙,编织工用神奇的花朵编织了花篮,纺织工用蛛网织成了布,一片繁荣的景象。等他来到格但斯克维斯瓦河的出海口时,他又发现这里分成了两条河,一条叫维斯瓦,另一条叫哈列夫,两条河同时流入波罗的海,它们都说自己是最美的河,因此发生了争吵,最后由河神判定,维斯瓦河最美,并尊它为维斯瓦女王。哈列夫十分生气,便永远和维斯瓦分离了,这两条河分开的地方今仍叫格涅夫,波兰文格涅夫(gniew)的意思是愤怒。

长诗《犹大的口袋》中表现的主题完全不一样,犹大这个出卖了耶稣的叛徒在这里是社会上恶势力的总称。诗人写他的腰带上挂着一个钱袋,这个钱袋是由四种野兽,即狼、狐狸、猎豹和狮子的皮缝制的,说明他的钱是通过各种罪恶的手段,如抢劫、贪污、诈骗、受贿、赌博和投机取巧而得来的。诗人以这个极富讽刺意味的比喻,充分揭露了从上层统治阶级包括教会、议会、政府机关、法院的黑暗到社会下层流氓无产者的种种罪恶的行径。但诗人在这部长诗的"前言"中,说明了他写这个作品的意图,他说:"我把所有的东西都这么写,是为了使人们在对犹大式的狡诈和罪恶勾当感到厌恶的同时,走上正道,养成主持正义的习惯,做一个正直的人,不损害他人。"克洛诺维茨的作品充分表现了他对祖国的热爱和对社会黑暗的痛恨,他爱祖国的美好河山,他更希望彻底铲除社会上的种种腐败和丑恶的现象,让人人都走上光明的正道。他认为只有通过劳动,才能创造美好的生活,说明他代表了劳动人民的思想观点。他一生都热衷于搜集民间传说,这在思想上和艺术上都大大地丰富了他的文学创作的内涵。

斯坦尼斯瓦夫·格罗霍夫斯基(约 1542—约 1612)出生于马佐夫舍一个贵族的家庭。他年轻时虽参加过反宗教改革的耶稣会,但他并不反对宗教改革,而且对波兰国王齐格蒙特二世提倡宗教信仰和言论自由表示赞赏:

他对创作者非常尊敬,
让他们享有充分的自由,
和自由逗趣,
永远,永远!①

格罗霍夫斯基早期写过一些宗教哲理诗,认为人生就像宗教的朝圣一样,要从人世走向"永恒的祖国"。但他并不厌倦世俗,他认为他享有的贵族庄园的田园生活给他带来了幸福和安宁:

我有一个小小的村庄。
我很关心我的拥有,
虽然我的田地并不很多,
但我却要胜过波斯国王,
因为他总是从土耳其被赶了出来,
而我却能待在这个僻静的地方。②

他的宗教题材的诗也表现了人间的欢乐和爱,如《修道院里的花园》一诗描写上帝参加了一场游戏,他说:

圣母坐在那里,
抱着她心爱的儿子,
宝贝啊!你的小手里
拿着一个小小的金苹果,
它在对着母亲微笑。③

诗人对读者还说:

你看,孩子的小手抓住了

---

① 切斯瓦夫·赫尔纳斯,《巴洛克》,国家科学出版社,华沙,2002 年,第 49 页。
② 同上,第 52 页。
③ 同上,第 54 页。

母亲玫瑰色的洁净的颈脖,
他和她挨得那么紧,在亲吻她。
你看,母亲也紧紧地抱着
她的儿子,在亲吻他。①

　　诗人对童趣的描写往往是富于想象的。在诗人的笔下,孩子们的游戏各种各样,比如猫追捕老鼠的游戏,游戏的参加者有牧童、猎户和野兽;还有动听的摇篮曲也反映了他们的乐趣。

　　波兰文艺复兴是波兰千年文学发展中第一个创作高峰。由于大量中小贵族参与社会和国家事务的管理,以及城市的发展和市民阶层的兴起,波兰社会呈现空前繁荣的景象。但因贵族的专制和农村封建农奴制压迫,阶级矛盾依然十分尖锐。这一时期的文学创作中也出现了空前繁荣的局面。这首先表现在不仅作家和诗人数量的增加,而且从他们的出身来看,他们几乎代表了所有社会的阶层。除贵族出身的作家和诗人之外,新兴市民阶层出身的作家的数量也大大增加,他们在许多地方,甚至超过了前者。此外还有许多城市贫民和农民出身的作家署名或匿名地发表了大量作品,在社会上影响很大,这就充分说明了波兰社会中下层劳动人民所受教育程度提高,他们迫切要求参与民族文化的建设,表达自己的思想情趣,展示自己的才能。作家和诗人除了用拉丁文写作外,更多情况下用波兰文进行创作,他们的作品所反映的社会生活面更加广泛,除了突出爱国主义思想,也更突出了人文主义思想。表现人文主义思想最著名的作品是科哈诺夫斯基的《哀歌》,它在思想和艺术上取得的成就使它成为波兰文艺复兴文学的代表。在文学的体裁上,一些诗人和作家开始创作十四行诗和戏剧作品,这说明他们的创作和欧洲各国的文艺复兴是同步的。波兰文艺复兴特别是它的代表作家扬·科哈诺夫斯基对波兰后世和后世的文学的发展都产生了深远的影响。

---

① 切斯瓦夫·赫尔纳斯,《巴洛克》,国家科学出版社,华沙,2002 年,第 54 页。

第三章

巴洛克时期的文学

第一节
社会背景

在17世纪初,当西欧国家市民阶层兴起和发展并增强了经济实力的时候,波兰议会通过了一系列限制市民权益的决议,加上连年战争,波兰城市走向衰落,而农村则出现了大土地所有者,对农民进行残酷的剥削和压迫。大贵族因为宗教改革,在和教会的斗争中取得了胜利,通过议会已经掌握了国家的政权。他们虽都反对王权,但他们各个集团之间也有矛盾,此外也有占贵族人口百分之十到十五的小贵族收入微薄,处于贫困的状态。由大贵族控制的议会在1652年还通过了一项名为"自由否决权"的议案,就是议会中的决议只要有一个议员反对,它就不能通过。在这种情况下,贵族出身的议员只要有一个为了维护他们自身的利益,可以不让任何有利于波兰国计民生的决议在议会上通过,更不说付诸实施了。而国王实际上根本没有决定国家大事的权力,这时期波兰从上到下已完全处于无政府状态。

这时乌克兰的情况也不容乐观。早在波兰和立陶宛公国于1569年合并后,波兰有许多大贵族来到了当时属于立陶宛的乌克兰,在这里占领了农村的大片土地,成了大地产所有者,也对乌克兰农民长期实行农奴制压迫。此外,乌克兰人在宗教信仰上和波兰人不同,他们信的是东正教,而波兰人信天主教,宗教信仰的不同也引起了两个民族之间的矛盾。随着阶级压迫和民族矛盾的加剧,1648年爆发了由一个乌克兰的贵族波赫坦·赫麦尔尼茨基领导的乌克兰农民起义,起义的队伍中,有许多哥萨克参与。哥萨克居住在第聂伯河沿岸,靠打鱼维生,但他们早就有一些武装组织,有他们的参与,起义队伍变得十分强大。波兰国王原打算在波兰贵族和乌克兰农民起义队伍之间进行调解,但赫麦尔尼茨基认为国王站在波兰大贵族的一边,而不接受调解。起义最初取得了一些胜利,但后来被波兰贵族的军队打败。赫麦尔尼茨基于是求助于沙皇俄国,1654年在彼列雅斯拉夫和沙皇签订条约,承认乌克兰接受沙皇俄国的保护,从此沙俄便侵入了乌克兰。赫麦尔尼茨基于1657年死后,波兰的统治者于1658年和乌克兰在哈加契签了和约,承认波兰、立陶宛和乌克兰三国组成联邦,由波兰的贵族任联邦王国的国王,波兰、立陶宛和乌克兰都派代表参加联邦的议会。乌克兰还享有独立的司法权,乌克兰东正教的教会也享有许多特权。但是沙皇俄国不承认这个和约,和波兰打了九年仗,波兰失败,最后将原来属于波兰的乌克兰以第聂伯河为界,分成了两半,西部乌克兰仍属波兰,东部属沙皇俄国。波兰在和赫麦尔尼茨基领导的农民军的战争中,由于沙皇俄国长年的入侵,在人力和物力上遭受了极大的破坏和损失,国力大为衰退。而这时期,波兰统治阶级内部也腐败至极,大贵族在议会中利用"自由否决权"使议会无法通过和贯彻任何有利于国家民族的政策,波兰从此面临空前的政治危机。而波罗的海北边的瑞典早有侵犯波兰独霸波罗的海的野心,1654年,瑞典兵分两路,对波兰大举入侵,在战争初期,波兰一部分大贵族不仅不抵抗入侵之敌,而且和侵略者勾结,出卖民族利益。国王扬二世·卡齐米日(1609—1672,1648—1668年在位)被迫从首都华沙逃到了西里西亚,瑞典侵略军在很短的时间内,就侵占了几乎整个波兰。波兰的失败,是它长年的内忧外患、经济衰落、兵力不足造成的结果。但瑞典的入侵激起了波兰被压迫的社会下层的农民、手工业者以及一部分中小贵族的反抗,国王也于1655年11月发布通令,号召波兰各社会阶层联合起来,反对瑞典侵略者。在这种形势下,原先投降了瑞典的大贵族大部分又回到了反侵略斗争的阵容中。这一年12月,他们还成立了贵族武装联盟,经过近一年的反侵略战斗,终于把侵略者赶出了波兰的国土。但是波兰经过这一场战争,城市建筑和农村经济遭到了极大的破坏,城乡人口也因此锐减。

可是波兰的贵族和教会的统治者却并没有从国家和民族遭受的苦难中吸取教训,发奋图强。相反的是,他们中的保守派这一时期不仅占有统治地位,而且变得更加顽固。他们利用自由否决权,不仅使议会上提出的任何有利于波兰国计民生的议案或措施都得不到通过。就连国王卡齐米日和拥护他的朝臣这时提出的在政治上进行改革的方案,在1661年召开的议会上也被否决了。在这种情况下,波兰已经遭到破坏的国民经济长期得不到恢复和发展,如果再遇外敌侵犯,波兰既无财力,也无人力抵抗。

扬二世·卡齐米日在他的王后路德维卡·马利亚死后,因为失去了他最亲密的参谋,在1668年宣布自动退位,反对和法国保持亲密关系的贵族以及亲奥地利的哈布斯堡一派贵族关系密切的米哈乌·科雷布特·维希尼奥维茨基(1638—1673,1669—1673年在位)当上了国王。新的国王对奥地利维也纳的王室表示亲密,但由于维也纳王室在政治上拥护罗马教廷,维希尼奥维茨基在波兰也加强天主教会的势力。与此同时,教会也采取了一系列措施,排斥和打击异己。实际上,早在1658年,由大贵族控制的议会就通过了将波兰阿里安派驱逐出境的议案。这一时期,教会不仅通过缴纳什一税等手段,加强对社会下层的盘剥,从而聚敛了大量钱财,而且对不同信仰或者教会的反对者进行残酷的迫害,如当时在波兰各地捣毁了许多天主教认为是异教的教堂,对异教徒或者反对教会的人甚至处以极刑,将他们烧死,这在波兰历史上是从未有过的。此外教会和政府机关为了禁止言论自由,也实行了严格的书刊检查制度,使得文化和教育事业的发展受到了极大的阻碍。因此这期间,各种印刷机构大为减少,许多诗人和作家的作品因为得不到出版,只留下了手稿。耶稣会学校除了对学生进行宗教神秘主义教育外,在课堂里只设有拉丁语课程,不给学生传授任何理性主义的思想和科学知识。这种状况一直延续到18世纪30年代,由于波兰启蒙运动的兴起才得到了改变。

土耳其是一个信仰伊斯兰教的国家,早在15世纪它就和罗马教会有矛盾,后来它又以它的军事力量占领了信基督教的匈牙利的部分领土,波兰因为忠于罗马教会,和匈牙利结成了联盟。此外波兰南部的边界这时也遭到了土耳其的侵犯,所以她这时期和土耳其也发生了冲突。17世纪起,波兰和土耳其的战争被南部斯拉夫民族视为保卫整个基督教世界的战争。1673年,土耳其军进犯波兰东南部的边境,被扬·索别斯基统率的波兰军队在霍奇姆这个地方打得大败。后来扬·索别斯基被选为波兰国王(1624—1696,1674—1696年在位),又统军在当时属于波兰的乌克兰打败了土耳其。后来索别斯基又和奥地利结盟,1683年,土耳其军侵入奥地利,包围了维也纳,他率军支援奥地利,帮他们解了围。土耳其这次失败后,再也无力侵犯东欧和中欧信基督教的国家了。

这一时期由于反宗教改革的胜利,耶稣会的学校大量涌现,在教育中占统治地位。这种学校除了教学生学习拉丁语外,还讲授天主教的经院哲学,禁止学生在学校里讲波兰语。国民教育水平低,也影响到印刷事业的发展。在17世纪上半叶,波兰全国原有128所印刷厂,到17世纪的下半叶,就只有24家了,而且这些印刷厂大都被教会控制。

18世纪上半叶,波兰经济更加衰退,许多城市在战争中遭到破坏而人口锐减。农村的土地迅速集中在极少数的大贵族手中。他们不仅拥有大地产,而且掌握国家的军政大权,他们坚持旧的封建传统,反对一切改革和新事物的出现,在生活上极端奢侈和腐化,而无地和少地的农民则陷入了极度的贫困。贵族阶级的内部这时也出现了分化,除了少数大贵族富豪外,许多中、小贵族都陷入了贫困,他们的生活状况比农民好不了多少,这便加剧了社会的阶级矛盾。但是由于大贵族的地位在国内比市民和农民都高一等,而他们也自以为比波兰其他社会阶层更加高贵,因此一些文学作品就习惯于大量反映这个阶级传统的风俗习惯。有的作家成了这个阶级的附庸,他们所描写的贵族人物的用语往往在波兰语中夹杂着一些拉丁语或别的外来语词汇,以示这些人物的高贵;有的还用了许多粗俗的语言,这也是贵族生活中的习惯;或者用一些宗教的语言,以表示庄严和神圣。附庸于大贵族阶级的作家有成就的不多。由于整个国家的闭关自守,学校乃至整个社会都接受不了西欧的进步思想。有的贵族虽然常去西欧的一些先进的国家,但他们只是学到一些表面的文明礼貌和风俗习惯,并没有把西欧进步的理性主义和唯物主义理论和思想带回来。

巴洛克本来是一种建筑形式,源于意大利。17世纪意大利的罗马大量兴建中心教堂,城市广场和花园别墅,在风格上极力追求豪华和标新立异,为的是炫耀财富,这种倾向和贵族宫廷文化有密切的联系;与此同时,由于反宗教改革的胜利,这些建筑往往都表现了强烈的宗教色彩,说明贵族和教会依然占统治地位。在文学创作上,巴洛克则极力追求辞藻的雕琢和极度夸张的描写,但这种作品内容贫乏,它的形式是胜于内容的。在波兰,由于耶稣会势力的强大,它不仅掌握了这一时期的波兰教育事业的发展,而且控制了各级政府机关,极力宣扬人生来就有罪而需要不断地忏悔的宗教思想,对波兰社会生活的各方面,都产生了不良的影响。这种影响在文艺复兴时期的一些诗人晚期的作品中已经反映出来,有的诗人的创作表现了反宗教改革的政治观点,有的描写人与自然的不和谐。在16世纪末的波兰文坛,还出现了一个欢乐世界派的诗歌创作思潮,认为世界和人是美的化身,但也认为世界和人都毫无价值,这两种对立的思想观点在波兰巴洛克早期的文化界占统治地位。

第二节
欢乐世界派诗歌

这一派的代表诗人为希叶罗尼姆·莫尔什丁(雅罗什),西蒙·齐姆罗维茨,彼得·兹贝利托夫斯基和安杰伊·兹贝利托夫斯基等。希叶罗尼姆·莫尔什丁(约1581—约1623)出生于一个基督教阿里安派的家庭,曾在耶稣会的学校里学习。他的诗歌作品主要收集在《波兰诗人莫尔什丁诗歌全集》中,但是这部全集没有出版。其中的作品大都歌颂生活的美好,认为这一切都是上帝创造的,但也感叹时光流逝、人生苦短,表现了波兰早期巴洛克的特色:

除了盲人,
有谁看不见这个美好世界的表面?
它很美好,是全能的上帝的创造。
他从天上伸出了双手,
他付出了他的一切,
人就是他的创造,
为了我们享有欢乐,
难道不应当赞美他?[①]

春天里,

---

① 切斯瓦夫·赫尔纳斯,《巴洛克》,国家科学出版社,华沙,2002年,第65页。

鱼儿在平静的河水里游荡，
虾儿藏在茂密的水藻中，
田鼠在河岸上唧唧地叫着，
看吧！到处都是欢乐的景象。①

但是光阴瞬逝，人生苦短，死是不可避免的，这是"时间的规律"，因此这个美好的世界有可能变得不美好。在诗人看来，人并不是活动的主体，人的一切都被魔鬼操纵，但这并不是说不应当享受生活，生命是有价值的，在《一个主人的好想法》中，诗人甚至描绘了一幅人们日常生活的图景，屋主人要招待客人吃饭，他叫妻子做好准备，言谈中像在逗趣，显得生动活泼：

把鸡、鹅、小猪都要烤熟，
再撒上一些葱花，
然后和鸡血一起煮熟，
拌上香馥馥的芹菜，味道不错。②

生活中虽有乐趣，但也有罪恶，人不得不和罪恶做斗争。因此在他的诗中，既有美好场景的显现，也有命运无常的悲叹，表现出巴洛克的创作倾向。

西蒙·齐姆罗维茨（1608—1629）原名奥齐梅克，出生于利沃夫一个泥瓦匠的家庭，主要作品有抒情诗集《罗克索兰卡们，这是罗斯的少女》。这是为了他的大哥尤泽夫·巴尔特沃密耶伊和一个利沃夫镀金匠的女儿卡塔任娜·杜赫楚芙娜举行婚礼而创作的。这部诗集形式独特，其中出场的抒情主人公分为两组，一组由一群少女组成，另一组的成员都是少男。他们在音乐的伴奏下，边唱边舞，再加上一些人物的独白，就像一场歌剧演出。不论是主人公的集体演唱还是独白都用包括13个音节的诗句赞美了爱情带来的欢乐，但是既有欢乐也会有痛苦，爱情就是生活中的希望，但"死亡将把它化为尘土"，所以"生活是没有实现的希望"。作品不一定是对巴尔特沃密耶伊婚礼的现实描写，但真实再现了斯拉夫民族举行婚礼的传统习俗。诗人善于用一些象征和比喻来表达他作品的内涵，例如他把爱情比喻为香甜的蜜橘和苹果。在一个主人公的独白中，说姑娘给了"我"橘子后，却好景不长：

罗齐娜在跳舞的时候
给了我一个橘子，

---

① 切斯瓦夫·赫尔纳斯，《巴洛克》，国家科学出版社，华沙，2002年，第66页。
② 同上，第70页。

她还说要给我一个花环，
当我和她跳得高兴的时候。
那个橘子突然掉进了火中，
苹果也被烧成了焦炭。①

在齐姆罗维茨看来，爱情是幸福和痛苦的统一，它不是"爱神维纳斯的恩赐"，而是"荒野上的母老虎给的"。爱情也是一种力量，是上帝给予的力量。

像煤一样洒上几滴水会烧得更旺，
像风一样会把火吹得更旺，
我的爱情会喷发出巨大的火焰，
因为我的命运是自相矛盾的。②

苦涩和甘甜，这是人世所包括的两个方面，这种对立的统一表现了人生的价值。诗人也看到了波兰封建社会的阶级压迫，对它进行了批判

我并没有歌颂这个世界，
我的诗歌就是我的财富，
是我的土地的丰收，
是我看不见的财产。
就让那些贪得无厌者去敛财吧！
去欺压那些穷苦的农奴吧！
穷人以他们的劳动
充实了富人的钱包，
富人穿金戴银，
穷苦农民流尽了汗水。③

可见齐姆罗维茨的诗歌虽然富于哲理，但他也很关注社会现实，看到了现实的真实状况。他对生活的看法和莫尔什丁有相同之处，但莫尔什丁主要反映人们特别是农村贵族的日常生活，看到了其中的苦乐，而齐姆罗维茨则把人生的苦乐看成它的本质，并且表现了它的价值。

随着反宗教改革潮流的盛行，贵族阶层开始了关于道德标准和生活准则的讨

---

① 西蒙·齐姆罗维茨，《罗克索兰卡们，这是罗斯的少女》，奥索林斯基民族出版机关，弗罗茨瓦夫，1983年，第62页。
② 切斯瓦夫·赫尔纳斯，《巴洛克》，国家科学出版社，华沙，2002年，第79页。
③ 同上，第81页。

论。有的人认为,世上的一切事物都要理智地对待,对什么都不能贪得无厌,保持中庸之道乃最好的品德。如诗人彼得·兹贝利托夫斯基(1569—1649)在他的《地主家的会晤》(1605)一诗中写道:

中庸,这是神圣的品德,最可爱的品德,
保持清醒的头脑,它比品德更重要,
品德以它的优势占领了一块地盘,
由于它产生了美好事物,将永葆青春,
它是智慧和尊严之母。
你那么清醒,我要用我的笔把你赞美,
因为我把你看得高于一切。
你在生活中给我指导,
你在高高的云端给我引路。①

在诗人看来,中庸之道就是让人们保持清醒的头脑,这样他们就可以摆脱宗教改革和反改革的冲突以及其他的社会矛盾,走上自由的道路。这时期还出现了一些颂扬贵族田园生活的诗,表现对脱离尘世、充满宁静、和谐的农村家庭生活的向往:这里没有忧愁和烦恼,人们在森林、田地、野兽栖居的洞穴和古老的城堡里能够找到欢乐,并为这种生活感到满足。

诗人安杰伊·兹贝利托夫斯基(约1565—约1608)在《乡村贵族的生活》(1597)中说:

我爱那耕地的铁犁,
我爱那撒在田里的种子。
我的庄户人和我都很勤奋,
即使没有丰收,我也过得安稳,
如果我获得了丰收,
我也不会忘记
那子弹曾经在我头上飞过,
刀枪剑戟也曾刺向我的胸膛。②

诗人将贵族田园生活和过去的骑士征战对立起来,认为那个时代虽然没有被遗忘,但已经过去,现在应该尽情地享受农耕的乐趣,那里的生活才是最有乐趣和

---
① 切斯瓦夫·赫尔纳斯,《巴洛克》,国家科学出版社,华沙,2002年,第95页。
② 同上,第96页。

价值的。因此也应当远离喧嚣和龌龊的城市与挥霍无度的宫廷生活,这样又把农村的中小贵族和城市的大贵族对立起来,反映了日益凸显的中小贵族和大贵族的矛盾。安杰伊·兹贝利托夫斯基在《乡村贵族生活》中还描写了城市和农村的对比:

> 竖琴、长笛和铜鼓的城市,
> 小号和三角琴喧嚣的城市,
> 不如杨树密林里的
> 夜莺深情的啼鸣,
> 就让它在秋播时尽情地歌唱吧!
> 百灵鸟也叫起来了,
> 就让清泉的流水声
> 来愉悦我的耳朵吧![1]

诗人最后要人们认识他的作品的创意,要"自由地生活,/有德行地生活和合乎礼节地生活"。[2] 因此农村中小贵族传统的田园生活与城市宫廷大贵族的崇洋媚外和奢侈浪费形成了鲜明的对比,成了波兰巴洛克前期反映在文学创作中的一个鲜明的特征。

巴洛克早期各地出现的民歌也有描写欢乐世界的,这些民歌的作者大都不可考证。它们流传于贵族宫廷或民间,谱上曲调后,边唱边舞,营造欢乐的气氛,后来它们经过整理,被编成集子,也曾出版,如产生于17世纪初的《青年男女喜爱的夫人,唱歌和跳舞》、《农村集市或者罗兹格瓦娜·克姆霞和巴尔托什在扎维希尔的对话》和《宫廷里的新歌》等。其中一首叫《属于正当娱乐的歌和舞》的歌写道:

> 忧郁的歌都使人感到甜美,
> 虽然它们有苦涩,但如果
> 来到欢乐的时刻,
> 它们就会从记忆中消失。[3]

这些民歌有许多是描写爱情的,在《女士》一诗中,男主人公对他的心上人说:

> 美丽的阿努霞,
> 你知道我多么痛苦!

---

[1] 切斯瓦夫·赫尔纳斯,《巴洛克》,国家科学出版社,华沙,2002年,第99页。
[2] 同上,第100页。
[3] 同上,第86页。

我的心已随你而去,
亲爱的,你可知道我的真诚?

我亲爱的,你是那么迷人,
可你为什么不让我
和你共寝一床?①

可是《歌和舞》一诗表现的却是另外一种情调:

我对你说,
我是在一个地方把你抓来的。
你失算了,可我没有失算。②

这种粗犷和直接表达的语言表现了民歌的特色,前者主人公希望得到他的心上人对他的爱,后者要把他爱的人当成他的奴隶。

但爱情会给人们带来烦恼,有时还有可能造成不幸,所以说:

谁没有体念过爱情,他是幸福的,
因为他会有一个平静的夜晚
和一个没有牵挂的白天。③

到17世纪20年代,波兰各地出现了大量的耶稣会学校。虽然所谓异教即宗教改革派的力量缩小了,但是许多作家要求创作自由和言论自由,他们创作的诗歌也题材多样。如奥尔布勒赫特·卡尔马诺夫斯基(生于16世纪末,卒于17世纪上半叶)是一个阿里安派,在他当时创作的一首《忏悔之歌》中,就对天主教要求教徒忏悔自己的罪过提出了不同的看法:

主啊! 世上有人挥霍无度
却没有得到惩罚。
有人说,他并没有作孽,
他这是谎言,
因为在你看来,
活在这个世上的人,

---

① 切斯瓦夫·赫尔纳斯,《巴洛克》,国家科学出版社,华沙,2002年,第87页。
② 同上,第87页。
③ 同上,第88页。

是不会没有罪的。①

这里实际上是对上帝的讽刺,可是像这样的诗人往往可以得到某个有势力的宫廷贵族的保护,而不受到教会的谴责。诗人亨利克·赫乌霍夫斯基(？—1665)是波兰国王的内侍,在 1630 年还发表过一首田园诗《女神的欢乐和林中的方言》。诗中说：

你听到过夜莺在茂密的林中啼鸣吗？
你看见光明神照亮了美丽的山岗吗？
你看！路边的大树上长出了绿叶,
风儿轻轻地吹着,
灌木丛中长出了细嫩的枝芽。②

对农村美好景物的描写总是和对欢乐生活的向往联系在一起的：

我的诗琴,
有人听你美妙的音乐,
有人在快乐地跳舞,
他就是有最大的麻烦,
也不会感到痛苦。③

赫乌霍夫斯基也写过基督诞生的诗《变成了人的上帝》。诗中描写了耶稣出生在马圈里,一些天使摘来了椴树枝,为这个刚出生的婴儿编织了摇篮,还有一些天使为他烧火取暖,烧水给他沐浴,然后将他裹在襁褓里。这里诗人将耶稣从神变成了人,说明了诗人对生活的热爱。

第三节
市民文学

公元 17 世纪初,波兰的市民阶层开始分化,一部分上升为贵族,一部分依附

---

① 切斯瓦夫·赫尔纳斯,《巴洛克》,国家科学出版社,华沙,2002 年,第 244 页。
② 同上,第 244、245 页。
③ 同上,第 245 页。

于封建保守势力加入了反宗教改革的斗争,还有一部分则保持原状。有一部分作家在他们的作品中,主要反映这个阶层的思想观点和生活状况,他们中的代表有亚当·弗瓦迪斯瓦夫、瓦伦蒂·罗希金斯基和扬·尤尔科夫斯基等。此外,一些城乡流浪艺人的作品也属于这一时期的市民文学。

亚当·弗瓦迪斯瓦夫出生于克拉科夫的一个市民家庭,生卒年代不详,出版过两部诗集,即《快乐的土豆和各种各样的玩笑》(1609年之前)和《所有阶层人们的奇遇和不合法的事情》(1613)。这些作品广泛地反映了他所在的克拉科夫市民阶层的生活习惯。他认为,人的一生受命运的摆布,命运是上帝的赐予,生活中有许多偶然发生的事件,谁都无法预料:

今天,就是学者,也不是全知,
学者们有时还要犯更多的错误,
因为偶然性是决定一切的。①

但人们要努力去争取自由,不受命运的摆布,因为"没有比自由更好的东西",就是"上帝的智慧"也不能胜过自由,所以自由是最有价值的,诗人这里实际上是为了争取市民阶层的言论和行动的自由。在《有些城市公民的叹息》中,他还反映了农民遭受封建压迫的痛苦:

可恨的是,族长把我们当成他的猎物,
那些不信神的地主只知道打猎,
他们挥霍无度,榨取我们的血汗,
一些新的事物,都是我们承受不了的屈辱。②

由于贵族官僚对市民也像对农民一样,采取蔑视的态度,不把他们放在眼里,所以这里说的"新的事物"也指诗人所在的克拉科夫一些政府官员和宫廷贵族不守法纪,造成社会秩序的混乱,侵犯了城市平民的利益。诗人主张社会各阶层有言论和行动的自由,但要遵守法纪,加强王权,整个国家都要在波兰国王的统一领导下。在《土豆—家政》一诗中他说:

要有这样一个好的政府,
它由一个人领导,
不要由许多人指挥。③

---

① 切斯瓦夫·赫尔纳斯,《巴洛克》,国家科学出版社,华沙,2002年,第116页。
② 同上,第117页。
③ 同上,第117页。

这也是对贵族无政府主义的批判,他认为幸福和钱财应当是通过劳动得来的:

谁要成为幸福的人,
他自己就要干活,
麻雀不会自动地送到
任何人的嘴里。①

因此诗人从市民阶级的立场出发,认为人生的价值不是爱和德行,而是要从事劳动和争取自由,不能使国家处于无政府的状态,他的作品真实地反映了波兰的社会状况。

瓦伦蒂·罗希金斯基(约1560—1622年以前)出生于卡托维兹市一个铁匠的家庭,他自己也在梅斯沃维茨一个铁匠铺里当过铁匠。后来他和这家铁匠铺的老板发生了矛盾,在一场官司中败诉后被关进了监狱,幸得一个大贵族A.科赫奇茨基的援救,才得以出狱。后来他在科赫奇茨基的图书馆里读书,创作了长诗《铁厂和贵重铁器制造厂》(1612)。出身于铁匠家庭、自己也当过铁匠的罗希金斯基当然认为采矿和炼铁乃世间最重要的职业,他说这是"生产劳动的起始"。长诗叙述了波兰西里西亚地区采矿和炼钢业发展的历史,作者将"尊严"和"高贵的品德"赋予这个行业,认为它所创造的价值是任何别的行业都不能相比的。但是矿工的生活却非常艰苦:

他有什么习惯,是怎么活的?
每天在火热的炼铁炉前干活,
生活是那么艰难和困苦。②

瓦伦蒂·罗希金斯基在17世纪初的文学创作中,反映了在过去的波兰文学中从来没有接触过的题材,这就是产业工人的生活。《铁厂和贵重铁器制造厂》是波兰关于冶金和采矿的第一部诗体教科书,也是欧洲最早出现的这一类作品之一,使波兰文学的创作有了全新的面貌。

扬·尤尔科夫斯基(1580—1635)出生于一个城市平民家庭,年轻时曾就读于克拉科夫雅盖沃大学,在1604年出版了诗剧《波兰的斯齐卢鲁斯的悲剧和波兰祖国的三个王子》,剧中出场的大都是古希腊和罗马神话中的人物。主人公斯齐卢鲁斯是希腊神话中黑海上一个斯齐特国的国王,他有三个儿子。一个是赫拉克勒

---

① 切斯瓦夫·赫尔纳斯,《巴洛克》,国家科学出版社,华沙,2002年,第119页。
② 同上,第121页。

斯,他本是希腊神话中的英雄人物,但在剧中成了一个和侵犯波兰领土的土耳其军队进行斗争的战士。另一个是帕里斯,他是希腊神话中的特洛伊王子,因为抢走了海伦而引起了特洛伊战争,可他在诗人笔下,成了奢侈浪费、享乐腐化的波兰贵族的化身。帕里斯喜欢旅游,生活放荡,后在一条街上和人打斗时被打死了,又被魔鬼夺走了灵魂。还有第三个儿子叫第欧根尼①,他本是古希腊犬儒主义哲学家,鄙视享乐腐化,在剧中他是智慧和品德的象征,同时他又是一个理论家和思想家。他在剧中的独白,对社会的虚假进行了尖锐的讽刺:

胆小鬼披上了貂皮,草义子戴上了金冠,
猪被装在丝口袋里,野猫受到了诱惑,
它的脊背在闪光,可肚子里却在悲惨地挨饿。②

诗人要为被压迫者伸张正义,改造他所面对的黑暗现实:

要用你的智慧制造幸福,
消除罪恶,弘扬品德,
让毒蛇远离祖国,
让被损害者抬起头来。③

他也主张社会各阶层平等,在维护法纪的前提下,享有充分的自由。每个人都要像赫拉克勒斯和波兰中世纪的骑士那样,把祖国的利益看得高于一切,这样他自己也会获得自由:

听鸟在林子里自由地鸣叫,在关怀的水中洗净自己的灵魂,
随意捕捉一只雷鸟,或者在林子里捕猎一头野兽,
在小河里随心所欲地沐浴,或者睡在塔楼上,
如果没有马,就自由自在漫步,
如果要节省一分钱,就不吃不喝地饿死。④

剧中的帕里斯是一个贵族享乐主义者,但却没有好的下场。主人公赫拉克勒斯是一个为抵御外敌保卫祖国的战士,也是波兰中世纪具有爱国思想的骑士的典型。第欧根尼对波兰社会现实不满,想以基督的人道主义精神改造社会,但他后

---

① 第欧根尼(约公元前404—约公元前323),古希腊犬儒派哲学家。
② 切斯瓦夫·赫尔纳斯,《巴洛克》,国家科学出版社,华沙,2002年,第129页。
③ 同上,第128页。
④ 同上,第126页。

来到林子里去了,象征他要改造社会的理想没有实现。

扬·尤尔科夫斯基和波兰耶稣会有密切的联系。他主张加强王权,认为国家各项政策的制定和实施要由国王统一领导,这有利于创造一个和谐和有秩序的社会环境,使经济得到发展,国家的安全有了保障。教会就能促使这个和谐和有秩序的社会环境的形成,但他认为当时主张宗教改革的异教徒给波兰的社会秩序造成了混乱,他的诗不仅具有宗教意识,也表现了他的政治观点。如在《诗琴》一诗中,他说他的诗琴是一个美妙的乐器,它会奏出象征和谐的音乐:

这个美丽的诗琴的琴板是上帝的赏赐,
和谐和统一是强大的力量,
但是残暴的异教徒却砸碎了它,
他们到处破坏,造成混乱。[1]

尤尔科夫斯基赞扬波兰中世纪的贵族骑士,认为他们在抵御外敌保卫祖国的战斗中,表现得十分勇敢,为了祖国不受侵犯不惜牺牲自己的一切,具有崇高的爱国主义思想精神。而当今的贵族特别是那些宫廷贵族在生活上奢侈浪费,腐化堕落,而且他们各自为政,造成社会混乱,使得经济得不到发展,民生凋敝,老百姓的日子苦不堪言。他在《万达利诺夫的旗帜》一诗中写道:

饥饿的人民来到了被折断的大树旁,
家具和器皿被抛到了地上,一片混乱,
农田里只留下了害虫,作为赠品,
一对贫穷的姐妹站在一个没有用的水泵旁,
这就是独断独行造成的不幸,
乡村被毁了,城市翻了个个儿,良田变成了荒漠,
暴风雨像要把这个乡政府连根拔掉。[2]

诗人崇尚德行,认为由于没有德行,波兰将被黑暗笼罩,使她所有的宝藏都无法被发现。他对波兰的贵族和所有社会阶层的人们说:

你们要去那有德行的地方,
那里是你们崇高的信仰所在。
可以得到无数最珍贵的礼物,

---

[1] 切斯瓦夫·赫尔纳斯,《巴洛克》,国家科学出版社,华沙,2002年,第124页。
[2] 同上,第126页。

欢乐和荣誉会改变你们的面貌,
歌声会给这个世界和人民
带来新的气象。①

所谓"城乡流浪艺人的作品"中的流浪艺人,主要是指一些城市和乡村贫穷的牧师和首都克拉科夫以及近郊教区里的学校教师。他们属于社会下层的知识阶层,他们的职业有时甚至是不固定的,除了在教区的学校里任教外,有的牧师也在教堂里担任管风琴演奏员的职务或者干各种杂活,有的还在教会拥有的田产或庄园里干各种农活,在没有活干的时候便四处流浪。他们发表诗作有时并不署名。由于生活在社会下层,他们对劳动人民的疾苦深有了解,因此他们的作品也广泛地反映了波兰城乡社会下层的面貌。这些作品主要出现在 1596—1630 年间,由于大都是以诙谐幽默和讽刺的笔调写成的,所以后来被称之为"流浪艺人的作品"或者"诙谐作品"。这些作品中常出现的人物有在克拉科夫卖古玩的小商贩、牧师、犹太人、乞丐、手工业者和学生。他们活动在酒店和教区的学校里,说话时常采用克拉科夫地区的方言或一些粗俗的话语,以此来揭露贵族统治者的贪婪以及社会的不公,表现了城市贫民反封建压迫的政治立场,因而形成了一种流派,和德国当时流行的流浪艺人作品相似。

这个流派的主要代表是基扬的扬。基扬的扬是诗人的笔名,他的真名和生卒时代都不清楚,只知道他出生在西里西亚的波德古热,生活在 16 世纪末和 17 世纪初。他一生出版的诗集主要的有《新诙谐作品》(1614)和《新诙谐短诗》(1615)等。他的作品在内容和形式上都曾受到德国流行的流浪艺人作品的影响。在诗人看来,人活在这个世界上要看他采取什么生活态度,他要做些什么。诗人认为,人活在世上,就要尽情地享受这个世界向他提供的一切美好的东西。诗人在《人们在世界上要做什么?》一诗中,谈到了世上的分工,做买卖也能够给别人提供便利。诗中写道:

他是这样走在他的庄稼地上,
他是一个学生,拿着粉笔站在讲台上,
他出生了,他长成了一个大小伙子,
他在做买卖,销售了几十种商品,
他把布料和织物送给别人。
另外一个人见到这很高兴,他想,
如果这个买卖人能把他的商品
拿到农场里去销售,

---

① 切斯瓦夫·赫尔纳斯,《巴洛克》,国家科学出版社,华沙,2002 年,第 127 页。

拿到酒店里去销售，
那么有的人就可以去打猎，
有的人可以去种田。①

在《圣经》一诗中他说，世界上的一切都是上帝创造的，但一切都应由人来掌握，人要有自由，才会有幸福，那样的话，就没有贫富之分了：

《圣经》上说，上帝让人成了主人，
因为他创造的一切都是人的奴仆，
人要将它们踩在脚下，
到那时就没有穷人了。②

但世界上并不是这样，因为有的人有大量的财富，有的人却一无所有，那个一无所有的人便说：

我有时见到了成群的牲畜，有羊也有牛，
我见到了丰满的谷仓，
花园里鲜花盛开，蜜蜂在花中嗡嗡地叫，
但我并不快乐，因为这些都不是我的，
我在世上既没喜庆，也没有娱乐。③

但有时诗中的抒情主人公因为无法逃避他不满意的现实，便陷入了幻想。如《关闭》一诗中的主人公说：

我不知道，我的老爸在天堂里
对我是怎么想的？
我有苹果和梨，还有葡萄酒、李子和蘑菇，
我虽然见不到肉，但我不会饿死。
野狼是我的朋友，黑熊给我效劳，
士兵从那里走过，也没有侵犯我。④

这些朴实的语言说明了一个社会下层的穷苦人，最关心的是他在这个世界上

---

① 切斯瓦夫·赫尔纳斯，《巴洛克》，国家科学出版社，华沙，2002年，第138,139页。
② 同上，第139页。
③ 同上，第140页。
④ 同上，第141页。

生存的状况,他希望得到欢乐和幸福。当他得不到的时候,就只好以美好的幻想来安慰自己。这说明作者虽然认为上帝创造了一切,原是要造福于世上所有的人,但他看到这一切只有少数人享有,而多数人并不享有,他的人人平等的理想和不合理的现实之间存在尖锐的矛盾。

第四节
散文作品——游记、日记和回忆录

16 世纪和 17 世纪初,贵族知识阶层的一些人把写诗看成有教养的表现,也视其为一种高级的消遣和娱乐活动,因而成了习惯。他们的作品有的署名,有的不署名,发表后甚至流传很广,但大都艺术质量不高,有的人甚至对他们进行讽刺说:

我们的诗人先天不足,
连波兰语都掌握不好,
他们像老百姓一样笨手笨脚,
写出的诗是那么蹩脚。[1]

与此同时,出现了关于散文体裁的作品和文风的争论。有的人认为一个作家不论写诗、写散文还是写政论文,都要采取朴实无华的语言,向读者直接表白自己的感情和心意。这时候出现的散文作品大都是以游记、日记和回忆录的形式写成的。一些作家常去意大利和埃及旅游,生动地描写了那里的名胜古迹、自然风光和人民的风俗习惯,如埃及古代的神庙和亚历山大港,罗马的高架水渠和其他的古建筑,甚至意大利的盗贼横行等都是他们描写的对象。作者善于生动展示各种新颖奇特的场景,以自己的感受使读者产生共鸣,例如一个作家在游览意大利时写道:

你们相信我吧!群山、森林、道路、江河、湖泊和桥梁,特别是神庙、剧院和坟墓,都在用它们的语言说话,这些话教育了我,也给我带来了乐趣。[2]

在这时期的一些日记和回忆录中,还有许多是描写战争的。例如作家扬·皮

---

[1] 切斯瓦夫·赫尔纳斯,《巴洛克》,国家科学出版社,华沙,2002 年,第 154 页。
[2] 同上,第 158 页。

奥特罗夫斯基（1550—1591）参加过波兰国王斯泰凡·巴托雷（1533—1586，1576—1586年在位）在1576年出征俄国的战争。由于这次战争的胜利，波兰收回了原来属于她的英弗兰迪地区。皮奥特罗夫斯基在他的战地日记中，描写了许多国王和他的将士生活在一起的故事，说明正是由于他和将士同甘共苦，官兵士气高涨，保证了战争的胜利。斯坦尼斯瓦夫·茹尔凯夫斯基（1547—1620）是波兰军队的统领。他在1610年率领波兰军队从斯摩棱斯克进击莫斯科，在克乌希诺村附近也打败了俄国的军队。为此他也写过名为《莫斯科战争的开头和进展》的战争回忆录，主要以统帅的身份大谈他在战争中采用的策略。作为一个波兰的爱国将领，他告诫他的儿子要做一个正直的公民和忠诚的战士：

扬，我最亲爱的儿子！虽然我以鲜血的付出立下了战功，使我得到了巨大的赏赐，但我没有给你留下土地和财产。我把一切都献给了为共和国的服务中，一部分家产在父亲死后卖了，但我并不遗憾……我留下了我作为一个正直的人的名声和行善的范例，你要按照我教你的这么去做。你如果照我这样去做，就不用害怕上帝，因为上帝会给你许多好处，你会得到他的祝福。①

还有一个参加过这场战争的骑兵战士萨穆埃尔·马斯凯维奇（约1580—1630年以后）在他的《回忆录》中，则好像以旁观者的身份，写他在俄国看到的东正教的教堂，把它当成是战争中的防御工事。他还写了俄国人的风俗习惯和对沙皇的崇拜，说他是"东正教的太阳，俄罗斯的光明"。马斯凯维奇甚至还引用一个俄国人的话，对目无法纪的波兰贵族进行批判，但他很少谈到战争：

你们的自由对你们很好，我们的奴役对我们也很好。可你们的自由是横行霸道，强者欺凌弱者，抢夺弱者的财产，把他杀掉。②

很明显，这个俄国人是说波兰发动这次战争是对俄国的侵略，要抢夺他们的财产，马斯凯维奇的引用并不恰当。有的战争回忆录和这不同，它们不仅直接描写战争场面，把它写得非常残酷，而且认为决定胜负的是上帝或者他的使徒，具有浓郁的宗教意识。此外，这一类的记事作品还描写一些奇闻逸事，如斯坦尼斯瓦夫·萨尔尼茨基在1587年编辑出版了一部名为《巴宾职工登记表》的故事集就有这一类的描写，它们的作者不详。例如其中一个故事说的是有个猎人出外打猎，有一天，他遇到了一只瞎了眼的老野猪，它的小野猪总是跟在它身边。老野猪后来用牙齿咬着它的尾巴，和小野猪跑进了林子里。猎人于是开枪打伤了小野猪，

---

① 切斯瓦夫·赫尔纳斯，《巴洛克》，国家科学出版社，华沙，2002年，第162页。
② 同上，第165页。

小野猪跑了，留下了嘴里咬着尾巴的老野猪，猎人便把它带进了属于他的一个城堡里养着。还有一些故事甚至说得非常恐怖，如其中一个故事的主人公塔塔任用女人胸前的皮肉织袜子，另一个故事的主人公斯塔德尼茨基把他的妻子关在他家的仓房里，然后烧仓房，想要逼迫她信教。

随着反宗教改革的深入，天主教会的势力越来越大，于是《圣经》又有了新的波兰文译本。译者雅库布·乌伊克（1541—1597）是一个神父，他的译本发表于1593—1599年，是一个具有权威性的译本，到今天仍被波兰天主教会使用。乌伊克还写过一些传教和讲经的书，曾被译成捷克文和立陶宛文，流传很广。后来在1612年西蒙·韦索茨基（1543—1622）的一部神学教科书《大镜一样的例证》出版了，还重印过好几次，产生了广泛的影响。

但这一时期最著名的反宗教改革的活动家是彼得·斯卡尔加（1536—1612）。他出生于马佐夫舍地区的格鲁耶茨一个贵族的家庭，1552—1555年曾就读于克拉科夫雅盖沃大学，1560—1562年去过维也纳，1569年初曾住在罗马一个耶稣会修道院里，1571年回国后在华沙省的普乌图斯克和立陶宛的维尔诺①耶稣会的学校里任教。1579年曾出任刚成立的维尔诺大学的第一任校长。5年后他去了克拉科夫，当过波兰国王齐格蒙特三世皇宫里的神父。曾受国王的委托，在立陶宛的波沃茨克、拉脱维亚的里加和多尔帕特等地办过几所耶稣会学校。在政治上，他主张加强王权，尊崇天主教的基本信条，要使波兰天主教和俄国的东正教结成联盟，反对一切在他看来是邪教的宗教改革派。他一生就波兰的宗教和社会问题写过许多政论文章，都收在《在议会上讲道》（1597）、《士兵的礼拜》（1606）和《给40个小时祈祷的提示》（1610）等文集中。斯卡尔加在他的政论文中对大贵族进行了有力的批判，他对他们说：

你们自命不凡，你们拥有财富，你们藐视一切，你们不敬上帝，可你们会失去一切，你们将一贫如洗，你们会自取灭亡。……你们对农奴是那么残酷，从他们那里夺取了钱财，可你们将毁掉自己的一切。②

作为一个虔诚的天主教徒，斯卡尔加常以上帝的名义，谴责人间的罪恶，他认为上帝有权制止人欲横流。他反对贵族的无政府主义，主张加强王权，他的理想是要建立一个和谐和有秩序的社会，但这并不是说没有斗争，而要和罪恶进行斗争。他崇尚并且提倡中世纪的骑士精神，认为每个波兰的公民都是战士，战士有战士的品德，这就是当敌人来侵犯波兰的时候，每个公民都有责任上前线去参加保卫祖国的战斗。这是正义的战争，参加这样的战争是波兰骑士精神的表现，但

---

① 即维尔纽斯，立陶宛的首都。
② 切斯瓦夫·赫尔纳斯，《巴洛克》，国家科学出版社，华沙，2002年，第186页。

是这种爱国主义的骑士精神在斯卡尔加那里是有宗教含义的,因为他把波兰的敌人看成异教徒,因此在他看来,保卫祖国也是保卫波兰人信仰的天主教。

到了17世纪,作家写回忆录一般是一个人对自己过去印象较深或者特别感兴趣的见闻或亲身经历的回忆,不论是作家还是普通人都能写。有的因为对某些事件描写得生动和形象,具有文学色彩,但写作者的目的并不在于拿去发表或出版。这样的作品当时出现了很多,它们的作者大都出身贵族阶级,也有出身于市民阶层的,但是没有农民的回忆录。出身贵族的作者写回忆录大都写作者本人的出身,他们的家庭、亲戚朋友和邻居的生活,如举行婚礼和打猎等,还有他们旅游各地的见闻、他们参加卫国战争建立的功勋以及他们在贵族统治者的宫廷里任职的情况。有的还写宗教盛大的朝圣活动。这些作品以写实为主,但也不乏作者的想象和发挥,它们写得生动活泼,其中也有许多幽默逗趣和激动人心场面的描写。例如在一篇名为《对我的孩子讲我家的祖辈》的回忆录中,作者德罗贝什·杜辛斯基(1640—1707)说他16岁就参加了波兰军队抗击瑞典侵略、保卫克拉科夫的战斗,他在波兰军队里战斗了整整21年,他的父母都牺牲在和乌克兰赫麦尔尼茨基的战争中,他认为这是他的家族最大的光荣。还有一篇不知名的回忆录写了波兰王宫中发生了一件这样的事:有一天,有人告诉一个王宫里的卫士,说有个陌生人来到了宫里,在宫里左顾右盼,但他的两眼一直盯着国王,要看国王的眼神对他有什么表示。卫士说:"鬼知道他是不是间谍?"他要那个人告诉他陌生人在哪里,那人说就在国王的殿前。卫士命陌生人走过来,等到后者来到他跟前,便一把抓住他的肩膀,对他大声地吼道:"你这个异教崽,间谍,我认得你!"陌生人吓坏了,说:"是的,我是异教徒,好心的先生!"这样的事不一定发生在王宫里,作者这么写,是要引起轰动。波兰早期巴洛克诗人爱写逗趣和欢乐,他们认为人生和大自然世界就是充满了欢乐。而巴洛克晚期的回忆录中,这些逗趣的描写并没有表现作者对现实有什么看法,这只是他们的一种艺术表现的手法,或者是他们习惯于这么写他们的回忆录,读者对此也很欣赏。

这一时期最有成就的回忆录的写作者是扬·赫雷佐斯托姆·帕塞克(约1630—约1701)。他出生于罗兹省拉瓦县一个中等贵族家庭,年少时在当地一个耶稣会学校里学习。1656—1667年间帕塞克曾在波兰的军队里服役,一直在波兰著名爱国将领斯泰凡·查尔涅茨基(1599—1665)指挥的部队里和瑞典人、匈牙利人以及俄国人打过仗,甚至还参加过查尔涅茨基的军队远征丹麦的战争。后来他曾一度回到家乡的领地里务农,婚后过了几年安适的田园生活,但他家的生活并不富裕。1672年,帕塞克又参了军,和在南方入侵波兰的土耳其人打过仗,后来因为一场官司败诉曾被流放。他的回忆录写于1690—1695年间,写的是他在1656—1688年间见到和经历过的一些事件,其中有许多是关于波兰反击瑞典、1672年反击东方鞑靼人入侵波兰的战争以及波兰统治阶级内部的政治斗争、教会与被教会视为异端的群体之间的矛盾,所有这一切都具有珍贵的文献价值。此外他也写过他的农村生活。帕塞克在政治上极力维护贵族的特权,但他对大贵族统治的虚伪和自私以及对民族传统的虚无主义态度进行了批判,当贵族起来反对国王的时候,他又坚决站在国王的一边。帕塞克在他的《回忆录》中,也以生动和富于色彩的笔调,写他在他家的土地上如何勤勉地耕耘,有时他还要把打下的粮食运到格但斯克去销售,他平日乐于助人,和邻居处得很好。他爱好打猎,更喜欢饲养水獭,认为自己是真正生活在大自然中,即使自己当时并不富裕,他也很安于生活在这种环境中。他的《回忆录》往往采取种叙事者独白的形式,直接而又很诚恳地表白他对人生的态度,也不隐讳他在性格上的缺点。比如说他一方面因为他曾多年当兵,参加过无数次保卫祖国的战斗,认为这是他的光荣;另一方面他又说他参加某些战斗是为了夺取战利品,是为了谋利,比如他随查尔涅茨基的军队去远征丹麦显然是一场侵略别国的不义的战争。他一方面相信那里还有被查尔涅茨基的军队打败后溃逃的瑞典士兵,要去把他们消灭,另一方面也承认这是为了去那里夺取钱财。

《回忆录》在艺术上也很有特色。作者虽然采取的是独白的形式,来广泛地铺展他所想起过去已经发生或者他所构想的故事,但他善于运用比喻、幻想和夸张的手法,或者通过古希腊神话中和基督教人物的再现,来形象地展示他所想象的场面以及他要表达的创作思想。例如他描写波兰军队在丹麦歼灭瑞典溃逃的士兵时,说有一次,波兰军队发现一些瑞典士兵躲在一座古塔里面,便用炸药把塔炸毁。作为一个虔诚的天主教徒的作者看见这些他极端仇视的异教徒的尸骨和被炸毁的塔一起飞上了天,便讥讽地说:"这些亵渎神明的家伙想要到天堂里去,到了那里却不让他们进去,这时候来了使徒圣彼得,对他们说:'你们这些叛逆,不是说不需要上帝护佑吗!'"① 还有一篇回忆录写古希腊神话英雄阿喀琉斯在一个想象的酒池里洗澡,他说躲在这里任何武器都伤害不了他。作者认为这个阿喀琉斯就是他当年当兵所在的军队里的指挥官,可是这个指挥官已经死了,他生前只有泡在用基督的血净化过的酒池里,才能确保无虞。作者最伤心的是一匹曾长期伴随着他行军打仗的马死了。他对这匹战马感情很深,他说是它把他从家里送到了战场上:"我们不能就这么分离,不能就这么痛苦地离别,你给我带来了尊严,我本要给你养老。"②

第五节
戏　剧

这一时期流行的戏剧有宫廷戏剧,校园戏剧和民间戏剧。宫廷戏剧大都是波

---

① 切斯瓦夫·赫尔纳斯,《巴洛克》,国家科学出版社,华沙,2002年,第592页。
② 同上,第594页。

兰国王王宫里上演的戏剧，例如齐格蒙特三世在王宫里举行婚礼的时候，就请了西班牙和意大利的演员来宫里演过莎士比亚的戏剧。后来他的儿子弗瓦迪斯瓦夫四世·瓦扎(1595—1648)在1624—1625年旅游西欧期间，对西欧各国特别是意大利佛罗伦萨的音乐剧产生了浓厚的兴趣，因此他决定回国后，在华沙的王宫里建立一个戏班子，并请一些意大利的歌唱家来华沙王宫里演唱。1628年，斯坦尼斯瓦夫·塞拉芬将意大利剧作家萨拉切尼(1587—1640)的《在阿尔齐拉岛上解救了鲁杰里①》翻译成波兰文，并在王宫首次上演，获得成功。弗瓦迪斯瓦夫四世1632年即位后，在第二年2月6日，也就在他加冕后的第三天，又上演了波兰剧作家彼德·巴雷卡(活动于17世纪上半叶)的喜剧《农民出身的国王》。这出戏写王宫里摆设酒宴，参加者除了宫里的人外还有一个农民和一些士兵。后来大家都喝醉了，那些士兵对那个喝醉了的农民搞恶作剧，先把他推到一个火炉边，然后又去"救"他，在他的身上披上一块狼皮，要把他扮成一个魔鬼，然后又把他装扮成一个国王。有的评论家说这说明了农民地位的高升，但实际上这完全是为了宫廷贵族逗趣和消遣而上演的一出滑稽剧。

1637年，弗瓦迪斯瓦夫四世在他华沙的王宫里建立了第一个剧院，并且确立了经常演戏的制度。1635—1648年，他的王宫里演过许多意大利音乐家创作的歌剧和芭蕾舞，有的取材于古希腊神话，也有宗教题材的，并且请了许多意大利歌剧演员来参加这些剧目的演出。但是在这些歌剧的"序幕"和"结尾"中，却常常叙述一些他王宫里的事。国王弗瓦迪斯瓦夫四世1648年死后，因为爆发了赫麦尔尼茨基领导的乌克兰农民起义，王宫里的戏剧演出停了多年。后来由于王后路德维卡·马利亚的提倡，王宫里又开始上演法国的戏剧，如高乃依(1606—1684)的《熙德》被译成了波兰文上演。国王奥古斯特二世(1670—1733)于1697—1706年在位期间，王宫里又上演了法国剧作家高乃依和拉辛(1639—1699)的古典主义戏剧以及莫里哀(1622—1673)的讽刺喜剧。

欧洲巴洛克时期的校园戏剧最早曾出现在德国的斯特林堡，如1538年在斯特林堡的大学里，老师和学生演过古希腊罗马的喜剧和悲剧，在校内外都受到欢迎。有许多波兰青年当时在那里学习，他们回国后，向波兰观众介绍了那里的校园戏剧演出的情况，后来在格但斯克、托伦、卡利什、埃尔布隆格和莱什诺这些地方的大学或中学里，学生甚至自己创作和上演过一些剧本。这些戏剧有的取材于《圣经》故事，有的反映这些学校校园里的日常生活，有的颂扬波兰国王过去为了国家的富强所建立的丰功伟绩，或者再现波兰重要的历史事件，有悲剧也有喜剧。除男学生参加演出外，也开始有女学生在一些剧中扮演各种角色。例如1584年在卡利什上演的一出不知名的戏剧，描写一个学生安泰列斯在这一年秋季开学的

---

① 在阿尔齐拉岛上有个巫婆叫阿尔齐拉，因此这个岛也有了这个名称。巫婆曾以魔法诱惑鲁杰里，使他成了她的情人。

时候,曾想到要好好学习,毕业后可以找到一份好的工作,有好的前途;但他生性懒惰,平日依然是寻欢作乐,不努力学习。剧本反映了主人公的矛盾心情,当他想到他的未来时,他能自觉地努力学习,但他沉迷于欢乐的时候,他就忘掉了的一切。作品带有喜剧色彩,有强烈的讽刺意味。

有的校园戏剧还反映了重大的社会题材,如封建主对农奴的压迫,如在《安蒂泰密努斯》中,亚当和夏娃的两个后代有一段对话,其中一个说:

我亲爱的兄弟,请你们告诉我,
老爷们为什么那么高高在上?
我听说在古时候,
每个人都不是另一个人的奴隶。①

耶稣会学校里则主要演各种宗教题材的戏剧,其中有亚美尼亚宗教②对它们的影响,所以这些剧中的演员有时用波兰语说话,有时用拉丁语说话,有时又用亚美尼亚语说话。面向广大城乡群众上演的戏剧,这时也脱离不了宗教的内容。这些剧作的内容大都以圣诞节为背景,它们要表现的是人们在圣诞节来临的这一天的狂欢。其中有一出戏叫《谢肉节关于巴克斯的对话》,写在圣诞节这一天,当酒神巴克斯科③举行谢肉节圣宴,请大家入席的时候,象征悲哀和忏悔的波埃尼滕却警告他不要贪图享乐,但巴克斯科认为这个世界本来是充满欢乐的:

如果我们老了,到那个时候可以忏悔,
但现在年轻,让我们尽情地
享受这个世界的欢乐吧!④

波埃尼滕很生气,愤然离开了舞台。他走后,死神来到了巴克斯科跟前,要清算他的享乐主义的人生观。但该剧并没有传达一种道德教育的意向,而只是通过剧情的发展,造成一个欢乐和逗趣的气氛。这时期人们最爱看的是表现耶稣诞生和受难的戏,在表现一些宗教仪式的时候,如由群众演员唱赞美诗的时候,也掺杂一些民间流传的古代异教的仪式,说明他们把耶稣看成普通人,而没有把他看成神,他们虽有天主教信仰的传统,但仍保存波兰异教时代的习惯。但是这些宗教内容的戏剧仍保持了天主教的基本教义,即人的祖先从亚当和夏娃开始就犯了

---

① 切斯瓦夫·赫尔纳斯,《巴洛克》,国家科学出版社,华沙,2002年,第212页。
② 即基督教,传说有一个古代王族出身的亚美尼亚人格列高利(约240—约332)年轻时在加巴道西(今土耳其境内)入基督教,回国后任主教。国王和百姓被其劝说而信奉基督教,亚美尼亚王国于是成为第一个以基督教为国教的国家。见任继愈主编,《宗教词典》,上海辞书出版社,1981年,第866页。
③ 即巴克斯,植物神,葡萄种植业和葡萄酿酒业的保护神。
④ 切斯瓦夫·赫尔纳斯,《巴洛克》,国家科学出版社,华沙,2002年,第576页。

罪,耶稣的诞生和受难,是为了拯救世人。

民间戏剧主要流传于波兰民间,题材多种多样,大都以喜剧的形式出现。如1590年出现的由无名氏创作的《牧师的出征》,写东方来的鞑靼人侵犯波兰,有个牧师被派往前线,参加保卫祖国的战斗。他既不懂得战争,临行前也没有武器装备。但他很会做生意,后来他要他的仆人阿尔贝尔杜斯代他出征,而他在克拉科夫做了卖马的生意,赚了钱后给阿尔贝尔杜斯买了盔甲、武器和去前线途中带的干粮,又教他上了战场后如何和敌人拼杀。可是阿尔贝尔杜斯并没有上前线,而是把牧师给他所有的东西在路上都以贱价卖掉了。回来后他对牧师说这些卖盔甲和武器的钱就是他的战利品,牧师叫他仍在他的教区里工作,说他以后也会升为牧师。作品同样带有讽刺意味,一是牧师本来对战争一无所知,他却要教他的仆人如何打仗,当然教不出什么好东西。他的这个仆人也把所谓的上战场当成捞到好处的一种手段,作品揭露了牧师和他同伙虚伪和贪财的丑恶面貌。

还有一出戏叫《流浪艺人的新的喜剧》,说的是一个农民有一天遇到一个大贵族联盟的士兵。这个士兵要抢他家里的财物,他村里的人知道后,都来保卫他,其中有教堂里的仆役、妇女,甚至还有路过的乞丐。他们采取极端的行动,把这个贵族联盟的房屋都烧掉了,表现被压迫者对贵族统治者的仇恨。

马切克·波赫列布扎在1620年创作的《王宫里的媒人和谢肉节的欢乐》写一个贵族出身的年轻人如何对待生活。有人要他趁自己年轻,尽情地享受生活的乐趣,于是他整天无所事事,到处寻欢作乐,耗费了他的青春年华。后来死神对他进行威胁,说要索取他的性命,但这时候他的朋友,还有天使、魔鬼和信仰都来到了他的身边,要他忏悔,说只有这样,他才能得救。作品提出了巴洛克时期十分重视的一个人要如何对待生活的问题。

第六节
文艺理论和这一时期的代表作家

波兰巴洛克中期已经有了文艺理论和美学的研究,其中最著名的代表马切伊·卡齐米日·萨尔别夫斯基(1595—1640)出生于马佐夫舍一个贵族的家庭。他在波兰北部奥尔什丁省布拉涅沃县的一个耶稣会学校里毕业后,曾在维尔诺大学深造,后在立陶宛的克鲁热(在日姆兹)和波沃茨克的耶稣会学校里讲授过美学和演讲术的课程。他认为一个人的审美体验来自于他所感到的惊奇和料想不到的事件。上帝创造了人,可诗却创造了整个世界,它表现了"相同中的不同和不同中的相同"以及"表面上的和谐或者表面上的矛盾。"①他认为：

  诗对生活的模仿只有当它不是按照已经存在的生活的那个样子,而是按照应当或者可能是的那个样子去进行模仿的时候,它才是艺术。因此诗在过去、现在和将来都只是或只能是近乎真实的。②

  这就是说,文学作品不是对生活机械地模仿,而是要描写出高于生活、比现实生活更加美好的图景,而史诗更应当描写不平常的事件、英雄事件,这种事件看来不可能发生,但它完全是可能的。我们的诗人既是艺术家又是学者,他要研究世界,研究生活,世界残缺不全,要改造世界,创造一个更加完美的世界。萨尔别夫斯基的美学具有辩证唯物主义的思想观点,诗人既然要创造一个新的世界,那他就一定会和旧的世界发生矛盾,这就有了"相同中的不同和不同中的相同"以及"表面上的和谐或者表面上的矛盾",但是史诗却要打破这种"矛盾",去创造更加美好的和谐。

  波兰巴洛克期的代表作家有扬·安杰伊·莫尔什滕、兹比格涅夫·莫尔什滕、瓦茨瓦夫·波托茨基、韦斯帕齐安·科霍夫斯基和亚当·科尔钦斯基等。

  扬·安杰伊·莫尔什滕(1621—1693)是这一时期最著名的诗人。他出生于一个大贵族家庭,他的父亲曾在小波兰地区著名的大贵族卢波密尔斯基家族的府邸任职。莫尔什滕1638年起曾就读于荷兰的莱顿大学,后来他作为卢波密尔斯基的家臣,曾去法国和意大利访问。1646年,通过卢波密尔斯基家族的代表之一、时任小波兰克拉科夫省省长斯坦尼斯瓦夫·卢波密尔斯基的介绍,他和克拉科夫的王宫有了联系,两年后被任命为桑多梅日省省长的侍臣,曾多次担任波兰议会的议员。1653年莫尔什滕任扬二世·卡齐密日国王的宫廷内侍,1655年他以国王特使的身份去过瑞典,1656—1657年又去过维也纳,1668年任国王的财政大臣参事。他一生力举波兰和法国结成同盟,但是扬·索别斯基于1674年当上国王后,和奥地利的哈布斯堡王朝关系亲密,敌对法国。莫尔什滕被认为是叛徒,不得不离开波兰,去法国度过了他的余生。

  莫尔什滕早期翻译过意大利巴洛克文化的代表诗人马里诺(1569—1625)和法国优秀的古典主义作家高乃依的作品,并把一些古罗马和新时期意大利和法国的文学作品作过改写,因此他的文学作品在形式上深受以上外国作品的影响。他的作品如诗集《诗琴》和《大热天》(1645)中主要反映爱情题材和贵族的日常生活,其中有的写青年男女卖弄风情,有的写贵族老爷儒雅而风趣的举止。他认为恋爱是一种游戏,在娱乐中显示它的价值,但爱情的双方要珍惜荣誉和品德,不受物质

---

① 切斯瓦夫·赫尔纳斯,《巴洛克》,国家科学出版社,华沙,2002年,第254页。
② 同上,第255页。

利益的诱惑。在《女友》一诗中，他写道：

> 我爱这样的姑娘，
> 她愿和我一起玩乐，
> 永远不提防我，
> 也不管我的私事，
> 她懂得礼貌，
> 不讨厌开玩笑，
> 在人们面前不羞于让我拥抱，
> 因为她是天真无瑕的。
> 如果她珍惜荣誉和品德，
> 她不用发誓，
> 就可以做我的妻子。①

但诗人有时感到这样的爱情恐不长久，因为世上任何事物都是要变的。如在《爱情的奇迹》一诗中，他说：

> 我饱尝着爱情的忧患，
> 还有我的回忆和渴望，
> 因为我总是抱有希望，
> 但我的希望却变成了童话，
> 我毫无希望地迷失了方向。②

在另外一些诗中，莫尔什滕还表现了他对农村生活的向往，但他向往的不是贵族不事劳动的田园生活，而是农民的勤劳和质朴。他认为贵族不事劳动是不会有幸福的，在《塞内加的誓言》一诗中，他说：

> 那些家庭的娱乐对我来说已经够了，
> 我不知道有什么好的命运，
> 在温暖的房间里，
> 既没有工作，也没有自由，③

在《乡村生活》一诗中，他对那些只知道颂扬宫廷生活的诗人说：

---

① 切斯瓦夫·赫尔纳斯，《巴洛克》，国家科学出版社，华沙，2002年，第309,310页。
② 同上，第309页。
③ 同上，第311页。

你只知道美化宫廷和城市，
去乡村的牲口棚里看一看吧！
那里对你并没有妨碍。
那里的耕牛犁着硬邦邦的地表，
人们自由地从羊身上挤奶。①

诗人把农业劳动也看成一种娱乐，但这和贵族的娱乐不一样，它给人们带来的是真正的乐趣。但诗人是个虔诚的基督教徒，他相信人的原罪，他在《一个季度的忏悔》这首宗教诗中，把人看成是"地上爬着的一只小虫"、"脚上的尘土"和"一具已经腐烂的狗尸"，同时他把自己也看成和别人一样，是有罪的，但他相信他所信仰的基督会来拯救他：

你会给我需要的快乐，
你要拯救我们，
我要去你的天堂里，
那你就在一个昼夜
给予我恩赐，
让我永远走在前面。②

莫尔什滕作品的思想倾向比较复杂。他年轻时因为受阿里安派波兰兄弟会的思想影响，对劳动人民的勤劳和质朴产生了好感，在后来的宗教诗中，他虽然看到了现实的不公正，却追求一种进入天堂的宗教幻想，这在波兰巴洛克时期的文学中，是很有代表性的。

兹比格涅夫·莫尔什滕（约1627和1628之间，或约1622—1689）也是这一时期具有代表性的诗人。他出生于一个世代信仰波兰兄弟会的家庭，年少时曾就读于波兰兄弟会的学校。17世纪50年代初，他参加了立陶宛统领扬努什·拉吉维尔（1612—1655）统率的军队。1651年6月，乌克兰农民起义领袖赫麦尔尼茨基联合鞑靼军队与波兰军队交战，莫尔什滕在乌克兰沃汶地区的贝列什泰奇科村和赫麦尔尼茨基军队的战斗中立了战功，后一直在拉吉维尔麾下供职。1654年，因赫麦尔尼茨基被波兰贵族的军队打败，而求助于沙皇俄国，沙俄借机侵入乌克兰，他又参加了亚历山大·密任斯基统率的波兰军队和沙俄的战争，在谢别洛夫的战斗中还受过伤。后来他来到了波兰国王扬二世·卡齐米日的身边，1656年6月又参加了扬二世反瑞典侵略的战争，20日在蒂涅茨的战斗中被俘，曾被敌人关押

---

① 切斯瓦夫·赫尔纳斯，《巴洛克》，国家科学出版社，华沙，2002年，第311页。
② 同上，第318页。

在克拉科夫的监狱里。波兰取得反瑞战争的胜利后,他在 1657 年 11 月 15 日开始担任维利奇卡矿区管理员的职务,28 日又被国王扬二世·卡齐米日封为莫济里①的持剑武士。1660 年 7 月 10 日,波兰兄弟会一部分会员决定改宗,另一部分因坚持自己的信仰而不得不离开波兰。莫尔什滕没有改变自己的信仰,仍然居住在马佐夫舍波德拉谢地区拉吉维尔的领地里,但在 1662 年,他也遭到反宗教改革派的攻击,不得不离开波兰,来到了普鲁士公国。经拉吉维尔的努力,他在普鲁士选帝侯那里租借了一块领地住下。1668—1681 年,他曾多次来到波兰,和留在波兰的兄弟会会员以及一些著名的社会活动家有过许多接触,后死在立陶宛的克鲁莱维茨。

莫尔什滕早期也像安杰伊·莫尔什滕一样,写过许多爱情诗,并且写得很有特色。如在《离别》这一诗中,他并没有直接写两个相恋的人离别时难分难舍的情调,而只是在一方离去之后,借助景物的描写,非常含蓄地表现了另一方的思念:

我已离开了这两扇大门,
在那里有我一半的生命。
那高高的屋顶,那闪亮的顶盖,
还有那屋顶上的烟囱,
都已消失不见,
我来到了一个陌生的地方。②

1671 年,莫尔什滕出版了诗集《奴役中的歌》,反映了波兰兄弟会遭受的迫害。1674 年,他在斯乌茨克又出版了长诗《对土耳其人光荣的胜利》,歌颂了 1673 年波兰军队在扬·索别斯基的指挥下,在霍奇姆战胜了土耳其入侵的战役。莫尔什滕因长期当兵,参加过多次反瑞典和沙俄侵略的战争,所以他也写过许多反映战士生活的诗。在这些诗中,他对他所见的一切都抱有乐观主义的态度,因为在他看来,这支队伍为了保卫祖国,每个战士都愿付出牺牲,它是永远不可战胜的,他们的业绩将永远载入史册。如在《致亚历山大·密任斯基,这是谢别洛夫斯基的需要》一诗中,他写道:

我的诗神不信
全体官兵都付出了那么多的牺牲,
一个统帅,所有的队伍的行动,
都将写在编年史中。

---

① 地名,在今白俄罗斯。
② 切斯瓦夫·赫尔纳斯,《巴洛克》,国家科学出版社,华沙,2002 年,第 351 页。

对你,伟大战神的圣洁的女儿
我在这里只写了我的回忆。①

在这首诗中,莫尔什滕还很幽默地讲了他参加立陶宛和沙俄的战争时,战场上的一次奇遇,揭露了敌人丑恶的面貌:

兄弟们,救救你们的莫尔什滕吧!
当他把一个莫斯科佬打翻在地后,
便用手中的短刀去刺他的脑袋,
那个挨了揍的倒霉鬼想要逃跑,
但他吓得又倒了下去,
幸好这时有一匹快马,
把惊恐万状的他背走了。②

莫尔什滕作为一个战士也很爱他的那匹战马,在《在克拉科夫和瑞典人打仗时我的坐骑,1656年6月20日》一诗中对它的外貌也作了生动的描写:

它的鼻孔又宽又大,
像一只突出的眼球,要喷出火来。
尖尖的耳朵和满头的披发,
颈脖上的鬃鬃像细密的眉毛,
它的胸脯像给婴儿喂奶的母亲的乳房。
它总是那么蹦蹦跳跳,要向敌人发动进攻,
它的步伐既快捷,又大胆,嗅觉灵敏,
我只要还活着,就不会忘记它,
除了它我不会骑另一匹马。③

在谈到参军的目的的时候,他有时候问自己:

我自愿地服役,
为什么要服役,
难道就是为这

---

① 切斯瓦夫·赫尔纳斯,《巴洛克》,国家科学出版社,华沙,2002年,第351页。
② 同上,第352页。
③ 同上,第353页。

四十兹罗提的军饷。①

当然不是,因为

我们至少懂得,
为什么要在战场上流血,
一个活生生战士为什么要变成残废。②

诗人出于对祖国母亲的热爱,看到她遭受侵略者的蹂躏,感到无比的痛苦,所以他要去战斗,消灭侵略者:

我要歌唱,祖国啊母亲!
你在遭受苦难。
你过去是那么富饶,那么不可战胜,
可现在你倒下了,
瑞典人正踩在你身上。③

面对连年的战争,面对遭受侵略者奴役的祖国和人民,面对饥饿和死亡,诗人有时候想,哪里才有幸福?

幸福,我说,这东西在哪里?
今天,在这个世界上,
还有没有幸福?④

但他作为兄弟会的成员,相信造物主会给受苦受难的人们以恩赐,正像这一时期其他许多巴洛克诗人一样,他认为:"这个世界上,除了战士的生活,还有田园生活/文明的发展要融入到自然发展的过程中去。/当祖国人民战胜了侵略者后,/他们会把手中的武器扔掉,来到绿色的土地世界里"⑤:

我,一个陌生的老人,
要在那里生活,

---

① 切斯瓦夫·赫尔纳斯,《巴洛克》,国家科学出版社,华沙,2002年,第354页。
② 同上,第354页。
③ 同上,第358页。
④ 同上,第355页。
⑤ 同上,第355,357页。

在那里干活，
在那里死去，
就让我的农民
亲手把我埋葬在那里。①

只有在那里，才会想到过去的忧虑和烦恼，想到在与自然和谐相处之后的幸福，这都是造物主的恩赐。

瓦茨瓦夫·波托茨基(1621—1696)出生于一个中等贵族的家庭，年少时曾就读于奥波莱省拉齐博日县一所阿里安派学校，后来自学过许多古希腊罗马的文学和历史学的著作。他对古希腊神话并不感兴趣，但他特别爱读古罗马塔希陀和李维(公元前59—公元17)的历史著作。父亲死后，他继承祖业，在家乡乌日拉村务农，婚后加上妻子带来的嫁妆，又扩大了他的产业和领地，并且生了两男一女，一家人过得幸福美好。但他这时面对外敌对祖国的侵犯，却毫不犹豫地两次参军，走上了前线：1651 年，他参加了波兰军队，在贝列斯泰奇科打败了赫麦尔尼茨基和鞑靼联军；后来又参加过波兰军队抵抗瑞典封建主入侵的战争。1658 年国内驱逐阿里安教徒时，波托茨基也没有离开家乡。他表面上虽改宗信了天主教，但仍保持了兄弟会的信仰。1673 年和 1690 年，他有两个儿子也先后牺牲在反土耳其侵略的战场上，所以这是一个为波兰不受异族侵犯而作出了伟大贡献的具有爱国主义传统的家庭。

波托茨基于 17 世纪 40 年代开始创作，他早期作为一个波兰阿里安的信徒，在作品中主要反映了他的这种思想和信仰。在《上帝是善良的，但人在自己的道路上却表现不好》一诗中，他赞美上帝说：

上帝给了大地上的人那么多的祝福，
还有许多许多的粮食和所有的欢乐，
土地给人们带来了丰产。②

这个世界是多么美：

夜晚，星星在天空闪烁
虽然它们在白天是看不见的。
夜晚没有白天那么明亮，
但有一种力量在支撑着它。

---

① 切斯瓦夫·赫尔纳斯，《巴洛克》，国家科学出版社，华沙，2002 年，第 357 页。
② 同上，第 439 页。

月亮高悬在天空，
鸟儿也不再啼鸣，
浸在甜蜜的睡梦中。①

但是人却把上帝赐予的这个美丽的天堂变成了一个"悲惨的世界"，所有的人都在这里为所欲为，放纵自己，于是就有人犯罪，变成了魔鬼，就有了奴役和死亡。诗人在谴责黑暗现实的同时，以宗教的形式表现了对一个没有剥削和压迫、人人都能幸福美好的世界的向往。

1652年，诗人创作了《尤迪塔》和《维尔奇利娅》。前诗中女主人公尤迪塔是一个寡妇，她既美丽又勇敢。有一次，敌人来进犯她的家乡，包围了她居住的那座城市。她这时很机灵地偷入敌营，还假装爱上了敌军的统帅。等她有机会和这个统帅接近的时候，便趁其不备，把他杀了。然后她回到了城里，敌军失去了指挥，不得不仓皇撤离，这座被围困的城市因为她的机智和勇敢而得救了。当时西欧一些著名的作家在他们的作品中也叙述过这个故事，但波托茨基在这首诗的结尾，却以他自己的独白，将女主人公的经历和波兰的现实联系起来了：

主啊！请您大发慈悲，
给我们选择一个这样的主妇吧！
既然男人没有那么勇敢，
那就只有她能够抵御
赫麦尔尼茨基的进犯，
使我们得救，
免遭这个暴君的奴役，
同时减轻我们的祖国遭受的痛苦。②

说明诗人叙述这个故事是借古讽今的。《维尔奇利娅》中写的是一个爱情故事。女主人公维尔奇利娅和小伙子伊奇尔是一对相亲相爱的情人，但是有个法官却看上了她，并且采取了罪恶的手段将他们分开。维尔奇利娅的父亲没有办法对付有权势的法官，为了保护女儿的贞洁，便将她杀了。法官后来也得到了应有的惩罚。这是一个关于道德和法律的故事，有一定的现实意义。

诗人的大儿子斯泰凡1673年在霍奇姆抗击土耳其入侵的战场上牺牲后不久，他的一个女儿也不幸死去，这使他在精神上遭受了极大的打击。因为他是在大家都在庆贺波兰军队在霍奇姆的战役中取得了伟大胜利的时候，得到了儿子的

---

① 切斯瓦夫·赫尔纳斯，《巴洛克》，国家科学出版社，华沙，2002年，第440页。
② 同上，第449页。

死讯，所以他痛苦地说：

> 我，一个不幸的父亲，会突然死去，
> 我看到的是一片漆黑，
> 我也看见了许多风帆，
> 当波兰歼灭了土耳其
> 而兴高采烈的时候，
> 我什么都没有听见，
> 也没有任何感觉，
> 就回到了家里。①

而且这种痛苦在他的一生中，是永远也抹不掉的。比如《在春天》，"如果有人演奏或者演唱得更美，我就会感到更悲哀。"《在夏天》，

> 葡萄酒对我来说不是酒，
> 甜甜的蜜不是蜜，
> 啤酒不如淡水
> 只有痛苦的心，哭丧的脸。②

最后他对他死去的儿子说：

> 我到那里去接你吧！
> 我到那里去吻你吧！
> 我的好斯泰凡啊！
> 我的独生子啊！③

但是与此同时，波托茨基也写过颂扬霍奇姆战役胜利的诗篇，可见他依然是把祖国的利益和民族的尊严放在第一位的。如在1673年发表的《土耳其在霍奇姆被歼灭》一诗中，他对战争爆发的过程虽然叙述得比较简单，但写了波兰军队一个旗手一段有趣的经历。这个旗手手里高举着的军旗上蓝色的旗帆在战场上被敌人撕去了，他只好举着一根旗杆向前冲锋，但他后来却意外地在一个敌人的俘虏那里发现了这面旗帆，而且可笑的是，它正藏在这个俘虏的一条肥大的裤子里。诗人以这种方式来嘲笑敌人的愚蠢和可耻。

---

① 切斯瓦夫·赫尔纳斯，《巴洛克》，国家科学出版社，华沙，2002年，第432页。
② 同上，第444页。
③ 同上，第445页。

长诗《同样勇敢但遭遇不同的两个美丽的荷兰女人特列塞和加塞列的历史》是根据雅德图①的《当代历史》部分篇章改写的。作品以荷兰人在西班牙统治下为争取民族解放而斗争的历史为背景，写了两个女主人公加塞列和特列塞的不同命运。特列塞被一个西班牙的上校军官雷布列斯看中，他想要娶她，但她不从。雷布列斯对她进行利诱和威胁无效后，便将她强行抢到了他的军营里，然后交给了他的士兵。特列塞受尽了凌辱后被害，这便激起了当地荷兰人的义愤，他们向这些西班牙的军兵发动了一场猛烈的突袭，将其全部歼灭了。加塞列和特列塞不同，她遇到了一个好心的西班牙上校军官丹皮尔，并和他结了婚，丹皮尔死后还让她继承了他的财产，她用他的财产建了一座修道院。波托茨基写这两个故事的用意不仅是反对民族压迫，而且还包含着宗教内涵。因为荷兰人当时是信新教的，他认为荷兰人遭受信天主教的西班牙人的奴役具有宗教迫害的性质，他把这和波兰1658年在议会上通过驱逐波兰阿里安派的法令联系起来，告诫那些贵族和教会统治者，要允许信仰自由，不要把阿里安派作为异端进行迫害，否则必然引起仇恨和反抗，这个好心的西班牙上校就是他们的榜样。

1670年创作的长诗《霍奇姆之战》以波兰驻立陶宛统领扬·卡罗尔·霍德凯维奇(1560—1621)1621年指挥波兰军队在霍奇姆打败土耳其入侵的一次战役为题材。这次战役是波兰历史上以少胜多的著名的反侵略战争的战役。霍德凯维奇在战场上虽然英勇地牺牲了，但他指挥的军队胜利地把侵略者从波兰的国土上赶走了。波托茨基对这场战役虽然没有亲身的感受，但他从波兰著名将领、后来曾任波兰国王的扬·索别斯基三世的父亲雅库布·索别斯基(1588—1646)写的关于这次战役的回忆录《霍奇姆大战述评，三卷，格但斯克，1646》中，不仅了解了它爆发的经过，而且从中获得了创作灵感。在作品中，他满怀激情并以生动的笔触描写了波兰官兵在战场上所表现的机智勇敢、奋勇杀敌、不怕牺牲的精神。有些官兵在激烈的战斗中甚至深情地表达了他们对波兰祖国的热爱，波托茨基认为这是波兰骑士精神的表现，正是这种表现了爱国主义的波兰古代骑士精神，才有力量打败侵略者。在长诗中，波托茨基有时还脱离情节的发展和对战争的描写，对波兰现实单独发表议论。他认为和波兰过去的贵族骑士相比，现在的贵族尤其是大贵族，不仅没有继承传统而且腐化堕落，遇事往往置国家和民族利益于不顾，已经成为一切罪恶的根源。只有农民在遇到外敌侵犯时，才是保卫祖国的中坚力量。

《短诗的果园》是一部诗集，它的全名是《果园，但是里面没有除草；粮仓，但里

---

① 雅德图(1553—1617)，法国政治家、藏书家和史料编纂家。他对自己时代发生的事件采取超然公正的态度，使他成为以科学态度研究历史的先驱。他1593年任法国王室图书馆馆长，1595年任巴黎大理院(法院)院长。他曾经用他的权力谋求宗教和平，同新教徒谈判，反对教皇享有最高权力，这一态度引起了天主教统治集团的仇恨。他的一生主要编纂史书，他曾表示要完成一部记载当代大事的纯科学的公正的著作，这部著作就是他用拉丁文写的《当代历史》。

面放的每一袋都是另外一种粮食;售货亭,里面摆了各种各样的东西:小说、奇遇,类聚和例证》。这部诗集大概创作于1647—1695年间,其中包括各种题材的诗歌作品1 800多首,它们的内容都是针砭时弊的。诗人指出贵族的无政府主义、极端利己主义和违法乱纪是造成社会秩序紊乱的根本原因。贵族议员利用自由否决权,使议会通不过任何有利于国计民生的决议,因此波兰经济长期得不到发展,国防也得不到巩固。在封建农奴制的统治下,农民被压迫的地位永远也改变不了。教会的僧侣不事劳动,他们可以通过各种名目的税款,肆意搜刮老百姓的钱财,挥霍浪费,对他们认定的异教徒进行迫害,限制人民的信仰和言论自由。诗人认为这是一个大鱼吃小鱼、小鱼吃虾米的社会,统治者欺压百姓,贵族老爷欺压农民,而农民却不能反抗,这好像预示着波兰如果不能改变这种局面,必将走向危亡。

诗集《劝谕诗》的全名是《劝谕诗,或者在人的每一种生存状况中属于习惯,科学和警示的东西》创作于1688—1694年间,是以寓言的形式,仿照文艺复兴时期尼德兰人文主义者伊拉斯谟①的《愚人颂》而创作的,包括2 100多首诗,直到他去世也没有创作完毕。波托茨基的《劝谕诗》像他此前的作品一样,和波兰的现实有密切的联系。在作品中波托茨基首先提出了对宗教问题的看法,他认为波兰教会的利己主义行为和强迫人们信教都是违反基督教《圣经》教义的,因此他极力主张信教自由。贵族统治者的各自为政,在生活上腐化堕落,千方百计要摆脱每个公民都应尽的服兵役和上前线为保卫祖国而战的义务,社会上买官鬻爵的不正之风以及对农奴的残酷压迫,这些都将使得波兰走向危亡。波托茨基认为,波兰当今的贵族再也不是以往具有骑士精神和爱国主义高尚品德的贵族了,而一个不愿为保卫祖国而战的公民是不能拥有贵族的荣誉和头衔的:

谁没有打过仗,
没有在战场流血和英勇杀敌,
就不配拥有战争的荣誉。②

由于保守势力的顽固和社会黑暗,他甚至对波兰的发展前景感到十分悲观,因为

如果一只狗被人打了一棍就要死去,
一个农民在死前还要遭受酷刑。
一排共和国的纸扎的士兵,只有手没有心,

---

① 伊拉斯谟(1465—1536),文艺复兴时期尼德兰人文主义者,曾致力于拉丁文和希腊文的研究,将《圣经》从希腊文译成拉丁文,并确定了希腊字母的读音。他的名著《愚人颂》(1509)为一部讽刺作品,以犀利的笔锋,嘲讽教会的伪善、教士的放荡,以及世俗贵族的庸碌。
② 切斯瓦夫·赫尔纳斯,《巴洛克》,国家科学出版社,华沙,2002年,第478页。

你向谁去传授你的知识？①

波托茨基一生创作的诗歌不仅数量极多，而且像他那样以犀利的笔触能够全方位地揭露社会黑暗的作家在他之前以及和他同时代的作家中，还未曾有过。他的炽热的爱国主义和理性主义的精神对后来波兰启蒙运动的思想家和作家的思想发展，产生了巨大的影响。

韦斯帕齐安·科霍夫斯基（1633—1700）出生于桑多梅日省的加伊县一个贵族家庭。1646年，他离开家乡来到了克拉科夫，在一所中学上了三年学，1648年回到家乡后又呆了三年。1651年政府征兵，他便应征入伍，来到了贝列斯泰奇科前线，参加了反对赫麦尔尼茨基的战斗，后来他又参加过征讨乌克兰哥萨克和莫斯科的战争以及抵御瑞典人入侵的战斗。在这些战争中，他亲眼目睹了以斯泰凡·查尔涅茨基为代表的波兰爱国将领在反抗侵略者的战斗中，以大无畏的英雄主义和卓越的军事才能，指挥波兰军队战胜强大的敌人，拯救了波兰祖国于危亡，也看到了一些大贵族统治者卖国投敌的可耻行径。他还亲身经历了反抗瑞典侵略战争最初的失败和最后取得了完全的胜利。他认为反瑞战争最初的失败是由于大贵族的叛变投敌而造成的，这是

极大的耻辱，抹不掉的耻辱，
这个你永远也不能忘记。②

——《正规军离开了扬·卡齐米日》

科霍夫斯基是一个虔诚的天主教徒。他在一次战斗中手负了伤，后来伤愈了，感到很高兴，便说：

这只手由于伤痛，变得更有力了，
主啊，我要赞美你，
你给忠于你的我，创造了奇迹，
我要用我的笔在你的子民中宣扬你。③

科霍夫斯基前期最主要的作品是他1674年出版的诗集《光阴不会虚度的虚度，用祖传韵律创作的抒情诗和讽刺诗，分开出版》。这部作品描写了生活的美、娱乐和爱情，也谈到了作者对诗歌的看法，说它是从天上借来的火，这不是从奥林匹克异教的天上借来的火，而是基督教天上的火，上帝赋予诗人以永恒的灵感。

---

① 切斯瓦夫·赫尔纳斯，《巴洛克》，国家科学出版社，华沙，2002年，第476页。
② 同上，第481页。
③ 同上，第482页。

诗人属于反宗教改革派,他认为,诗歌的主要任务是传播信仰,但人们应当尽情地享受生活带来的欢乐,因为这是上帝赐予的,也是波兰人祖传的习俗:

> 这是波兰人的一种习惯,
> 虽然它很古老,
> 坐在一起听小提琴或风笛演奏,
> 或者一家人唱歌,只要会唱,
> 这里没有虚假,也没有做作。①

但他认为生活中除了欢乐之外,还有忧愁,人的一生,甚至世上的一切,都是瞬息即逝和不可靠的:

> 人的一切努力都将白费,
> 因为它不会持久,它有缺陷,
> 它不可靠,它会变,
> 就像一个影子一样,它会消失,
> 随着光阴的逝去,一切都会消失,
> 春天夏天过后,就是秋天。②

所以他又质问上帝:

> 我是什么?我是你手上的成品,
> 造物主啊,你既然把我造出来了,
> 你还有什么事要做呢?
> 请你领我走出这条黑暗的道路吧!
> 你若不向我伸出援救的手,
> 我无疑就会死去。③

他认为,在上帝创造世界和人的时候,人与人是平等的,而现在世界上有压迫,是违反上帝意志的:

> 当夏娃纺织,亚当锄地的时候,
> 谁是贵族?谁是农民呢?

---

① 切斯瓦夫·赫尔纳斯,《巴洛克》,国家科学出版社,华沙,2002年,第488页。
② 同上,第491页。
③ 同上,第492页。

亚当是我们的父亲,夏娃是我们的母亲,
所有的人在这个家庭里是平等,是兄弟。①

诗人作为一个有爱国心的天主教徒,认为波兰抵御异族侵略的战争也是基督教反异教的斗争,异教破坏了波兰民族的团结,只有上帝才能使波兰获得自由。诗人希望每个波兰人在上帝的庇佑下都能过上幸福美好的生活。

亚当·科尔钦斯基的生卒年月不详。他出生于小波兰萨姆波尔一个小贵族的家庭,在法院里工作过。和以上作家大不相同的是,他的创作并不涉及波兰国计民生的重大主题,而主要是描写人们日常生活中的小事,描写小城市民的风俗习惯,常常表现了一种幽默逗趣的情调,他也写过一些带讽刺和惊险性的作品。这时期的主要作品是他创作的长诗《珍贵的友谊,一个机灵的妻子对丈夫的背叛,值得警示》。这部作品写一个波兰人和一个意大利女人恋爱,他骗这个女人的丈夫说,有个女人很像其妻,他是在和这个像其妻子的女人恋爱,这个愚蠢的丈夫信以为真,还对他表示友好。作者没有对男女主人公的不轨行为进行谴责,相反的是,他用了许多逗趣的语言,通过一系列曲折情节的描写,表现了男女主人公的聪明机智和对自由生活的追求,以赢得读者对他们赞誉和喜爱。且看作者对于这个男主人外貌的描写:

在一个白净和秀美的身躯旁
绽放着两朵美丽的玫瑰花,
他的双眼显露出百般的娇媚,
明媚的目光照亮了他匀称的体态,
他的嘴唇显露出珊瑚的紫红,
他的眉毛带着卷曲的眉丝,
高耸的鼻梁显露出自然的本色,
它的尺寸大小却不得而知,
这个漂亮的小伙儿
总能赢得了女人的芳心。②

这里不仅没有讽刺的意味,而且带有赞美的意向。作者认为,诗歌创作的目的除了教育人们弃恶从善外,还要在轻松愉快中给人们以美的享受。

---

① 切斯瓦夫·赫尔纳斯,《巴洛克》,国家科学出版社,华沙,2002年,第498页。
② 同上,第545页。

第四章

启蒙运动时期的文学

第一节
社会背景

在17世纪末和18世纪初,波兰全国从上而下处于无政府状态,议会成员长期行使自由否决权,不仅使任何有利于国计民生的议案得不到通过,而且有近一半的议会这一时期被迫解散。许多拥有大地产的贵族在自己的庄园里对农奴行使司法权,农奴因此受到了更加残酷的剥削和压迫。此外贵族又和天主教会在政治上结成同盟,掌握或控制波兰各级国家政权,排斥和打击异己,特别是打击反对天主教会的异教徒,宣传蒙昧主义和封建迷信,反对一切社会改革。在天主教会控制的各地耶稣会学校里,除了拉丁文是必修课之外,老师在课堂上讲的都是天主教的经院哲学。著名诗人和剧作家弗兰齐谢克·查布沃茨基在他的一部喜剧《信迷信的人》(1781)的"前言"中,对当时的社会愚昧进行了尖锐的讽刺,他写道:

一个人自己一无所知,却要去研究形而上学,
他把奇迹、恐怖、魔法和咒语都变成了怪物,
一些人对这些怪物热情高涨,另一些人则顶礼膜拜,
自己也急于想要成为预言家。[①]

可是在西方的一些国家,这一时期,由于资本主义的迅速发展,随着经济增长和科学技术的进步,在意识形态领域中便出现了启蒙主义的思潮。英国17世纪的资产阶级革命导致工业革命,即资本主义生产从手工工场向大机器工业阶段的过渡。法国路易十四统治时期的古典主义文学和18世纪的启蒙运动和资产阶级革命具有广泛的影响。波兰直到18世纪30年代,文化生活才开始出现活跃的局面,1740年国内建立了新的科学研究机构。以奥古斯特·恰尔托雷斯基(1697—1782)为首的贵族集团中的改革派主张中央集权,他的妹夫斯坦尼斯瓦夫·奥古斯特·波尼亚托夫斯基(1732—1798)曾任波兰国王,是一位明智的政治家,也是波兰第一个力主进行资本主义社会改革的国王。波尼亚托夫斯基于1764—1795年间,和恰尔托雷斯基家族包括奥古斯特·恰尔托雷斯基和他的儿子亚当·卡齐

[①] 米耶奇斯瓦夫·克利姆维奇,《启蒙运动》,国家科学出版社,华沙,2002年,第16页。

米日·恰尔托雷斯基(1734—1823)一起，团结了许多拥护改革的思想家、社会活动家和作家，为发展经济和文化事业做了许多有益的工作。波兰封建时代的教育都由教会控制和掌握，大学讲授经院哲学是为了巩固和加强教会的统治，学生能学到的只有宗教唯心主义的思想和理论，于波兰国家的建设和社会的发展毫无用处。在18世纪上半叶，由于贵族改革派斯坦尼斯瓦夫·科纳尔斯基等的努力，大、中学开始讲授波兰语文和一些社会科学、自然科学的课程。此外，遵照国王和奥古斯特·恰尔托雷斯基的意愿，斯坦尼斯瓦夫·科纳尔斯基在华沙还成立了骑士学校，它已完全脱离了教会，由国家管理，课程的设置也完全根据波兰经济、现代科学和文化发展的需要。书籍的印刷和出版采取资本主义经营方式，一些新版的波兰文书籍开始参加德国莱比锡书展的展出，不仅在波兰而且在西欧各国占有了市场，从而也使西欧各国对波兰有了更多的了解。1741—1765年，也出现了扎乌斯基兄弟的图书馆和斯坦尼斯瓦夫·科纳尔斯基办的贵族青年学校（最初叫新学校），但这都是私人创办的文化机构。

这一时期，波兰也出现了众多的报纸和杂志。其实早在1661年，就出现了波兰第一份报纸《波兰的墨丘利[①]》，主要报道波兰当时有关政局变化的新闻。后来1718—1729年间，扬·大卫·岑凯尔又出版过一个地方性的刊物《王国邮政》。从1729年开始，在首都华沙还出版了皮雅尔僧团[②]的刊物《波兰新闻》，后来它曾改名为《波兰信使》。此外波兰耶稣会也办过一系列刊物，主要是报道国外的消息，对国内只报道一些宫廷生活的趣闻。学术性的刊物在西欧出现得较早，如法国的《学者报》(1665)和在德国莱比锡出版的《教育方案》(1682)对波兰这一类报刊的产生都有很大的影响。如克拉科夫主教安杰伊·斯坦尼斯瓦夫·扎乌斯基(1695—1758)就在他于1732年出版的《文学纲领》一书中，表示要在格但斯克和托伦创办这一类的刊物，但一直到萨克森州的德国人米策尔1749年来到了华沙后[③]，才开始了这项工作的准备。米策尔在莱比锡办过刊物，并曾是一个有德国著名音乐家巴赫和亨德尔参加的音乐团体的创始人。他来到华沙后，首先开了一个印刷厂，印过一些拉丁文的书，后来又用德文出版了两个学术性的月刊：《华沙图书馆》(1753—1755)和《文学方案》(1755—1756)。《华沙图书馆》照它的主编尤泽夫·安杰伊·扎乌斯基(1702—1774)制定的计划，要促进波兰科学的发展，弘扬波兰的文化传统。这两个刊物用德文出版也便于向西欧宣传波兰古代和现代文学、艺术创作的伟大成就。这之后，米策尔在1758—1761年和1766—1767年间又出版一个名为《经济新闻和学术新闻，或者所有为了人的幸福生活所需要的

---

① 墨丘利是古罗马神话中的能言善辩之神，转意指信使。

② 由圣尤泽夫·卡拉桑蒂(1556—1648)在1597年根据古代基督教一个圣保罗派的教规建立的教派，承认二元论，认为世界和肉体来自恶神，主要是对年轻人特别是穷人的孩子进行教育，后来他们也开办了中学。该教派1642年传到波兰后，斯坦尼斯瓦夫·科纳尔斯基对它进行了改造。

③ 米策尔(1705—1770)，曾任奥古斯特三世国王王宫里的御医兼历史编纂学家。当时为发展波兰的出版事业，米策尔作出了很大的贡献。

学科研究库》的月刊,主要介绍西欧各国在医学研究上的最新成果,以及工农业和商业发展的状况,以促进波兰经济的发展。与此同时,还有一个刊物《雅布沃诺夫斯基的方案》的出版曾经得到俄国诺沃戈罗德省长尤泽夫·亚历山大·雅布沃诺夫斯基(1712—1777)的支持。他也是一位历史学家和文学家,曾于1761年在格但斯克建立科学发展基金,他支持出版的《方案》是一个宣传法制的刊物,为在波兰启蒙运动时期进行政治和社会改革制定新的法律作舆论导向。此外,出身于托伦市民阶层的T.巴乌赫于1761年还在华沙创办了第一个波兰文的周刊《一个波兰爱国者的每周记事》。

波尼亚托夫斯基国王也很注意创办和完善报纸杂志的发行,如1765年,剧作家弗兰齐谢克·博霍姆列茨(1720—1784)在格但斯克创办的《莫尼托尔[①]》杂志,得到了波尼亚托夫斯基的支持,很快就制定了明确的纲领,组成了由贵族改革派首领亚当·卡齐米日·恰尔托雷斯基、著名作家伊格纳齐·克拉西茨基,以及弗兰齐谢克·博霍姆列茨本人参加的编辑委员会。这个杂志从1765年3月21日出版第一期开始,一直办到了1784年底,前后发行了近20年,发表的文章不拘形式,有政论、小品文、杂文、报告文学和书信等,涉及内容非常广泛。这些文章首先介绍了法国启蒙运动百科全书派的著作,宣传他们的理性主义思想,同时着力批判波兰贵族的专权,提出了加强王权、发展经济、改革教育制度和减轻农民的负担等一系列主张。在经济改革方面,这些文章的作者们认为,在波兰发展工商业经济是为社会谋福利的唯一手段,可是波兰的工业包括手工业和城乡贸易当时都面临破产,因此政府要制定一系列政策,在资金和流通环节上予以保证,同时要提高市民、手工业者和农民的社会地位,使劳动得到普遍的尊重。有的文章还揭露了当时一些封建贵族反动的政治观点和不良的生活习惯,如他们极力主张基督教教会的专制,反对信教自由,对除贵族外其他所有社会阶层都采取歧视的态度,在生活上铺张浪费、挥霍无度、酗酒,却从来不事劳动。有的文章还提出了每个人都必须遵循的新的道德标准,认为只有"在手上,在作坊,在犁上"[②],也就是在工农业的劳动中,才能表现出一个人有没有高尚的品德,不劳而获当然不会得到社会的认可。在对农业经济进行改革上,有些文章提出了变封建农奴制为资本主义的雇佣劳动制,恢复农民的人身自由,认为只有这样,才能充分调动农民生产劳动的积极性,发挥农民的聪明才智和创造性,以提高作为波兰的主要财源的农业生产。《莫尼托尔》在波兰启蒙运动早期,为在波兰实行资本主义经济、政治和文化改革,作了充分的舆论准备。

1765年1月,根据国王的提议,波兰文学家协会成立了。这个协会当时引进了许多西欧各国的文学作品,并将它们译成了波兰文出版。这时在华沙,也出现了一些贵族的文艺沙龙,这里是贵族知识阶层的代表人物和一些著名作家聚会的地方,但他们

[①] 波兰文的原文是Monitor,意思是提示,提意见或批评。
[②] 米耶奇斯瓦夫·克利姆维奇,《启蒙运动》,国家科学出版社,华沙,2002年,第99页。

谈论的却是法国文坛的新动向和法国启蒙运动作家最新的作品。而波兰启蒙运动的早期，拥护改革的政治家和文学家主要是以发表政论和杂文、创作和上演戏剧作品的方式，对腐朽没落的贵族进行讽刺，同时宣传资本主义社会改革的纲领和思想。

随着波尼亚托夫斯基国王和朝廷里的改革集团在经济、文化和教育方面改革的深入，贵族保守派的利益被触动，因而激起了他们的强烈反对。俄国沙皇叶卡捷琳娜二世(1729—1796)也看到了国王的改革会使波兰强大起来，自己对她无法控制，于是在1766年10月波兰议会开会期间，便以维护异教徒的平等权利为借口，粗暴地干涉波兰内政，企图迫使国王废除一切改革的措施。这马上就得到了贵族保守派的支持，贵族保守派想要借此逼迫波尼亚托夫斯基国王退位，另外选出他们拥护的国王，但沙皇叶卡捷琳娜二世并不想让波尼亚托夫斯基退位，而只是要他放弃改革的措施，这样她和波兰贵族的保守派又产生了矛盾。因此波兰贵族中的保守派在1768年2月又成立了一个巴尔同盟，这个同盟的成员反对沙皇干涉波兰的内政，但也坚决反对国王的改革。由于贵族保守势力的反对，议会上关于改革的任何议案都得不到通过，为时不到三年的波兰政坛改革因而遭到了失败，波兰又恢复了过去的无政府状态，农民依然遭受封建农奴制的深重压迫。波兰由于经济得不到发展，国力依然十分衰弱，面对外敌的侵犯，便失去了抵抗的能力。可她当时又被沙俄、普鲁士和奥地利三个强国包围，它们各自插手波兰内政，支持和它们关系亲密的贵族在议会中当选国王，因此三国之间也存在利害冲突。这个冲突后来在1772年，以牺牲波兰为代价达成了妥协，她的部分领土被瓜分。这是沙俄、普鲁士和奥地利三国历史上对波兰的第一次瓜分，波兰从此走上亡国之路。巴尔同盟中的作家和诗人因为反对沙俄对波兰的侵略和占领，这时期也写过一些表现了爱国主义思想的诗篇，如有诗人这么写道：

> 在广场上，我是一个上帝的通信兵，
> 我舍弃了我的官阶，来到了天上。
> 为自由而死，我的信念没有变，
> 我的信念也是我的豪情。
> 十字架是我的盾牌，
> 拯救是我的目的，
> 虽然我会倒下，
> 但我要继续前进。
> 我不害怕，因为在战斗中，
> 我找到了祖国，
> 我的心灵获得了安宁。[①]

[①] 米耶奇斯瓦夫·克利姆维奇，《启蒙运动》，国家科学出版社，华沙，2002年，第115页。

虽然国家面临危亡,波尼亚托夫斯基国王和朝廷里的改革派这时并没有放弃改革的努力。他们认为要振兴波兰,还是要从国民教育改革做起,只有国民接受了启蒙运动的新思想,才能团结一致,建设一个民主和富强的波兰。因此在过去已经取得教育改革的成绩的基础上,1773年,议会决定成立国民教育委员会,宣布教育事业由国家管理,不再属于教会。学校里教师不得用拉丁语授课而改用波兰语,讲课内容新增加了法律以及农业、园艺、物理和化学等自然科学的门类。委员会还设立了"公众基金",用来资助那些贫困家庭包括下层手工业者和农民的子弟入学,此外还规定学校也要招收女生,让教师在课堂上给学生灌输人人平等的思想。与此同时,克拉科夫雅盖沃大学和维尔诺大学也增加了自然科学和公民道德修养课程的教学,提高了教育水平。国民教育委员会不仅使得教育更加科学化和民主化,而且也一直在为波兰语的广泛使用和捍卫它的纯洁性而斗争。国王还常邀请一些著名的文学家和艺术家来王宫聚会,当时有名的礼拜四午宴就是这种聚会的形式之一。他们在这里研究和讨论各种文学问题,使之成了一个"文学研究院"。文学杂志《快乐和有益的游戏》创刊,由作家亚当·纳鲁谢维奇主编,于1770—1777年间大量介绍西欧特别是法国和意大利古典主义文艺思想,有的作家发表文章,极力倡导长篇小说的创作,认为它比传统的诗歌能够更加广泛和深入地反映社会生活的内容和现代人的思想和情感,同时也有人主张继承波兰文艺复兴时期的文学传统,特别崇尚扬·科哈诺夫斯基反映了人文主义思想的作品。由于政府官方的支持,这一时期波兰学者又大量翻译了古罗马的贺拉斯、维吉尔,法国启蒙运动的代表作家卢梭、伏尔泰(1694—1778)、丰特奈尔[1]和巴洛克时期的索泰尔[2]的作品。此外这一时期的绘画、雕塑和建筑艺术甚至园艺也有很大的发展,著名的画家有卡纳莱托[3]、巴恰雷利[4]、古尔丹[5]和斯莫格列维奇等。启蒙运动是波兰文化和教育事业走向前所未有的繁荣和发展的时期。

1788—1792年,波兰召开所谓"四年议会",由于改革派在议会上占优势,在1791年5月3日通过了著名的《五三宪法》,这部宪法规定"农民将受到法律和国

---

[1] 丰特奈尔(1657—1757),法国作家和科学家,写过诗歌和戏剧作品。他于1686年发表的《宇宙万象解说》以文学形式普及了哥白尼和笛卡尔的天文学理论。他在《闲话古人与今人》(1688)中指出:"什么也不能阻止事物的进步,什么也不能限制人类的精神。"他的著作涉及文学、科学、宗教、政治等领域,影响极广。他的思想是启蒙思想的萌芽,他是光明世纪的一位进步人物。

[2] 索泰尔(1613—1662),法国耶稣会士,用拉丁语写诗,是一位寓言和悼亡诗人,作品有《寓言和诗的游戏》和《死神和爱神的结合,水仙和田园诗》。波兰启蒙运动诗人亚当·纳鲁谢维奇翻译过他的作品。

[3] 卡纳莱托(1720—1780),波尼亚托夫斯基国王的外甥和学生,1767年以后住在国王的王宫里,画过许多华沙的风景画和波兰历史题材的画。

[4] 马尔切诺·巴恰雷利(1731—1818),意大利画家,曾长期居住在波兰首都华沙。他为波尼亚托夫斯基国王策划过发展波兰启蒙运动的艺术,也画过国王和王宫里其他人物的肖像画和波兰历史题材的画,在王宫和华沙澡堂公园里,画过许多壁画。

[5] 诺布林·德·拉·古尔丹(1745—1830),法国画家,1774年由恰尔托雷斯基家族介绍,来到波兰,是恰尔托雷斯基在普瓦维和华沙的官府里的专职画家。他画过许多波兰历史题材和战争题材的素描画、水彩画和铜版画,是波尼亚托夫斯基统治时期最重要的画家之一,被认为是波兰生活写实画之父。

家政府的保护",农民的人身自由将得到保证;废除议会中的自由否决权,废除自由选王制,实行王位世袭和国家的三权分立:立法权归由两院组成的议会,行政权归国王及其任命的内阁,司法权归法院。这部宪法的实施可消除波兰国内无政府状态,加强中央集权,有利于国家的统一和独立。它也提高了市民的政治地位,使农民获得了人身自由,为发展资本主义创造了条件,具有进步意义。改革派力图利用国际形势的变化,利用1772年瓜分波兰的三国之间的矛盾和冲突,达到改革的目的。国王波尼亚托夫斯基也对俄国抱有幻想,希望在俄国的支持下,在波兰进行温和的改革,要求俄国对波兰的独立和领土完整作出保证。1789年法国大革命爆发,在它的影响下,波兰全国有141个城市的市民代表于1789年11月聚集华沙,在王宫和议会大厦前举行"黑衣游行",呈递全国市民的政治要求,即市民人身不可侵犯,有购买土地、担任政府公职、参加议会政治、接受贵族称号等的权利。后来在1791年4月18日,议会通过了关于市民权利的议案,满足了"黑衣游行"的诉求。此前普鲁士曾向波兰提出把格但斯克和托伦割让给普鲁士,波兰也没有同意,因为1790年9月6日,议会通过了"波兰领土不可分割"的议案。可是《五三宪法》引起了沙皇政府的仇恨和恐惧,叶卡捷琳娜二世1792年宣布,她在俄土战争结束后,要发兵消灭华沙的"革命瘟疫",首先是要推翻波兰当时以波尼亚托夫斯基为首的合法政府。而正好在这个时候,也就是1792年4月,波兰贵族保守派的代表克萨韦内·勃兰尼茨基(约1730—1819)、什钦斯内·波托茨基(1752—1805)和塞维伦·热乌茨基来到彼得堡,受到沙皇叶卡捷琳娜二世的接见。1792年4月27日,这些大贵族叛国分子在靠近俄国的东南小城塔尔果维策拼凑了一个同盟,叫塔尔果维策同盟,发表声明,反对《五三宪法》,并发动了反对中央政府的反革命叛乱。同年5月18日,沙皇政府应这一小撮卖国贼的"邀请",派出10万军队,对波兰进行直接的武装干涉。7月,沙俄政府和早就想进一步侵占波兰领土的普鲁士又组成联军,大举进犯当时未被他们占领的波兰领土,波兰军队连遭失败,可国王斯坦尼斯瓦夫·波尼亚托夫斯基这时不是积极领导人民进行反抗,而要同叶卡捷琳娜二世进行和谈,和谈被拒绝后,波尼亚托夫斯基屈服于沙皇的压力,下令波兰军队停止抵抗。侵略军占领了首都华沙,很快又占领了波兰全国,接着便建立了由塔尔果维策分子组成的傀儡政府,《五三宪法》被废除,"四年议会"的成果化为乌有。1793年1月23日,沙俄和普鲁士签订了第二次瓜分波兰的条约。在这次瓜分后,波兰大批爱国志士流亡到德国的萨克森,他们决定发动大规模的武装起义,并一致推举曾经和沙俄和普鲁士侵略军战斗过的爱国将领塔杜施·科希秋什科(1746—1817)为起义军领袖,所以历史上把1794年波兰人民的抗俄战争称为科希秋什科起义。这次起义失败后,1795年1月,俄国、奥地利和普鲁士对波兰进行第三次瓜分,至此,波兰的全部领土被瓜分完毕,存在了800多年的波兰国家灭亡了。正如恩格斯所指出的那样:

当法国爆发革命的时候,波兰正处于生死存亡的关头,它已经被第一次瓜分弄得支离破碎,它已为四个国家所分割。虽然如此,它仍然勇敢地以1791年5月3日的宪法在维斯拉河两岸竖起了法国革命的旗帜——它以这一举动使自己大大高出所有的邻居。波兰的旧秩序由此而被消除,经过几十年平稳的、没有外来破坏的发展,波兰就会成为莱茵河东岸最先进最强大的国家。但是,瓜分波兰的列强是不喜欢波兰重新站起来的,尤其是不喜欢它由于把革命引进到东北欧的结果而站了起来。它的命运被决定了:俄国人在波兰争得了普鲁士人、奥地利人和帝国军队在法国所没有争得的东西。①

第二节
政论文学的发展

波兰启蒙运动是波兰有史以来最大的一次社会大变革,这一时期也出现了文学艺术创作大繁荣的局面,其文学作品包括政论、散文、诗歌、戏剧和小说等,种类之多是前所未有的。尤其是长篇小说这种形式的首次出现,在波兰文学史上具有重要的意义。由于这一时期波兰国内社会矛盾十分复杂,统治阶级内部的改革和反改革的斗争激烈,尤其是波兰周边的一些欧洲强国对她的武装干涉和侵略,给她所造成的亡国危机一直十分严重,所以波兰许多虽出身贵族但具有民主主义和爱国主义思想的先进知识分子,希望通过改革,使波兰迅速改变过去落后的状态,走向繁荣和富强。早在波尼亚托夫斯基国王领导社会改革的初期,他在议会中就团结了这样一批知识分子:他们都曾留学法国、德国和意大利,受到了那些国家启蒙思想的影响,回国后不仅以改革派的身份积极参政议政,而且发表了大量的政论文作品,为宣传和普及启蒙思想作出了很大的贡献。他们中最著名的有扎乌斯基兄弟(安杰伊·斯坦尼斯瓦夫·扎乌斯基和尤泽夫·安杰伊·扎乌斯基)、斯坦尼斯瓦夫·列什钦斯基和斯坦尼斯瓦夫·科纳尔斯基等。

安杰伊·斯坦尼斯瓦夫·扎乌斯基(1695—1756)曾任波兰国王波尼亚托夫斯基的宰相和克拉科夫教区的主教,他在凯尔采地区发展矿业包括煤矿的开采和炼钢,还聘请了来自德国萨克森州的技师。他对数学和自然科学也很感兴趣,他和他的弟弟尤泽夫·安杰伊·扎乌斯基(1702—1774)一起开设的扎乌斯基图书馆,在波兰的读者中普及新的启蒙思想和自然科学知识,以实现波兰民族的复兴。

---

① 《马克思恩格斯选集》,第二卷,人民出版社,1972年,第582、583页。

他当时和著名的德国理性主义哲学家沃尔弗①也有密切的交往,想通过他的帮助,对克拉科夫雅盖沃大学进行改造。虽然此举没有成功,但他后来又派了许多青年去西欧一些国家留学,希望他们学成回国后在波兰各大学里开设新的课程,传播西方启蒙思想和新的科学知识。

他的弟弟尤泽夫·安杰伊·扎乌斯基年轻时受过耶稣会学校的教育,后曾任基辅教区的主教。他虽属于天主教正统派,但和许多新教及启蒙运动的活动家关系密切。他除了和安杰伊·斯坦尼斯瓦夫·扎乌斯基开办公众图书馆外,早在1728年还在莱比锡的一个介绍学者的杂志上发表政论文章,后在1732年又将这篇文章的内容加以扩充,以"文学纲领"为题在华沙发表,提出了一整套在波兰进行人文科学研究的计划,号召各地设立图书出版社,出版了波兰和西欧国家宣扬理性主义的哲学、史学著作和文学作品。

斯坦尼斯瓦夫·列什钦斯基(1677—1736)曾任波兰国王,1704—1711年和1733—1736年在位。他反对对农民实行农奴制压迫,要求限制议会中的自由否决权。他于1733年出版的一部政论作品《维护自由的自由之声》,也对贵族的无政府主义、波兰议会、立法机关和教会的腐败以及封建农奴制压迫,进行了无情的揭露,指出这是造成社会没落和经济衰退的根本原因。作者认为波兰的改革首先要废除封建农奴制,代之以资本主义的雇佣劳动制。

斯坦尼斯瓦夫·科纳尔斯基(1700—1773)是一位社会活动家和政论家,也是一位剧作家。他出身于中等贵族家庭,年轻时参加过皮雅尔僧团,后曾去法国、德国和奥地利深造。1730年回波兰后科纳尔斯基专门研究波兰法律,出版了一部《法律抄卷》②,指出大贵族的专权是造成波兰无政府状态的根本原因。科纳尔斯基当时也是王宫里以奥古斯特·恰尔托雷斯基为首的贵族改革派的成员,他1760—1763年间在华沙出版的政论集《论有效的办法,或者说怎么维持不文明的议会》中首先指出了议会中的自由否决权的危害,要求议会对议案以参会议员的多数通过为准则。此外,关于当时书面语言和贵族阶层的日常口语,有人认为,用拉丁语或法语作为社交的工具比用波兰语显得更加文明和高贵,即使不用这两种语言,也要在波兰语的运用中掺杂一些外来语词汇。为了祖国语言的纯洁,科纳尔斯基等还亲自编写波兰语教科书,在1741年他还出版了著作《改正错误的发音》。与此同时,他还对波兰的教育制度进行了改革,在华沙成立了一个新贵集团③学校。他根据国王波尼亚托夫斯基和恰尔托雷斯基的意愿,成立这所骑士学校,贵族和市民子弟都可以来这里上学。它在教学内容上,也有别于过去波兰耶稣会开办的学校。首先它废除了拉丁语,规定教师一律用波兰语授课,并且新设了历史、地理、法律、哲学和数学等课程。在哲学课上,该校反对把上帝看成宇宙

---

① 沃尔弗(1679—1754),德国理性主义哲学家。
② 书名的原文为拉丁文:*Volumina Legum*。
③ 拉丁文为 Collegium Nobilium。

万物的创造者的宗教神秘主义思想观点，要求宣传和讲授笛卡尔①、洛克②和沃尔弗的理性主义哲学，认为智慧创造一切。该学校还要求年轻一代关心波兰国家和民族的事务，培养他们的爱国主义思想。科纳尔斯基在这一时期为保持和继承波兰文化传统，开创波兰启蒙运动的教育，作出了很大的贡献。

波兰于1772年第一次被沙俄、普鲁士和奥地利三国瓜分后，由于国内政治腐败，经济衰退，民族危机严重，大贵族保守派和代表中小贵族和市民利益的改革派的斗争也更加激烈。但要使波兰经济迅速发展和国家走向繁荣富强，必须大力发展城市资本主义工商业，为此作为城市经济发展动力的市民阶级，在政治上就得享有更多的权益。此外农奴解放也是一个需要解决的问题，因为城市资本主义工商业的发展，需要大量来自农村的廉价劳动力。《五三宪法》虽然指明了波兰走向复兴的道路，但以塞维伦·热乌茨基和什钦斯内·波托茨基为代表的贵族保守派极力维护过去包括议会的自由否决权等封建特权，要保持波兰自上而下的无政府状态，同时反对农奴解放，反对《五三宪法》的实施。此外这一时期，在改革派内部也分为妥协派和激进派，前者主张改革但在某些方面又和贵族顽固派妥协；后者在波兰主张彻底的社会改革，它的主要代表是著名政论家和思想家斯坦尼斯瓦夫·斯塔希茨和胡果·科翁泰。他们大都以在议会上的发言和写政论文章和贵族顽固派进行斗争，这些言论语篇文笔犀利，带有鲜明的文学色彩，在波兰文学史上，具有一定的代表性。

斯坦尼斯瓦夫·斯塔希茨(1755—1826)出生于皮尔市一个市民家庭，父亲当过皮尔市市长。他年轻时曾先后在德国的莱比锡、戈廷根和法国的巴黎学习自然科学；1781年回国后在安杰伊·扎姆伊斯基的府邸当过家庭教师；在1790年和1792年又随同扎姆伊斯基去过意大利和奥地利，后曾长期从事青少年的教育工作。他一生对波兰的前途和命运以及如何保护市民和农民的利益十分关心，他在世时曾把自己的地产无偿地分送给卢布林近郊赫鲁别舒夫的农民，死后在自己的遗嘱中，又将自己留下的钱财全部捐赠给了社会福利机构。他有两部重要的政论文集《对扬·扎姆伊斯基一生的看法》(1787)和《对波兰的警示》(1790)。前者主要颂扬这位波兰著名的军事统帅和政治家一生为了波兰民族的复兴所作出的各种努力，充分表现了作者爱国主义思想立场。他在这部著作的结尾表示他对自由的渴望：

我，作为一个在自由中出生的人，热爱自由，可是我现在不得不遭受奴役。我在奴役中悲叹，我是不是已经背叛了自由？是不是要让波兰人也选择奴役？我对波兰人永远充满了爱，但我却对自己产生了这种怀疑。③

---

① 笛卡尔(1596—1650)，法国唯物主义哲学家和自然科学家。
② 洛克(1632—1704)，英国哲学家，英国唯物主义经验论的创始人。
③ 米耶奇斯瓦夫·克利姆维奇，《启蒙运动》，国家科学出版社，华沙，2002年，第419页。

这种怀疑使他感到要在波兰的改革和图强上，发挥更大的作用。《对波兰的警示》是在四年议会期间写的，作者提出的一系列的政治改革的观点不仅是为了维护市民阶级的利益，而更多的是为波兰前途担忧。他向每一个波兰人提出了警示，说自己的国家马上就有被它周边的列强彻底瓜分和亡国的危险。在《致骑士阶层》一文中，他自我表白地写道：

　　当民族的权利被剥夺的时候，当波兰共和国被瓜分的时候，我成了普鲁士国王的奴隶。我扛着普鲁士的奴役的枷锁，可我的灵魂和思想却是自由的。我对这个已经失去自由的国家的爱使我经常问自己道：你还能不能使波兰得救？①

　　他的利民、富民和救国的主张包括许多方面。在发展青少年的教育中，他认为一是要联系国内的实际，二是要对学生进行道德和爱国主义的思想教育，在课堂里除了开设波兰和波兰周边国家的历史地理课外，还要开设数学、物理和化学等自然科学的课程。在议会上他极力要求取消"自由否决权"，认为在议会上除了贵族的代表外，也要有城市的代表，同时国家要建立强大的常备军，以抵御异族的入侵。关于发展城市工商业，一是要在城市大力发展工场手工业，建立工厂；二是通过格但斯克等港口城市，尽量出口波兰的产品，而限制从外国进口那些不必要的奢侈品。关于农民问题，斯塔希茨虽然没有提出彻底的农奴解放，但他同情下层劳动人民的疾苦：

　　我看见了数以百万计的穷人，他们有的赤身裸体，有的衣衫褴褛。他们身无分文，可一个个都显得那么干瘦，黑不溜秋的皮肤、蓬头散发，眼睛都陷下去了，胸脯上下不停地起伏，像害了哮喘病似的。他们是那么忧郁，悲哀，愚蠢，乍看他们既没有感觉，也没有思想，这才是他们最大的幸福。②

　　他主张减轻农民在庄园里的负担，或者将农民在庄园里无偿地服劳役改为租赁地主的土地。斯塔希茨的政论主要的批判对象是大贵族，认为这个阶级的人们因为极力维护自身的利益，已对国家和民族造成了极大的危害，"他们不尊重法纪。他们引进了外国的军队，在地方的议会上实施强权，进行卖国活动，成了恶势力的代表。他们在生活上奢侈浪费，挥霍无度，腐化堕落。"③斯塔希茨认为他们不能代表波兰的全民，而只能代表他们自己，他们的罪恶行径会使波兰遭到灭亡。他认为，"封建贵族不代表所有的波兰人，它只是波兰民族的一小部分，而不是整

---

① 米耶奇斯瓦夫·克利姆维奇，《启蒙运动》，国家科学出版社，华沙，2002年，第420页。
② 同上，第425页。
③ 卡齐米日·布齐克、兹吉斯瓦夫·利贝拉、雅德维加·皮耶特鲁谢维乔娃、弗瓦迪斯瓦夫·希什科夫斯基，《波兰文学史，从有文字记载到18世纪末》，国家学校出版机关，华沙，1956年，第294页。

个波兰民族……封建政府也就是贵族的政府,今天再也不能存在下去了。"①斯塔希茨是在波兰被沙俄、普鲁士和奥地利三国瓜分前夕号召进行社会革命以救亡图存的著名的政治家、政论家和作家。他的政论以其激进的政治态度、爱憎分明的思想观点、炽热的爱国主义情怀和犀利的笔伐,对波兰各社会阶层产生了广泛的影响。他不仅在波兰思想史上而且在波兰文学史上,都是这一时期的代表人物之一。

除斯坦尼斯瓦夫·斯塔希茨之外,这一时期另一位具有代表性的思想家和政论家是胡果·科翁泰(1750—1812)。他出生于乌克兰沃文地区的德尔卡内村一个中等贵族家庭,年轻时曾就读于克拉科夫雅盖沃大学,1768 年毕业后,获哲学博士学位,后曾在维也纳和罗马的高等学府里继续深造,获得过法律和神学博士学位。回国后他当过克拉科夫大教堂的神父,并在国民教育委员会任职,参加编写大学和中学的新教科书,对雅盖沃大学的教育制度进行过改革,开始在课堂上讲授各种自然科学和波兰文学史的课程,逐步消除经院哲学的影响。他在四年议会期间创办的《熔炉》杂志汇集了许多思想激进的社会活动家和作家,为民富国强和社会进步制造舆论。议会通过了《五三宪法》之后,他曾任波兰皇家的副首相。1792 年,塔尔果维策卖国政府执政时期,他侨居德国德累斯顿。在科希秋什科起义爆发后,他回到国内,任波兰最高国民委员会的委员。波兰被第三次瓜分后,他再次流亡国外,曾被奥地利当局逮捕入狱,八年后才获释回国,晚年在国内主要从事教育工作。科翁泰一生出版的著作主要有《致斯坦尼斯瓦夫·马瓦霍夫斯基的几封匿名信》(1788—1789)、《对波兰最后的警告》(1790)、《五三宪法的制定和失败》(1791)和《奥古斯特三世在位的最后几年波兰启蒙运动的状况》等。这些著作的内容涉及波兰的政治和经济改革、历史、文化和教育诸多方面,其中有的就是他在四年议会期间的提案和他在科希秋什科起义爆发期间起草的文件和政令。就像斯塔希茨一样,科翁泰也要求取消议会自由否决权。和斯塔希茨不同的是,斯塔希茨认为议会既肩负着立法的职责,也有执法的权力,而科翁泰认为议会只有立法的职责,它制定的法律应由另一执法机关来贯彻执行。

科翁泰和斯塔希茨一样,提出了议会中要有市民阶级的代表,让他们参与政事的管理。在农民和土地问题上,他提出了庄园里的农奴应当获得人身自由,但土地是庄园主的。农民租庄园主的土地,给庄园主交地租,双方要互相尊重。他认为不管是庄园主还是农民,也不管是白人还是黑皮肤的人,在法律上都是平等的:"不管是白色的还是黑色的奴隶,也不管是在不公正的法律的压迫下的奴隶,还是套着枷锁的奴隶,他们都在痛苦地呻吟,但他们都是人,和我们没有任何区

---

① 卡齐米日·布齐克、兹吉斯瓦夫·利贝拉、雅德维加·皮耶特鲁谢维乔娃、弗瓦迪斯瓦夫·希什科夫斯基,《波兰文学史,从有文字记载到 18 世纪末》,国家学校出版机关,华沙,1956 年,第 294、295 页。

别。"① 在《五三宪法的制定和失败》中，科翁泰极力谴责塔尔果维策同盟的卖国行径，他认为《五三宪法》本来是"这个奄奄一息的国家所表现出的最后一个愿望"。② 他希望波兰各阶层的人民亲密地团结起来，虽然国家民族面临危亡，但他相信子孙后代会改变自己的命运。在科希秋什科起义爆发期间，他在凯尔茨省斯塔索夫县波瓦涅茨村参与起草了"波瓦涅茨宣言"，号召获得了人身自由的农民组织民兵，参加起义斗争。中小贵族和市民要坚决维护宪法的实施。他和《熔炉》的撰稿人在起义中也号召人民群众参与战斗，被称为起义中的雅各宾派，也称为胡果派。科翁泰和斯塔希茨一样，在大贵族对波兰进行封建统治的 18 世纪下半叶，为了争取小贵族和市民阶级参与政事的权利和自身的发展，为了农奴获得人身自由，为了波兰经济、教育以及科学事业的发展，为了拯救面临危亡的波兰，奋斗了一生。此外在文学方面，他对波兰的民间文学也进行了深入的研究，认为诗歌创作应当从民间文学中吸取营养，因为波兰民间有一种游吟诗人，他们吟诵的作品能够反映波兰建国时的历史和古老的习俗。此外，科翁泰还研究过波兰古代的各种礼仪、服装、音乐以及各地的方言等。他的著作不仅在当时，而且以后对波兰历史的发展，都产生了深远的影响。而他对波兰民间古老的文化和习俗的研究又使他成了波兰启蒙运动和 19 世纪上半叶波兰浪漫主义文学承上启下的关键人物。

第三节
诗　歌

　　在文学创作方面，这一时期的诗歌在内容和形式上也有了很大的变化。波兰 16 世纪和 17 世纪的诗人，大都以创作田园牧歌式的诗歌为主；而这一时期波兰也像西欧一些国家一样，首先提出了关于古典主义的文学和诗学理论。这种理论是在 1783 年国民教育委员会编写大学文科教材时提出来的。国民教育委员会的成员之一伊格纳齐·波托茨基(1750—1809)认为："诗不是别的，而是一种更加生动活泼的口才，它由想象来指导。"文学理论家菲利普·内留斯·戈兰斯基(1753—1824)原是一个皮雅尔僧团学校的教师，1783—1787 年间在华沙教过修辞学和演讲术，曾多次发表过他在学校里的这些讲稿。他关于诗学的主要著作是 1786 年出版的《论口才和诗》，他在这部著作中指出："敏感的心、热情、生动活泼、

---

① 卡齐米日·布齐克、兹吉斯瓦夫·利贝拉、雅德维加·皮耶特鲁谢维乔娃、弗瓦迪斯瓦夫·希什科夫斯基，《波兰文学史，从有文字记载到 18 世纪末》，国家学校出版机关，华沙，1956 年，第 300 页。
② 同上，第 301 页。

快乐、感恩、痛苦、怜悯乃诗歌的首要条件。"诗人是一个歌者,"在精神上要有灵感,心醉于诗的力量,向人民抒发自己的感受。他不是要人民相信自己,而是要让人民了解自己的心灵。"戈兰斯基把诗的种类分为三种:一是抒情诗,包括颂诗、讽刺诗和悲歌,其中的颂诗又有英雄颂诗、哲学颂诗和道德颂诗,都是诗人自己在说话;二是诗剧,包括悲剧、喜剧和歌剧,是让一些说话的人登台来表演;三是叙事诗,包括长诗和史诗,除了诗人自己说话外,也让一些说话的人自己来表演。戈兰斯基认为,诗剧的创作和表演应当遵循古典主义三一律的原则,他很重视戏剧特别是悲剧和歌剧所表现的思想倾向,明确指出"诗人创作戏剧目的就是要使所有的一切都遵循一个道德原则,即痛恨罪恶和尊重德行"。波兰的悲剧应主要取材于波兰的历史,再现那些危险、可怕的爆发性的事件,展示英雄主义伟大的创举,使人们震撼和感动,从而起到教育人民的作用。叙事诗"在提供关于事物最好的信息同时,要表现出作诗的才能"。"教育诗要反映真实,发挥想象。"[①]戈兰斯基较为全面地表示了他的古典主义的诗学观点,是符合波兰文学发展方向的,也是他对启蒙运动文学创作经验在理论上的总结。

另一个维护这一时期诗歌的教育倾向的文学理论家是弗兰齐谢克·克萨韦雷·德姆霍夫斯基(1762—1808),他曾先后在华沙兄弟会的学校里任教。他在1788年出版的《作诗的艺术》中指出:"对美的鉴赏乃是诗歌创作最高的标准",在理性主义的诗歌中,"逗趣"乃是一种创作的想象和才能的表现,才能是写诗的基本要求。"古典主义诗学的文学本质是在一定的历史条件下,具体地说是在一定社会甚至政治条件下所表现的美学和伦理学的精粹。"德姆霍夫斯基认为,史诗的写作乃过去的产物,在波兰18世纪下半叶,已不合时代的要求。他极力倡导教育喜剧即富于教育意义的喜剧的表演,但"在笑声之后,要使情感穿透观众的心"。[②]这也预示了诗歌创作将由古典主义转向后来的感伤主义。

在诗歌创作方面,波兰这时期首先翻译出版了古罗马维吉尔的《农事诗》,它主要描写田间的劳作,但这是一种纯客观的描写。在它的影响下,波兰诗坛也出现了一些反映农业生产的作品,主要描写田间劳动,果树的种植、养蜂、打猎等,诗人赞美上帝创造了一个美好的大自然,进而想要探讨宇宙和世界产生的秘密。如女诗人爱尔日别达·德鲁日巴茨卡(约1698或1699—1765)在她的《对一年四个部分的描写》中写道:

你说,是谁让太阳清晨在东方升起,
是谁规定了西方暮色降临的时间,
是谁让满月的一部分变了样,

---

① 本段引文均引自米耶奇斯瓦夫·克利姆维奇,《启蒙运动》,国家科学出版社,华沙,2002年,第267,272,275,276页。

② 本段引文出处同上,第280,281,283页。

是谁测准了星轴的大小，
是谁发现了银河的流向，
是谁看见了明净的朝霞，
是谁给天空穿上了美丽的裙衣。①

但有的诗歌也揭露人间的虚伪、欺骗和罪恶，认为人只有死后在另一个世界才能见到光明和希望。17、18世纪西欧古典主义诗人的作品，对波兰启蒙运动时期诗歌创作的发展也有很大的影响。如诗人和剧作家瓦茨瓦夫·热乌斯基（1706—1779）主张戏剧创作方面在艺术上模仿自然，表现内在美的古典主义美学观点，他的悲剧《茹尔凯夫斯基，在瓦尔纳战役中的弗瓦迪斯瓦夫》反映了波兰军事统帅斯坦尼斯瓦夫·茹尔凯夫斯基率领的波兰军队在策佐拉的失败②和国王弗瓦迪斯瓦夫三世·瓦尔内奇克之死③。这些波兰的爱国者虽然地位很高，但他们为了保卫自己的祖国不受敌人的侵犯，甘愿献身疆场。热乌斯基的某些诗歌作品如《夜晚、泉水和牧场》则很明显受了17世纪法国描写牧人爱情的抒情诗的影响。他在以《论诗歌创作》为题的长诗中，还阐述他对诗歌创作的观点，认为诗歌内容和形式上的表现要明白易懂：

一些人写愉悦心灵的诗，
一些人写聪明的诗，
你就写这两种诗吧！
但不要写意思不明的诗，
不要回避思想的表达，

诗歌也不是词汇的堆砌。
意思不明的诗是下流诗，
好诗清新明净，听不到沙沙声响，
诗神最厌弃的
是混杂着愚民思想的诗。④

瓦茨瓦夫·热乌斯基这一时期无论在戏剧还是诗歌创作上，都表现了古典主

---

① 米耶奇斯瓦夫·克利姆维奇，《启蒙运动》，国家科学出版社，华沙，2002年，第55页。
② 波兰军事统帅斯坦尼斯瓦夫·茹尔凯夫斯基（1547—1620）率领波兰军队1620年在罗马尼亚的策佐拉和土耳其人以及鞑靼军的战争中遭到失败。
③ 波兰国王弗瓦迪斯瓦夫三世·瓦尔内伊奇克（1424—1444，1434—1444年在位）率领的波兰和匈牙利联军1444年在保加利亚黑海滨的港口城市瓦尔纳和土耳其军交战中，遭到失败，弗瓦迪斯瓦夫三世·瓦尔内伊奇克战死。
④ 米耶奇斯瓦夫·克利姆维奇，《启蒙运动》，国家科学出版社，华沙，2002年，第61页。

义的美学观点。波兰这一时期的诗歌虽然歌颂了大自然的美好和爱情,但由于受到古典主义清规戒律的限制,没有表现更多的社会内容。

波兰启蒙运动时期其他具有代表性的诗人有亚当·纳鲁谢维奇、伊格纳齐·克拉西茨基、斯坦尼斯瓦夫·特雷姆贝茨基、托马斯·卡耶坦·文盖尔斯基、尤利扬·乌尔森·涅姆采维奇、雅库布·雅辛斯基等。

亚当·纳鲁谢维奇(1733—1796)是波兰启蒙运动早期具有代表性的诗人和作家。他出生于一个贵族世家,祖辈在 15、16、17 世纪上半叶曾先后担任过立陶宛大公国军事统领和财政大臣。由于瑞典封建主的侵略在波兰造成的战乱,他的家族也走向败落。到他出生的时候,父母只在白俄罗斯平斯克的农村有一小块领地。由于父亲早逝,他和一个年幼的弟弟为了生计,曾经求助于父亲的亲友。就像当时许多贵族出身的子弟一样,他年少时曾就读于平斯克一所耶稣会学校,1748 年在这里毕业后,便加入了耶稣会。后来他曾在立陶宛的维尔诺大学深造,但他这时期受到的都是教会经院哲学的思想教育。大学毕业后,纳鲁谢维奇在维尔诺当过几年中学教师,并开始用拉丁文和波兰文写诗。1756—1762 年间,他因得到立陶宛王国的首相米哈乌·弗雷德雷克·恰尔托雷斯基的资助,曾先后去法国的里昂、德国、意大利、西班牙等国继续学习神学和哲学,回国后又在华沙耶稣会的学院里学过世界史和法语。后因结交了波尼亚托夫斯基朝廷里改革派的领袖亚当·卡齐米日·恰尔托雷斯基,纳鲁谢维奇有机会和国王接近。他虽然年轻时受过教会封建保守思想的教育,但赞同国王的政治观点,拥戴国王的改革,特别是对文化和教育进行改革的一系列纲领和措施。后来他也成了礼拜四在国王那里聚会的常客,担任《快乐和有益的游戏》杂志的主编,从此他便成了国王的政治纲领的代言人。这一时期他也写过一些衷心赞美国王的诗。

他于 1770—1777 年出版的四卷本的《作品集》包括颂歌、讽刺诗和童话等。颂歌在 17 世纪古典主义的诗歌创作中是具有代表性的形式之一,纳鲁谢维奇的颂歌有的赞美大自然,富于哲理,如《上帝颂》、《太阳颂》、《命运的赞歌》、《画的赞歌》、《诗的赞歌》和《逝者的声音》等就是其中的代表。还有一些作品接触到了波兰的历史和现实的题材,如《古代波兰人的画像》和《致斯坦尼斯瓦夫·奥古斯特》等。纳鲁谢维奇作为一个改革派诗人,认为波兰几个世纪以来之所以经济发展停滞不前、国力衰退,主要是因为大贵族的寡头政治,他们极力维护所谓"黄金般的自由",反对任何富民强国的改革,造成整个社会的混乱。因此他极力主张加强以国王为代表的中央政府的权力,以保证改革的实施。他这一时期的诗歌在政治上具有强烈的反贵族的倾向,如在《涅门琴①》这一首诗中,他以通俗的语言责骂那些贵族老爷恶习难改:

---

① 地名,在立陶宛,距离维尔诺不远。

要使二流子老爷改变恶习也是枉然，
更不要把那些神父武装起来，
因为这都是些卑鄙的灵魂
和贪得无厌的乞丐。①

波兰第一次被瓜分后，诗人为祖国的沦亡感到十分悲痛，这种心情也常在他的诗中流露出来：

每一个儿子都会来欢迎你们，
但我们的母亲已经半死地倒下了。②

——《参议员回来》

同时他向他的波兰同胞指出自己的国家有再一次被瓜分的危险，要他们提高警惕：

因为什么事情都有可能发生，
到那个时候，就是在自己家里，
也和流放一样。③

——《参议员回来》

他看到了国王想要重建国家和复兴民族所遇到的困苦和艰难，对其表示极大的同情，同时他也赞美国主那不怕牺牲、勇往直前的精神：

你的幸福是你戴在身上奴役的枷锁，
国王啊！为了那战马铸就的黄金时代，
你戴着枷锁走向了胜利的领奖台，
不止一个人在梦中，
都为你的牺牲精神感到自豪。④

——《致斯坦尼斯瓦夫·奥古斯特》

同时他通过对社会种种弊病的分析，也很明确地指出了国王的改革无法推进的原因：

---

① 米耶奇斯瓦夫·克利姆维奇，《启蒙运动》，国家科学出版社，华沙，2002年，第145页。
② 同上，第145页。
③ 同上，第145页。
④ 同上，第146页。

一个作为父亲的国王,为什么他的孩子不相信他?
难道要把枷锁当成敬仰奉献给他?
他是最高统帅,为什么麾下没有士兵?
他是审判官,为什么手中没有利剑和法律?
贫瘠的土地,野蛮的土地,疯狂的土地,
管理它的人都有名无实。①

诗人常以波兰文艺复兴有过的"黄金世纪"和今天的没落加以对比,认为那个时候的波兰,人人平等,大家和睦相处,都以种植业和畜牧业的劳动所得创造了美好的生活;可现在,贵族享有特权,市民和农民却不能参加国家事务的管理,连年的战争给城乡造成的破坏,使人们不得不奋起反抗:

当平等被疯狂的暴力毁灭之后,
农民便把手中的镰刀铸成了利剑,
把脚下的犁变成了头盔和护面。②

在纳鲁谢维奇看来,波兰应当建立一个这样的社会秩序:

老爷有高尚的品德和荣誉,
国王管理国家的事务,
富人有丰厚的收入,
村社有良好的习俗。③

但现在社会各阶层不能享有同等的权利,人与人之间也不能以诚相待,这样就不可能有好的生活习惯,诗人也想通过教育来提高人们的道德水平,以实现他的理想:

我再说一遍,在这片土地上没有真诚,
一切都是表面现象,
友谊是那么苍白无力,
捧在手上的神圣在不断地挣扎和喘气,
学者谦逊地躬下身来,要发表议论

---

① 米耶奇斯瓦夫·克利姆维奇,《启蒙运动》,国家科学出版社,华沙,2002年,第146页。
② 同上,第147页。
③ 同上,第148页。

但都是无稽之谈。①

他的诗中常讽刺那些戴假面具的人。一些贵族家中开假面舞会,他认为这是一种轻浮的举动,而且这些贵族子弟在舞会过后仍不肯摘下面具,好像他们不是波兰人。在波兰的国土已被部分地瓜分,国家将要灭亡的时候,这些贵族子弟依然醉生梦死,还学着外国人的样子,对民族的命运和前途毫不关心,令诗人痛心疾首:

一张外国人的面孔,
可是你站在什么地方?
戴上面罩也改变不了原来的昼夜。②

此外,纳鲁谢维奇对于贵族阶级的种种恶习,如酗酒、赌博、挥霍浪费也深恶痛绝,尤其是议会中贿赂成风,为了一己之利,贵族滥用自由否决权,给整个国家造成混乱。诗人认为,这就是导致国家败亡的原因。因此他在诗歌中,对这一切都进行了无情的揭露和批判。在《轻浮的人》这一首诗中,他指出了那些终日无所事事只知道夸夸其谈的人对社会的危害:

嘴巴里不断地吐唾沫没有遮拦,
给天真的少年和善良的女士
造成了很坏的榜样。③

可诗人对遭受封建压迫的农奴却寄予了很大的同情,

这是对农民命运的见证,
他们在火热的阳光下辛勤地干活,
获得了可喜的收获,
可是这个庄稼人的收获
却成了你的财产。④

纳鲁谢维奇在波兰启蒙运动早期,无论他主编的《快乐和有益的游戏》杂志还

---

① 米耶奇斯瓦夫·克利姆维奇,《启蒙运动》,国家科学出版社,华沙,2002年,第150页。
② 同上,第151页。
③ 卡齐米日·布齐克、兹吉斯瓦夫·利贝拉、雅德维加·皮耶特鲁谢维乔娃、弗瓦迪斯瓦夫·希什科夫斯基,《波兰文学史,从有文字记载到18世纪末》,国家学校出版机关,华沙,1956年,第229页。
④ 米耶奇斯瓦夫·克利姆维奇,《启蒙运动》,国家科学出版社,华沙,2002年,第155页。

是他的文学创作，都对宣传波尼亚托夫斯基的社会改革起了很积极的作用。他的作品也完全杜绝了过去的文学作品在波兰文行文中掺杂一些拉丁语、法语或其他西欧国家语言的习惯，同时他也善于运用波兰民间的谚语、成语甚至俚语，不仅增添了作品的生活气息，也为纯洁波兰的文学语言作出了贡献。

伊格纳齐·克拉西茨基（1735—1801）是启蒙运动时期一位杰出的政论家、文学评论家、诗人、剧作家和小说家。他出生于波兰热舒夫省萨诺克县杜别采克村一个贵族家庭，年少时曾在利沃夫的一所耶稣会学校学习，后又曾就读于在华沙的一个传教士的学习班，在那里他阅读了大量西欧启蒙运动的思想家和作家的作品，接受了他们的启蒙思想。后来克拉西茨基曾两次去罗马，对古罗马的历史和文学有了更多的了解。回国后不久，他便认识了当时还不是国王的斯坦尼斯瓦夫·奥古斯特·波尼亚托夫斯基，成为关系密切的好友。波尼亚托夫斯基当上国王后，他便成为朝廷里的改革集团的成员之一。1765 年《莫尼托尔》杂志开始出版时，他也是编辑委员会的成员之一，后来他在这个杂志上发表过许多政论和戏剧评论文章，宣传国王提出的一系列改革政策和启蒙运动的文艺思想。国王波尼亚托夫斯基还曾委任他当卢布林的司法委员会主席，负责领导法律改革。由于他在协助国王推行改革上作出的贡献，又由国王提名担任瓦尔米亚地区的主教。后来他还担任过格涅兹诺的主教。

克拉西茨基的第一部作品《关于老鼠的战争的叙事诗 10 首》出版于 1775 年。这是根据波兰中世纪史学家文岑蒂·卡德乌贝克的一部编年史所描述的一个故事写成的，经过诗人的文学虚构，便成了一部具有很高思想价值和艺术价值的作品。长诗写的是传说波兰古代有一个国王波佩尔，他禀性轻浮，终日酗酒，不理朝政。他的朝廷里的群臣都是道貌岸然的伪君子，他们平日对国王百般阿谀奉承，在赢得他的欢心和庇护后，便肆无忌惮地盗窃国家财产。后来国王说他要保护国内所有的大小老鼠，也就是中小贵族，可是过了不久，他又宣布他要站在猫即大贵族的一边，和老鼠对抗。老鼠的首领格内佐梅尔号召所有的老鼠都武装起来，为保卫"鼠的王国"而战斗。这时来了一个巫婆，又进一步地激发了大小老鼠和猫的对抗情绪，双方于是打斗起来，最后老鼠被打败，都逃走了。但是国王波佩尔也听到了死了很多猫的消息。一个公爵杜赫纳更为他最宠爱的猫菲留斯的死去感到悲哀，于是要求国王给菲留斯举行了隆重的葬礼。为了替菲留斯报仇，他还要求国王把老鼠全部消灭掉。这时候，格内佐梅尔在老鼠被打败后，逃到林子里藏了起来，在这里它见到了一栋小的房子，里面藏了许多好吃的食物。又饿又累的它便想乘机饱餐一顿，没想到它一进到房子里，房门就关了，它再也出不来，原来这是一个捕鼠器。等到第二天早晨，那个巫婆突然出现在它面前，它便请求巫婆救它出去。巫婆犹豫了很久，最后她要它来到一个窗子旁，给它打开窗子。它从窗子里爬了出来，沿着一个烟囱跳到房子外面的一条小路上，和巫婆一起跑了。这时杜赫纳公爵正在菲留斯的坟上哭泣，还带了一个合唱队。当领唱的正要唱起来的时候,他突然感觉头上被猛击了一下,原来是格内佐梅尔在打他。合唱队看见是老鼠的首领,便把它带到了杜赫纳公爵面前,公爵见是自己的仇敌,要处死它。巫婆这时也发现和她一起逃跑的格内佐梅尔突然不见了,她马上意识到它已落入了仇敌的手中。于是她决定再次救它,便向合唱队的人群中喷撒了许多灰土,让格内佐梅尔在他们看不见它的时候逃走了,随后它和她又跑到了林子里躲了起来。

这时国王波佩尔朝廷里的群臣聚会,杜赫纳公爵也来了,他要求国王马上向大小老鼠宣战。同时老鼠也在开会,巫婆和格内佐梅尔突然来到它们中间,巫婆向它们训话,可那些老鼠都睡着了,没有谁去听她那冗长的演说。巫婆和格内佐梅尔一气之下,便离弃了老鼠,各自去了他们要去的地方。但是格内佐梅尔在流浪中总是想着它的鼠王国,最后它在一个高利贷者的仓库里找到那些逃跑的老鼠,便鼓动它们和猫重新开战。这次波佩尔国王又站在猫的一边,但是老鼠的首领格内佐梅尔在和猫的首领鲁奇斯瓦夫的决斗中打死了鲁奇斯瓦夫。国王躲在一个酒窖里喝酒,他喝醉后睡着了,梦见池塘里有一群老鼠正向他游来,他想跳到一只小船上逃跑,但是老鼠捉住了他。长诗讲的是一个神话故事,一方面是人的活动,另一方面是两种动物的争斗,但人又参与其中,因此作品中的诗句很多是映射波兰现实的。例如其中描写波兰议会中的混乱状况的一段:

> 财政大臣批评宰相的话,
> 宰相也发现了议长的过错,
> 统领们要马上发动战争,
> 四个小时的开会在不停地吵闹,
> 另外一个人也不甘寂寞,
> 他不是夸奖就是谴责别人。①

长诗中把公爵最宠爱的猫菲留斯的葬礼写得非常隆重,实际上是在写一个大官死后的葬礼,说明这个大官和猫一样,表面上显得威严,但他不过是一只宠物,对波兰的国家建设毫无用处。波佩尔国王虽然不是波尼亚托夫斯基,但他的朝廷里的那些官僚的贪污腐败却是有所指的。还有作品明确指出大小老鼠代表波兰的中小贵族,猫代表大贵族,它们(他们)都为了一己之利,不停地争斗,也含沙射影地说明了造成波兰社会一片混乱的原因。

诗人的第二部长诗《修道士的论战》出版于1778年,它同样具有强烈的讽刺意义,而且是针对波兰教会的。所以作者不仅匿名,而且没有在波兰国内,而是在

---

① 卡齐米日·布齐克、兹吉斯瓦夫·利贝拉、雅德维加·皮耶特鲁谢维乔娃、弗瓦迪斯瓦夫·希什科夫斯基,《波兰文学史,从有文字记载到18世纪末》,国家学校出版机关,华沙,1956年,第244页。

德国的莱比锡出版了这部作品。长诗的情节并不复杂：教会中多明我修会和加尔默罗修会①(圣衣会)两派对天主教的教义有不同的看法，因此多明我修会的修道士们在一个巫婆的唆使下，要和加尔默罗修会的修士们进行辩论。这时一个加尔默罗修会的神父拉伊蒙德，因为听到了有人造谣诬蔑加尔默罗修会而感到愤怒，不小心被门槛绊倒，把脚上的鞋也丢了。这是一个不好的兆头，预示着加尔默罗修会修士们在和多明我会修士们的辩论中会遭到失败。随后多明我修会的使者来到了加尔默罗会的修士们中，要和他们进行辩论。这时两个修会里的一些见习修道士、药剂师和裁缝在一个破败的修道院里找到了一座谁都没有见过的图书馆，双方的智者相遇了，便都作了一些空洞无物的议论，谁也说服不了谁。为了战胜对方，双方便采取了极端的行动，这就是大打出手，造成一片混乱。这时有个研究神学的博士拿来了一大碗酒，要大家喝，于是马上就平息了这场无聊的打斗，使双方言归于好。

长诗以幽默的笔调和风趣的比喻揭露了那些教会的神父们的怠惰、愚昧无知以及肆意酗酒等恶习。例如在一个破败的修道院里找到了一座谁都没有见过的图书馆意在说明这些修道士不学无术。长诗对两个修会的修道士的打斗场面的描写还点了他们的名字，表现了这些人的粗暴和愚蠢可笑：

鞋子和腰带满天飞舞
一片喊杀声令人万分惊恐，
希亚岑特的喉咙都喊哑了，
他真想从战场上逃跑，
不停地诅咒这不幸的时刻，
他用头上的僧帽包住了耳朵，
在他逃跑的时候，光荣的泽菲伦神父
手上的酒杯也掉下来了。

高乌登迪②像一头被激怒的狮子吼声震天
希亚岑特往地上一看，又燃起了怒火，
他对所有的神父和弟兄都不能原谅。
那位彬彬有礼的药剂师也挨了拳脚，
从椅子上摔下来了。
德菲尼托尔被帽子绊倒，躺在地上，
乌卡什被打伤后，缩成了一团，

---

① 加尔默罗会，一称圣衣会，主教托钵修会之一，12世纪中叶创建于巴勒斯坦的加尔默罗山，故名。会士须持守"听命"、"神贫"、"贞洁"、"静默"和"斋戒"。
② 高乌登迪(? —约1011)，波兰格涅兹诺第一任主教。

克列奥法斯被打掉了两颗牙齿。①

还有这两个修会所在的一个小城里只有"三个酒店、四扇破旧的城门、十个修道院和一些小的房子"。一幅多么贫穷落后的景象！这里的修道院倒是不少，但修道院里的僧人整天无所事事，只有在酒店里打发时间了。在诗人看来，如果用酒杯和书本作为这些修道士打斗的工具，那么"智慧的船在海上就非得沉没不可"。所以他在长诗的结尾发出号召："我们要尊敬那些智者，那些值得我们学习和敬仰的人，我们也要嘲笑那些愚蠢的人，虽然他们都是至圣。"可是这种嘲笑和讽刺却引起了教会和一部分贵族的愤怒指责和强烈反对，因此诗人不得不在1780年又出版了一部名为《反修道士的论战》的长诗，义义是要收回《修道士的论战》对修道士们的讽刺，也承认他的"想法也许表现得太有乐趣了"。这也说明了在《修道士的论战》中的

笑话中隐藏着有用的告诫，
那个敢说笑话的人
并不是要找谁报仇，
也不是要侮辱他或折磨他。②

《修道士的论战》和《反修道士的论战》这两部长诗以其说笑带讽刺的独特风格，在波兰文学史上占有重要的地位。作者直面现实，虽在某些方面有些夸张的描写，但他作为一个波尼亚托夫斯基朝廷里的改革派对波兰社会有碍改革和复兴波兰的各种落后现象的揭露是前所未有的。他深刻揭露了导致波兰第一次被瓜分的原因，因而也表现了对波兰黑暗现实的强烈不满。

《讽刺诗集》出版于1779年，也是诗人早期重要的作品之一，主要揭露波兰社会中的一些不良风习，如赌博、酗酒、伪善、欺骗和挥霍浪费等。如《名望》一诗中，诗人描写的主人公沃伊切赫出生于一个显赫的家族，他的祖上都是做官的，他的出行原来也离不开四轮马车，桌上少不了香槟酒，但是由于他挥霍浪费，到最后就彻底破产了。在一次去意大利的旅行中，"他走的时候很高贵和体面，回来的时候虽仍道貌岸然，但已经成了一个赶时髦的乞丐了。"③诗人告诫人们：

奢侈豪华只能得到表面上的荣耀，

---

① 卡齐米日·布齐克、兹吉斯瓦夫·利贝拉、雅德维加·皮耶特鲁谢维乔娃、弗瓦迪斯瓦夫、希什科夫斯基，《波兰文学史，从有文字记载到18世纪末》，国家学校出版机关，华沙，1956年，第246页。
② 同上，第248页。
③ 伊格纳齐·克拉西茨基，《讽刺诗和书信》，奥索林斯基民族出版机关，弗罗茨瓦夫，1988年，第XXVIII页。

它虽然使我们显赫和气派，
可是它会叫我们灭亡。①

《摩登的妻子》一诗描写一个女人一味追求外国的打扮和享乐，把丈夫的积蓄都花光了，揭露了贵族阶级的享乐腐化、奢侈浪费。在另一首诗中，诗人告诫人们，一切都要保持克制，养成勤俭节约的好习惯，对什么都不要贪得无厌和过分地追求：

要警惕奢华的滋生，
否则就不能节制，
满足于朴素的衣装，
一个铜板的收入只要有用，
也胜过一百个金币。②

一个人要常保持清醒的头脑，

如果上天给了你葡萄酒，
那是为了使你的头脑更清醒，
享用上帝的赐予不要过分。③

诗人对那些一味讨好占领者、出卖民族利益的人和骗子深恶痛绝，他说：

卖国贼和伪君子是不会变得高尚的，
你可以欺骗人们，但骗不了上帝。④

——《隐伏的和公开的仇恨》

他因为拥护波尼亚托夫斯基国王的改革政策，对那些保守贵族对国王的攻击也很不满。在《致国王》一诗中，他表面上学着那些人想要审判国王的姿态，实际上在暗示他们那些攻击的言论都是造谣诽谤，别有用心。诗人有他的道德标准和社会理想。在他看来，国王和朝廷里包括他在内的改革派实行改革的目的：一是要提高人们的道德水准，二是要人人平等，每个人都要努力地工作，创造自己幸福

---

① 伊格纳齐·克拉西茨基，《讽刺诗和书信》，奥索林斯基民族出版机关，弗罗茨瓦夫，1988年，第XXIX页。
② 同上，第XXX页。
③ 同上，第XXX页。
④ 同上，第XXVII页。

美好的生活：

> 兄弟,黄金不能带来幸福,幸福不是黄金,
> 世上万物的根基是对上帝的敬仰,是道德。
> 一栋房子没有牢固的根基就会倒塌,
> 我们的秩序,我们的国家要长治久安。
> 要改变习惯,努力地工作,
> 愿所有的波兰人生活美好,幸福安康。①
>
> ——《隐伏的和公开的仇恨》

他设想的农村也是一个"自由、幸福的农村",

> 庄园呈现出最美的景色,
> 希望已经实现,
> 农民获得了虽然不大
> 但是实在的利益。②

《童话和寓言集》也出版于1779年,作品涉及内容广泛,有的针对波兰现实,有的揭露大自然或人世间的丑恶,富于哲理。如在《笼中鸟》一诗中,小黄雀问老黄雀:"你在鸟笼里不是比在田野里更好吗,为什么要哭呢?"老黄雀回答说:"你是在笼子里生的,不知道什么叫自由。可我本来是自由的,现在被关在鸟笼子里,所以我要哭。"③诗人以鸟被关在笼子里,不能自由飞翔的比喻,说明波兰人民在波兰1772年被沙俄、普鲁士和奥地利三国瓜分后,就失去了自由。

在《一块冰和水晶》中,诗人写泥泞中有一块冰,它看到水晶是那么晶莹剔透,便产生了妒忌心。它请求太阳来把它照亮,太阳光照确实使它变得像水晶一样地透明,但它不久就溶化在泥泞中,变得和泥泞一样。在作者看来,世上的一切,不管是什么,如果自己无能,就不要去逞能,这会适得其反。

在《老爷和狗》中,有一只狗为了防盗贼,吠叫了一夜。因为它叫醒了主人,第二天被打了一顿。这天夜里它不再吠叫了,可主人的家里却被盗了,这只狗又因为没有提防盗贼,被打了一顿。作者通过这个寓言故事的叙述,说明一个人无论对待什么都要宽厚仁慈、明事理,因为苛求会给对方造成屈辱。

《羊羔和狼》和《狼和绵羊》这两个童话要说明的都是大自然弱肉强食的道理。

---

① 伊格纳齐·克拉西茨基,《讽刺诗和书信》,奥索林斯基民族出版机关,弗罗茨瓦夫,1988年,第XXVI和XXVII页。
② 同上,第XXXII页。
③ 《波兰童话集》,奥索林斯基民族出版机关,弗罗茨瓦夫,1983年,第264,265页。

在《羊羔和狼》中，两只狼在林子里抓到了一只羊羔，要美餐一顿。一只狼问：我们为什么要这么做？另一只狼说：因为羊羔弱小，在林子里，它的肉又味道鲜美。两只狼便把它吃了。《狼和绵羊》的寓意更深，说的是一只狼为了捕食，不小心掉进了一个洞穴里，出不来。后来一群绵羊发现了它，狼假装善良地对羊群说：我是自己跳到这里面的，我要忏悔，因为我过去行凶作恶，吃过你们。绵羊们见它这样，要把它救出来。狼开始还假装不愿意，等到愚蠢的绵羊把它从洞里救出来后，它把羊全都咬死了。作者告诫人们，千万不要相信那些恶魔的谎言，对他们是不能发善心的，否则就会带来灾祸。

还有一些寓言故事从世间好的方面，说明了劳动创造了世上的一切，诗人颂扬了创造物质财富的农民。如在《酒和水》中，酒有一次对水说，我给贵族老爷和农民都提供了方便。水说：如果农民没有我，老爷也就见不到你了。农民种庄稼或者果树，要水的灌溉，有了成熟的谷米和葡萄，才能够酿酒，没有农民的劳动，贵族老爷什么也得不到。

《哲学家和农民》说的是有一个伟大的哲学家，他什么事情都想。他想得很多，也说得很多。有一天，他见到了一个农民，这个农民不识字，没有读过书，也没有说话技巧。他对哲学家说：牛为我耕地，蜂为我酿蜜，狗是那么忠实，喜鹊在篱笆上总是高兴地叫着，一个人只会空谈，不会做事，还不如什么都不说。诗人在这里描绘了一幅田园美好生活的图景，他把贵族比作只会空谈的哲学家，认为农民虽然没有文化，但他们创造了人类赖以生存的物质财富，比那些一味空谈、不事劳动却又自视高贵的贵族更应受到尊重。

波兰小说形式的作品开始出现在18世纪上半叶，它和巴洛克时期记事散文不同的是，它不仅有作者的虚构，而且不再反映宗教内容，而侧重于社会事物和人物心理的描写，因此它所表现的内容更加世俗化，更直接地反映作者的感受。这种作品的产生，曾受到西欧各国主要是英、法等国的小说的影响，如法国作家费奈隆(1651—1715)的《泰雷马克历险记》、勒萨日(1668—1747)的《吉尔·布拉斯》、卢梭(1712—1778)的《新爱洛伊丝》、英国作家笛福(1660—1731)的《鲁宾逊漂流记》和理查逊(1689—1761)的《帕米拉，又名美德受到了奖赏》等。

1776年，克拉西茨基出版了他的第一部长篇小说《米科瓦伊·多希维亚德钦斯基的奇遇》，这也是波兰文学史上的第一部长篇小说，占有重要的地位。小说分三个部分：第一部分写主人公米科瓦伊·多希维亚德钦斯基出生于一个旧式贵族家庭，这个家庭的成员思想保守，因为没有受过新的教育，所以愚昧无知。在主人公年少的时候，父母虽然请了一个法国人担任他的家庭教师，但是这个教师有酗酒的恶习，平日还喜欢做许多冒险的举动。多希维亚德钦斯基在他的影响下，也想到外面去过流浪的生活，后来他离家出走，来到了首都华沙，后又到过巴黎。他在华沙的一个法院工作过一段时间，看到了这里的贪污腐败、收受贿赂十分严重。但他自己的行为也不检点，他在巴黎大肆挥霍，还常去赌场，又输了钱，因此他借了许多债,后来为了躲债,又逃离了巴黎。小说第二部分写主人公的一次冒险。他离开巴黎后,来到了荷兰的阿姆斯特丹,又在这里乘船漂游在海上。后来他的船被风浪打坏了,他被抛到了一个叫尼普的岛上。多希维亚德钦斯基在这里遇到了一个智者,智者根据卢梭的小说《爱弥儿》中反映的思想观点,崇尚理性,接近自然,对普通人"富有同情",热爱劳动,要他学习尼普岛上居民的生活方式。这里的居民没有设置他们的行政管理机构和法庭,他们不经商,也不使用钱币,但他们都拥有土地。每个人都在自己的土地上耕作,靠劳动养活自己,邻里之间和睦相处,互助互爱,没有等级之分,大家都遵守一个自然的法则。像法国18世纪启蒙思想家所说的那样:人生来就是平等和自由的。多希维亚德钦斯基于是也像尼普人一样,学会了参加劳动,从而改变他身为贵族的种种恶习,他在这个时候的一篇日记中写道:

> 我参加劳动开始也觉得受不了,但后来我逐渐感到这是一种愉快的享受。原先,汤药治不好我身心的不适、感冒和风湿症。但我在劳动中流了很多汗,这些病都治好了,食欲也增加了。①

小说的第三部分写主人公回到了波兰,他决心在他的庄园中,取消农民封建劳役,使他们获得人身自由,代之以土地租赁制,并以此向全波兰做榜样。小说不仅揭露了社会黑暗,也成功地塑造了在劳动中得到改造的旧式贵族,反映了作家所接受的资产阶级启蒙思想。

克拉西茨基的第二部长篇小说《波德斯托利先生》也分三部分,它的第一部分出版于1778年,第二部分出版于1784年,第三部分直到作家死后的1803年才出版。它和作家的前一部小说《米科瓦伊·多希维亚德钦斯基的奇遇》一样,也塑造了一个他认为是榜样的贵族形象。在作者的笔下,主人公在他的领地里,不仅和农民一起参加田间劳动,而且还经营多种副业,如发展林业、培植果树、捕鱼、养蜂,所以这是一个在劳动中致富的贵族地主。平日他和邻居和睦相处,在家里是一个尊老爱幼的好家长,他对他的领地里的农民也很友善。波德斯托利先生认为按照波兰传统,贵族地主是不经商的,所以他依然是一个波兰旧式的封建贵族。虽然他和农民一起劳动,但他并不主张废除在波兰经历了几百年的封建农奴制,他认为:"如果要解放农奴,我们首先要使他们感到适合,感到这个赠品对他们有用,只有在这种情况下,我们才能给予他们自由,给予他们习惯了的自由。"现在"不是要消除农奴制,而是要使它得到改善。"②在克拉西茨基看来,主人公的庄园得到了大发展,这是一个好的典范,但波德斯托利先生和米科瓦伊·多希维亚德

---

① 卡齐米日·布齐克、兹吉斯瓦夫·利贝拉、雅德维加·皮耶特鲁谢维乔娃、弗瓦迪斯瓦夫·希什科夫斯基,《波兰文学史,从有文字记载到18世纪末》,国家学校出版机关,华沙,1956年,第249页。
② 同上,第252页。

钦斯基相比,反映了作者在改革立场上的倒退。这主要是因为当时波兰农奴已经提出了获得人身自由的强烈要求,许多农民都不愿去一些地方的地主庄园那里服劳役,克拉西茨基害怕改革会引起农奴的革命。但他在作品中指出,由于贵族专权和连年战争,波兰城乡经济遭到了严重的破坏,需要大力发展生产并提倡社会各阶层平等,加强团结,这样才能使波兰走向富强。

克拉西茨基是波兰文学史上第一个写了包括几乎所有体裁的文学作品的作家,他也是波兰第一部长篇小说的作者。他的作品对波兰当时的社会生活特别是贵族的生存状态作了广泛和深刻的揭示。他善于以讽刺、幽默的笔调来揭露和鞭笞社会中的愚昧、落后和一切不合理的现象,表示对它的不满,同时他也极力标榜他认为是合乎理想标准的一切,希望通过他所树立的榜样来改造社会,为宣传资本主义启蒙思想作出了很大的贡献。克拉西茨基也是一位语言大师。他的作品一改那些爱在波兰文的行文中夹杂许多当时很时髦的拉丁语、法语或其他欧洲语言的词语的文风,用的是纯粹的波兰语。他还经常采用波兰民间通俗的语言,包括日常用语、成语和谚语等,使他作品中的描写显得优美生动,引人入胜。克拉西茨基为波兰语言的纯洁化,为丰富波兰的文学语言作了很大的努力。

克拉西茨基的小说创作对他同时期的作家也产生了很大的影响。例如季米特尔·米哈乌·克拉耶夫斯基(1746—1817)的小说《沃伊切赫·兹达任斯基》(1785)写的也是一个克拉西茨基在《米科瓦伊·多希维亚德钦斯基》中描写的尼普式的乌托邦世界谢兰。居民在这里除从事农业生产外,还开办了学校,有许多作家从事文学创作,主人公兹达任斯基本想在这里乘坐气球回到波兰,可是一阵风却把他吹到月亮上一个国家的首都瓦巴德—莫多尔去了。兹达任斯基看到这里和华沙一样,官场中贪污腐败成风,他感到很失望,后又来到了波兰的格但斯克,在这里购置了地产,并结婚成家,像克拉西茨基的米科瓦伊·多希维亚德钦斯基那样,做一个以资本主义方式经营土地、富有民主思想的、开明的庄园主。克拉耶夫斯基的另一部小说《波德恰希娜太太》(1786)是《沃伊切赫·兹达任斯基》的续篇,就像克拉西茨基的《波德斯托利先生》一样,也塑造了一个他认为应当成为榜样的贵族形象。波德恰希娜太太是兹达任斯基的妹妹,她有自己的庄园,但她遵循母命嫁给了一个习性懒惰骄横的贵族。她不喜欢这个男人,但她生性善良,对他无微不至的关心赢得了他对她的敬爱,也使他改变了种种恶习。她既是贤妻良母,又和庄园里的农民亲如兄弟姊妹,她不仅和他们一起参加农业劳动,而且时时不忘为他们谋福利。她的哥哥兹达任斯基一次从国外回来,看到她的庄园里兴旺发达的景象而深受感动。她还办了学校和医院,庄园里的农民生病可以在这里得到救治,他们的子弟可以在这里上学。这也是小说作者的理想世界。此外尤泽夫·卡齐米日·科尔文·科萨科夫斯基(1738—1794)的小说《神甫》(1786)也受到了克拉西茨基作品的影响。它描写的主人公是一个神甫,他来到了他叔父让他继承的一个庄园,发现这里经过他叔父20多年开发,已建立了学校、医院、教堂以及进行各种文化活动的场所,庄园里的农民都参与庄园的经营和管理。这个庄园几乎成为一个集体所有制的经济实体。小说作者的社会理想比克拉西茨基的模范贵族又进了一步,这种乌托邦式的理想表现了波兰启蒙运动民主思想已接近于当时英国和法国的空想社会主义。此外,克拉西茨基一生对中国古老的历史和文化也很感兴趣,写过一系列这些方面的著作。

斯坦尼斯瓦夫·特雷姆贝茨基(1739—1812)出生于乌克兰图尔钦一个中等贵族家庭,1753—1757年间在克拉科夫上过中学,1765—1768年又曾就读于法国吕内维尔的一所军官学校,后去过巴黎。在国外期间,他阅读了西欧许多启蒙作家的哲学和文学著作,1772年回国后住在华沙,同时交结了亚当·纳鲁谢维奇,并和波尼亚托夫斯基国王接近,经常参加王宫里每星期四举行的午餐会。1773—1777年间在《快乐和有益的游戏》上发表童话作品。这一时期,他还担任国王的侍从和起草文件的秘书。1773—1780年也是他文学创作的第一阶段,在这段时期创作的诗歌中,他对宗教迷信和一些牧师的愚昧无知进行了讽刺,如在《不需要印出来的颂歌》一诗中,他说:

整个18世纪在宗教的统治下要饿死了,
上帝给予的一切都不理智。①

他极力谴责"那令人气愤的宗教狂热",表示要用"思想的智慧驱散黑暗",让"理智之光"②普照大地。在《取消耶稣会》一诗中,特雷姆贝茨基表面上为教会要取消的耶稣会鸣不平,实际上在揭露天主教多明我会和方济各会教士的愚昧无知和宗教狂热。

在《气球》一诗中,诗人通过华沙一次放飞气球的表演的描写,揭露了社会上的各种宗教迷信的危害,认为一切都要遵循自然发展的规律,但人的智慧又可以战胜大自然,依靠自己的劳动,进行发明和创造。但他也看到,侵略者的掠夺和贵族统治者的怠惰使得波兰国力日益衰退。他在1782年写给作家克拉西茨基的一封信中说:

外国人贪得无厌的索取,
怠惰和游手好闲,
奢侈浪费、堕落、强力和争斗,
使得波兰走向了极端的贫弱。③

---

① 卡齐米日·布齐克、兹吉斯瓦夫·利贝拉、雅德维加·皮耶特鲁谢维乔娃、弗瓦迪斯瓦夫·希什科夫斯基,《波兰文学史,从有文字记载到18世纪末》,国家学校出版机关,华沙,1956年,第234页。
② 同上,第234页。
③ 同上,第236页。

另外，他认为波兰的积贫积弱最后被沙俄、普鲁士和奥地利瓜分是波兰国内无政府主义造成的，可当时波兰巴尔同盟的贵族认为极力主张改革的波尼亚托夫斯基国王对这要负责任；特雷姆贝茨基和巴尔同盟的观点相反，他很明确地指出了国王长期以来"都在力图修复许多世纪以来造成的破坏"。①

> 我们的这种损失不只一点点，
> 可耻的腐化堕落引起了反抗，
> 可是这反抗却指向了
> 那个想要救国的脑袋，
> 于是在瓜分中外国人获利，
> 而我们自己就只有不断地呻吟。②

诗人说的这个"救国的脑袋"就是国王波尼亚托夫斯基。因为他一直是以国王为首的改革派，他也写过一些颂扬国王的功德和反映他的宫廷生活的诗。在政治上，他甚至一度主张联合沙俄，去反对普鲁士，以为这样可以恢复波兰的民族独立，当然这只是一种幻想。但他极力谴责波兰民族那些卖国求荣的败类：

> 卖国贼想要引进外国的雇佣兵，
> 他们受了贿赂，
> 以不正当的手段获得了财产，
> 这是这些大官和老爷的耻辱。③

诗人叫人们不要忘记在波兰古代曾有许多爱国志士，在遇到异族侵犯的时候，为保卫祖国而奋勇地战斗，用他们的智慧、勇敢和流血牺牲，维护了波兰的独立、领土完整和民族尊严，成了流传千古的民族英雄，这是值得学习的。现在所有的波兰人都要像他们那样去努力奋斗：

> 吹响号角，同胞的热情都是值得称道的榜样，
> 想一想那些伟大的名字吧！
> 那是一些永远为人们敬仰的名字，
> 它们是那么响亮，和我们为邻的那些强国
> 听到这些名字都闻风丧胆。
> 唱起来吧！把号角吹响！

---

① 米耶奇斯瓦夫·克利姆维奇，《启蒙运动》，国家科学出版社，华沙，2002年，第199页。
② 同上，第199页。
③ 同上，第203页。

你就会痛心疾首地喊道:
你作为一个后代
不能使一个民族从遭受奴役中奋起。①

特雷姆贝茨基虽然对波兰现实不满,也看不到恢复民族独立的远景,但他在另外一些诗中,对生活却表现了一种乐观主义的心态。即使遇到极大的困难甚至险境,诗人也能保持这种心态:

他以贪婪的眼光望着所有的奇观,
如膝盖上的玫瑰花,臀部上的雪花石膏,
自己的嘴上表露出了美丽的欢欣,
有六次病得快要死去,
但又有六次恢复了健康。②

特雷姆贝茨基作为波兰启蒙运动的代表诗人本是一个理性主义者,他反对封建迷信,极力主张改变波兰社会某些阶层的愚昧和落后的状态,但他并不排斥波兰传统的基督教信仰:

异教的伪善已经消除,
而基督教的奇迹
却阐明了一个悲哀的真理。
18世纪把所有的宗教都铲除了,
只有上帝的智慧依然留存。③

特雷姆贝茨基一生写过许多反映贵族宫廷生活的作品,其中最著名的是他的三首长诗《波文斯基,田园诗》、《空地》和《索菲亚花园》。《波文斯基,田园诗》创作于1774年,主要描写大贵族伊扎贝娜·恰尔托雷斯卡(1746—1835)华沙郊区的一座官邸,诗人因对这个贵族改革派有好感,认为她的这座官邸是最美好的。它表面上看像一个普通的农舍,但里面却蕴藏着所有的神圣和高贵,表现了一种内在的美,"表面上像农舍,里面是神庙,"显示了庄园主高尚的品德和民主精神。诗人由此想起了华沙城里的那些宫殿,认为它们都是罪恶的象征,劳动人民遭受苦难的象征,和恰尔托雷斯卡的庄园成了鲜明的对比:

---

① 米耶奇斯瓦夫·克利姆维奇,《启蒙运动》,国家科学出版社,华沙,2002年,第203页。
② 同上,第196页。
③ 同上,第194页。

啊,城市! 你为什么有那么多的宫殿,
上面浸透了善良人的眼泪?
它们是穷苦人的劳动果实,
可是它们的主人,
喝的是这些不断呻吟着的人们的血,
吃的是他们的肉。①

《空地》写的是波尼亚托夫斯基国王的侄儿、著名爱国将领尤泽夫·波尼亚托夫斯基公爵(1763—1813)的一个庄园的景象。庄园主不仅解放了他庄园里的农奴,改封建农奴制为资本主义的土地租赁制,而且他宣布在他的庄园里宗教信仰自由。诗人认为,这也是一个属于改革派的爱国贵族的庄园,这里的农奴有了人身自由,庄园主在经济上也获得了更大的收益。因此尤泽夫·波尼亚托夫斯基就成了作者心目中的"好老爷"的榜样:

他使下贱的动物获得了人的尊严,
他给了他们自由和养身的工作,
他不是暴君,他们把他当成朋友。②

因为有了庄园主和农民的友好关系,大家齐心协力,便能使农副业生产获得好的收成,使庄园里呈现欣欣向荣的景象:

小绵羊在那里提供了最漂亮的羊毛,
牲畜给农田带来了充分的肥料,
地里的种子长成了最好的庄稼,
蜜蜂酿出比金子还要珍贵的蜂蜜。③

诗人除了表示要波兰所有的贵族地主都像他笔下的主人公那样,友善地去对待农民,认为只有这样,才能消灭压迫,恢复和发展已经败落的全民经济,使波兰走向繁荣和富强。同时他还希望这种启蒙运动的人道主义思想和主张能够在整个波兰得到贯彻,他认为:

美好的思想能够征服所有的城市,

---

① 卡齐米日·布齐克、兹吉斯瓦夫·利贝拉、雅德维加·皮耶特鲁谢维乔娃、弗瓦迪斯瓦夫·希什科夫斯基,《波兰文学史,从有文字记载到18世纪末》,国家学校出版社机关,华沙,1956年,第235页。
② 同上,第235页。
③ 米耶奇斯瓦夫·克利姆维奇,《启蒙运动》,国家科学出版社,华沙,2002年,第209页。

赢得胜利的桂冠,
它将旧思想的俘虏捆绑在自己的战车上。
谁能使弱者不受强者的欺侮和压迫,
他将获得最高贵的荣誉。①

1798年,波尼亚托夫斯基国王死后,特雷姆贝茨基曾经住在亚当·卡齐米日·恰尔托雷斯基的儿子亚当·耶日·恰尔托雷斯基(1770—1861)的庄园里,在生活上得到过他的照顾。后来大概在1804年,他又迁居到了一个反对《五三宪法》并参加了塔尔果维策同盟的大贵族什钦斯内·波托茨基的官邸里。波托茨基在杜普琴建了一个非常漂亮的花园,为了对他的第三任妻子示好,便将它取名为索菲亚花园,并特意请特雷姆贝茨基为它创作了这首就以《索菲亚花园》命名的长诗。该诗于1806年在维尔诺出版。诗人在他的作品中,没有谈到这个贵族的政治立场,他写的是一首歌颂大自然的诗。诗歌不仅是对这个花园的赞美,而且写到了草地和牲畜,诗人把这一切都看成是自然的恩赐,也是大自然的美:

那似锦的繁花令人赏心悦目,
欢迎你,盛产牛奶和蜂蜜的国度。
在你的牧场上,
那咩咩叫着的羊群在迅疾地奔跑,
这是那些毛发丛生的牧羊人的宝贝,
你喂饱了它们,使它们变得又肥又壮。②

特雷姆贝茨基还写过许多童话诗,有的具有深刻的含意。例如有个童话描写一个女地主要将她的女雇工一大早就赶到田里去干活,便让公鸡天没亮就叫了起来,这些女工一气之下,便把这只公鸡杀了;结果第二天晚上,那个女地主闹了一整夜,那些女工也是一整夜都没有睡。作品将人物丑化,有强烈的讽刺意味。在《狮子和苍蝇》中,诗人要表现的是大自然的生存竞争中,弱者也有对付强者的办法:一只苍蝇飞到了狮子的颈子上,狮子极为愤怒,但又没有对付的办法,"它口吐白沫,大声吼叫,眼睛里冒出了火星。"③可是这苍蝇利用狮子的无能,乘机

用爪子在狮子的背上、嘴上、耳朵上乱抓,
后又钻进了狮子的鼻孔里,

---

① 卡齐米日·布齐克、兹吉斯瓦夫·利贝拉、雅德维加·皮耶特鲁谢维乔娃、弗瓦迪斯瓦夫·希什科夫斯基,《波兰文学史,从有文字记载到18世纪末》,国家学校出版机关,华沙,1956年,第235页。
② 米耶奇斯瓦夫·克利姆维奇,《启蒙运动》,国家科学出版社,华沙,2002年,第210页。
③ 同上,第212,213页。

给狮子造成了极大的痛苦。①

特雷姆贝茨基的诗歌充分表现了波兰启蒙运动时期的理性主义、人道主义、爱国主义和朴素唯物主义的思想观点,他希望波兰从长期的落后状态中走向繁荣和富强,这种心愿常常表现在他的作品中。他的作品善于采用波兰民间的语言和古语,他还有意识地创造了大众能够接受的许多新词汇,这样便大大丰富了波兰的诗歌语言。特雷姆贝茨基的作品中的形象具有鲜明、具体和丰富多彩的特色,因为他所描写的人物和场景大都是他亲眼所见和十分熟悉的,这样便给读者留下很深的印象。这一切不仅当时得到了很高的评价,而且对之后的波兰浪漫主义文学的发展,产生了深远的影响。

托马斯·卡耶坦·文盖尔斯基(1756—1787)出生于波兰马佐夫舍波德拉谢地区的希利夫纳一个贵族家庭,年少时曾就读于波兰耶稣会在华沙办的一所中学。1774—1779年间,他在波尼亚托夫斯基国王领导下的一个管理军事、财务、外交和公安事务的常务委员会里当过一名文书,参加过国王的星期四午宴。后因他家和华沙总督尤泽夫·维尔切夫斯基在财产问题上发生了纠纷,尤泽夫·维尔切夫斯基依仗权势侵夺了他父亲的庄园,他自己的工作也被解除。为此他曾写过一篇著名的政论,用犀利的笔触揭露了贵族的违法乱纪和强权对弱者的侵害:

有人对我说:胡隆集团遇到伊罗克集团的人便打了起来,他们打死了人,就拿来煮熟后,吃了。我感到遗憾的是,我没有将这件事曝光,没有告诉这个野蛮的民族,杀害一个无辜者是很残忍的……有人告诉我,在立陶宛,有个有钱有势的狂人竟杀害了30个这样的无辜者……我为公民们的忍耐……为我们的法律条文的空洞和无能感到惊奇……②

1779年,文盖尔斯基开始到国外去进行考察,他到过意大利、法国、英国和北美,后于法国马赛去世。他的主要作品都是在波兰国内期间写的。早在1770年,他就在《华沙消息》上,发表了他的处女诗作《给他的国王陛下说的话》,继而又发表了《致亚当·纳鲁谢维奇神父》(1772)和《一个守法的公民》(1774),生前及身后出版的作品有长诗《管风琴》(1784)、《诗歌和散文》(1802)和诗集《不同的诗》(1803)以及书信和童话等。他开始创作时正值波兰遭到第一次瓜分的时期,所以他的作品大都揭露了贵族和僧侣在波兰被瓜分后出卖民族利益的种种卖国行径,如他在《一个守法的公民》中,说那些议会里卖国贼议员

---

① 米耶奇斯瓦夫·克利姆维奇,《启蒙运动》,国家科学出版社,华沙,2002年,第213页。
② 同上,第222页。

想以狡辩来掩饰他们的罪恶,
但这无济于事,
因为不论什么时候,
什么地方遭受的奴役,
都是罪恶和出卖造成的结果。①

但是一个爱国者、一个守法的公民应当

知道和热爱他为祖国担当的职责,
以努力的工作来开发这片肥沃的土地,
要谴责那些卖国的卑鄙行为,
提高人们的道德水平,
如果遇到阻碍,就应当教育人们
懂得什么是公正和勇敢,
以示范代替空谈。②

除了谴责贵族议员的卖国行径之外,诗人对波兰国内的阶级压迫也作了深刻的揭露。有的作品对那些出身高贵的人,甚至指名道姓地声称:

尊敬的尤泽夫!在我这里,
任何人都不要自吹自擂地
说他出身高贵,说他是公爵,
伯爵、男爵或者伯爵的女婿;
说他有许多村庄和城堡,
因为这上面流淌着鲜血,
是强暴和出卖的见证。③

诗人直截了当地对他们说:

你们不要以为你们已经走向了启蒙,
你们依然笼罩在野蛮的阴影中。④

---

① 卡齐米日·布齐克、兹吉斯瓦夫·利贝拉、雅德维加·皮耶特鲁谢维乔娃、弗瓦迪斯瓦夫·希什科夫斯基,《波兰文学史,从有文字记载到18世纪末》,国家学校出版机关,华沙,1956年,第270页。
② 同上,第270页。
③ 同上,第271页。
④ 米耶奇斯瓦夫·克利姆维奇,《启蒙运动》,国家科学出版社,华沙,2002年,第219页。

在《别兰内》这一首诗中，诗人写的是首都华沙市民日常生活的场景，这里也可清楚地看到波兰社会上层和下层人民的不同境遇：

这里的人们处于各种不同的状态，
有的坐在车上，有的步行。
我们来到了一个广场上，
那里有成群的轿式马车，
多么美妙的音乐，多么闪亮的火花，
侍从们高举着漂亮的灯笼，
把官府的大门映照得大放光彩，
这些老爷的生活是多么幸福。
可是有个穷苦人却躺在城墙下面，
生命垂危却得不到救助。
这些当大官的为何如此失察，
难道就找不到一个治病的医生？①

长诗《管风琴》写于1775—1777年间，因为对贪婪和愚昧的教会和反动保守的贵族进行了尖锐的讽刺，一直拖延到1784年才得以出版。即使在国王举行的星期四午宴上，参加者大都是一些属于改革派的爱国者，诗人对他们也不乏讽刺：

这是学者们的午宴，
你大概知道他们的名字，
其中一半不说话，
另一半在打瞌睡，
国王不得不请他们喝酒吃肉，
和他们逗趣，
此外还得给他们支付酬金。②

文盖尔斯基对社会黑暗的讽刺和揭露都是直言的，有时他还点了对方的名字，并不借助于象征和比喻，因此他有时也遭到攻击。但他要伸张正义和维护国家利益的立场是十分坚定的：

仇恨使我不得不采取行动，

---

① 卡齐米日·布齐克、兹吉斯瓦夫·利贝拉、雅德维加·皮耶特鲁谢维乔娃、弗瓦迪斯瓦夫·希什科夫斯基，《波兰文学史，从有文字记载到18世纪末》，国家学校出版机关，华沙，1956年，第273页。
② 同上，第271页。

我没有在地上爬，
我走我自己的路。

黑色的嫉妒心在威胁我，
但我既不是侏儒，
也不是胆小鬼。①

但对那些为改革事业作出过巨大贡献的贵族，诗人却充满了敬意。在他的诗中，不乏溢美之词，如在《写给尤泽夫·扎姆伊斯基的一封信》中，他说：

我在什么地方都会用我的嘴把你赞颂，
给子孙后代说你是一个正直的波兰人。②

文盖尔斯基进行文学创作时间不长，他一生发表的作品也不很多，但却表现了鲜明的思想个性和艺术特色。这首先表现在他的爱憎分明的阶级立场上。他极端仇视那些对外卖国求荣，对内欺压老百姓的贵族统治者，而对被压迫者表示了深切的同情。他民主主义的思想观点和他作品中的直抒胸臆和讽刺笔调，为波兰启蒙运动文学增添了亮丽的色彩。

尤利扬·乌尔森·涅姆采维奇（1757—1841）出生于立陶宛布列斯特近郊斯卡基村一个中等贵族家庭，年少时曾就读于华沙军事学院，后来当过亚当·卡齐米日·恰尔托雷斯基的副官，由他资助曾长期出国考察，到过意大利、法国、德国和英国。在四年议会期间，他也是爱国阵容里最积极的活动家之一。在1791年和1792年间，他和塔杜施·莫斯托夫斯基、尤泽夫·韦伊森霍夫合办《国民和外国报》，大力宣传救国救民的思想和主张，并于1791年发表著名喜剧《使者的返回》。在科希秋什科起义爆发期间，他曾任科希秋什科的副官，参加了起义战斗，起义失败后曾被囚禁。沙皇巴维尔③登基后将他释放，然后他便去了美国，在那里侨居了11年。1807年拿破仑在波兰建立了华沙公国，他回到波兰，在华沙公国和后来沙俄占领者建立的波兰王国期间，参加了许多争取民族独立的政治活动，并于1815年和1821年发表了小说《两个谢切霍夫先生》和《列伊贝和肖拉》，于1816年发表了著名的《历史之歌》。十一月起义失败后，他仍侨居国外，一直到逝世。

喜剧《使者的返回》是涅姆采维奇最著名的作品。它主要描写了几个在波兰

---

① 米耶奇斯瓦夫·克利姆维奇，《启蒙运动》，国家科学出版社，华沙，2002年，第221页。
② 卡齐米日·布尔克、兹吉斯瓦夫·利贝拉、雅德维加·皮耶特鲁谢维乔娃、弗瓦迪斯瓦夫·希什科夫斯基，《波兰文学史，从有文字记载到18世纪末》，国家学校出版机关，华沙，1956年，第270页。
③ 沙皇巴维尔一世（1754—1801），沙皇彼得三世和叶卡捷琳娜二世的儿子，1796—1801年在位。

贵族阶级中政治态度针锋相对的人。地主管家和他的儿子瓦列内都是四年议会的议员,是当时爱国阵容的活动家,瓦列内在和另一个剧中人沙尔马茨基的谈话中,说波兰是一个"坚强的民族","它将甩掉套在自己身上的枷锁","推翻暴君的统治,建立自由的政府。"① 可是剧中的族长加杜尔斯基和他妻子的一言一行都表明他们要坚决维护旧的封建秩序,反对一切有利于民富国强的政治改革。加杜尔斯基说议会中的自由否决权和传统的封建农奴制都绝对不能废弃。他平日爱高谈阔论,可他实际上不学无术。剧作家笔下的沙尔马茨基是个贵族出身的浪荡子弟,他整天无所事事,只知道出外打猎或追逐女人,可是他又看不起那些庄园里的奴仆。当瓦列内向他赞颂法国大革命为人民争得了权利的时候,他说革命给巴黎造成了一片混乱,他就是从那里逃出来的,反映他极端害怕革命的心态。加杜尔斯基和沙尔马茨基是剧作家极力讽刺和批判的对象。剧本的结尾,地主管家表示要让他管理的庄园里农奴恢复人身的自由。作品具有强烈的政治倾向,它因为指责了议会上的自由否决权,触犯了大贵族的利益,激起了一些贵族议员的抗议。

小说《两个谢切霍夫先生》是以两代人的回忆录的形式写成的。一代生活在萨斯基时代②,在作者笔下,这一代人极力维护封建传统,思想保守,不接受任何新鲜事物;另一代和作者生活在同一个时代,赞同改革。《列伊贝和肖拉》写的则是两个犹太人的爱情故事。《历史之歌》是用叙事诗形式写成的,共34首,除以波兰最古老的民歌《圣母歌》作为第一首外,后面的33首像写历史一样,从波兰于10世纪建国,直到作者生活的时代,按顺序对波兰历史上几乎所有的国王和著名的历史人物的业绩,都作了真实的介绍,极力歌颂了他们中的杰出代表。如它在写到波兰的开国国王彼雅斯特时,说他既爱上帝又爱人民,因为他接受了罗马的天主教信仰,他给饥饿的老百姓散发食品和饮料,对他们说:"剑和犁是波兰人的力量。"③剑可以防备异族对波兰的侵犯,犁用来发展生产,使老百姓过上幸福美好的日子,老百姓都拥护他。后来经过多年的战争,到14世纪卡齐米日三世国王④执政的时候,波兰经济走向了发展和繁荣:

> 这是一个五月的艳阳天,
> 细雨滋润着宽阔的农田,
> 它唤醒了沉睡的禾苗,
> 养护着这一片绿野。⑤

---

① 尤利扬·乌尔森·涅姆采维奇,《使者的返回》,奥索林斯基民族出版机关,弗罗茨瓦夫,1981年,第48页。
② 指波兰18世纪上半叶,也就是启蒙运动来到之前的那个时代。
③ 尤利扬·乌尔森·涅姆采维奇,《历史之歌》,书籍出版合作社,华沙,1948年,第7页。
④ 卡齐米日三世国王(1310—1370),1333—1370年在位。
⑤ 尤利扬·乌尔森·涅姆采维奇,《历史之歌》,书籍出版合作社,华沙,1948年,第25页。

>荒原从此被开发,
>建起了一座座城市,
>还有许多城堡,和防止
>敌人侵犯的塔楼和工事。①

国王也经常和老百姓在一起:

>他不止一次地来到农民中,
>和他们谈话,
>关心他们的劳作,
>为他们解除纠纷,
>纠正他们的错误,
>还对他们进行赏赐。
>他的奖赏无比珍贵,
>他们都叫他农民的国王。②

1410年,由于波兰和立陶宛联军在格龙瓦尔德打败了十字军骑士团,使波兰北方的人民不受十字军骑士团的侵扰,所以那些为这次伟大胜利作出了牺牲的人们也值得纪念:

>为夺得这次胜利所表现的
>勇敢精神是值得赞扬的,
>那些勇敢地参加过
>战斗并为此立了功勋
>的人们值得万世的敬仰。③

在16世纪中叶,瑞典封建主曾大举侵略波兰,战争初期,侵略者曾占领了波兰大片的国土,当时著名的统领斯泰凡·查尔涅茨基力挽狂澜,率领波兰军队,英勇抗敌,终于把侵略者赶出了自己的国土。涅姆采维奇称赞他是一个"无所畏惧的骑士,所到之处,像雷电一样地闪光"。"人民在为这个勇士欢呼"。④ 波尼亚托夫斯基国王的侄儿尤泽夫·波尼亚托夫斯基公爵参加过科希秋什科起义,后又参加了拿破仑的军队,为恢复波兰的独立而战。他牺牲后,涅姆采维奇在诗中赞

---

① 尤利扬·乌尔森·涅姆采维奇,《历史之歌》,书籍出版合作社,华沙,1948年,第26页。
② 同上,第26页。
③ 同上,第34页。
④ 同上,第96,97页。

叹说：

> 谁为祖国而战斗，英勇地倒下了，
> 正义的上帝将赐予他桂冠
> 和永远的荣光。①

涅姆采维奇的作品表现了炽热的爱国主义思想情怀和对下层劳动人民疾苦的同情，他的作品特别是《历史之歌》在波兰国家面临危亡的时候，大大地增进了波兰人的民族自豪感，对后世产生了深远的影响。

雅库布·雅辛斯基(1759—1794)是波兰启蒙运动末期最著名的革命诗人。他出生于波兰库雅维地区一个贵族家庭，曾在一个大贵族家庭里当过家庭教师，因宣传民主思想而被主人辞退，后在波兰军队里当了一个上校级的军官。科希秋什科起义爆发后，他于1794年4月23日在立陶宛领导过维尔诺的爱国军民举行起义，击溃了沙俄的军队，解放了维尔诺。7月，俄罗斯和普鲁士两支军队包围华沙，他作为起义领导机构设立的雅各宾俱乐部的成员之一力主与侵略军战斗到底，而他自己在保卫华沙的战斗中，也英勇地牺牲了。

雅辛斯基的诗歌和他的革命人生一样，充满了对现实的批判。他首先揭露了教会布道的虚伪，认为神父对教民的祝福只是为了骗钱，教会本身就是统治阶级对穷苦老百姓进行封建压迫的工具。在谈到宗教教义的时候，他说：

> 圣水、花环和蜡烛都不能
> 使任何人变得神圣，
> 作为一个圣者，
> 他首先要有品德。②

他认为在这个世界上，

> 不论是君主，还是奴隶
> 只臣服一个上帝，
> 那就是大自然，
> 大自然并不认为

---

① 尤利扬·乌尔森·涅姆采维奇，《历史之歌》，书籍出版合作社，华沙，1948年，第105页。
② 卡齐米日·布齐克·兹吉斯瓦夫·利贝拉、雅德维加·皮耶特鲁谢维乔娃、弗瓦迪斯瓦夫·希什科夫斯基，《波兰文学史，从有文字记载到18世纪末》，国家学校出版机关，华沙，1956年，第321页。

我们之间有等级之分。①

作为一个启蒙运动时期的理性主义者,雅辛斯基首先崇尚的是人的智慧、科学和劳动:

没有劳动,
就不会有幸福,
你一定要工作,
世界由于你在为它工作,
会对你表示友好,
而你从它那里
会得到回报。②

在《致流浪者》一诗中,他极力赞扬起义领袖科希秋什科的革命精神,说他在为了伸张社会的正义而斗争。他号召波兰人以法国大革命为榜样,打倒一切压迫者,为争取"自由和平等"而战斗。他认为只有推翻了暴君和独裁者,才能使人民获得自由,才能实现人人平等,因为

残暴的统治者把人们当牲畜,
所以你要把你低下去的头抬起来,
要实现你做人的尊严,打倒暴君。③

也只有推翻了暴君的统治,

战火才会熄灭,
部落和部落之间
才会出现永久的和平。
到那时,
世界就会恢复它的本来面貌,
人类所有的氏族都和兄弟一样。④

---

① 卡齐米日·布齐克、兹吉斯瓦夫·利贝拉、雅德维加·皮耶特鲁谢维乔娃、弗瓦迪斯瓦夫·希什科夫斯基,《波兰文学史,从有文字记载到18世纪末》,国家学校出版机关,华沙,1956年,第321页。
② 同上,第322页。
③ 同上,第323页。
④ 同上,第324页。

1793年1月,法国资产阶级革命让国王路易十六上了断头台,消息传到波兰后,波兰的国王和贵族统治者感到恐慌,发表了许多不满的言论,还为路易十六的死表示哀悼。作为一个革命诗人,雅辛斯基当即据理批判了这种反革命的思想立场,他在《在波兰王室为路易十六的死举哀时写的诗》中写道:

当一个无辜的善良人成为傲慢、
偏见和仇恨的牺牲品的时候,
当千百万的穷苦人
流离失所,骨肉分离,
被暴君像牲口一样宰杀的时候,
当你们的财产、荣誉
和自由全都被剥夺了的时候,
你们为什么要为
这个被砍了头的国王哭泣。①

诗人还要大家斩钉截铁地表示:"我们说:让国王全都死去,世界才会自由!"1794年3月,正当科希秋什科起义爆发的前夕,雅辛斯基在《致国民》一诗中,号召波兰人抛弃一切幻想,以法国大革命为榜样,参加到争取自由的斗争中去:

国民们,不要相信外国的保证。
死亡还是得救全看你们自己的努力。
也不要怕你们戴了多么沉重的枷锁,
如果人民说,我们要自由,
他们就会获得自由。
你们要以西方为榜样,
暴君有多大力量,你们也会有多大力量。②

雅辛斯基号召人民参加战斗,不仅是要打败侵略者,而且也是要消灭那些波兰的卖国贼:

前进吧!祖国在召唤你们,用你们的剑
将那些来犯者和叛逆者全都砍杀。③

---

① 卡齐米日·布齐克、兹吉斯瓦夫·利贝拉、雅德维加·皮耶特鲁谢维乔娃、弗瓦迪斯瓦夫·希什科夫斯基,《波兰文学史,从有文字记载到18世纪末》,国家学校出版机关,华沙,1956年,第324页。
② 同上,第326页。
③ 同上,第326页。

就在 18 世纪 80 年代，波兰文坛又出现了两个新的文学流派：洛可可和感伤主义。洛可可源于法国，法文 rocaille 意思是贝壳，是法国国王路易十五时期，贵族和新兴资产阶级崇尚的以纤细、轻佻和繁琐为特点的一种艺术风格，常见于建筑装饰和家具陈设。洛可可风格的府邸建筑一般不求豪华而讲究使用方便，崇尚洛可可风格的诗人大都写一些短小的爱情诗和田园诗。这种艺术风格当时很快就传到了欧洲各国，波兰洛可可的代表诗人为尤泽夫·希罗诺夫斯基和菲利克斯·加夫齐茨基，感伤主义的代表诗人为弗兰奇谢克·卡尔平斯基和弗兰齐谢克·迪奥尼齐·克尼亚什宁。

尤泽夫·希曼诺夫斯基(1748—1801)出生于马佐夫舍一个贵族家庭，年轻时曾就读于华沙贵族青年学校，并曾长期居住在奥古斯特·恰尔托雷斯基的府邸，和恰尔托雷斯基一起参加过国王的星期四午餐。他 1779 年发表的《关于鉴赏即爱好的信》中提出了他的洛可可的文学观点。他认为：艺术鉴赏的对象是作品中表现的敏感、细腻和柔情，但这是心灵的敏感，是良心的表白。他反对古典主义那样强调文学的教育意义，认为诗歌要表现贵族沙龙中高雅的风度。

尤泽夫·希曼诺夫斯基一生写过许多爱情诗、田园诗和颂诗，大都表现了欢乐的情绪：

游戏，游戏，
我在游戏中感受到了乐趣，
在乐趣中感受到了生活的甜美。[1]

诗人往往在田园诗中表现爱情，显示了人的爱情就像大自然一样，是那么纯真和美丽：

在玫瑰花的旁边，
丛生着嫩绿的小草，
还有那英俊潇洒的安泰克
和活泼可爱的安努霞。[2]

希曼诺夫斯基也写过许多富有爱国主义情调的诗歌。如在 1792 年和科希秋什科起义期间，他在一首诗中写一个小伙子响应号召，奔向波兰人民反抗沙俄侵略的战场时，和他的情人告别的动人的情景：

---

[1] 米耶奇斯瓦夫·克利姆维奇，《启蒙运动》，国家科学出版社，华沙，2002 年，第 320 页。
[2] 同上，第 322 页。

一个欢乐的时刻已经来到,
战斗的号角在召唤他,
但他却不得不向她悲哀地
说了一句:亲爱的卓霞,
祝你健康!①

主人公最后对他的情人坚决地表示:

为了保卫祖国,
我不管有什么伤痛,
也不怕箭戟和刀枪。②

在《科斯杜希和奥列希》一诗中,诗人还赞颂了波兰历史上抗击异族侵略的伟大斗争,叫人们不要忘记:

那英雄的世纪虽已令人惋惜地逝去,
可是它的俊美,它那高涨的热情
却给我们增添了不可战胜的勇气,
它的光辉依然令人敬佩地普照大地,
这是骑士精神的世纪,为了祖国,
为了你,我的姐妹!
你会回到你的少年时代,
那些在战斗中受了伤的英雄
会把他们得到的花环献给你。③

诗人从表观洛可可风格的自然美到歌颂爱国主义和英雄主义,使他的诗歌创作达到了一个很高的境界,因此也就大大超出了波兰洛可可审美标准的范围,在当时波兰的文坛和整个社会,都产生了广泛的影响。

菲利克斯·加夫齐茨基(约 1750—1836)也是一个洛可可派的诗人,参加过 1794 年爆发的抗俄民族起义。此前他写过一系列田园诗,都发表在《快乐和有益的游戏》上,表现了细腻和自然的风格。如在《清晨》一诗中,诗人描写了乡村的风光:

---

① 米耶奇斯瓦夫·克利姆维奇,《启蒙运动》,国家科学出版社,华沙,2002 年,第 324 页。
② 同上,第 325 页。
③ 同上,第 327 页。

当看门的宣布拂晓来到的时候，
远方便传来了百灵鸟清脆的歌声，
太阳升起，使月亮变得暗淡无光，
可是玫瑰花萼上却闪烁着晶莹的夜露。①

诗人也赞颂下层劳动人民的美好品德，对他们被压迫的处境表示同情：

这就是人民，身披沉重的枷锁，遭受屈辱，
却有着人间最美好的品德和大自然的纯真。②

弗兰奇谢克·卡尔平斯基（1741—1825）是启蒙运动时期感伤主义的代表诗人。他出生于霍沃斯科夫一个小贵族家庭，曾就读于乌克兰斯坦尼斯拉夫的一所耶稣会的学校，后又在利沃夫耶稣会的大学里深造，1765年毕业，获得了神学学士和哲学博士学位。卡尔平斯基在大学学习时开始写诗，因为表现了卓越的才华，在70年代和80年代已享誉利沃夫诗坛。这期间，他常被利沃夫的一些贵族邀请去他们的府邸朗诵他的作品。1780年，他接受亚当·卡齐米日·恰尔托雷斯基公爵的邀请，在公爵府里当了一个秘书。但他不善于处理官场的事务，在1783年又离开了公爵府，后在一些贵族的府里当家庭教师，这期间出版了一系列诗集，总称"诗歌和散文的游戏"。作为一个感伤主义诗人，他在《论散文和诗中的修辞》一文中，认为表现"心灵的感受"乃新诗的主要职责。③ 像法国启蒙运动的思想家和文学家卢梭那样，认为只有"心灵的感受"才能使诗歌与大自然发生联系。一个诗人如果没有激情和敏感，那么大自然对他来说，就是没有生气的。敏感的诗人从大自然那里可以获得灵感，因此诗歌要塑造对大自然有感情的人物形象。卡尔平斯基认为感伤主义诗歌和洛可可诗歌不一样，洛可可对爱情的描写总是游戏的，而感伤主义的爱情却是严肃的，充满了诗情画意：

谷地里流过一道溪水，
溪水畔耸立着高大的白槭树。
我和你、尤斯蒂娜在这里，
度过了一个甜美的夜晚。
这个夜晚是那么短暂，
马上就迎来了黎明。
爱情带走了我们的梦，

---

① 米耶奇斯瓦夫·克利姆维奇，《启蒙运动》，国家科学出版社，华沙，2002年，第331页。
② 同上，第332页。
③ 同上，第257页。

爱情就在不成眠的梦中。①

大自然可以使诗人感到美好,但也可以引起某种哀怨:

太阳东升西落,
光芒普照大地,
可是我的光辉到哪里去了,
为什么到现在还没有显露?
田里的庄稼已经成熟,
一片绿油油,
可是我的庄稼却不见踪影。②

卡尔平斯基也写过富于爱国情调的诗。1789 年也就是在科希秋什科起义和波兰第三次被瓜分之前,他在诗中就号召波兰的爱国者为维护自己民族的独立而战斗:

祖国在召唤我们,
不论男女老少,
都要拿起武器,
去和敌人战斗。③

在他颂扬《五三宪法》的诗《1791 年 5 月 3 日》中,明确指出了这是"民族在政治和道德上的复兴"。波兰在 1795 年被瓜分后,诗人悲愤地说:

我看到,兄弟姐妹
被三个强国分离,
在我们耕种的土地上,
流下了无辜者的血和泪。④

卡尔平斯基作为改革派的拥护者,对下层劳动人民表示了很大的同情。在《致马瓦霍夫斯基》一诗中,他说:

---

① 米耶奇斯瓦夫·克利姆维奇,《启蒙运动》,国家科学出版社,华沙,2002 年,第 394 页。
② 同上,第 390 页。
③ 同上,第 400 页。
④ 同上,第 404 页。

他们生在贫苦的农舍，
这是祖辈给他们留下的遗产。
在苦难的命运中，
他们得到的是被泪水浸湿的面包，
在牲口一样被驱使的劳动中
获得的面包。①

卡尔平斯基的诗歌给波兰启蒙运动增添了新的内容，波兰浪漫主义代表诗人亚当·密茨凯维奇曾给予他很高的评价，说他的诗是"灵感和艺术的结合"。②

弗兰齐谢克·迪奥尼齐·克尼亚伊宁（1749 或 1750—1807）是这一时期感伤主义文学另一个代表诗人。他出生于白俄罗斯维捷布斯克市的一个贵族家庭，曾就读于维捷布斯克一所耶稣会学校，后加入耶稣会。从 1770 年开始，他在华沙一所耶稣会学校里任教，这期间他结识了华沙许多文化界的名人，后又在卢布林省的普瓦维当过亚当·卡齐米日·恰尔托雷斯基的秘书和他的家庭教师。作为一个感伤主义诗人，他的诗首先是和人之常情——喜怒哀乐联系起来的。他在《致读者》一诗中就明确地指出了诗歌所包含的

都是情感，是你的欢乐，
招人喜爱的热情，甜蜜的微笑，
维纳斯主宰，她的诱惑力。③

在《猛然遭受的弹伤》一诗中，他写道：

这是一种什么样的冲动，
我的心中突然掀起了波澜？
就好像有一颗子弹穿身，
厄律齐娜④在看着我。

我的身上又冷又热，
但我却没有疼痛，
这些美丽的话语

---

① 卡齐米日·布齐克、兹吉斯瓦夫·利贝拉、雅德维加·皮耶特鲁谢维乔娃、弗瓦迪斯瓦夫·希什科夫斯基，《波兰文学史，从有文字记载到 18 世纪末》，国家学校出版机关，华沙，1956 年，第 283 页。
② 同上，第 284 页。
③ 米耶奇斯瓦夫·克利姆维奇，《启蒙运动》，国家科学出版社，华沙，2002 年，第 342 页。
④ 这是维纳斯的别号，因为意大利西西里岛的厄律克斯山上，有这个女神的神庙。

给我带来了欢愉,
也使我感到痛苦。①

这些情感的描写并无所指,就像下面一首所说的那样:

为了不再让泪水泉涌般地流出来,
我只好把眼睛放在火上去烤,
为了不让火烧了我的眼睛,
我又把我的眼睛浸泡在泪水中。②

这好像是在情感描写上卖弄技巧,但是他像卡尔平斯基一样,也写过富于爱国情调的抒情诗、爱情诗、田园诗和宗教诗。有许多作品都是和他在华沙和卢布林耳闻目睹和亲身经历过的贵族宫廷生活联系在一起的,如这里举行的各种庆典、旅游和社交活动。在《扬·德凯特之死》一诗中,他对德凯特(1738—1790)这位当过华沙市长和富商,并在四年议会上为维护市民阶级的权益作出努力的知名人物给予了充分的肯定:

市长先生,你要记住!
没有你的关心,我们的岁月,
我们的习惯,我们世纪的更替,
都会遭受损失。③

在《母亲、公民》、《达成一致》、《致塔杜施·科希秋什科》、《致祖国》和《1794年》等作品中,诗人表现了对祖国的热爱,号召人民团结起来,为维护波兰民族独立而战斗。科希秋什科起义刚一爆发,他就想到了《五三宪法》这部能够指引波兰走向繁荣富强的宪法,如在《清晨》一诗中他写道:

你,在寒冬之后,指引我们走向了春天,
就是那天早晨,你的光辉普照大地,
一个令人鼓舞的思想绽开了花朵,
回来吧,那值得纪念的五月三日。④

---

① 米耶奇斯瓦夫·克利姆维奇,《启蒙运动》,国家科学出版社,华沙,2002年,第344页。
② 同上,第344页。
③ 卡齐米日·布齐克、兹吉斯瓦夫·利贝拉、雅德维加·皮耶特鲁谢维乔娃、弗瓦迪斯瓦夫·希什科夫斯基,《波兰文学史,从有文字记载到18世纪末》,国家学校出版机关,华沙,1956年,第285页。
④ 同上,第285页。

诗剧《吉普赛人》写一个吉普赛女人收养了一些被遗弃的孩童,决心把他们抚养成人,然后再交给他们的父母,表现了这个出身于社会底层的普通妇女无私的爱。

第四节
戏　剧

在戏剧表演中,波兰王室宫廷里的表演有着悠久的传统。早在弗瓦迪斯瓦夫四世国王在位期间,就常有意大利的歌剧团来他的王宫表演歌剧。扬·索别斯基在位时,他们又上演了高乃依(1606—1684)的《熙德》、拉辛(1639—1699)的悲剧《昂朵马格》和莫里哀(1622—1673)的《贵人迷》。奥古斯特三世国王在位时(1696—1763,1733—1763 年在位),首都华沙建立了剧院,上演了高乃依、拉辛和莫里哀的戏剧,使民众对法国启蒙运动时期的戏剧有了广泛的了解。除了戏剧,巴赫、亨德尔和梅塔斯塔西奥①的歌剧也得以在华沙上演,但经常是由意大利的歌唱家来这里演唱。此外,一些大贵族和高官也效法王室,在他们的府邸私设剧场,上演意大利歌剧。斯坦尼斯瓦夫·科纳尔斯基(1700—1773)于 1756 年创作和上演的《伊巴密浓达斯的悲剧》在内容上虽然取材于古希腊,但剧中塑造的英雄人物也是对古典主义戏剧远离现实斗争的突破。伊巴密浓达斯(约公元前 420—公元前 362)是古希腊底比斯的军事统帅,他曾率军有效地抵御了斯巴达人的入侵。但由于敌人使用了反间计,他虽然取得了对斯巴达的胜利,在国内反而遭到指控,被指有背叛行为,应判死刑。底比斯的老百姓都拥护他,最后为他洗清了不白之冤。剧中反映的英雄主义和爱国主义思想精神后来在波兰浪漫主义文学中得到了继承和发展。剧作家弗兰奇谢克·博霍姆列茨(1720—1784)在 1758 年出版了《关于波兰语的谈话》,目的在于使全社会特别是年轻的一代,能够正确地运用波兰语作为他们表达和进行交流的工具。他这一时期写过一些喜剧,但可看到他对意大利剧作家哥尔多尼(1707—1793)、古罗马剧作家普劳图斯(约公元前254—公元前 184)和莫里哀的喜剧的模仿。如他的《菲格拉茨基,当今赶时髦的政治家》就仿效了莫里哀的《司卡班的诡计》,写一个从月亮来的单身汉菲格拉茨基怎样欺骗玩弄了一个贵族卢纳茨基。他的创作对莫里哀别的喜剧也有过仿效,但他对社会上的各种恶习,如妄自尊大、铺张浪费、吝啬、毫无意义地赶时髦和愚

---

① 梅塔斯塔西奥(1698—1782),意大利诗人和剧作家。他写过许多歌剧文学剧本,力图把古典主义悲剧的特点同歌剧结合起来,注意编织曲折离奇的故事情节,侧重刻画人物的性格特征,反映现代人的思想感情,使歌剧脚本具有文学性、戏剧性。

昧进行了辛辣的讽刺。除以上之外,这一时期在一些城市,也出现了一些民间剧团的小型表演,它们大都是巡游性质的,没有固定的表演场所,表演的内容大都是娱乐性质的。

波尼亚托夫斯基国王即位后,立即在当时的首都华沙建立了一个大众剧院,同时派人负责建立了三个剧团,一个演法国现代戏,一个演意大利戏,另一个演波兰现代戏。当时法国剧作家德图什①提倡戏剧要表现市民阶层的生活习惯,宣传市民阶层的道德思想,他反对剧中那种滑稽但很庸俗的表演。伊格纳齐·克拉西茨基在《莫尼托尔》杂志上也发表文章,指出戏剧负有改造贵族落后的封建意识、给大众进行启蒙教育的责任。1765年,在华沙大众剧院上演的第一出波兰戏是剧作家尤泽夫·别拉夫斯基(1739—1809)的《淘气鬼》,剧中的女主人公卢岑达是个寡妇,有个破了产的伯爵亚当和另外一个富有的大贵族都在追求她,两个人争着给她送去了很多的礼物,向她献媚讨好。这个剧的构思受到莫里哀的同名喜剧的影响②,但它这里对腐朽的封建贵族进行了讽刺。1766年在华沙大众剧院又上演了剧作家弗兰奇谢克·博霍姆列茨的剧本《历书上的夫妻》,写贵族斯塔鲁什凯维奇有一个女儿爱莉查,有两个年轻人向她求婚:一个是埃尔内斯特上校,他是个外国的贵族兼资本家,很有钱;另一个叫马尔诺特拉夫斯基,是个波兰贵族,他不仅挥霍掉了父亲的全部遗产,而且欠了许多债,妄想用未来妻子的嫁妆来替他还债。剧中还描写了埃尔内斯特上校的一个侍女阿加塔,她本来被认定要嫁给一个波兰贵族,但是她不愿意,最后她嫁给了一个市民出身的男人。剧作者通过对比西欧国家善于以资本主义方式经营行业的新式贵族或者市民和波兰腐朽没落的封建贵族,对后者作了无情的讽刺。

波兰经历了第一次被沙俄、普鲁士和奥地利三国瓜分和四年议会后,一些大贵族个人在华沙创办或资助过一些剧团,它们演出的都是西欧主要是法国和意大利这一时期的戏剧和歌剧。在这些贵族中,有的是四年议会上的保守派议员,他们反对改革,对占领者采取妥协和投降的态度,想利用戏剧的形式宣传他们卖国的施政纲领。除了波兰剧团的演出之外,还有一些其他国家,如法国和意大利的剧团或演员来波兰表演。而波兰的剧作家这一时期也主要是对法国莫里哀等的剧作进行改编,而很少有他们的原创作品。不过这些经过改编的外国剧作因为注入了波兰社会生活的内容和波兰观众喜闻乐见的喜剧形式,上演后也受到了观众的欢迎。由于戏剧演出的频繁,华沙又新建了一些剧院。

1778年,弗兰奇谢克·博霍姆列茨上演了他的喜歌剧《幸福的贫困》。这是

---

① 德图什(1680—1754),法国剧作家。其喜剧《结了婚的哲学家》(1727)获得成功,但同时代的人认为他的剧作道德说教味道太浓,代表作《目空一切的伯爵》(1732)反映了以剧中主人公为代表的贵族与新兴资产阶级的冲突。

② 莫里哀的《淘气鬼》是一出三幕喜剧,写一连串形形色色的淘气鬼阻挠男主角艾拉斯特跟心爱的姑娘奥尔菲斯说话,但最后他还是获得了姑娘的爱。

波兰第一部歌剧,写一个农民的女儿安娜爱上了贫穷的雇农安泰克,但是安娜的母亲看不起安泰克,要把女儿嫁给一个富有的市民扬。这时有一个"好心的老爷"送给了这对年轻的恋人一笔钱财,帮他们建立了自己的农场,因而成就了他们美满的婚姻。由斯坦尼斯瓦夫·希曼斯基(1752—1809)创作的歌剧《卓希卡,或者乡村的求婚》于1779年上演,写一个地主的仆人斯塔赫爱上了一个磨坊老板的女儿,但他们的婚事遭到了地主管家的反对。后来村里的农民说这个管家如果继续干涉两个青年的婚事,他们就要狠狠地揍他一顿,管家害怕了。歌剧充满了喜剧色彩,并在唱词中运用了波兰民间的语言甚至农民粗俗的语言,最后形成皆大欢喜的结局,富有浓郁的乡土气息。这两个剧本如果联系到波兰现实,都反映了农民社会地位的提高。作者力图塑造一个具有民主思想和人道主义精神的富有的贵族庄园主的形象,希望通过这种形象的塑造,缓和农村的阶级矛盾。这一时期波兰最杰出的剧作家是弗兰齐谢克·扎布沃茨基和沃伊切赫·博古斯瓦夫斯基。

弗兰奇谢克·扎布沃茨基(1750—1821)出生于一个小贵族家庭,年少时曾就读于一所波兰耶稣会办的学校,毕业后在波兰国民教育委员会当过录事,后又担任过亚当·卡齐米日·恰尔托雷斯基的家庭教师,并开始在《快乐和有益的游戏》杂志上发表剧作和戏剧评论。在四年议会期间,他和贵族改革派的一些人有密切的联系,发表文章,揭露贵族保守派的卖国行径;1794年参加过科希秋什科领导的抗俄民族起义。扎布沃茨基早期曾经将法国剧作家莫里哀、博马舍等的剧作形式加以改编,创作过反映波兰社会生活的剧作。此外他一生也写过一系列具有鲜明波兰民族特色的戏剧作品,对上层社会的愚昧和守旧以及一些人盲目模仿外国人的穿着打扮和生活习惯进行了尖锐的讽刺。喜剧《纨绔子弟献殷勤》是扎布沃茨基的代表作之一,剧中主人公乃贵族宫廷中常见的那种举止轻浮、好向异性献媚讨好的公子哥儿。他向一个叫波德斯托利娜的非常富有的寡妇求婚,想要从她那里获得大笔钱财,但是他的性格也很单纯,对谁都没有坏心眼,正像他的一个仆人说的那样:

他本性诚实和善良,
但爱挑逗,嗜赌博和酗酒,
常追逐年轻的姑娘。①

这个富婆也很聪明,她了解这个公子哥儿的个性,因此她一方面批评他的轻浮和不懂礼貌,另一方面采取各种手段,使他对她的求婚由追求钱财变成了出于纯真

---

① 卡齐米日·布齐克、兹吉斯瓦夫·利贝拉、雅德维加·皮耶特鲁谢维乔娃、弗瓦迪斯瓦夫·希什科夫斯基,《波兰文学史,从有文字记载到18世纪末》,国家学校出版机关,华沙,1956年,第275页。

的爱,最后形成了皆大欢喜的结局。扎布沃茨基剧中的喜剧人物包含着讽刺意味,比如其中一个人物语带讽刺地形容这个社会说:

> 当哲学家很好,但只能在办公室里,
> 还是做一个纨绔子弟吧!
> 因为这个大世界,他无处不在。①

但是这里的喜剧构思和色彩更符合波兰观众的审美情趣,它的上演不仅当时而且一直到现在,都是波兰剧院的保留节目。

喜剧《信迷信的人》和《贵族生活》则具有更强烈的批判意识。前者的主人公安哲尔姆是贵族出身,很迷信,他认为"狗、乌鸦、麻雀、猫头鹰、鹛鸰和喜鹊都是地狱里或者寓言家从天上派来的使者。"②他不仅迷信,而且在家里还是一个专横的统治者,他家里的其他成员都得听从他的意志。他不同意他的儿子达蒙同一个贫苦出身的姑娘结婚,说:

> 是地狱里的魔鬼要把他们拉到一起,
> 违反父亲的意志,幻想
> 和一个穷姑娘秘密地结婚。③

他威胁他的儿子如果和这个姑娘结婚,就不许继承财产,年轻的达蒙则利用父亲迷信,说如果父亲对他采取强制的态度,就不会有好报,迫使父亲同意了他的婚事。剧作家通过这一对父子的矛盾,指出封建宗法统治既反动又愚昧。《贵族生活》写贵族古隆诺斯和热戈特两家因一笔财产的归属问题发生了纠纷,要打官司,但两家的下一代,即热戈特的儿子拉多米尔和古隆诺斯的女儿阿涅娜相爱,正由于他们的相爱,又使古隆诺斯和热戈特最后消除了纠纷,言归于好。作品揭露了贵族的贪婪和自私,但认为他们中年轻的一代有希望改变波兰的落后状况。

在四年议会期间,扎布沃茨基还写过不少讽刺性的诗歌作品,主要是针对那些出卖民族利益,向占领者妥协投降的贵族议员。正是由于他们的卖国,才使得波兰遭到了第一次瓜分,他直呼他们:

> 卖国贼,你出卖了自己的国家,
> 你践踏了这片土地,

---

① 卡齐米日·布齐克、兹吉斯瓦夫·利贝拉、雅德维加·皮耶特鲁谢维乔娃、弗瓦迪斯瓦夫·希什科夫斯基,《波兰文学史,从有文字记载到18世纪末》,国家学校出版机关,华沙,1956年,第275页。
② 同上,第275页。
③ 同上,第276页。

作为这片土地上的公民，你不配。①

作为波兰文学史第一个喜剧作家，扎布沃茨基一直受到波兰文坛的高度评价。他的作品从产生直到今天，都被认为是经典，而他也被认为是波兰最杰出的剧作家之一。

沃伊切赫·博古斯瓦夫斯基（1757—1829）是波兰启蒙运动晚期最著名的戏剧家。他出生于大波兰地区一个贵族家庭，年少时曾就读于一所皮雅尔僧团的学校，后曾在军队里服役。他年轻就对戏剧表演有很大的兴趣，在华沙和利沃夫的一些剧院里当过演员。1783年，他被任命为华沙国民剧院的院长。1784—1790年间，他曾带领他的剧团在许多城市巡回演出。回华沙后，他仍担任国民剧院的领导工作。波兰被第三次瓜分后他去过利沃夫，1799年又回到华沙，在国民剧院一直工作到1814年。他领导剧团的这些年除上演了波兰戏剧如涅姆采维奇的《使者的返回》和他自己的剧作外，还上演过西欧许多名家如法国剧作家莫里哀、博马舍，意大利剧作家哥尔多尼和德国作家和批评家莱辛的剧作。这些大都是由博古斯瓦夫斯基亲自翻译和执导上演的，有时他还担任由他执导的剧中主要角色的演出，向波兰观众宣传爱国主义和民主思想。

博古斯瓦夫斯基除长期担任过华沙国民剧院的院长、导演和演员外，他创作的剧本主要有：《亨利六世打猎，证实了人民的感谢》和《臆想的奇迹，即克拉科夫人和山民》。前者是根据1737年在伦敦上演的英国剧作家罗伯特·多兹利的两幕话剧《皇帝和曼斯菲尔德的米勒》改编。这出剧说的是一个国王出外打猎，在林子里迷了路，遇到了守林人和一个磨坊老板约翰·科克利。他们很殷勤地将他接到自己家里，予以款待，这时磨坊老板向国王控诉了国王的一个内侍侮辱了他儿子的未婚妻。国王回宫后为对磨坊老板表示感谢，惩罚了那个内侍。这个剧当时曾被翻译成法文，在欧洲一些地方上演，影响很大。博古斯瓦夫斯基将它改编后，虽然保留了罗伯特·多兹利剧中的部分情节，但他不仅突出了劳动人民善良的品德，而且也把国王作为一个关心下层人民疾苦并极力维护他们的权益的君主来描写。他经常制裁那些欺侮压迫穷苦老百姓的贪官污吏，被老百姓称为"庶民的国王"和"农民的国王"。在波兰，有的文学研究家认为：剧作家塑造的这个国王的形象是以波兰历史上某个国王为原型的，但在作者生活的年代，波兰大贵族的封建统治对内压迫劳苦大众，对外卖国投敌，这个形象的塑造只是寄托了他的理想。

《臆想的奇迹，即克拉科夫人和山民》的故事发生在克拉科夫城郊的莫奇瓦村，磨坊老板巴尔特沃米叶伊的女儿巴霞爱上了一个赶车人的儿子斯塔赫，可是巴霞的继母多罗塔也偷偷地爱上了斯塔赫，因此她要把女儿许给一个山民布雷达

---

① 卡齐米日·布齐克、兹吉斯瓦夫·利贝拉、雅德维加·皮耶特鲁谢维乔娃、弗瓦迪斯瓦夫·希什科夫斯基，《波兰文学史，从有文字记载到18世纪末》，国家学校出版机关，华沙，1956年，第279页。

斯。这起爱情纠纷甚至引起克拉科夫近郊农民和附近山民的打斗。这时候,来了一个穷大学生,他将一根电线通电后产生火花,把打斗的双方都吓退了,最后巴霞和斯塔赫喜结良缘,形成了皆大欢喜的结局。但剧作者的意图不只是要写一个曲折的爱情故事,因为他在创作这个剧本的时候,正值科希秋什科起义爆发前夕,克拉科夫还没有被沙皇俄国占领,剧作者描写克拉科夫的农民和山民的打斗到和解,意在说明波兰要团结起来,参加到民族起义的斗争中去,正如一个剧中人物说的那样:

哪个地方有奴役,
那里就没有欢乐,
颈子上套了绳索的
狗也会汪汪地吠叫
谁都渴望自由。①

这个剧上演后,由于它所表现的革命倾向,曾经引起了塔尔果维策同盟的卖国贵族的恐慌,他们曾一度下令禁演该剧。但是它直到今天在波兰仍然获得很高的评价:因为它的"'民族性'不仅限于'赞颂人民'以及在浪漫主义中对波兰性的真正继承。它是建立在更为深刻的基础上——表现克拉科夫人所体现的民族精神的某种特定形式。一个热爱和平的民族受到外族侵略,他们要站起来,去战斗,去胜利。但他们追随理性的声音,不是要复仇,而是要统一。"②"博古斯瓦夫斯基戏剧创作的原则是'建立在坚实信念之上,坚信人性之善,理智的胜利,以及随之而来的普遍正义'。"③博古斯瓦夫斯基因其在戏剧创作中的巨大成就和他长期担任波兰戏剧演出的组织领导、导演和演员,为波兰戏剧事业的发展,作出了前所未有的突出贡献,一直被后世誉为"波兰民族戏剧之父"。

波兰启蒙运动是波兰贵族共和国在它灭亡之前,国内阶级斗争和民族危机表现得最尖锐、最严重的一段时期,也是波兰资本主义开始萌芽,各种新的思想大量涌现的时期。许多著名的政治家、思想家、诗人和作家口诛笔伐,揭露了大贵族造成社会自上而下的无政府状态,使波兰议会无法通过有利于国计民生的决议,经济长期得不到发展,对农奴进行残酷压迫,叛国投敌,使波兰最后被沙俄、普鲁士和奥地利三国瓜分灭亡;改革派还提出了一系列有利于国富民强的改革方案,在1793年还制定了著名的《五三宪法》。其中包括对波兰旧的政治制度、经济和教育等方面进行改革,以新兴资产阶级的科学和民主思想代替封建压迫和封建迷

---

① 卡齐米日·布齐克、兹吉斯瓦夫·利贝拉、雅德维加·皮耶特鲁谢维乔娃、弗瓦迪斯瓦夫·希什科夫斯基,《波兰文学史,从有文字记载到18世纪末》,国家学校出版社机关,华沙,1956年,第318页。
② 达里乌什·考钦斯基,《波兰戏剧史》,仲仁译,中国戏剧出版社,2016年,第134页。
③ 同上,第135页。

信。这些改革都失败后,18世纪末,在法国资产阶级革命的影响下,在科希秋什科起义的斗争中,甚至产生了代表平民阶级利益的革命思潮,这说明这一时期也是波兰历史上思想最活跃的时期,许多先进思想的传播对后世产生了深远的影响。波兰的启蒙运动也是她文学创作空前繁荣的时期,作品形式多样,涉猎社会生活的各个方面,充分反映了反封建的民主思想,对当时的社会改革和启迪民智起了很大的促进作用。波兰于1795年被沙俄、普鲁士和奥地利瓜分后,进入了为恢复民族独立和自由解放而斗争的新时期,这一时期的文学以波兰积极浪漫主义文学为代表。

第五章

浪漫主义时期的文学

第一节
概　述

波兰于1795年被沙俄、普鲁士和奥地利三国瓜分后,经历了长达123年国家沦亡的惨痛历史,直到1918年才恢复独立。这期间,波兰人民从来没有停止过反抗占领者压迫的斗争。1796年,拿破仑统率的法国军队在意大利打败了奥地利军,为了控制意大利,他决心利用要恢复国家独立的波兰人的力量。翌年1月,过去曾是四年议会的议员、参加过科希秋什科起义的扬·亨利克·东布罗夫斯基(1755—1818)将军来到米兰,和拿破仑签了协定,成立"波兰志愿军团"。"军团"的成立受法国大革命民主思想的影响,它提出的口号是"自由的人们都是兄弟"。为了恢复波兰的独立,它曾长期和奥地利军浴血奋战,但它又受拿破仑的控制,参加过拿破仑一系列征服欧洲的战争。1804年5月,法国大革命以后成立的法兰西共和国变为帝国,拿破仑成为法兰西帝国的世袭皇帝,称拿破仑一世。1805年,拿破仑一世在欧洲打了一系列胜仗,这又使许多波兰人都寄希望于他帮助波兰恢复国家的独立,拿破仑也决定再一次利用波兰人。他于1806年底来到华沙,招募了一支三万人的波兰军队,其中包括扬·亨利克·东布罗夫斯基的"军团"战士。1807年初,这支军队相继占领了格但斯克和西波莫热。1807年6月,拿破仑又率领法国军队,在东普鲁士的弗里兰德打败了俄国军队。之后他相继和俄国、普鲁士签订和约,在波兰遭到第三次瓜分时在被普鲁士占领的领土上成立了一个华沙公国,处于他的直接统治下,后来他又把波兰被奥地利占领的部分领土并入这个公国,由他签署的华沙公国的宪法规定:"废除人身依附,全体公民在法律面前一律平等"[①],这首先是废除了农民的人身依附关系,为雇佣劳动的产生创造了前提。此外这部宪法还规定:市民和贵族平等,选举议员以财产为标准,而不再是以门第出身为标准,这样便促使了资本主义的经济基础和社会关系的产生。与此同时,扬·亨利克·东布罗夫斯基的"波兰志愿军团"也并入了华沙公国的军队。1809年,时任华沙公国国防大臣的原波尼亚托夫斯基国王的侄儿尤泽夫·波尼亚托夫斯基和扬·亨利克·东布罗夫斯基率领华沙公国的军队还曾打败奥地利侵略军。

但是拿破仑要实现他统治整个欧洲大陆的野心,因此在1812年6月24日,

---

① 刘祖熙,《波兰通史》,商务印书馆,2006年,第185页。

率领 50 万大军入侵他还没有占领的俄国。在这 50 万军队中,有 10 万是华沙公国的军队。波兰人寄希望于拿破仑能帮他们打败俄国,恢复波兰国家的独立,所以他们在战争中表现得英勇顽强,不怕牺牲,但是拿破仑的军队最后遭到了失败。1813 年 11 月,拿破仑又回到了巴黎。他退位后,俄军占领了华沙公国,华沙公国遂告覆灭。随后俄国、英国、普鲁士和奥地利等国统治者的代表于 1814 年 10 月 1 日—1815 年 6 月 9 日在奥地利的维也纳召开会议,决定建立波兰王国,它的地域包括原马佐夫舍、克拉科夫、卢布林、普沃茨克、桑多梅日、卡利什等省市,首都建在华沙。这个王国的宪法规定,由俄国沙皇任王国的世袭国王,国王统揽全国行政大权,并统率王国的武装力量;但是它又宣布波兰语为王国的国语,公民享有言论、出版、宗教信仰和人身不可侵犯的自由,私人财产神圣不可侵犯,在当时的欧洲,具有一定的进步意义。因为沙皇亚历山大当时并不常在波兰,他曾任命他的弟弟康斯坦丁大公为波兰王国军队的总司令,任命他的一个友人尼古拉·诺沃西尔佐夫为他在王国的全权代表。可是康斯坦丁无视王国的宪法,任意干预他本无权干预的政府事务,打击政府里的改革派,而且破坏波兰军队里的民主制度。诺沃西尔佐夫则对波兰的独立事业和一切具有自由和进步思想的人们采取敌视的态度。沙皇尼古拉一世于 1825 年即位后,也力图改变波兰王国宪法中有关言论、出版、宗教信仰自由的条款,取消波兰的自治,因此和波兰社会各阶层都产生了尖锐的矛盾。由于沙俄专制主义的反动统治,从波兰王国成立伊始,在王国各地的大学生和青年军官、中小贵族和平民中,就建立了不少反对沙皇统治、争取波兰民族独立的秘密革命组织,其中最著名的是 1819 年成立的国民共济会和 1821 年成立的民族爱国协会。民族爱国协会后来还和俄国的一些革命团体有过密切的联系,反对他们共同的敌人:沙俄专制主义。1830 年 11 月,在华沙爆发了波兰人民抗俄民族起义,起义军很快就解放了华沙,在革命群众的压力下,波兰王国的议会宣布罢黜尼古拉一世在波兰王国的王位,成立民族政府,并宣布波兰独立。但是起义没有解决农奴解放和农民的土地问题,结果原来参加起义的农民都纷纷离去,在沙俄当局派军队对起义进行镇压的时候,起义军领导中的保守派又采取不抵抗主义,最终起义遭到失败。

十一月起义失败后,沙皇政府对波兰人民实行前所未有的残酷的民族压迫政策。波兰王国的自治被取消,波兰军队被编入俄国军队,参加起义的军官被捕入狱,或是被流放到西伯利亚。王国的宪法也被取消,占领者在这里强制实行沙皇俄国的各种社会和政治制度。与此同时,普鲁士和奥地利两国政府也追随沙皇政府,在他们的占领区加紧了对波兰的民族压迫。但是波兰人民的解放斗争并没有因此而中断和结束。参加过十一月起义的许多波兰爱国者都流亡到了西欧,主要是法国,历史上称为"大流亡"。他们在法国和英国建立了"波兰民主协会"和"波兰人民村社"等革命组织,宣布要以农民革命来消灭地主土地所有制,以人民武装起义赶走外国占领者,建立民主共和国。在波兰国内,从 19 世纪 30 年代中期开始,爱国者们也建立了一系列秘密的革命组织,1839年在华沙成立的"波兰人民同盟"的领袖是著名的革命民主主义者爱德华·邓博夫斯基(1822—1846)。邓博夫斯基主张通过农民革命在波兰实现社会主义,他是马克思主义在波兰传播以前最杰出的思想家和革命家。

1846年2月20日夜,克拉科夫的城市贫民、工人、手工业者和农民发动武装起义,22日成立了"波兰共和国民族政府",在全波兰首先举起了反占领者的民族起义的旗帜,提出了"每个人将根据他的贡献和能力使用土地,任何形式的特权将于废除。……农民目前使用的土地将无条件地为其所有"①。民族政府还严惩投机倒把,要求提高工人工资,改善了工人生活。这次革命曾被马克思、恩格斯誉为"第一次宣布社会主义要求的政治革命"②。与此同时,在加里西亚也爆发了反封建的农民起义。奥地利便利用这个机会施展阴谋诡计,造谣说奥地利皇帝要解放加里西亚的农奴,而波兰贵族却反对。一部分加里西亚农民受奥地利占领者的蒙骗,站在奥地利军一边,反对起义,他们由雅库布·谢拉(?—1866)率领,在短短的十几天,就捣毁了近500座波兰地主的庄园,杀死了数以千计的地主和地主管家,他们的这一行动虽使这里的农奴制遭到了严重的打击,但他们杀害了许多参加起义的爱国贵族,又帮助了奥地利占领者对起义进行了镇压。克拉科夫起义的领导者爱德华·邓博夫斯基力图把农民反封建的革命运动和波兰民族解放运动结合起来。他派了许多人深入农村,向农民宣传革命的道理,力图把自发的农民运动引上正轨。后来他还亲自带领一支队伍离开克拉科夫,要去争取受蒙蔽的加里西亚农民,结果在路上中了奥地利军的埋伏,在反击中英勇牺牲。邓博夫斯基死后,克拉科夫的贵族和资产阶级害怕农民军进入城市,叫民族政府中的自由派向进逼的俄国军队投降,俄军和奥地利军因此相继进入克拉科夫,起义失败。奥地利政府把克拉科夫起义镇压下去后,在1846年夏天,又把枪口对准了加里西亚起义的农民,使他们遭到了和克拉科夫起义者同样的命运。但是克拉科夫起义作为一次民族和民主革命不仅为19世纪波兰民族解放运动指明了方向,而且也鼓舞了欧洲各国人民的革命斗志。

19世纪40年代末,在全欧洲出现了一场伟大的革命风暴。1848年,在意大利、法国、德国、奥地利、罗马尼亚和匈牙利等国都先后爆发了革命。2月,法国爆发革命,推翻了路易·菲力普的暴虐统治,成立了法兰西第二共和国。3月中旬在维也纳,人民发动武装起义,推翻了梅特涅政府。3月18—20日,意大利爆发了反奥地利侵占的起义,起义军占领了整个伦巴第威尼斯省。欧洲革命的胜利鼓

---

① 刘祖熙,《波兰通史》,商务印书馆,2006年,第240页。
② 由卡尔·马克思、弗里德里希·恩格斯、保尔·拉法格和弗·列斯纳于1880年11月27日联名给11月29日在日内瓦举行的纪念1830年波兰革命,即1830年11月在华沙爆发的波兰抗俄民族起义五十周年大会寄去的一封贺信中说:"在独立的波兰的最后一个角落,即克拉科夫,于1846年爆发了第一次宣布社会主义要求的政治革命。"这封信的原文是波兰文,曾载了"纪念十一月起义五十周年国际大会的报告文集"1881年日内瓦版。中译见《马克思恩格斯全集》,第19卷,人民出版社,1963年,第285、266、267页。

舞了为独立而战的波兰人民，因此这一时期，在波兹南和加里西亚也爆发了武装起义，城市贫民、工人和农民参加起义，表现了波兰民族意识的觉醒和爱国主义精神的高涨。波兰的革命者深知，波兰的民族独立和欧洲各国人民的革命斗争密不可分，所以他们这一时期，也几乎参加了欧洲所有国家的革命斗争，他们的起义虽然失败，但他们在1848年欧洲各国的革命中，建立了不可抹灭的功勋。①

在19世纪60年代初，波兰民族解放运动再次走向高潮。1864年1月，波兰王国爆发了波兰19世纪规模最大的抗俄民族起义，其波及范围不仅是波兰王国，也包括立陶宛和加里西亚。起义者还成立了波兰民族政府，它的参加者分为红党和白党，红党不仅要推翻沙俄占领者在波兰的统治，而且要在波兰王国实行农奴解放，白党则坚持维护封建农奴制，反对农奴解放。可是后来红党面对各种困难，没有能力实行他们主张的农奴解放，这样就无法动员广大农民参加到起义斗争中来。由于沙俄军队的残酷镇压，孤军奋战的起义者最终失败。

扬·亨利克·东布罗夫斯基的"波兰自愿军团"自成立以来，它的军官和战士就写过许多以他们的战斗生活为题材的诗歌作品，统称"军团诗歌"，这些作品既表现了作者们在战斗中取得胜利的喜悦，也反映了他们遭受挫折的痛苦。

例如尤泽夫·维比茨基（1747—1822），他在"军团"成立前就是一个革命诗人，曾参加过科希秋什科起义，后又协助亨利克·东布罗夫斯基参与了"军团"的成立。他最著名的作品是他在"军团"成立后写的一首《军团之歌》。这首诗当时曾有人用波兰玛祖卡的曲调给它谱了曲，在"军团"的战士中传唱，所以它最初叫《东布罗夫斯基的玛祖卡》，又称《军团之歌》。这是一首号召波兰人民参加起义战斗的歌，后来很快就传到了波兰国内，曾经引起沙俄占领者的恐慌，要对它进行查封。因为它的巨大影响，从1926年开始直到今天，它都被认定为波兰的国歌。它一开始就给起义战士下达了战斗的命令：

波兰不会亡，
只要我们还活着，
外国的暴力夺走我们的一切，
我们要用利剑把它们夺回来。②

诗歌也表现了"军团"战士身在异乡对祖国的思念，它联系波兰民族解放运动

---

① 同样在由卡尔·马克思、弗里德里希·恩格斯、保尔·拉法格和弗·列斯纳于1880年11月27日联名给11月29日在日内瓦举行的纪念1830年波兰革命，即1830年11月在华沙爆发的波兰抗俄民族起义五十周年大会寄去的一封贺信中，也曾明确地指出："在1848年和1849年，德国、罗马尼亚、匈牙利、意大利的革命大军都有很多波兰人。他们无论是普通士兵还是指挥官，都表现得出类拔萃。"见《马克思恩格斯全集》，第19卷，人民出版社，1963年，第267页。

② 阿莉娜·维特科夫斯卡、雷沙尔德·普日贝尔斯基，《浪漫主义》，国家科学出版社，华沙，2003年，第59页。

的历史,相信波兰人民有力量,一定能够恢复祖国已经失去的独立和自由。它的副歌像一首进行曲一样唱道:

前进,前进,东布罗夫斯基,
从意大利的土地来到圣母的琴斯托霍瓦。①

说明"军团"战士要从国外回到波兰,为祖国的独立而战。

另一位"军团"诗人齐普利扬·戈德布斯基(1765—1809)是"军团"一位将军雷姆凯维奇的副官,他随"军团"曾多次征战于意大利和德国,在战斗中还负过伤。但他后来看到"军团"所倚重的拿破仑并不关心恢复波兰独立的事业,感到失望,因而改变了对拿破仑的态度。他在诗歌《波兰军团的诗》中,称拿破仑为"骗人的星"②,反映了"军团"战士跟随拿破仑,本以为可以恢复祖国的独立,结果反被拿破仑利用,参加了他在圣多明戈镇压黑人的民族压迫战争。在作品的结尾,诗人还把参加过科希秋什科起义的革命诗人雅库布·雅辛斯基比做古罗马的大诗人维吉尔,说雅辛斯基的战斗精神可以和维吉尔的天才比美。戈德布斯基还写过反映"军团"战士流浪生活的小说。"军团诗歌"表现了炙热的爱国主义情调和革命战斗精神,是波兰在新世纪闪现出的第一道亮丽的霞光,所以波兰伟大的爱国诗人亚当·密茨凯维奇后来说"军团诗歌""以诗开创了现代的历史"③。

首都华沙在斯坦尼斯瓦夫·奥古斯特·波尼亚托夫斯基国王执政时期,曾是波兰的政治和文化中心。在波兰被第三次瓜分之后,它虽然没有过去那么重要的地位,但依然集中了一批科学界和文化界的代表人物。1795—1806年,它属于普鲁士占领区,1807—1815年它是华沙公国的首都,从1815年起又是沙俄占领者统治的波兰王国的首都。由于政局的不断变化,这里波兰人在社会生活的某些方面,曾经获得一定程度的独立自主和言论自由,因此在1830年十一月起义以前,这里的文化和教育事业依然得到了迅速的发展。早在1800年,这里就成立了"科学的朋友协会",这个协会的领导大都是启蒙运动著名的思想家和作家,如斯坦尼斯瓦夫·斯塔希茨和伊格纳齐·克拉西茨基等。在它的支持下,1807—1814年间,第一部大型的《波兰语词典》和《波兰文学史》编辑出版了。这期间出版的尤利扬·乌尔森·涅姆采维奇的《历史之歌》不仅拥有广泛的读者,而且成了中小学的历史教科书。1817年成立的华沙大学乃波兰王国的科学、文化和教育事业研究和发展的中心。作为舆论工具的报纸杂志也从1794年的19种增加到1822年的

---

① 阿莉娜·维特科夫斯卡、雷沙尔德·普日贝尔斯基,《浪漫主义》,国家科学出版社,华沙,2003年,第59页。
② 斯坦尼斯瓦夫·耶尔斯奇拉、兹吉斯瓦夫·利贝拉、艾乌盖纽什·沙夫雷莫维奇,《波兰文学史,浪漫主义时期》,国家学校出版机关,华沙,1957年,第6页。
③ 同上,第5页。

55种,其中影响较大的有《华沙回忆录》等。一批自称自由主义者的思想激进的知识分子又提出了社会改革纲领,要求在波兰发展工商业,将农村的封建农奴制变为土地出租制,后来这一切还写在了波兰王国的宪法中。但1821—1822年间,沙俄占领者撕毁了波兰王国具有民主精神的宪法,开始了独裁统治。

在文学创作方面,这一时期首先产生了后人称之为伪古典主义的流派,它实际上是波兰前一时期启蒙运动文学的延续,因为它的代表作家如斯坦尼斯瓦夫·科斯特卡·波托茨基、阿洛伊齐·费林斯基和卡耶坦·科希米扬等也像启蒙运动的经典作家一样主张改革,提高波兰的教育水平。他们的作品也揭露了社会的黑暗和愚昧,但他们对波兰这一时期发展起来的革命运动感到恐惧,在政治上向占领者妥协,反对波兰民族解放运动。在文学创作上他们谨遵法国古典主义理论家尼古拉·布瓦洛(1636—1711)在《诗的艺术》中提出的诗歌创作的规律,即写"真实","真"寓于自然中,"自然是唯一的美。"① 戏剧创作则严格遵循法国古典主义作家提出的三一律原则,即悲剧"要求剧情限制在同一件事,发生在同一天(24 小时内)和同一地点",② 不得违反。

斯坦尼斯瓦夫·科斯特卡·波托茨基(1752—1821)曾任波兰王国的教育部长,从事过波兰艺术史和考古的研究工作。他在《华沙回忆录》上发表的散文《批判的哨声》中对教会的专制和社会上一些愚昧和落后现象进行了批判,但他认为浪漫主义的神秘主义也是愚昧的代名词。他的长篇小说《去黑暗世界的旅行》(1820)描写了一个幻想中的国度,实际上是指罗马,那里有教皇,人们思想保守,千年的面貌一点也没有改变,可是每年都有人来这里朝圣,他们在修道院里看到的是"宗教迷信"。小说中一个城堡的主人对待他的奴仆既凶狠又残酷,他生活的全部内容就是整天大摆宴席、酗酒、打猎和征战。这里的农民十分贫困,教育落后,学校里对学生还实行野蛮的体罚。所有这一切,都意在影射沙皇专制主义统治下的波兰王国。波托茨基对波兰王国教育制度的改革作出了贡献。

诗人和剧作家阿洛伊齐·费林斯基(1771—1820)最著名的作品是他于1817年创作和上演的悲剧《巴尔巴娜·拉齐维乌芙娜》。它写的是波兰国王齐格蒙特一世和意大利公主博娜·斯福扎的儿子齐格蒙特·阿古斯特秘密地和一个立陶宛大贵族的女儿巴尔巴娜·拉齐维乌芙娜结了婚。由于巴尔巴娜·拉齐维乌芙娜没有波兰王族的血统,阿古斯特当上国王后,他的这桩婚事遭到了议会的强烈反对,被认为违背了波兰全民族的利益,其中反对得最激烈的正是他的母亲博娜。议会要求国王和巴尔巴娜·拉齐维乌芙娜离婚或者退位,后来国王作了许多努力,终于取得了议会的同意,让他的妻子当上了王后。但是巴尔巴娜·拉齐维乌芙娜不久后就病死了,有人说是博娜在她的药中下了毒,将她害死的。作者作为

---

① 《外国名作家大词典》,漓江出版社,1989年,第162页。
② 《中国大百科全书,外国文学》,第一卷,中国大百科全书出版社,1982年,第379页。

一个伪古典主义剧作家让剧中的情节发展严格遵循了三一律的原则,但也真实反映波兰古代政治制度的面貌和人民的风俗习惯。

由于伪古典主义的政治立场和美学观点趋于保守,从一开始就遭到新生的浪漫主义文学流派的反对,浪漫主义作家崇尚个人意志,认为个人意志可以凌驾于集体和整个社会之上,认为情感高于伪古典主义崇尚的理智,两派之间有过激烈的争论。这种争论是从19世纪20年代开始的。时任华沙大学教授的诗人和人文学评论家卡齐米日·布罗金斯基(1791—1835)在他于1818年发表的《论古典主义和浪漫主义,兼论波兰诗歌的精神》一文中,在谈到浪漫主义和古典主义的区别时说:"诗歌乃是每个世纪和民族的一面镜子。"古典主义要求"更美好的审美情趣",而浪漫主义则要求"更高尚的情感"。他认为波兰文学"占主导地位是对祖国的爱和对高尚的公民行动的敬仰,有节制的冲动,自由的想象,但不是可怕的想象,也不是奇幻的想象",他在这里虽然谈到了"对祖国的爱"和"高尚的情感",但他理解的浪漫主义是一种田园诗式的创作,它表现的是一个平静的和没有冲突的世界。他在他的田园诗《维耶斯瓦夫》中描写了农村的各种生活习惯,这里没有农民遭受压迫的痛苦,到处都是美好的景象。他上述观点的提出马上就引起了争论。时任维尔诺大学校长的天文学家和数学家扬·希尼亚德茨基(1756—1830)对文学也感兴趣,他以科学和理性的观点,极力反对浪漫主义文学,认为这种文学崇尚个人的意志和无拘束的感情不科学。他在1819年在《维尔诺日报》发表的《论古典主义和浪漫主义文学》一文中,说浪漫主义是"一种背叛和传染病的学说",[①]宣传宗教迷信,反对科学,不利于教育的发展,同时它也会破坏语言的纯洁性。与此同时,他也认为波兰伪古典主义崇尚理性,要求文学作品反映宫廷和贵族的日常生活,反对一切来自民间的东西。在这种文学中,有许多是对波兰最后一个国王波尼亚托夫斯基和贵族宫廷一味歌功颂德的应景作品,在有着严重的民族和阶级矛盾的波兰现实中,这些作品没有任何积极意义。与此同时,伪古典主义者也对波兰浪漫主义文学的民主主义倾向进行攻击,如这一派的诗人卡耶坦·科希米扬(1771—1856)曾经带讽刺地写道:

就让我们的牧童去牧放一群牲畜吧!
就让那个喝醉了的马切克对着那些牲畜
去吹奏他的风笛吧!
为什么要民间的低级趣味
去破坏沙龙里的高雅情趣呢?[②]

[①] 本段引文均引自斯坦尼斯瓦夫·耶尔斯奇拉、兹吉斯瓦夫·利贝拉、艾乌盖纽什·沙夫雷莫维奇,《波兰文学史,浪漫主义时期》,国家学校出版机关,华沙,1957年,第47、48页。
[②] 同上,第49页。

可是浪漫主义评论家尤泽夫·波列斯瓦夫·奥斯特罗夫斯基（1803或1805—1871）指出：

我们在浪漫主义的旗帜下，要打破过去在艺术和哲学中的所有的规则，我们要进行一场政治革命。关于浪漫主义和古典主义的争论使我们再也看不到检查制度对我们的干涉和压迫。我们应当相信，如果我们能够打破那些科学的规则，能让波兰人都习惯于自由地观察所有的事物，我们就能看清那种践踏自由的政治是多么空虚。①

波兰积极浪漫主义文学流派最著名的评论家是马乌雷齐·莫赫纳茨基（1803或1804—1834），他也是一位波兰民族解放运动的革命家，1830年十一月起义的领导者之一。在波兰浪漫主义和伪古典主义的争论中，他首先要求突破伪古典主义的一切清规戒律，创造波兰民族的文学。他强调文学创作中的灵感和直接的感受，莫赫纳茨基反对布罗金斯基对农村田园诗式的描写，他认为在波兰的土地上，"并不都是绿色的橡树林，这里还有花岗岩和深渊。这里的天气就像历史上的过去一样，有雷电和暴风雨。"他指责波尼亚托夫斯基国王执政时期的古典主义文学一味模仿外国的样板，那里看不到波兰的现在和过去，那些作品描写的"不是波兰，既不是骑士时代的波兰，也不是贵族民主时代的波兰，那是一个外国的形象"。他在《论十九世纪的波兰文学》这部著作中，首先指出了"文学和祖国的土地密不可分"，诗人们要写"祖国的诗"，要"爱普通人的想象和幻想"，因为在那些"纯朴的心灵中会有最多的诗的真理。"他认为"民间的诗歌乃是浪漫主义诗歌，也可能是整个文学最重要的一部分。"莫赫纳茨基还谈到了创作自由和文学的想象，认为这一切都是浪漫主义美学的基本要求。莫赫纳茨基对浪漫主义文学特点的分析和赞许也使他在政治上和民族起义联系起来了，他在《论十九世纪的波兰文学》一书的"前言"中写道："我们即兴地写出了最多的关于民族起义的长诗！我们的生活就是诗，武器的叮当响和大炮的轰隆声，这就是我们的韵律和乐调。"②1822年，浪漫主义代表诗人亚当·密茨凯维奇出版了他的第一部诗集，因其表现了强烈的爱国主义和民主主义的倾向，且有艺术的创新，更符合时代的要求，才以这一流派的胜利结束了这种争论。

波兰浪漫主义又分积极浪漫主义和消极浪漫主义。以亚当·密茨凯维奇和尤利乌斯·斯沃瓦茨基为代表的波兰积极浪漫主义文学流派始终表现了对祖国炽热的爱，他们关心贫苦农民的命运，反对封建农奴制压迫，极力主张为恢复波兰民族独立而进行武装斗争。在1830年十一月起义爆发前，积极浪漫主义者认为只要少数贵族出身的爱国者举行起义，就可以推翻占领者的统治，恢复波兰国家

---

① 斯坦尼斯瓦夫·耶尔斯奇拉、兹吉斯瓦夫·利贝拉、艾乌盖纽什·沙夫雷莫维奇，《波兰文学史，浪漫主义时期》，国家学校出版机关，华沙，1957年，第49，50页。

② 本段引文出处同上，第50，51，52页。

的独立。但十一月起义失败正是因为没有广大人民群众的参加,使得起义参加者面对强大的敌人势孤力单。因此他们在起义失败后,思想上有了很大的转变,在他们的作品中,也反映出了不只是个人要反抗这个黑暗世界,而且要发动广大人民群众,在波兰进行社会革命,推翻一切独裁统治的政治立场和思想倾向。浪漫主义者爱祖国、爱人民、爱大自然、爱全人类,他们要使世界各民族都像兄弟一样团结在一起,享有真正的民主权利和自由。消极浪漫主义作家也强调个人的意志,但他们在政治上极力维护大贵族的特权,反对波兰民族解放运动,美化波兰过去贵族的生活方式。其代表作家是齐格蒙特·克拉辛斯基。消极浪漫主义由于其思想保守,在波兰的社会影响不及积极浪漫主义。

波兰浪漫主义文学的发展,主要是积极浪漫主义文学的发展,可以分为两个阶段:第一个阶段从1822年波兰浪漫主义代表诗人亚当·密茨凯维奇出版第一部诗集,也就是浪漫主义和伪古典主义争论的结束,到1830年十一月起义为止。在这一阶段,浪漫主义者要求进行只有贵族参加的民族革命,他们对民间故事和民间的生活习俗感兴趣,常常将这一切反映在自己的作品中。这一阶段浪漫主义文学的主要代表是亚当·密茨凯维奇。第二阶段从1831也就是十一月起义失败后到欧洲1848年革命为止。这期间,亚当·密茨凯维奇和尤利乌斯·斯沃瓦茨基等积极浪漫主义的主要代表认识到波兰民族的解放单靠爱国贵族举行起义,是不能获得成功的,必须让广大人民群众参加战斗,才能使革命取得胜利。这一时期也是浪漫主义文学发展的主要阶段,产生了这一流派的代表作如亚当·密茨凯维奇《先人祭》第三部、长篇叙事诗《塔杜施先生》、尤利乌斯·斯沃瓦茨基的长篇叙事诗《贝尼约夫斯基》和诗剧《凡塔齐》以及齐格蒙特·克拉辛斯基的长篇叙事诗《非神曲》等。此外还有亚历山大·弗列德罗这一时期的喜剧创作也占重要地位。

第二节
亚当·密茨凯维奇

亚当·密茨凯维奇(1798—1855)是波兰积极浪漫主义的代表诗人,也是波兰历史上最伟大的爱国诗人。他1798年12月24日生于立陶宛诺沃格鲁德城郊查奥希村一个小贵族家庭。他的父亲米科瓦伊在科希秋什科起义爆发期间,参加过革命诗人雅库布·雅辛斯基领导的起义斗争,母亲是一个地主管家的女儿。密茨凯维奇在中学学习期间就对文学产生了很大的兴趣,并开始写诗。1815年中学毕业后他离开家乡,来到立陶宛的首府维尔诺,考进了维尔诺大学数理系。可是他对物理和数学没有兴趣,在第二年春天就转入了该校历史和语言文学系。密茨凯维奇在维尔诺学习期间,在波兰各地出现了许多反抗沙皇统治、争取民族独立的秘密革命团体。维尔诺大学当时也是一个大学生秘密活动的中心。密茨凯维奇常参加学校里的社交活动。1817年9月,他和几个最亲密的朋友一起成立了一个"学习爱好者会社",即"爱学社"。这个社团成立之初,只是为了社员之间在学习上互相帮助。1819年,它的章程中增加了"关心社会事务",通过"发展民族教育事业为祖国谋福利"等条文,这样它就成了一个宣传爱国主义和民主思想的革命组织。密茨凯维奇在大学学习期间,除了参加"爱学社",在青年中宣传爱国思想之外,仍继续文学创作。他这时期的文学创作涉及面主要包括评论、散文和诗歌等。他在评论中指出当时文坛盛行的伪古典主义文学一味模仿古希腊罗马的诗歌形式而没有波兰民族特色的弊端。1819年初创作的散文《日维尔》描写了一个立陶宛的巾帼英雄,她忠于爱情,但她为了祖国不被敌人侵犯,不仅可以牺牲爱情,而且牺牲了生命。长诗《土豆》发挥想象,讲述著名的意大利航海家哥伦布当年带领一批年轻的水手,驾船从西班牙马德里出发,途中经历无数艰难险阻,最后粮食和淡水都没有了。这时天上突然掉下来大量土豆,使他们度过了饥荒。作者认为教会和在欧洲封建神圣同盟统治下的旧世界反动腐朽,被压迫的人民要奋起反抗,推翻专制主义,"人民国王手握权杖/把旧的世俗暴君赶走/让欧洲燃起新的自由之火",①要像哥伦布那样勇于探险,创造一个新世界。

密茨凯维奇早期的文学作品一开始就充满了对旧世界的批判,它们塑造的英雄人物表现了革命战斗的精神,闪耀着理想的光辉,和波兰当时占主导地位的古典主义及伪古典派的作品有很大的不同。1819年9月初,密茨凯维奇在维尔诺大学接到了一个中学任教的委任书,来到了立陶宛的一个小镇科普诺,在这里当了一名中学教师,但是他这时期和维尔诺的"爱学社"的战友们仍有密切的联系。如他当时创作了一首短诗《明朗的天空》,明确地指出了"爱学社"的成员首先是一个战士,他应该:

有大胆的要求和设想,
相信自己的勇敢和力量;
只有战胜了天堂和地狱,
才能得到金羊毛。②

"爱学社"在密茨凯维奇的倡导下,后来在格罗德诺、克列明涅茨、沃伦以及立陶宛其他一些城市也建立了秘密组织。由于它"为民族谋福利"的社会活动在波

---

① 本段引文均引自张振辉,《密茨凯维奇传》,人民文学出版社,2006年,第6,9页。
② 同上,第11页。这里的"金羊毛"说的是希腊神话中伊俄尔科斯国王的儿子伊阿宋带领阿耳戈英雄们远航,经历了千难万险,到达埃厄忒斯国王那里,终于得到金羊毛。

兰影响很大,要求参加该社的人越来越多,维尔诺大学的青年学生 1820 年秋天又成立一个叫"爱德社"的秘密组织,它和"爱学社"具有同样的性质。密茨凯维奇在科普诺中学教学之余,又创作了《亚当之歌》、《爱德社之歌》和《青春颂》等作品。它们充分反映了诗人革命世界观的形成。《亚当之歌》写于 1819 年 10 月,诗人认为,献身于为民族谋福利的伟大事业乃是"爱学社"每个成员应尽的职责,只要他们发扬勇敢精神,就能战胜困难、达到目的。《爱德社之歌》是在"爱德社"成立后写的,这首诗以大学生逗趣的语言说:

在波兰的蜜酒饮个痛快,
要什么外国的语言,
民族的歌是那么美妙,
兄弟般的友谊是那么高尚。
……
圆规、秤和尺
不是用来衡量废铁的大小,
而是用来衡量意志,
衡量意志的力量。
只要有一颗火热的心,
圆规就能振奋你的精神;
团结一致为大众谋福利,
一个人就胜过俩。①

《青春颂》写于 1820 年 12 月,诗人以他美妙的想象,在这里描写了两个世界,一个是"死灭的"现实世界,这个死灭的世界"没有心,没有灵魂,只有人民的骸骨"。密茨凯维奇把那些毫不关心国家命运的"自私者"比作"死水之上负着甲壳的爬虫",他们"像水泡"一样,会"在礁石上碰得粉碎"。诗人驾着青春的翅膀,要"飞向幻想的天堂"世界②,因为

在那里,热情创造了奇迹,
撒下了新奇的花朵,
以金色的画像显示着它的希望。③

虽然人间还是一片黑暗,可"那里升起了爱的火焰。/青春将它拥抱在自己怀

---

① 张振辉,《密茨凯维奇传》,人民文学出版社,2006 年,第 15,16 页。
② 飞白主编,《世界诗库》,第 5 卷俄罗斯·东欧,花城出版社,1994 年,第 460,461 页。
③ 同上,第 460 页。

中","友谊和它永远结合在一起。"①诗人宣告：

> 大众的幸福乃是我们的目的，
> 团结就是力量，热情才有智慧。②

一个人如果儿时"敢于斩断多头的蛇，/他长大后就会掐死马怪"，要以"暴力反抗暴力"，推翻黑暗的旧世界，建立人间天堂。这是一篇充满了青春活力和战斗激情的杰作，它的比喻、象征和铿锵有力的韵律和节奏表现了浪漫主义的艺术特点，密茨凯维奇已成为波兰积极浪漫主义的代表。这首诗因为它所表现的革命战斗精神，在当时沙俄占领区一直未能发表，直到1827年才得以在奥地利占领区的利沃夫发表。该诗深受波兰爱国者热爱，1830年十一月起义爆发时，它在起义战士中广为传唱，鼓舞了他们的斗志。

1822年，密茨凯维奇整理出版了他的第一部诗集，这部诗集收进了他从大学时代就开始创作的《歌谣和传奇》。为了它的出版，密茨凯维奇还写了一篇题为《论浪漫主义诗歌》的序言，论述了他对浪漫主义诗歌的看法，他说"所有的民族在幼年的时候都有无比丰富的形形色色的神话。""希腊的诗歌活跃着公众的思想，浪漫主义诗歌活跃骑士精神"，"希腊诗人使诗歌的语言达到最高程度的完美，浪漫主义诗人则用粗犷的语言去表达大胆的想象和热烈的情感。""浪漫主义诗歌并不像某些人所认为的那样是一种新的臆造，而是和其他诗歌一样，产生于民族的独特爱好中。"③它和本民族有着不可分割的联系，反映本民族的历史传统、生活习俗、思想感情和时代精神。密茨凯维奇所用的歌谣(Ballada)这个词来自意大利语，原是跳舞的意思，后来指一些用来跳舞伴唱的民歌，它们在14—15世纪流传于意大利和法国，16世纪和17世纪又流传于英国和苏格兰，内容和形式都有所发展，它既叙事又抒情，在民间用来集体演唱，边唱边舞。在波兰，一般认为歌谣的创作是从密茨凯维奇开始的，他的第一部诗集收进的大部分作品都是歌谣和传奇，所以它的名称也叫《歌谣和传奇》。例如其中的《报春花》一诗，密茨凯维奇把它列为这部诗集的首篇，表明他的歌谣和传奇是一枝新生的幼芽，预示着春天就要到来：

> 当百灵鸟在天空中
> 唱出第一首歌的时候，
> 报春花也展开了

---

① 飞白主编，《世界诗库》，第5卷俄罗斯·东欧，花城出版社，1994年，第462页。
② 同上，第461页。
③ 以上引文均引自张振辉，《密茨凯维奇传》，人民文学出版社，2006年，第21、22页。

它那金色的花瓣。①

诗集中的第二首诗《浪漫性》是一首具有纲领性意义的作品。它通过一个农家女和她死去的情人雅谢克的一段对话,表现了作者的浪漫主义文艺观点。诗中女主人公是一个社会下层的被压迫者,只有雅谢克爱过她,但他已经死去两年了,她常常思念他。她仇恨黑暗社会,也仇恨周围的人。她希望他把她带走,宁愿死在他身边,可是她的言行遭到了一个老人的指责,他说:

鬼魂乃村夫贱民的臆造,
愚蠢又把它放在炉中烧炼,
糊涂的众人不相信理智,
这姑娘信口雌黄,胡说八道。②

但诗人对这个老人的评论是:

你僵死的学问人民不懂,
你见到的世界不过是尘埃和星光,
你不懂得活的真理,也看不见奇迹,
你必须有一颗心,你就看看那颗心吧!③

这里的"老人"是指扬·希尼亚德茨基,他在1819年发表的《论古典主义和浪漫主义文学》中,曾嘲笑说当时文艺舞台上出现的天使、鬼魂、预言家和巫师都是一些迷信的产物,不论对有教养的人还是对普通老百姓都没有好处。希尼亚德茨基以自然科学的观点来看这个问题,他并不懂得浪漫主义文学描写鬼魂是为了表现人的思想和情感。密茨凯维奇在这首诗的前面还引用莎士比亚的悲剧《哈姆雷特》中的一句台词:"在什么地方?在我的心灵的眼睛里。"④目的就是要说明像《哈姆雷特》这样伟大的作品,描写鬼魂也是为了表现人的心灵。

这部诗集中的作品大都根据立陶宛民间传说创作而成,它们都以社会下层劳

---

① 张振辉,《密茨凯维奇传》,人民文学出版社,2006年,第23页。
② 同上,第24、25页。
③ 同上,第25页。
④ 《莎士比亚全集》,第5卷,人民文学出版社,1997年,第294页。这是剧中哈姆雷特和霍拉旭的一段对话中的两句话,整个对话如下:
哈姆雷特:……霍拉旭,我宁愿在天上遇见我的最痛恨的仇人,也不愿看到那样的一天!我的父亲,我仿佛看见我的父亲。
霍拉旭:啊,在什么地方?殿下?
哈姆雷特:在我的心灵的眼睛里,霍拉旭。

动人民，主要是农民，为描写对象，其中有的作品还曲折地反映了农民遭受封建压迫的痛苦和他们的反抗。有的作品主人公虽出身上层阶级，但他们表现了强烈的爱国主义思想精神，为了祖国不受侵犯，甘愿牺牲自己的一切。例如《希维泰什》这一首诗取材于立陶宛一个民间故事，说在一个立陶宛古代的城市，当敌人来侵犯的时候，城里的男人都打仗去了，妇女便担当起保卫家乡的重任。虽然敌强我弱，她们宁死不当奴隶。此外，波兰民间也有一个关于希维泰什湖和一座沉到了湖里的城市的传说。密茨凯维奇将这些传说加以改造，赋予了它们以反抗外来侵略，保卫家乡的主题。作品开头部分描写立陶宛小城希维泰什，说它有无数财物堆满了仓库，以前在土汗公爵的管辖之下，繁荣又富强。可是在13世纪，沙皇的军队侵犯当时立陶宛的首都诺沃格鲁德克，孟陀克大公要土汗公爵领军前去救援，土汗马上召集五千骑士，准备出发。但是他走到城门又返回宫殿，因为他担心把整个军队带走了，留在城里的百姓、妻女们没有人保护。这时，他的女儿毫不犹豫地站出来，表示愿意负起保护众妻女的重担，叫父亲不要牵挂，带领勇士们去那"光荣召唤的地方"①。土汗公爵走后，沙皇军队果然来了。由于敌人力量强大，城里留下的老人、孩子和女人无法抵抗，便用大火烧毁了房屋，毁灭整个城市，然后自杀以表示对侵略者的仇恨。巨大的灾难过后，整个希维泰什城变成了湖泊，妇女全都变成了青草。人们不知道这是怎么回事，一位普乌齐拉的乡绅决定探究湖中的秘密，他出钱做了木筏、小船和大渔网，最后捞起了一个女人，她就是土汗的女儿，她向他们讲了这个本来繁荣昌盛的希维泰什遭到毁灭的故事。作品像童话一样把读者带到了一个奇幻的世界，以曲折的情节和激动人心的场面，揭露了敌人的凶恶残暴，歌颂了希维泰什人民为了祖国宁愿牺牲自己一切的爱国主义精神，告诫人们不要忘记希维泰什这片肥沃的土地流血的历史。

《小鱼》是一首描写爱情的诗。农村姑娘克蕾霞被地主欺骗和遗弃后投湖自杀，变成了水仙。她向希维泰齐扬卡诉说她的痛苦，舍不得留下她的幼儿。正好那个地主家有个老仆人，每天清晨和黄昏，都抱着那个可爱的孩子从树林里出来。克蕾霞于是化作美人鱼，每天都来给孩子喂奶。突然有一天，老仆人在河边看见一块岩石很像两个人的模样，原来克蕾霞在世的时候，没法对那个负心的地主进行报复，死后便将地主和他新婚的太太变成了岩石。密茨凯维奇在诗中，揭露了地主背信弃义的丑恶面貌，颂扬了老仆人和克蕾霞的善良品德，尤其是她那纯真的母爱和誓死也要反抗和复仇精神。

《玛蕾娜小墓》写于1820年，以对话和独白的形式，写已经故去的玛蕾娜的未婚夫、母亲和女友每天早晨都从村子里三个不同的方向来到她的坟前，对她表示悼念。未婚夫说：

---

① 《亚当·密茨凯维作品集》，第一卷，读者出版社合作社，华沙，1955年，第112页。

你的心上人正等候在这里,
难道你早晨没有起床,
难道你在生我的气,
啊,亲爱的玛蕾娜!
难道你在躲避我?①

他说他要去很远的地方,到莫斯科佬那里去,让莫斯科佬把他杀死。这里表现了诗人对沙俄的仇恨。随后母亲告诉玛蕾娜说:

早晨地里有很多人/为什么我还没有起来,为什么?/因为没有你,亲爱的,没有你,谁还会把我叫醒?②

她还想起了女儿在世时家里那种欢乐的气氛。每当收割季节,村里的姑娘和小伙子们都聚在一起,唱歌跳舞,像过节一样。现在玛蕾娜不在了,她的女友说:

谁来分享我的幸福,/谁来分担我的忧愁?③

他们表现的悲哀使过路的人都流下了眼泪。作品以凄婉悲哀的笔调,真实地再现了人间永恒的爱情、亲情和友情。

《百合花》大约写于 1820 年,它是根据真实事件写成的。波兰 15 世纪历史学家扬·德乌戈什在他的《波兰史》中记录过波兰贵族雅库布·博格列夫斯基被妻子杀害的故事,后来这个故事流传于民间,成了一首民歌《妻子杀死丈夫》。密茨凯维奇的《百合花》就是根据这首民歌创作的。民歌原来表达的内容很简单,但经过密茨凯维奇再创作,它成了一篇主题鲜明、情节曲折、感人至深的佳作。作品以 11 世纪波兰国王大胆的波列斯瓦夫二世东征俄罗斯为背景,叙说丈夫征战在外,妻子不守贞操,另觅新欢。战争结束后,丈夫回来,妻子怕事情败露,便守候在大路旁,丈夫一到,就乘其不备将他杀死,然后秘密地埋葬在树林里,在坟上种上百合花。过了不久,丈夫的两个弟弟来了,住在哥哥家里等他回来,等了一年,他们不仅把哥哥忘了,而且爱上了年轻美貌的嫂嫂,并因此而发生争斗。嫂嫂采用了一个隐士告诉她的办法,让两个兄弟去林子里采集花朵,编成花环,把它们放在教堂的祭坛上,然后由她挑选,她挑中了谁的花环,谁就是她的丈夫。事情就这么决定下来,但在举行婚礼的那一天,她来到教堂,看见两个兄弟还在争吵,甚至拔剑相斗。这时,教堂里出现了哥哥的亡灵,他诅咒妻子和兄弟的罪孽,教堂突然陷入

---

① 《亚当·密茨凯维作品集》,第一卷,读者出版合作社,华沙,1955 年,第 130 页。
② 同上,第 131 页。
③ 同上,第 133 页。

地下深处，把他们活活地埋葬了。

作品在手法上着重于对女主人公的心理描写。她杀死丈夫后，一种难以驱散的恐惧一直笼罩在她心上，她睡不着觉，即使合上眼，在梦中也会见到一个恶鬼举着血污的刀，口里吐着火焰拉她、掐她。后来那个隐士要让她的丈夫复活，她害怕他报仇，请求隐士别那么做。作者把女主人公和她丈夫的两个兄弟的罪恶活动以及丈夫阴魂的出现安排在教堂这个神圣的地方，具有讽刺意义，它不仅针对事件的本身，而且也针对教会，表现了作者反教会的思想。此外，民歌中原来写的是两个兄弟回来，知道嫂子的罪恶后为哥哥报仇，把她杀了。密茨凯维奇改动了这段情节，加强了批判的力度。

《歌谣与传奇》由于取材于民间文学，保存了某些民间文学的创作风格，如刻画了许多精灵鬼怪的形象并将它们拟人化和个性化。诗人还以幽默讽刺的笔调，给作品增添了许多生动活泼而又富于神秘色彩的场面，它不仅较之当时的伪古典主义文学单纯反映贵族宫廷生活和墨守成规的艺术风格，有很大的突破；而且它作为波兰浪漫主义文学的开山之作，因其鲜明的人民性和民族性，在波兰文学史上，具有划时代的意义。由于《歌谣与传奇》在社会上受到了普遍的好评，密茨凯维奇在科普诺又准备出版他的第二部诗集，其中包括长诗《格拉任娜》和诗剧《先人祭》的第二和第四部。

长诗《格拉任娜》以14世纪末15世纪初立陶宛人民反抗十字军骑士团入侵的斗争为背景，但作者并没有拘泥于史实，而进行了大胆的虚构。作品的主要情节是：立陶宛大公维托尔德表示，要把诺沃格鲁德克省的一个城市利达分封给诺沃格鲁德克公爵利塔沃尔，可利塔沃尔认为利达本是他妻子格拉任娜的陪嫁，后来被维托尔德侵占，他现在要以武力把它夺回来。为此，利塔沃尔决心和十字军骑士团结成联盟，让骑士团派兵和他一同去攻打利达，在夺回这个城市后，再把一部分战利品分给骑士团。骑士团随后便派了使者连夜赶来，商讨联合作战的事，但他被诺沃格鲁德克的守城卫兵阻在城外。卫兵将这件事报告了公爵的参谋雷姆维特，雷姆维特曾极力劝阻公爵联合骑士团，但公爵不听，他只好去求助于公爵夫人格拉任娜，可是她的劝阻也遭到了拒绝。于是她背着公爵，命令侍从赶走了骑士团司令官的使者，使者恼羞成怒，便连夜带兵来攻打诺沃格鲁德克，格拉任娜又趁公爵熟睡未醒，披上他的锁子甲和战袍，手持他的佩刀，亲自率领将士迎敌。格拉任娜在战斗中表现得非常勇敢，但她不善于指挥作战，单枪匹马，体力不支，被骑士团司令官刺成重伤，从马鞍上摔了下来。这时战场上突然杀出了一个身披黑色盔甲的武士，勇猛无比，他一阵拼杀就把敌人打得大败，并生擒了骑士团司令官。然后他来到格拉任娜身边，将她紧抱在怀里，和雷姆维特一道回到城里。格拉任娜因伤势过重，回城后就死了。将士们和全城百姓都以为死的是公爵，直到举行葬礼时，这个黑甲骑士摘下头盔，露出脸面，大家才知道他是公爵利塔沃尔。利塔沃尔愧疚无比，跳进了火中。长诗成功地塑造了格拉任娜和雷姆维特两个爱国者的英雄形象,特别是格拉任娜。在诗人的笔下,她不仅有美丽的容貌和端庄的仪表,对丈夫无微不至的关心和体贴,而且她以她的聪明才智,常帮助丈夫参谋国事,且具有谦虚谨慎的品德。对她来说,民族利益和国家内部的团结是高于一切的,如果为了个人私利去勾结敌人,引狼入室,那是对民族的背叛。为了祖国不受敌人的侵犯,她当机立断,勇往直前,直至牺牲了自己的生命。长诗《格拉任娜》第一次比较全面地反映了诗人对历史和现实的看法,诗人除了再现那些曾经发生或可能发生的历史事件外,也很注意历史氛围和人民风俗习惯的再现,表现了浪漫主义诗歌创作崇尚古老的民间文化的特点。

《先人祭》是密茨凯维奇的一部诗剧,根据诗人最初的设想,它由四部组成。第一部1820年开始写作,但没有完成。从诗人的手稿中留下的一些片段,我们也可看到诗人对高尚和美好爱情的向往,认为这会使人世间一切苦难都一扫而光。如其中一个姑娘对她的心上人说:

啊,假如我们能冲破分隔的乌云,
哪怕在死前张开思念的翅膀彼此接近,
哪怕仅用一个字,一个眼神,
哪怕只有短暂的一瞬,
便足以让我们知道,我们双双都是活人。
到那时,灵魂为自己的温情所笼罩,
欢愉把成串的苦难一扫而光,
阴暗、沉寂的洞穴会变成美丽的天堂!
我俩兴冲冲去认识它,双双把它拜访,
大凡美好的一切都在头脑里大放光芒
大凡高尚的一切全都涌到神秘的心房,
爱人的眼睛光彩熠熠出奇的明亮,
宛如宝石镶嵌在水晶的胸膛!
到那时我们能靠回忆活生生重现过往,
能靠预感使未来变得其乐融融无比欢畅;
而在此可贵的时刻让我们尽情享受
结合美好的一切充分完整地活上一场;①

另外一个人物古斯塔夫,他想象他心爱的姑娘"披上一道彩虹像个飘逸的仙女,或是成为泉中明亮的水晶酷似一条美人鱼!"②

---

① 亚当·密茨凯维奇,《先人祭》,易丽君、林洪亮、张振辉译,四川文艺出版社,2016年,第140页。
② 同上,第159页。

愿你遮盖的面庞射出光芒
　　长久,长久地在我眼中闪烁!
　　愿你优美诱人的歌声
　　长久,长久地在我耳畔回荡!

　　照亮我,愿你的眸子像太阳
　　愿太阳也把你的面孔照亮;
　　唱吧,美人鱼!用你动人的歌声
　　催我入睡,幻想天国的情景!①

可这不过是诗人美好的想象,他最后不得不哀叹,"唉,我到哪里寻找你?我从人群中逃离。"②

　　《先人祭》第二部和第四部写于1823年,是在考纳斯③写的。第三部据说当初他也写过,但感到不满意,把原稿烧了,后来在1832年,他在德国的德累斯顿,才完成了流传至今的这部诗剧的第三部。他1823年在考纳斯出版的第二部诗集中收进的诗剧《先人祭》只是这部诗剧的第二部和第四部,这两部因为是在科普诺写就和出版的,也称《维尔诺—考纳斯先人祭》。《先人祭》第二部主要写立陶宛民间祭祀亡灵的活动,立陶宛民间这种祭祀早在多神教时代就开始了,老百姓举行这种仪式是为了寄托他们对先辈的哀思和怀念。在诗剧中,密茨凯维奇按照立陶宛民间习俗,把仪式安排在一个小教堂里举行,祭师招来鬼魂,首先被招来的是一对兄妹的亡灵,这是两个孩子。他们在人世间娇生惯养,没有吃过一点苦,所以过早地夭折,死后进不了天堂。随后又出现了一个恶霸地主的幽灵,他生前贪婪残暴,作恶多端,死后漂泊流浪,受尽折磨,在饥饿中即使得到一丁点食物也会被乌鸦、猫头鹰和隼鹰抢去。它们还说,把他的食物吃光后,还要撕烂他的肉体,让他暴尸荒野,这是因为他生前毫无怜悯之心,它们当然也不会怜悯他。乌鸦诉说那年秋天它没有吃的,在这个地主家的果园里摘了几个苹果,地主便叫来庄里的人,用木棍把它狠狠地打死。猫头鹰生前是个农妇,她说那年冬天,她丈夫死了,女儿又被地主抓到庄园里去了,母亲在家卧病不起,她只好抱着最小的孩子来到地主庄园门前苦求施舍,花天酒地"还不停地翻动着金银财宝"④的地主却狠心地把她这个可怜的乞丐赶走了,她在冰天雪地里找不到过夜的地方,和孩子一起冻死在回家的路上。诗人以乌鸦和猫头鹰这些在民间象征凶兆的禽类,代表生前受过压迫的农奴的魂灵,表明他们在世时无法对抗强大的封建势力,死后也要向恶霸地主复

---

① 亚当·密茨凯维奇,《先人祭》,易丽君、林洪亮、张振辉译,四川文艺出版社,2016年,第159页。
② 同上,第159页。
③ 考纳斯在立陶宛,它的波兰文称呼为Kowno,即科普诺,但通称Kaunas即考纳斯。
④ 亚当·密茨凯维奇,《先人祭》,易丽君、林洪亮、张振辉译,四川文艺出版社,2016年,第34页。

仇,即使他们变成了鬼也要把后者消灭。诗人笔下被压迫者的鬼魂是复仇的鬼魂、反抗的鬼魂,是他在《青春颂》中提出的"要以暴力反抗暴力"①口号的艺术体现。像他这样在自己的作品中如此深刻地揭露社会阶级矛盾,在波兰以往的文学作品中,还未曾有过。

《先人祭》第四部的写作起因于密茨凯维奇年轻时有过一段不幸的恋爱。他当时追求一个贵族小姐,但因自己出身卑微,他的爱情遭到了女方家庭的拒绝。它和《先人祭》第一部中描写的爱情是有联系的,如果说《先人祭》第一部的主人公古斯塔夫对美好爱情的向往而不可得因此感到茫然的话,那么《先人祭》第四部中的主人公古斯塔夫就是一个因失恋而愤世嫉俗的年轻人。诗人这里说的是,古斯塔夫曾多年隐姓埋名,流浪在外,现在从远方来到了他的老师、一个神甫的家里,他向神甫诉说他有过的甜蜜的生活和失恋的痛苦,他说是"坏人"把他和他的心上人拆散。他们被拆散后,在一个秋天的夜晚,他来到她家的花园和她诀别,她当时只是简单地对他说了一句:"我不能做你的新娘!"②但她并没有断绝对他的恋情,并给他留下了半片柏叶。最后他说出了他的名字,古斯塔夫。后来他又去过和他的心上人诀别的那个花园,掏出他一直珍藏着的那片柏叶,想找到她在这里留下的踪迹,但那里也是一片空虚,他才知道她早已把他忘了。他又来到一座豪华的府邸,只见这里灯火辉煌,欢声笑语,原来他的心上人已经嫁给了一个贵族公子,他们正在这里举行婚礼。他一听到有人叫她的名字便抑制不住心中的怒火,他咒骂这个女人水性杨花、灵魂丑恶,本想掏出随身带来的一把短剑冲进去,杀死这对新人和所有来这里参加婚礼的达官贵人:

我要去,我要叫负心人浑身抖颤!
(拔出短剑,带着疯狂的讥讽)
去给贵族老爷送把闪光的短剑,
用它敲碎酒杯大闹婚礼的豪宴……③

可是他又认为自己这样做比"地狱的魔鬼更凶残",他要"让记忆使她昼夜不安",正如神甫所说:"让天良的匕首刺她的心尖。"④

从此以后,这个愤世嫉俗但又心地善良的古斯塔夫无家可归,不得不到处流浪,可是在流浪中他仍想着"直到上帝把她召唤到自己身旁,那时我将紧紧追随心爱的天使,这飘摇的影子也偷偷溜进天堂。"⑤可这只是他的幻想,说明诗人当时

---

① 飞白主编,《世界诗库》,第 5 卷俄罗斯·东欧,花城出版社,1994 年,第 461 页。
② 亚当·密茨凯维奇,《先人祭》,易丽君、林洪亮、张振辉译,四川文艺出版社,2016 年,第 78 页。
③ 同上,第 117 页。
④ 同上,第 117 页。
⑤ 同上,第 132、133 页。

是多么的矛盾和绝望。这是诗人对以往爱情生活的回忆,和对造成他的失恋悲剧的封建等级制度的仇恨。

然而就在诗人当年得知他的心上人已嫁给了别人的时候,他又得知了他母亲在家乡诺沃格鲁德克逝世的噩耗,这双重打击也全都表现在《先人祭》第四部中。剧中的主人公古斯塔夫对神甫说:"前不久我曾探访过先母的住房,几乎认它不出,只剩下断壁残墙!我抬眼一望,破落、空虚,好不凄凉!篱笆倒塌,铺地的石头也被搬光",[①]他还说过去

> 遥想当年每逢我小别回家探亲,
> 那时迎接我的却是另一番情景;
> 未入家门便有人向我问寒问暖,
> 殷勤的家仆为接我驱车到城边;
> 姐妹兄弟都跑到街上欢欣雀跃;
> "古斯塔夫!"他们围住了马车呼叫,
> 又回头跑去,手里摇着糕点礼物;
> 妈妈站立在门口等着对我祝福,
> 同学朋友,又吵又闹,好一阵欢腾![②]

总之,心上人的背离、失去亲人的痛苦和家庭的离散使密茨凯维奇的《先人祭》第四部充满了人世的悲凉。在这个剧的结尾,神甫还提到了先人祭说:"那节日起源于多神教的时期,教会令我取消,我是照章办理。"可是古斯塔夫说他代表百姓恳请神甫"给我们恢复古老的节日先人祭"。这又把《先人祭》第四部和第二部连起来了,同时也表现了诗人对波兰古老的文化习俗的热爱。

《先人祭》第二部和第四部充分表现了波兰浪漫主义诗剧的艺术特色。首先,它的结构突破了古典主义三一律。诗剧在这两部里叙述的是两个完全不同的故事,由它的序诗、在剧中各场出现或提到的"先人祭"和古斯塔夫这个人物形象连在一起。而后来出版的《先人祭》的第三部和这两部相比,无论在形式上和内容上都没有任何联系。因此,这个诗剧的每一部都可以成为一个单独的剧本,表现出密茨凯维奇在结构上采用一种自由组合的形式,具有很大的随意性。《先人祭》第二部展现的是民间祭祀的习俗,所以就有鬼魂的出现,鬼魂和人同台表演,创造了既现实又神秘的氛围。剧中还采用了合唱与人物对白的形式,其中也有人和鬼魂的对白,近似于希腊悲剧。《先人祭》第四部中的古斯塔夫有许多长篇独白又像一首首长诗。实际上,密茨凯维奇在这部诗剧最初的手稿上,在它的名称《先人祭》

[①] 亚当·密茨凯维奇,《先人祭》,易丽君、林洪亮、张振辉译,四川文艺出版社,2016年,第105页。
[②] 同上,第106页。

下面曾经写有"戏剧长诗片段"的字样,定稿时他干脆改为"长诗",把"戏剧"和"片段"的字样去掉了。不过,除了主人公的独白外,还有剧中人的大量对白,所以这部既有戏剧的成分,又有长诗的成分,仍然是一部诗剧。

19世纪20年代初,欧洲和俄国革命走向高潮,沙俄专制主义者却充当了欧洲宪兵的角色,他们不仅镇压俄国国内秘密组织的革命活动,也开始对立陶宛的秘密组织进行搜捕。由于有人供出了"爱德社"的活动情况,致使包括密茨凯维奇在内的"爱德社"和"爱学社"一百多个成员遭到逮捕。密茨凯维奇于1824年10月22日被判流放俄国。这一年11月8日,他和几个一样被流放到俄国的战友来到了彼得堡。翌年1—2月间,经沙皇政府同意,他去了南方的敖德萨,在去风景区克里米亚的旅途中,创作了一部《十四行诗集》,它包括《爱情十四行诗》和《克里米亚十四行诗》。在《爱情十四行诗》中,有的作品是他在科普诺时写的,如《致劳拉》这一组诗共三首,都写爱情,其中第一首和第二首以白描手法写主人公在恋爱中的种种感受。在第一首中,作者以美妙的比喻表现主人公对心上人的爱,可是他的爱却达不到目的,那就"让你在世间去嫁给别人吧!/但是你要知道,上帝把你的心已许给了我。"①第二首写主人公虽然爱她却又难以表达的痛苦心情。他感到整天在遭受折磨,想躺在床上使这种痛苦得到缓解,但梦中又见到了令人激动的幻象。于是他从床上跳起来,不停地奔跑,想找到一些词句来责骂她的残酷无情,可是他每找到一些词句,却又总是把它们忘了,而当他看到她时,又不知道自己为什么反而变得冷淡起来,他只好保持沉默。《致涅曼河》是一首富于爱国和思乡情调的诗歌。诗人通过流经立陶宛的这条故乡的河抒发他的情思:他想到了他儿时曾在河中戏水,这条河给他的童年带来了幸福和希望。他想到了他年轻时热恋过的姑娘,还有他的朋友和那疾风迅雨的时代,可是这一切都一去不复返了,他不禁伤心落泪。诗人对故乡的怀念也反映了他当时的忧郁和愁怨,也和他年轻时那次不幸的恋爱有关。

《克里米亚十四行诗》的主题和风格与《爱情十四行诗》完全不同。克里米亚半岛风光旖旎,曾长期在鞑靼人的统治下,受到土耳其伊斯兰文化的影响,充满了异国情调,是浪漫主义诗人向往的地方。密茨凯维奇来到克里米亚后,这里的高山、草原、悬岩、峭壁、古堡和坟茔曾经引起他无限的遐想,给了他取之不尽的创作灵感。在《阿克曼草原》这首诗中,诗人把美丽的阿克曼草原比作没有海水的陆上海洋。他乘车在这片绿色的海洋上摇摇晃晃地行进,穿过了沙沙作响的草浪和花浪,绕过了呈珊瑚红的荆棘的小岛。他的路还没有走完,夜幕就降临了,他不得不靠星星和阿克曼的灯塔辨别方向。在深夜的寂静中,他听到了蝴蝶飞舞和蛇蠕动的声响。这细微的声响使他想起了立陶宛。诗人流亡在外,无时无刻不在想念他的祖国和故乡,就是在醉心于克里米亚自然风光的时候,他也摆脱不了这种情感。

① 《亚当·密茨凯维奇作品集》,第一卷,读者出版合作社,华沙,1955年,第235页。

《白昼的阿乌什塔》和《黑夜的阿乌什塔》写这个地方白天和夜晚的景色：大树的枝叶和果实在阳光的照耀下，好似一串串宝石和念珠，草原上盛开的百花和蝴蝶争奇斗艳，大海近处波涛汹涌，远处却只见微微的波动；黄昏临近时，落日的余晖把周围映照得通红。后来晚霞渐渐离去，群山又笼罩在一片黑暗中。诗人说："黑暗与静寂使我朦胧入睡，/流星的闪光又把我惊醒。"①诗人首先以从近到远的空间变换和从白天到夜晚的时间变换展示出他所见到的景物的全貌，然后写出他此时此刻的心境。大自然的美景使他感到温馨和甜蜜，但他却思念着已经距他十分遥远的立陶宛。

《波托茨卡之墓》是一首抚古思今的诗。密茨凯维奇在游览克里米亚名胜古迹时，见到过一座古墓，据当地居民说，这是一个波兰女奴的墓。她叫波托茨卡，生前曾经受到可汗克里木·吉莱的宠爱，死后可汗为她建了一座东方式的坟墓。密茨凯维奇在诗中写道：

春天之国，园里盛开着美丽的鲜花，
稚嫩的玫瑰啊，你为何过早地凋谢？②

诗人为死者的身世而感叹，想到自己也是一个孤独的流浪者，他希望她伸出手来，把他也埋在她的身边，这样他就可以经常和她谈话，听到他所熟悉的波兰语。

《巴瓦克瓦伐城堡的废墟》是一首凭吊古迹的诗。这是一座古希腊人建造的城堡，它的城墙上有雅典的雕饰，意大利人曾在这里给蒙古人戴上铁链，伊斯兰教的朝圣者在这里唱过圣歌，塔尖上还刻着英雄的纹章和名字。可是现在，这座城堡好像蔓延着瘟疫，黑色的老鹰在它的上空盘旋，塔顶上飘着悲悼死者的大旗，到处都是一片凄凉的景象。

密茨凯维奇的《十四行诗集》特别是其中的《克里米亚十四行诗》，与波兰文学史乃至世界文学史上的同类作品相比，无论在内容上还是形式上，都有很大的突破。他摆脱了传统的十四行诗那种过于规整平和的结构形式，自由表现他那突发而不可抑制的思想感情。他在《克里米亚十四行诗》中，不仅出色地绘制出了一幅又一幅克里米亚美丽而又奇特的自然图画，而且反映了伊斯兰宗教信仰、历史背景和文化习俗，因而充满了异国情调，具有激动人心的艺术魅力，丰富了波兰诗歌的宝库。这部诗集发表后，在波兰的国内外都引起了普遍的重视，波兰浪漫派理论家莫赫纳茨基在《波兰报》上发表的《论密茨凯维奇的十四行诗》一文中写道：

---

① 《亚当·密茨凯维奇作品集》，第一卷，读者出版合作社，华沙，1955年，第270页。
② 同上，第266页。

亚当·密茨凯维奇在写他自己。他把他对祖国土地的思念体现在他的诗中,他写出了南方大自然的美。《克里米亚十四行诗》可称之为诗的新发现。这些作品是大自然现象和充满激情的回忆所引起的诗歌想象的非凡成果。①

1825年11月12日,密茨凯维奇从敖德萨出发,12月12日到达莫斯科。这一时期他在创作上的最大收获是他于1828年2月21日出版的长篇叙事诗《康拉德·华伦洛德》。这也是一部以14世纪下半叶立陶宛和当时侵占了波兰北方的十字军骑士团为背景的长诗。作品说的是:在许多年前,有个立陶宛小孩在十字军骑士团侵犯他的家园时,被俘虏了。他们把他带到大总管温立赫的宫中,给他施洗,取名瓦尔特·阿尔夫。后来他在骑士团中长大成人,还认识了早先也被俘虏来的立陶宛祭司兼歌手瓦伊德洛特,瓦尔特在他的影响下,懂得了思念故乡和祖国。后来在骑士团侵犯立陶宛时,他和瓦伊德洛特又趁机逃回了立陶宛。他在骑士团中练就了高超的武艺,还会调兵遣将,指挥作战,受到立陶宛大公凯伊斯杜特的赏识。他个人传奇般的经历也使得大公的女儿阿尔多娜对他产生了爱慕之情,因此他们结成了美满姻缘。后来十字军骑士团对立陶宛大举进犯,立陶宛军抵挡不住,瓦尔特觉得在敌强我弱的情况下,只有打进骑士团内部,以计谋来挫败敌人。于是他告别妻子和立陶宛,来到了莱茵河畔,在那里遇见了康拉德·华伦洛德。华伦洛德死后,他又冒用康拉德·华伦洛德这个名字,同改名为哈尔班的瓦伊德洛特一同来到西班牙和土耳其,和西班牙摩尔人打过仗,在海上追击过土耳其战船,在这些战斗中屡建奇功。后来他在一些地方的比武中又夺得了许多桂冠,因而成了名震全欧的骑士。来到骑士团后,由于他的威名和他曾宣誓效忠骑士团,被选为骑士团的大团长。阿尔多娜告别瓦尔特后,把自己关在骑士团驻地马尔堡的一座尖塔里。康拉德后来统领骑士团的军队在与立陶宛军的战斗中,有意贻误战机,致使骑士团军惨败,康拉德也因"反叛"罪被骑士团法庭处了死刑,行刑前他来到妻子所在的那座塔前,和妻子告别后便自杀了。妻子对他忠贞不贰,也和他一起死去。只留下哈尔班的瓦伊德洛特向世人宣扬康拉德的伟大壮举,让他万古流芳。长诗在人物刻画上,充分表现了康拉德和哈尔班的瓦伊德洛特的机智勇敢和他们对祖国立陶宛的忠诚和热爱以及康拉德夫妻至死不渝的坚贞爱情。

1828年4月19日,密茨凯维奇回到了彼得堡,他在这里也受到了俄国文化界人士的友好接待。此外在密茨凯维奇来到彼得堡的前几天,这里的书刊检察官还批准他在彼得堡出版一个两卷本的《诗集》。这部《诗集》除收入了他已出版的诗歌作品外,还收入了他近年写的一些新诗,如《总督》、《三个布德雷斯》、《法雷斯》等。《法雷斯》是一首浪漫主义的杰作,"法雷斯"阿拉伯语是"骑士"的意思,诗

---

① 张振辉,《密茨凯维奇传》,人民文学出版社,2006年,第77页。

人在这个标题下还标明了他是为了"对 Emir Tajz-UL-Fechr 表示敬意而作"。"Emir Tajz-UL-Fechr"是阿拉伯语的"光荣之王",这里是指和密茨凯维奇同一时期的一个波兰作家和诗人瓦茨瓦夫·热乌斯基。热乌斯基也是一位旅行家,曾骑着马完成了从小亚细亚的塔尔苏到土耳其伊斯坦布尔的旅行。密茨凯维奇的一个友人在谈到他创作这首诗的情况时说:

有一次,他在彼得堡,应邀出去参加午宴,玩得很高兴,遇到暴风雨来临,于是坐上马车,迅疾奔跑,驭者尽可能让马跑得更快,嘚嘚的马蹄声、风的呼啸声、轰隆的雷鸣声和对暴风雨的害怕使他想起了法雷斯,一个晚上,这首诗便写成了。①

作品写的是一个贝都因(贝都因是沙漠地带以游牧为生的阿拉伯人)骑士纵马奔驰在沙漠上的情景。这位骑士坚毅勇敢,不管遇到什么艰难险阻都毫不退缩和惧怕。他最先遇到的是岩石向他露出了凶恶的面孔,威胁他说:

荒原上的阳光像利箭一样地刺人,
那里没有带绿色鬈发的棕榈遮住他的头顶,
也没有雪白胸膛似的帐篷遮住他的身子,
那里只有一个帐篷:辽阔的天空。②

但这一切他都不怕,他看见那岩石自以为了不起的样子,反跑得更快了,把它远远地抛在后面。随后他又遇到了一只兀鹰,它一连三次在他的头上编织了黑色的花圈,还对他哇哇地叫。这个骑士和它眼对着眼,互相看了三次,他那锐利的目光终于把不可一世的兀鹰吓退了。可这时又有一朵云驾着白色的翅膀从天上飞下来,追上了这个骑士,说:

狂人啊!他往哪里跑?
焦渴会熔化他的胸脯。
天上的云掉不下雨点,
尘土会洒满他的鬓角,
在这枯瘠不毛的荒原上。③

可是云的威胁也没有用,因为这个骑士打起了精神,他的马跑得更快了,云虽然对他十分恼怒和忌妒,但疲倦得再也追不上他,只好向天边退去。接着骑士又

---

① 兹比格涅夫·苏多尔斯基,《密茨凯维奇传》,安赫尔出版社,华沙,1977 年,第 220 页。
② 《亚当·密茨凯维奇作品集》,第一卷,读者出版社合作社,华沙,1955 年,第 322 页。
③ 同上,第 324 页。

看见了古代商队留下的骸骨。这些骸骨警告他那边有可怕的飓风。那飓风果然发现了他,它很惊奇地说:什么卑鄙的东西,竟敢闯进我的领地。它愤怒地把他高高地卷起,对他吐着烈火般的气息,然后又把他摔在地上。贝都因骑士奋力和飓风搏斗,和它撒下的沙石搏斗,它终于像一根擎天柱一样,在他的面前倒下了。这位骑士在和大自然各种险恶势力的斗争中取得了最后的胜利。他自豪地望着天上的星星,在这块大地上只有他一个人,阿拉伯世界所有的空气由他尽情地享受,他可以看到比地平线更远的天空,他高兴地伸出双臂,要拥抱整个世界,他的思想已飞向了那天上最高的一层。整个作品充满了浪漫主义情调,诗人以其丰富的想象,运用各种比喻和拟人化的描写,展示了一幅人类征服大自然的壮美图景,这里不仅表现了作者富于创新精神的艺术追求,而且也表现了他作为一个积极浪漫主义者无比宽阔的胸怀和决心创造人类新世纪的精神。

1828年初,沙皇也批准了密茨凯维奇离开俄国,他向莫斯科和彼得堡的友人告了别,直到翌年5月中旬或6月初,才离开彼得堡,来到了德国。1832年4月,他在德国的德累斯顿创作了《先人祭》的第三部。它的取材和《先人祭》第二部和第四部完全不同,而主要是以密茨凯维奇当年在维尔诺"爱学社"的战友们曾经遭受沙俄反动政客和警察头子尼古拉·诺沃西尔佐夫严刑审讯以及他们的反抗斗争为背景。在剧本的"前言"中,作者明确地指出:

波兰的苦难史包括许多代人和不可胜数的牺牲者;鲜血淋淋的场面出现在我们整个国土上,也出现在国外。我们发表的这部诗剧只限于这巨幅画卷中的几个细小的轮廓,是亚历山大皇帝所进行的迫害时期的几个事件[①]。

剧本一开始就展现了一幅阴森森沙俄监狱的图景,政治犯在这里遭受严刑拷打,他们有的表示要"以死来为祖国服务",[②]如果被流放到西伯利亚,在矿山做工,也要"打把板斧砍沙皇"。[③] 剧作充分揭露了诺沃西尔佐夫这样的沙俄刽子手的凶恶残忍而又极端虚伪的面貌,以及那些投靠了沙俄占领者的贵族和伪古典主义诗人对敌人献媚讨好的丑恶嘴脸。

如在"参政员"一场中,爱国青年罗利逊的母亲这个形象写得尤其动人。她起初以她的善心去揣度诺沃西尔佐夫,以为可以求他释放她的儿子,可是她一旦看

---

① 沙皇亚历山大一世(1777—1825),1801年即沙皇位,1815年开始兼任波兰王国的国王。这期间,在他的倡导下,沙俄、普鲁士和奥地利这三个参与了瓜分波兰的君主缔结了所谓"神圣同盟",要维护欧洲旧的秩序,反对一切革命运动。欧洲绝大多数国家的君主后来也都加入了这个同盟,沙皇俄国成了欧洲反动势力的支柱。正是在亚历山大一世在位期间,沙俄当局逮捕了包括密茨凯维奇在内的许多"爱德社"和"爱学社"的成员,密茨凯维奇和他的几个战友被判流放俄国。这一段话引自亚当·密茨凯维奇,《先人祭》,易丽君、林洪亮、张振辉译,四川文艺出版社,2016年,第165页。
② 亚当·密茨凯维奇,《先人祭》,易丽君、林洪亮、张振辉译,四川文艺出版社,2016年,第200页。
③ 同上,第216页。

清敌人的狰狞面目,便怀着深仇大恨,要和刽子手作拼死的斗争:"你这个老吸血鬼,你身上溅满了孩子们的血。"①在诗人笔下,诺沃西尔佐夫这个沙俄刽子手既凶恶又狡诈,他在波兰所干的一切就是疯狂的屠杀和掠夺,他杀人越多,就能从沙皇那里获得更高的爵位和更多的勋章,他的飞黄腾达是建立在波兰人民的血泪之上的。但他对波兰爱国者进行镇压时,却又装出一副伪善的面孔:邀请一些政治上和他敌对的人来参加他的舞会,表示他对波兰各社会阶层的"亲善"。当罗利逊的母亲出现在舞会上,当众揭露他迫害她儿子的罪行时,他内心恐慌,却装出十分客气的样子,矢口否认罗利逊在监狱受酷刑的事实,并表示要立刻调查,可是背地里却命令他的爪牙把罗利逊从窗口推了出去,还要制造他跳楼自杀的假象。

在"华沙沙龙"一场中,诗人真实再现了当时波兰上流社会的缩影。一些贵族老爷太太在这里举行盛大的舞会。他们为了维护自己的地位和财富,不惜和沙俄占领者勾结,向民族敌人屈膝投降。有的人宣称"自从诺沃西尔佐夫离开了华沙,谁也不会把舞会办得文文雅雅。"还一些在政治上依附于这些贵族的伪古典派文人,也把沙皇统治下的波兰加以美化,说在这里"斯拉夫人有的是田园诗兴"。当有人讲到一个曾参加十一月起义的革命者被捕后如何遭到沙俄宪警残酷审讯的故事时,一个伪古典派文人认为"这样的故事尽管有人听,但谁愿意拜读它们?"看到这些对祖国的独立和民族的命运毫不关心甚至投靠敌人的人居于统治地位,诗人不能不为波兰的前途深感忧虑:"想想看,我们怎么不垮,朋友们,站在我们民族前头的尽是这号人。"②

《先人祭》第三部的主要人物是一个被关在沙皇监狱里的政治犯康拉德。他原是《先人祭》第四部中的古斯塔夫,但他已由那个愤世不平的失恋者变成了一个热忱的爱国者和坚定的革命者。他说他和狱中同志一样,热爱祖国,甘愿为她作出牺牲。他在"即兴独白"中这样说:"如今我已把我的灵魂和我的祖国连在一起,用我的血肉之躯把祖国的灵魂吞食。我和祖国是一个整体。""我感受着整个民族的苦难"。他热切希望他的民族能够复兴,"受到全世界的赞美"。他还说他的"名字叫千百万——正是为了爱千百万",他"才如此痛苦,忍受酷刑。"要"使幸福之歌更长久地响彻人间"。他还说他是一个"歌王"。③ 作为积极浪漫主义者,密茨凯维奇认为诗歌具有无限的创造力,能"使幸福之歌更长久地响彻人间"。康拉德要和人们视为神圣不可侵犯的上帝进行斗争,要从上帝那里分享权力,以拯救他沦亡的祖国,但上帝对他却一语不发。看到这个至高无上的权威对人间的苦难和不平这么毫不关心,他又把他最仇恨的"沙皇"这个称呼用在上帝的头上。主人公的整个"即兴独白"是一篇充满了战斗激情的英雄诗篇,充分表现了诗人爱国爱人民

---

① 亚当·密茨凯维奇,《先人祭》,易丽君、林洪亮、张振辉译,四川文艺出版社,2016年,第356页。
② 本段引文出处同上,第284,297,298,300页。
③ 本段引文出处同上,第224,228,230,234页。

的真挚情感和他浪漫主义文学观点。作品中,诗人还指出了波兰的爱国志士在争取民族独立的斗争中,要依靠全体人民的力量,才能取得胜利:

> 我们的民族像座火山,
> 表面上又冷、又硬、又干枯、又卑贱,
> 但是它蕴藏的火焰能燃烧千百年,
> 让我们抛弃这个外壳,进到火山里面。①

《先人祭》第三部通过提出一系列现实问题,充分反映了密茨凯维奇这段时期革命世界观的形成和发展。这部诗剧在他一生的创作中,是一部里程碑式的作品,它对黑暗现实的批判以及它所表现出的革命战斗精神和理想,在波兰文史上,都未曾有过。此外,密茨凯维奇在创作《先人祭》第三部的同时,他也想起了当年因为参加"爱德社"和"爱学社"的秘密爱国活动被判流放到俄国的经历以及那段时期在彼得堡所见到的一切,因而他也为这部诗剧写了几首附诗。这些附诗不仅反映了他在流放途中极端苦闷的心情,而且对他在彼得堡见到的各种人和事,如沙俄皇的专制主义、达官贵人的专横和傲慢以及遭受封建压迫的俄国农民的悲惨命运,都作了真实的描写。如在《通往俄国之路》一诗中,他写他当年去俄国的途中的情景是那么可怕:

> 像荒原上的狂风,一辆驿车
> 在雪地里驶向更加荒蛮的北方,
> 我的双眼如同两只敏锐的隼鹰,
> 在茫茫无际的海洋上空飞翔,
> 被狂风驱使着,无法降临陆地。
> 它们所看到的都是狂风巨浪,
> 没有栖息的地方,只好卷起翼翅,
> 朝下面望去,那里就是死亡之地。②

快到彼得堡时,他在这座城市的郊区,又看见"沙皇的卑鄙走卒在这京郊,/为自己搭起淫乐的魔窟",他深感为了沙皇和他的那些达官贵人淫乐而建起这些豪华的宫殿,

> 要把多少无辜的人杀害放逐,

---

① 亚当·密茨凯维奇,《先人祭》,易丽君、林洪亮、张振辉译,四川文艺出版社,2016年,第300页。
② 同上,第381页。

要抢劫掠夺我们多少领土；
他们用立陶宛人的鲜血、乌克兰人的眼泪、波兰人的黄金，
把巴黎、伦敦所拥有的一切慷慨大方地统统买足，
再给这些大厦配上最时新的装束，
小步舞踩脏了小吃间的地板，
就用香槟酒去洗刷那污垢。①

——《京郊》

在沙俄的首都彼得堡，他看到以沙皇为首的那些专制主义统治者的可耻面貌，也不无讽刺地写道：

既然皇帝要徒步从这儿走过，
就得跟着皇后、女官、
元帅、官僚、贵妇一大窝。
第一、第二、第四，间隔按名分拉开，
像赌棍扔下的纸牌
国王、王后、黑桃、红桃，
大鬼、小鬼、梅花、方块，
这边一排，那边一排，
摆满了一条豪华的长街。
遮住了小桥上闪光耀眼的花岗岩。
走在前头的是官廷的大臣：
这一个穿着皮大衣，却半敞着胸襟，
为的是把他的四枚十字勋章展示人前；
既然要显摆勋章，挨点冻也心甘情愿。
他还用傲慢的眼神四周搜索，看有谁能像他一样尊严，
他甲虫般缓缓移步，大腹便便。②

——《彼得堡》

《阅兵》一诗写的是沙皇一次普通的阅兵，但是从中可以看到沙皇政府平日的军事训练是凶残无比的。他们根本不把普通士兵当人看待，在阅兵中，只要某个士兵的步子走得有点不合要求，就马上把他打死，因此一次阅兵，就有十几个士兵被打死了，这都是密茨凯维奇亲眼所见。此外，根据密茨凯维奇的了解，有个立陶

---

① 亚当·密茨凯维奇，《先人祭》，易丽君、林洪亮、张振辉译，四川文艺出版社，2016年，第391页。
② 同上，第399、400页。

宛的骑兵,被认为是波兰人,因为立陶宛当时属于波兰,长官便有意给了他一匹难以驯服的马,使他在操练中受了伤,反映了沙俄军官的狠毒和他们对波兰人的仇视。一个俄罗斯的农奴平日对他的庄园主老爷忠心耿耿,这一次因为没有执行好长官的命令,也被打死了。诗人对这个被压迫者表示了极大的同情:

啊,可怜的农民!我还哭什么呢?
我的心跳得更厉害了,
我在想你到底做了些什么?
我是多么痛苦,一个可怜的斯拉夫人,
一个可怜的民族,我为你的命运感到悲哀,
你知道英雄主义,也遭受了奴役。①

和这相反的是,那些军官的身上却穿戴着沙皇赐予他们的各种军衔的标志和军功章,其数量之多甚至"超过了他们衣服上扣子的数量",②为的是显示自己很了不起,可是在诗人看来:

这些军官全身都是那么光芒四射,
但这不是他们自己的光芒,
而是从沙皇眼里照射出来的。
他们只是一些会闪光的蛆虫,
在圣约翰节的夜晚,闪着美丽的光亮,
可是一旦沙皇不再给他们恩赐,
这些可怜虫就会失去他们的一切。
他们虽然活着,也不到国外去,
但他们在泥地里爬呀,爬呀!
也不知要爬到哪里去?
有位将军经受过战火的考验,表现了勇敢精神,
沙皇总算对他露出了笑脸,
可是一旦沙皇向他投去了不信任的目光,
他就会变得脸色苍白,
就会倒下,就会灭亡。③

但是对于俄国的革命者,诗人总是感到无比的亲密,如他来到彼得堡后,还先

---

① 亚当·密茨凯维奇,《先人祭》,易丽君、林洪亮、张振辉译,四川文艺出版社,2016 年,第 430,431 页。
② 同上,第 416 页。
③ 同上,第 416 页。

后认识了俄国十二月党人别斯杜热夫和雷列耶夫,他们是诗人、当时十二月党人"北社"的领袖、十二月党人文学的代表。他们的政治立场和文学观点和密茨凯维奇一致,密茨凯维奇在俄国也一直受到他们的关照,因此他和他们结下了深厚的友谊,对他们高尚的革命情操十分敬仰,后来雷列耶夫和别斯杜热夫在1825年12月举行的起义失败后,都牺牲或被流放了。密茨凯维奇在写《先人祭》第三部时,也对他们十分怀念。他在《致莫斯科的朋友们》一诗中写道:

你们现在何方?雷列耶夫的脖子何等高尚,
我曾搂抱过它,如同兄弟一样,
如今却被沙皇的判决吊在耻辱的绞刑架上;
杀害自己的先知的氏族,将被诅咒而灭亡。

这是别斯杜热夫曾向我伸出过的手,
他是诗人和战士,那手却被剥夺了笔和枪,
如今沙皇让它驾上独轮车去挖掘煤矿,
与它同锁在一条铁链中的是波兰人的手掌。①

1830年十一月起义失败后,波兰有大批的爱国者流亡到了西欧,主要是法国,他们中有一些著名的政治家和文化人士,当时围绕着如何争取波兰民族的独立和农民问题展开了激烈的争论,而且分成了两派,即以"波兰民主协会"为代表的资产阶级民主派以及贵族保守派。前者主张废除农奴制,把土地分给农民,发动广大农民参加波兰民族解放斗争;后者把波兰独立的希望寄托在英国和法国同俄国的战争上,这两派当时都和西欧的革命运动建立了联系,并积极参加了欧洲的革命运动。1832年7月底,密茨凯维奇来到了巴黎,这一年12月,他匿名出版了一部著作——《波兰民族和波兰朝圣之书》,它是针对波兰流亡者中出现的派别之争而写的。密茨凯维奇认为,波兰民族的朝圣说明了它已消除了内部分歧,能够团结一致,但要以基督精神改造国民,使国民在道德上自我完善,只有这样,才能拯救波兰。诗人想以爱国主义和自由平等的思想以及基督教的博爱精神教育人们,以争取波兰民族独立,使全世界人民从封建专制主义的压迫下获得自由。但这只是一种幻想,虽然他得到了流亡者中宗教人士的赞赏,说"作者以福音书的形式表现了这个宗教和爱国主义的思想。波兰为自由而死去,拯救了欧洲的民族,就像基督为自由而死去,拯救了世界一样。"但他遭到了一些激进的民主主义者的指责,说他所宣传的"天主教系统所造成的后果对波兰是最有害的",它"阻止

---

① 亚当·密茨凯维奇,《先人祭》,易丽君、林洪亮、张振辉译,四川文艺出版社,2016年,第441页。

我们的流亡者对波兰未来的状况所进行的一切探索,要我们虔诚地袖手旁观"。①但是两派在争论中都没有制定具体的纲领,也没有采取任何行动,最后毫无结果。

大概在 1832 年 9 月,密茨凯维奇开始了他一生最主要的作品即长篇叙事诗《塔杜施先生》的创作,由于在流亡者中一些社交活动的耽误,他到 1834 年 2 月才创作完毕。长诗叙述的故事是:1811 年夏天,年轻的塔杜施从维尔诺回来,到了他做法官的叔叔家,正遇到索普利查家和一个伯爵为了一桩产业的诉讼案即将裁决。这场诉讼已持续了几十年,是塔杜施的父亲雅采克·索普利查和伯爵的前辈宫廷御膳官霍雷什科早先的冲突所引起的。霍雷什科原是当地的大贵族,雅采克是小贵族,但他和霍雷什科的女儿艾娃相爱,因门第的差别,雅采克的爱情被拒绝了,霍雷什科把女儿嫁给了一个省长,艾娃和丈夫后来被流放到西伯利亚,年纪很轻就死了,留下了女儿佐霞。雅采克后来和一个农家女结了婚,生下了塔杜施,但他对霍雷什科依然怀恨在心。有一次,俄国军队攻打霍雷什科的城堡,他利用机会从俄国人手中夺过一支枪,将当时出现在城楼上的霍雷什科打死,因而他被乡亲们视为叛徒和卖国贼。后来他对自己的行为悔恨不已,离开家乡,改名罗巴克,决心参加波兰民族解放斗争,以立功赎罪。他参加了扬·亨利克·东布罗夫斯基的"波兰自愿军团",在战斗中屡建奇功,后来又被派到立陶宛进行秘密活动。

就在产业诉讼将要宣判的时候,两家又因一次打猎中打死的一头熊的皮归谁发生了争执。伯爵和霍雷什科家的老总管于是煽动和召集附近陀布琴村一些小贵族袭击了法官所在的索普利佐夫村,俘虏了法官一家。驻扎在附近的俄军闻讯赶来,将伯爵等抓起来,要交由军事法庭审讯,并释放了法官一家人。这时募化修士罗巴克和塔杜施率领一些贵族前来和俄军开战,法官出于对伯爵等的同情,又将他们解救出来。这两个家族于是消除了过去的仇怨,联合起来和俄军战斗,把来犯之敌打得大败。罗巴克在战斗中因掩护伯爵中弹受了重伤,死前他向霍雷什科家的总管讲述了他的真实身份和他的痛苦经历,得到了对方的谅解。

长诗的主题首先表现在要加强波兰民族内部的团结一致,只有这样,才能打败来犯之敌,维护国家的主权和独立。因为在波兰历史上,几个世纪以来,掌握国家统治权的贵族豪强处于无政府状态,使波兰经济遭到破坏,民不聊生,国力日渐衰弱,在外敌入侵时无力抵抗而被瓜分灭亡。此外,波兰贵族还有一种嗜于打斗的恶习,家族之间、邻里之间为了一件生活小事便进行斗殴,结果不仅没有解决争端,反而结下永远解不开的仇怨,既不利于人民的团结,也不利于国家的强盛。长诗通过描写索普利查和伯爵两家从发生争端、结怨到最后能够和解并团结一致打败他们共同敌人这一过程,深刻地反映了这个主题。

---

① 本段引文均引自兹比格涅夫·苏多尔斯基,《密茨凯维奇传》,安赫尔出版社,华沙,1977 年,第 382,384 页。

长诗的最后两章描写了波兰军队1812年随拿破仑大军远征俄国经过立陶宛时的情景,这些是密茨凯维奇当年亲眼所见。在他的眼中,这支由许多波兰民族解放运动著名领袖人物统率的波兰军队是一支不可战胜的"钢铁的队伍"①。立陶宛和波兰同盟议会的议长甚至宣布:拿破仑皇帝已经把自由交还给波兰王国,现在还要把自由交还给立陶宛和全波兰。这当然是诗人的亲身体会,因为他童年时目睹当时进军俄国这支军队路过诺沃格鲁德克时,受到了民众热烈欢迎的情景,诗人深感这是他一辈子最幸福的时刻,永远不会忘记:

我生出来就遭受奴役,
被捆上了襁褓的带子,
一生之中只有一个这样的春天。②

他的主人公雅采克这时也用"圣职"和"英雄业绩"洗刷了他过去对祖国犯下的罪过,拿破仑皇帝恩准给他颁发荣誉团十字勋章,他重新获得了荣誉,站到爱国者行列中来了。随着波兰军队解放了立陶宛,立陶宛所有家族之间的纷争和诉讼都结束了,大家全都言归于好。波兰和立陶宛人民只有团结起来,才能战胜敌人,在人民获得自由和解放后,则更需要紧密地团结在一起,这也是密茨凯维奇的理想。在法官举行的宴会上,塔杜施和佐霞宣布订婚后,向大家表示:他们自由了,也要让农民获得自由,他们愿意把他们的田地分给农民,虽然这样会减少他们自己的收益,但也要让农民有自己的土地。

长诗的另一个特点是它对波兰贵族习俗的生动描写,这种描写涉及面十分广泛,包括波兰古代的民族服装、礼仪、烹饪、饮宴、游乐、狩猎、集会、争辩、斗殴和打仗等,这许多都是密茨凯维奇亲眼所见或亲身参加过的,像这样的描写在波兰文学以往的作品中,还从来没过。例如贵族的礼仪方面,主人公法官全家外出或回来时都要列队而行,走在前面的是保姆和儿童,依次是法官陪着夫人,她身旁是监督,姑娘们跟着老人,青年男士走在边上。大家都必须遵守这个次序。诗人把维护波兰古老的文明习俗和热爱祖国联系起来了。诗中也对贵族无政府主义作了生动的描写,如上面提到的陀布琴村和邻村的贵族代表有一次举行会议,本要议决举行波兰民族起义的大事,但会上就像波兰贵族共和国的议会一样争吵不休。

显然,这会议已经分裂为两个阵容。
布赫曼叫喊:"一致法③我永远不赞成!

---

① 《亚当·密茨凯维奇作品集》,第四卷,读者出版合作社,华沙,1955年,第304页。
② 同上,第305页。
③ 这就是17世纪波兰议会中实行的自由否决权。

这是我的立场!"有些人喊:"我不答应!"
施洗者叫喊:"缺了你们我们也能干;
我们的首领万岁! 请马捷立即就任!
举起你的权杖!"陀布琴人齐呼:"赞成!"
外村的贵族大声说:"我们不答应!"
于是人群里乱成一团且分成两半,
两派的人不住地晃着头,面对面站着,
这边喊:"我们不答应!"那边高呼:"赞成!"①

  结果正是由于霍雷什科家的大总管的煽动,他们放弃了起义斗争,向上面说的那样,去无端地袭击索普利佐夫村,反被俄国人利用。诗人以这种带讽刺的描写,认定波兰的无政府状态应当结束,因为它有碍波兰民族解放斗争。此外密茨凯维奇还说他的这首长诗就是"立陶宛的最后一次袭击",还有"最后一次古波兰宴会",这也说明了他认定他的贵族主人公是波兰贵族最后一代,他们本来"热爱祖国胜过自己的生命",②如果结束这种各行其是、恣意妄为的无政府主义,使波兰社会各阶层团结一致,就能打败任何来犯之敌,维护祖国的独立。

  作品在人物的塑造上,最突出的无疑是雅采克,他因为悔恨自己犯下的罪过,离开家乡,去国外流浪,当了修士,他的化名罗巴克③就是"混杂在尘土中的一条蠕虫",④说明他要永远进行默默的忏悔。参加波兰军队后,雅采克奋不顾身地为波兰民族的独立而战斗。来到立陶宛后,他又第一个把拿破仑的军队将要来到立陶宛以及波兰军队也将随一起来的消息告诉了他的弟弟法官。在处理他弟弟和伯爵的诉讼案上,他很坦率地承认是俄国人夺了御膳官的城堡并将其部分土地分给了索普利查家的事实,他发誓要在临终忏悔之前主持公道,将霍雷什科原有的产业归还给他。他在艾娃和她的丈夫死后,领来了他们的女儿佐霞这个霍雷什科家的后代,想尽一切办法将她抚养长大,并让他的儿子塔杜施和她结了婚,使两个仇家成了亲家。他还把城堡和土地也留给了这两家的合法继承人。诗人不仅把民族团结的思想用于"治国",而且认为只有这样,一个人才能"修身"和"齐家"。他的主人公在个人和家族的利益同祖国的利益发生矛盾时,也总是把祖国的利益放在第一位。他认为,如果索普利查家组织义勇军为祖国的独立而战,它会在立陶宛流芳百世,它的后代会说他们的先辈最早发动了革命,这才是索普利查家最崇高的荣誉。雅采克长期从事秘密工作,也很富于工作策略和组织才能,由于他

---

  ① 亚当·密茨凯维奇,《塔杜施先生》,易丽君、林洪亮译,人民文学出版社,1998年,第242、243页。
  ② 本段引文均引自《亚当·密茨凯维奇作品集》,第四卷,读者出版合作社,华沙,1955年,第266,277,329页。
  ③ 罗巴克的波兰文 Robak 的意思是蠕虫。
  ④ 本段引文均引自《亚当·密茨凯维奇作品集》,第四卷,读者出版合作社,华沙,1955年,第297页。

经历坎坷曲折,诗人在描写他的经历时,还设置了许多悬念,读者不仅深深地品味了他的人格魅力、才能、智慧和丰富的感情世界,而且深感作品故事情节引人入胜。

长诗还有不少写景的场面,流露出诗人对故乡的思念。他想到了立陶宛茂密的森林、广袤的田野和如茵的牧场,涅曼河河水静静地流淌,他想到了立陶宛古时候的景象,真希望有什么奇迹能够把他送回故乡。长诗《塔杜施先生》不仅深刻反映了那个时代决定波兰民族命运的最重要的社会问题和许多关心波兰事务的爱国者面貌,而且将波兰的传统文化和现代文化结合起来,最真实和充分地表现了波兰民族的特点,因而它发表以来一直得到波兰社会的高度评价,它是波兰文学史上最重要的经典,对后世产生了深远的影响。

此后在1839年、1840年和1841年,密茨凯维奇曾先后在瑞士的洛桑大学和法国巴黎的法兰西大学讲授拉丁文学和斯拉夫学。在这些课程中,最重要的是他讲到了他对"祖国"这个概念的理解,他说"祖国"这个词在波兰最早的史学家加尔·阿诺姆用拉丁文写的《编年史》中就已出现,因此自波兰于公元966年建国以来,波兰人心中就有这个概念。密茨凯维奇认为,祖国包括波兰从古到今社会生活中的一切,既表现在物质方面,也包括精神方面,她"被认为是将来要创造的一种社会秩序。自由、强大和幸福都是祖国的组成部分。"[①]因此,爱国主义具有精深博大的内涵,其中包括"保护和坚持民族的生活"。[②] 对一个波兰人来说,不仅波兰是他的祖国,而且不论在什么地方,只要他心系波兰,那里就有他的祖国,这当然也反映了密茨凯维奇和当时波兰的流亡者中普遍存在的爱国思乡的心境。

19世纪40年代末,在全欧洲出现了伟大的革命风暴。欧洲一些国家革命的胜利也使波兰的流亡者受到了极大的鼓舞,这时期,密茨凯维奇也一直都很关心欧洲和波兰革命形势的发展,在革命形势的影响下,他已经认识到要推翻封建专制主义、改变旧的社会秩序,必须建立武装队伍。当时,波兰流亡者的各派首领也一直努力要在巴黎建立波兰军团,到波兰去作战。密茨凯维奇希望教皇支持波兰在罗马建立军团。1848年3月29日,一些拥护密茨凯维奇的政治派别的人在他那里开会,决定马上建立一支波兰军队,并做出了一个政治改革的决议,内容包括把土地分给无地少地的农民、男女平等、各阶层人民平等。在决议上签名的有14个人,这就是密茨凯维奇要建立的军团的基本队伍。1848年4月10日,他率领由11人组成的军团队伍从罗马出发,来到意大利的佛罗伦萨,沿途受到意大利居民的热烈欢迎。密茨凯维奇也给巴黎的《法兰西报》写文章,号召斯拉夫各民族团结起来,支援意大利,反对共同的敌人奥地利占领者。巴黎的波兰流亡者也有一批志愿者来到佛罗伦萨,参加了密茨凯维奇的军团。密茨凯维奇后在米兰甚至受

---

① 张振辉,《密茨凯维奇传》,人民文学出版社,2006年,第155页。
② 同上,第155页。

到了意大利临时政府总统的热烈欢迎,他在市政厅里发表讲话,又一次指出波兰人和意大利人遭遇到了同样的民族悲剧,都在为自由而战斗,"为了人民共同的自由"是两个民族之间的联系。①

"早在1847年,在伦敦秘密地召开了无产阶级的第一次国际性代表人会,根据大会的决定出版了'共产党宣言',宣言结尾提出了一个新的革命口号:'全世界无产者联合起来。'波兰有自己的代表出席这次代表大会。……总之,在自己的祖国之外,波兰人在争取无产阶级解放的斗争中起到了巨大的作用,他们大都是无产阶级的国际战士。"②密茨凯维奇也是一样,他回到巴黎后,又开始在巴黎筹办法文的《人民论坛》报,得到包括俄国革命民主主义者亚历山大·赫尔岑(1812—1870)在内的西欧各国的革命家的支持,他在这家报纸上面发表的一系列文章中指出各民族的人民要团结起来,反对维也纳、彼得堡和柏林的神圣同盟。他在这时期发表在《人民论坛》报上的《社会主义》一文中说:"社会主义是一种古老的感情,就像生活的感情一样。它感觉到了我们生活的不足、残缺、不正常,以及不幸。社会感情是一种为美好生活而奋斗的精神,不是为个人的美好生活,而是为集体和团结的美好生活",③在《工人住宅区》中,他还说,要"迫使资本家承认,必须为无产者谋福利。"他号召"公民们不要忘记只有拿起武器,才能消灭普遍的痛苦和贫困。"④他这一时期的政治观点很明显地表现出了国际主义和社会主义的倾向,他也名副其实地成了一个欧洲民族解放运动和社会革命的宣传者。1848年欧洲各国的革命最后失败,但密茨凯维奇并没有对前途丧失信心,后来波兰的流亡者打算在土耳其建立一个波兰军团,这个军团的成立得到了法国国王拿破仑第三的支持。1855年夏天,英国和法国在土耳其反俄的战争中取得了胜利,这两个国家也同意在土耳其建立一个波兰师。9月22日,密茨凯维奇来到了土耳其,10月6日,他又去过保加利亚的布尔加斯新港,见到这里已有波兰的流亡者建立的军团,他希望在这里再建一个犹太军团,和波兰军团一起为被瓜分和奴役的波兰获得自由而战斗,但11月27日,他在土耳其因染上了霍乱不幸去世。

密茨凯维奇不仅是波兰历史上最伟大的爱国诗人,而且也是一位伟大的思想家和革命家。他将毕生精力献给了波兰民族的解放事业,虽然在他在有生之年并没有看到波兰恢复国家独立,但是他的思想和他在波兰文学史上早已公认为经典的作品却对波兰后世产生了巨大的影响。他作为波兰浪漫主义文学流派的主要代表,不仅在艺术上有了许多可贵的创新,而且他作品中表现的爱国主义和革命民主主义思想激励着一代又一代的波兰人,去为他们民族美好的未来而奋斗。密

---

① 张振辉,《密茨凯维奇传》,人民文学出版社,2006年,第155页。
② 引自卡尔·马克思、弗里德里希·恩格斯、保尔·拉法格、弗·列斯纳于1880年11月27日联名给11月29日在日内瓦举行的纪念1830年波兰革命,即1830年11月在华沙爆发的波兰抗俄民族起义五十周年大会寄去的一封贺信。见《马克思恩格斯全集》,第19卷,人民出版社,1963年,第266、267页。
③ 《亚当·密茨凯维奇作品集》,第十二卷,读者出版合作社,华沙,1955年,第125、126页。
④ 同上,第144页。

茨凯维奇不仅是波兰历史上最伟大的人物之一，他在世界各国的人民中也早就享有很高的声望，所以联合国教科文组织在1955年，为纪念他逝世一百周年，宣布他为世界文化名人，受到各国人民的敬仰。

第三节
尤利乌斯·斯沃瓦茨基

尤利乌斯·斯沃瓦茨基（1809—1849）是波兰积极浪漫主义另一个具有代表性的诗人。他出生于立陶宛的克日缅涅茨一个中等贵族的家庭，父亲埃乌泽比尤斯·斯沃瓦茨基曾在这里的一所很有名的高级中学里教过文学课，后又当过维尔诺大学的教授，同时他也是个诗人。母亲莎洛梅阿也有较高的文化修养，曾在这所中学里教过法语和钢琴课，父亲在1814年死后，斯沃瓦茨基的母亲曾改嫁给维尔诺大学一位医学教授伯库。斯沃瓦茨基在克日缅涅茨中学毕业后，曾就读于维尔诺大学道德和政治科学系。沙俄占领者统治下的立陶宛，经济发展落后，农民受到封建农奴制的残酷压迫，维尔诺大学的教授在政治上反对农村封建压迫，但他们并不关心立陶宛的民族解放事业。他们当时经常在由莎洛梅阿主持的伯库教授的沙龙里，谈论国家大事，也带来了1817年密茨凯维奇等成立的"爱学社"的消息。但1823年，当沙俄当局开始逮捕和流放"爱学社"的那些波兰爱国者的时候，伯库却站在沙俄占领者一边。斯沃瓦茨基在这样一个家庭环境中，由于父辈的影响，从小就表现了对被压迫者的同情，痛恨那些欺压农民的封建贵族。他早在大学学习时就开始写诗，如他当时写的一首《乌克兰民歌》，说的是一个悲惨的爱情故事：乌克兰少女汉卡在等待她的心上人鲁内克的归来，但她还没有等到他归来，就在鞑靼人一次对她家乡的侵犯中被杀害了，鲁内克回来后，在绝望中也跳进第聂伯河自杀了。这期间，斯沃瓦茨基也爱读英国浪漫主义诗人拜伦和法国著名作家雨果的作品，同时他也欣赏密茨凯维奇的诗，尤其喜爱他们作品中所表现的反抗精神和对封建专制主义的批判，因此斯沃瓦茨基在维尔诺关于浪漫主义和古典主义的争论中，完全赞同积极浪漫主义的文艺观点。1829—1831年，他先后出版了诗剧《明多韦》、《玛丽·斯图尔特》和长诗《扬·别列茨基》，这是他早期具有代表性的作品。

《明多韦》以立陶宛13世纪明多韦大公统治时期为背景。他当时完成了立陶宛国家的统一，但是他的国家却常受到十字军骑士团的侵犯，而十字军骑士团当时又有罗马教皇的支持，明多韦为了避免骑士团的侵犯，表示接受骑士团信仰的基督教，要和它结成盟友。但是他的行动遭到了他的母亲罗格内达公爵夫人和他臣下的反对,他们指责他背叛了信仰多神教的立陶宛人民。为此他的臣下甚至要把他废掉,拥立他的侄儿特罗伊纳特为大公。其实明多韦并不是真要和骑士团结盟,他是想以此使敌人丧失警惕性,利用机会把骑士团打败,后来他的策略成功了。但是原本要推翻他的政权的特罗伊纳特在他死后,却真的投靠了十字军骑士团,依仗骑士团对他的支持,当上了立陶宛的大公。剧中描写的公爵夫人是一个坚定的爱国者,她不仅主张广泛动员立陶宛的人民群众,抗击骑士团对立陶宛的侵犯,而且反对原来信多神教的立陶宛人改信骑士团信仰的基督教。诗人通过描写这个故事,影射波兰现实,因为当时波兰天主教的主教极力维护沙俄占领者在波兰的反动统治,反对任何爱国和民主主义言行的出现。

诗剧《玛丽·斯图尔特》中的女主人公是17世纪苏格兰的女王。她在位期间,对人民进行残酷压迫,和外国人勾结,出卖民族利益,同时个人生活腐化,引起了苏格兰人民的不满和反抗,她的王位最后被推翻了。诗人揭露的是封建压迫,和波兰现实也有密切的联系。

长诗《扬·别列茨基》以16世纪波兰国王斯泰凡·巴托雷统治时期为背景。主人公扬·别列茨基出身于小贵族家庭,因不堪贵族豪强显尼亚夫斯基的欺压,而投靠了鞑靼人。后来鞑靼人入侵波兰,他便借鞑靼人之手杀死了他的仇敌,以报他过去遭受欺压的仇,但他自己从此便被看成是波兰的卖国贼。诗人揭示了当时贵族豪强欺压波兰社会下层人民所造成的恶果。

在1830年十一月起义爆发期间,起义的领导人为了维护封建大贵族的特权,反对民主派提出解决农民问题的要求,反对农民参加起义,抵制当时下层人民的革命浪潮。斯沃瓦茨基这时期受到革命思想的影响,在他创作的《自由颂》、《颂歌》和《立陶宛军团之歌》等诗歌中,歌颂了人民群众为了波兰的自由和解放所进行的英勇斗争,同时也揭露了那些贵族保守派和卖国贼的丑恶面貌:

你们对外国人俯首帖耳,
我们相信自己的力量,
我们活着的时候离不开自己的土地,
死后也安睡在自己的坟墓里。

拿起武器,弟兄们,拿起武器!
这是人民的复活。
从阴森的魔窟里,
从废墟里飞出了一只新凤凰,
人民已站立起来,给他们祝福吧,天主!①

---

① 飞白主编,《世界诗库》,第5卷俄罗斯·东欧,花城出版社,1994年,第470页。

十一月起义失败后,由于沙俄占领者的残酷压迫,许多波兰的爱国者流亡国外,斯沃瓦茨基的母亲莎洛梅阿夫人建议他出国旅游。1831年3月,他从立陶宛首先来到了德国的德累斯顿,随后又经莱比锡和莱茵河上的法兰克福,来到了巴黎。这里在前一年,也就是1830年爆发的七月革命推翻了拿破仑的波旁王朝的统治,代之以君主立宪的七月王朝,统治权掌握在新的资产阶级和金融贵族的手中。斯沃瓦茨基在1832年创作的长诗《巴黎》首先描述了七月王朝的国王路易·菲利普如何推倒了巴黎中心广场上的一个圆柱上的拿破仑的铜像。可是在诗人看来,拿破仑是革命的象征,他和波兰民族解放运动有过千丝万缕的联系:

雕像从底座上被推倒了,
但是千百万人民,
每个衣衫褴褛的劳动者,
都分享了他的光荣,
会想到他的坟墓上的光圈。①

贵族资产阶级利用人民的力量在七月革命中取得了胜利,但是劳动人民依然遭受残酷的压迫:

在七月的日子里有一个幽灵,
所有的人在他面前都变成了侏儒,
但他的头上却飘着死亡的阴影,
这是人民的国王——多么伟大,
可是他的子民都饿死了。②

诗歌也真实反映了波兰流亡者艰难的处境,因为他们在西欧各国不仅是波兰民族解放运动的代表,而且他们也是整个欧洲要推翻一切封建专制主义、谋求自由和解放的人民的代表。他们在法国,遭到了菲利普政府的敌视,他们的活动在许多方面都受到限制,生活条件也越来越差,有许多人甚至被赶出了巴黎:

被流放到这里波兰人不知去向,
在贫困中得不到兄弟的帮助。③

---

① 《尤利乌斯·斯沃瓦茨基作品集》,第1卷,奥索林斯基民族出版机关,弗罗茨瓦夫,1949年,第52页。
② 同上,第53页。
③ 同上,第52页。

1833 年，斯沃瓦茨基又去了瑞士的日内瓦，在这里创作了长诗《一小时的思考》和《朗姆布罗》。《一小时的思考》是对他童年的回忆，《朗姆布罗》写的是希腊民族英雄朗姆布罗反抗土耳其压迫的斗争，他想号召所有的希腊人和他一起战斗，但得不到他们的响应，后来他一个人孤军奋战，在战斗中牺牲，可是他的祖国并没有从被奴役中获得解放。作者通过这个故事，总结十一月起义的教训，说明他已经认识到，波兰贵族阶级出身的爱国者领导的反对占领者的民族起义，如果没有或者拒绝广大人民群众参加，是不可能取得成功的。

1834 年 3 月，斯沃瓦茨基在瑞士出版了他的诗剧《科尔迪安》，这是他一生中最重要的作品之一。作品的主人公科尔迪安是一个年轻的诗人，他充满了各种幻想，认为黑暗现实只能给人们带来痛苦。由于失恋他曾想要自杀，但是他要反抗，后来他终于从个人的痛苦中解脱出来，参加了华沙一个秘密的革命组织，并且成了它的领导者。有一次，他带着他的队伍去到教皇那里，希望得到他的祝福，但是教皇却要他效忠于沙皇。他因为得不到教皇的支持，改学俄国十二月党人那样，去对沙皇采取暗杀的行动，以为杀了沙皇，就可以推翻沙俄占领者在波兰的反动统治，使波兰人民获得自由，但他这个不实际的想法遭到华沙老百姓的反对。最后，当他要采取行动的时候，突然感到害怕而晕了过去，未能成功。诗人写这个故事，当然也是以十一月起义为背景，说明贵族革命者孤军奋战，脱离了人民群众，必然遭到失败。剧中对波兰敌人的反动面貌进行了无情的揭露，作者不仅指出了教皇站在沙皇占领者一边与波兰为敌，而且以象征的手法把矛头直指沙皇和波兰的卖国者，剧中出现的沙皇尼古拉甚至梦想要将那西方革命的"百头怪兽"窒息致死。曾任波兰王国军队总司令的康斯坦丁公爵也敌视波兰。那些在波兰王国掌握大权的波兰卖国贼在诗人的笔下，都成了巫师和魔鬼，真是千奇百怪，表现了诗人对这些波兰民族的敌人的仇恨和对民族败类的蔑视。

1834 年 12 月，斯沃瓦茨基在瑞士写信给他的母亲，说他又写了一部诗剧《巴尔拉迪娜》，但是这部诗剧直到 1839 年才出版。诗剧写的是发生在公元 966 年波兰建国以前的一个故事，那时候这里有一个莱希人的国家，它的首都格涅兹诺在戈普瓦河畔，这里的人民遭受残酷的封建压迫。国王波别尔四世是一个暴君，他将奴隶杀死后，用他们的尸体喂他王宫鱼池里的鱼，或者用来给王室的田地施肥。但是这个国家也曾有过一些圣明的统治者，他们生活简朴，关爱自己的臣民，他们甚至没有自己的王宫，住在和农民一样简陋的农舍里，他们一心想的是让他们的臣民幸福安康，但是这些国王的最后一个被波别尔赶走了，成了隐士。波别尔的血腥统治激起了社会各阶层人民的反抗，有一个地主基尔科尔企图举行起义，推翻这个暴君，拥立那个隐士重新即王位。可这时基尔科尔的妻子巴尔拉迪娜、一个农民的女儿，想夺得王位，她采取了残酷的手段，杀害了善良的、一心想要为他人谋福祉的妹妹阿林娜以及她的政敌、同样想要夺得王位的封建主科斯特雷。巴尔拉迪娜虽然夺得了王位，但是她最后遭到报应，被雷电劈死。基尔科尔领导的起义失败了，人民遭受封建压迫的处境丝毫没有改变。斯沃瓦茨基在剧中对封建专制主义和野心家进行了无情的揭露和批判。作为一部浪漫主义悲剧《巴尔拉迪娜》在艺术上也颇有特色：在一些场景中，观众可以看到起义者的战斗、暴君和野心家的罪恶行径、基尔科尔所要谋求的人民群众幸福安康的生活以及戈普瓦女神的神话世界同时或者交替出现，这种对比既增加了作品的诗情画意，也将更加激起观众对压迫者的仇恨。

斯沃瓦茨基在瑞士创作的最后一部诗剧《霍尔什滕斯基》虽然没有写完，但同样表现了重要的主题。剧情围绕着一个中等贵族霍尔什滕斯基和一个大贵族统领科萨科夫斯基为了争夺财产引起的纠纷和因爱情引起的仇杀而展开。霍尔什滕斯基是巴尔同盟的成员，参加过反抗沙俄对波兰人民压迫的战斗，而且被沙俄宪警打瞎了眼睛，但他也反对解放农奴。科萨科夫斯基在科希秋什科起义爆发的时候，勾结沙俄占领者，反对起义，是臭名昭著的卖国贼。霍尔什滕斯基和科萨科夫斯基的妻子有过暧昧关系，科萨科夫斯基因此怀疑他的女儿阿梅莉娅是他的妻子和霍尔什滕斯基的私生女，他非常仇视霍尔什滕斯基。为了对霍尔什滕斯基进行报复，有一次，他故意对霍尔什滕斯基造谣，说他的儿子什钦斯内已经爱上了霍尔什滕斯基年轻的妻子，她是什钦斯内的情人，并且威胁霍尔什滕斯基，说要拍卖他的财产。但霍尔什滕斯基有科萨科夫斯基勾结沙皇、出卖民族利益的证据，后来他把证据交给了在科希秋什科起义爆发期间曾在维尔诺领导起义的革命诗人雅库布·雅辛斯基，并且要和什钦斯内决斗。虽然两人在决斗中都没有死，但是霍尔什滕斯基过后因怀疑妻子对他的不忠，再加上自己又瞎了眼睛，产生悲观情绪而自杀身亡。剧中描写卖国贼科萨科夫斯基曾想派他的儿子什钦斯内去立陶宛镇压雅辛斯基领导的起义，但是遭到了善良的什钦斯内的拒绝，因此科萨科夫斯基自己来到了维尔诺，但是立陶宛的老百姓从雅辛斯基那里已经知道他是波兰的卖国贼，便把他绞死了，并且还要焚烧他在维尔诺的一座城堡。诗剧揭露了科萨科夫斯基作为一个贵族豪强骄横的个性和他的卖国行径。此外，主人公霍尔什滕斯基在诗人的笔下，虽然过去曾为波兰的独立进行过战斗，但他是个过时的人物，该退出历史舞台了。年轻的一代如什钦斯内有爱国思想，他仇恨贵族豪强欺压百姓和他们的卖国行径，但他又不能摆脱出身对他的影响。所以他虽拒不执行他父亲要他去镇压革命的命令，但自己也没有勇气背叛家庭，去参加革命。他感到自己在这个世界上，是一个不被需要的人，所以他在和霍尔什滕斯基的决斗中，也曾想要选择死亡，他还算不上一个革命者，从这方面来说，他连那个不成熟的科尔迪安都不如。此外剧中还描写了维尔诺的人民群众和沙俄占领者以及波兰的卖国贼英勇战斗的场面，充分揭示了立陶宛各社会阶层在波兰民族起义爆发时所表现的不同态度。

1835年7月，斯沃瓦茨基从日内瓦来到了日内瓦湖另一边的一个小城韦托，在这里呆了三个月。后来他决定离开瑞士去意大利，因为他这个时候得到了消息,说他的一个舅舅和他的一个同父异母的姐姐结了婚,也去了意大利的罗马,他去那里可以和他们见面。1836年2月,他从日内瓦出发,去了法国马赛,从这里乘船,经意大利的热那亚、里窝那来到奇维塔韦基亚,又从奇维塔韦基亚来到了罗马。他舅舅一家领他参观了罗马城区和它的古迹,他在这里既看到了王公贵族和主教们豪华的官邸和资产阶级庞大的金融机构,又见到了这里的贫民区,这里的贫富差别被他后来反映在其著名的长诗《贝尼约夫斯基》中。这一年6月,斯沃瓦茨基来到了那不勒斯,这里像罗马一样,社会的贫富不均也表现得非常突出,此外那不勒斯当时是西西里王国的首都,斐迪南一世①在19世纪20年代镇压一切宣传自由和意大利国家统一的言论,因此烧炭党②和马志尼③于1831年成立的"青年意大利"等革命组织斗争激烈。1836年8月,斯沃瓦茨基又从那不勒斯去了希腊,1823年,这里曾爆发希腊人反土耳其民族压迫的起义,他所崇拜的英国浪漫主义诗人拜伦也是这次起义的参加者,后因军务而劳累过度病死在希腊军中。斯沃瓦茨基在这里创作的一首长诗《从那不勒斯去圣地的旅行》中,说那不勒斯的穷苦人

都饿着肚子上了冥河里的那条渡船,
卡戎在河上引渡着这些灵魂,
那么这是自由的灵魂,还是乞丐的灵魂?④

这部长诗也反映了希腊人反土耳其的起义斗争,诗人原以为希腊人民不像资产阶级的法国、教皇统治的罗马和那不勒斯王国那样而遭受残酷的阶级压迫,是一个各阶层人民享有自由和平等的国家,可这里存在君主专制和资本主义的剥削和压迫,和欧洲一样,诗人颇有感触地说:

希腊人,你们教会了我去杀敌,
把月光的梦想抛弃,
把牺牲者的心灵和严肃的面孔

---

① 斐迪南一世(1751—1825),1759—1806年和1815—1825年为那不勒斯国王,1816—1825年为西西里国王。
② 烧炭党,19世纪初活跃于意大利、法国和西班牙一带的一个秘密组织,其目标大体为争取意大利的独立、推翻专制制度,建立立宪政体。1817—1931年间曾在意大利多次发动起义,仅1820年的那不勒斯起义获得成功,一度迫使国王斐迪南一世颁布宪法。
③ 马志尼(1805—1872),意大利资产阶级革命家、意大利复兴运动中的民主派领袖和思想家。1827年曾加入烧炭党,1830年被捕,并被驱逐出境。1831年在法国马赛创立青年意大利党。在党纲中首次提出废除君主专制、实行普选权、保障公民民主自由权利等主张,在19世纪30—40年代曾多次发动起义。
④ 《尤利乌斯·斯沃瓦茨基作品集》,第3卷,奥索林斯基民族出版机关,弗罗茨瓦夫,1949年,第15页。

全都扔掉。①

　　这就是说,虽然希腊的爱国者和民族的敌人进行了坚决的斗争,但他们并没有在希腊进行一场彻底消灭剥削和压迫的社会革命。《从那不勒斯去圣地的旅行》是一首有许多所谓离题发挥的作品,作者在刻画那不勒斯和希腊社会的阶级矛盾以及希腊反土耳其压迫斗争这个主题的时候,在某些章节中,往往对一些与此无关的事务,随意发表自己的看法。例如诗歌描写了他在游览这些地方时的个人感受,他对死在希腊的拜伦的敬仰,特别是他这时又想到了波兰十一月起义的失败和波兰的流亡者马乌雷齐·莫赫纳茨基。起义爆发期间,莫赫纳茨基是民主派的著名革命活动家,后来曾写书揭露了沙俄占领者镇压起义的罪恶,指出贵族民主派在起义爆发时所犯的错误即没有号召人民群众投入起义的战斗②。斯沃瓦茨基以此为引申,在他的长诗中,嘲讽了流亡巴黎的民主派人士各种机会主义思想和言行的表现,他说莫赫纳茨基

　　在他的小书中审判那些活着和死去的人们,
　　他相信那书中的两卷说的没有错;
　　我也相信所有圣洁的流亡者,
　　相信我们那些罪不可赦的领袖们的忏悔。③

　　1836年11月,斯沃瓦茨基从希腊的雅典乘船过海来到了埃及,他先到了亚历山大港,后又到了开罗,在埃及参观了著名的金字塔,后又在尼罗河上乘船游玩。1836年12月,他又从开罗经利比亚去了巴勒斯坦。在利比亚的沙漠上,他骑的是骆驼,在一个叫爱尔阿利希绿洲的地方进行检疫,他在这里认识了一个医生。后来1838年他在佛罗伦萨,根据他在爱尔阿利希绿洲认识的那个医生的讲述,创作了长诗《鼠疫病患者的父亲》。作品的主人公是个阿拉伯人,他的妻子和儿女在这里检疫时,不仅没有保持原有的健康状态,反而都染上了鼠疫而相继死去,诗人对这个"父亲"失去亲人的悲哀和痛苦,进行了深入细致的描写。斯沃瓦茨基在巴勒斯坦参观了天主教的圣地伯利恒和耶路撒冷,还有死海和黎巴嫩的首都贝鲁特,在贝特切什邦这个地方,他又创作了长诗《安赫利》。这部作品又回到了波兰民族解放斗争的主题,虚构了一个在西伯利亚发生的故事。西伯利亚当时有许多波兰侨民和在民族起义失败后被流放到那里的波兰爱国者。这些爱国者在这里

---

　　① 《尤利乌斯·斯沃瓦茨基作品集》,第3卷,奥索林斯基民族出版机关,弗罗茨瓦夫,1949年,第37页。
　　② 指莫赫纳茨基写的《波兰民族1830—1831年的起义》。
　　③ 艾乌盖纽什·沙夫雷莫维奇,《尤利乌斯·斯沃瓦茨基》,普及知识出版社,华沙,1956年,第123页。

遭受酷刑,他们虽然坚贞不屈,但没有决心再发动一次起义和敌人进行斗争。这里的波兰侨民中也存在各种派系,首先是以斯基尔伯爵为代表的贵族出身的侨民,幻想将来有一个贵族统治的世界;其次是原先出身社会下层的侨民,他们的首领是一个士兵,他们要求废除农奴制,农民拥有自己的土地,犹太人、茨冈人和波兰贵族一样,享有平等的权利;第三是侨民中的宗教人士,他们宣扬所谓的民族救世论,认为波兰人要彻底放弃以前采取过的起义斗争的形式,而不断地忍受痛苦,才能获得新生。作品中还出现了类似《圣经》中的人物,如主人公安赫利就是耶稣的象征,他也认为只有自己遭受苦难并死去,才能使世人得救。诗人描写了他们由于政治观点不同,便发生争论,由争论发展到争吵、打斗甚至自相残杀,这显然是对在法国的波兰流亡者的影响。斯沃瓦茨基对他们中不同政治派别之间不停的争论而又得不出任何结果感到十分厌倦,他在长诗的结尾象征性地描写革命的爆发,有人高举大旗,呼喊着"各民族的新生,人民胜利了"[①]。站在被鲜血染红的大河边的一些国王脸色苍白,力图用自己的袍服挡住革命者子弹的袭击,可是他们头上戴的王冠却像鹰一样飞走了,在他们裸露的头上雷鸣电闪,像是上帝对他们的惩罚。

1837年初,斯沃瓦茨基从贝特切什邦回到了贝鲁特,7月经意大利的里窝那来到了佛罗伦萨,在这里呆到1838年底。因为佛罗伦萨是意大利文艺复兴的著名诗人但丁的故乡,斯沃瓦茨基在这里拜谒了但丁墓后,在《神曲》的启发下,写了长诗《彼雅斯特·但丁舍克的长诗》。主人公但丁舍克是一个贵族,他在地狱里流浪,想在这里找到上帝,向他诉说波兰被异族压迫的苦难命运。他的五个儿子都死了,其中四个是在反抗沙俄侵略的保卫祖国的战争中牺牲的,还有一个因为堕落成了卖国贼,被波兰的爱国者杀了。他原打算将这些死者的脑袋拿到上帝的神坛前,作为控诉侵略者的罪证,但他在途中相继遇到了一个要和他决斗的贵族和一些从女沙皇叶卡捷琳娜二世身上冒出来的蛇,为了防止这个贵族和这些蛇对他发起攻击,他把五个脑袋中的四个向他们扔去,又把最后一个脑袋抛向了沙皇尼古拉一世,这是对沙皇迫害波兰青少年的控诉。可是但丁舍克来到上帝的神坛前时,却失去了他用来控诉侵略者的罪证。诗人也像过去那样,以象征的手法,在控诉沙俄占领者对波兰人民残酷压迫的同时,指出了波兰贵族革命者的无能。除了深感民族压迫的痛苦,诗人也深信他的祖国母亲定能获得新生:

我跪在你的脚下,波兰人民悲哀的母亲,
那些遍体鳞伤、浑身是血的人们,
被埋在坟地里,但他们相信,

[①] 《尤利乌斯·斯沃瓦茨基作品集》,第2卷,奥索林斯基民族出版机关,弗罗茨瓦夫,1949年,第269页。

你一定会站起来！①

1839年，斯沃瓦茨基从佛罗伦萨又回到了巴黎，当时法国、英国和俄国因为都要扩大它们在土耳其和埃及的势力范围，发生了激烈的冲突，在巴黎的一部分波兰流亡者认为这种形势将促使他们结束流亡生活回到祖国波兰，但斯沃瓦茨基认为这些大国爆发战争的可能性不大，不能对波兰流亡者的前途过于乐观。这期间，他创作了两部诗剧，即《莉丽娅·韦内达》和长诗《阿伽门农之墓》。斯沃瓦茨基根据当时一些波兰历史学家的论述，认为波兰人本来是一些属于不同民族的部落的后代，其中有的部落甚至是外来的，例如早先有一个叫莱希特的部落，他们侵占了维斯瓦河一带后，对原先居住在这里的韦内达人进行残酷的民族压迫。《莉丽娅·韦内达》就是以这段历史为背景创作的，剧中的韦内达人纯朴善良，但他们面对莱希特人的侵犯却不相信自己能够战胜敌人，而只是盲目地相信他们的国王德尔维德有一把神秘的竖琴，遇到什么危险都能够使他们化险为夷，但莱希特人入侵后，把这个竖琴也抢走了，韦内达人从此遭受莱希特人的残酷压迫。国王德尔维德有两个女儿，一个叫莉丽娅·韦内达，温柔善良；另一个叫卢莎·韦内达，坚毅勇敢。此外他还有两个儿子莱尔和波莱尔，他们都是坚贞的爱国者，为了韦内达人的自由，甘愿牺牲自己的一切。后来莉丽娅·韦内达在忧郁中死去；莱尔因为参加了反抗莱希特人压迫的战斗被敌人抓起来戴上镣铐，折磨致死；波莱尔在他死后把他的尸体抬进了一个教堂，然后跳进一堆火中自焚，以示他们对压迫者的抗议。斯沃瓦茨基在剧中反映了他的一种历史观，认为莱希特人就是波兰最早的贵族统治者，韦内达人则是波兰最早的农奴，因此早在波兰民族形成的时候，就已经存在波兰贵族对农民的压迫。此外剧中还塑造了一个罗马教会的神父格瓦尔贝尔特的形象，他来到波兰本来是传教的，但他却站在莱希特人一边，拥护和支持他们对韦内达人的统治。剧本充分表明作者不仅反对波兰贵族对农民的压迫，而且也反对教会干预波兰的内政。在他的心目中，只有被压迫的农民，才具有纯朴善良和富于牺牲精神的品德，作者也通过一些剧中人的对话，表示了韦内达人定能从莱希特人那里夺回他们的国王的那把竖琴，使他们获得自由。这里反映了剧作者的一种矛盾心情，他热切希望被压迫的农奴获得解放，但他似乎感到当时波兰的农奴还没有力量，或者没有遇到时机在一场社会革命中，使自己获得解放。

在长诗《阿伽门农之墓》中，诗人写他一次参观荷马在《伊利亚特》中描写的古希腊英雄阿伽门农的坟墓时的种种感受。阿伽门农是远征特洛伊的希腊联军的统帅，也是伯罗奔尼撒半岛（南希腊）东北古城迈锡尼的国王，但斯沃瓦茨基这里见到的并不是阿伽门农的坟墓，而是迈锡尼另一个国王阿特琉斯的一个

---

① 《尤利乌斯·斯沃瓦茨基作品集》，第2卷，奥索林斯基民族出版机关，弗罗茨瓦夫，1949年，第343页。

宝库,当时人们误以为这是阿伽门农的坟墓。在这里,斯沃瓦茨基提到了古希腊两个大的历史事件:一是在公元前480年,波斯军进犯希腊,希腊军在列奥尼达的统领下,在温泉关进行了顽强的抵抗,在那次战役中希腊方面牺牲300个斯巴达勇士①;二是公元前338年,由马其顿王国腓力二世统领的军队在喀罗尼亚城打败了希腊军,古希腊从此失去了独立和自由。诗人由此想起了波兰1830年十一月起义的失败,他认为,古希腊人虽然在战争中遭到了失败,但他们对敌人的侵犯进行了顽强的抵抗,付出了很大的牺牲,可是波兰的贵族在十一月起义中,却表现得软弱无力,而且还拒绝农民参加起义斗争。有的人因为害怕农民暴动有损他们的利益,甚至和沙俄占领者勾结,企图对农民进行镇压,因而导致了起义的失败。诗人在作品中,称贵族为一个"粗硬的甲壳",在他看来,只有农民才具有"天使的心灵",可是这个"天使的心灵"现在却被关闭在一个"粗硬的甲壳"中,得不到自由,长诗反映了和诗剧《莉丽娅·韦内达》一样批判贵族的倾向。②

　　由于斯沃瓦茨基在一系列作品中对波兰贵族进行了尖锐的批判,他在巴黎最初一段时期,在波兰的流亡者中,不管是保守派还是民主派都曾对他采取敌对的态度,有的人在流亡者举办的刊物《青年波兰》发表文章,对他进行攻击。面对这种局面,诗人于1841—1845年间,创作了长诗《贝尼约夫斯基》。作品所叙述的故事情节比较简单,它产生的背景是:波兰国王斯坦尼斯瓦夫·奥古斯特·波尼亚托夫斯基在位期间,乌克兰的第聂伯河以西当时属于波兰,那里的波兰贵族对乌克兰农民实行农奴制压迫,激起乌克兰农民的反抗,波兰贵族于1768—1772年成立的巴尔同盟发动战争,企图对乌克兰的农民起义进行镇压,但是由于沙俄军队的干涉,巴尔同盟遭到失败。长诗主人公贝尼约夫斯基是当时居住在乌克兰第聂伯河以南的波多利亚地区一个波兰贵族,但他破产了,不得不外出谋生。他曾参加巴尔同盟,并代表同盟出使克里米亚,拜见过那里的鞑靼汗。后来他又参加了波兰在乌克兰的对俄战争,在战争中被俘,囚禁在俄国的堪察加半岛。后来他从监狱逃了出来,去了日本,后又乘船去了印度洋上的马达加斯加岛。主人公的冒险和猎奇的情节并不是作者所要表现的创作意图,因为这部作品有一半以上的篇幅都是用来发表他对当时在巴黎的波兰流亡者各派的政治倾向的看法,有的甚至是对那些攻击他的人的回击,而这一切又是完全脱离长诗中的故事情节的描写的,例如他问那些贵族保守派:

---

　　① 列奥尼达(？—公元前480),斯巴达国王,约公元前488—约公元前480年在位。当泽尔士一世统率波斯军大举进攻希腊时,列奥尼达于公元前480年率领约4 000名伯罗奔尼撒士兵,扼守北、中希腊交界的德摩比利("温泉关"),坚守三日,敌军不得进,后因内奸通敌,伯罗奔尼撒士兵被围溃散。列奥尼达携斯巴达300勇士浴血奋战,直至全部壮烈牺牲。见《世界历史词典》,上海辞书出版社,1985年,第195页。
　　② 以上引文均引自艾乌盖纽什·沙夫雷莫维奇,《尤利乌斯·斯沃瓦茨基》,普及知识出版社,华沙,1956年,第162,164页。

同伴们！
你们以为自己生活在一个世外桃源吗？
那些耶稣会教士都成了绵羊，
在猎犬的守护下，就可以牧放？
只要他们吃了什么，就可以活下去？
可这里到处都是毒蛇的唾液、蛛网和陈腐的血，
伯爵夫人的金钱在毒化我们。
波兰啊！说你很年轻，难道就是今天这个样子？①

那些贵族民主派虽然提出了爱国的口号，但他们内部争吵不休，没有统一的纲领，对反抗沙俄占领者斗争的指挥软弱无力。斯沃瓦茨基通过长诗中的一个人物表示了自己的愤怒：

你们是这么互相争吵，
可莫斯科佬和魔鬼要枪杀你们。
你们的名字既显赫又高贵，
可你们却让巴尔成了莫斯科佬的乐园。②

斯沃瓦茨基认为巴尔同盟虽然反对沙俄占领，和沙皇的军队打过仗，但乌克兰农民的反抗源于波兰大贵族对他们进行了残酷的压迫，巴尔同盟的战争是为了维护波兰大贵族的利益，但人民是正义的代表，

我相信，
人民就像一群大雁，
正在朝着前进的方向飞去。③

在长诗中，斯沃瓦茨基也想到了他年轻时有过一次甜蜜的爱情，他虽然离开了她，但他依然是属于她的：

我在团团云雾的包围之中，
在梦中想起了我还年轻的时候，

---

① 艾乌盖纽什·沙夫雷莫维奇，《尤利乌斯·斯沃瓦茨基》，普及知识出版社，华沙，1956年，第182页。
② 同上，第179页。
③ 斯坦尼斯瓦夫·耶尔斯奇拉、兹吉斯瓦夫·利贝拉、艾乌盖纽什·沙夫雷莫维奇，《波兰文学史，浪漫主义时期》，国家学校出版机关，华沙，1957年，第253页。

闻到过爱人辫子的芳香,
见到了她眼中明亮的闪光,
醒来后我是多么孤独和寂寞,
只有秋天黄叶的沙沙声响伴随着我,
我那初恋的爱人啊,我依然是你的!

你看!我就要回来,
没有心思,也没有荣誉,
就像一只迷了路的小鸟,
落在你的脚跟前。
这是一只受了伤的小天鹅,
但你不用害怕,
因为它的胸前有宝石色的羽毛。①

斯沃瓦茨基从来认为诗歌要表现作者的心灵,也要表现他作为一个波兰人的心灵,虽然流浪在异国他乡,是一只"迷了路的小鸟,/受了伤的小天鹅",但他希望有一个"年青的波兰"②。他很明确地表示:

我要用一种机动灵活的语言,
说我脑子里想要说的一切,
有时它像明亮的闪电,瞬息即逝,
有时又像草原上的歌,忧郁和悲哀;
有时它像自然女神的愤怒的控诉,
有时又像天使的语言一样的美丽。③

这不仅表现了他的浪漫主义的美学观,而且充分说明了他嫉恶如仇的品质和他一生对光明的追求。

1841年,斯沃瓦茨基创作了诗剧《凡塔齐》,写贵族列斯佩克特伯爵因为参加了1830年的十一月起义,全家被流放到了西伯利亚。在西伯利亚他认识了俄国十二月党人弗沃捷马尔·哈弗雷沃维奇少校和一个波兰的革命者扬。扬也参加过十一月起义,并且领导一支农民起义军和沙俄占领者战斗,失败后也被流放到了西伯利亚,他现在是弗沃捷马尔·哈弗雷沃维奇要好的朋友。扬因为和列斯佩

---

① 艾乌盖纽什·沙夫雷莫维奇,《尤利乌斯·斯沃瓦茨基》,普及知识出版社,华沙,1956年,第181页。
② 同上,第182页。
③ 同上,第184页。

克特有相同的政治立场,都要推翻沙皇的反动统治,恢复波兰的民族独立,所以他在列斯佩克特一家被流放到西伯利亚的艰难岁月中,给了他们很多的关照。列斯佩克特的女儿迪亚娜后来还爱上了扬,两人订了婚。过了几年,沙皇政府准许列斯佩克特一家回到了他们的家乡,当时属于波兰的乌克兰波多利亚。这时他们过去的一个邻居,富有的凡塔齐·古弗尼茨基伯爵要娶迪亚娜为妻,想以金钱为诱惑,将迪亚娜买过来,他还给了他的一个仆人热布尼茨基很多钱,要他去做这个媒。列斯佩克特一家因为已经破产,要应允这桩买卖婚姻,但弗沃捷马尔·哈弗雷沃维奇少校知道迪亚娜爱的是扬,他虽远在西伯利亚,仍力图成就扬和迪亚娜的婚姻,为此他甚至把自己的全部财产都献给了扬,还以自杀表示了他对友人扬的诚意。迪亚娜的父母知道后,见他们能召到一个有钱的女婿,最后同意了迪亚娜和扬的婚事。

这部诗剧没有写完,但是从已展开的剧情中可以看到,作者首先将列斯佩克特伯爵和弗沃捷马尔·哈弗雷沃维奇以及扬作了一个对比,他们都参加过反沙皇的革命斗争,而且都被流放到了西伯利亚,但是作为贵族出身的列斯佩克特和他的妻子回到波兰后,就忘记了他们在西伯利亚度过的岁月,为了恢复他们的产业和贵族地位,不惜出卖自己的亲生女儿。凡塔齐则认为,金钱可以买到世上的一切,说明当时波兰的封建贵族已具有资产阶级的性质。诗人揭露了贵族的贪婪和虚伪,在他看来,就是参加过波兰民族解放斗争的贵族也不例外。只有革命党人如剧中的弗沃捷马尔·哈弗雷沃维奇和扬才是他颂扬的对象。这个俄国少校把被流放到西伯利亚的波兰政治犯看成是他的战友,长期以来,把他们当亲人一样地对待。为了成就迪亚娜和扬这对真心相爱的情侣的婚事,他牺牲了自己的一切,因为在他看来,扬不仅和迪亚娜真心相爱,而且作为一个出身于下层的革命者,他的革命活动代表人民的利益。这部诗剧虽然没有写完,但却充分表现了作者颂扬真正的革命者特别是出身下层的革命者的一贯立场。

1840年末,一个叫安杰伊·托维扬斯基(1799—1878)的宗教神秘主义者从立陶宛来到了巴黎,开始在这里的波兰流亡者中宣扬他的宗教唯心主义理论。他认为,世上的人们都被一种光明的精神和一种黑暗的精神所掌握,黑暗的精神遮住了上帝为了拯救世人发出的慈善之光,在这种情况下,每个人都要做到内心的自我完善,远离罪恶,才能使上帝的恩赐惠及大地,要贯彻基督教福音书上的原则,才能使人的世界也包括波兰得到拯救。托维扬斯基反对推翻沙皇的反动统治以谋求波兰民族解放的革命斗争,主张斯拉夫各民族的大团结。他认为他是秉承上帝的旨意,要在世上建立一个"上帝的王国"。他还认为,波兰民族应当像耶稣·基督那样,通过自己遭受苦难,将人类从罪恶中拯救出来,这就是所谓的"民族救世论"。由于当时波兰流亡者思想混乱,看不到波兰恢复独立的前景,所以托维扬斯基的宣传在他们中有了一定的市场,不论密茨凯维奇还是斯沃瓦茨基,都受过他的影响。后来托维扬斯基又成立了一个叫"波兰圈"的组织,密茨凯维奇和斯沃瓦茨基都参加了。但斯沃瓦茨基是一个爱国和同情革命的诗人,他不可能同意托维扬斯基反对波兰民族解放斗争的政治观点,他在这时期创作的诗歌作品中,虽曾受托维扬斯基的宗教神秘主义的思想影响,但依然表现了他对祖国的无限热爱。在1843年创作的诗剧《马列克神甫》中,主人公是一个虔诚的基督教徒,而且他也和托维扬斯基一样,说自己是一个预言家,秉承上帝的旨意,要创造一个新的时代。但他并没有脱离现实,他对波兰的现实不满意,对波兰的大贵族进行了严厉的批判,揭露了他们对农民的残酷压迫;他们违法乱纪造成国内无政府状态;他们勾结沙俄占领者,背叛祖国,使波兰走向危亡。

在同年创作的诗剧《莎洛梅娅的银色的梦》中,斯沃瓦茨基描写的女主人公莎洛梅娅是贵族格鲁什钦斯基的女儿,格鲁什钦斯基参加过巴尔同盟对乌克兰农民暴动的镇压,他把女儿交给了他的一个朋友、巴尔同盟军队的副统帅斯泰姆波夫斯基照顾。格鲁什钦斯基后来在战场上战死了,他的母亲、妻子和兄弟姊妹也被暴动的农民杀害了。后来发现,这次农民暴动的首领就是斯泰姆波夫斯基手下的一个哥萨克塞门科,农民暴动被镇压后,塞门科被俘。斯泰姆波夫斯基为了对暴动的农民进行报复,以极其残酷的手段,将塞门科绑在一根很长的杆子的顶端,在他的身上浇油,将他活活地烧死,要让远近的乌克兰农民都看见,以示警告。但格鲁什钦斯基的另一个朋友帕弗奴采却认为不仅是波兰贵族仇恨暴动的乌克兰农民,而且反过来乌克兰农民也仇恨波兰贵族,提出"如果这些人都把剑指着对方,那么乌克兰将不复存在"。斯沃瓦茨基一方面真实地揭露了波兰贵族和乌克兰农民的阶级矛盾,另一方面他也没有摆脱托维扬斯基的思想影响,因为剧中以上情节都是在莎洛梅娅的睡梦或者幻想中展现出来的。剧本最后还出现了一个传说中的人物韦尔内霍拉①,他很希望波兰和乌克兰能像兄弟一样团结起来。莎洛梅娅也和另一个剧中人列昂举行了婚礼,形成了一个皆大欢喜的结局,也表现了托维扬斯基宣扬的斯拉夫各民族大团结的愿望。

1844年,斯沃瓦茨基创作了一部长诗《精神的起源》。这是一部充满了哲学思维的长诗,但斯沃瓦茨基只写了前面一些章节,直到逝世也没有完成。这部作品的创作很明显是受了托维扬斯基的思想影响,他认为一切都是精神创造出来的,也是为了精神而存在,一个人有他的精神,一个民族也有它的精神,波兰的历史就是一个精神不断流浪的历史,精神有高级和低级之分,但它最后一定要接近基督的精神。

在1843年和1844年间,波兰各地出现了大量的秘密革命组织,波兰民族解放和社会革命又逐渐走向了高潮,斯沃瓦茨基由于革命高潮的到来,又迅速摆脱了托维扬斯基对他的消极影响,重新站在了革命的一边。诗人齐格蒙特·克拉辛斯基在1845年发表的一首名为《未来的赞美诗》的诗歌中,表示波兰国家如果恢

---

① 传说在18世纪有个扎波罗热的哥萨克人叫韦尔内霍拉,他曾预言波兰的命运。

复了独立，要重新建立一个属于贵族的波兰。斯沃瓦茨基不同意克拉辛斯基的观点，他在《对未来的赞美诗的回答》中针锋相对地表示，只有人民革命才能使波兰从占领者的奴役中获得解放。

1844年，斯沃瓦茨基开始创作他的最后一部长诗《精神之王》。它虽于1846年和1847年发表过，但斯沃瓦茨基并没有把它写完。这部作品所要表达的思想是：世界的本质是精神，物质只是一种精神的表现形式，世界的形成和发展是由精神不断展现出来的，逐渐完善，要通过急剧的变化消灭旧的形式，创造新的形式。诗人认为波兰国家的形成和发展也是这样，要不断地完善和创造新的精神和形式。

1846年和1848年，在加里西亚和波兹南爆发了波兰民族和民主革命，此时斯沃瓦茨基已完全摆脱了托维扬斯基对他的影响，对革命感到如此亲切，因为

> 我一遇到了共和主义者
> 和一些伟大的名字，
> 还有过去那种伟大的精神，
> 他们现在都抬起了头，
> 在对我说波兰话。①

1848年5月，斯沃瓦茨基还亲自来到了波兹南，他看到这里已经掀起的汹涌澎湃的革命浪潮，感到无比的激动，他在当时写给巴黎的一个朋友的信中说：

> 70万人的灵魂都在和整个王国作斗争，尽管贵族不惜一切代价想要保持平静，而且正在尽一切可能想要削弱人民像火山爆发一样的力量，但这都不可能。啊，我的朋友！这是什么样的人民呀，我任何时候都没有想到他们正在孕育一个新的时代。他们受过的教育是上帝的恩赐，他们的伟大精神是奇迹。②

斯沃瓦茨基一生的诗歌创作极为丰富，在被瓜分的波兰的每个历史时期，他都表现了对祖国命运的担忧，诗人反对贵族的自私、专横和卖国行径，他始终站在人民的立场上，认为只有广泛地发动人民群众，进行民主革命，才能推翻沙俄占领者的反动统治，才能使波兰人民获得解放。斯沃瓦茨基以其在诗歌创作中的伟大成就，成为波兰文学史上和亚当·密茨凯维奇同等地位的波兰积极浪漫主义代表诗人。

---

① 艾乌盖纽什·沙夫雷莫维奇，《尤利乌斯·斯沃瓦茨基》，普及知识出版社，华沙，1956年，第248页。

② 同上，第255页。

第四节
齐格蒙特·克拉辛斯基

　　齐格蒙特·克拉辛斯基(1812—1859)是波兰浪漫主义另一个具有代表性的诗人和剧作家。他出生于一个大贵族家庭,父亲文岑蒂·克拉辛斯基在波兰军队里有过将军的军衔,曾先后在拿破仑和波兰王国的军队里任职。他无论是在拿破仑的军队里还是在波兰王国的军队里,对他领导者都忠贞不贰,尤其是在波兰王国任职期间,他事事顺从于沙俄占领者,为他们效尽犬马之劳,因此他在当时曾令波兰的爱国者大为不满。亚当·密茨凯维奇在他的《先人祭》第三部中,对此有过反映。齐格蒙特·克拉辛斯基也从小就受他父亲的思想影响,1827年,他开始在华沙大学学习法律,因为父亲不准他参加当时反沙皇的爱国学生运动,他与爱国学生发生了冲突,因此在1829年被该校开除。克拉辛斯基后来去了瑞士,在日内瓦大学继续深造,在十一月起义爆发期间,他的父亲因为站在沙俄占领者一边,不准他回国参加起义。克拉辛斯基在瑞士和法国曾亲眼目睹那里爆发的民族起义和各种革命运动,这一切后来都反映在他的一系列作品中。克拉辛斯基在国外并不是一个政治流亡者,他曾匿名发表过许多作品,为的是不使他以后回国受阻,但他一生始终没有回到波兰。

　　克拉辛斯基在大学学习期间,就已开始了文学创作,最初发表的历史小说《拉伊赫斯塔洛夫一家的墓地》(1828)和《弗瓦迪斯瓦夫·赫尔曼和他的庄园》(1830),都表现了对封建贵族社会的偏爱。他早期最主要的作品是剧本《非神曲》,它创作于1833年,到1835年才匿名发表。剧本用这个名称说明它的创作意图是有别于但丁的《神曲》的。如果说但丁的《神曲》描写的是天堂、地狱和炼狱的话,那么《非神曲》反映的则完全是欧洲现实世界的图景。作者是为了表示他反对当时波兰一些浪漫主义诗人在自己的作品中,一味追求幻想和荒诞情节的描写,脱离现实。剧中的第一幕主要描写男女主人公丈夫亨利克伯爵和他的妻子的家庭生活,妻子有精神病,他们的儿子也是个残疾,而这个丈夫对他们却一点也不关心。亨利克也是个诗人,他的诗写得很美,但是在作者看来,他这个人并不"美"。从第三幕开始,主要人物亨利克伯爵和剧中另一个主要人物潘克拉齐的对话反映了当时不仅波兰而且欧洲一些国家都存在一些重大的社会问题。剧中在反映这些社会问题的时候,并没有具体指明它们存在于哪个国家而是一般来说的。亨利克伯爵作为一个封建贵族阶级的代表,他极力维护封建阶级的利益,颂扬封建贵族过去作为一个社会的领导阶级为全社会谋福利的历史功绩。他认为是贵族养

活了平民老百姓,他对潘克拉齐说:

如果没有我们强大的祖辈保护你们,没有他们给你们的恩赐,不仅是你,而且你们中的任何一个都活不了。他们在闹饥荒的时候给了你们面包,在疫病流行的时候为你们开设医院,当你们从一群牲畜变成了婴儿的时候,他们为你们建起了神庙和学校。在战争爆发的时候,他们让你们有房子住,因为他们知道你们不会到战场上去。[1]

亨利克伯爵在这里不仅为封建贵族极力评功摆好,而且他还视社会下层的平民百姓为牲畜,认为贵族是高人一等的,表现了他的阶级偏见。面对欧洲各地人民革命浪潮的兴起,他表示,他作为这个阶级"第一百代的子孙",要"杀尽所有的敌人,把他们全都烧死"[2]。他认为"上帝会给予他力量,给予了他的祖辈延续至今的统治"[3]。作者知道基督教教会历来和封建贵族统治阶级有着共同的利益,所以面对革命形势的发展,他们是站在一起的。在第四幕中,一个由祭司组成的合唱团在一座叫圣三位一体的城堡的一个教堂里唱道:

上帝啊!您的最后的仆人,在你的儿子这最后一个教堂里,求您为我们的祖辈祝福,面对敌人的威胁救救我们吧![4]

可是作者在剧中也揭露了封建贵族的堕落腐化以及他们对农民的残酷压迫,表现了一个反动和没落阶级的特征。作为这个阶级的代表的亨利克伯爵也不得不承认他的祖辈犯有"罪过",他想要继续维护它的统治地位已是不可能了。剧中一个叫天使卫士的人物甚至要他对那些疾病患者、饥饿的人和穷人献出爱心,认为这样才能使他得救,可是亨利克伯爵因为最后看到了他所代表的封建贵族已经走向没落无可挽救而自杀了。作者在剧中真实反映了封建贵族将要失去统治地位的历史必然性。

剧中还以许多人物的对话反映了主要由农民和城市手工业者参加的反封建统治的革命运动。这些社会下层的劳动人民为什么要参加革命,作为他们的领导者潘克拉齐在和伯爵的争论中,说得很清楚:

我的信仰比你的更有力量,也更宏伟,千百万人在绝望和痛苦中呻吟,手工业者的饥饿,农民的贫困,他们的妻子和女儿们遭受侮辱,迷信、偏见和禽兽般野蛮

---

[1] 齐格蒙特·克拉辛斯基,《文学作品集》,第一卷,国家出版机关,华沙,1973年,第395页。
[2] 同上,第387页。
[3] 同上,第388页。
[4] 同上,第398页。

的习俗使人们失去了尊严。我的信仰是要永远给他们面包,维护他们的尊严。①

社会下层劳动人民的革命浪潮不仅具有反封建的性质,而且也反资本主义的剥削制度,剧中一个手工业者说:

我要诅咒那些商人和工厂主们!在最美的青春年华,别的人爱恋着他们的姑娘,在空旷的原野上戏斗,在大海上航游,而我却不得不在一个狭窄的小房子里,坐在这台丝机前……我只能在这里爬行,见不到自由的那一天。②

在剧作者的笔下,这些参加革命运动的人对贵族和资产阶级极端仇恨,他们只知道到处放火和杀人,认为这样,他们就自由了。一个剧中人说:

你们不要害怕,杀人也无需自责,因为你们是经过多次选出来的,你们是最神圣的受苦受难者——为自由而战斗的英雄。③

舞台上一些参加集会的群众高喊:

给我们面包,让那些老爷和商人通通死光!④

亨利克伯爵也知道:

在几百年前,或者在两个世纪前,双方还可以和解,可我知道,现在只有屠杀,你杀我,我杀你,因为现在面临的是种族的更换。⑤

潘克拉齐对他也说得很清楚:

关于这些穷苦人你不要想别的,人民就要对这些卑鄙无耻的人作出判决了。⑥

但他也想到了一个美好的未来,因为到那时,

---

① 齐格蒙特·克拉辛斯基,《文学作品集》,第一卷,国家出版机关,华沙,1973年,第388页。
② 同上,第375页。
③ 同上,第380页。
④ 同上,第363页。
⑤ 同上,第392页。
⑥ 同上,第390页。

会要出现一个更坚强、更高级的种族,他们都是自由的人,从这一级到那一级的主人,到那个时候,城市里开满了鲜花,到处都是幸福的家园,工业创造财富。①

潘克拉齐还想到了空想社会主义者圣西门的"人类的上帝"和"人类的宗教",同样借助于宗教信仰来为占人类大多数的阶级谋福利。剧中另一个革命者潘克拉齐的学生列奥纳尔德也说:要创造一个新世界,要把人类过去的眼泪和痛苦都淹没在血的大海中,要使人类从此获得幸福的生活和平等的权利。到最后,潘克拉齐也没有忘记建立一个新的世界,他对列奥纳尔德说:

我还不能睡觉,因为我的工作只完成了一半,还要使这片密林里有人居住,把这些湖泊都连在一起,让每一个人都有土地,让这些平原上的人口增加一倍,过去这里死了那么多的人。②

但是在剧本的结尾,舞台上出现了基督的身影,潘克拉齐突然受到惊吓,于是抱着列奥纳尔德死去,似要说明他虽有理想但终究实现不了。此外在这些"革命者"中,也有一些混进革命队伍的投机取巧的人,他们的目的并不是为了被压迫者获得自由,而是要为自己谋取统治地位,成为新的贵族。克拉辛斯基在剧本中不仅敢于描写当时欧洲一些国家处于革命高潮这样的重大题材,而且很真实地反映了历史发展的状况。像他的《非神曲》这样的作品,在波兰文学史上,还未曾有过,所以密茨凯维奇曾经给予它很高的评价。他在巴黎法兰西大学讲授拉丁文学和斯拉夫学期间,在谈到克拉辛斯基这部作品时说:

这部长诗确实是一个有天才的人的绝望的呻吟,他在为旧世界的灭亡唱赞歌。他看到了社会问题全部的严重性和困难,但遗憾的是,他还没有站到那样一个高度,能够将它们解决。

克拉辛斯基的第二个剧本《伊雷迪翁》出版于1863年,也是他的一部重要的作品。它以古罗马皇帝瓦里乌斯·阿维图斯·巴西亚努斯·赫利约加巴尔皇帝③统治时期为背景,描写由于奴隶主的残酷压迫,社会底层都失去了人身自由,许多无辜者被戴上了镣铐,而且"所有的人都生活在贫困中"④。剧本为一个在罗马斗兽场中舍命为罗马皇帝为首的奴隶主进行角斗表演的角斗士控诉,他的妻子和在罗马的房子被夺走,他本人被流放到了切尔松奇,后来他的儿子回来靠行乞度日,他

---

① 齐格蒙特·克拉辛斯基,《文学作品集》,第一卷,国家出版机关,华沙,1973年,第391页。
② 同上,第415页。
③ 瓦里乌斯·阿维图斯·巴西亚努斯·赫利约加巴尔,古罗马暴君,218—222年在位。
④ 齐格蒙特·克拉辛斯基,《伊雷迪翁》,科学工作者和出版家协会,华沙,1973年,第71页。

们父子俩都生活在贫困中,可是他明天又要去斗兽场参加斗兽表演,被老虎的尖牙咬死。他还说:"我们的祖先曾以宙斯为榜样,爱护人民,尊重罗马的元老院,但这是过去。"①剧中一个罗马人乌尔皮亚努斯也说:"这个国家正走向没落,对它早已作出了判决,它就要灭亡了。"②

主人公伊雷迪翁是一个希腊人,因为他的祖国被罗马攻破而灭亡,对罗马极端仇恨。这时他从外地来到罗马,目睹罗马衰败的景象:"集市广场只剩下了一片尘土,斗兽场上只留下了尸骨,罗马古城只留下了耻辱。"③他要发动一场起义的战斗,推翻罗马奴隶主的统治。参加起义的除奴隶、角斗士和其他一切被压迫阶层的人民外,还有过去希腊的贵族和同样是被压迫者的基督教徒。伊雷迪翁向他们鼓吹为他们遭受的奴役和压迫复仇,要他们甩掉披在身上的枷锁,参加起义战斗。那些参加起义的年轻人也唱道:"你的声音就像已经吹响的号角,把我们驱赶到了辽阔的大地上。"④可是战斗到最后,参加起义的维克多主教叫基督徒们放下武器,说要以自己经受苦难去争取胜利,结果使起义遭到了失败。而伊雷迪翁一次在睡梦中,也梦见基督对他说,只有遭受痛苦,赎自己的罪过,才能使自己获得自由。上帝认为他因仇恨而反对罗马有罪,判他在斗争中遭到失败。基督对他说:

经过长时期的遭受苦难之后,我会让你们看到彩虹,我会使你们得到幸福,和我在各各他⑤上向人们许诺的自由,就像我在好多世纪以前让天使们得到的那样。⑥

实际上,主人公伊雷迪翁这个名字的意思就是彩虹的儿子,作者叫他听基督的话,成为基督的忠实弟子。作品真实地反映古罗马在赫利约加巴尔统治时期走向没落和衰败的历史必然性和被压迫者奋起反抗的合理性。一些波兰文学研究家还认为,克拉辛斯基的这个作品和波兰王国十一月起义的失败是有关系的,但他受托维扬斯基的影响,在作品的结尾进行宗教神秘主义说教,是不利于当时波兰和欧洲风起云涌的革命的发展,表现了他的局限性。

克拉辛斯基的下一部作品是长诗《黎明之前》,创作于 1841—1843 年间,1843年在巴黎匿名出版。长诗的这个题目意味着光明就要来到,作者在诗中说:"我对你说,我很幸福,我的波兰。"但是这种幸福是上帝给的,克拉辛斯基这里用托维扬

---

① 齐格蒙特·克拉辛斯基,《伊雷迪翁》,科学工作者和出版家协会,华沙,1973 年,第 70 页。
② 同上,第 44 页。
③ 同上,第 183 页。
④ 同上,第 102 页。
⑤ 各各他,阿拉米语 gulguta 的音译,原意为"髑髅",故又译作"髑髅地",传说是古代犹太人的刑场。《圣经·新约》"福音书"称耶稣被钉十字架死于该地,位于耶路撒冷西北不远的一座小山上。
⑥ 斯坦尼斯瓦夫·耶尔斯奇拉、兹吉斯瓦夫·利贝拉、艾乌盖纽什·沙夫雷莫维奇,《波兰文学史,浪漫主义时期》,国家学校出版机关,华沙,1957 年,第 278,279 页。

斯基唯心主义的宗教理论更具体地说明波兰的问题。他认为波兰最早和多神教进行过斗争，接受了天主教信仰，后来又为自己民族的独立进行过斗争，现在要以自己遭受痛苦来拯救这个罪恶的世界。他把波兰比作上帝的女儿，上帝对她说："我把你当成我的女儿，当你进到坟墓里去的时候，你是人类中的一分子；而现在，你在取得胜利的时候，你的名字就是全人类。"①诗中虽然表现了乐观主义精神，但是这种反对革命、反对波兰民族解放斗争的宗教神秘主义说教，说明诗人的政治立场和思想观点更趋向于保守了。

波兰1830年十一月起义失败后，在19世纪30年代末和40年代又出现了波兰民族解放斗争的革命高潮。1839年，在华沙出现了一个新的秘密组织"波兰人民同盟"，许多手工业者和农民都参加了这个组织，它的活动中心在华沙。在波兰王国其他一些城市，也建立了它的组织。杰出的革命民主主义者爱德华·邓博夫斯基和亨利克·卡敏斯基（1812—1865）是同盟的著名领袖。邓博夫斯基要求通过农民群众参与的革命斗争建立一个没有私有制、没有剥削的新社会制度。卡敏斯基主张把争取波兰独立的斗争和无条件把土地分配给农民的革命结合起来，以"人民战争"实现他的政治纲领。他1844年在比利时的布鲁塞尔出版了一个政论性的小册子《论波兰民族经久不变的真理》，提出要在爱国贵族的领导下，发动农民群众去进行游击战争，争取波兰民族的独立和人民的解放。克拉辛斯基看到这个小册子非常不满，终于在1845年发表的长诗《对未来的赞歌》中，表示他坚决反对一切革命宣传和行动，他更反对让贵族参加革命。他在作品中满怀对革命仇恨的心情写道：

要拿起利剑去刺破地狱的大门，
要痛斥那些黑色人种的魔鬼，
用剑去砍断那沾满了血的鞭子，②

克拉辛斯基认为，贵族过去是波兰的领导阶级，曾经肩负着保卫祖国的使命：

他们不知有多少牺牲在战场上。
或者被驱赶到西伯利亚，
只有他们把波兰放在
他们的心上。③

---

① 本段引文均引自齐格蒙特·克拉辛斯基，《文学作品集》，第一卷，国家出版机关，华沙，1973年，第177，181，182页。
② 同上，第211页。
③ 同上，第214页。

在他看来,让过去为维护波兰的独立和自由作过贡献的贵族和农民一起去造反,去屠杀,是对上帝犯罪。因此在波兰民主革命的高潮已经来到的形势下,就连他过去的好友尤利乌斯·斯沃瓦茨基也不同意他的这种思想观点。总的来说,克拉辛斯基的主要作品都带有强烈的政治色彩,如果说他前期的作品如《非神曲》尚能较为真实地反映历史的真实面貌的话,那么他后来对有下层劳动人民群众参加革命运动的仇视充分表现了他贵族保守的政治立场。

在长诗《对未来的赞歌》之后,克拉辛斯基在晚年还写过几首表明他的政治立场的诗。有时他对波兰流亡派和国内的各个政治派别都持否定的立场,认为只有增进对基督的爱才能使人民获得自由和解放,有明显的宗教色彩。如在《今天》一诗中,他写道:

我告诉你们:波兰将成为一个教会,
它是大地上的行动指南,
那些受到谴责的统治者的压迫和村社里的吵闹,
在它面前,都会变得黯然失色。
在这里,人民将获得自由,
贵族将重显它已往的荣光。
罗曼民族和日耳曼民族将获得新生,
人们将获得最美好的命运。①

1847 年发表的长诗《今天和最后一天》写一个波兰爱国者,被沙俄占领者流放到西伯利亚,遭受人间的苦难,但他明白,这是他为祖国付出的牺牲,他相信波兰一定会获得自由。克拉辛斯基的这些作品表明他热切希望他的祖国和人民从沙俄占领者的统治下获得自由和解放,但他看不到能够实现这个崇高使命的途径,只好寄托于宗教幻想。此外,克拉辛斯基这个时期也写过一些爱情诗,但是也充满了忧郁的情调,请看他在《我和你刚认识,就不得不分离》这一首诗中,对抒情主人公和心上人离别时情景的描写:

我和你认识不久,就不得不分离,
我和你的分离,就像是永别。
我和你曾生活在一起,
我爱你那美好的心灵,
可我现在要去一个远方的国度,
再也见不到你,如果要见到,

---

① 齐格蒙特·克拉辛斯基,《文学作品集》,第一卷,国家出版机关,华沙,1973 年,第 298 页。

那只有在我死后,或者在天上。①

在《去……》这一首诗中,抒情主人公以同样绝望的心情对他的心上人说:

你如果见到这张脸上那忧郁的容颜,
你的心情要保持平静!
如果我要死,在我死后,
你要想到我是幸福的,因为我来到了天上。②

这些朴素的语言虽然写的是爱情,但也真实地反映了诗人在祖国沦亡的时候看不到光明前景的矛盾和痛苦的心情。

第五节
其他重要诗人

波兰浪漫主义时期,除了在波兰文学史上占有重要地位的代表诗人和剧作家亚当·密茨凯维奇、尤利乌斯·斯沃瓦茨基和齐格蒙特·克拉辛斯基,其他重要诗人还有安东尼·马尔切夫斯基、塞韦伦·戈什钦斯基、尤泽夫·博格丹·扎莱斯基、齐普里扬·诺尔维德、泰奥菲尔·莱纳尔托维奇、雷沙尔德·贝尔文斯基、古斯塔夫·爱伦贝格、科尔内尔、乌耶伊斯基、弗瓦迪斯瓦夫、塞罗科姆拉等。

安东尼·马尔切夫斯基、塞韦伦·戈什钦斯基和尤泽夫·博格丹·扎莱斯基这三位诗人都生长在当时属于波兰的西乌克兰,所以他们的作品都以乌克兰为社会背景,波兰文学史上称他们为乌克兰派诗人。

安东尼·马尔切夫斯基(1793—1826)出生于乌克兰沃文地区一个大贵族家庭,年少时曾就读于乌克兰克热缅涅茨的一所中学,后来曾长期游历瑞士、土耳其和意大利,回国后有时住在他家沃文地区的领地里,有时又住在华沙。他最著名的作品是长篇叙事诗《玛丽亚》(1825),这也是波兰文学史上第一部浪漫主义长诗。作品是根据18世纪在乌克兰发生的一个真实事件写成的:乌克兰大贵族弗兰奇谢克·萨列齐·波托茨基的儿子什钦斯内违抗父命,秘密地和一个小贵族出身的女人盖尔特鲁达·科姆罗夫斯卡结了婚。弗兰奇谢克·萨列齐·波托茨基

---

① 齐格蒙特·克拉辛斯基,《文学作品集》,第一卷,国家出版机关,华沙,1973年,第23页。
② 同上,第12页。

知道后,无法让他的儿子和盖尔特鲁达·科姆罗夫斯卡解除婚姻关系,便叫他的仆人将科姆罗夫斯卡杀死,又把她的尸体抛到了一条河里。马尔切夫斯基在这首长诗中,将这个悲剧发生的时间从18世纪移到了17世纪,作品所描写的以盖尔特鲁达·科姆罗夫斯卡为原型的女主人公玛丽亚不仅貌美,而且品德高尚,心地善良,她对她的丈夫瓦茨瓦夫忠贞不贰,她的丈夫也很爱她。玛丽亚的父亲米耶奇尼克和她都参加过波兰反抗鞑靼人侵略的战争,他们都是爱国者,为保卫自己的祖国在战场上冲锋在前,和侵略者战斗十分勇敢。米耶奇尼克在家里也懂得教育自己的子女,因此这是一个在各方面都很美满的家庭。可这时正好鞑靼人入侵乌克兰,瓦茨瓦夫的省长父亲要儿子上前线去。长诗中描写当军队里的号声吹响,瓦茨瓦夫正要奔赴战场的时候,玛丽亚对她的丈夫说:

啊!这号声是多么悲凉,
你不要丢下我,你把我带走吧!①

可瓦茨瓦夫出发后,省长马上派他的奴仆扮作强盗,把玛丽亚抢走,抛入水中淹死。瓦茨瓦夫从战场上回来后,发现他的妻子已经死了。这是一个多么悲惨的结局,玛丽亚和她一家的悲剧完全是省长造成的。作者不仅反映了波兰封建社会等级制度对爱情的扼杀,而且也揭露了贵族统治者极端残暴的本性。

塞韦伦·戈什钦斯基(1801—1876)出生于乌克兰的伊林齐,他父亲曾是贵族府邸里的办事员。戈什钦斯基10岁在华沙就参加过反抗沙俄统治的秘密组织的革命活动,后参加了1830年十一月起义。起义失败后他去过加里西亚,在那里继续参加秘密组织的革命活动,1836年在克拉科夫,还建立了一个叫"波兰人民协会"的秘密组织,为了恢复波兰民族独立而斗争。1838年他去了巴黎,因受托维扬斯基宗教救世论的思想影响,和他过去的战友脱离了联系,曾长期陷入孤独,直到1872年才回到了乌克兰,定居在利沃夫。他因为长期参加革命活动,诗歌创作一开始就充满了革命激情。如在1824年发表的《复仇的宴会》中,诗人写道:

野蛮人,贵族,
一群屠杀人民的刽子手,
凶险的幽灵
手持匕首,喝了一杯仇恨的酒,
到我们这里来了。
你们有君主的玉玺,
却让人民遭受酷刑,

---

① 安东尼·马尔切夫斯基,《玛丽娅》,国家出版机关,华沙,1956年,第134页。

在紫红色的挡板后面鞭打自己的兄弟,
在这片肮脏的土地上,
播下仇恨的种子。
要让这些人类的吸血鬼全都死去!
让这些高贵世族的走狗全都灭亡![1]

  诗人站在被压迫的人民一边,表现了对凶恶的压迫者和屠杀革命者的刽子手无比的仇恨。他于1828年出版的长诗《卡尼约夫城堡》以1768年在乌克兰胡曼地区发生的真实政治事件为背景,波兰巴尔同盟的成员在当地进行宗教宣传,他们信仰的天主教和当地人信仰的东正教发生了冲突,乌克兰贵族伊胡门·雅沃尔斯基假造了一个沙皇叶卡捷琳娜二世的号召,叫乌克兰农民起来反对巴尔同盟的成员。伊万·贡达和马克西姆·热列什尼亚克所统率的乌克兰哥萨克的军队杀死了当地许多波兰贵族和犹太人,但哥萨克的暴动最后被当地的俄国驻军镇压下去了。戈什钦斯基曾参观过乌克兰一个叫卡尼约夫的城堡的废墟,哥萨克当年也在这里杀害了许多波兰贵族。他的长诗《卡尼约夫城堡》说的是一个哥萨克的首领内巴巴和年轻貌美的奥尔利卡相爱,可是卡尼约夫城堡的主人拉赫也爱上了她。奥尔利卡表示了对内巴巴的忠贞,但不知为什么,她很快就和拉赫结了婚。这时以什瓦奇卡为首的一群哥萨克的暴动分子来到了城堡,杀了许多城堡里的居民。内巴巴因受骗想要报仇,和哥萨克的暴动分子站在一起。当什瓦奇卡来到拉赫的房间里时,发现奥尔利卡也在这里,她用一把沾满了血的刀把丈夫杀死了。作者这里也没有说明她为什么要杀害和她结婚不久的丈夫。奥尔利卡杀害了她的丈夫后,想要逃跑,也被来到这里的哥萨克暴动分子杀了。内巴巴和哥萨克的暴动分子后来和来到这里的波兰军队进行激战,但遭到了失败。内巴巴受伤被俘,被钉死在木桩子上,他手下的那些哥萨克也被波兰士兵杀死了。

  作者所刻画的内巴巴生性粗鲁、暴躁,但他很勇敢,热爱自由,作品描写的乌克兰美丽而又辽阔的大草原是他最向往的地方,因为在他看来,那是一个自由的天地。内巴巴是波兰文学史上性格最具典型意义的哥萨克形象之一。什瓦奇卡则是18世纪在乌克兰土地上反抗波兰地主的哥萨克的代表,但他生性凶残,嗜杀成性,他所带领的哥萨克暴动分子和他一样,都是一群杀人不眨眼的刽子手,诗人对于这些人深恶痛绝。长诗《卡尼约夫城堡》对于场景的描写表现了浓郁的浪漫主义色彩,这里使人感到,整个事变发生的过程好像被一种神秘的非理性的力量操纵,这是一种凶恶的敌对势力,是魔鬼,它决定人的生死。这个城堡很有魔幻气息,城堡周围的狗、狼的嚎叫和猫头鹰的鸣叫,夜晚吹来的一阵阴风,都造成了恐

---

[1] 斯坦尼斯瓦夫·耶尔斯奇拉、兹吉斯瓦夫·利贝拉、艾乌盖纽什·沙夫雷莫维奇,《波兰文学史,浪漫主义时期》,国家学校出版机关,华沙,1957年,第121页。

怖的气氛。诗歌所描写的历史悲剧产生的原因非常复杂,诗中有些细节的描写也不十分明白,但诗人在哥萨克和波兰贵族的冲突中,是站在波兰贵族这一边的。

戈什钦斯基 1842 年在巴黎出版的小说《城堡里的国王》写一个把自己关在一个城堡里的疯子。但他是一个爱国者,他就是因为祖国的沦亡而精神失常的。该小说充分表现了诗人因祖国的沦亡而感受到的痛苦。

尤泽夫·博格丹·扎莱斯基(1802—1886)出生于乌克兰基辅附近的波哈蒂尔卡农村一个小贵族的家庭,年轻时当过乡村的教师和医生,和乌克兰农民有广泛的接触。后来他来到波兰王国,参加过 1830 年的十一月起义,起义失败后流亡法国,在那里度过余生。扎莱斯基早期诗歌一开始就反映出青年时代的朝气和乐观主义的精神:

> 青年时代是那么光亮,
> 我在花上睡觉,做了个金色的梦,
> 信仰和道德的理想,
> 爱情和自由的理想。① ——《仙女和转变》

但他这一时期的作品更多的和他在故乡乌克兰的所见所闻有更密切的联系,有的描写乌克兰旖旎的风光、奔驰的战马、勇猛的哥萨克战士,有的具有乌克兰民歌和神话色彩。在《关于科辛斯基统领的民歌》一诗中,诗人赞颂了这个乌克兰的军事统帅在反抗鞑靼人入侵的战斗中所表现的机智和勇敢,要把他写成是乌克兰最优秀的骑士。在《马泽帕的民歌》中,诗人以 17 世纪的乌克兰为背景,揭露了在波兰和立陶宛公国于 1569 年合并后,来到乌克兰的波兰大贵族对乌克兰农民实行的农奴制压迫。但诗人认为当时的乌克兰和波兰为一个国家,乌克兰的哥萨克是忠于波兰贵族共和国的。

流亡法国期间,扎莱斯基曾受托维扬斯基的民族救世论的影响,如诗集《草原上的灵魂》宣扬人的原罪。他于 1862 出版的诗集《大声说话》也宣扬了基督精神,如在《瘫痪病人》一诗中诗人写道:

> 举起双手,以十字架为榜样,
> 要大声呼唤,对基督表示敬仰,
> 语言大师,奇迹的创造者,
> 你会对世界上的这个残疾的民族说:

---

① 阿莉娜·维特科夫维卡、雷沙尔德·普日贝尔斯基,《浪漫主义》,国家科学出版社,华沙,2003 年,第 220 页。

"天主来了,天主来了,离我们不远。"①

但扎莱斯基诗歌更多的是描写田园风光,表现了安乐的情调、和谐的气氛和丰富的色彩,为波兰浪漫主义文学的发展增添了新的艺术形式。

齐普里扬·诺尔维德(1821—1883)也是波兰浪漫主义后期占有重要地位的诗人,同时他也是一位画家和雕塑家。他出生于华沙附近的拉哲明县的拉斯卡—沃格乌赫村一个小贵族家庭,父亲是个机关职员,但他很小就失去了双亲,由祖母抚养长大。他在华沙上中学时就开始写诗,不仅表现了很高的文学才能,而且也表现出一个初出茅庐者对于事物敏锐的观察力。后来不知什么原因他中学没有读完就辍学了,因此又回到了故乡拉斯卡—沃格乌赫村,在一些亲戚家里住了几年。这期间,他阅读了许多波兰古代的文学作品,尤其喜爱扬·科哈诺夫斯基的诗歌。许多年后,他像科哈诺夫斯基一样把自己的诗歌创作,称为"黑森林的诗"。后来他在华沙学过绘画,并在一些宣传部门工作,负责监督一些贵族出身的人的地位升迁。

1840年,诺尔维德开始在华沙一些报刊上发表他的作品,这些作品表现出他对下层劳动人民的尊重和热爱,受到波兰诗坛的好评,有人当时就称他为"诗歌之鹰"。1842年夏天,他和一些友人走遍了整个马佐夫舍地区,后来还去了克拉科夫,通过这些地方的实地考察,他对波兰的民间艺术产生了兴趣,并把他的研究和观感写在长诗《普罗米修斯的后代》中。他认为波兰的艺术应当是属于人民的艺术,要表现对祖国、对祖国的土地、大自然和波兰语的热爱:

最伟大的诗人乃是普通老百姓,
他吟诵的是青铜色的土地,
因此普通老百姓也是最伟大的音乐家。②

他这时期发表的诗也充分地表现了他对社会下层被压迫者的同情,因为他从小失去双亲,也曾是个孤儿,所以他对孤儿的痛苦十分了解。在《孤儿》一诗中,诺尔维德看到了这些孩子本来是"美丽的花朵",③但他们失去了父母,贫困至极,无人关照,这是不合理的社会造成的。他对他们坦诚地说:

我要到你们那里去,手里拿着一盏明灯,
给你们说真话,

---

① 阿莉娜·维特科夫斯卡、雷沙尔德·普日贝尔斯基,《浪漫主义》,国家科学出版社,华沙,2003年,第460、461页。
② 斯坦尼斯瓦夫·耶尔斯奇拉、兹吉斯瓦夫·利贝拉、艾乌盖纽什·沙夫雷莫维奇,《波兰文学史,浪漫主义时期》,国家学校出版机关,华沙,1957年,第312页。
③ 诺尔维德,《诗歌》,国家出版机关,华沙,1956年,第28页。

面色苍白、眼皮发肿的穷孩子们！
你们在那些悲戚的人群中是那么孤单，
但不得不永远面对这眼前的一切。
你们的心跳是那么急促，
这世上的一切都和你们隔绝，
你们是美丽的花朵
被疯狂的命运撕碎，撒在一座新坟上，
或者被编织成苦难的花环，戴在你们的头上。①

还有那被遗弃的私生子，他因为"不合法"，生下来就被人歧视，"总是被这些目光盯着"，"感受到了那数不清的伤痛"，可是他有什么罪过？"他有自己的父母，但不知道他们在哪里。"②最后：

他像一只蝴蝶掉进了蚁窝，
本想张开被撕破的翅膀，
在流浪中去另觅生路，但这一切都白费了。
因为他又遇到了一个不知从哪里来的凶神恶煞，
在他的身前身后，把他又拉又扯，
要砍杀他，这个可怜的躯体，
要吃掉他，这条可怜的生命。③

可是，

那些百无聊赖的贵人就可以
不受责罚地嘲笑他们。年长的为他们辩护，
说这很好，"谁叫那些傻孩子哭呢？"④

面对社会的不公与以强凌弱，诺尔维德产生了不满的情绪。1842年，他在友人的资助下，开始去西欧各地旅行，此后他再也没有回到华沙和他的故乡拉哲明县。在国外期间，他首先去过德国的南部和意大利的佛罗伦萨，对这些地方的艺术作品特别感兴趣。在佛罗伦萨，他还继续深造绘画和雕塑，后来他又去过罗马、柏林以及当时属于波兰普鲁士占领区的西里西亚和比利时的布鲁塞尔。1848

---

① 诺尔维德，《诗歌》，国家出版机关，华沙，1956年，第28页。
② 同上，第26页。
③ 同上，第26、27页。
④ 同上，第25页。

年,他沿地中海去过希腊和地中海上的克里特岛。这期间,他参观欧洲各地,写过许多怀古的诗,如《白色的大理石》写他参观希腊的古迹,想起了古希腊的战争和传世的文明:

美丽的古希腊,你那大理石的肩膀令人惊异。
你心地善良……我要问,荷马现在怎么样?
他是否还在教你对他的合唱组唱星星之歌?
他的坟地或农舍在哪里?说吧!就小声地说吧!
爱琴海的海浪冲击着岩石的岸边,奏响了诗的韵律!

人人都喜爱的古希腊!菲迪亚斯①怎么样了?
他是不是教过你让那些观众的身子都适当地歪着,
像上帝一样缓慢地前行,把躯体当成是灵魂?
他是不是被关在监牢里?米太亚得②是不是在打仗?

特米斯托克莱斯、修昔底德③、齐蒙……难道是罪犯?
古希腊啊!那个甜蜜蜜的亚里士多德现在怎么样了?
是不是有人学会了原谅别人,而他自己就像流放者那样受尽折磨?
老福基翁④在争夺荣誉,
你是不是给他下了毒……苏格拉底又怎么样?

    啊!女士!
蓝眼睛,雅典娜⑤的侧身像,雕得很匀称。
这是你的神庙的废墟,就像你一样,很俊美。
见到它很高兴,告别它依依不舍,
露水浇灌的小童菜流下了眼泪,
只有它在流泪,它长出来就是为了流泪。⑥

后来,诺尔维德在巴黎住过很长一段时间。为了谋生他不得不从事各种职业,一直生活在贫困中,但他和当时侨居巴黎的密茨凯维奇、斯沃瓦茨基以及著名

---

① 菲迪亚斯(公元前五世纪),古希腊最著名的雕塑家。
② 米太亚得(公元前 554 或 550—前 489 年),雅典著名军事统帅,公元前 490 年统领希腊军在马拉松大败波斯军队。
③ 修昔底德(约公元前 460—公元前 400),古希腊著名历史学家。
④ 福基翁(公元前 820—公元前 691),古希腊基督教神学家。
⑤ 雅典娜,古希腊主要神祇之一,古代迈锡尼的神祇。
⑥ 诺尔维德,《诗歌》,国家出版机关,华沙,1956 年,第 43 页。

的钢琴大师肖邦有密切的联系。后来他还去过美国,在纽约为一家杂志社当过插图画师,以绘画和雕刻为职业。1854年,他又回到了巴黎,度过了他的后半生。诺尔维德的一生远离他的祖国波兰,孤身在外,且一直生活在贫困中,不免时时思念别离的家乡,在《告别》一诗中,他说:

我孤身一人在外,
想得到一块面包,
一块浸透了泪水的苦涩的面包,
这是一个孤儿的面包,除了悲惨的命运,
就是我被离弃的家园和田地。

他不仅把他的诗歌创作和祖国人民紧密地联系在一起,而且也十分关心在波兰发生的一系列的历史事变。1877年,他进入了巴黎的一个贫困侨民收容所,在那里生活了五年,一直到他死去。诺尔维德的文学创作是多方面的,有论诗的文集《除夕》(1848),诗集《社会四方的歌》(1849)、《奴役》(1848—1849),散文诗《黑花》和《白花》(1858)、《一把沙土》(1858—1859)、《言论自由的事》(1869),长诗《纪念贝姆的诗》、《致公民约翰·布朗》、《波兰的犹太人》和《肖邦的钢琴》(1865—1866),剧本《被召唤者》(1848—1849)和短篇小说集《辛格沃思勋爵的秘密》(1883)等。这些作品不仅种类和形式多样,内容涉及面也很广,但是他和他的创作在侨民中最初并没有引起注意,人们经常见他衣衫褴褛,住在一间破旧不堪的房子里,以为他是个性情古怪的人,他的作品有时也得不到发表。直到20世纪初,这位诗人才引起了波兰文艺界的关注,有人开始到处寻找他那些过去没有发表的作品的手稿并加以整理出版,发现了诗人崇高的思想境界和作品极为丰富的内涵,因而给予它们很高的评价,肯定了诗人在波兰文学史上的地位。

在他的这些作品中,《纪念贝姆的诗》、《致公民约翰·布朗》、《波兰的犹太人》和《肖邦的钢琴》等最为著名。

《纪念贝姆的诗》是一首献给波兰著名爱国者贝姆(1794—1850)的长诗。尤泽夫·贝姆参加过十一月起义,后来又领导了1849年的匈牙利革命,1850年在与奥地利和沙俄前来镇压革命的侵略军的战斗中牺牲。长诗主要写贝姆牺牲后为他举行葬礼的情景,这当然是诗人的想象。在送葬的队伍中,有人举起了缀饰着月桂的宝剑,有人捧着一支支点燃了的蜡烛和军功章,灵车由一匹战马拉着,随后是一群年轻人敲打着斧钺和盾牌,就像给中世纪的骑士举行葬礼一样。这当然是诗人对这位波兰民族英雄表示敬仰,但贝姆不仅为波兰民族的独立,而且也为匈牙利人民的解放而战斗,他身体力行"为了你们和我们的自由"这个口号所提出的要求。来到坟地后,送葬的队伍中又有人用矛刺那匹拉着灵车的战马,要它继续往前走去。作者用了许多象征的手法,表现了这支送葬的队伍感天动地的恢宏气势:

> 影子啊！你的手在铠甲上已经折断,战士高举的火炬
> 照亮了你的膝盖,可你为什么要离去?
> 宝剑缀饰绿色的月桂,烛火在田野里哭泣。
> 隼鹰展翅高飞,战马奋蹄起舞,
> 这里所有的一切都飞到了天上,
> 就像士兵带着他们的营帐,在天空中流浪。
> 军号在凄厉地哀号,这哀声越来越大,
> 军功章在天上展开了宽阔的翅膀,
> 就像一些被长矛刺中的巨龙、火怪和飞鸟,
> 但这长矛却显示了许多战略的思想。①

说明贝姆虽然死了,但他的战斗并没有结束,

> 他们再往前走,当快要走到坟前的时候,
> 他们看见了路边有一道深渊,深渊里漆黑一片,
> 人类没有办法把它挪到别的地方去,②
> 但他们仍用长矛刺那拉着灵车的战马。③

　　他们就是遇到有可能陷进去的最危险的深渊,也要奋不顾身地往前走去,诗中这个送葬的队伍最后变成了一支军队,因为"一个民族麻木的心终于觉醒,它眼中的霉菌被清除了"④,他们在为争取波兰民族独立的战斗中,终于取得了胜利。
　　《致公民约翰·布朗》中的主人公约翰·布朗(1800—1859)也是一个英雄人物,他是美国 19 世纪著名的废奴主义者,1859 年在美国曾领导黑人进行了一场反对白人奴隶制压迫的起义斗争,斗争失败后被敌人绞杀。在诺尔维德看来,由华盛顿和波兰的民族英雄塔杜施·科希秋什科⑤创建的美利坚合众国到这个时候,已经完全失去了过去的民主精神,有色人种依然遭受压迫和奴役:

> 我的王冠上的火焰熄灭了
> 夜已降临,黑人脸上的黑夜。⑥

　　这首诗是以作者写给英雄约翰·布朗的一封信的形式写成的。它就像一只

---

① 齐普里扬·诺尔维德,《诗选》,罗兹出版社,罗兹,1988 年,第 77 页。
② 这里的意思是说任何人都避免不了面临深渊,走向死亡的境地。
③ 齐普里扬·诺尔维德,《诗选》,罗兹出版社,罗兹,1988 年,第 78 页。
④ 同上,第 78 页。
⑤ 科希秋什科在 1776—1783 年间,参加过北美独立战争。
⑥ 齐普里扬·诺尔维德,《诗选》,罗兹出版社,罗兹,1988 年,第 119 页。

白色海鸥,要飞越重洋,飞到牺牲者的绞刑架下,这时候英雄的头发也变白了,可是他要拯救的黑人的脸却更黑了。这里似乎表现了某种悲观的情调,但诗人要人们重新认识像约翰·布朗这样的美国人民的儿子,英雄虽然死去了,可他的精神是长存的,

> 因为我的诗歌已经成熟,一个人可能牺牲,
> 但诗歌不会死去,人民会站起来。①

整个作品不论形式还是内容都表达了诗人对英雄由衷的赞美,相信他所代表的自由平等的民主精神终将取得胜利。

《波兰的犹太人》这一首诗的产生是因为在 1861 年的某一天、也就是 1863 年一月起义爆发的前夕,波兰人在华沙为一些被沙俄宪兵枪杀的波兰爱国者举行隆重的葬礼,有一个在死者们的棺材前高举着十字架的波兰人被沙俄宪警枪杀。在他倒下去的时候,旁边有个年轻的犹太人米哈乌·郎迪马上跑上来,接过了死者手中的十字架,继续往前走去,表示他在波兰反对沙俄占领者压迫的战斗中,永远和波兰人站在一起。诺尔维德因此写了这首诗,表示他对当时在欧洲和波兰受到歧视的犹太人的尊敬。在他看来,不论在北美被奴役的黑人还是欧洲的犹太人,都具有舍己为人的高尚品德,他们和包括波兰在内的世界上一切被压迫民族一样,都要获得自由和解放。同时他也表示他对沙皇的侵略"本性早已知晓",他"骑在马上会像牧童一样,再也没有牲畜",②只是孤身一个,最后必然遭到失败。

此外,诺尔维德在 1862 年 5 月 19 日写给一个友人的信中,还联系到当时在欧洲发生的一系列的历史事件,更广泛地揭露了一些国家的资产阶级统治对革命人民的血腥镇压,他认为这些革命者的死,都是为了在他们死后,别的人能够活下来,比他们更高贵幸福。他说:"1851 年——这是好些年前——要走过这些平坦的石板路,经过街心公园去马格达莱拉,就不得不小心地踩在从这里流过的红色的血上,这血是从外交部那边往下,经过这条宽阔的街道流过来的。这是一些死去的人的血……这些死去的人以为这血从他们的血管流出来,能使那些因为他们的牺牲的人活下来,有更多的自由,变得更加高贵和幸福。""几年前,在索尔菲里诺附近的一个广场上,就有五万个人的心停止了跳动。他们在遭受了极大的痛苦而死后,内脏又被挖了出来,撒满了整个广场的地面。由于日光的暴晒,都腐烂了,一些野狗都跑过来舔食着这些死者的遗体。他们都是一些人啊!享有过他们的母亲和兄弟姊妹对他们的爱。他们的死,是为了别人在他们死后,能够活下来,比他们更高贵,也更幸福。"③诺尔维德对于这些革命者为了被压迫者的自由和解

---

① 齐普里扬·诺尔维德,《诗选》,罗兹出版社,罗兹,1988 年,第 120 页。
② 诺尔维德,《诗歌》,国家出版机关,华沙,1956 年,第 117 页。
③ 本段引文均引自齐普里扬·诺尔维德,《诗歌和散文作品》,国家出版机关,华沙,1973 年,第 319 页。

放而牺牲的伟大精神,表示由衷的敬仰。

但是诺尔维德作为波兰浪漫主义后期的诗人,和浪漫主义前期的诗人亚当·密茨凯维奇和尤利乌斯·斯沃瓦茨斯基的社会观点并不一致,他不主张以复仇和暴力的方式解决波兰的社会和民族矛盾,说明他对某些问题的看法,有时候是自相矛盾的:

如果用复仇来决定祖国的命运,
把祖国和复仇联系起来,
那是不应该的。①

他认为一个爱国者不是一个复仇主义者,一个人要有善心和仁爱,人与人之间有了爱心就不会有仇恨,要热爱劳动,善良和仁爱是一种美德,爱劳动也是一种美德,

美就是参加劳动,
劳动使一切得到新生。②

他也反对浪漫主义者宣扬的民族救世论,一味鼓吹波兰民族的受苦受难和英雄的悲剧,认为一切行动都要遵循社会的道德和良心。他说要像科哈诺夫斯基这样的前辈诗人那样,颂扬祖国的自然风光:

我们的先辈,诗人和作家
都歌颂了祖国土地的美,
每一条小溪,每一株白桦树的枝叶。③

他希望全人类在信仰基督的基础上团结起来,建立共同的家园。他在《题词》一诗中,对1863年一月起义的爆发虽然没有明确地表示反对,但他说:

在你的马路上,我想要看到的,
是铺设了没有血迹和泪水的石板。④

诗人十分看重一个人的道德修养,他认为品德的力量是可以改变他的命运,

---

① 阿莉娜·维特科夫斯卡、雷沙尔德·普日贝尔斯基,《浪漫主义》,国家科学出版社,华沙,2003年,第408页。
② 同上,第413页。
③ 同上,第421页。
④ 斯坦尼斯瓦夫·耶尔斯奇拉、兹吉斯瓦夫·利贝拉、艾乌盖纽什·沙夫雷莫维奇,《波兰文学史,浪漫主义时期》,国家学校出版机关,华沙,1957年,第303页。

即使对社会下层的被压迫者来说也是这样：

> 他们都是穷苦人，
> 一些最普通的老百姓，
> 对大世界表示厌恶，
> 如果没有痛苦便是快乐，
> 这都在午前的睡梦中，
> 他们在梦中高兴地见到了自己的童年，
> 没有想要算计什么的目的，
> 对仇恨也能够分担，
> 可怜的人们！希望他们的品德
> 能够照亮他们生命的夜晚。
>
> ——《告别》

对诺尔维德来说，美不仅表现在爱劳动和有爱心这个伦理道德的层面，还表现为大自然的美和艺术的美。他的《肖邦的钢琴》就表现了艺术的崇高和美，这是一首著名的诗歌，它是根据1863年9月19日在华沙发生的一个政治事件写成的。这一天有人在华沙扎姆伊斯基宫暗杀镇压1863年一月起义的刽子手——沙俄驻波兰王国的总督贝尔格将军，但未成功。沙俄占领者当局为了进行报复，派兵烧毁了这座宫殿，把里面一架肖邦的钢琴也抛到了街上。诺尔维德是肖邦的好友，他听到这个消息后非常感慨，因而写下了《肖邦的钢琴》这首诗，诗歌表现了他对这位伟大的音乐家的真挚的友谊和无比的敬仰，诺尔维德以许多生动的比喻不仅指出了肖邦和他的音乐在世界文化史上的崇高地位，也由衷地抒发了他对波兰祖国的热爱。作品一开头，诗人就回想起了他在巴黎最近几次会见肖邦，为此还写过一首散文诗《黑花》，他对这位波兰最伟大的音乐家和他的音乐表示了由衷的赞誉：

> 这些日子我在你的身边，弗雷德雷克[①]！
> 你的手，一双石膏一样白净的手，
> 一双誉满全球的手，
> 不时触着鸵鸟的翅膀。
> 我看见那牙骨键盘
> 在不停地跳动……
> 你，就像一尊大理石雕像，
> 但你身上没有雕琢的痕迹，

[①] 即肖邦，肖邦的全名是弗雷德雷克·肖邦。

巧夺天工,旷古奇迹,
天才啊,不朽的比格马里翁!①

在诗人看来,肖邦的音乐和比格马里翁这个神话中的人物的艺术都是最美的,就像天堂一样:

就像古老的德行,
走进了村子里的松树林,
她自言自语地说:
"我在天上已经获得了新生,
天堂的大门就是我的竖琴,
林中的小道变成了我的彩带
我在白色的庄稼中看见了一块圣饼,
艾玛努埃尔②已住在军营。"③

这是一幅多么美妙的景象,诗人还说"这里就是波兰",因为肖邦的音乐植根于波兰,来自波兰的故土。诗人感叹地说:

这里就是波兰,
她在历史上的鼎盛时代
曾经享誉四方,
就像彩虹一样地辉煌,
可她现在变成了车轮制造匠。④

由于今天的波兰已经被沙俄、普鲁士和奥地利三国瓜分,这位可以和古希腊著名雕塑家菲迪亚斯⑤以及基督的门徒大卫的业绩媲美的伟大艺术家的"钢琴在花岗岩马路上被人抬走",⑥这是沙俄刽子手对这位波兰的天才和世界文明的践踏。诗人最后十分痛心地说:"理想失落在马路上,花岗岩在低声地哭泣。"⑦这充分表现了他对肖邦的敬爱和对刽子手们的憎恶。诺尔维德的作品不仅表现他对

---

① 齐普里扬·诺尔维德,《诗选》,罗兹出版社,罗兹,1988年,第200页。这里的比格马里翁为古希腊神话中的一位雕刻家。
② 艾玛努埃尔(1268—1328),意大利最伟大的希伯来诗人。
③ 齐普里扬·诺尔维德,《诗选》,罗兹出版社,罗兹,1988年,第200页。
④ 同上,第200,201页。
⑤ 希腊雅典雕塑家,活动于约公元前490—公元前430年间。
⑥ 齐普里扬·诺尔维德,《诗选》,罗兹出版社,罗兹,1988年,第203页。
⑦ 同上,第203页。

祖国波兰和享誉世界的波兰艺术和文化的无限热爱，而且他对世界上所有的被压迫民族的苦难寄予深厚的同情，希望他们获得自由和解放，他还希望世界上所有的人都有基督的仁爱之心，从此不再有纷争，他的诗歌就是他在这些方面最真诚的表达。

泰奥菲尔·莱纳尔托维奇(1822—1893)出生于马佐夫舍地区一个中等贵族家庭，1834年迁居华沙，在这里上中学，但因为家庭生活困难，他中学没有毕业就不得不独自谋生，曾在一些司法部门工作。1840年，莱纳尔托维奇去过马佐夫舍的一些农村，出于爱好，主要是为了搜集民歌和其他一些民间文学作品。此外，他这期间也阅读了大量的波兰古代的文学作品，和当时由华沙一些青年作家组成的一个叫"华沙名士派"文学团体有了密切的联系。1841年，他在华沙的报刊《维斯瓦河上》和《华沙评论》上开始发表诗作。1846—1848年间，莱纳尔托维奇来到了克拉科夫，在离这里不远的卡齐米日城的一所犹太学校里任教，为在青年中普及波兰文学和历史知识的教育做了许多工作。后来他又去过当时属于普鲁士占领区的西里西亚和大波兰地区，在这里参加了一些反对占领者的革命活动，曾被普鲁士当局驱逐出境。1851年，莱纳尔托维奇来到了布鲁塞尔，翌年春天又来到了巴黎，在这里结识了密茨凯维奇和诺尔维德。1856年他又去了罗马，1860年以后便定居在佛罗伦萨。此后他除了有时去意大利的托斯卡拉和威尼斯，直到去世也没有离开佛罗伦萨。莱纳尔托维奇一生留下的诗歌作品十分丰富，其中有诗集《波兰的土地》(1848)、《小竖琴》(1855)、《新的小竖琴》(1859)、《给幼儿园的孩子们唱的乡村的歌》(1862)、《诗集》(1863)、《旧盔甲》(1870)、《意大利相册》(1870)、《维斯瓦河上的回声》(1872)、《诗选》(1876)、《民族的韵律》(1881)、《诗集》(1895)和长诗《心醉神迷和祝福》(1855)、《角斗士们》(1857)、《拉茨瓦维查战役》(1859)、《皇帝》(1861)、《马尔青·博列洛夫斯基·列列维尔》(1865)、《招募》(1867)、《马佐夫舍森林里的野果》(1880)、《西伯利亚的影子》(1883)等。

莱纳尔托维奇由于对波兰民间文学的爱好，在很多诗歌中都描写波兰城市和农村生活场景，反映了作者对祖国，特别是对故乡华沙的热爱。例如《我的母亲，母亲！》这一首诗是在国外写的，诗歌中充满了诗人儿时的回忆，也流露出诗人对故乡的怀念：

> 我的故乡城市，你在维斯瓦河岸边，
> 为渔民们建起了宽阔的房舍，
> 孩子们从家里出来，要去渔船上玩耍，
> 在那里见到了维斯瓦河上的蓝眼睛。
> 你用木头建起了高耸入云的城堡，
> 那里至今留下了祖先的足迹，
> 今天教堂的钟声依然是那么嘹亮。

我记得在维斯瓦河边那温暖的夜晚,
可以听到船工们的号子声,
还有渔船上的桨拍打水面的噼啪声,
微风吹起了一阵阵的浪花,
闪耀着银色的波光。

我多少次瞭望您那人声鼎沸的宫室,
着迷于它的富丽堂皇。
维斯瓦河,母亲河,你的胸前,
像是铺展了一张巨大的渔网
……
我的母亲,人民的母亲,
我在遥远的地方问候您,
祝您永远幸福健康![①]

但在《孤儿的灵魂》这一首诗中,诗人充分反映了波兰农民极端贫困的生活状况:

这里有一个少年,
在田埂上徘徊,
虽然暴风雨阵阵袭来,
可他唱起了欢乐的歌。

他从林子里出来,
对大家说:
"庄园里干活是那么痛苦,
不幸的人,你就唱吧!"

我,一个无家可归的孤儿,
贫困永远不离开我,
姐姐把我赶了出来后,
我只有站在篱笆墙边
不停地哭泣。
一个礼拜天的晚上,寒风刺骨,

---

① 尤利扬·杜维姆编,《19世纪波兰诗歌书》,第2卷,国家出版机关,华沙,1956年,第174,175页。

教堂的钟声响了,基督显灵了,
他告诉我:
我只有进到那冷冰冰的坟墓里,
才会结束我的贫困。①

诗人热爱他的祖国,对被压迫者的不幸充满了同情,但他又看不到他们获得解放的前景,这一切都很真实地表现在他的作品中。

雷沙尔德·贝尔文斯基(1819—1879)出生于波兹南省扎涅梅希尔县波尔维查村一个小贵族家庭,他年轻时就对波兰民间艺术很感兴趣,收集了大波兰地区的许多民歌和民间的艺术作品,对它们进行研究,在1836—1840年间曾在波兹南的《人民之友》杂志上以"关于国民朝圣的来信"为题,发表了许多报告和文章,表达了他对民间艺术的看法。他认为只有人民才代表"世界思想的主流",对人民有了认识才能认识整个民族。贝尔文斯基的积极浪漫主义世界观和美学观使他很早就趋向于革命,后来他在弗罗茨瓦夫和柏林的一些大学里学过哲学,回国后定居在波兹南。1843年他认识了爱德华·邓博夫斯基,在邓博夫斯基的影响下,他参加过普鲁士占领区的一些秘密组织的革命活动。1845年,他受波兹南革命委员会的派遣,还去加里西亚进行过革命的宣传和组织工作,曾被奥地利占领者当局逮捕入狱。出狱后他回到了波兹南,继续从事革命活动。后来他还到过克拉科夫、弗罗茨瓦夫和柏林,并在1854年出版了他的学术著作《以历史和科学批判的观点来研究民间文学》,认为民间文学是一种单独存在的文化现象,它和一个国家和民族是紧密联系在一起的。贝尔文斯基除了关于民间文艺的论著之外,还创作和出版了长诗《波兹南的唐璜》(1844)、《在老教堂里的最后一次忏悔》和诗集《生和死的书》(1844)等。此外他在波兰各地的一些报刊上还零散地发表过大量的诗歌作品。

在长诗《波兹南的唐璜》中,贝尔文斯基对波兰贵族吃喝玩乐的寄生生活、不关心波兰民族的命运进行了尖锐的讽刺:

你们欢笑吧!你们跳舞吧!你们疯狂吧!
但是你们要记住,我的老爷们!
你们是在火山上跳舞。

因此要小心,一旦火山爆发,
你们就会有不同的遭遇,

---

① 《波兰诗歌选集——中世纪到当代》,沙拉出版社,华沙,2001年,第237页。

危险，丑陋。①

《生和死的书》正是贝尔文斯基和邓博夫斯基在一起进行革命活动的时候创作的，所以这部诗集充满了革命激情，深受邓博夫斯基的革命民主主义的思想影响。如在《向未来前进》这一首诗中，诗人认定被压迫者要解放只有走革命的道路，革命将消灭一切特权阶级，建立一个公正合理的世界、属于穷人的世界。在《在老教堂里的最后一次忏悔》中，诗人衷心地表白道：

在这个大世界上，我最爱的是什么？
是父母、兄弟、姊妹、爱人、孩子和朋友，
那么你最敬爱的母亲是谁？是祖国。
你对祖国的爱在哪里？在你的眼泪和伤痛中。②

在这里，诗人把对祖国的爱和祖国人民遭受的苦难联系起来了，他对人们说：

你们祈祷吧！上帝会听见，
他会给予你们以最神圣的恩赐，
他会点燃灵感的火种，
教你们创造人间的奇迹。③

到那个时候，人间再也没有压迫，没有眼泪和伤痛，这就是作为一个革命诗人贝尔文斯基的梦想。

古斯塔夫·爱伦贝格（1818—1895）是沙皇亚历山大一世和一个波兰贵族女子的私生子，1833—1836年曾在克拉科夫雅盖沃大学学习文学和哲学，后来由于参加了诗人塞韦伦·戈什钦斯基建立的波兰人民协会的革命活动，曾三次被沙俄占领者逮捕，后被流放西伯利亚，直到1859年才回到华沙，在这里当过报社的记者和图书管理员。1870年爱伦贝格又迁居克拉科夫，在一些报刊上发表过论美学的文章，他的美学观点受黑格尔的影响，认为"美"是"矛盾和和谐的冲突"的表现，艺术形式是在一定的历史条件下和政治斗争中产生的。他一生创作和出版了长诗《1831年的贵族》（1831）和诗集《以往年代的声音》（1835—1836）等，同时在波兰各种报刊上也零散地发表过不少的诗歌作品。《1831年的贵族》表现了他对下层劳动人民的无限热爱，他说：

---

① 斯坦尼斯瓦夫·耶尔斯奇拉、兹吉斯瓦夫·利贝拉、艾乌盖纽什·沙夫雷莫维奇，《波兰文学史，浪漫主义时期》，国家学校出版机关，华沙，1957年，第319页。
② 尤利扬·杜维姆编，《19世纪波兰诗歌书》，第2卷，华沙，1956年，第78页。
③ 同上，第78页。

人民就像一个美丽的村姑，
她对每个人都有一副令人欢喜的笑脸，
她的衣裙虽不时髦，但她的话语却很真诚，
她的脸上总有一团闪亮的红云，
如果向别人表示衷心的祝愿，
那就是她的爱，使人感得无比的激动，
她如果握着你的手，那她就像蓝天一样，
向你敞开了她的胸怀。①

在《废墟》一诗中，诗人也视人民为兄弟：

兄弟，有一个发现会使你们感到高兴：
在这座被毁灭的城市的废墟上，
又长出了绿色的青苔，
它将引领我们走向新的生活
大自然要抚育自己的新生儿，
使我们看到了未来的希望，
宣布了我们的新生。②

在《碎片》一诗中，诗人把牧场也比成美丽的姑娘：

美丽的牧场身穿绿色的裙衣，
美丽的姑娘有一双黑色的眼睛，
牧场戴上了花环，
溪水在它的裙衣上流过，
姑娘的眼睛吸引着少年，
少年心潮澎湃，
美丽的牧场身穿绿色的裙衣，
美丽的姑娘有一双黑色的眼睛。③

作品看似写爱情，实际表现了诗人对波兰农村自然景色的热爱。

科尔内尔·乌耶伊斯基(1823—1897)出生于加里西亚波多内一个贵族家庭，曾在利沃夫上中学，后来他去过华沙和巴黎，在巴黎认识了密茨凯维奇、斯沃瓦茨

---

① 尤利扬·杜维姆编，《19世纪波兰诗歌书》，第2卷，华沙，1956年，第35页。
② 同上，第36页。
③ 同上，第39页。

基和肖邦。1848年乌耶伊斯基曾回到家乡务农,在1863年一月起义爆发期间,他在加里西亚参加过一些秘密组织的革命活动。起义失败后他在加里西亚的报刊发表过许多政论文章,抨击过加里西亚一些贵族保守派对占领者妥协投降的态度,要求在农民中普及教育。早在1839—1840年间,乌耶伊斯基就开始发表诗作,一生出版的诗集有《所罗门的歌》(1846)、《耶列米的控诉》(1847)、《没有香气的花》(1848—1849)、《来自希伯来的乐调》(1848)、《枯叶》(1849—1852)和长诗《马拉松》(1843)、《亚当·密茨凯维奇的消息》(1856)和《为了莫斯科佬》(1862)等。

其中有的作品描写农民的贫困,充满了感伤的情调,如在《被埋葬了的农舍》一诗中,诗人想要唤醒那埋在大雪里的农舍里的农民:

你是一个埋在大雪里的波兰农舍的农民,
寒风在夜里吹着你那静寂无声的房子,
它就像一座坟墓,有谁知道,里面还有活着的人,
他们度过了一个无眠之夜,就要下地干活。①

在《职务》一诗中,他采取了对话的方式,问一个农民的孩子:

"你的妈在哪里?"
"妈死了。"
"爸呢?"
"在酒店里。"
"你现在干什么?"
"靠邻居养活。
他们有时候给我吃的,
有时候不给。
冬天给我被子盖,
可现在不给了。
现在靠上帝喂养,
每天吃野果,穷苦度日。"
这是什么人呀?
大地上的孤儿,
生活如此艰难,

---

① 尤利扬·杜维姆编,《19世纪波兰诗歌书》,第2卷,华沙,1956年,第194页。

还不如到他妈的坟墓里去。①

作者的语言是那么朴实,却反映了当时波兰农村的真实情况,他在《职务》中,对这个存在民族和阶级双重压迫的社会不无讽刺地说:

啊！波兰的土地,你是那么富裕,
有人说你养活了半个世界,
可是你的孩子却没有面包,
你的牧场是那么丰盈,
你的田地是那么多产,
可是你的人民却是那么悲哀和愁苦。②

在《为了莫斯科佬》一诗中,诗人不仅揭露了沙俄占领者对波兰残酷压迫,而且指出了波兰的革命者要和俄国的革命者联合起来,才能推翻沙皇的专制统治,使波兰获得自由。诗人坚信这个目的一定能够达到,沙皇自己也意识到了他的灭亡,他说:"我的皇位,我的皇位在哪里？它已经被挖掉了。"③《科希秋什科的葬礼》则表现了作者希望波兰各社会阶层消除偏见,团结起来,共同建设一个充满友爱和正义的社会,在这个社会里,

地主老爷和祭司,农民和战士,
随着朝霞的升起,都高兴地去参加劳动,
大家都一样,平等相待,成了一个群体,
表现了爱的精神,劳动中产生智慧。④

诗中表现了人道主义精神和作者美好的理想。

弗瓦迪斯瓦夫·塞罗科姆拉(原名路德维克·孔德拉托维奇,1823—1862),出生于白俄罗斯博布鲁伊斯克县斯姆尔霍夫村一个小贵族家庭,年轻时就爱好文学,读过许多波兰的历史和文学名著,1844 年发表处女作《邮递员》。后来他到过立陶宛的维尔诺和波兰的波兹南、格涅兹诺、佛罗茨瓦夫和克拉科夫,参加过这些地方的一些文学活动,和许多报纸杂志都有密切的联系,发表了不少的作品。在维尔诺,他因参加反抗沙俄占领者压迫的革命活动,曾被占领者当局关进了监狱。

---

① 尤利扬·杜维姆编,《19 世纪波兰诗歌书》,第 2 卷,华沙,1956 年,第 196 页。
② 同上,第 197 页。
③ 同上,第 194 页。
④ 斯坦尼斯瓦夫·耶尔斯奇拉、兹吉斯瓦夫·利贝拉、艾乌盖纽什·沙夫雷莫维奇,《波兰文学史,浪漫主义时期》,国家学校出版机关,华沙,1957 年,第 322 页。

塞罗科姆拉一生出版的作品有诗集《谈话和会飞的韵律》(共6集,出版于1853—1861年间)、《最后一个小时的诗》(1862)和长诗《已经出生的扬·登波鲁格》(1854)、《马尔盖尔,取材于立陶宛历史的长诗》(1855)、《伟大的礼拜四》(1856)、《扬科·茨门塔尔尼克》(1856)和《扬·登波鲁格的学生时代》(1859)等。

塞罗科姆拉的诗歌作品大都以对话或讲故事的形式写成,通俗易懂,便于传唱,深受读者的喜爱,有的作品是为孩子们写的。例如《玩偶》这首诗一开始就标明了这是"孩子们的话":

我的洋娃娃要懂得礼貌,
你不要哭,也不要吵闹!
对我行个礼吧!
我会给你讲许多好的故事,
都是爸妈告诉我的。①

可是这个孩子懂得要同情和救助那些受苦的人,这当然是诗人借助主人公的口说出的话:

主耶稣知道,
要给那些挨饿的人面包和鱼,
我的洋娃娃,让我们为面包,
为我们的爸妈和农民
的健康而祈祷吧!②

在《大街上的书商》一诗中,诗人写一个犹太人热衷于普及文化,他先是在大街上卖书,卖古希腊柏拉图和古罗马贺拉斯的哲学和文学著作,他虽然很穷,但他的书卖得很便宜,他说:

先生有幸读我的书,
会有益于健康。
……
在柏拉图的话语
和贺拉斯的乐调中,
你会找到美好的感受。③

---

① 尤利扬·杜维姆编,《19世纪波兰诗歌书》,第2卷,国家科学出版机关,华沙,1956年,第225页。
② 同上,第227页。
③ 同上,第230页。

他虽然生活贫困,但他感到很满足,因为他看到了他的爱心使买了他的书的人受益匪浅:

许多大学生都买了我的书,
他们有的获得了文学家的荣誉,
有的成了大医生。
……
我可以大胆地说:
他们都是我的孩子,
我看着他们长大成人,
他们读了我的书,
懂得了一切。①

《公民的墓碑》一诗的风格和上面的作品完全不一样。这是一首讽刺诗,揭露了封建贵族对农民的压迫和他们的寄生生活:

他在酗酒的时候,
还用鞭子抽打他的农民。
……
他早餐吃的是羊腿,
此外还要十二个饺子,
这样便造成了消化不良,
一直到睡在坟坑里
也消化不良,
当他在坟墓里打呼噜的时候,
天使对他叫道:
"起来吧,牛排已经烤熟了!"②

这是一幅多么可悲的景象,这个贵族就是死后在他的坟墓里,也要维持他那饱食终日的寄生生活,而且他对他庄园里的农奴是那么凶恶,不把他们当人看待。诗人通过想象,以辛辣的讽刺表示了他对诗中主人公的蔑视和仇怨。

---

① 尤利扬·杜维姆编,《19世纪波兰诗歌书》,第2卷,国家科学出版机关,华沙,1956年,第231页。
② 同上,第227、228页。

第六节
小　说

　　波兰浪漫主义时期的小说创作主要代表有尤泽夫·伊格纳齐·克拉谢夫斯基、尤泽夫·科热尼奥夫斯基、亨利克·热乌斯基、泰奥多尔·托马什·耶日、尤泽夫·捷日科夫斯基、齐格蒙特·卡奇科夫斯基、"热心肠的女人"和纳尔齐扎·日米霍夫斯卡以及名士派等。

　　尤泽夫·伊格纳齐·克拉谢夫斯基(1812—1887)是一位经历十分曲折同时也很多产的作家。他出生于华沙，但父亲在卢布林有田产，所以他中学是在卢布林上的。克拉谢夫斯基童年时就表现出了文学创作的杰出才能，13岁就写出了一首歌谣《山上的修道院》。1829年他进了维尔诺大学，曾在这所大学的文学系和医学系学习，他在文学系学会了希伯来语和阿拉伯语等多种语言，同时在当地的报纸杂志上开始发表他最初的小说作品。1830年，克拉谢夫斯基因为参加了大学里的秘密组织而被捕入狱，不久后，他在亲属的营救下得以出狱，但这时维尔诺大学因为有一部分师生参加了革命斗争而被沙俄占领者当局关闭，克拉谢夫斯基再也没有去大学里深造的机会，但他却以最大的热情一如既往地继续他的文学创作。他在当时写给他母亲的一封信中说："我想，我一定要获得荣誉，我只有在一双手拿不起笔，眼睛看不见纸上的字母，脑子里没有思想的时候才能休息。到那个时候，我已经出版了200卷作品。"①

　　克拉谢夫斯基后来到了父亲在多乌赫的领地里务农。1837—1853年间，他自己又在乌克兰沃温地区的农村租了一块土地，单独经营。从此他通过和周围的贵族地主和农民的广泛接触，对他们的思想习性和生活状况，有了更多的了解，这也为他的小说创作提供了丰富的素材。这期间，他除了从事租赁土地的经营之外，仍继续他的文学创作，并且发表了许多诗歌和小说作品。此外他还创办了一个叫《阿泰内乌姆》的杂志，不仅发表文学作品，而且也刊登有关哲学和自然科学研究的论文，有多方面的认识价值，受到读者的普遍欢迎。克拉谢夫斯基虽然工作十分繁忙，但还抽出了时间去参加了这一地区的一些社会活动，目的在于消灭封建农奴制，使农奴获得解放。通过参加这些活动，他还结识了乌克兰著名诗人

---

① 斯坦尼斯瓦夫·耶尔斯奇拉、兹吉斯瓦夫·利贝拉、艾乌盖纽什·沙夫雷莫维奇，《波兰文学史，浪漫主义时期》，国家学校出版机关，华沙，1957年，第328、329页。

谢夫琴科和波兰革命民主主义者西蒙·科纳尔斯基①。

1853年,克拉谢夫斯基离开沃温地区的农村,来到了乌克兰的日托米尔市,但他对沃温地区的农村和农民仍存依依不舍的感情。在《我多么悲哀》一诗中,他写道:

我多么悲哀,我和那里的人们曾经生活在一起,
和他们本来是手拉着手,心连着心,
可现在我只有对他们说:再见吧,我的庄稼汉兄弟!
向你们纯洁善良的心和白发苍苍的头致敬!②

克拉谢夫斯基来到日托米尔后,当过中学的学督和剧院的院长,还担任过一些协会的主席。他当学督期间,要求一些学校的老师处理好师生关系,激发学生求知的欲望,更多地照顾那些出身贫苦的学生,因而提高了学校的教学水平。克拉谢夫斯基始终关心农奴的解放,他的宣传活动曾经引起当地一些保守贵族地主的强烈不满,受到他们的攻击,因此他后来不得不去了意大利。在一月起义爆发前他又来到华沙,在这里办了一个报纸——《每天的报》,叫人们不要排斥犹太人,认为他们具有"文明的素质"。与此同时,他也积极参加了一月起义前的准备工作,因此他在1863年初又遭到了驱赶,不得不离开波兰,来到了德国的德累斯顿,他在这里因为找到了一些有关波兰的史料,便潜心研究历史,但他一直关心波兰政局的发展。1879年是克拉谢夫斯基从事文学创作50周年,波兰政府在克拉科夫为他举行了一些纪念活动,克拉谢夫斯基从德累斯顿来到这里,接受了社会各界对他的祝贺和授予他的各种荣誉称号。

可是过了四年,也就是1883年,克拉谢夫斯基因为涉嫌将有关普鲁士的军事组织和力量的情报透露给了法国政府,被普鲁士当局逮捕,虽然并没有确凿证据,但俾斯麦首相又指控他参加了秘密革命组织,将他在监狱里关了三年零六个月。这期间,他虽然仍在不停地进行创作,但因监狱生活损害了他的健康,出狱后他来到了瑞士日内瓦,在那里逝世。克拉谢夫斯基一生不仅创作和出版了大量文学作品,在读者中有很大的影响,而且他为波兰从占领者的民族压迫下和波兰农民从封建农奴制压迫下获得解放战斗了一生。他的一生是为祖国和人民奉献的一生,也是革命的一生。

克拉谢夫斯基一生创作的文学作品包括小说、诗歌、童话和戏剧等,种类很多,但以创作长篇小说为主,包括现实题材和历史题材的小说数量很大。前者如

---

① 西蒙·科纳尔斯基(1808—1839)参加过1830年十一月起义,1835年以后又在立陶宛和乌克兰组织领导过波兰抗俄民族解放斗争,参加过俄国秘密组织的革命活动,后被沙俄反动当局逮捕和杀害。
② 斯坦尼斯瓦夫·耶尔斯奇拉、兹吉斯瓦夫·利贝拉、艾乌盖纽什·沙夫雷莫维奇,《波兰文学史,浪漫主义时期》,国家学校出版机关,华沙,1957年,第329页。

长篇小说《乌兰娜》(1843)、《奥斯塔布·蓬达尔楚克》(1847)和它的第二部《雅雷娜》(1849)、《村外的农舍》(1852)、《耶尔姆娃》(1855)和《插在篱笆墙上的一根树干的历史》(1860)等。《乌兰娜》取材于作家熟悉的农村生活。贵族地主塔杜施·姆罗卓钦斯基爱上了农民奥克森的妻子乌兰娜。为了将她夺过来,他利用贵族享有的特权,将奥克森强行遣送到很远的地方,利用乌兰娜的丈夫不在她身边,表面上对乌兰娜极力表示他真心地爱她,以骗取她对他的信任,等到他把她玩弄够了,便抛弃她,这就迫使乌兰娜走上了绝路而自杀。后来奥克森回来,见到妻子已经死去,一气之下,便纵火烧毁了姆罗卓钦斯基的地主庄园。通过这个悲剧的描写,克拉谢夫斯基深刻地揭示了在封建农奴制统治下的波兰农村,贵族地主不仅迫使农奴在他们的庄园进行无偿的劳动,侵占他们的劳动成果,而且剥夺了他们人身自由,对他们进行残酷的政治压迫,使得他们不得不奋起反抗,他们的反抗是正义的。此外小说还刻画了奥克森的父亲这么一个人物,他因为害怕贵族的势力,不敢反抗,并且认为农民遭受压迫是命里注定,和他的儿子不一样。如果像他那样,农民将永远遭受封建压迫而不得翻身,作品具有强烈的现实意义。

《插在篱笆墙上的一根树干的历史》也是一部写得很美的小说,作品中写了两个故事,但相互之间有紧密的联系。一个农村青年萨哈尔和他村里一片叫国王的森林里的一株橡树,同时出生,一起长大。萨哈尔有艺术才能,会拉小提琴。他爱上了一个出身高贵的姑娘,由于封建统治者的特权和等级制度,这个农民出身的青年不仅不能和他的心上人结婚,而且还被人逼迫到地主庄园里去当了奴仆。和他一起长大的那株橡树后来也被人砍伐,它的树干被插在村里的一堵篱笆墙上。萨哈尔后来设法从庄园逃了出来,将那株橡树的树干从篱笆墙上取下来当手杖,从此永远流浪在外,走遍天涯。这两个故事构思精巧,寓意深刻,农民出身的青年在封建等级社会中,艺术才能得不到发挥,也不可能有一个美满的家庭,因此他不得不离乡背井,在孤苦伶仃中,就只有那和他同龄的橡树同样不幸被砍伐下来的树干与他为伴了。作品情调悲凉,感人至深,是作者对这个不合理社会的愤怒的控诉。

《奥斯塔布·蓬达尔楚克》和它的第二部《雅雷娜》写一个农民出身的医生奥斯塔布·蓬达尔楚克爱上了一个伯爵的女儿,但他不仅得不到对方的爱,反而遭受种种侮辱,可他却一直忍耐,没有反抗。《村外的农舍》写的也是一个农民的女儿,爱上了一个茨冈人,她也不能和他结婚,因为茨冈人过的是流浪生活,波兰人对他们有种族歧视,不仅不和他们通婚,而且在他们生活困难时,也从不给予帮助。正如小说中的一个人物说他的"父亲躺在床上要死的时候,也会诅咒他们"。克拉谢夫斯基在这里刻画的人物虽然性格不同,但他们都是社会下层的被压迫者,由于各种社会弊端和不良习俗,他们毫无例外都面临悲惨的命运。

克拉谢夫斯基写过多部历史小说,都取材于从波兰史前一直到他所在的19

世纪之前的波兰历史。其中最著名的是小说《古老的传说》。它以公元 9 世纪也就是波兰于公元 966 年作为一个国家诞生以前的一段历史为背景。根据波兰古代的传说,在波兰这片土地上的一个叫列德尼察的湖畔有波兰①和列谢克即日耳曼两个民族在这里居住,他们相互之间有过争斗,但后来和解了,而波兰的第一个王朝彼雅斯特王朝就是波兰这个民族建立起来的。

  小说中的波别尔公爵原是属于波兰的列德尼察湖畔这块土地上的一个凶恶的统治者。他出生于一个德国贵族世家,可是他对周围的波兰农民极其凶恶和歹毒。有一次,他让一些波兰农民来他的城堡里赴酒宴,却暗地里在酒中下迷幻药,农民喝了后,由于精神失常,便互相打斗起来,结果许多人被打死了,波别尔随后便叫他家里的仆人把这些被打死的农民的尸体都扔进了附近的一个湖里。第二天早晨,这些被打死的农民的亲属来到他家里,有个目击者向这些农民的家属揭露了公爵在酒中下了迷幻药才使这场惨剧发生的事实,结果也被公爵的仆人当众刺死了。波兰农民维什知道这个惨剧后,决定在村子里召开群众大会,要声讨波别尔的罪行,于是他和另外一个农民多曼去找彼雅斯特。彼雅斯特这个农民很聪明,受到人们的敬仰,两人来到林子里,商讨如何对付波别尔。维什家有个机灵的小伙子沙姆博尔,在波别尔家探听到了波别尔已经知道维什要召开群众大会,他会派人来维什家里,杀他的一家。维什得知后马上要家里的女人都躲到林子里去,并要村里的邻舍都来保护他。第二天早晨,公爵的奴仆斯梅尔达带着他家的一群人来到了维什的家里,对维什的人发动攻击,虽然维什的人奋勇抵抗,但抵不住斯梅尔达的攻击,结果维什被他们打死,来保护他的农民也不得不逃走了。他的妻女回来后看见维什的尸体,痛哭流涕,第二天为维什举行火葬,他的妻子雅加也跳入火中自焚了。她最爱的马和狗也随她一起去了。送葬的人唱着悲歌,哭声震天。把维什埋葬后,他们还哀悼了三天,吃哀悼饭。

  波别尔的岳父米沃什也是一个日耳曼人,但他和波别尔不一样,他不愿和波兰农民结仇,因此在波别尔和农民的斗争中,他采取了中立的态度,这样便引起了波别尔对他的不满。因此在米沃什的两个儿子来到他家里的时候,站在丈夫一边的波别尔的妻子布隆希尔达趁机把他们一个毒死,一个毒瞎了眼睛。米沃什一气之下,便宣布站在农民一边。他自己还带领 10 个武装人员来到了列德尼察湖畔,那里已聚集了一些农民,其中一个叫梅什科的人主张马上攻击波别尔,米沃什要他们选出他们的统帅,然后大家一致拥护梅什科任统帅,很快就攻破了波别尔的城堡,并且烧了他的城堡。波别尔和妻子躲在城堡的塔楼上,但他事先就叫他的两个儿子列谢克和佩佩韦克逃走了。梅什科随后便包围了这个塔楼,塔楼里现在挤满了人,窒息、饥饿折磨着人们,波别尔的妻子又毒死了塔楼里的一部分人,把

---

① 这个"波兰"的波兰文是 Polan,有别于现在的"波兰"。现在的"波兰"的波兰文是 Polska,音译为"波尔斯卡",英文把它译成了"波兰"。

他们的尸体从窗口里扔了出去。第三天,塔楼里的人请求和谈,农民们以为他们要投降了,便让梅什科最小的弟弟去到塔楼的窗子前,结果从窗子马上扔出了一大块岩石,把这个年轻人砸死了。梅什科把塔楼围了10天后,里面一点声音都没有了,原来里面的人也自相残杀,一些人被毒死了,另一些被打死了,波别尔和他的妻子服毒自尽了。后来波别尔的两个儿子列谢克和佩佩韦克在外面纠集了一些住在北部沿波罗的海的波姆热人和卡舒巴人,越来越疯狂地侵犯列德尼察湖畔一带的边境。他们的士兵杀害了米沃什和他的妻子,把米沃什家里的东西都抢光了。这时波兰农民又推举为人正直善良同样是贫苦出身的彼雅斯特为他们的统帅,彼雅斯特带领农民军又一次打败了那些波姆热人和卡舒巴人。这时波别尔家的一个仆人布米尔不得不带了十几个人以列谢克的名义来到彼雅斯特那里,要和他和谈。波别尔的儿子列谢克和佩佩韦克也来了,他们穿得都很朴素,以表示他们的诚意,结果和谈成了,大家发誓:"就像石头扔到水里一样,希望把我们过去的争斗和不友好全都忘记。"①于是他们为之建立一个新的城堡并举行隆重的奠基礼,在这一天彼雅斯特手握由两头黑色的公牛拉着的犁,耕了被划定为第一个城堡格涅兹诺所占有的土地,然后所有来这里的各地执政者们也相继耕了一下城堡所在的这块土地,大家都来为建首都而出力。他们本来要将12个波姆热战俘像野兽一样,杀了作为祭品,但列德尼察湖里岛上一个神庙里的祭司兼巫师维宗说,过去牺牲流血太多,不要有新的流血,因此格涅兹诺的建成没有流血,也没有给人造成屈辱。

  小说中与上述故事同时发生的还有一个故事,就是农民多曼爱上了维什的女儿齐娃,库帕瓦节即沐浴节来到,她没有参加节日的玩乐和跳舞,以为谁都不会来抓她,可是维什家的仆人沙姆博尔怕她有危险,也没有离开她。这时多曼带着一些人来了,他先抓了要保护齐娃的沙姆博尔,随后又抓了齐娃。沙姆博尔后来挣脱了多曼绑在他身上的绳索,回到维什家里看见女人们都哭了,男人们互相埋怨,说没有照顾好齐娃。可大家没有想到的是齐娃这时突然回来了,她说她用自己的剑把多曼杀了,自己是逃回来的。大家都以为多曼的家属会为多曼报仇,所以齐娃随后也离家出走了。

  但多曼并没有死,只是受了伤,一个巫婆雅鲁哈给他上药,他醒过来了。齐娃后来去了列德尼察湖的那个岛上,她要求岛上神庙里的祭司维宗收留她,她说她已向诸神发誓,要保卫圣火。多曼后来知道齐娃已经向众神发誓不嫁,便放弃了对她的爱,而爱上了米沃什的女儿米娜,后来和米娜结了婚。可是在他和米娜的婚礼上,突然来了许多人,还有波别尔的儿子列谢克、佩佩韦克和一些波姆热人。他们继杀了米沃什之后,又杀了他的女儿米娜,多曼虽然也被他们刺伤,但他后来跳进了列德尼察湖中,游到了齐娃所在的岛上。多曼恢复健康后,决定将齐娃带走。

---

  ① 尤泽夫·伊格纳齐·克拉谢夫斯基,《古老的传说》,格列格出版社,克拉科夫,2004年,第247页。

他准备了一艘船，诸神保佑，让他有幸看到齐娃正在湖边，便上前把她抢到了他的船上。船离开了，齐娃虽哭了一会，但没有反抗，认为这是命里注定。多曼把她带到他父母的农舍里，要郑重地宣布她是他的妻子，反映了主人公为追求爱情所走过的曲折道路。

小说所展示的故事情节十分曲折，虽然这些故事是根据波兰古代传说写的，并没有史料作为依据，但作品依然很真实地反映了那个时期在波兰土地上出现过的一些基本情况。首先是封建统治阶级对农民的残酷压迫和农民反封建压迫的斗争。这些斗争故事充分表现了各种人物的不同性格，如波别尔和布隆希尔达夫妇以及他们的两个儿子的凶狂和狡诈、米沃什的正直、梅什科的勇敢、彼雅斯特的正直和善良、沙姆博尔的机灵等，都非常鲜明和生动，给读者以强烈的印象。尤其是维什和他的妻子的牺牲，米沃什夫妻的被杀给读者带来了极大的震撼。

再者当时波兰还没有接受罗马天主教信仰，是多神教统治的时代，所以人们祈求的是诸神，要在神庙里护佑圣火。此外还有许多风俗习惯，如作品中描写彼雅斯特有个七岁的儿子要行剃度礼。在举行剃度礼仪式上，彼雅斯特把儿子抱了起来，把泉水滴在他的头上，用剪刀将他额头上的头发剪去了一些，然后其他长辈也要给他去发，并给他取了个名字，叫杰姆维德。来参加仪式的他的女儿们便唱起了古老的歌。然后彼雅斯特牵着儿子的手，带着他和所有人来到祖坟前，向祖宗们行礼。行这个礼是要表明孩子七岁了，他从此前由父母呵护和照顾到现在要接触更多的亲友，融入社会中去，培养自己照顾自己的能力。此外每年6月24日，这里的老百姓还要过库帕瓦节。这天一大早，村里的人就要去列德尼察湖或附近的河里洗澡，洗完澡后穿上衣服，戴上花冠，聚集在一起，听村里的诗人给他们朗诵诗歌。村里的小伙子们也是一大早就要去林子里砍下一些木头，等到太阳落下来的时候，在村子里点起篝火，男男女女都围在篝火旁唱歌跳舞。一些单身汉还要举着一些火把往庄稼地里走去，表示今年将获得丰收，然后人们将他们酿造的蜂蜜洒在一些火堆里，这是对诸神的供祭。此外波兰古代婚丧和接待客人也有特定的礼俗。在波兰文学史上，还没有一部作品像克拉谢夫斯基这部作品一样，生动地描写了这么多波兰古代民间的风俗和习惯。克拉谢夫斯基虽然出身贵族，但他热爱遭受封建压迫的农民，同情他们的疾苦，同时他也热爱波兰的民间艺术。他的《古老的传说》是他的爱国主义和民主思想立场的集中表现。

尤泽夫·科热尼奥夫斯基(1797—1863)出生于加利西亚一个并不富裕的贵族家庭，年轻时当过图书馆管理员，在中学里教过演讲术和诗学。1830年十一月起义失败后科热尼奥夫斯基去过乌克兰的基辅，在那里的一所中学教拉丁文，后来又在乌克兰哈尔科夫的一所中学里当校长。1846年以后热科尼奥夫斯基定居华沙，在这里也当过中学校长和华沙大众教育委员会主任，为华沙教育事业的发展作出了很大的贡献。科热尼奥夫斯基的创作有小说和戏剧，他的小说主要反映贵族的生活。小说《村庄》写一个极端自私的贵族扎加尔托夫斯基，为了增加自己的财产，不惜损害别人的利益。与他相反的是贵族斯塔日茨基和他的一家，正直善良，财产是一家人从劳动中得来的。在科热尼奥夫斯基看来，波兰贵族如果都像斯塔日茨基那样，波兰农民就没有屈辱和痛苦了，大家都会过上美好的日子。小说《投机商》(1846)主要写一个善于投机取巧的贵族公子是如何以欺骗的手段获得钱财和女人。此外作品还以大量篇幅揭露了贵族阶层终日无所事事的寄生生活和挥霍浪费，但也描写了他们在各种社交场合所表现的文明和礼貌，说明作家也是很习惯于这种社交的。《亲戚》(1855)写两个贵族出身的兄弟，哥哥热爱劳动，从小就学会了干木匠活，能够自食其力，造福于社会；弟弟却参加了沙俄的军队，成了民族的叛徒，兄弟俩形成了鲜明的对比。他的戏剧作品如剧本《克尔巴阡山的山民们》(1843)写奥地利占领者向喀尔巴阡山的波兰山民强制征兵，以及山民的反抗斗争。另外一些戏剧作品大都讽刺贵族的伪善、自私和腐化堕落的生活作风。

亨利克·热乌斯基(1791—1866)出生于乌克兰沃文地区一个中等贵族家庭，年轻时曾在华沙公国的波兰军队里服役，后来长期居住在国外，到过俄国和意大利。波兰王国十一月起义失败后，他回到波兰，居住在自己的领地和庄园里，有时也去华沙，创办了《华沙日报》。热乌斯基的政治观点较为保守，他主张保持封建贵族在社会中领导地位的传统，和占领者进行妥协，反对一切形式的民族和民主革命斗争。他的小说也大都取材于贵族生活，如在长篇小说《索普利察的回忆录》中，作家描写了一些贵族出身的年轻人嗜酒、吵闹和打斗，一点小事就要告上法庭，打官司，这些不良习性使邻里之间不能和睦相处，因此他对这些人物进行了讽刺。但他对在他看来高等的贵族阶层还是感到很亲密。热乌斯基的小说艺术地再现了波兰贵族许多传统的习俗和日常生活的状况。

泰奥多尔·托马什·耶日(1824—1915)又名齐格蒙特·米乌科夫斯基，出生于乌克兰波多列地区一个具有爱国主义教育传统的贵族家庭，他自己在1848年也参加过在匈牙利爆发的民主革命，后来参加波兰侨民中著名的"波兰民主协会"。作为这个协会的特使，他去过巴尔干半岛的一些国家，了解了那里人民的生活状况。这期间，他也曾几次回到波兰，帮助一些革命组织进行秘密活动。1872年他去了瑞士，在瑞士的拉帕斯维尔开办了一个波兰博物馆，并且在那里的一些波兰侨民的组织中也工作过。耶日的小说大都以巴尔干半岛国家人民生活和民族解放斗争为题材，但他是按照波兰的风俗习惯和当时的斗争形式来写的，使波兰的读者感到亲切。他的小说《瓦塞尔·霍乌布》(1858)写一个乌克兰的农村姑娘被一个地主少爷勾引后又遭抛弃的故事，揭露了男主人公的阴险和狡诈。《巴比伦河畔》(1888)反映波兰侨民的生活。

尤泽夫·捷日科夫斯基(1807—1865)出生于乌克兰沃文地区一个没落贵族

的家庭。他父亲早逝，由叔父抚养长大，中学没有毕业，后靠自学成才，参加过华沙1830年的十一月起义，起义失败后来到了利沃夫，在这里的一些文艺报刊上开始发表文学作品。他的作品主要反映城市贵族沙龙生活的空虚和庸俗以及贫民生活的困苦，如小说《沙龙和街道》(1847)写鞋匠、泥瓦匠、裁缝甚至乞丐等，作者对他们的艰苦和不幸表示深切的同情。

齐格蒙特·卡奇科夫斯基(1825—1896)出生于加里西亚一个机关行政管理人员家庭，年少时曾在利沃夫和维也纳求学，后在父亲在波兰热舒夫省萨诺克县乡下买的领地里居住，曾参加1846年克拉科夫的起义斗争。他是一位历史小说家，他的小说大都取材于波兰15世纪和18世纪的历史，真实地反映那个时代人民的生活状况和风俗习惯。

十一月起义失败后，由于沙俄占领者对波兰人言论自由的极力限制，华沙的许多报刊被迫停止出版，文化生活陷于凋敝，但在19世纪30年代末，这方面又出现了生机。1841年《华沙图书馆》月刊的发行以及1842年由希波利塔·斯基姆博罗维奇(1815—1880)主编、继而在1843年由他和爱德华·邓博夫斯基共同主编的《科学评论》的推出，代表华沙知识阶层激进派的复苏。他们开始宣传爱国主义和民主主义的思想，在波兰王国的读者中，产生越来越大的影响。许多年轻的作家也常在这两个刊物特别是《科学评论》上不断发表他们的作品。在他们中有一个女作家群体叫"热心肠的女人"，她们的作品充分表现了爱国主义思想和对社会公正的诉求，纳尔齐扎·日米霍夫斯卡就是其中的代表。

纳尔齐扎·日米霍夫斯卡(1819—1876)出生于华沙。她的父母虽有地产，但并不富裕，她年轻时当过有钱人的家庭教师，最初曾在《科学评论》上发表作品，后因参加波兰王国一些革命组织的秘密活动而被捕，在沙俄的监狱里关了两年。她的作品有小说和诗歌。小说《异教徒》(1846)具有半现实半幻想的性质，写一个城堡里有个像妖魔一样的女人，她从精神和肉体上将她的丈夫折磨至死，但她最后也死了，作品具有浪漫主义神话和传说的性质。长诗《马伊拉和科希切伊》(1845)反映了波兰在异教也就是多神教的时代，人们对死神的反抗，但也有人表示自愿到它的国度里去，作者认为，人们对死神的态度是不一样的。

除了"热心肠的女人"之外，华沙当时还有一个"名士派"群体，其中的成员主要是作家和画家。他们中最著名的是诗人和作家弗沃齐米日·沃尔斯基(1824—1882)。他生于波兰王国的普乌图斯克县，早年就失去了双亲，1833—1841年间在华沙上中学，后在《科学评论》和华沙"名士派"的刊物上发表小说和诗歌作品。他参加过1863年的一月起义，并于当年在巴黎出版了他以这次起义为题材的诗集《起义之歌》(也可能同时在华沙秘密地出版了)，表现了他的爱国主义思想。他最著名的作品是诗剧《哈尔卡》(1846年以前)，写贵族公子亚努什爱上了农村姑娘哈尔卡，暗地里和她结了婚。后来哈尔卡生了一个孩子，亚努什去参加波兰民族起义。可是亚努什的母亲却认为哈尔卡的行为"越轨"，因而逼迫她游街示众，并用鞭子把她和她的孩子抽打至死。亚努什回来后,找到了妻儿的坟墓后,哈尔卡母子的幽灵出现,向他控诉了贵夫人的暴行。亚努什马上冲进庭院,杀死了自己的母亲,然后来到妻儿坟前自杀身亡。这是一个具有浪漫主义神话色彩的悲剧,诗人揭露了亚努什的母亲作为一个贵族统治者的罪恶,并将贵族出身的爱国者和她区分开来。亚努什因为对农村姑娘坚贞不渝的爱,甚至可以大义灭亲。这部作品因为有浓厚的政治色彩,沙俄检察官将它删去了大部分内容,因此诗人不同意作品如此出版,但是它的手抄本却在华沙流传。后来波兰著名音乐家斯坦尼斯瓦夫·莫纽什科(1812—1872)得到了《哈尔卡》的一个手抄本,便将它的内容作了一些改动,写亚努什曾表示了对哈尔卡的爱,但他后来却和贵族小姐佐菲亚订了婚,哈尔卡这才发现自己受了骗。在亚努什和佐菲亚举行订婚礼时,哈尔卡来了,却被亚努什和他的贵族兄弟赶出了他的家门。哈尔卡在一个真心爱着她的农民荣泰克的保卫下来到了村子里,向村民们控诉哈尔卡受贵族公子的欺骗,引起村民对她的同情,然后她放火烧了村里的教堂,投江自杀,这也是一出由于社会不公造成的悲剧。莫纽什科以这个内容写成了歌剧,名为《哈尔卡》。一百多年来,该剧在波兰的歌剧舞台上的长演不衰,成了波兰音乐史上民族歌剧的经典,今天仍然是波兰歌剧表演最重要的保留节目之一。

第七节
戏　剧

波兰浪漫主义时期最著名的戏剧作家是亚历山大·弗列德罗(1793—1876)。他出生于加里西亚地区热索夫省普热梅希尔县苏洛霍夫村一个贵族家庭,小时候家境殷实,在家庭教师的指导下,接受了童年的基础教育,此外他当时还酷爱打猎,养成了广泛的兴趣爱好。1809年,华沙公国的波兰军队开进加里西亚的时候,16岁的弗列德罗刚刚出外打猎回来,便毫不犹豫地加入这支队伍,并在一个师里当了一名副官。后来他随军参加了1812年拿破仑军队进犯俄国以及拿破仑1814年退位之前发动的所有战争。作为一个副官,他这期间在军营里写了不少战地的通讯报道。与此同时,他在军中的服役也使他增强了组织纪律性和对社会的责任感。拿破仑在战争中失败后,他离开部队回到了故乡加里西亚,在加里西亚议会里当了一名议员,同时开始了他的喜剧创作。但他因为出身贵族,在议会里总是坚持较为保守的政治立场,主张波兰依然像过去一样,坚持庄园贵族的领导地位,后来他又去过巴黎,晚年居住在利沃夫。

弗列德罗年轻时并没有受过高等教育,他的文学创作走的是一条自学成才的道路。他一生写了近30个喜剧作品,大都是在1818—1835年间创作的,主要的有《盖尔德哈布先生》(1818)、《丈夫和妻子》(1821)、《外国的文明》(1822)、《女士们和骠骑兵》(1825)、《强暴》(1826)、《处女们的誓言》(1826—1827)、《约维亚尔斯基先生》(1832)、《复仇》(1832—1833)、《终身保险》(1835)和《女学生》(1858)等。

《处女们的誓言》说的是主人公拉多斯特把他的侄儿古斯塔夫从乡下接到了城里,要让他和多布鲁尔斯卡太太的女儿阿涅娜结婚。古斯塔夫来到拉多斯特家后,拉多斯特对他很关心,但古斯塔夫终日吃喝玩乐,无所事事,也不愿谈恋爱,更不想结婚,拉多斯特对他不满。后来古斯塔夫听说阿涅娜和拉多斯特邻居的女儿克拉娜都发誓一辈子不出嫁,因为她们都认为男人不可靠,他们不懂得爱,如果你爱上了一个男人,他会背弃你,使你受骗。古斯塔夫感到很好奇,便开始和她们接触,变得机灵起来。但克拉娜生性刚强,遇事有主见,她见到古斯塔夫就说他是一个在乡下感到无聊的男人,古斯塔夫也无所谓,甚至在椅子上睡着了,这反倒使克拉娜生气了。

拉多斯特叫侄儿古斯塔夫保持清醒的头脑,大胆地去向阿涅娜求爱。阿涅娜生性柔弱,但很善良,她开始也认为男人不可靠,要坚守自己的誓言。但是古斯塔夫在拉多斯特的鼓励下,对阿涅娜一再地表示他是真心爱她的,这也逐渐使得阿涅娜觉到他可以依靠,和别的男人不一样。这时候,古斯塔夫使了一个计谋,对阿涅娜谎称他爱上另一个也叫阿涅娜的女人,还说他叔父坚决反对他和这个女人结婚,因为他和她的父亲决斗过。这反而使得阿涅娜更离不开古斯塔夫了,于是就促成了这一对年轻人的美满姻缘。另外还有一个小伙子叫阿尔宾,他也生性柔弱,但他不仅深深地爱恋着生性刚强的克拉娜,而且对她十分崇拜,有时候因为得不到她的爱而整天愁眉苦脸,甚至忍不住便哭了起来。但是克拉娜根本瞧不起他,而且老是作弄他,这样就给他带来了更大的痛苦。古斯塔夫见他这样,便给他出主意,要他振作起来,一段时期对克拉娜不予理睬。他对阿尔宾说:对一个女人,要表现出一个男人的自尊和风度,你不理她,她反而会对你好。阿尔宾马上按照古斯塔夫说的去做,一下子变得好像很高兴的样子,好些时候他也没有去见克拉娜。可在这个时候,古斯塔夫又造了两个谣,一说克拉娜的父亲因为拉多斯特很有钱,要把女儿嫁给他;二说阿尔宾已爱上了阿涅娜。克拉娜知道后,慌张了,她甚至气愤地表示,如果违背她的意志让她出嫁,她就要把未来的丈夫折磨死。从此她也马上改变了她过去对阿尔宾的看法和态度,认为他诚实可靠,也同意了和阿尔宾的婚事。古斯塔夫造谣虽然引起了拉多斯特的愤怒,但促成了两个相爱的年轻人终成眷属的美满结局。弗列德罗剧中写的爱情和婚姻和波兰浪漫主义诗人对爱情的描写完全不一样。例如亚当·密茨凯维奇在他的《先人祭》第四部中,揭露了封建等级制度所造成的爱情悲剧,具有深刻的社会意义;弗列德罗描写的是波兰当时的一种社会习俗,通过男女主人公的各种计谋和逗笑和使观众感到剧情变幻莫测，充分展示了剧中人的不同个性和演技，产生了强烈的喜剧效果。

在《约维亚尔斯基先生》中，主人公约维亚尔斯基先生是个诗人，他的创作并不具体接触现实问题，而是进入到了一个幻想的世界，以某种暗示来对他所在的加里西亚的一些文人只知道空谈哲学、空喊口号、对波兰民族的命运毫不关心的态度进行了抨击。可是他的儿子沙姆贝兰只知道成天玩鸟，儿媳沙姆贝拉诺娃总是想着她已淹死在维斯瓦河中的前夫杜兹将军。沙姆贝兰有个外甥女海仑娜会写小说，有浪漫主义文学创作的才华。沙姆贝拉诺娃和她的前夫杜兹将军有个儿子叫卢德米尔，是个诗人，因为母亲已改嫁，他的生活陷入了贫困，但他喜欢把自己打扮成一个土耳其的苏丹。他打听到了海仑娜会要继承一大笔遗产，便向海仑娜求婚，后来海仑娜也知道了卢德米尔的身世，知道她和卢德米尔都出身贵族，门第相当，最后也喜结良缘。弗列德罗对现实的反映是真实的，但他并没有采取批判的态度。

剧本《复仇》讲述的故事以波兰 17 世纪发生过的一个真实事件为根据：有一个城堡，它有一部分为一个当过省长的大贵族彼得·费尔内伊所有，另一部分为一个小贵族扬·斯科斯特尼茨基所有，两家为了争夺这座城堡的占地面积，经常发生争斗。斯科斯特尼茨基要修一堵隔离墙，将城堡的这两部分分开。为了修这堵墙，他还在下面挖了一道槽。费尔内伊不仅不让斯科斯特尼茨基修墙，而且毁坏了他已挖好了的那一道槽。斯科斯特尼茨基因此将费尔内伊告上法庭，他虽然胜诉，但他们的矛盾并没有解决，一直到 1638 年他们成了儿女亲家，这才言归于好。像这样的事件在弗列德罗生活那个时代的波兰贵族中，也时有发生。在作者笔下，费尔内伊充分表现了波兰贵族自私、固执、爱吵架和打斗的习性。他总以为自己是个贵族，享有凌驾于法律之上的特权，可以随意欺侮别人。斯科斯特尼茨基是个律师，但他又是个暴发户，他对费尔内伊的威胁，一点也不害怕，最后他将费尔内伊告上了法庭。他本来生性自私和鄙吝，但他为了维护个人尊严，表示宁愿花掉他的全部财产，也要打赢这场官司。

可是斯科斯特尼茨基的儿子瓦茨瓦夫却和费尔内伊的侄女克拉娜相亲相爱。费尔内伊家里还有一个食客帕普金，他好吹牛，谎称自己是一个优秀的骑手。费尔内伊要帕普金绝对服从，他有时候表示服从有时候又不愿听从费尔内伊的命令。当他知道费尔内伊在和斯科斯特尼茨基争斗的时候，他要费尔内伊听他朗诵他写的"和平颂"。瓦茨瓦夫也要他们双方都作出让步，以化解矛盾，和睦相处，他对费尔内伊说：

只有双方都作出让步，
才能消除过去的隔阂与障碍。
邻里之间要和睦相处，

而没有别的办法。①

可是费尔内伊对他说:"要我和他和解,除非太阳落到了地上,海里的水都干了。"所以瓦茨瓦夫对帕普金说:"这两个人是水和火。"帕普金说他们"除了吼叫,得不到任何好处"。他还料定斯科斯特尼茨基这个暴发户肯定会破产。但最后瓦茨瓦夫和克拉娜这两个有情人终成眷属,他们的长辈费尔内伊和斯科斯特尼茨基因此也开始和睦相处,形成了一个皆大欢喜的结局。

《终身保险》是一出讽刺喜剧。主人公地主少爷列昂·比尔巴茨基是一个浪荡公子,终日无所事事。由于过度的享乐奢华,加上肺病,他的健康受到损害,但他有一个终身保险,只要他活着,他这一辈子,生活就有保障。高利贷者瓦特卡以他人的名义购买了他的这个保险,但是这个保险名义上仍属于比尔巴茨基,因此瓦特卡很希望比尔巴茨基能够长寿,对他进行细心的照顾。瓦特卡认为,比尔巴茨基只要活得更久,他将来能够得到的这份保险的金额就更多。后来来了一个破落贵族茹尔宫,他见瓦特卡有钱,想把女儿鲁齐娅嫁给他,但鲁齐娅爱的是比尔巴茨基。最后,鲁齐娅没有和瓦特卡结婚,而瓦特卡又要把他已购买的比尔巴茨基终身保险再卖给比尔巴茨基,但比尔巴茨基因为平日挥霍浪费,这时身无分文,答应他只能以后给瓦特卡付款。这个高利贷者利用地主少爷现在的困境,实际上已经占有了他的这个终身保险。作品对贵族地主的腐败无能和高利贷者自私和狡诈进行了尖锐的讽刺。

《盖尔德哈布先生》中的主人公盖尔德哈布是一个生性粗野的暴发户,善于投机取巧,谋取暴利,而贵族鲁多斯瓦夫因为经营不善而走向破产,陷入贫困。作品反映了资产阶级的兴起和封建贵族的没落。《丈夫和妻子》写男女婚后由于不能和睦相处而带来的痛苦。《外国的文明》讽刺那些对国外时髦盲目的追求。《强暴》描写一些女人不仅能替代男人在政府机关里任职,而且她们还在努力为男人们找到工作提供方便。《女士们和骠骑兵》则要说明男人没有女人也可以把事情办好。弗列德罗的剧作大都以波兰社会各阶层的风俗习惯为题材,对于上层阶级人物的伪善、贪婪、狡诈的丑恶面貌进行了深刻的揭露。他的作品善于刻画人物不同的性格,并且以曲折的剧情、剧中各种悬念的设置和人物生动的表演,使观众感到引人入胜。

《女学生》写一个上校军官莫尔德尔斯基很喜欢他的一个女学生卓霞,他要将她嫁给自己侄儿彼得,并且答应给她嫁妆。但上校的妻子不同意丈夫给卓霞办嫁妆,因为怕花了家里的钱。她要让另一个年轻人纳尔齐扎和卓霞结婚,并威胁他如果不娶卓霞,她丈夫就要叫他去服兵役,但她丈夫坚持要将卓霞嫁给彼得,夫妻发生了矛盾。其实卓霞既不爱彼得,也不爱纳尔齐扎,她爱的是她的邻居瓦茨瓦

---

① 亚历山大·弗列德罗,《复仇》,奥索林斯基民族出版机关,弗罗茨瓦夫,1987年,第70页。

夫。最后,她利用莫尔德尔斯基和他妻子的矛盾,和她的心上人结了婚。

弗列德罗的喜剧对波兰封建社会上层阶级的腐朽没落和社会上一些不良的习俗进行了尖锐的讽刺,并且成功地塑造了一系列富于典型性格的人物。他很善于利用各种巧妙的构思来描写矛盾的产生和化解,达到喜剧的效果。他的喜剧不仅在浪漫主义时期,而且在整个波兰文学史上,都占有重要地位。有的作品至今依然受到波兰观众的欢迎,成为波兰剧院的保留剧目。

第六章

实证主义和批判现实主义文学

第一节
概　述

　　1863年1月在波兰王国爆发的抗俄民族起义失败后，沙俄占领者加剧了对波兰的民族压迫，他们除了将成千上万的波兰爱国者和参加起义者监禁、屠杀、流放到西伯利亚外，还在他们所占领的波兰王国和立陶宛极力推行俄罗斯化民族压迫政策。首先将波兰王国改名为维斯瓦河上的国家，要将它合并到沙俄帝国中去。1869年沙俄占领者又将1862年在华沙建立的中央大学改为华沙帝国大学，由沙俄占领管理；规定在波兰王国政府机构的公文一律用俄文书写；中学里除了宗教课外，其他课程都要用俄语讲授，波兰学生在学校里不准讲波兰话；同时也收紧了对于各种书刊出版的检查制度。

　　19世纪60年代，也就是1863年一月起义失败后到80年代初，波兰民族解放运动处于低潮时期。当时波兰社会上层阶级一味贪图享乐，置民族危亡于不顾，对占领者表示臣服和投降。社会上一些激进分子也产生了悲观失望的情绪，他们虽有炽热的爱国情怀，但看不到自己民族解放的前景；其中一部分人虽然过去参加过波兰民族解放运动，这时随波逐流，成了上层阶级的附庸。80年代初，波兰无产阶级革命运动开始兴起，但在社会上还影响不大，因此，对于波兰真正的爱国者和民主主义者来说，这是一个十分困难的时期。

　　由于一月起义的影响，沙俄占领者1864年在波兰王国实行了农奴解放，但是这项措施是自上而下的。在地主庄园里服劳役的农奴虽然获得了人身自由，但是土地依然为贵族地主所有，无地少地的农民没有摆脱极端贫困的状况；另一方面，波兰城乡资本主义因为有了包括俄国在内的广阔市场等有利的条件，发展很快。在城市，由于德国和俄国的资本侵入，和波兰的资本竞争激烈，波兰工人阶级受到了国内外资本的双重剥削和压迫，而波兰资产阶级为了他们的发展，也和别的上层阶级一样，对占领者表示臣服和投降，有时甚至和沙俄占领者勾结在一起，出卖民族利益。在农村，由于资本主义发展所造成的土地兼并，原来的贵族地主有一部分在新的社会条件下，不善于经营土地而濒于破产，大部分土地又迅速集中在新产生的农业资本家手中。无地少地的农民有的成了这些农业资本家的雇佣劳动者，有的流入城市加入了城市贫民的队伍，或者受雇于资本家的工厂或企业里，成了工人阶级的一员。

在思想战线上，华沙出现了所谓"老刊物"和"新刊物"之争。属于"老刊物"的有《华沙图书馆》、《华沙报》、《华沙信使》、《穗》和《插图周刊》等，这些刊物宣传要保持原有的封建等级制度，反对资本主义生产关系的转变，其政治立场较为保守。"新刊物"的代表是 1866 年创办的《每周评论》和后来的《田地》等。由政论家亚当·维希利茨基主编的《每周评论》对一些思想激进的年轻人特别是华沙中央大学的学生影响很大，他们常在这个刊物发表政论文章，抨击封建迷信和社会上一些不合理的陈旧习俗，宣传自由主义思想，于是形成了一个年轻人的派别，他们中为首的是著名政论家亚历山大·希文托霍夫斯基(1849—1938)、文学史家和文学评论家彼得·赫米耶洛夫斯基(1848—1904)等。这一派的思想家们当时提出要对波兰社会进行改革，并且提出了一个所谓实证主义的改革纲领。实证主义原是欧洲的一个哲学派别，19 世纪 30—40 年代产生于法国和英国，其创始人是法国哲学家和社会学家孔德(1798—1857)，其他主要代表还有英国的密尔(1806—1873)和斯宾塞(1820—1903)。孔德认为，所谓实证的就是现实的，而不是假想的；是有用的，而不是无用的；是肯定的，而不是否定的。人类至今的历史是由情感和理智所创造的历史，但不论是情感还是理智创造的都是虚幻的东西，情感创造了神秘的虚幻，理智创造了形而上学的虚幻，只有实证主义才摆脱了虚幻，一切从客观实际出发，它给社会指出了科学发展的道路。密尔认为，人类的责任要使社会组织变得更好，使个人生活更加完备。斯宾塞也强调用科学方法研究社会现象，认为哲学是各专门学科基本原理的综合，是用以代替中世纪神学体系的科学的总结，他要使自然科学和社会科学知识形成一个综合的哲学体系。

波兰的实证主义者试图用西方实证主义的观点和方法对波兰社会进行改造，但他们联系波兰的社会实际，将实证主义的内容加以扩充，使它从一个哲学体系变成了一个社会纲领。宣传这个纲领的第一篇文章是亚历山大·希文托霍夫斯基发表在《每周评论》上的《我们和你们》。此外他的《社会和文学之歌》和《面向进步的传统和历史》等文章也表示了反对封建等级制度和宗教迷信，要求摆脱一切不利于科学发展的陈旧和落后的思想观念，但是这个纲领的全部内容是经过一段时期才逐步形成的。实证主义者认为在波兰，当时的首要任务是发展资本主义经济，要让"千百万群众"特别是市民阶层参加到资本主义工业生产中来，促进资本主义工商业、金融和农业的发展。同时他们也反对旧的封建等级制度和蒙昧主义，反对种族歧视，特别是反对对犹太人的歧视，提倡发展科学、现代化的交通如修建铁路和医疗事业，普及教育和进行城市建设。他们主张男女平权、社会各阶层平等和宗教信仰自由。此外这个纲领还提出了两个口号，即"有机劳动"和"基层工作"。"有机劳动"要求各社会阶层团结一致，不应有什么矛盾和冲突，共同建立一个和谐的社会。这是为了使所有的

国民都能够善于利用大自然的一切资源，为大众谋福利。所谓合理的经营就

是不让一寸土地成为荒地，不让一分钱资本得不到周转，不让一丁点智能得不到发挥，所有这一切都是全民的资本，都应得到合理的开发和利用。①

"基层工作"是1873年发表在《每周评论》上的一系列的文章中提出来的，这些文章有一个总的题目，就叫"基层工作"，谈的都是波兰农民的问题。实证主义者对1864年的农奴解放作出了肯定的评价，但是他们认为，农奴虽然获得了人身自由，但因为波兰农村贫穷落后，农民不仅生活贫困，而且也没有受过教育，因此他们希望在农村尽量多地开办一些学校、图书馆、医院，多办一些反映波兰农村状况的报刊，以提高农民的文化水平，改善他们的健康状况，使他们能更多地参与到村社的管理工作中来，这样也提高了他们的社会地位，促使了农村等级观念的消除。

实证主义出于科学和理性的思维，代表资产阶级的政治立场，在反封建和促使资本主义经济的发展、提高波兰全民的文化和教育水平和民主制度的建立上，起过一定的进步作用，但这个纲领并没有提到波兰民族解放斗争，它所提的社会发展和改革的一切措施也只能在和沙俄占领者妥协甚至要得到占领者许可和帮助，才能够实施。实际上，由于各种原因，这个纲领当时在许多方面都没有实现，相反的是，它对沙俄占领者的妥协和投降，使得波兰社会从上到下对波兰民族解放事业更不关心。

属于奥地利占领区的加里西亚的社会状况和波兰王国的不一样，波兰王国一月起义的革命浪潮虽然也波及了这里，但是这里以"青年保守党"为代表的贵族保守势力十分强大。这个党为首的是一个天主教士，叫保罗·波别尔，他1865年发表的一篇《对亚当·萨比耶赫的号召要说的几句话》的文章，对波兰民族起义斗争进行了谴责，并表示要和"所有秘密的政权决裂。"他还公开要求"波兰王国遵守沙皇的法令，加里西亚要忠于奥地利。"②此外1869年他在加里西亚的《波兰评论》上还发表了三封题为"斯坦奇克的公文包"的匿名信，也对波兰民族起义斗争进行尖锐的讽刺③，不仅在加里西亚而且在波兰其他的占领区，都造成了很坏的影响。但是在利沃夫有一些有民主思想的作家和历史学家创办了一个刊物《文学日报》(1852—1870)，宣传要像西方资本主义国家那样，在加里西亚大力发展经济，在民众中普及教育和科学知识。由于保守势力的干预，这个刊物未能反映波兰民族解放运动的问题，到19世纪60年代，它的影响也越来越小了。

在1862—1890年，俾斯麦(1815—1898)在任普鲁士王国首相期间，极力维护地主和大资产阶级的利益，采取"铁血政策"，实行强权统治，曾先后发动对丹麦的战争、普奥战争和普法战争，完成了德意志的统一。1871年1月德意志帝国成立

---

① 扬·巴库列夫斯基，《一月起义后的波兰文学史概述》，国家学校出版机关，华沙，1959年，第23页。
② 同上，第34页。
③ 这三封信是当时加里西亚的几个贵族保守派写的，1869年发表在《波兰评论》上。这些保守派坚持对加里西亚的奥地利占领者妥协投降，反对波兰民族解放斗争，所以他们又被称为"斯坦奇克派"。

后，他又兼任帝国首相。但他看到属于这个帝国的波兰大波兰和波姆热地区有分裂的趋势，便以"文化斗争"的名义，首先要求对这些地区的天主教会进行严格的管理。由于波兰天主教反对在信仰马丁·路德的新教的普鲁士领导下实现德国的统一，普鲁士占领者在这里逮捕了大批天主教的神职人员，在法律上也不承认波兰天主教会的等级和波兰人习惯的在教堂里举行的婚礼。同时在政府机关、法院和学校里禁止使用波兰语，占领者当局还有计划地取消一些波兰的地名和街名，代之以德国的地名和街名，对一些书报的出版和发行也实行严格的检查制度。尽管普鲁士占领者对波兰人采取了一系列民族压迫的政策，但这里旨在维护波兰社会独立性的活动仍十分频繁，如波兰剧院和科学之友协会的建立使占领区的波兰文化和科学得到发展。为了发展经济，一些地方还成立了农业小组。各地报刊都大力宣传保持波兰人的民族性，如在波兹南主办的《大波兰周刊》，有许多参加过 1848 年克拉科夫起义和 1863 年一月起义的诗人、作家和政论家在这个刊物上发表文章，谴责封建贵族和教会对普鲁士占领者采取妥协投降的态度，指出要继承波兰民族解放斗争的革命传统，同时要提高农民和市民阶层的社会地位，以促使城乡经济得到迅速发展。

虽然 1863 年的一月起义遭到失败，但波兰各地和在境外的民族解放斗争并没有终止。如在 1865 年在波兰东南部波德拉谢地区参加过波兰民族起义的爱国者瓦伦迪·列万多夫斯基被流放到西伯利亚后，甚至和俄国著名哲学家、作家和革命民主主义者车尔尼雪夫斯基一起建立了一个反沙皇的秘密革命组织。该组织后来被沙俄当局发现，它的成员有的被杀害，有的遭受酷刑。其中有的成员逃了出来，于 1866 年春天又成立了一个秘密组织，活动在贝加尔湖一带，但仍遭到沙俄当局镇压。波兰旅欧侨民中的革命派在 1865 年也成立了一个代表委员会，想继续展开一月起义中成立的民族政府的革命活动，但因受到沙俄占领者镇压，这个委员会的活动几个月后就被迫终止了。1866 年，侨民中的革命派看到了当时欧洲各国的革命形势有利于波兰民族解放的斗争，他们在法国的波兰侨民中成立了一个"波兰侨民联合会"。著名革命活动家、一月起义中的"红党"领导人之一雅罗斯瓦夫·东布罗夫斯基（1836—1871）曾担任这个"联合会"的军事代表，他当时还成立了两个秘密的军事组织，一个要联合意大利的革命者，参加反奥地利占领者的斗争；另一个在巴黎，他认为"民族起义要依靠人民群众的武装"。[①] 1869 年，担任"波兰侨民联合会"领导的除了雅罗斯瓦夫·东布罗夫斯基外，还有一个同样是一月起义的领导者的瓦莱里·弗鲁布列夫斯基（1836—1908）。他和东布罗夫斯基团结了一批极力主张采取革命行动以谋求波兰独立的侨民。弗鲁布列夫斯基在"波兰侨民联合会"的机关报《独立》上发表文章，指出波兰国内不论是在占领者统治下合法的实证主义的"有机劳动"，还是"斯坦奇克的公文包"对占

[①] 扬·巴库列夫斯基，《一月起义后的波兰文学史概述》，国家学校出版机关，华沙，1959 年，第 47 页。

领者的妥协投降都不能拯救波兰,要使波兰获救,"必须走一条自下而上的血腥的道路。"①侨民中还有一个刊物《村社》,受俄国革命民主主义者亚历山大·赫尔岑的空想社会主义的影响,宣传消灭波兰农奴制后,可以通过农民村社实现社会主义,但要联合城市工人阶级进行革命斗争。在19世纪70年代,由于城市资本主义工业的发展,波兰无产阶级开始发展和壮大,19世纪70和80年代,波兰无产阶级和资产阶级的矛盾和斗争在三个占领区都有明显和突出的表现,1882年,路德维克·瓦伦斯基(1856—1889)在波兰王国建立了波兰第一个无产阶级革命政党"大无产阶级",它的任务是以武装斗争推翻沙俄专制主义和资本主义的压迫,恢复波兰的民族独立,使一切被压迫阶级获得解放。这个党认为,它所领导革命的第一步就是恢复波兰国家的独立,并在波兰进行自下而上的社会改革,包括进行经济基础上的改革,它的内容如这个党1882年发表的宣言中指出的那样,要"'使土地和生产工具从个人的所有转化为劳动者集体所有和社会主义国家的所有',把雇佣劳动转变为集体劳动。在政治上,同沙皇专制制度作斗争,争取最广泛的自由。"②

这一时期,在属于加里西亚的利沃夫也有一些刊物载文,揭示了资本主义剥削的实质,表示它们对马克思的学说的认识和对波兰工人运动的支持。"大无产阶级"1886年虽然被沙俄占领者镇压了,但在1887和1900年,波兰的革命者又先后成立了"第二无产阶级"和"波兰王国和立陶宛社会民主党",继承了"大无产阶级"的革命事业。

一月起义后,由于社会的变迁,文学创作也进入了一个新的时代,这就是以现实主义和批判现实主义文学为主流的历史时代。但是19世纪60和70年代,实证主义的宣传又影响到了文学创作的发展,著名女作家爱丽查·奥热什科娃在1879年发表的《论叶什的小说》一文中,对现实主义文学以小说创作为它的主要表现形式的性质和它在新时代能够发挥的巨大作用,作了深刻的阐述。她认为:"小说是人类智慧的混合成果:一方面,它毫无疑义属于艺术的范畴,没有从艺术中吸取美的因素,就不可能获得形式的崇高感染力。然而,另一方面,它又沿着宽广的道路驰入到知识的领域中,特别是到那个包含了一切科学成就、被称为哲学的领域中。"③"只有文学的影响,只有文学在读者中那非常普及的部分,即小说的影响,才更加及时和醒目,最重要的是更为人所理解。"④

她在谈到小说所要反映的对象和作品的结构形式时又说:"小说不仅能反映,而且能创造。它反映的是那些大家都能看到的现象,可是小说总是要表现那些一般看不到的美和真,在这些现象中建立起秩序和联系,把它们提高到能使音调和

---

① 扬·巴库列夫斯基,《一月起义后的波兰文学史概述》,国家学校出版社机关,华沙,1959年,第47页。
② 刘祖熙,《波兰通史》,商务印书馆,2006年,第302页。
③ 《波兰文学批评1800—1918》,第3卷,国家科学出版社,华沙,1959年,第124页。
④ 同上,第123页。

形态、相似和对照、前因和后果都能达到美学上和哲学上的和谐。""每一部具有天赋能很好地展开的小说永远是,而且只能是对世界某种环境的观察中获得自己的构思,也即从某个个人或集团的状况的了解中获得自己的构思。""在创作者的头脑中,内容应该和形式同时产生。""小说的质量和美决定于小说的构思和完成,同样决定于内容和形式的统一"。"不管什么艺术作品,它的典型所表现的世界或人类的现象愈多,它就具有更大的质量和美。"作为现实主义文学的小说要表现的,归根结蒂是"整个民族的典型,整个画廊的图画",是"所有人的哭泣和欢笑,愿望和叹息,以及他们社会的衰落和兴盛"。① 小说创作有它的倾向性,它所表现的正确的倾向能够促使社会的发展,并为社会的进步起示范作用。

希文托霍夫斯基 1871 年在《每周评论》上发表的一系列文章,如《文学帮闲》、《社会和文学的歌》等,宣传文学对社会要有实用价值,还提出了实证主义倾向性文学的口号,要求作家通过文学创作,宣传实证主义纲领。文学评论家和文学史家赫米耶洛夫斯基也认为文学不能脱离波兰的社会实际,他于 1872 年发表在《田地》上的《文学中的功利主义》一文中说:"如果我们认为文学可以参加我们的协会,我们就要和别的有用的产品一样地对待它。"② 奥热什科娃于 1873 年在《田地》上发表的一系列文章,还指出了作家应当歌颂科学和技术的进步以及资本主义经济的发展,因为这将造福于社会,因此也要塑造那些能够创造新的人类文明的英雄人物。但是由于在三个占领区的民族压迫的加剧和资本主义发展所造成的阶级矛盾的尖锐化,这一时期一些具有代表性的作家都看到了无产阶级和社会下层劳动人民的困苦,对他们表示极大的同情,认为文学要反映他们的生活,著名作家波列斯瓦夫·普鲁斯在谈到波兰现实主义文学时说:

请看看这位乞丐、农民和工人,他们并不很丑陋,他们之中的每一个人都是一座宝石的矿藏,只要善于去寻找。请不要对他们的肮脏和打补丁的衣服表示厌恶,就是这些衣服也有美的一面。请你和孩子、和农妇谈谈吧,在他们的幼稚的观点中,你可以找到满意和智慧的新源泉。

一句话,请你研究和热爱你周围的一切吧,自然、人,甚至丑事和贫困。你不要沉浸在空洞的遐想里,而是要努力去接近世界,你会在世界上找到连最天才的诗人也想不出来的美。

现实的艺术就是这样,当然不是指那些出自平庸之手的艺术,而是出自大师之手的艺术。它所表现的不是幻觉和假象,而是真理,是从现实中吸取优美的内

---

① 本段引文均引自《波兰文学批评 1800—1918》,第 3 卷,国家科学出版社,华沙,1959 年,第 125,126,127,131,133 页。

② 亨利克·马尔凯维奇,《实证主义》,国家科学出版社,华沙,2004 年,第 370 页。

容,而且还要在日常生活中去寻找内容……①

奥热什科娃这时期对现实主义小说也作了很高的评价,她在1879年发表的《论泰奥多尔·托马什·耶日的长篇小说》一文中说:

长篇小说从它的产生就属于诗的范畴,它和绘画和雕塑的关系是最亲密的,它要有一个好的表达形式:色彩鲜明的图画和突出的形象……但它不用画笔或雕刀,而是采取话语的描写,通过话语的描写,不是直接让读者看到图像,而是使读者在想象中更清楚地看见作品中描绘的图像。②

但波兰现实主义和批判现实主义不仅要真实反映下层劳动人民的疾苦,颂扬他们优良的品德,歌颂爱国者在民族独立斗争中表现的英雄气概和献身精神,而且要揭露外国占领者和波兰贵族资产阶级对下层劳动人民的民族压迫和阶级压迫,以及贵族资产阶级对占领者妥协投降、出卖民族利益的罪恶行径。奥热什科娃1879年在写给作家泰奥多尔·托马什·耶日的一封信中还说,她最爱描写"一些集体的场面,在这些场面中,一些人在战斗和受苦,不是为了自己"。这一时期,最有代表性的现实主义作家是爱丽查·奥热什科娃、亨利克·显克维奇、波列斯瓦夫·普鲁斯和玛丽娅·科诺普尼茨卡。

第二节
爱丽查·奥热什科娃

爱丽查·奥热什科娃(1841—1910)生于立陶宛格罗德诺市近郊米尔柯夫席兹那村一个爱国贵族家庭,她父亲参加过波兰民族解放斗争,家里也藏有法国启蒙思想家伏尔泰、卢梭和狄德罗等的大量著作。她从小不仅受爱国主义思想影响,而且通过阅读法国启蒙思想家的著作,也吸取了资产阶级民主思想的精华。1858年,奥热什科娃和同样是贵族出身的彼得·奥热什科结婚,1859—1863年间,便住在丈夫在当时属于波兰的白俄罗斯科布林附近的路德维诺夫领地里。她对她家附近的贫苦农民的生活十分了解,出于对他们的同情,曾向他们伸出援助之手,如在她的家里开办过免费的学校,向那些穷人的孩子传授文化知识。波兰

---

① 《古典文艺理论译丛》,第4册,人民文学出版社,1962年,第54页。这段话的波兰文原文见波列斯瓦夫·普鲁斯,《每周记事》,第8卷,国家科学出版社机关,华沙,1959年,第19页。
② 《波兰文学批评1800—1918》,第3卷,国家科学出版社,华沙,1959年,第130页。

王国一月起义爆发期间,在白俄罗斯的波兰人也投入了反抗沙俄压迫的斗争,与此同时,彼得·奥热什科也参加了起义斗争。奥热什科娃目睹路德维诺夫附近波兰爱国志士和沙俄占领者流血战斗的情景,也很积极参加了在起义队伍中的通讯联络、采办粮食和给起义战士缝制衣裳的工作。在一月起义失败后,她在家里还隐藏过一月起义的一个领导者罗穆阿尔德·特拉乌古特(1826—1864),并让他离开了波兰王国,以逃避沙俄占领者的追捕。后来她在写给一个朋友的信中谈到这次起义时,曾满怀热情地说:

> 这个时刻使我产生了为祖国服务的愿望,根据我的力量和才能,根据我心中燃起的心焰,根据我的眼泪,如能建一座救命的大桥,使民族能够跨越这道宽阔的鸿沟,我即使献上一块小砖,也要为建这座桥而努力。①

由于一月起义的失败,沙俄占领者在立陶宛也加剧了对波兰人的民族压迫,他们不仅将成千上万起义的参加者囚禁、杀害、流放到西伯利亚、没收他们的财产,还在法律中明文规定波兰人无权在这里购买土地。此外,占领者在这里也规定在政府机关里一律使用俄语,限制波兰文书的出版,甚至禁止波兰人在一切公开场合讲波兰话,企图从根本上消灭波兰人的民族性。在农村,虽然实行了农奴解放,19世纪60年代以后,随着资本主义的发展所出现的土地兼并和阶级分化,绝大部分土地仍集中在封建地主和新兴农业资本家的手中。农民没有土地,沦为赤贫。

彼得·奥热什科后被流放,他的领地路德维诺夫也被没收了。奥热什科娃因此不得不回到她祖传的领地米尔柯夫席兹那村,可是这块领地因经营不善,也渐趋凋敝和破产。她本想把她家庄园献给穷苦农民,但是由于种种原因,她不得不把它卖掉。此时她为生活所迫,打算去华沙找一个电报员的职业谋生,可是在沙皇统治下的波兰,从事这个职业的只能是俄国女人,一个波兰人就连这点权利也被剥夺了,因此她后来一直住在格罗德诺。这期间,奥热什科娃由于备受民族压迫和家庭不幸,她为自己民族的失败而悲愤,为祖国的命运和前途而担忧:"我曾有过各种不同的痛苦,但是任何痛苦也比不上我为祖国的不幸感到的痛苦。"②在这种情况下,她曾以为实证主义纲领的实施能使波兰走上复兴的道路,因此在她早期的发表的一些政论中,也宣传过这个纲领,但奥热什科娃的政治立场和思想感情始终和波兰人民特别是下层劳动人民有着不可分割的联系,她的小说创作也是在这种情况下开始的。

1866年,奥热什科娃在华沙《插图周刊》上发表了她的处女作《荒年》,写白俄罗斯的一个村庄在1854—1856间发生了饥荒,许多农民都饿死了,农民西蒙·哈

---

① 爱德蒙德·扬科夫斯基,《爱丽查·奥热什科娃》,国家出版机关,华沙,1973年,第72、73页。
② 同上,第73页。

尔瓦尔家里由于灾荒,五谷歉收,全家人都挨饿。他有个女儿甘卡,15岁了,村里有个18岁的小伙子瓦西列克·赫玛拉爱上了她。甘卡是村里最漂亮的姑娘,瓦西列克为人正直、善良,也很老成,他们两个人小时候就在一块儿放牛,可谓青梅竹马。在这个荒年,虽然他们也在挨饿,但仍互相帮助,宁肯自己挨饿,也甘愿把自己仅有的粮食让给对方。哈尔瓦尔在地主庄园里服劳役,有一次,甘卡来给他送饭,地主管家对她十分凶狠,甘卡因为饥饿,脑袋晕眩,全身无力,在走过一道桥时,突然掉进了下面的河中,淹死了。过了几天,瓦西列克也饿死了。这一对相亲相爱的年轻人,他们向往着幸福的未来,可是在这个不合理的社会,不仅他们的爱情被扼杀了,而且哈尔瓦尔的家里也绝了人烟,他的两个年幼的孩子夭折了,大女儿被庄园收去做了牧童,而他和妻子也不得不外出行乞度日。可是与此相反的是,地主庄园也就是他们的东家,就是在这样的荒年,依然是穷奢极欲,还打算去周游世界。作者描写了两个不同的家庭,也就是两个不同的世界,一个靠剥削农奴,饱食终日,挥霍无度。另一个终日给地主进行无偿的劳动,结果自己落得个家破人亡。作品揭露了波兰农村残酷的封建压迫。

奥热什科娃早期发表的中短篇小说大都以下层劳动人民的生活为题材,反映了他们的疾苦,对社会的不平进行了有力的批判。除《荒年》外,她早期发表的作品数量很多,题材丰富,在《最后的爱情》(1869)、《在笼子里》(1869)、《外省》(1869)和《有德行者》(1871)等小说中,她从实证主义思想观点出发,刻画了许多献身科学和教育事业的工程师、教师和学者、专为穷人治病的医生、极力伸张正义的律师、热心民族工商业发展的企业主和商人,以及贵族资产阶级慈善家的人物形象,把他们看成是社会文明和进步的创造者。在《艾里·马科维尔》(1875)、《布罗赫维奇一家》(1876)等作品中,奥热什科娃一方面讽刺那些饱食终日,不事劳动,而又自视高贵的封建贵族,另一方面,她也颂扬了在新的社会环境中,能够克服阶级偏见,靠劳动自食其力的贵族。1878年发表的《不愉快的山歌》写一个孤儿无依无靠,为了生存和追求"幸福",进行盗窃,结果自己被关进了监狱;还有一个被遗弃的劳动妇女在痛苦中不能自拔,变成了酒鬼。这些说明在资本主义社会,社会底层的被压迫者,除了贫困、堕落和犯罪,没有别的可能性。同年发表的《十四分之一》写波兰社会中的男女不平等,女主人公德奥多拉出生于一个中产阶级家庭,她从小就在家里操持所有的家务,像雇用的保姆一样,如果父母不满意,还要受到责怪。由于是女孩子,她没有受过教育,像她自己所说:"劳苦、操心、挨打、受屈,我全都体验过。"父母死后,只有她和她的弟弟可以继承父母的遗产,但是根据法律,她只能继承父母遗产的十四分之一,她问律师:"我整个青年时代都在服侍生病的双亲和料理家务上葬送了,我的劳动增加了家庭的收入;可是弟弟在外面快乐逍遥,挣了钱也是自己胡花……为什么我们之间会有这么大的差别?"律师回答说:"世界上的事常常是这样。"她怨恨这个社会的不公平,"为什么法律、社会习俗、整个世界和父亲的心都把我定为十四分之一，为什么在家庭、教育、权利、幸福和财产各方面都把我定为十四分之一呢？"①但她由于从小没有受过系统的教育，在外面找不到工作，不得不住在弟弟的家里，寄人篱下地度过了她悲惨的一生。奥热什科娃在小说中充分揭露了男女不平等对妇女造成的伤害，说明她很认同实证主义者宣扬的男女平权的政治立场。也是1878年发表的《尤丽安卡》写一个生出来就被遗弃的女孩尤丽安卡。一个沿街乞讨的老太婆首先发现她，过路的好心人都要给予她救助，后来有一个洗衣妇收养了她，但是过了一阵，洗衣妇的男人不愿养这个女孩，把她赶出了家门。随后尤丽安卡又遇见一个老妇人，老妇人把她带到了家里，给她穿的和吃的，但是那个老妇人也无力长期收养她。后来她又遇到了一个旋工的妻子和一个叫扬宁娜的家庭女教师，但她们后来也无力收养她。尤丽安卡这时9岁了，她一个人孤苦伶仃，有一天在街上她又遇到了那个最早发现了她的老乞婆。老乞婆的眼睛已经瞎了，她只好跟老乞婆一起行乞度日。过了不久，尤丽安卡突然失踪了，可就在这个时候，她的母亲却来找她了。故事写得很动人，这些收养过小女孩的都是一些好心人，但为什么这孤儿的命运却是这么悲惨？作者认为这是当时波兰社会应当解决的问题。

奥热什科娃历来重视波兰社会中的妇女解放问题，她为此参加过许多社会活动，也写过一系列关于妇女解放的专题论文，明确指出"男人的劳动这仅是人类劳动的一半"，"妇女也应当工作，没有她们的劳动，没有她们健康和强有力的思想，社会的发展将是畸形的和永远不完整的。"她为妇女的权益向社会呼吁，说妇女如果有才能，勤勤恳恳地工作，"就应得在公众的承认。"但奥热什科娃也看到了在弱肉强食的资本主义社会中，妇女要获得真正平等和解放是不可能的，为此她对现实怀着极大的义愤和不平，在19世纪60年代末和70年代初，她还创作了一系列反映妇女在资本主义社会中的不幸命运的长篇小说如《格拉巴先生》(1869)、《瓦茨瓦夫的日记》(1891)和《马尔达》(1872)等，其中以《马尔达》影响最大。小说的女主人公马尔达·斯维茨卡出生在一个小贵族家庭，她家的庄园虽不豪华，但也舒适美丽。马尔达的父母生性仁慈，她从小是在一个优裕和温馨的环境中长大的。但她作为一个贵族小姐，在这样一个家庭中，照当时的习惯，除了粗浅地懂得一点法文，会弹钢琴和缝纫之外，没有受过系统的文化教育。后来母亲的去世和"国内政治形势起了变化"，②使得她家面临破产。好在她的父亲在临终前又把她嫁给了华沙某政府机关一个高级官员，婚后夫妻恩爱，家庭生活依然幸福美满。她这样的生活维持了五年，后来丈夫病死了，马尔达失去了依靠，不得不独自一人出外谋生。但在当时资本主义竞争激烈的波兰王国，像她这样从小没有学会某种

---

① 本段引文均引自《奥若什科娃小说选》，施友松译，人民文学出版社，1983年，第177,183页。本书作者这里和后面引用的几个奥热什科娃作品的中译本都是早期出版的，当时译者将她的波兰文名字译成"奥若什科娃"，现在笔者根据它的波兰文发音 Orzeszkowa，改译成奥热什科娃。

② 奥若什科娃，《马尔达》，金锡嘏译，凌寒校，人民文学出版社，1959年，第13页。

职业技能的女子,会遇到不可克服的困难。如她首先通过华沙一家女教师介绍所的介绍,准备在一个阔富人的家里当家庭教师,教孩子学音乐和法语。但这个阔富人家女主人通过测试,发现她在弹琴时手指既不灵活,又时常弹错。她的法语知识也只有中等水平,根本没有当教员的能力。后来有一家杂志的编辑部需要一个画插图的,她去试过之后,人们对她的评价依然是在这方面学得太少。继而又有人想让她在商店里当店员,但这在当时是男人干的活,她也胜任不了。马尔达在娘家虽然学过裁缝,有一家裁缝店想雇用她,可她又不会踩缝纫机。后来有一家不用缝纫机的成衣店终于雇用了她,但是这里给她一天的工资才40格罗希,不能维持她和她女儿的最低生活需要。有人介绍她去富人家当佣人,但那里说想要当佣人的人太多,轮不上她。在一家珠宝商店里,她对商店的老板说她有很好的审美力,只要教教她,她能很好地工作,但这个老板又说他的店里不收学徒。她本来图样画得不错,这是这家商店所需要的,但是老板又说他这里只用青年男子,不用女人。马尔达最后走投无路,不得不去盗窃,被警察追捕,跌倒在一条车轨上,被路过的公共马车轧死了。作品通过这个女人的悲剧,让读者看到了波兰王国两个严重的社会问题:第一,旧式的贵族家庭为了显示高贵和有文化,家庭成员参加社交活动爱讲法语,女孩子要学会弹钢琴,但是她们没有受过系统的文化教育。这种家庭一旦破产,在资本主义残酷的生存竞争的环境中,女性就会马上遇到命运的逆转,如那个教师介绍所的负责人对马尔达说的那样:"在我们的社会里,唯有精通一种专门技能或者具有真正的天才和毅力的女子,才能保障自己的生活,使自己不致遭到巨大的痛苦和穷困,初级知识和中等才能是毫无用处的。"①第二,从马尔达谋生的经历,可以清楚地看到在这个社会上男女地位不平等。单身女子即使找到了工作,也比男性雇佣劳动者受到更加残酷的剥削。马尔达对这就有亲身的体会:"拿我的工作说,我应该得到的比您(指她的雇主)付我的工钱要多好几倍。"②小说以激动人心的描写反映了重大的社会问题,出版后,在读者中曾引起很大的反响。

1879—1889年是奥热什科娃创作的主要阶段,她这时期的作品更深刻而广泛地反映了许多严重的社会问题,成功地塑造了一系列典型人物形象,在艺术上也进入了完全成熟的阶段。如长篇小说《梅伊尔·埃卓福维奇》(1875)揭露了社会上层阶级如何压迫穷苦的犹太人,宣扬了各民族和阶级平等和团结友爱的思想。短篇小说集《不同的范围》(1879—1892)反映了城市贫民、手工业者和小商贩的痛苦生活。其中有的作品如《西里菲达》(1880),写旧式封建贵族的破产,以及他们面对新兴阶级社会地位的提高所表现的无奈,"现在平民一天天兴旺,我亲爱的,平民在往上爬啊!可我们却不得不住在这样的破屋子里,眼看各种各样的无

---

① 奥若什科娃,《马尔达》,金锡嘏译,凌寒校,人民文学出版社,1959年,第35页。
② 同上,第167页。

赖把我们的财产据为己有。"①小说《A…B…C》(1884)讲述的故事发生在普鲁士占领区,女主人公约安娜·李普斯卡非常喜爱儿童,她召集了一些儿童在她家的一间厨房里,用心地教他们学字母,念课文,学算术,还教育他们要懂得"己所不欲,勿施于人"②。但是这种良好的教育却被当局指控未经批准私设学塾,要罚款两百卢布,如罚款不缴,要判有期徒刑三个月,作品揭露了普鲁士占领者对波兰的民族压迫。

这时期,奥热什科娃还发表了两组不同题材的长篇小说,一组叫《幽灵》,包括《幽灵》(1880)、《守墓人西尔维克》(1880)、《齐格蒙特·瓦维奇和他的同学们》(1882)和《原始人》(1883)等,这些作品触及了资本主义社会中劳资矛盾的问题,同时反映了波兰初期社会主义革命活动。作者颂扬了革命者们为建设一个正义、美好的世界而奋斗的光辉理想,但她又不同意他们暴力活动的方式。另一组小说以立陶宛农村生活为题材,包括《底层》(1884)、《久尔济一家》(1885)、《涅曼河畔》(1887)和《乡下佬》(1888)等。

长篇小说《底层》写一个白俄罗斯地主庄园里的雇工克雷斯蒂娜有一个儿子被征兵入伍,去了离家很远的地方。那里是北方,非常寒冷,而且他还患了肺病,克雷斯蒂娜想请她村里的一个法官卡普罗夫斯基设法将她的儿子赎回来。她把一生辛辛苦苦在庄园里干活挣得的所有钱财都给了这个法官,以为通过他的努力,定能让她的儿子回到家里和她团聚。可是这个法官骗了她的钱后,把它挥霍殆尽,却根本没有管她儿子的事。最后她的儿子病死在军中,最终也没有和她见面。作者深刻地揭露了在白俄罗斯农村,农民遭受的残酷压迫,她笔下的女主人公克雷斯蒂娜为人正直,心地善良,可是她在这个黑暗社会中愈是这样,就愈要受到欺凌而无处伸张正义。那个法官因为自己有权势,就可以肆无忌惮违法乱纪,欺压社会底层的弱者而不受到惩罚。

《久尔济一家》写少女彼得鲁霞自幼失去了父母,在外婆阿克谢娜的抚养下长大。阿克谢娜早年不仅失去了女儿,她的儿子也去当过兵,死在战场上。她带着彼得鲁霞曾长期漂泊在外,后来她来到了白俄罗斯一个叫乾谷的村庄,认识了农民彼得·久尔济一家。这一家人有彼得和他的儿子克列缅斯,彼得的弟弟施芒·久尔济和堂兄斯切潘·久尔济和他的妻子罗扎尔卡。彼得鲁霞17岁了,她也很孝顺外祖母。阿克谢娜因为长期劳累,后来眼睛瞎了,彼得鲁霞便接替她,也在彼得家里干活。她给彼得一家人做饭,缝补衣服,所有的活都干,非常勤劳。阿克谢娜会讲许多白俄罗斯民间故事,她还教会了彼得鲁霞唱白俄罗斯民歌,彼得鲁霞也很聪明,而且性格开朗,总是那么生气勃勃。后来她和村里的铁匠米哈耳·科瓦尔楚克结了婚。米哈耳过去也当过兵,现在是个铁匠,他因为技能高超,又很好

---

① 《奥若什科娃小说选》,施友松译,人民文学出版社,1983年,第251页。
② 同上,第427页。

学,说起话来也很风趣,爱谈他过去服过兵役随军驻过几年大城市的事,所以全村的人都来找他干活。后来他因为铁匠活干得好,又很努力,所以赚了钱,他和妻子彼得鲁霞、外婆阿克谢娜一家的日子越过越好了。此外彼得鲁霞这时还学会了给人治病,村里有人害了疟疾,女人久不怀孕,都被她治好了。彼得鲁霞不仅给人治病,她还教人治病,不要报酬。后来她和丈夫有了孩子,夫妻恩爱,家庭幸福,因此彼得鲁霞感到世上的一切都是那么美好,她爱这个世界,爱和煦的阳光、明亮的星星和芬芳的花朵,爱世上的一切。

但这时候,乾谷村里发生了一系列的事故,村民说这是因为村里有个女妖精在作怪,而且这个女妖精就是彼得鲁霞。例如有一次,彼得的儿子克列缅斯病了,他老婆阿加塔说克列缅斯是因为喝了彼得鲁霞酿制的蜜酒。他家里丢失了两只火腿,12副腊肠和10卷刚织好的麻布,后来这个贼被查了出来,他又认定是彼得鲁霞把他揭发出来的,因为她有一种"神秘莫测的"①力量。彼得鲁霞一家致富后,有人出于妒忌,又造谣说"是魔鬼从烟囱里送钱给这个女妖精的"②。施芒·久尔济有酗酒的恶习,他把钱都喝光了,还怪她不给他钱。彼得鲁霞本来是个虔诚的基督教徒,彼得·久尔济甚至把她当成出卖耶稣的犹大来诅咒,在他举行宗教仪式时要烧白杨木,他说如果女妖精来了,会被火烧死,因为他们知道,出卖耶稣的犹大就是在白杨木上吊死的。铁匠米哈耳为了维护妻子的名誉和尊严,甚至跟那些诬蔑彼得鲁霞的人打了起来,他对妻子说他不相信会有"这种荒唐事","世界上有什么女妖精……这是胡说。""我要打死这些坏蛋,干吗他们这样缠住你,这些下流东西,不讲理的粗坯……"③他们后来想要离开他们在乾谷村的安乐窝,到别的地方去谋生。但是有一天,彼得鲁霞在雪地里被久尔济一家的彼得、斯帖潘、施芒和克列缅斯·久尔济用棍棒打死了。后经当地法庭审理,他们四人被判决在矿山中服苦役10年,终生放逐到西伯利亚,剥夺一切公民权利——公民权和私有权。在作者笔下,彼得鲁霞一家人具有勤劳和善良的美德,他们劳动致富令人称羡。彼得·久尔济一家也是普通农民,为什么他们要与彼得鲁霞为敌,甚至最后把她处死?这是因为他们受了封建迷信的毒害。在作者看来,当时属于波兰的白俄罗斯农村,农民没有受过文化教育,愚昧落后,封建迷信是造成这个悲剧的根本原因。

《涅曼河畔》是奥热什科娃代表作,小说以19世纪末立陶宛格罗德诺城涅曼河畔米涅维奇一带农村生活为题材,通过对爱国贵族别涅迪克特·柯尔钦斯基一家和缺少土地的农民安哲里姆·包哈狄罗维奇和他的哥哥耶瑞以及耶瑞的儿子扬在一月起义前后的变化,真实反映了19世纪末波兰农村的社会面貌。别涅迪克特在一月起义期间,曾站在起义斗争的一边,表示要"用自己的鲜血"洗刷波兰

---

① 奥若什科娃,《久尔济一家》,余生译,上海文艺出版社,1960年,第77页。
② 同上,第83页。
③ 同上,第179页。

在沙皇压迫下"招致的不正义和耻辱的印记"。在起义失败后的新的社会环境中，他虽在祖传的土地上努力经营，但因受到沙俄占领者的横征暴敛和银行、高利贷者的敲诈勒索，而面临破产。作为一个爱国者，他拒绝了他的二哥多米尼克要他去俄国升官发财的建议，而坚守在自己的家园和土地上。但他作为一个封建贵族在一月起义失败后的波兰，也面临破产。他无法和压迫他的沙俄反动势力抗衡，在和农民争夺土地和牧场时发生了激烈的冲突，而当包哈狄罗维奇一姓中更为贫苦的农民因为没有牧场，无法获得饲料，把牲口放到了他的田里时，他不仅不能谅解，还和他们打起官司来。他把这场官司打赢后，甚至想要继续对农民进行惩罚，但是他的欺压贫苦农民的恶行遭到了他们的强烈反抗，后来由于儿子维托里德的劝说，他才免除了他们应付的诉讼费，双方之间的矛盾暂时得到缓解。许多贫苦农民当时因为没有土地而"无立锥之地"。有的农民即使辛辛苦苦攒够了钱，但由于沙俄法律的干涉，"想再买进土地也一样困难"。农民之间因为生活困难，也常发生纠纷，"为了巴掌大的一块土地这个人会挖出那个人的眼睛。"总之，这里"到处都是贫困"。①

奥热什科娃在小说中，反映一月起义后在沙俄占领者统治下的波兰农村尖锐复杂的阶级矛盾的同时，还想通过她在一月起义爆发期间接触到的资产阶级自由、平等、博爱的思想来解决这些矛盾。在她的笔下，别涅迪克特的大哥安德若依和别涅迪克特不一样，他对农民平等友善，同情他们的疾苦。他年轻时就和安哲里姆、耶瑞关系密切，耶瑞曾在他的带领下，一起参加过一月起义，后来他们都在战斗中牺牲了。后人为了纪念他们为祖国献身的精神和他们之间的崇高友谊，还把他们合葬在一个坟墓里。《涅曼河畔》是波兰文学中最早描写一月起义斗争场景的作品之一。当时别涅迪克特·柯尔钦斯基的柯尔钦庄园是涅曼河上进行武装起义的一个中心点，爱国贵族和农民在起义爆发前夕曾在这里聚集一堂，共筹革命大事。安德若依和耶瑞上战场时亲人送别和流血战斗的情景依然给人留下深刻的印象。作者为起义的失败而悲痛，她号召人们缅怀先烈，继承他们的遗志，去为祖国的独立而战斗。她认为"起义的民主精神好像平等的犁一样"，仍在"耕垦着没有开发的社会"。② 别涅迪克特的儿子维托里德也曾用"人与人平等和友爱"③的思想来劝导他父亲改变过去对农民错误的态度。因为在作者看来，一月起义后的波兰社会中，虽有像维托里德这样出身贵族、具有爱国主义和民主思想的先进人物，但真正能够继承起义的爱国和民主传统的是受压迫最深的贫苦农民。因为他们在起义战斗中，表现得特别英勇善战，付出了最大的牺牲，起义失败

---

① 本段引自均引自奥若什科娃，《涅曼河畔》，施友松译，人民文学出版社，1979年，第157，318，319，442，562页。

② 同上，第51页。

③ 同上，第555页。

后,他们也最怀念那些在起义中牺牲的烈士,作者把"祖国复兴"①的希望寄托在他们的身上。

小说中突出的另一个主题思想,是热爱乡土和劳动。主人公老雅库布讲过一个故事,说早在 16 世纪,农民出身的扬和贵族出身的采齐里亚就来到了涅曼河畔的这片土地上。这片土地本来是很荒凉的,但是他们经过长时期的努力开发,它终于变成了一个良田千亩、富饶美丽的乐园,为后来的包哈狄罗维奇氏族的发展奠定了基石。几百年来,扬和采齐里亚的事迹在包哈狄罗维奇一族中,一直传为美谈。作者在描写农村收割场面时,还以大量篇幅反映了农民劳动丰收愉快的情景,"华必安沿着差不多割完了的麦田慢慢地、骄傲地往前走……露出了显然满意的神情。"②农民一边劳动一边高兴地弹着吉他唱着歌。在作者看来,农民正是由于勤劳和热爱乡土,不仅成为社会物质财富的唯一创造者,也是波兰民族优秀传统最忠实的护卫者、波兰古老文明的继承者。在小说中,不仅雅库布没有忘记包哈狄罗维奇祖辈创业的历史,而且青年农民也都会唱许多反映他们的劳动和爱情生活的优美民歌。小说在描写农民华必安为他女儿举行的婚礼时,反映了这里保存和遵循的一些波兰传统的风俗习惯。

奥热什科娃对小说人物的刻画,也以爱祖国、爱人民和爱劳动作为衡量他们的道德标准,在小说人物的画廊中,农民的形象同样占有重要地位。例如安哲里姆,他在一月起义中经受了革命的洗礼,起义失败后,他看到了年轻的一代能够继承革命民主的传统,把希望寄托在他们的身上。他为人宽厚,从不计较个人得失,他也是个劳动能手,既会种田,又会干木匠活,还是一个有经验的园艺家。他的侄儿扬年轻时正值一月起义爆发,民族、家庭和他自己遭受的苦难他永远不会忘记,他对沙俄占领者怀有深仇大恨。他生性纯朴、善良、正直,不仅具有熟练的劳动技能,而且有丰富的生产知识和较高的文化水平。此外,扬的母亲热情直爽,雅德维加泼辣勇敢,安东尼娜勤劳善良,这些都给读者留下了很深的印象。

但是贵族阶级的情况比较复杂,他们中有许多人在一月起义后走向腐朽没落。可是他们中也有一部分人出身于爱国贵族家庭,在新的社会环境中,经历了曲折的生活道路,像别涅迪克特那样。安德若依的妻子安德若约娃虽然没有像她丈夫那样去参加民族解放斗争,可是她认为她也是她丈夫的"朋友和同志"。她同情下层人民的疾苦。当她的儿子要她出卖家产,到国外去寻求欢乐时,她认为这不是她家里的事,而是出卖民族的利益,她决不离开自己的家园。基尔洛太太虽出身贵族,但她经常和家里的仆役和雇农一起劳动,对他们十分热情和友好。维托里德是在农民的孩子中长大的,他热爱人民和乡土,他曾经对他的父亲别涅迪克特说:"人民!……难道它只是你们的崇拜对象么?我们也曾倾心于它,把全部

---

① 奥若什科娃,《涅曼河畔》,施友松译,人民文学出版社,1979 年,第 555 页。
② 同上,第 271 页。

希望寄托在它身上,努力用自己的手抬高它,而把我们所有的一切和我们本身都奉献在它面前……而乡土呢!慈悲的上帝啊!我从小就对它的一草一木,一水一石热爱到发狂的地步……"他在农业大学毕业后,回到家乡,要把"爱和智慧的光辉"献给人民。他利用自己在大学学到的知识,为改善农民的劳动和生活条件做了不少有益的工作。别涅迪克特的外甥女尤斯青娜的经历较为曲折,她父亲达若茨基年轻时挥霍无度,贪图女色,母亲遭受的屈辱曾给她幼小的心灵带来了极大的痛苦。她的家庭破产后过着寄人篱下的生活,受到贵族亲友的歧视和侮辱,因此她对贵族的等级制度和腐化堕落充满了仇恨,为自己的不幸感到痛苦。这个时候,她来到了安哲里姆和他侄儿扬的田庄,感到在这个朴素但是"有朝气"的"新的世界"中,才找到了真正的乐趣。她听到雅库布讲的包哈狄罗维奇的祖辈扬和采齐里亚劳动创业的事迹和在劳动生活中产生的真挚爱情故事深受感动,后来她也愉快地参加了农田和麦收的劳动。在和扬的接触中,扬的爱国思想和他朴实和率真的品德和个性,以及他对她热情的关怀,使她对他产生了炙热的爱情。扬带她去瞻仰了在以往的波兰民族解放斗争中牺牲的烈士陵墓,给她讲述了在一月起义中父辈英勇斗争的事迹后,她感到她"从来没有听说过有这么一种勇敢精神……为了理想的实现进行殊死斗争"。因此她决心做一个贵族阶级的叛逆者,真正来到劳动人民中。后来有的贵族向她求婚,提到贵族阶级是如何的"高尚"、"优美"和"富于诗意",还有他们的家产和门第,她对这一切都十分鄙视。而当她在她的贵族亲友中宣布她已爱上扬后,他们"都惊奇得目瞪口呆",有的"感到歇斯底里症快要发作",有的甚至破口大骂。可见她的叛逆行为在她出身的这个阶级中引起了多大的震动,可是尤斯青娜一笑置之,她最后向她的舅舅深情地表白,说扬"将把我领到他的贫穷的、然而是自己的家里,使我不仅可以快乐地生活,而且能够用我的双手和头脑帮助他从事劳动,为了我们自己,也为了他人。"①这些话也充分地表现了她崇高的精神风貌。尤斯青娜不仅在这部小说中占有重要地位,而且在奥热什科娃的全部创作中,乃至在波兰文学史上,都是闪耀着理想光辉的形象之一。奥热什科娃对于波兰社会的解放、特别是妇女解放的看法,较她同时代的其他进步作家表现更深刻的地方在于,她不仅认为社会上所有的人,包括各阶层的妇女,都应从从事劳动,自食其力,而不应不劳而获,而且社会也应当为她们创造适合她们从事某种劳动的客观条件。她号召妇女和传统所有制的一切陈腐观念作彻底的决裂,走向下层,和劳动人民同呼吸,共命运,齐心协力地改造旧的社会。

奥热什科娃在小说中,除成功地塑造了她的理想人物之外,对于一部分在一月起义后走向反动、腐朽没落的封建贵族的丑恶面貌,也进行了无情的揭露。如别涅迪克特的二哥多米尼克,他在波兰民族危亡、灾难深重的年代,为了个人的飞

---

① 本段引文均引自奥若什科娃,《涅曼河畔》,施友松译,人民文学出版社,1979年,第308,372,562,592,593,595,596页。

黄腾达和贪图享乐,跑到俄国去投靠了一个沙俄公爵。这是一个波兰的卖国贼,沙俄占领者的奴才。别涅迪克特的姐夫达若茨基是一个极端自私的封建剥削者,为了掠夺他人的财产,他对自己的亲人也不惜采取阴险狡诈的手段。他不仅利用别涅迪克特欠了他的债,对这个妻弟进行高利贷剥削,而且他还假借别涅迪克特要为他的姐姐支付嫁妆的名义,想要迫使别涅迪克特出卖自己的庄园和林地,用从别涅迪克特那里获得的钱财,满足自己的穷奢极欲。沃洛夫席那的领主鲁瑞茨表面上道貌岸然,但他是一个十足的赌棍和流氓。他把女性都看成是满足他兽欲的工具,在一次为争夺一个女人的决斗中受了伤后他就开始吸毒上瘾,在赌场和情妇身上,他把他祖传的巨额财产挥霍殆尽。作者通过另一个人物,说他生活的那个世界是一个"丑态百出的、自由贩毒的花花世界"。安德若依的儿子齐格蒙特和他的父亲完全不同,他对下层劳动人民极端蔑视,自命艺术天才、"文明的产儿",但他一生在艺术上却一无所成。他挥霍了妻子克洛琪里给他带来的嫁妆之后,又抛弃了她。他还在他母亲面前诅咒他的父亲,说"我失去了取得依法属于我的地位的权利,我洗不掉身上的耻辱的印记,甚至在那更为幸福的国度里,我丧失了一半的财产,这一切仅仅是因为我的父亲和像他那样的人……"当他知道尤斯青娜爱上了扬后,他那出于阶级本性的面貌就暴露得很清楚了:"假如你嫁给鲁瑞茨,我们就属于同一阶层,将来还会继续来往……见面……可是你不愿意这样……你打算跟这班流氓混在一起,使得你对我来说已不存在,我对你也是一样!"①

奥热什科娃在《涅曼河畔》中,在揭露一月起义后封建贵族腐朽没落的同时,也充分表现了她对祖国和下层劳动人民的无限热爱,无时无刻不在期盼着被压迫者获得自由和解放。她热切希望贵族中有民主思想的先进人物和农民生活在一起,参加他们的劳动,在互敬、互爱和平等相待的基础上团结一致,以自己的劳动建设一个富饶美丽的新世界。她的这个梦想并非不能实现,除了上面提到的安德若依和他的妻子安德若姓、基尔洛太太、维托里德和尤斯青娜外,就是别涅迪克特也有一个思想转变的过程。在小说中,一个贫苦农民说:"假如别涅迪克特先生把我们当作人,当作兄弟看待,那他决不会吃亏,——这对于他和我们都是有好处的……他也好,我们也好,——都是同一行业的人,不过他经营的规模较大,而我们的更小罢了。我认为:有土地的没有人手,有人手的没有土地,或者有智慧的缺乏劳动力,有劳动力的缺乏智慧,都是绝对不成的。同行的人有时候必须集合在一起,商讨共同有关的问题,或者需要的时候互相帮助。"②而在维托里德用"平等"和"博爱"的思想对别涅迪克特进行劝导后,他也表示同意外甥女尤斯青娜与扬的婚姻,他甚至亲自带着尤斯青娜来到了包哈狄罗维奇的家里,受到了安哲里

---

① 本段引文均引自奥若什科娃,《涅曼河畔》,施友松译,人民文学出版社,1979 年,第 192,476,477,601 页。

② 同上,第 542、543 页。

姆叔侄的热情接待，使得这一对有情人终于冲破门第和等级的偏见，结为眷属。但这一切却不能根本改变当时存在阶级压迫的波兰社会的整体面貌。一月起义后的波兰社会中，民族和阶级矛盾都十分尖锐，特别在19世纪80年代初，由于贵族资产阶级走向反动腐朽和波兰无产阶级革命逐步兴起，争取民族独立和社会革命的任务，已经历史地落到了波兰无产阶级的肩上。被压迫的人民要获得解放，只有在无产阶级领导下，通过暴力革命，彻底推翻沙皇和波兰地主和资产阶级的反动统治，而没有其他的道路可走。奥热什科娃虽然看到农民在波兰民族解放运动史上的重要地位，但她塑造的农民形象并不是在无产阶级领导下进行社会革命的农民。奥热什科娃不能接受无产阶级以暴力革命推翻贵族资产阶级统治的思想观点，她在《涅曼河畔》中，希望通过宣传实证主义的男女平等和各社会阶层平等的资产阶级民主思想，来解决波兰当时的各种社会问题，这是不可能的。和奥热什科娃同时代的一个波兰批评家当时就曾明确地指出："调和和协商一致的思想如果作为社会改革的出发点，这种思想本身就没有说服力。"[①]尽管如此，《涅曼河畔》所反映的光辉的民主主义思想，在同时代的波兰现实主义文学作品中，仍是相当突出的。这部作品不失为波兰19世纪批判现实主义的不朽杰作。

《涅曼河畔》在艺术上也有鲜明的特色。表面上看，小说写的都是涅曼河畔波兰农民的日常生活，而且写得那么自然和逼真，那么有血有肉和纷繁多姿，就像生活的本来面貌反映到了纸上，但作者更善于抓住生活的本质，反映出时代的面貌，她对生活既有高度的概括，又有细致入微的观察。小说的结构也很严谨，作者以别涅迪克特和包哈狄罗维奇一家农民发生矛盾到他们的和解，以及扬和尤斯青娜恋爱结婚的经过为小说的主线，同时进展的许多支线，都有其清晰的来龙去脉，形成了一个有机的整体。故事情节紧凑，虽然都发生在仅四个月的时间内，但是反映了极为丰富的内容。奥热什科娃善于采取多种手法刻画人物，她有时把她的人物放在激烈的矛盾和冲突中来表现他们的个性，有时通过深入细致的心理描写，来反映人物的思想变化。她很重视感情的描写，特别是对正面人物的心理描写富于诗情画意。奥热什科娃有时还将人物所处的周围环境的描写和他们的性格的描写紧密结合起来，这些描写往往包含着她对人物的褒贬和爱憎。安哲里姆和扬的住房和庄院里的家具摆设虽然简朴，可这一切都是主人通过自己的劳动创造的，给人以自然和清新明朗的感觉。别涅迪克特的庄园里虽然留下了过去豪华和兴盛的遗迹，但从它今天败落的景象和到处可见的修补的痕迹，也足见主人生活经历了多大的变化，和他为了支撑这个趋于破产的家庭局面，作了多大的努力。齐格蒙特的画室装点得十分华丽和阔绰，除了那些极为讲究的画具外，还有各种高档的奢侈品，这一切却正表现了作者对这个不称职却又贪图享乐的画家的

[①] 万达·阿赫列姆维乔娃，《爱丽查·奥热什科娃的"涅曼河畔"》，波兰学校出版机关，1965年，第42页。

讽刺。

《涅曼河畔》也是一部很富于民间风格和乡土气息的作品。作者不仅多方面的、十分生动活泼地反映了波兰农民的日常生活和各种传统的风俗习惯,而且她从丰富的民间文学,特别是许多反映农民劳动和爱情生活的优美的民歌中吸取了营养,通过去粗取精,加工提高,为作品增添了民族艺术的特色。小说在写景上也很有特色,这主要表现在作者善于将涅曼河畔瑰丽多彩的农村风光,按其本来面目,写得绘声绘色,变幻无穷,富有浓郁的诗情画意:

八月的天空万里无云,辽阔的草原静静地躺在柔和的阳光中。一望无边的绿油油的平原系着发光的腰带——在地平线上互相汇合的两条河流,优美如画地点缀着几丛树林和灌木林,仿佛是巧妙的园丁按照什么人的随意想象布置了一个大花园。整个草场色彩绚烂,光怪陆离,灿烂的阳光的斑点在绿茵中无声无息地晃动,小鸟儿吱吱地叫,昆虫发出好似金属的铮铮声,在已经像水晶一样透明的初秋的空气中散发着一阵阵清香。①

这里包含着作者对大自然的无限赞美。奥热什科娃不仅善于写景,而且通过人物触景生情的心理描写,生动地反映出农村欢乐的景象,表现了她对农村的热爱:"空中充满了人的笑语声、羊的咩咩声、牛的哞哞声、狗的汪汪声和车轮的辚辚声汇合而成的喧嚣。"②读者在她的描写中,不仅可以看到栩栩如生的大自然美景,而且为它的抒情的色调和声调所陶醉,使自己同样有身临其境的感觉,正如和作家同时代的那个批评家所说:"在任何其他的小说中,我都没有感觉到像在《涅曼河畔》中这样的田园和庄稼的气味,这是波兰最美的书。"③

《乡下佬》的主人公巴维尔是立陶宛涅曼河上的一个渔夫,家境贫寒。他年轻时就死了妻子,一天他在河边遇见一个富家的厨娘弗兰卡,弗兰卡对他一见钟情,向他诉说了她的身世。她家原来很富有,父亲在政府机关里做事,有两个哥哥,可是大哥后来出外当兵,至今没有音讯,二哥当过泥瓦匠,但不幸从脚手架上失足摔死了。父亲后来也失业了,因酗酒而精神错乱,死在贫民医院里,三年后,她的母亲也死了。母亲死前把她送到了一个富人家里当佣人,从此她便成了一个孤儿,到处流浪,至今 16 年了。可她从此变得十分任性,常和别人吵架,为此甚至吃过官司。但巴维尔很怜悯她,后来和她结了婚。巴维尔有个妹妹乌兰娜,是他抚养长大的,后来他把乌兰娜嫁给了涅曼河上的一个船夫菲力普为妻。她出嫁时,他还把他的菜园分给了她一半,为她买了小牛犊和羊,还给了她钱。

---

① 奥若什科娃,《涅曼河畔》,施友松译,人民文学出版社,1979 年,第 394 页。
② 同上,第 279 页。
③ 万达·阿赫列姆维乔娃,《爱丽查·奥热什科娃的"涅曼河畔"》,波兰学校出版机关,1965 年,第 56 页。

可是弗兰卡嫁到巴维尔家后,终日玩乐,家务活从来不干。乌兰娜要她学织布,她也不学。她恬不知耻地常对一个老乞丐说她出身高贵,很有钱,祖父有两栋房子,有个表哥当律师,住在大城市里,没想到自己会嫁给一个乡下佬,还厚颜无耻地说她在这些土包子中真像一个公主。可是巴维尔不仅听任她这样,还一直待她很好,他屋旁有株梨树,往年他摘下梨来,总是拿到市场上去卖,也送给他妹妹,今年他却留下来全给弗兰卡。乌兰娜和巴维尔的教母阿芙朵夏都认为他太惯纵弗兰卡,可他认为他刚把她从痛苦里解救出来,不愿给她加上新的痛苦,这样她会变坏,一个人在快活的时候,会学好的。可是巴维尔的善意不仅没有使她有所触动,而且她还变得更加堕落了。平日她爱给村里的人讲一些她知道的风流韵事,还有她年轻时听到过的关于自杀、通奸和犯罪的事,引起了村民对她的不满。可这还不够,有一次,她竟然和过去一个主人家的男仆私通,继而离家出走,还无耻地说什么"我看够了那些乡下佬,该和一个上等人在一起了",①她一走就是三年。阿芙朵夏这时对巴维尔说:

你娶了一个不认识的外乡人,你把她从泥潭里拖出来,希望她做一个好人,对不对?你不过当了一个傻子!我呀,从头一天起,就知道结果会怎样。魔鬼的女儿总是爱回她爸爸那儿去的。②

可是这个自甘堕落的女人出走后的遭遇依然很惨,因为她怀孕后,那个男仆又抛弃了她。她一次和人吵嘴,用开水烫伤了人,还被法院判刑三个月。刑满后,她带着她的私生子,不得不又回到了巴维尔的家里。

心地善良的巴维尔反而自责,认为他对她劝导得不够。他要以宗教的教义去教育和感化她,他认为她的离去是她的灵魂遭受的苦难,她没有把上帝放在心上,魔鬼就找上她了,他要她用祈祷赎罪,把魔鬼从她的身上赶走。他还把他的私生子当作他的亲生子,认为孩子是无辜的。弗兰卡在他的教育下,干家务活也确实勤勉了些,爱给人帮忙,可她依然恶性不改,又和菲力普的一个弟弟丹尼尔科私通,事情败露后,巴维尔气得把她痛打了一顿。这时,弗兰卡像发了疯似的,要去找丹尼尔科,路上遇到了乌兰娜的女儿,竟把她摔伤,因而和乌兰娜一家大吵起来。弗兰卡还恶狠狠地对他们说要烧他们的房子、勒死他们的孩子。她对巴维尔更无耻地说:"我虽然发了疯嫁给了你,和你比起来我是公主、是女王。该是你服侍我,该你扫我脚底下的灰尘。"③最后她甚至恩将仇报地在巴维尔吃的东西中下了毒药,巴维尔吃后,虽然病倒,但没有死。弗兰卡已是恶贯满盈,她不得不再次坐牢了。可巴维尔依然很可怜她,想起他说过永不抛弃她的话,于是决定将他父

---

① 奥若什科娃,《乡下佬》,张道真译,作家出版社,1956年,第88页。
② 同上,第91页。
③ 同上,第157页。

亲遗留下来的一百多块银币拿出来送给警长,把弗兰卡赎了出来。弗兰卡回到巴维尔家后,终于为这个渔夫的高尚人格所感动,认识到自己罪孽深重,上吊自杀了。巴维尔把妻子埋葬后,只说了一句话:"主啊!求你对她这个罪人慈悲!主啊!求你对她这个可怜的人慈悲!"① 小说表现了善良和罪恶的强烈对比。一方面,男主人公巴维尔作为一个下层劳动人民,充分表现了他那闪耀着理想光辉的高尚人格,可它带有宗教人道主义的色彩。作者在塑造她理想人物的同时,正确地指出了天主教义长期以来对波兰农民的深刻的影响。另一方面,女主人公弗兰卡带有阶级偏见,她即使陷入贫困、犯罪,也认为自己高人一等,作者对这种阶级偏见,是深恶痛绝的,女主人公是作者无情鞭挞的对象。此外,小说细致入微而又动人的细节描写也赋予了它较高的艺术价值。

19世纪90年代以后,奥热什科娃还写过许多作品,其中最重要的有长篇小说《寻求金羊毛的人》(1899),这个书名借用了希腊神话中的典故:古伊俄尔科斯国王的儿子伊阿宋带领阿耳戈船的英雄们远航,经历了千难万险,去埃厄忒斯统治的王国寻求金羊毛。他后来虽然得到了金羊毛,但在返回的途中和回到伊俄尔科斯后,发生了一系列的悲剧。而且他自己后来也被赶出了伊俄尔科斯王国,孤单一人,在他当初乘坐过的阿耳戈船残骸旁边的背阴之处睡觉时死去。故事说明虽然人一生追求金银财宝也获得了金银财宝,并不一定幸福。小说写一个家财万贯的资产者阿罗修斯·达维德,他既是国内许多大的建筑项目的承包商,又是一个在社会上享有极高声望的大金融家,他平日忙于各方面的商务,

> 磋商事项,接见客人,清理结算账目,写信,发电报,跟那些政府官员、财政官员、实业官员商谈,和银行、各局和科、交易所、拍卖行洽谈事务等等。在所有这些事务中,他都显得有条理、有次序、头脑清晰、精力旺盛……他就像一部装着许多轮子的机器,被一种强大的、不可战胜的力量推动着似的。②

他的这种精神"就连那些和他结识多年、最了解他的人也为之惊叹不已",认为这是一种"罕见的自然现象"。但他这么做,都是为了追求更大的利润,在他看来,获得更多的金银财宝就像一座"永无尽头的天梯",他要为此永无休止地去进行攀登。阿罗修斯·达维德在资本主义的生存竞争中,永远是一个胜利者,而且他也认为,"世界上总有一些人是胜利者,一些人是失败者。他们迟早是要被淘汰的,这对于他们,对于人类都是有益的。"③ 他更反对社会上的慈善事业,认为帮助那些他认为天性懒惰和低能的人,完全不必要。但他因为永远忙于他的事业,成年累月不在家中,使他的妻子和儿女感到孤单,毫无家庭的乐趣。而他又一直坚持

---

① 奥若什科娃,《乡下佬》,张道真译,作家出版社,1956年,第196页。
② 奥若什科娃,《寻求金羊毛的人》,康嗣群译,康宏锦校,人民文学出版社,1986年,第251页。
③ 本段引文出处同上,第61,251,267页。

这种态度,最后他的家人全都离他而去,他自己也在绝望中自杀了。在作者笔下,这是资本主义社会的生存竞争中,金钱拜物教使人们在思想和精神上异化造成的悲剧,具有很大的讽刺意义。

俄国1905年革命对奥热什科娃震动很大,她虽然不完全理解这次革命的伟大意义,但她拥护革命。在她晚年写的短篇小说《光荣属于胜利者们》(1910)中,她又以回忆的形式,再现了一月起义斗争的场面,指出了起义的失败是由于爱国贵族没有依靠人民群众的力量,这说明奥热什科娃直到她生命的最后一息,也没有忘记波兰民族和人民的解放。

第三节
亨利克·显克维奇

亨利克·显克维奇(1846—1916)是波兰19世纪下半叶在世界文坛享有盛誉的著名作家,也是波兰第一位获诺贝尔文学奖的作家。他于1905年获诺贝尔奖,正如瑞典皇家学院给他的授奖词中所说,是因为"他的成就显得既巍峨高大,又浩瀚广阔,同时在各个方面都表现得高尚和善于克制。他的史诗风格更是达到了艺术上绝对完美的地步。"①

显克维奇1846年5月5日出生在波兰王国卢布林省伍库夫县他母亲娘家的领地沃拉·奥克热斯卡。他父亲在1855年曾用婚后妻子带来的巨额嫁妆在马佐夫舍明斯克县的文日琴村又买了一处庄园。他的家庭原来是很富裕的,可是在19世纪60年代,他家领地所在的波兰王国,资本主义迅速发展,他父亲不善于以新的方式经营土地,不久便债台高筑,从此家道中落,生活上陷于困境。显克维奇虽出生于一个破落贵族家庭,但这是一个具有爱国主义思想传统的家庭,他的祖父在拿破仑的军队里当过军官,父亲年轻时参加过1830年十一月起义,母亲也是一个具有很高文化教养的女子,父母常对子女讲述波兰遭受异族压迫和波兰民族解放运动的历史,从小就给显克维奇留下了很深的印象。他的家里当时藏有大量波兰文艺复兴时期和浪漫主义时期的文学作品和世界文学名著,性情温良、敦厚的母亲尤其擅长诗文,她很关心子女的文化教育,显克维奇从小对文学的爱好就是在母亲的影响下形成的。家庭教育的影响,文学知识的增长,特别是长期生活在农村使他熟悉了民间语言和劳动人民的生活状况,这对他的文学素养和世界观

---

① 显克微奇,《第三个女人》,林洪亮译,漓江出版社,1987年,第552页。这里林洪亮将这位作家的波兰文名字 Sienkiewicz 译为"显克微奇",但笔者将它译为"显克维奇"。

的形成，产生了积极影响。1858 年，显克维奇小学毕业后来到了华沙，进了一所实科中学，后又转入了一所文科中学。这时期，他很喜爱首都的名胜古迹，华沙著名的圣约翰教堂那些华美无比的波兰历史人物的雕像，以及天主教神甫们讲述的大主教神话故事和波兰历史故事，都给他留下了终生难忘的印象。1866 年秋天，显克维奇在华沙中学毕业后，考进了华沙中央大学法律系，后来因为父母的干涉，又转入了该校的医学系，一直到最后，他才转入了他所喜爱的语言文学系学习。这期间，由于家里生活困难，供不起他上学，他经人介绍，不得不在母亲娘家一个亲戚沃罗涅茨基公爵家里当了一名家庭教师，开始了半工半读的生活。在大学学习期间，显克维奇的历史知识已经很丰富了，他尤其是对波兰许多著名的贵族家谱很有研究，这些知识的掌握，无疑为他后来创作历史小说打下了良好的基础。1869 年在沃罗涅茨基公爵家当家庭教师期间，他创作了中篇小说《徒劳无益》、中篇小说集《沃尔希瓦皮包里的幽默作品》等作品。

《徒劳无益》直到 1872 年才得以发表，是显克维奇发表的第一部作品。小说表面上写的是基辅大学的学生生活，实际上它取材于作者所熟悉的中央大学的学生生活。作者颂扬了一些贫苦出身的青年学生努力学习和互助互爱的精神。《沃尔希瓦皮包里的幽默作品》包括两个中篇，即《谁都不是预言家》和《两条道路》，这两个作品充分反映了显克维奇早期的文学创作也和同时代的其他著名作家一样，受到实证主义的思想影响。《谁都不是预言家》的主人公维尔克·加尔博维茨基出生于一个破落贵族家庭，他在农业大学毕业后，在农村购置了一个农场，在这里带领长工种甜菜、养蚕、养蜂、搞多种经营，他还教长工读书写字、开图书馆，让农民们在这里看书，使他们有学习的机会。他要将他的农场办成一个人人平等、大家都参加劳动生产、科学知识普及的社会典型。实证主义者的对立面当然是封建贵族，这里的贵族地主都是一些社会的蠹虫，终日吃喝玩乐，不事劳动，他们反对一切社会改革，深知这会触犯他们的地位和利益。他们对维尔克在农村办图书馆也十分仇视，认为农民如果有了文化知识，会和他们讲平等，这是他们所不容许的。可是维尔克对这也不妥协，他写文章，揭露农村的封建愚昧和等级观念，还和一部分贵族发生直接冲突，结果被人杀害，揭示了封建贵族阶层必欲置实证主义改革于死地的决心。《两条道路》中作者对波兰实证主义改革形势的估计要乐观些，小说主人公马切伊·伊瓦什凯维奇是华沙一家炼铁厂的工程师，他所在的这个厂原来设备和生产都很落后，他就任厂长后，带领工人经过努力，很快把工厂发展成了一个在各方面都很先进的现代化企业。伊瓦什凯维奇办厂的目的也不是为了赚钱，而是要在波兰树立一个在厂方领导下办好工厂的榜样，使"大家对工业都感兴趣"[①]，使国家在经济上走向繁荣。伊瓦什凯维奇不仅是一个实证主义"有机劳动"口号的实施者，他还是一个爱国者，他办厂时曾多次提到要把他厂里

[①] 张振辉，《显克维奇评传》，社会科学文献出版社，1991 年，第 16 页。

所有的外国人赶走，自力更生地办厂，他办厂果真没有依靠外国人的投资。《沃尔希瓦皮包里的幽默作品》真实反映了19世纪波兰资产阶级的进取精神和反封建的革命性，表现了作者的爱国主义思想，但作者对他的主人公也作了美化。他笔下的农场主和工厂主都一心为公，所以长工和工人在他们那里不受压迫，资方和劳方的一切都是通过"智慧"和"劳动"①得来的，表现了显克维奇早期人道主义的理想。

《沃尔希瓦皮包里的幽默作品》出版后，显克维奇和华沙的一些报刊有了密切的联系，后又担任过一些报刊的记者。这项工作虽只干了几年，但他十分勤勉。这期间有关华沙的情况，他几乎什么都写：政府机关、学校、养老院、博物馆、银行、股份公司、俱乐部、街道、乞丐、抽彩、复活节的慈善活动、房产主对佃户的敲诈勒索、工人简陋的住房条件和近郊农民的贫困生活等等，无不出现在他的笔端。通过和华沙社会各界的广泛接触，显克维奇对于波兰社会的贫富不均、等级悬殊有了充分的了解，看到那些有爵位的贵族不仅社会地位很高，他们的财富可以和外国的贵族相比，而终日辛勤劳动的农民，却永远不得温饱。显克维奇尤其痛恨那些勾结占领者、出卖民族利益的卖国贼，他们奴颜婢膝，是为了从占领者那里讨得一点恩赐。总之，显克维奇随着对波兰社会黑暗面认识的加深，开始对它产生不满，因此他这时逃避社会现实，回到自己美好的童年时代。在这种情况下，他在1875年和1876年连续创作和发表了短篇小说《老仆人》、中篇小说《哈尼娅》和《塞里姆·米扎》，作者认为它们属于同一组小说，又命名为《来自大自然和生活》。《老仆人》取材于显克维奇童年和少年时代的生活和见闻，是以第一人称"我"叙述和回忆往事的形式写成的。主人公米科瓦伊·苏霍沃尔斯基曾任"我"的祖父的传令官。祖父时任"波兰志愿军团"上校军官。（军团是在拿破仑指挥下由亨利克·扬·东布罗夫斯基于1797年在意大利成立。）现在祖父已故，苏霍沃尔斯基在他年轻的主人即"我"的父亲家里当老仆人，因为他年轻时就跟随已故主人在长期的戎马生涯中同甘共苦，又和主人一家结成了深厚的友谊。他不仅懂得爱国，而且知道自己作为一个仆人，对他主人的一家应竭尽忠诚。在这个家庭里，虽然还有等级观念，但主仆之间互相关心、体贴，感情很深，从来没有封建地主家里那种虐待奴仆、压迫长工的现象。《哈尼娅》写米科瓦伊·苏霍沃尔斯基临终时，将他的外孙女哈尼娅托给"我"照管。"我"的全家因感恩于这位忠实的老仆，不再把他的这个外孙女看成是仆人，让她和"我"一样，都有受教育的权利。"我"也把她看成是自己的亲姐妹一样，爱护备至。"我"的父母都很关心穷苦人的生活，常给他们以帮助，不仅豁免了他们的徭役，还代农民还债。母亲总是在家里备了一个药箱，带着去看病人。在霍乱流行的时候，她和医生一起，冒着被传染的危险，去农民家里给他们治病。塞里姆·米扎是"我"的邻居，自幼相处，十分友好。后来

---

① 张振辉，《显克维奇评传》，社会科学文献出版社，1991年，第18页。

他和"我"都很真挚地爱上了哈尼娅,因此进行决斗,都受了伤。在作者的笔下,他们都具有贵族骑士的品德,他们为争夺情人所进行的决斗,也表现了骑士的风度。在《塞里姆·米扎》中则主要写"我"和塞里姆在法国参加了一支军队和普鲁士军队打仗,为恢复波兰的独立而战的经过。《来自大自然和生活》表现了显克维奇的爱国主义思想和具有波兰贵族特色的民主主义思想精神。

19世纪70年代中期,显克维奇以他当时担任的华沙《波兰报》记者的身份,经西欧一些国家,然后横渡大西洋,来到了美国。他在美国待两年多的时间,到过尼亚加拉瀑布、纽约、底特律、芝加哥、奥马哈、旧金山以及怀俄明州和加利福尼亚州一些地方,并将他在美国各地的种种见闻以书信的形式,不断地写给《波兰报》,以"利特沃斯的旅行书简"为题陆续发表在该报上。这一系列直到1878年2月才发表完毕,1881年又出了单行本,叫《旅行书简》,翌年再版,又改名为《旅美书简》。这是一部内容十分丰富的报告文学集,首先,显克维奇在美国各地目睹了资本主义经济高度发展的状况,如在纽约,他首先看到这"是一个商人、企业家、银行家、官吏聚集的地方,是一些世界主义者、吸血鬼们聚集的地方。这座城市的巨大、热闹和工业文明使你为之惊讶。"[①]显克维奇还了解到美国当时最先进的通讯设备、金矿和银矿的普遍开采和各地铁路大量修建和城市建设迅速发展的情况,这使他深感这个年轻国家的人民有着比古老的欧洲更大的进取精神和劳动干劲,"这是一个多么年轻、勇敢、充满了生气勃勃的内在力量的民族","这些自由人民的干劲是不知道有危险的,他们只有一个真正的口号,就是'前进'。"但与此同时,显克维奇也看到了美国资产阶级政府机关的腐败,"世界上没有一个法庭像他们的法庭在诉讼事务上,有那么多的营私舞弊。"共和党和民主党不论哪一个党上台,"就立即罢黜所有迄今在职的人员,安插自己的同党",这些同党也知道,"他们在这条热板凳是坐不长久的,最多两年,或者三年,于是趁此机会就要拼命捞取一切可以捞到的油水","这是一个坏透了的制度。"[②]

此外,《旅美书简》还以较大的篇幅反映了白人殖民者对北美土著印第安人的残酷压迫。在19世纪上半叶开始的白人殖民者向北美西部扩张的所谓西进运动中,他们以武力夺取了大量印第安人的土地和他们原先开发的矿藏,对于那些想要反抗的印第安人进行了疯狂的屠杀。显克维奇来到美国后,也看到了这种触目惊心的情景,他认为白人殖民者"完全不把印第安人当人看待,他们把消灭印第安人看成是为人类立功。照边界上的美国人的看法,白人有像消灭响尾蛇、灰熊和其他有害动物一样的权利来消灭印第安人"。但是"这个种族是坚强的,虽然没有开化,他们在全美的土地上,将毫不屈服地英勇牺牲。他们不和、也不能和在他们面前以最坏形式出现的文明妥协"。作为一个民主主义作家,显克维奇面对如此残酷

[①] 亨利克·显克维奇,《旅美书简》,张振辉译,中国社会科学出版社,2013年,第113页。
[②] 本段引文均引自亨利克·显克维奇,《旅美书简》,张振辉译,中国社会科学出版社,2013年,第12,125,337页。

的民族压迫,他的立场的非常明确:"如果有人问我,真理在哪一边,我只要根据单纯的,而不是诡辩的原则,凭正义和良心判断,我的回答是,真理在印第安人一边。"①

华人问题在当时的美国也是一个严重的民族问题。据统计,1876年,单住在加利福尼亚的华工就有五万人,他们大多是1848年在这里发现金矿后,美国殖民者以所谓"赊单制"从中国沿海招募去的。显克维奇在旧金山和那里的华人有过很多接触,他对华工遭受美国资产阶级的剥削和压迫深有了解,他为此还写了一篇专题论文《加利福尼亚的华人》,收在《旅美书简》中,他说:

> 所有这些斜眼睛的居民都是由华人公司运送到加利福尼亚来的。……这些公司租的是"太平洋轮船公司"的船,它们在广州、上海和其他的港口城市将"苦力们"装进自己的舱里。当然,公司为他们支付旅费,在他们去旧金山找工作以前,维持他们的生活。这是世界上最卑鄙的垄断之一,它实际上和奴隶制一样。因为不难理解的是,一个贫穷的"苦力"为旅费、为生活的第一需要、为衣服、为农具或采矿的工具欠了债,他这时通过只有中国人才能做到的最大的节约,用他找到的职业给他支出酬劳金来偿还,可是他无论何时也还不清公司的债。因此,华人干脆就是奴隶,他们的全部劳动都在为公司牟利。②

如果一个华工懂得了英语,也不顾一切地要和公司脱离关系,那他也会遭到公司所雇的恐怖组织的暗杀。美国的法律虽然明文规定对任何人不得使用暴力,并且承认华人有和白人平等的权利,但对恐怖组织暗杀华人却不加干涉,也认可这些垄断公司把华人当成奴隶。此外,有的华人即便不受这些垄断组织的控制,他们在社会上也受到歧视。在城里,他们大都做一些白人认为是最下等的工作,其工资收入"是很低的,在最坏的情况下,他们比白人甚至白种女人的工资收入至少低一半"。在乡下,华人有一部分在矿山劳动,据显克维奇了解,白人矿工是不容许为他们打工的华人占有矿山的,"如果华人先占了矿,他们就用枪把他们赶走",华人因此只能"居住在早就被那些单个的矿工或者公司所抛弃了的、旧的矿地上,他们的收入当然是很少的"。③ 像这样关于中国人民遭受西方殖民主义压迫的客观的、实事求是的报道,不仅在同时期的波兰文学中,就是在西方国家的先进文学中,也是绝无仅有的。

在19世纪70年代末和80年代初,除了第一部给显克维奇带来了声誉的《旅美书简》之外,他还创作了大量中短篇小说,这些小说和他年轻时的作品相比,不仅题材广泛,涉及了社会生活的各个方面,在思想上达到了相当的深度,而且在艺

---

① 本段引文均引自亨利克·显克维奇,《旅美书简》,张振辉译,中国社会科学出版社,2013年,第151,157页。
② 同上,第464页。
③ 本段引文出处同上,第467,468页。

术上也更趋成熟。其中有的描写波兰人民在沙俄占领者和国内贵族地主、资产阶级统治压迫下的悲惨命运,有的揭示作者所见到的美国资本主义社会的光明和黑暗,有的反映波兰爱国者流亡国外对祖国的思念等。如中篇小说《炭笔素描》(1877)的主人公佐乌齐凯维奇是波兰王国的驴子县羊头镇镇公会的一个文书。这个官虽不大,但他却独揽镇里的行政大权,贪赃枉法,无恶不作。镇里法庭案件的审理中,上流社会有人犯了案,只要给他献上烟酒,案件就可轻易了之,如果谁不这么干,他就是有冤也得不到申诉。他对农民热巴的老婆怀有歹心,便对热巴进行陷害,当热巴的妻子求救无门又来找他时,他甚至奸污了她。热巴知道后,气恼至极地把她砍死了。佐乌齐凯维奇是个十分专横和凶恶的统治者,像热巴夫妇这样的农民的命运,就完全掌握在他的手中,他可以对他们为所欲为,而他周围的政府官员有的视而不见,有的服服帖帖听从他的旨意,有的甚至助纣为虐。镇里不当权的上层阶级表面上遵守沙俄占领者关于非政府官员不干预政事的命令,背地里和他互相勾结,损公肥私、违法乱纪。从一个小小的羊头镇,可以看到波兰王国农村政府机构和法庭是何等的腐败和黑暗。

短篇小说《音乐迷扬科》(1880)的主人公扬科也是一个农村雇工出身的孩子。他才10岁,却很爱音乐,有音乐天赋,但得不到一把小提琴。后来,他因进入了地主庄园,想近距离欣赏一下地主家仆人的小提琴,却被村长诬蔑为小偷,遭到他们的审讯,被他们叫来的巡夜人鞭打致死。从作者笔下,小扬科的死只能得出一个结论,贫富悬殊、等级森严的社会是不容许穷苦出身的天赋才能得到发展的。《为了面包》(1880)写一个波兹南的农民华武隆·屠波雷克因为打官司,耗掉了他的产业,不得不离开家乡,带着他的女儿玛丽亚去当时波兰人认为是"自由世界"的美国谋求生路。华武隆父女到纽约后,虽被一个好心的波兰侨民带到波罗汶那的波兰移民区去干活,但他们历尽了苦难,最后,华武隆在一场洪水中丧生,他的女儿只身一人,又来到了纽约,被迫在码头上乞讨,最后也饿死了。显克维奇通过这样一个悲剧的描写,说明波兰人在国内遭受占领者的民族压迫,陷入贫困,想到北美去寻找"家里没有的面包和自由",①但是到那里后,命运依然是悲惨的,这是国家遭难和民族不幸的结果。以上作品和显克维奇早期作品中对实证主义改革表示乐观的描写,形成了对比,说明他对波兰社会的黑暗有了进一步的认识。

《一个家庭教师的回忆》这部小说通过一个家庭教师瓦武什凯维奇对他过去的一个学生米哈希的回忆,揭露了沙俄占领者的奴化教育对波兰儿童造成的伤害。米哈希11岁时,曾在华沙一所被沙俄当局控制的学校里学习,学校当局强制性地安排波兰学生死记俄国各省的地名,禁止他们在学校里讲波兰话,学生在这里不仅学不到他们将来参加社会工作有用的东西,而且他们的身心健康遭到了严重的摧残。作者要指出的是,沙俄占领者在波兰办学不是为了培养人才,而是扼

---

① 亨利克·显克维奇,《旅美书简》,张振辉译,中国社会科学出版社,2013年,第449页。

杀人才,他们的目的,是使波兰人从童年时代开始便淡忘自己的民族语言和传统,忘记自己是波兰人。可是这对有爱国心的波兰儿童来说,等于让他们丧失作为一个波兰人的独立人格,是行不通的。米哈希从小就很明辨是非,当那位家庭教师应他母亲的要求,给他讲波兰历史时,他马上认识到在学校里听的许多事情"完全否定了家庭所教导他们应该尊重和热爱的一切"①。他不仅对学校教他的那一套根本无法接受,而且他在课堂上被迫用俄语回答问题时,也带波兰语的重音,后来他又几次忘了在校必须讲俄语的规定,讲了波兰话,最后被学校开除,忧虑成疾而死。小主人公这段不幸的遭遇因为是通过与他关系十分亲密的这位家庭教师的回忆写成的,所以写得十分生动和感人。短篇小说《灯塔看守》(1881)也是显克维奇这一时期反映波兰遭受民族压迫的重要作品,它所描写的主人公斯卡文斯基一生到过许多地方,干过许多工作,参加过波兰 1830 年十一月起义和 1848 年匈牙利革命,后又在美国北方参加过对南方的战争,是一位革命者。后来他在离巴拿马不远的阿斯宾瓦尔孤岛上找到了一个灯塔看守的工作,从此结束了他长期的流浪生活,但十分想念他的祖国波兰。一次他偶然收到纽约的波兰协会给他寄来的一本亚当·密茨凯维奇的长诗《塔杜施先生》,翻开第一页朗读,就激动得号啕大哭起来。他有 40 年没有讲波兰话了,再读下去,就感到自己回到了的故乡,回到了他曾战斗过的地方。可是斯卡文斯基晚上忘了点燃塔上的灯,导致一艘船在海上出了事故,他被撤职了,不得不又开始他的流浪生活,但这本可使他想起祖国和他自己革命生涯的书,却永带在身边。小说深刻地揭示了一个波兰革命者在祖国沦亡后不得不终生流亡的命运。作者的笔调深沉,含蓄,他让读者思考一个爱国者一生不能回到他所热爱的祖国,只能靠一本波兰书来寄托他对祖国的思念,这种悲剧是谁造成的。小说字里行间,透出了显克维奇对占领者的愤激和控诉。

中篇小说《胜利者巴尔代克》(1882)也是显克维奇这一时期反映波兰人民遭受民族压迫的重要作品之一。小说故事发生在 19 世纪 70 年代的普鲁士占领区一个贫穷的乡村普宁坪,1870 年普法战争爆发,农民巴尔代克被普鲁士征去当兵。他在去前线的火车上,有人对他说法国人比德国人坏,他们仇恨波兰农民,侮辱波兰女人,巴尔代克信以为真,因此他上战场后,为德国人冲锋陷阵十分勇猛,杀死了不少法国人,立下了战功,德国军官因此授予他勋章和奖牌。从此,巴尔代克便把自己看成是一个了不起的英雄,当其他参军的波兰人打了败仗被遣送后方后,他甘愿一人留在前线,继续为德国人效劳卖命,他还自称是德国人,可是他 10 岁的儿子这时在学校里却遭到了德国校长裴格的打骂。他回来后,还自以为成了一个绅士,谁都不敢欺侮他,他要去和裴格论理,摆出自己的赫赫战功,但无济于事。他继而和裴格斗殴,结果不仅被裴格叫来的德国移民揍了一顿,而且被法院判刑,向裴格支付罚款。当法庭对他作出宣判时,他仍滔滔不绝地列举他为普鲁

---

① 显克微奇,《第三个女人》,林洪亮译,漓江出版社,1987 年,第 117 页。

士占领者建立的功勋,可见他仍然执迷不悟。

然而巴尔代克在压迫他的德国人面前,并不是一块硬骨头。一次,普宁坪要补选一个帝国政府的议员,法官暂时把他从狱中释放出来,要他投德国人的票。巴尔代克受到威胁,果真照办,以致遭到村民唾骂。但尽管如此,德国人最后也没有宽待他,他家因为欠了德国移民的债,他不仅要将他的全部财产赔给债主,自己依旧进了普鲁士监狱。巴尔代克的命运和性格在19世纪70年代处于普鲁士占领者统治下的一个殖民地社会中,是具有典型意义的。这个愚昧的农民以为自己应征入伍是为了保卫家园和妻子,却不知自己民族的压迫者就是他在战场上为之冲锋陷阵的普鲁士人。巴尔代克很爱虚荣,这是出自他作为一个被压迫者对改变自己社会地位的要求,也是出自他的愚昧和奴性。如他回乡后,处处炫耀自己会讲德语,在言行中效法德国人,视德国人高波兰人一等,瞧不起自己的同胞,更是他作为一个亡国奴的奴性表现。

在1870—1871年普法战争后,作为战胜国的普鲁士统治者野心勃勃,梦想征服世界,在波兰全面推行日耳曼化政策,加剧了普占区的民族压迫。波兰贵族资产阶级对占领者普遍采取妥协投降的态度,他们不仅在思想和行动上早已接受占领者对波兰实施的一切,他们中许多人也已经日耳曼化。这种表现于波兰社会上层的思想和政治态度,对社会下层是有影响的。巴尔代克的典型性格的产生既和主人公个人的生活经历有关,又离不开他生活的这个典型的社会环境。巴尔代克的命运令人同情,可是他身上表现的愚昧、落后和奴性却令人痛心。他的一生是遭受普鲁士占领者的欺骗、压迫、充满了血泪和耻辱的一生。显克维奇能够如此深刻地揭露和剖析自己民族处于被压迫的历史环境中表现的弱点,在波兰文学史上还是第一次,他所塑造的这个典型人物不仅具有深刻的现实意义,而且具有永恒的价值。

从小说中还可看出,普鲁士占领者对波兰的统治,不仅表现在对波兰人残酷的政治压迫,利用舆论工具对他们进行欺骗,而且也表现在对波兰的经济侵略。如普宁坪村的德国移民茹思特,他利用他的经济实力和村里波兰贵族地主对于祖国土地和民族利益毫不关心的态度,从地主手里买来了土地,在这里雇佣波兰农民。他不仅剥削波兰农民的劳动所得,而且他对波兰土地的占有也正反映了普鲁士占领者想要彻底消灭波兰这个国家和民族的政治目的。茹思特还对波兰农民实行高利贷剥削,巴尔代克的全部财产就是被他吞噬的,而且村里像这样的例子还不止一个。通过法庭对巴尔代克的判决,也可看到普鲁士对波兰农民的经济掠夺是离不开政治压迫的。这种政治压迫有时可使经济剥削表现得极端贪婪和凶恶,两者结合起来,就使许多农民家破人亡。在小说中,作者从对普鲁士占领区农村的政府机构和经济状况的剖析,来揭露这个社会的黑暗面,也有一定的深刻性。如果将它和上述《炭笔素描》、《一个家庭教师的回忆》等作品联系起来,就可以比较全面地看到19世纪70—80年代波兰农村的社会面貌了。

几乎与此同时,显克维奇还写了一系列以美国社会生活为题材的小说,主要的有《穿过大草原》(1879)、《奥尔索》(1879)和《酋长》(1883)等。在《穿过大草原》中,作者回忆他在加利福尼亚时,一次和他的一个波兰朋友 R 队长在圣卢西亚山中居住,听到这位队长叙述自己的一段冒险故事。那还是在 1848 年底,R 队长和他的旅伴从新奥尔良来到路易斯安纳滨湖区,他们到过许多人迹罕至的地方,对北美的大自然深有了解。加利福尼亚发现金矿后,一批移民从美国东部一些城市来到这里,要求他带领他们去加利福尼亚定居,于是他们结成马帮。可是他们要去加利福尼亚沿途必须经过许多岩石荒山和盐沼地带,有时还会遭到印第安人的袭击。作者认为这个马帮是由一些靠劳动生活的移民组成,他们互助互爱,团结一致,具有高度的组织纪律性,每个成员都敢于在最险恶的环境中进行抗争,信心百倍,不达目的誓不罢休。R 队长是个波兰人,他作为马帮的领导管事很多,工作认真负责,赢得了大家的信赖和尊敬。面对印第安人的进攻,他善于采取灵活机动的策略,指挥马帮去打败敌手。对被马帮俘虏的印第安人,他也从不加害,而是把他们释放,因此他在印第安人中也享有盛誉,他们赞颂他既勇敢又慈悲,后来就再也不来侵犯马帮了。马帮正因为有他的正确领导,才克服了旅途中的重重困难,胜利地到达了目的地。R 队长还爱上了马帮里的一个姑娘莉莉,莉莉性情温顺、谦和、乐于助人,他和她的感情十分真挚。后来莉莉在旅途中不幸病逝,他虽然带领马帮到了加利福尼亚,仍年年都要去内华达的大草原上寻找她的坟墓,以寄托对她的思念。作者把一切都理想化了,由他的波兰同胞领导的这个移民集体每个人都心性善良,品德高尚,充分表现他对劳动人民的尊敬和热爱。

《奥尔索》和《酋长》主要反映白人殖民者对印第安人的残酷压迫。《奥尔索》写德国人赫尔希率领一个马戏团来加利福尼亚南部一个小镇阿纳海姆表演。马戏团中有两个演员引人注目,一个是白人和印第安人的混血儿奥尔索,才 17 岁,但他勇猛无比;另一个是少女詹妮,才 12 岁,她的美貌堪称"世界奇观"。[①] 奥尔索表演的节目是,用他那矫健的肩膀顶着一根高 30 尺的竹竿,让詹妮爬上竿端做各种惊险动作。由于他们表演出色,受到观众的赞赏,可是团主赫尔希却用他那根驯服狮子的鞭子抽打奥尔索。后来奥尔索和詹妮相爱,赫尔希出于嫉妒,欲加害詹妮。可是当奥尔索见到赫尔希打詹妮时,一怒之下,便把赫尔希和他叫来保卫他的四个黑人打翻在地,然后领着詹妮逃离马戏团,来到荒野,和他们遇见的一个愿保护他们的慈善的老人住在一起。奥尔索和詹妮这两个被压迫者都很正直善良,奥尔索对压迫更是富于反抗精神,对美好的生活有热烈的追求。显克维奇把那个凶恶的马戏团团长写成是个德国人,表现了他对普鲁士占领者和德国殖民者的极端仇恨。小说《酋长》展现了一幅比《奥尔索》更阴森可怕的图景,因为这里所写的,不是个别印第安人遭受白人殖民者的奴役和压迫,而是成群的印第安人或

[①] 显克微奇,《第三个女人》,林洪亮译,漓江出版社,1987 年,第 222 页。

印第安某个民族被白人殖民者彻底灭绝的惨痛历史。故事发生在美国得克萨斯州的安特洛普城,这里在 15 年前,只有一个叫茶伐达的印第安黑蛇族人的村子,后来,附近的德国移民为了夺取他们的土地,在一个晚上的突袭中,把他们屠杀殆尽。此后这里白人移民迅速增加,建起了城市,就是现在的安特洛普。白人居民于是在城里办学校,开商店,建立慈善院,牧师在教堂里讲道,教人们爱他们的邻居,尊重他人的财产。因此人们不再想过去的事,安然自在地生活着。谁都不会想到这里 15 年前曾经发生那么可怕的事。显克维奇在小说中,无情地揭露了德国殖民者对印第安弱小民族的凶狠和残暴,因为正如他在《旅美书简》中所说,这些白人殖民者"完全不把印第安人当人看待,他们把消灭印第安人看成是为人类立功"①。他们自认为是文明的创造者和道德的履行者,可他们的这座文明城市正是在被他们屠杀的印第安人的尸骨上建立起来的。这一半伪善和一半狰狞的面貌形成了多么鲜明的对比,而这正是显克维奇亲眼目睹的真实历史。

显克维奇在表现了他早期文学创作的伟大成就的中短篇小说和《旅美书简》出版后,便开始了他以长篇小说创作为主的创作生涯。在 19 世纪 80 年代的波兰王国,由于无产阶级革命运动的兴起,它所进行的为争取民族独立和人民解放的斗争,在社会上产生了愈来愈大的影响。显克维奇在这种情况下,同样受到了很大的鼓舞,可是他不能接受波兰无产阶级革命的思想立场,作为一个爱国主义作家,他这时候把视线转移到了波兰的过去,认为波兰的过去"发生过伟大的事件,出现过伟大的人物,那里有令人振奋的东西:伟大的性格、伟大的罪恶和伟大的牺牲"②。这是说,波兰许多世纪以来,人民为抵抗异族的入侵,保卫民族独立和领土完整,曾前赴后继,勇敢战斗,表现了高度的爱国主义和不怕牺牲的精神,创建了无数可歌可泣的英雄业绩,造就了许多伟大的民族英雄。如果说,显克维奇在他前期创作中短篇小说时,曾坚持以揭露波兰黑暗现实为主,现在他感到他要脱离这个黑暗的现实,回到波兰的过去,通过宣扬波兰历史上那些可歌可泣的英雄业绩和为祖国献身的精神,以鼓舞人们的斗志,去和占领者进行坚决的斗争,争取波兰民族的解放。在这种思想指导下,显克维奇在 1883—1888 年间,创作了以波兰历史为题材的长篇小说三部曲:《火与剑》、《洪流》和《伏沃迪约夫斯基骑士》,这是显克维奇第一部伟大史诗式的作品。

《火与剑》以 1648 年赫麦尔尼茨基领导的乌克兰农民起义为题材,全面展示了波兰和乌克兰这时期的历史面貌。乌克兰和白俄罗斯早在 16 世纪,就是波兰贵族共和国的领土,当时,曾有大批波兰的大贵族地主和天主教僧侣来到第聂伯河一带圈田划地,掠夺和霸占了大量乌克兰的土地和森林,在这里建立封建庄园,对乌克兰农民进行农奴制压迫,随着贵族大地产的扩展,乌克兰城市贫民和中小

---

① 亨利克·显克维奇,《旅美书简》,张振辉译,中国社会科学出版社,2013 年,第 157 页。
② 转引自阿利娜·诺菲尔,《亨利克·显克维奇》,普及知识出版社,华沙,1959 年,第 169 页。

贵族的利益也受到波兰贵族的侵犯。乌克兰社会各阶层人民因不堪阶级压迫,曾多次进行反抗。最初,乌克兰农民采取逃亡的形式,在乌克兰第聂伯河下游一带,以渔猎为生,被称为哥萨克。随着哥萨克队伍的壮大,在16世纪40年代,他们在第聂伯河下游著名险滩扎波罗热的托马科夫岛上安营扎寨,建立了哥萨克中心营——谢契,后在这里又建立了军事基地。波兰政府对他们最初采取分化的政策,将一部分富有的哥萨克登记入册,称为"在册哥萨克",发给他们优厚的薪饷,授予他们军职,允许他们享有贵族特权。但是由于乌克兰城乡反压迫要求独立斗争的兴起和发展,扎波罗热的哥萨克作为乌克兰人民最有组织的军事力量,成了乌克兰人民争取自由斗争的领导力量。在1593、1625和1635年,曾先后爆发了乌克兰广大农民联合哥萨克的民族起义。与此同时,南方克里木汗国的鞑靼人也常来侵扰波兰的边境和内地,波兰内忧外患不断。1648年爆发的乌克兰农民起义规模最大,在小说中可以看到,起义爆发的最初阶段,其发展形势是非常迅猛的,因为赫麦尔尼茨基领导的这支农民起义队伍中,还有赫麦尔尼茨基勾结的鞑靼军队参加。这支军队在黄水河首战,就把这里的波兰守军打得几乎全军覆没,科尔松的守将甚至在赫麦尔尼茨基还没有来到时,就吓得将驻军撤离了科尔松,波兰贵族共和国的"各路统帅被擒,兵燹遍及全乌克兰。自创世纪以来见所未见、闻所未闻的冲天烈火、虐杀、屠戮"。乌克兰的"城镇、乡村、教堂、庄园、森林——所有的一切都在燃烧,到处一片火海"。"生命失去了价值。成千上万的人死去,没有一丝儿回响,没赢得半点儿怀念。"但赫麦尔尼茨基本人从他参加和领导农民起义的第一天起,从来没有把乌克兰农奴解放的事业放在心上,他本来是乌克兰贵族出身,想利用农民起义的力量,和波兰的最高统治者讨价还价,实现他成为乌克兰最高统治者的野心。如小说写的那样,赫麦尔尼茨基从开始领导农民起义,就提出了"只反王公贵族,不反国王"的口号,称波兰国王为"仁慈的国王"。① 后来他在战争中取得了胜利,波兰国王派使臣来和他谈判,他也只字不提乌克兰农民获得自由、消灭农奴制压迫的要求,而是要根据和谈协议,封他为统领,并"有权录用四万名在册哥萨克",在他的个人要求得到满足后,他马上"盟誓效忠国王和国家"。② 因此,赫麦尔尼茨基依靠农民军的力量战胜了波兰贵族共和国的统治者,迫使他们对他作出了让步,可是千百万乌克兰农奴付出流血牺牲的代价,把他捧上了乌克兰统领的宝座后,他马上在这个宝座上表示要巩固旧的封建秩序和农奴制压迫,使被压迫者的解放事业葬身于血泊中。

如果说赫麦尔尼茨基背叛乌克兰农民起义是为了实现他在乌克兰割据称王的政治野心,那么他把克里木汗鞑靼兵引进波兰,纵容这些侵略者屠杀波兰人民,毁灭波兰的经济和文化,他勾结沙皇,肢解波兰的神圣领主,则是他对他的祖国和

---

① 以上引文均引自亨·显克维奇,《火与剑》上,易丽君、袁汉镕译,花山文艺出版社,1997年,第8、198、251、252页。

② 亨·显克维奇,《火与剑》下,易丽君、袁汉镕译,花山文艺出版社,1997年,第1070页。

人民犯下的不可饶恕的大罪。赫麦尔尼茨基最初只请来了图哈依—拜统率的鞑靼军,后来连克里木汗伊斯莱什·基列伊也被他请来了。这些侵略军来到乌克兰后,赫麦尔尼茨基还亲自对图哈依—拜说:"我让你从我自己的百姓里头抓战俘,我把战利品给了你,我把俘获的统帅们也交给了你。"①于是"整个乌克兰都受到这些'盟友'的蹂躏,受苦受难的不仅是贵族阶级,也有罗斯百姓。他们的村庄被付诸一炬,他们的财产、家畜被抢劫一空,他们的妻子被赶去做了俘房",②遭到了灭绝人性的欺凌,侮辱和屠杀。在作者笔下,这些侵略者所表现的贪婪残暴,就是和古罗马奴隶主侵略者相比,也毫不逊色,而赫麦尔尼茨基就是这个引狼入室的千古罪人。其实,赫麦尔尼茨基当初对波兰贵族共和国的统治者表示"盟誓效忠国王"也是一句谎言,他要在乌克兰称王称霸的野心使他不甘心居于波兰国王和中央政府的领导之下,因此他仅过了两年,就撕毁和约,重起战祸。显克维奇因为沙俄占领者书刊检查制度的干涉,不可能以很大的篇幅,去直接描写沙皇俄国当年派兵入侵波兰,发动长年战争,最后夺走波兰大片领土的全过程,但他在小说的尾声中,依然很明确地指出了赫麦尔尼茨基"被自己的民众所唾弃,不得不到外邦觅求庇护","后来还发生了一场瘟疫和瑞典人的入侵。鞑靼人则几乎是乌克兰的常客,他们把成批的民众掠去为奴。"这里所说的"从国外觅求庇护"明确指出了1654年赫麦尔尼茨基出卖祖国,投降沙皇的事实,"后来还发生了一场瘟疫"也是指此后沙皇俄国入侵乌克兰的一段历史,于是"共和国民生凋敝,满目疮痍,乌克兰人妻离子散,蔓草寒烟。狼群在昔日城市的废墟上长嗥!曾几何时,到处繁花似锦的丰腴之地,变得仿佛是一座庞大的凄凉坟墓。人们心田里滋生出的是仇恨,它毒化了同根的血统亲情。"③这一切在显克维奇看来,正是沙皇对波兰发动长达14年之久的侵略战争造成的后果!波兰人民对沙皇的仇恨不仅早已滋生心底,而且就在显克维奇创作的时代,当他们想到他们过去失去的土地,想到他们现在被沙皇占领和压迫的国家,必将激起对沙皇更大的仇恨,这就是显克维奇创作《火与剑》的主要意图。

可是,小说在揭露赫麦尔尼茨基卖国行径的同时,对哥萨克和乌克兰农民谋求解放的正义斗争,却作了歪曲历史的描写。作者总的倾向,是把这些参加暴动的农民写成是一大群烧杀抢劫、无恶不作的强盗、刽子手,在乌克兰造成了极大的破坏。作者还把他所认定的这一切和赫麦尔尼茨基以及鞑靼人的侵略暴行联系在一起,所谓到处都是"泥腿子的暴乱之海,是血腥屠杀,是连天烽火,是鞑靼匪帮,是发了疯的民众",使"国家陷入了火海"。④因他们的种种暴行,反使赫麦尔

---

① 亨·显克维奇,《火与剑》上,易丽君、袁汉镕译,花山文艺出版社,1997年,第425页。
② 同上,第418,419页。
③ 以上引文转引自亨·显克维奇,《火与剑》下,易丽君、袁汉镕译,花山文艺出版社,1997年,第1087页。
④ 同上,第316,365页。

尼茨基的野心得以实现,这当然是不对的。17世纪乌克兰的农民起义的根本目的,是为了从封建农奴制的残酷压迫下获得自由和解放。他们被赫麦尔尼茨基欺骗、利用和出卖,这是历史造成的悲剧,正如恩格斯所说:"俄国的士兵和小俄罗斯的农奴一起前进,焚烧波兰贵族的城堡,但只是为了给俄国的吞并作准备,一旦吞并实现,还是那些俄国士兵就又把农奴拖回他们主人的枷锁之下。"① 显克维奇在小说中虽然表现了爱国主义思想,但他对乌克兰农民起义的态度,却是十分错误的,这当然也和他不能接受包括无产阶级和农民在内的被压迫的社会下层以暴力革命的方式改变社会制度的思想立场有关。

小说中的另外一个主要人物,镇压乌克兰农民起义的波兰军队的统帅耶雷梅·维希涅维茨基,原是一个乌克兰贵族地主,可是他对乌克兰农民的压迫,却胜过在乌克兰的波兰贵族,他也是当时波兰统治集团中最坚决的主战派。在小说中,显克维奇把他写成是一个既有政治远见,又具有英雄胆略的爱国者,所有人都得拜倒在他的脚下,这当然不符史实,但作者既然把他写成是和卖国贼赫麦尔尼茨基、乌克兰农民军还有鞑靼侵略者作坚决斗争的军事统帅,就必定要将他理想化。从作者对这个人物的塑造可以看出,他认为一个军事统帅在他所统率的军队内部,首先要建立严明的纪律,官兵平等,长官要关心部下,和士兵同甘共苦,只有军队内部团结一致,才能集中力量去打击敌人。此外,一个军事指挥官也要有一套符合实际的战略战术,需常亲临前线调查和指挥,知己知彼,才能夺取胜利。这种理想化的描写,也反映出作者民主主义的治军观点。显克维奇刻画的维希涅维茨基虽然不同于历史人物维希涅维茨基,却是一个完美的军事领袖的形象。这种艺术形象的出现,在波兰文学史上,还是第一次。

《洪流》写的正是在《火与剑》的"尾声"中提到的17世纪50年代瑞典对波兰的武装入侵和波兰人民反抗侵略直到取得最后胜利的一场斗争,跟《火与剑》中反映的历史事件是前后衔接的。17世纪50年代初,波兰在和赫麦尔尼茨基领导的乌克兰农民军的战争中,由于沙皇俄国的入侵,在人力和物力上受到了极大的破坏,国力大为衰退;同时国内又面临着空前的政治危机,瑞典便趁机大举入侵波兰,对波兰各阶层人民进行疯狂的掠夺和压迫。最后在波兰国王的领导下,波兰人奋起反抗,终于把侵略者赶出了自己的国土。显克维奇在小说中,对这次战争的全过程作了真实的描绘。首先,瑞典的封建统治者对发动这次侵略战争早有准备,他们除在军事上做了充分准备外,在发动战争之前和侵略军入侵后都向波兰统治阶级发动过政治攻势,诱使其中为数不少的卖国贼投靠了敌人。而波兰国内在精神和物质上都毫无准备,瑞典军侵入波兰后,在很短的时间内,就占领了波兰几乎全部的国土,波兰国王卡齐米日也被迫逃到国外去了。侵略者在他们占领的

---

① 恩格斯,《工人阶级同波兰有什么关系》,见《马克思恩格斯全集》,第16卷,人民出版社,1963年,第182页。

土地上进行了疯狂的掠夺、抢劫、屠杀、亵渎宗教,无恶不作,使波兰人民蒙受了史无前例的巨大灾难。正是这种疯狂的掠夺和压迫,激起了波兰人民对瑞典侵略者的深仇大恨,也促使了他们迅速觉醒。而这时候,国王卡齐米日也回来了,由波兰国王和爱国将领统率和指挥的军队开始发动反侵略的正义战争,在广大人民的拥护和支持下,很快就打败了敌人。

在显克维奇看来,波兰当时能够取得反侵略战争的胜利,有以下的原因:

一是波兰国王卡齐米日在这次波兰人民反侵略的战争中,起了团结和领导人民反抗瑞典侵略者的核心作用,而波兰各阶层人民团结一致,以人民战争的形式,打击敌人,则是战争取得胜利的决定性的因素。长期以来,波兰议会中的"自由否决权"使得中央和地方各自为政,国家处于无政府状态。一部分贵族出身的当权者为了维护自己的利益,不仅利用"自由否决权",使议会无法通过任何有利于波兰国计民生的决议,因而使国家走向衰落,而且在外敌入侵的时候,他们不惜出卖民族利益,投降敌人。卡齐米日是一个亲民爱国的好国王,他在波兰的中央政府中虽然没有多大的权力,但在国家遇到外敌侵犯的时候,为了保家卫国,他在民众中有很大的号召力。如他在西里西亚发布的文告明确指出:

尽管敌寇长驱直入侵我国土,凡我臣民奋起一搏,时犹未晚,光复沦陷省区,光复沦陷城镇,还上帝应有尊荣,用敌人的鲜血洗刷被玷污的教堂和被亵渎的圣物,按波兰习俗和古老传统重建往昔的自由和纲纪,已指日可待。①

因此他还号召当时被瑞典侵略军占领的波兰国土上的波兰老百姓马上动员起来,"大可人自为战","不失时机地重创敌寇",由于他的臣民"至善至信可以依靠",他和他的大臣"当立即返回,为国土的完整而不惜献出我们的一切"。这份文告发出之后,便在国内千百万人中迅速传开。只要什么地方传来国王率领部队"由此经过的消息,所有的山民立刻奋起,团结得像一个人似的,决心保卫国王"。国王回国后,受到民众极大的欢迎和热诚的拥戴,"凯歌阵阵,不绝于耳。沿途有越来越多新的人群前来跟他们会合,清一色的都是普通百姓",因此马上就在全国形成了反瑞典侵略的统一战线:"那些豪门领主、武装贵族、士兵,或单个儿,或成群结队蜂拥而来,还有大群大群的武装农民,他们内心燃烧着对瑞典侵略者的深仇大恨前来投效,保家卫国。""在各省、各县,在城镇、村庄,在各居民点,在人迹罕至的原始森林,到处都点燃了报仇雪耻的抗战烈火。这个民族复活了,再生了。原先把头垂得越低的地方,如今都把头昂得越高。"国王到了利沃夫后,"全城隆重迎候圣驾:三个教派的神职人员、城市的市政委员、商人、行会及其他各类人等,

---

① 亨·显克维奇,《洪流》中册,易丽君、袁汉镕译,花山文艺出版社,2001年,第977页。

真是万人空巷。""只要国王出现在哪里,哪里山呼'万岁'之声震荡云空",①全国各阶层人民因此紧密团结在这个爱国爱民、在波兰各阶层人民中有极高的威望的国王周围,同仇敌忾,使侵略者陷入了人民战争的汪洋大海。

  二是在贵族领导阶级中,有一些爱国将领在人民战争中,能以灵活机动的战略战术,指挥正规军有效地打击敌人。波兰爱国者在这次反瑞典侵略的战争中,采取的第一个战略的成功,表现在保卫波兰传统的宗教圣地琴斯托霍瓦的明山修道院的胜利,在战争初期,"整个国家有如一艘沉入深渊的大船,唯有这座修道院尚傲然屹立,有如露出洪波之上的桅樯末端",②保卫战胜利对于世世代代笃信天主教的波兰人来说,无疑是个极大的鼓舞,也更加激发了他们的爱国热情,坚定了他们战胜侵略者的信心。与此同时,显克维奇在小说中,还再现了另外一个历史人物,这就是著名爱国将领斯泰凡·查尔涅茨基,在波兰反瑞典侵略战争中,是他指挥波兰军队战胜了侵略者。在显克维奇的笔下,查尔涅茨基在指挥战斗的时候,"迅疾如雷霆",有不可阻挡之势,他虽然是指挥官,却总是冲锋在前面,并且对士兵说:"谁忠于上帝!谁忠于信仰!谁热爱祖国!谁就跟我走!"③士兵们在他的带动下,都有一股强烈的爱国热情,在战斗中勇猛异常,不消灭侵略者,决不停止战斗。查尔涅茨基统率的这支军队尤其善于打大规模的野战,敌人根本不是他的对手,这是一个"真正的帅才","一个祖国的保卫者"。小说中的一个英雄人物说:"他调兵遣将,那种神机妙算简直超出常人的想象!共和国又出了一位伟大的军人,天降英才救民于水火,这是毋庸置疑的。"④查尔涅茨基是显克维奇继维希涅维茨基之后,塑造的第二个军事统帅的光辉形象,二者都反映了作者的民主主义军事思想。

  在艺术上,显克维奇的长篇小说的特点和他的中短篇小说大不相同,不论是《火与剑》还是《洪流》都突出地表现在塑造人物和情节安排上,两者又有不可分割的联系。显克维奇善于将人物放在各种矛盾和斗争都极为尖锐和复杂的社会环境中,通过他们的行动、语言和复杂的生活和斗争的经历,来表现他们的思想、个性、道德和才能。他善于铺展生动、曲折和充满了悬念的故事情节,不仅反映广阔的社会背景,也使活动在这个社会环境中的各种人物血肉丰满,栩栩如生。所以他的历史小说规模宏伟,情节引人入胜,人物不论主次,个个鲜明突出,给读者留下深刻的印象。显克维奇还根据他在历史小说中要反映波兰历史上"伟大"、"高尚"、"不朽"和"年轻"⑤的东西的宗旨,在小说中,常常设计许多激动人心的场面,重视感情和气氛的烘托。他所展现的战争场面不是单纯的互相仇杀,而往往由于

---

① 本段引文均引自亨·显克维奇,《洪流》中册,易丽君、袁汉镕译,花山文艺出版社,2001年,第977、1040、1051、1082、1083、1127、1128页。
② 同上,第859页。
③ 亨·显克维奇,《洪流》下册,易丽君、袁汉镕译,花山文艺出版社,2001年,第1415页。
④ 同上,第1287页。
⑤ 《显克维奇全集》,第30卷,国家出版社,华沙,1959年,第93页。

战争双方表现的英雄主义,使整个场面显得激昂慷慨,可歌可泣。他在刻画他所喜爱的英雄人物时,总是赋予他们崇高的思想品德和超凡的聪明才智,把他们理想化,并让他们的品德和才智在各种尖锐复杂的斗争中,得到充分的表现,这在人民中有很大的教育意义。就是反面人物,他也从不作简单化或者千人一面地描写。他笔下的人物,如果不是富于激情的爱国者,就是充满了内心矛盾,性格特征十分凸显的人。在《火与剑》中,除了前已提到的赫麦尔尼茨基、维希涅维茨基外,其他的主要人物还有博洪、斯克热图斯基、尤金、伏沃迪约夫斯基、扎格沃巴、仁江等,除了博洪,其他都是作者虚构的人物。在《洪流》中,除了前已提到的国王卡齐米日、波兰军队的统帅斯泰凡·查尔涅茨基外,其他主要人物还有雅努什·拉吉维尔总督①和他的弟弟博古斯瓦夫、克密奇茨和奥伦卡等,这里的前两个是历史人物,克密奇茨和奥伦卡则是作者虚构的男女主人公。此外,斯克热图斯基、伏沃迪约夫斯基、扎格沃巴也是《洪流》中的主要人物。这些人物除了博洪这个哥萨克阵营中的人以及维尔诺总督雅努什·拉吉维尔和他的弟弟博古斯瓦夫这两个投靠异族侵略者的卖国贼、企图称霸一方的阴谋家和野心家外,其他的虚构人物都充分地表现了上面提到的显克维奇的英雄人物的特点。在他们中,尤以扎格沃巴和克密奇茨表现得最为突出。

扎格沃巴出身贵族,在乌克兰战争爆发后,他和斯克热图斯基、尤金、伏沃迪约夫斯基一起投奔于维希涅维茨基麾下,成了战友。这个人物的性格较为复杂,他身上既有突出的优点,也有明显的缺点。他很有政治头脑,平日结交朋友也要看对方是否和他一样热爱祖国。一旦和谁交上了朋友,他对朋友不仅十分真诚,而且很重感情,在朋友遇到危难时,他就是赴汤蹈火,牺牲自己的一切也在所不惜。和斯克热图斯基、尤金、伏沃迪约夫斯基相比,扎格沃巴虽因年迈,武艺以及在战场上指挥和拼杀的能力和勇气都不如他们,但他在和敌人的斗争中,遇到任何危难的情况,都表现得沉着冷静,善于临机应变,往往经过一番周密的思考,就很轻松自如地化不利因素为有利因素,最后战胜了敌人。而且在这一过程中,他很富于幽默感,说明他在这方面很有斗争经验,机敏过人。与此同时,他在波兰的军队中,也很善于做后勤工作,因为他对军中事务的处理,总是考虑得十分周到。他也能说会道,可他又爱吹牛皮,其中尤以自我吹嘘见长,他讲一件事,总是真真假假、添油加醋,把它说得天花乱坠。有时他还可以信口开河,无中生有地编造故事,最后总是要把自己吹捧一番。但扎格沃巴确实是很有口才的,他的语言表达有丰富的想象力,在说明某事或某人时,为了叫人信服,能以各种比喻或夸大的言词,作绘声绘色的表达,此外他还会弹琴唱曲,说明他的艺术才能是多方面的。扎格沃巴还有个癖好,就是喝酒,他喝酒从来不择时间和地点,酒量大,喝得多。他

---

① 立陶宛总督雅努什·拉吉维尔在瑞典向波兰发动侵略战争的初期,投降了敌人,但他在此之前的1648年,和赫麦尔尼茨基领导的哥萨克军打过仗,后来又和沙俄的侵略军打过仗。

靠酒杯跟人拉关系,洽谈事务,甚至消磨时间。因为嗜酒,他也曾误事而落入敌人手中,但尽管如此,他的聪明机智又能使他逢凶化吉。像扎格沃巴这样的人物形象不仅在显克维奇的作品中,而且在波兰文学史上,都是最生动的艺术形象之一。所以瑞典皇家学院授予显克维奇诺贝尔文学奖的授奖词中,也对这个形象的塑造作了很高的评价:他"将永远在世界文学的那些不朽的喜剧性格的画廊中占有一席地位,他完全是一个独创性的人物"。①

《洪流》中的克密奇茨也是一个个性复杂,有十分曲折经历的人物。他虽出身贵族,但他年轻时曾和一帮强盗、杀人犯混在一起,胡作非为,激起了和他一样出身贵族的人对他的痛恨。但他有爱国心,在瑞典入侵波兰后,他由伏沃迪约夫斯基介绍,投靠了维尔诺总督雅努什·拉吉维尔,并决心从此投入到保卫祖国的战斗中,立功赎罪,痛改前非。但他开始没有认清拉吉维尔卖国投敌的真面目,当和他一起也曾投靠拉吉维尔麾下的伏沃迪约夫斯基等爱国者认清了这个卖国贼的本质,都气愤地表示和拉吉维尔决裂时,他依然跟随拉吉维尔,做过一些使亲者痛仇者快的错事。直到最后,他终于觉醒,和拉吉维尔决裂,要去投奔波兰爱国阵线,并且自己也改名为巴比尼奇,希望波兰的爱国者彻底忘掉他们所痛恨的克密奇茨这个人。首先,他来到了明山修道院,参加了这个修道院的保卫战,并立下了卓著的战功。后来他找到了国王卡齐米日,从此他以对祖国和国王的无比忠诚和超凡的智慧和勇武,在国王领导的反侵略战争中,立下了无数的战功,成了叱咤风云的英雄。巴比尼奇的威名在波兰无人不晓,敌人只要听到巴比尼奇就胆战心惊,被侵略者奴役的波兰人却把他当成自己的救星,对他衷心地感激,给他极大的赞誉。克密奇茨功大于过,所以在战争结束后,他不仅受到了波兰各地人民群众的热烈拥戴,国王卡齐米日也亲自向全国人民下诏,说明了他当初受雅努什·拉吉维尔的欺骗是无罪的,表彰了他为祖国的解放立下的卓著功勋。除此以外,克密奇茨还和一个叫奥伦卡的贵族出身的姑娘有过一段恋情,同样十分曲折。显克维奇在这个人物的刻画上,集中反映了他运用现实主义典型化和浪漫主义理想化相结合的手法的特点:他笔下的英雄人物是在波兰反瑞典侵略战争的典型环境中,充分表现了典型性格,他不仅忠君爱国,在保卫祖国的战争中建立了卓越的功勋,获得了人民给予他的极大的荣誉;在个人的婚恋上,也形成了大团圆的结局,而这一切,都是主人公经历了无数的曲折和苦难才得到的。显克维奇在塑造英雄人物方面,有了新的开拓。

历史小说三部曲的第三部《伏沃迪约夫斯基骑士》以17世纪70年代初土耳其侵略波兰和波兰反侵略斗争的一段历史为题材,它的故事情节和三部曲的第二部《洪流》紧密衔接。故事叙述的是三部曲的另外一个英雄人物伏沃迪约夫斯基和扎格沃巴在波兰军队战胜了瑞典侵略者后,来到了华沙,他在这里认识了一个

---

① 显克微奇,《第三个女人》,林洪亮译,漓江出版社,1987年,第547页。

出身贵族但又失去了父母的孤女巴霞。伏沃迪约夫斯基和扎格沃巴这时一同觐见了当时波兰贵族共和国军的大统领扬·索别斯基。索别斯基命他带兵去罗斯征讨叛逆陀罗申科和在那里进犯波兰边境的鞑靼人。伏沃迪约夫斯基在乌克兰打了胜仗,载誉归来,又在扎格沃巴的帮助下,和巴霞结了婚。1671年,伏沃迪约夫斯基又奉索别斯基之命,去莫尔达维亚边防前线就任赫雷普蒂奥夫城堡守军的指挥官,还将妻子接到了这里。赫雷普蒂奥夫附近有许多土匪,其中有鞑靼人,瓦拉几亚人,哥萨克人,他们结成了匪帮,常常偷袭赫雷普蒂奥夫各哨所饲养的牛马,劫掠附近城乡居民和商贾的钱财。伏沃迪约夫斯基来到这里之后,马上率领城堡的军兵,彻夜给这些匪帮来了一个大包围,将他们一网打尽。后来索别斯基又向他下达了去驻守边境城堡卡缅涅茨的命令,他的妻子和扎格沃巴也一同前往。伏沃迪约夫斯基率领军兵来到卡缅涅茨后,立即领导这里的居民修筑工事,进行战备,后来土耳其国王率土耳其和鞑靼联军来犯,卡缅涅茨守军最初和敌人的几次交战中,都取得了胜利。但是卡缅涅茨内部当时存在两派势力:除了以伏沃迪约夫斯基为代表的主战派外,还有主和派。而当时波多莱总兵又派来了议和代表,和土耳其人签订了协议,令卡缅涅茨驻军停止抵抗,撤离城堡,要把卡缅涅茨和波多莱都送给土耳其苏丹。伏沃迪约夫斯基接到命令后,摘下钢盔,这位"共和国首屈一指的军人"在阵地上突然响起的一阵大爆炸中为国捐躯。在小说的结尾,作者指出了这位波兰17世纪著名爱国将领并曾参加过波兰国王的索别斯基[①]统率的王军,于1673年在霍奇姆大败土耳其军,这是波兰历史上一次有重大意义的反侵略战争的胜利。伏沃迪约夫斯基无论在《火与剑》与《洪流》中,还是在《伏沃迪约夫斯基骑士》中,都是一个几乎完美无缺的英雄人物。他作为一个骑士和军队的指挥官,具有高超的武艺和卓越的指挥才能,在战场上杀敌勇猛异常;但他对自己的人却十分忠诚厚道,谦虚谨慎,他把他的一切都献给了保卫祖国的战斗。巴霞也是一个被塑造得很生动的妇女形象,她活泼、直率、勇敢、关心战友、对丈夫忠贞不贰。她既有一个女人善于关心和体贴亲人和战友的温柔细腻的情感,又具有一个英雄的气质。她和别的贵族小姐不同的是,她从小就爱舞刀剑,骑马,打猎,像个骑士一样,她在和敌人的搏斗中,确有战胜强敌的本领。像这样的女性形象,在三部曲中独一无二,在显克维奇的全部创作中也不多见。

在小说《伏沃迪约夫斯基骑士》的结尾,作者为突出他创作三部曲的意图,写了这么一句话:"我之所以废寝忘餐、殚精竭虑,付出了巨大劳动来写这个系列的作品,目的在于鼓舞人心。"[②]三部曲通过反映波兰17世纪下半叶的民族解放运动,以雄伟壮阔的艺术画面,生动再现了波兰人民为了祖国的独立,和异族侵略者进行的一系列伟大的斗争,证明了这个英雄民族是不可战胜的。这是一部波兰民

[①] 即扬·索别斯基三世(1624—1696),1674—1696在位。
[②] 《显克维奇选集第6卷·伏沃迪约夫斯基骑士》,易丽君、袁汉镕译,人民文学出版社,2011年,第657页。

族伟大的英雄史诗,正是它所再现的这些轰轰烈烈、可歌可泣的历史事件,这些叱咤风云的民族英雄和千百万人民的光辉业绩,对后世的波兰起了"鼓舞人心"的积极作用,促使被压迫的波兰人以坚强的毅力、百倍的勇敢和信心,去为一个自由的波兰而奋斗。

在三部曲这个巨大的工程完成后,显克维奇随即写一个中篇小说《第三个女人》(1888)。作品借一个画家在和一个贵族小姐在恋爱上遇到的曲折,对市侩小人建立在名利地位上的社交观和婚姻观,进行了讽刺。作家认为一个真正的艺术家应当是一个有才华和个性的艺术家,既不迎合小市民的低级趣味,也不因某种社会潮流泛滥一时而随波逐流。此后显克维奇又先后创作和发表了两部以现实为题材的长篇小说《毫无准则》(1890)和《波瓦涅茨基一家》(1894)。《毫无准则》的社会背景是:实证主义在19世纪60年代虽然提出了有民主思想的社会改革纲领,但到80年代末,它并没有得到贯彻实施。因为它不能从根本上改变在占领者统治下的这个旧的社会制度,它的一切主张就无法实施。许多激进知识分子最初是抱有希望的,后来也失望了,他们不仅看到实证主义不是波兰的救世良方,而且认定他们所处的这个社会不可能走向美好和繁荣,这个社会制度本身就是坏的,可他们又没有别的办法来改变这种状况,因此陷入悲观和迷茫,对什么事物的判断都"毫无准则",[①]当时许多波兰的文化评论家都把这称之为"无准则主义"。[②]显克维奇认为这不仅是波兰,而且是欧洲这个时代文明的通病。小说主人公列昂·普沃索夫斯基出身贵族家庭,他年轻时很聪明,在大学读书时,各科成绩都不错,对艺术和哲学的研究也很感兴趣,也读过自然科学和哲学著作,但他认为宗教、大自然和大千世界都不可知,他对一切都抱怀疑态度,他的生活没有目的,没有准则,认为知识和理智面对现实无能为力,因此他毕业后也没有参加工作,靠母亲的遗产维持生活。显克维奇通过主人公的自述,指出了怀疑主义和悲观主义不仅存在于普沃索夫斯基这样的人身上,它是一种社会病。这种社会病不仅存在于波兰,而且流行于全世界,它是一种世纪病,人类有缺陷,无力抵抗这种病症,因为所有高尚的东西都已被"没有灵魂的金融和交易所",被"野蛮和黑暗"所代替。[③]作者从历史小说三部曲又回到了黑暗的社会现实中,但他的主人公生性善良,为人正直,普沃索夫斯基也有过爱情的悲剧,通过这段经历,他也看到了世上的虚伪、欺诈和把爱情当成金钱买卖的市侩,他对这一切都厌恶至极,可又无力改变这个现实。但除了普沃索夫斯基外,小说也刻画了一些质朴、善良、热情、有事业心和在工作中做出了成绩的人物形象,说明在显克维奇看来,现实中也不是没有丝毫的闪光点。《毫无准则》是一部很有特色的心理小说,它和三部曲大不相同。小

[①] 尤利扬·克日让诺夫斯基,《亨利克·显克维奇,生平和创作年谱》,国家出版社,华沙,1956年,第237页。

[②] 张振辉,《显克维奇评传》,社会科学文献出版社,北京,1991年,第217页。

[③] 同上,第219页。

说的故事情节很简单,但它对各种人物,尤其是主要人物的心理分析细致入微。小说因为是以主人公第一人称叙述,直接抒发自己的思想感情,尤其显得真实感人。作者描绘普沃索夫斯基极为复杂的心理变化时,不仅条理清晰,而且他还善于抓住主人公心理变幻不定、瞬息即逝的细微颤抖和起伏,进行细致入微的刻画。瑞典皇家学院的诺贝尔奖的授奖词中,对于这部作品和它所塑造的主人公,也作了很高的评价:"显克维奇描绘了一种在所有国家都存在的典型,这是一个被理性的神经衰弱症毁坏了的有才华的人物。《毫无准则》是一部极为严肃的、发人深思的书,又是一件精工雕琢的美妙的艺术品。"①小说《毫无准则》无论在思想上、艺术上,都代表了显克维奇小说创作艺术又一独特的风格。

《波瓦涅茨基一家》表现出和《毫无准则》完全不同的思想倾向,其主题也非常单一。主人公波瓦涅茨基做颜料生意,他爱上了他一个亲戚的女儿玛蕾娜,他因待人诚恳,有同情心,也赢得了玛蕾娜对他的爱。此外,波瓦涅茨基还认识玛蕾娜的邻居爱米丽亚太太和她年幼的女儿李特卡。爱米丽亚太太因女儿李特卡病重而感到忧虑,波瓦涅茨基也对李特卡作了无微不至的照顾,爱米丽亚因此对他产生了好感。她为促成波瓦涅茨基和玛蕾娜的结合,在玛蕾娜面前极力夸他是个能干的好心人。李特卡虽年幼,也很懂得波瓦涅茨基对她的好心,她虽不幸病逝,但她在临死前拉着玛蕾娜的手,表示由衷地希望她和波瓦涅茨基相爱。波瓦涅茨基和玛蕾娜结婚后,感情很好,他们都是虔诚的基督教徒,后来玛蕾娜因分娩病危,经大夫努力,孩子顺利地生了下来,她自己也安然无恙。波瓦涅茨基为妻子在分娩时得到救助也感谢上帝,从此他也有了一个幸福美满的家庭。小说中这些人物形象突出了真诚、善良、同情和互助互爱的主题思想,作者把宗教道德和社会道德看成一体,这种看法在一个有宗教信仰传统的民族中,是带有普遍性的。在作者笔下,波瓦涅茨基也是一个精明能干的商人,他除了做颜料生意外,还和一个友人合资经办了一个贸易公司,赚了大钱,成了暴发户,此后他还要一个人开矿山,办工厂,认为这是进行社会生产,更有益于社会。后来因为他的妻子热爱乡土,便转而在乡下经营土地。主人公从一个商业暴发户变成了一个热爱乡土的劳动者,说明作者是把爱祖国、爱故乡和爱劳动的思想道德放在第一位的。

在《毫无准则》和《波瓦涅茨基一家》出版后,显克维奇在 19 世纪末又投入了他的历史小说的创作,并连续出版了《你往何处去》(1896)和《十字军骑士》(1900)这两部波兰文学史堪称经典的长篇名著。《你往何处去》以公元前 1 世纪古罗马朱里亚·克劳迪乌斯王朝的最后一个皇帝尼禄于公元 54—68 年在位时期为背景,反映奴隶主统治阶级内部争权夺利的激烈斗争。公元 64 年,罗马城发生大火,民间流传是尼禄下令放火的,尼禄为转移视线,把火灾归罪于当时属于社会下

---

① 显克微奇,《第三个女人》,林洪亮译,漓江出版社,1987 年,第 547 页。

层的基督教徒，将他们大批地逮捕和杀害。此外他还以才子艺人自居，吟诗演唱，用布施和举办娱乐活动来收买游民无产者，挥霍无度，加重了各行省的租税负担，因而激起了人民的反抗。在国内阶级矛盾更趋尖锐的情况下，元老院宣布废黜尼禄的皇位，他逃出罗马，最后自杀。小说真实地反映了这一段历史，在作者笔下，尼禄是一个凶残暴戾、贪得无厌的暴君典型。首先，他和以他为首的统治集团借助于自己拥有强大的军队，对外发动侵略战争，侵夺别国的土地和财富，过着极度奢华和荒淫无耻的生活；在国内对社会下层人民进行残酷的压迫和疯狂的残害。基督教当时在罗马社会，特别是罗马社会下层，有很大的影响，这是因为他们宣扬的宽恕、仁慈、公正和博爱的教义在罗马这个野蛮残酷的社会中容易为广大被压迫者所接受，代表他们的利益。小说以主要篇幅描写以彼得和保罗为首的基督徒们的宗教活动和他们所宣扬的思想和道德，用来对比罗马奴隶主统治阶级的反动、腐朽和没落，显示了这个宗教当时所起的进步作用和它所具有的改造世界，特别是改造人们精神世界的力量，因此这部小说又被称为"真正基督的史诗"①。但是这个宗教要求它的信徒"爱敌人"、"心甘情愿地忍受屈辱和迫害"，同时把人的最大幸福看成死后才能够得到，说明它对压迫采取不抵抗主义，因而也决定了它不可能引导人民去推翻罗马奴隶主的统治。②

在显克维奇笔下，尼禄的反动和凶残，突出地表现在他下令焚烧罗马和迫害基督教徒。尼禄是个爱虚荣的皇帝，他本身平庸无能，却自认为才华出众，他想写一篇反映特洛伊灭亡的长诗《特洛伊之歌》，让它成为超越荷马史诗的千古绝唱，流芳万世，为此他想要获得特洛伊城毁灭的真实灵感，便密令禁卫军总督火烧罗马城。在这场惨绝人寰的灾祸中，罗马城无数居民被大火烧死，无数人流离失所，丧失了他们赖以生存的一切，因此他们被逼奋起反抗。尼禄此时为了转移视线，又大肆造谣，说罗马的大火是基督教徒放的，把他们全数逮捕，赶到古罗马著名的圆戏场中，有的喂了狮、狼、虎、豹，有的被乱箭射死或被格斗士打死，有的被钉死在十字架上，圆戏场中血肉横飞，惨不忍睹，连在场的数万观众对这种血腥屠杀都感到厌恶了。显克维奇以其非凡的艺术功力，真实再现了那远在两千年前人类社会的大悲剧，所以授予他诺贝尔奖的授奖词在谈到《你往何处去》的艺术成就时，对以上两个场面，也给予了很高的评价："关于罗马大火的描写和角斗场中血腥场面的描写是无与伦比的。"③

小说塑造的人物形象也很鲜明突出。维尼茨尤斯是古罗马著名作家、尼禄的近臣裴特罗纽斯的外甥，出身罗马官僚贵族，从小就养成了贪图享乐、自私、任性和粗暴的习性。他爱过一个被当作人质留在罗马的外国首领的女儿莉吉亚，他当初是看她长得美，想占有她，他的爱是狂热和自私的。但他后来和莉吉亚以及基

---

① 显克维奇，《你往何处去》，张振辉译，人民文学出版社，2000年，第3页。
② 同上，第3页。
③ 显克微奇，《第三个女人》，林洪亮译，漓江出版社，1987年，第549页。

督徒们长期接触,为她以德报怨的精神所感化,开始接受基督教义的熏陶,在思想上起了很大的变化。他从爱莉吉亚的外貌转变为爱她身上所体现的基督教的仁爱精神。在这种精神的感召下,他释放了他的家奴,宣布他们获得自由。为了莉吉亚,他抛弃了贵族生活,后来莉吉亚作为一个基督教徒也被抓到了圆戏场中,他曾历尽千难万险,去营救她,最后他终于赢得了他所期盼的幸福。他和莉吉亚结合后,不仅自己得以安享这"无限的爱"①的生活,也让他们的仆人信仰基督,主仆互敬互爱,和睦相处,作者把他们的幸福结合看成是一个基督教的理想世界。

基隆也是小说中的重要人物,他自称是哲学家、医生和占卜者,也确实有一些聪明的天赋。但他是个作恶多端的坏人,阴险、虚伪、狡诈、贪财、好吹牛等多方面的劣性都集中地体现在他的身上,他曾一再地陷害格劳库斯,而且要杀死他;后来当尼禄一伙要捕杀基督教徒时,他又自告奋勇地要去搜捕基督教徒以邀功请赏,他的这种行为可谓十恶不赦。但尽管如此,他的灵魂并不是无可挽救的,如他在圆戏场一看见那些基督教徒被野兽吞食的惨状,便感到无限的痛苦和内疚,尤其是当他看见被他出卖的格劳库斯在御花园里被活活烧死的时候还宽恕了他,终于良心发现,感到自己罪孽深重,并且面对圆戏场上所有的观众,指着尼禄大声地喊道:"罗马的人民!我愿以我的生命起誓,这里死去的人都是无罪的,真正的纵火犯就是——他!"②由于他向罗马人民揭露了尼禄放火的事实真相,他自己也被钉死在十字架上。显克维奇在维尼茨尤斯和基隆这两个人物的塑造中,说明了不管他们有什么固有的缺点或者做过什么坏事,只要他们身上还有一点积极因素,基督教的仁慈博爱就可以把他们教育和改造过来,使他们成为高尚的人。

长篇小说《十字军骑士》以15世纪初十字军骑士团入侵以及1410年波兰和立陶宛联军在格龙瓦尔德打败骑士团的历史为背景,但他的创作和19世纪80—90年代波兰的政局、特别是普鲁士占领区的政治局面有密切的联系。因为俾斯麦这期间在普鲁士占领区提出的所谓"文化斗争"的口号,是为了对波兰各方面在政策上采取了一系列日耳曼化措施。首先,普鲁士当局成立了一个基金委员会,要从农民手里强购土地,企图以这种合法手段把波兰的土地逐步划归德意志帝国所有。此外,他们还在这里的政府机关和学校中委任大批德国人担任行政长官和教员,规定这些地方一律使用德语,并以法律的形式,确定在占领区的波兰人都得公开宣布自己是普鲁士的臣民,否则就无权住在这里。占领者采取这些措施的目的,是要进一步巩固他们的殖民统治和彻底消灭波兰人的民族性。显克维奇对这一切,当然十分了解,他在这时期发表的一系列政论文章和给友人的书信中,对普鲁士占领者的侵略本性作了深刻的揭露,在社会上影响很大。他创作《十字军骑士》和他创作三部曲一样,要通过宣扬波兰历史上那些"伟大的人物","伟大的性

---

① 显克维奇,《你往何处去》,张振辉译,人民文学出版社,2000年,第639页。
② 同上,第605页。

格"和"伟大的牺牲",①以鼓舞人们的斗志,去和占领者进行坚决的斗争,争取波兰民族的解放。浪漫主义诗人亚当·密茨凯维奇以十字军骑士团这段历史为背景,创作过长篇叙事诗《格拉任娜》和《康拉德·华伦洛德》,显克维奇创作的《十字军骑士》则具有伟大的现实意义。

  小说主人公马佐夫舍地区斯佩霍夫的尤兰德是一个名声显赫、武艺超群的骑士。十字军骑士团一次在袭击马佐夫舍大公朝廷时,将他的妻子绑在马鞍上吓死。尤兰德自此怀着对骑士团的深仇大恨,在和他们的战斗中,杀死了许多十字军骑士。为此,骑士团什奇特诺的分团长丹菲尔特要对尤兰德施加报复,但又害怕和他公开交战,于是密谋将他住在马佐夫舍公爵府里的女儿丹露霞骗到了什奇特诺,然后叫尤兰德单身去那里领人。尤兰德去那里后,没有见到他的女儿,知道自己受骗上当,一气之下,便以其超人的臂力,打死了在场的邓肯尔特等许多十字军骑士,最后他们用网将他绊倒并抓获了他。但因尤兰德在波兰声望很高,他们不敢杀他,便叫刽子手残忍地割掉他的舌头,烫瞎他的眼睛,又用链条打断他的右臂,然后将他释放。尤兰德被释放后,在路上遇见了老骑士玛茨科和他的侄儿兹贝什科和邻居雅金卡。兹贝什科以前在马佐夫舍公爵府里见到过丹露霞,她当时是公爵夫人的侍女,兹贝什科对她一见钟情,并经公爵夫人的同意,和丹露霞结了婚。他在这里和叔父玛茨科遇见尤兰德后,便把他送回了斯佩霍夫,但尤兰德因为身心遭到了严重的摧残,回到斯佩霍夫后,不久就死了。后来兹贝什科一个人历尽千难万险去找他的妻子,他虽然找到了丹露霞,但她因为遭到十字军骑士团的残酷迫害,已是奄奄一息,虽得到兹贝什科的小心护送,终未见到她的父亲,死在去斯佩霍夫的路上。

  像尤兰德父女这样被十字军骑士团残害的例子在波兰当然不是个案,他们是受害的千百万波兰家庭中的一个。小说通过一些人物的见闻和回忆,揭露了许多骑士团在被他们占领的波兰和立陶宛的土地上屠杀百姓,毁灭城镇,掠夺财富,因而激起了波兰和立陶宛人民对侵略者的仇恨和他们奋起反抗的史实。因此,波兰早就开始酝酿着一场大规模的反抗十字军骑士团的战争,这是一场全民的反侵略的战争,是波兰历史上第一次最著名的反侵略战争的胜利。显克维奇在小说中,着重指出了这场战争的正义性是它取得胜利的主要原因。作者深刻地揭露了侵略者凶残、狠毒、狡诈和贪婪的本性,指出他们貌似强大而又必然走向灭亡的历史趋向,并以广阔的社会图景,展示波兰人民在骑士团残酷压迫下的悲惨命运,以及他们在和骑士团的斗争中如何取得了最后的胜利。兹贝什科和玛茨科参加了大战后,兹贝什科回到了博格丹涅茨,和久已爱上了他的雅金卡结了婚。玛茨科为他们建造了一座漂亮的城堡,自己仍住在祖辈给他留下的老屋子里,从此过着和平幸福的生活。

---

① 转引自阿利娜·诺菲尔,《亨利克·显克维奇》,普及知识出版社,华沙,1959年,第169页。

进入 20 世纪后,显克维奇还创作了长篇小说《光荣的战场》(1903—1905,中译作《战场上的婚礼》)、《旋涡》(1909—1910)和《在沙漠和丛林中》(1910—1911,中译作《中非历险记》)。《光荣的战场》以波兰 17 世纪著名爱国将领扬·索别斯基在 1673 年秋,统率波兰大军在霍奇姆打败当时侵犯波兰领土的土耳其军以后的一段历史为背景,因为波兰在霍奇姆战役中虽然取得了胜利,但土耳其此后并没有停止对波兰的侵犯,直到 1699 年,波兰才彻底打败了土耳其,迫使其和波兰签订了和平条约,波兰从此永远收回了被侵略者曾长期侵占的全部领土。小说的写法和显克维奇的三部曲和《十字军骑士》的写法不同,他不是直接去写波兰人民反抗异族侵略的场面,而是通过人物的日常生活,从他们的言谈和各种活动中,反映出波兰长期和土耳其抗争的历史情况以及当前面对土耳其侵犯的形势。作者一方面揭露了当时贵族统治者内部矛盾重重,上下各自为政,波兰国内处于无政府状态。另一方面也指出了国王能够团结爱国将领,动员和领导人民去和侵略者进行斗争,只要贵族和人民都能遵守法纪,上下团结一致,就一定能打败来犯之敌。《旋涡》是在 1905 年革命失败以后写的,它比较集中地反映了显克维奇此时思想处于矛盾中和对波兰感到悲观失望的心态。在革命失败后,他看到波兰是一片凄凉的景象,他不仅对革命党人不满,而且对包括统治阶级在内的整个社会都表现了失望和不满,这种状况的出现在显克维奇的一生中还是第一次。但即使这样,他仍坚信波兰民族不会灭亡,在波兰不乏意志坚强的爱国者,人们在遇到困难时,更应加强团结,小说《在沙漠和丛林中》就表现了他的这种思想。主人公斯塔西是个 14 岁的波兰男孩,这是一个少年英雄。他父亲弗瓦迪斯瓦夫·塔尔科夫斯基参加过一月起义,曾在苏伊士运河公司任工程师,住在埃及的塞得港。斯塔西在塞得港读书时,学会了许多非洲和欧洲的语言,但他认为父亲教给他的波兰语乃是最美的语言。苏伊士运河公司有个董事劳利逊是个英国人,他有个 8 岁的女儿妮尔,和弗瓦迪斯瓦夫·塔尔科夫斯基是邻居。一次,劳利逊和塔尔科夫斯基被埃及政府邀请到埃及法尤姆去检查和评价在那里进行的运河网工作,也带上了两个孩子。几天后,劳利逊和塔尔科夫斯基去别地视察水利工程,这时(1855)因为马赫迪在苏丹举行起义,反抗埃及和英国的统治,有两个马赫迪分子伊德利斯和葛布尔趁机将这两个孩子劫走,想用他们交换被埃及政府扣押的叛乱者的妻子和儿女。葛布尔因为虐待被他劫走的斯塔西和妮尔,后来被机智勇敢的斯塔西杀死。斯塔西和妮尔因而获得了自由,便决定率领伊德利斯和葛布尔的这个马帮去埃塞俄比亚。斯塔西又显示了他的领导才能,尽管沿途遇到艰难险阻,但他对他的每一个旅伴都十分关心,能够团结他们克服困难,征服险恶的大自然。他常常以高于马帮中黑人和苏丹人的文化水平和他的基督精神,对他们进行教育,并让他们接受了基督教的洗礼。他的马帮中有个黑人卡利的父亲福姆巴是瓦希玛国的国王,现在和邻近的山布鲁国爆发了战争,斯塔西又和卡利带领马帮去打败了山布鲁。卡利的父亲在战争中受了伤,后来死去。斯塔西叫卡利优待俘虏,把残忍凶恶的旧习惯变成善良的新习惯,卡利因为打败了山布鲁人,当了瓦希玛部族的酋长。斯塔西的突出表现也很快就赢得了许多人对他的信赖、拥护和尊敬。后来妮尔的舅舅克拉里医生和一个叫格伦的上尉带领的一个政府考察队去考察埃及的乞力马扎罗山的东北坡以及这座山的北部鲜为人知的广大地区,一次偶然的机会,他们找到了斯塔西和妮尔。他们后来也见到了他们的父亲。妮尔随父亲劳利逊去了英国,斯塔西大学毕业后,在瑞士工作。几年之后,塔尔科夫斯基带着斯塔西来英国看望劳利逊父女,斯塔西和妮尔结了婚,他们住在英国。劳利逊逝世后,他们又重返埃及,看见卡利在英国保护政府的管辖下治理着鲁道夫以南的整个地区。他还在当地引进了传教士去传播基督教。这次旅行之后,斯塔西和妮尔都来到了波兰,和斯塔西的父亲住在一起。

总的来说,

显克维奇肯定是第一个承认他受到古老的波兰文学影响的人。这种文学的确是丰富多彩的。由于亚当·密茨凯维奇的伟大史诗所充分表现的诗歌的全部本质,他是波兰文学的真正的亚当,是波兰文学的先驱。在波兰文学的天空里,像灿烂的群星那样闪烁发光的名字中,有斯沃瓦茨基,这是个有丰富想象力的人,还有克拉辛斯基。像科热尼奥夫斯基、克拉谢夫斯基和热乌斯基,都曾成功地进行过史诗艺术的创作。但是亨利克·显克维奇却使史诗艺术达到了它的高峰,呈现出了最高度的客观性。①

第四节
波列斯瓦夫·普鲁斯

波列斯瓦夫·普鲁斯(1847—1912)原名亚历山大·格沃瓦茨基,出生于卢布林省赫鲁别索夫县一个小贵族的家庭,父亲是一个公务员,有少量田产。但普鲁斯的父母早逝,他是在普瓦维和卢布林由他的亲戚抚养长大的,曾就读于卢布林的一所实科中学,后来他来到了凯尔采,得到了他的哥哥列昂的照顾。列昂是一月起义中的红党的成员,普鲁斯在他革命思想的影响下,也参加过一月起义,在战斗中受伤,住过医院,后又被关在卢布林的监狱里,获释后在卢布林读完了中学。继而普鲁斯就读于华沙中央大学数学物理系,但读了两年就辍学了,后来他在利

---

① 瑞典皇家学院给显克维奇授诺贝尔文学奖的授奖词,见显克微奇,《第三个女人》,林洪亮译,漓江出版社,1987年,第552页。

尔波普的一个工厂里当过工人、照相师，在统计局里当过职员。从1872年开始，他和华沙一些影响较大的报刊如《田地》、《家庭监护人》和《华沙信使》等取得了联系。普鲁斯和他同时期的许多著名的作家一样，关心下层劳动人民的生活状况和波兰社会的繁荣和发展，他当时在这些报刊上，以"每周记事"为总的题目，写过许多宣传实证主义纲领的政论文章，如他1872年在《家庭监护人》上发表的一篇题为《我们的罪恶》中，对开展"基层工作"表示了自己的看法，他认为：

  我们要还清债务，节省开支，提高工农业生产水平，使家庭成员和睦相处，广泛开展社交活动，加强联系，使更多的有情人终成眷属，降低儿童的死亡率，救助那些遭遇不幸的人，发展教育事业，提高社会的道德水平。在这种情况下，一些大的产业将分成许多小的产业，平民的粗布衣将替代贵族的燕尾服，代表高贵出身的纹章将换成商店的招牌，羽毛将变成锤子和直尺。许多事物我们今天已不能接受，许多事情我们都忘了，要更多地学习，学习。[1]

此外他对波兰社会中的一些落后和不良的风俗习惯，如封建迷信、忽视科学和教育事业的发展、一些人奢侈浪费而又不事劳动、工农业落后的经营方式等，进行了尖锐的讽刺。但是通过实证主义纲领的实施，几年之后，普鲁斯却高兴地看到了波兰社会呈现实繁荣的景象，他1882年在《新闻》周刊上发表的文章中写道：

  几年来，我们看到了社会奇迹般地复兴，没有预定的计划，没有下过任何命令，甚至没有援助所出现的这个事实足以证明，我们的社会是一个活生生的有机体，集体的力量在高贵的思想指导下在起作用。[2]

可普鲁斯这时期更感兴趣的还是文学创作。早在1876年，他就发表的一篇短篇小说《该诅咒的幸福》，这个作品和他的政论文一样，也宣扬了实证主义思想纲领。主人公维尔斯基是个机械师，他因继承了叔父的一笔遗产，打算拿一部分来办工厂和救济一个穷苦的织手套的工人和他认识的一个穷大学生。可这时他却被一个银行老板的太太奥美莉娅勾引，成了她的情夫，因而引起了华沙舆论对他的指责，那个大学生也退还了他所资助的助学金。后来维尔斯基有所悔悟，认识到自己在奥美莉娅家里得到的是该诅咒的幸福，但为时已晚，因为那个大学生已辍学，织手套的工人的孩子已经死去，维尔斯基的妻子也在绝望中死了，最后维尔斯基不仅所有的计划都没有实现，自己反落得个家破人亡。普鲁斯认为，他的主人公忘记了一个道理，即"社会是个整体，当一部分没有履行自己的职责时其他

---

[1] 扬·巴库列夫斯基，《一月起义后的波兰文学史概述》，国家学校出版机关，华沙，1959年，第125页。

[2] 同上，第125页。

的部分就会死亡"①。这里作者几乎把实证主义口号逐字逐句地搬到小说中来了,但他认为,他的主人公是个热心人,在人生的道路上,只不过跌了一跤,只要他认识到自己对社会应负的责任,就一定可以站起来,继续前进。同样在1876年发表的《孤儿的命运》写一个机关职员温岑季死后,留下寡妇姝若和不满三岁的儿子雅西,因为生活无着,他俩被一些慈善家收养,可是这些慈善家把他们当奴仆和玩物,任意欺凌和打骂。姝若后来在贫病交迫中死去,雅西因为反抗,被收养他的人逐出了家门,可是这个被抛弃的孩子陷入绝境的时候,一个好心人收养了他,雅西终于获得了新生。作者认为,发展社会慈善事业,救助那些需要救助的人,这正是实证主义者要做的基层工作,当然是必要的,但是一个慈善事业家要真心诚意地对待他所救助的对象,而不能认为他低人一等,因为照实证主义观点,波兰各社会阶层是平等的。

这一时期普鲁斯因为和华沙各社会阶层的广泛接触,更深入地了解到了他们的生活状况,因此他在19世纪80—90年代出版的作品如中短篇小说集《第一批短篇小说》(1881)、《随笔和小画》(1885)、《琐事》(1891)和《晚上写的中短篇小说》(1895)等中,更侧重于揭露社会的阴暗面,如阶级矛盾的尖锐化、贵族资产阶级的贪婪和自私以及劳动人民的悲惨命运,和他的政论文表现了不同的思想倾向。在这些作品中,具有代表性的有短篇小说《顶楼上的房客》(1875)、《米哈尔科》(1880)、《安泰克》(1881)、《改邪归正的人》(1881)、《一件背心》(1882)和中篇小说《回浪》(1880)等。《安泰克》的主人公安泰克出身于农民家庭,他母亲虽有少量土地,但必须外出打工挣钱,才能维持全家生活。安泰克从小喜爱木雕艺术,他雕刻的风车、猫、小木盒和神像等,技艺之精美令人惊讶,因此他无心去干母亲叫他干的各种家务活,母亲只好送他到村铁匠那里去当学徒。安泰克在那里受到了雇主的欺凌和压迫。后来维斯瓦河水泛滥,淹没了他家的庄稼地,母亲无力再养活他,不得已叫他离家外出去找工作,自谋生路。人们看到,在这个社会里,一个贫苦农民不仅艺术天才遭到扼杀,而且连生存的权利都没有。

小说《米哈尔科》写的是当时许多贫苦农民因在乡下无法谋生,经常跑到城里来打工,因此农民流入城市的现象是很普遍的。小说主人公米哈尔科就是这样一个进城打工的农民。米哈尔科是个孤儿,几乎一无所有,但他生性纯朴、善良、富于正义感和自我牺牲的精神。他来到城里后,先在一个建筑工地上干活。他在这里见到一个穷苦的女孩子遭受欺凌,出于对她的同情,宁愿自己忍饥挨饿,把省下的钱给她。当他看到她的劳动所得被人抢走时,又义愤填膺地为她打抱不平,可是他遇到的却是人们对他的恶意讥讽和打击报复,最后他不得不离开这个工地,去另觅生路。后来米哈尔科在维斯瓦河另一边的一个工地上虽然找到了工作,但他在这里的遭遇更惨。他的工钱本来很少,还被监工无理克扣,自己穷得连租个

---

① 波列斯瓦夫·普鲁斯,《作品选》,第一卷,国家出版机关,华沙,1955年,第511页。

地方睡觉、买双鞋的钱都没有。雨季工地停工,他又被工头解雇,从此流落街头,忍饥挨饿,夜晚露宿在富人家住宅的墙角下。可即便在这种情况下,有一次,他在街上发现一栋新房子倒了,墙背后有个两腿被屋椽压断的人在痛苦地呻吟,一块大石头高悬在他的头上,人们胆怯地纷纷离去,只有他感受到那个受难者的痛苦,他想到那个人和他一样,也是从乡下来这里谋生的,因此他便毅然冒着生命危险,把这个不幸者救了出来。当人们要寻找这个受难者的救命恩人时,米哈尔科早已离开了人群。作者成功地塑造了一个见义勇为的英雄形象,不管米哈尔科的命运是多么悲惨,他始终保持了一颗劳动人民纯朴善良的心。

《顶楼上的房客》以工人生活为题材,写的是建筑工人雅库布一家七口的悲惨命运。五个孩子中两个身患重病,他自己也不幸从建筑架上摔下来成了残疾,靠妻子给人洗衣养活全家。后来家里债台高筑,什物当尽,他不得不拖着病腿,挣扎着出外寻找面包,可是他遇到的是人们对他的咒骂、讽刺和殴打,而这时他的妻子又因一个孩子失踪出外寻找不知去向,雅库布回到家里,在绝望中悬梁自杀了。可他死后,一个犹太无赖还跑来为雅库布打碎了他家的玻璃要他赔钱,真是穷人无活路,死后也不得安宁,小说表现了作者对波兰资本主义社会愤怒的控诉。

普鲁斯除反映工人和农民的生活之外,在他的短篇小说中,也常出现城市其他社会阶层的小人物。这些小人物和被压迫的工人和农民一样,在严酷的现实中,都挣扎在死亡线上。他们也正是在这种艰难的环境中,充分表现了他们的高尚品德和情操,作者同样给予他们深切的同情和由衷的赞美。如《一件背心》写一对夫妻,丈夫是一个机关里的编外人员,无固定收入,又患肺结核病,妻子知道他病情严重,内心十分痛苦,可是一见到他,又"哭里带笑地"[①]进行安慰。丈夫知道自己不久于人世,却把自己身上穿的背心的带子天天收紧,想要表明自己已经痊愈长胖,使妻子得到安慰。而妻子也偷偷地将丈夫的背心的带子截短,向丈夫证明他的确恢复了健康,长胖了,因而不感到背心太肥,使他放心养病。两口子始终没有向对方说穿背心的秘密,可是这个可怜人终于在贫病交迫中死去。整个作品和《顶楼上的房客》一样,充满了感伤和悲戚,读者愈是看到男女主人公处境的悲凉,而不得不以自欺欺人的手段使对方得到安慰,就愈是深感到他们互爱精神的可贵。可是这相依为命的一对,当他们在人世间已无法生存下去的时候,社会上却没有人向他们伸出救援的手,这难道是公正的吗?作者每一句话都表现了他对现实的不满、抗议和对主人公的同情,发人深思,催人泪下。

普鲁斯在反映社会下层劳动人民悲惨命运的同时,也无情地揭露了资产阶级的贪婪和鄙吝,反映了他们对劳动人民残酷的剥削和压迫以及被压迫者的反抗斗争。在小说《改邪归正的人》中,他成功地塑造了一个悭吝人的丑恶形象。主人公乌卡什是个房产主,他从小就养成了自私自利、损人利己的恶习,后来他幸运地和

[①] 海观、庄寿慈译,《普鲁斯短篇小说集》,作家出版社,1955年,第145页。

一个既漂亮又富有的女子结了婚。妻子死后,给他留下了房产和一个女儿。他很快就把女儿嫁了出去,没有举行婚礼,没有给嫁妆,亡妻留下的房子也没有留给女儿而自己独占,以致女儿和女婿和他打起官司来。他的房客因为缴不起房租,他要当众拍卖房客的用具,可他租出去的房子坏了,他从不进行修缮。他胸前挂着三万卢布的抵押字据单,也是他敲诈勒索得来的。总之,乌卡什在阳世度过的70年,没有做过一件好事,因此在地狱里受到了审讯。检察长见他举不出一次过去有过的无私和高尚的行为,便根据辩护律师的建议,叫他当场作一次大公无私的表演。可他在表演中,依然暴露了唯利是图、损人利己的本性,他把自己的灵魂看得只值50戈比。最后魔鬼对他的判决是:

我要把他从地狱里赶出去,以免他坏了我们的名声。让他回到阳世去,让他永远困守在他的抵押字据和钞票里,让他守着他的房子,拍卖穷苦房客的家产,欺侮自己的孩子。在这里,他那令人生厌的形体会玷污地狱,可是在阳间,他伤害人就是为我们效劳了。①

作者以现实主义和浪漫主义相结合的手法,塑造了一个他所深恶痛绝的典型。

中篇小说《回浪》则是直接写波兰资本家对工人的压迫和工人的反抗斗争。小说主人公阿德勒是个雇用了六百名工人,每年可得利润几千卢布的纺织厂老板,他一生中,施尽了一切罪恶手段,从工人担负不了的劳动中,榨取了难以计数的巨大财富。他的儿子斐迪南是个浪荡公子、流氓,他在国外挥霍无度,仅两年,除花掉了父亲寄给他的两万卢布外,还欠下了六万八千多卢布的债。阿德勒为了弥补儿子造成的亏损,肆意克扣工人的工资。斐迪南回国后,阿德勒也满心希望他成为自己剥削事业的继承人,斐迪南一到厂里,他那压迫者的凶恶嘴脸就暴露无遗。此后,厂里名目繁多的所谓"节约"②、罚款和加班加点逼得工人无路可走。有个技术工人哥斯拉夫斯基拼死拼活地从早晨5点干到深夜,在一次事故中受了重伤,因为厂里没有医生,他未能得到及时医治而死去。工人们群情激愤,不顾阿德勒的阻挠和威胁,都离厂去为哥斯拉夫斯基送葬,并呼吁罢工。他们的罢工虽被阿德勒镇压下去了,可是哥斯拉夫斯基的死却引起了社会舆论对阿德勒父子的强烈谴责,一位正直的法官萨波拉在报纸上公开揭露他们的罪行。最后,斐迪南在跟萨波拉的决斗中丧了命,阿德勒在绝望中也疯狂地纵火烧了工厂,自己和工厂同归于尽。普鲁斯通过主人公阿德勒残酷压迫工人的一生,真实反映了波兰资本主义社会中你死我活的阶级斗争的历史状况,指出了资产阶级由于反动和悖逆人民,必然走向灭亡的趋向。《回浪》是当时波兰文学唯一较为成功地反映了劳资

---

① 张振辉、陈九瑛编选,《世界短篇小说精品文库》东欧卷,海峡文艺出版社,1996年,第49页。
② 扬·巴库列夫斯基,《一月起义后的波兰文学史概述》,国家学校出版机关,华沙,1959年,第128页。

矛盾和波兰无产阶级斗争的作品。

在普鲁斯早期的作品中,还有一些主要反映波兰遭受沙俄、普鲁士和奥地利的民族压迫和波兰人民的解放斗争。但作者慑于波兰王国在沙俄占领者统治下的书刊检查制度,不可能直接去描写波兰现实中的民族解放斗争,因而在这些作品中,他侧重于描写主人公流亡国外的不同经历,表现了他们的爱国情怀和革命思想。就题材来说,这些作品和以上论述的各类作品有所不同,可是它们描写的主人公的思想和命运,是和当时波兰资本主义社会现实联系在一起的。如短篇小说《已逝的声音》(1883)写一个参加过法兰西民族解放运动的波兰老上校军官1871年底复员,住在里昂,他认为法兰西虽有革命传统,可是今天变了,因为这里的人们都享乐腐化,他决定离开他曾战斗过的地方,回到波兰去。但他回到华沙后,看到一些贵族老爷太太、公子和小姐终日寻欢作乐,置民族危亡于不顾,因此他又感到他的祖国波兰也和法国一样,思想上十分矛盾。这时他认识了一个穷苦的鞋匠,鞋匠对他很尊敬,上校也很受感动,立即离开他原来租赁的阔绰的住宅,搬进了一栋简陋的房子。当他看到维斯瓦河,看到故乡辽阔的旷野和森林,他才觉得他呼吸到了这半个世纪没有呼吸过的新鲜空气,因此他决定长期留在这里。普鲁斯要指出的是,在19世纪下半叶,法国、波兰的贵族和资产阶级,都已失去了他们有过的革命传统,只有穷苦的劳动者才是波兰民族解放运动的继承者。《在月亮旁》(1884)写一个长期远离祖国、流落在外的法国教师的痛苦经历。主人公弗朗索瓦年轻时从事过教育工作,他当时因看到法国教育制度有许多不合理的地方,想要进行改革,结果遭到人们的反对,被迫辞职后,去了英国。他在英国挣了一大笔钱,本想回法国去,可是他乘的船在里斯本附近触了礁,他幸亏被人救起,但他随身带的钱全部落入了大海。后来弗朗索瓦到过突尼斯、意大利和波兰,都是在富人家里当家庭教师,可是每当他挣得一大笔钱要回法国时,他的钱最后总是被主人骗走。弗朗索瓦在国外呆了30年,遭受了许多折磨和痛苦,最后他来到了德国的科隆,他的最后一个主人没有骗他,使他终于挣得了一笔钱,回到了法国。可是他回到祖国后,依然被人欺侮。普鲁斯写的虽然是一个法国人流落异乡、被人欺凌的辛酸历史,但这反映了作者的爱国主义思想和因为祖国波兰的沦亡而感到痛苦的心情。

普鲁斯的第一部长篇小说《前哨》(1886)的故事发生在普鲁士占领区的一个农村。普鲁士当局当时想要占领波兰的农村,主要采取向这里大量移民的办法,他们以为他们的人数增多了,利用他们在经济上雄厚的实力,就可以控制这里的一切,然后对波兰农民采取同化政策,使波兰农村成为普鲁士的农村,可是这一切遭到了波兰农民的极力抵制和反抗。小说主人公斯利马克是一个中农,他有10亩地,家里也雇了几个长工,但他总是想再添置一些产业,这不仅能增加他的收入,而且也会提高他的社会地位,因为在他看来,"天主在世上所安排的秩序,就是不让有什么平等","有的是地主,有的是长工,有的是东家,有的是农民。"他的土地恰好插在村里地主庄园的中间，因此他要就近向地主买一块草地，用来牧放他的牲口，可是他又听说村里要分地了，也许这块草地他不用付钱就会分给他。但斯利马克的如意算盘打错了，因为地主后来把他的庄园卖给了村里的德国移民，斯利马克不仅得不到地主的那片草地，而且德国移民还要买他的地和他的一座山，使他们的地连成一片，并在他的山上造一个风磨。斯利马克面临这样的局面，表现出强烈的爱国心，即使德国人愿出高价买他的地，他也绝不把自己的土地和山卖给外国人。他对德国人说："我可不在乎钱。这是我的地，我的祖先在农奴制度的时候就住在这里了，那时候人们就说这块地是我们的。""你们究竟有什么权利想买它？"他对乡村的教师也表示，他不会为了德国人的利益而牺牲自己，农民一离开自己的乡土就会完蛋。可是村里的德国移民很多，把村子里、小镇和铁路上的买卖全都掌握在他们的手中，村里的波兰农民包括斯利马克的粮食和奶品都卖不出去。这还不够，当斯利马克要德国人卖给他草料喂养牲口时，那个德国人干脆对他说："现在干草也救不了你，你单人匹马反正敌不过这么多移民。"德国人现在要买他的全部财产，斯利马克的态度表现得更坚决，如果要他离开他的房子，他"宁可碰死在自家的门槛上"。斯利马克没有草料，不得不把母牛卖掉，家里没有收入，他不得不辞退了他雇的一个女工。后来有一天，斯利马克家的马也被人偷了，他责怪他家的长工奥甫却支没有把马看好，把这个在他家干了一辈子苦活的长工赶了出去。奥甫却支带着他收养的一个孤儿，去外面找那匹丢失的马，可是马没有找到，他和他收养的孤儿都冻死在离村公所不远的一个溪谷里，这就是一个雇农的命运。这时斯利马克的儿子斯塔西克听见了德国人唱出了一首雄壮的歌："忠诚的德国人，勇敢而强壮，保卫着这神圣的国土。"①他吓病了，后来又淹死在布亚卡河中。斯利马克的另一个儿子安德列克因为打了一个德国人，也被关进了监狱。斯利马克认为所有这一切都是德国人造成的，德国人不仅毁了他的家，而且还砍了村里上百年的古木，搬走了一直盘踞在野地里的石块，他们砖瓦厂的煤烟熏焦了附近的田野和森林，让波兰的地主和农民都倾家荡产。在普鲁斯看来，德国人在普鲁士占领区的殖民不仅对波兰进行了经济侵略，而且破坏波兰的生态环境，从而使得波兰各阶层农民家破人亡，使得波兰农村成了普鲁士殖民者的天下。主人公斯利马克在把自己的土地卖不卖给德国人上虽然后来有过犹豫，但因受到他妻子的责备，他始终坚守在自己的土地上。后来妻子病死了，他和村里另外一个农民格日布的女儿凡金娜结了婚。斯利马克有10亩地，凡金娜有15亩地，共25亩，他虽然历尽苦难和艰险，但在和德国人的斗争中终于取得了胜利，面对强大的殖民者的侵略，始终坚守着波兰农村的这块前哨。小说通过斯利马克一家的遭遇和他的社会关系的描写，不仅深刻揭露了波兰农民遭受普鲁士的民族压迫的社会状况，而且颂扬了波兰农民强烈的爱国主义思想以及誓与侵略者战斗

---

① 本段引文均引自普鲁斯，《前哨》，庄寿慈译，人民文学出版社，1957年，第50,118,184,200页。

到底的精神。小说不仅在19世纪被占领者瓜分的波兰具有很大的现实意义，而且后来在德国法西斯侵占波兰期间，也曾受到波兰读者的极大欢迎，鼓舞他们去和德国法西斯进行坚决的斗争。

继《前哨》之后，普鲁斯在1887—1889年间发表的长篇小说《玩偶》是他的代表作，也是波兰批判现实主义的代表作。小说通过一个华沙破落贵族子弟斯坦尼斯瓦夫·沃库尔斯基的社会经历，在广阔的背景下，真实再现了那个时代波兰王国特别是华沙的社会面貌，是一部史诗式的作品。主人公年少时当过饭店里的堂倌，他发奋读书，后来考上了大学，在一位革命者列昂和一个年长于他的朋友、波兰19世纪民族解放运动的老兵伊格纳齐·热茨基的引导下，参加过1863年的一月起义，曾被流放到西伯利亚。他在西伯利亚艰苦的条件下从事科学研究，并且取得了很大的成就。可是他于1870年回华沙后，饱受饥饿的煎熬，最后不得不和一个比他大许多且新寡的明采尔杂货店的老板娘结婚。过了三年，他的妻子死了，沃库尔斯基继承了明采尔一家两代人经营的杂货店。一次偶然的机会，他在戏院里看歌剧表演，见到一位出身名门的漂亮贵族小姐伊扎贝娜·文茨卡，便爱上了她。他知道在当时的社会条件下，要赢得这样一位地位很高的贵族小姐的爱情，"就必须不做商人，要做就得做一个富商，至少出身贵族，和贵族阶层的人有关系。首先要有很多钱。"①于是他马上给自己弄到了一个贵族出身的证明文件，并于1877年去保加利亚参加那里爆发的俄土战争，搞军需供应，很快就挣得了几十万卢布的巨款，成了一个暴发户。回到华沙后，他又新开了一个规模较大的服饰用品商店，从此他便极力和这位贵族小姐及其亲属、朋友拉拢关系，处处为他们效劳。后来他还联合一部分贵族，开了一家规模很大的对俄贸易公司，成了华沙商界的头面人物，但他最后发现伊扎贝娜是一个庸俗、堕落的女子，感到自己受了骗，在绝望中自杀。

普鲁斯在小说中是把他的主人公作为一个19世纪下半叶波兰资产阶级的代表人物来描写的。在沃库尔斯基的身上表现出了这方面许多突出的特点：他很善于洞察资本主义市场行情的变化，能够抓住机会，大胆进取，获得成功；在资本主义的商业经营上，他所表现出来的才能和魄力，都远远胜过那些旧贵族。首先是沃库尔斯基在经营上眼光远大，他能根据沙皇在经济上将波兰王国和沙俄帝国视为一体，并且对西方实行开放政策这个实际情况，在宣布创建对俄贸易公司时，向股东们提出了一套切实可行的计划："华沙是西欧和东欧之间的贸易转运站。一部分法国和德国的货物在这里集中，由我们经手销往俄国，这样我们从中便可获得可靠的利润。"②由于他经济实力雄厚，在对俄贸易公司中，他一个人投入的资本就占公司总资产的六分之五。他只经过一年的努力，就使这家对俄贸易公司

---

① 波·普鲁斯，《玩偶》，张振辉译，上海译文出版社，2005年，第93页。
② 同上，第204页。

的营业总额超过了资本的 10 倍,而且获得了百分之八十的利润。

沃库尔斯基做买卖很讲诚信,这种诚信和关心消费者利益的经营方式,使得他在资本主义市场的竞争中,永远立于不败之地。同时他也十分关心波兰的社会福利,常为穷苦的人排忧解难,他为十几个人安排过工作,为几百个人创造了就业机会。因为这样,当他最后看出了伊扎贝娜的本来面目,在失恋后想要在一个小站上卧轨自杀的时候,这里有一个巡道工救了他,正是他年前给这个工人在这里找到了工作。沃库尔斯基极力救助那些穷苦的人是出于对他们的同情,因为他自己年少时也有过同样的经历。

但沃库尔斯基和贵族小姐伊扎贝娜交往后,思想上产生了矛盾。他虽仍然关心华沙社会的公益事业,帮助和救济那些穷苦的人,但他这时却把他的主要精力和钱财用在取悦和拉拢伊扎贝娜和贵族阶级的代表人物。他在和伊扎贝娜的父亲托马斯打牌时有意输钱给他;他高价收买托马斯的期票和托马斯祖传的银器和餐具;他在伊扎贝娜的姑妈伯爵夫人组织的复活节募捐上慷慨捐款;后来他又以比底价高很多的价钱竞买了托马斯那栋古旧的房子;他本来对赛马毫无兴趣,但他因为打听到了伊扎贝娜和她的姑妈要去看一场赛马,就抢购了一匹赛马,在比赛获胜后,他又马上把马卖掉,将卖马的钱亲手交给了在场的伊扎贝娜,请她把这些钱作为对伯爵夫人办的保育院的捐资转交给伯爵夫人;伊扎贝娜所崇拜的意大利演员罗西来华沙表演,沃库尔斯库应她的要求,特意买通了许多人去为罗西捧场和献礼。但是沃库尔斯基后来也曾看到伊扎贝娜虽表面上并不拒绝和他交往,而背地里却向别的男人卖弄风骚,甚至对他进行无耻的攻击和恶毒的咒骂,在这种情况下,他对她的爱慕也曾有过动摇,但他每次都反过来进行自责,又恢复了对她的爱恋。普鲁斯在塑造他的主人公形象时,常采取心理描写的手法,通过他的内心斗争充分展示出他那坚强而又带有执拗的个性,同时也不掩饰他性格中软弱的一面,通过描写微妙的心理活动把沃库尔斯基由于情场挫折而发生的变化表现得淋漓尽致。在他的事业心同爱情的历次较量中,每次都是事业心败北。在普鲁斯笔下,他的主人公虽是一个资产阶级代表人物,但他无论在哪方面都是一个近乎完美的资产者的形象,他年轻时曾为波兰民族的解放而战斗,受过长期流放的痛苦。在一月起义后新的社会环境中,他以自己的才能和勇于进取的精神,为波兰民族工商业的发展和改善下层劳动人民的生活状况,做出了很大的贡献。他品德高尚,对爱情忠贞不贰,在他和伊扎贝娜恋爱的时候,他的朋友热茨基曾竭力想促成他和淳朴善良的斯塔夫斯卡太太的婚姻,他对斯塔夫斯卡也有好感,并且帮她克服了生活上的困难,但他始终没有答应热茨基的要求,就是他失恋之后,也没有和斯塔夫斯卡结婚。他虽然是个资产者,但他丝毫也不看重自己的钱财,他一生将他的钱财一部分用于赢得贵族小姐的芳心,另一部分献给了波兰社会的公益事业。在他失恋后决意自杀之前,他把全部财产都献给了在他看来对波兰社会进步有益的人。① 像这样的资产者的形象不仅在波兰与《玩偶》同一时期产生的文学作品中从未有过，就是在西方文学特别是西方 19 世纪批判现实主义文学中也未曾有过。普鲁斯根据波兰当时和资本主义高度发展的西方国家不同的社会情况，成功地塑造了他的理想人物。

小说中沃库尔斯基服饰用品商店的老掌柜热茨基也是一个很重要的人物。他出生于一个具有爱国主义传统的家庭，他父亲早年参加过在意大利组建的"波兰志愿军团"，为恢复波兰国家的独立而战，他还是个拿破仑的崇拜者，以为拿破仑会给波兰带来民族独立，在全世界伸张正义。热茨基受父亲的影响，也对拿破仑十分崇拜，为了实现"自由、平等、博爱"的理想，他参加过 1848 年匈牙利革命，后曾长期流亡国外，回到波兰后，他又引导比他年轻的沃库尔斯基参加了一月起义。在一月起义后新的社会环境中，他受实证主义的思想影响，主张大力发展波兰民族工商业，而且他自己也有一定的经商才能，作为沃库尔斯基服饰用品商店的老掌柜，他善于团结店里的伙计，使大家齐心协力把生意做好。同时他也十分看中沃库尔斯基的才能，希望它能尽量得到发挥，为社会谋福利，因此他对沃库尔斯基为了赢得伊扎贝娜的欢心所采取的一切行动都不理解。热茨基心地善良，乐于助人，他很赞赏沃库尔斯基对穷人的救助，他自己也很关心穷人的疾苦。此外他在生活上对沃库尔斯基也很关心。当他知道自己的朋友爱上了伊扎贝娜后，他理所当然地极力反对，同时他又极力想让沃库尔斯基和他心目中最好的女人斯塔夫斯卡结婚。其实他自己早已爱上了斯塔夫斯卡，但他宁愿牺牲自己的爱，也一定要将沃库尔斯基和斯塔夫斯卡撮合在一起，认为只有这样，他的斯塔夫斯卡才能得到真正的幸福，这是多么伟大和无私的爱。

普鲁斯在塑造这个人物时，以很大的热情，生动地反映了他的许多高贵的品格和他有过革命经历的一生。由于他的思想、感情已不能为当时的人们理解，他只有通过回忆录倾诉衷肠。他的回忆反映了一月起义的全过程。小说通过人物形象的塑造充分反映了普鲁斯的思想状况。一月起义后，他也赞许华沙实证主义者的"有机劳动"和"基层工作"的纲领，主张利用波兰王国当时一些有利的条件，极力发展波兰的民族工商业，改善穷苦人的生活状况。他认为沃库尔斯基这样对祖国复兴有用的人才的悲剧结局固然是因为他误入了歧途，但主要是社会造成的。他把批判的矛头指向了那些腐朽没落的贵族，这些人社会地位很高，但他们在生活上骄奢淫逸，挥霍浪费，而又不事劳动，年轻的公子、小姐荒淫无耻，可又极端鄙视其他阶层的人们。在普鲁斯看来，这些人都是封建余孽，他们不仅是社会的寄生虫，他们那腐朽堕落的生活方式也对人们的风俗习惯造成了很坏的影响。例如伊扎贝娜的父亲托马斯，这个出身名门世家的大贵族，他的祖上出过大批元

---

① 但有人也说他是失踪了，他在失踪前写了遗嘱，表示要把他所有的钱财都献给他看来对波兰社会进步有益的人。

老院的元老,他的父辈有过几百万的家财。1864年农奴解放后,因为他的庄园再也没有农奴来无偿地替他耕地和种庄稼,而他自己又不会经营土地,加上长期养成的奢侈浪费的生活习惯,坐吃山空,很快就破产了。在普鲁斯的笔下,这是一个极端自私而又贪婪的贵族,他此时在经济上已经窘迫得不得不向家仆借钱来维持巨额的生活开支。他也正好利用沃库尔斯基拉拢他的机会,把自己一点少得可怜的本金放在沃库尔斯基那里生息,对这个富商肆无忌惮地敲诈勒索。有时沃库尔斯基没有完全满足他那贪得无厌的要求,他就大发雷霆,但有时又对沃库尔斯基感激涕零。这个贵族虽然在生活和经济来源上都要依靠沃库尔斯基,但他又瞧不起他眼中的这个商人。他要他的女儿伊扎贝娜常请沃库尔斯基吃饭,尽心地款待他,只是想从他那里得到更多的好处,因为他深信自己的女儿不会嫁给商人,可他自己却因为女儿玩弄手腕和卖弄风骚不成功,在失望之余自杀了。普鲁斯对他那可耻而又可怜的面孔,作了入木三分的刻画,而他那最后的结局,更突出地表现了作者对这个人物的厌恶之情。伊扎贝娜是小说的主要人物之一,普鲁斯虽然在她的身上费了不少笔墨,但她的性格特点并不复杂,就是娇生惯养、高傲自私、玩弄男性。她对许多男人卖弄风骚,但她从未爱过任何一个男人。她瞧不起沃库尔斯基,当然也不爱他。她对他一再进行欺骗,无非是想利用他为她和她父亲效劳。因此小说发表后,波兰有的文学评论家认为像伊扎贝娜这样的贵族小姐只知道寻欢作乐,玩弄异性,把她比做没有灵魂的玩偶是没有错的,但普鲁斯却否定了这种说法,他说小说的"名称是偶然定下来的"。"伊扎贝娜不是玩偶,玩偶是斯塔夫斯卡家的洋娃娃。"[①]后来他又说他原想用《三代人》作为小说的名称,即过去的理想主义者热茨基、过渡性的人物沃库尔斯基和新时代的理想主义者、爱搞科学实验的奥霍茨基。

其实,对小说的题目《玩偶》怎么理解都可以,但小说的结尾反映了浓郁的悲观情绪。首先是沃库尔斯基在巴黎见到一个发明家盖斯特,他那些据说"能够改变世界面貌"的科学发明后来遭到人们无情的嘲笑。小说中的一个人物舒曼医生对热茨基也说他"完全疯了,全科学院的人都在笑话他的那些痴心妄想"。沃库尔斯基也死了,他的悲剧结局是不合理的封建等级制度造成的,也是贵族的堕落腐化造成的,因此舒曼说"是封建主义残余葬送了他……他的死,大地为之震动……一个有趣的典型"。"最后一个浪漫主义者"[②]也就是波兰最后一个革命者热茨基死了。那个贵族中最开明和慈善的议长夫人也死了。理想主义者奥霍茨基到国外去了。在沃库尔斯基服饰用品商店里忠于职守的热茨基因为不满意犹太人什兰格巴乌姆当了店主和流氓无赖马鲁谢维奇来到了店里,他也走了,好像波兰的商业以后要靠这么一些人来经营,必然走向破产。普鲁斯通过沃库尔斯基服饰用

[①] 《玩偶》"序",奥索林斯基民族出版机关,弗罗茨瓦夫,1991年,第13、14页。
[②] 本段引文均引自波·普鲁斯,《玩偶》,张振辉译,上海译文出版社,2005年,第491、856、862、868页。

品商店和他创办的对俄贸易公司从兴旺发达走向衰败的描写,充分表现了一个爱国作家对波兰前景的担忧。一月起义后,虽然波兰资本主义迅速发展,但是由于各种腐朽黑暗势力的统治和沙俄占领者的民族压迫以及人们对于波兰民族事务的漠不关心,他似乎再也看不到波兰恢复国家独立和民族复兴的希望了。在波兰文学史上,还没有一部作品能像《玩偶》那样,对于波兰被沙俄、普鲁士和奥地利瓜分后的19世纪,特别是19世纪下半叶的社会状况以及其中出现的各种复杂的问题,作出如此深刻的剖析。

小说《玩偶》的结构形式和一般现实主义小说故事情节按时间的先后次序推进,最后形成一个整体的结构不同,它在描写主要情节发展的同时,在一些章节中,插进了热茨基的回忆,一方面叙说了沃库尔斯基青少年时代的经历,而这一切又和小说主要情节的发展,在时空上是颠倒的;另一方面,热茨基又很详细地描述了他自己参加1848年匈牙利革命的经过,而这种叙述又与小说的主要情节剥离,因而这种结构形式曾经遭到一些波兰文学研究者的指责,说它"建构杂乱,没有秩序。"[①]其实,小说《玩偶》的这种结构形式早在19世纪上半叶的波兰浪漫主义文学作品中就曾有过,尤利乌斯·斯沃瓦茨基的长诗《贝尼约夫斯基》以波兰18世纪巴尔同盟为背景,写贝尼约夫斯基这个贵族流浪在外的各种经历,它的某些章节也插进了和作品以上情节无关的作者对当时巴黎的波兰流亡者各派的政治倾向的看法。亚当·密茨凯维奇的长诗《康拉德·华伦洛德》的某些部分也作了颠倒时空的描写。其实这种结构形式也有它的优点,就是它在情节的发展中能够增加悬念,起到引人入胜的效果。此外主人公热茨基的回忆也扩大了小说所反映的时代背景,因为他过去参加1848年匈牙利革命,和他后来生活在一月起义后的波兰王国的那个时代有密切的联系。

普鲁斯塑造人物除了上面所说擅长心理描写外,也很善于以幽默的笔调来反映各种不同的场景,表现人物的性格。小说中的热茨基就是一个充满幽默情趣的人物,但是他的幽默和亨利克·显克维奇笔下的幽默又大不相同。显克维奇在他的历史小说三部曲中塑造的为波兰民族解放而斗争的英雄人物如扎格沃巴也很富于幽默感,这种幽默往往表现出了英雄人物的大智大勇。普鲁斯则主要是通过幽默的描写来表现主人公热茨基与众不同的思想和个性,他的幽默是在日常生活中表现出来的。作者写他淳朴善良和他对周围环境如何难以适应,由于他过于善良,反使得他变得愚钝而引出了许多笑话,普鲁斯对这个人物的富于幽默感的描写是带有忧郁情调的,作为革命者的热茨基的"愚钝"和人们对他的嘲笑反映了这位忧国忧民的作家内心的痛苦。

《玩偶》是一部再现了19世纪下半叶华沙社会生活全景的作品,它除了真实反映了当时华沙各阶层的生活状况之外,对华沙的城市面貌,如街道、学校、教堂、

---

① 雅尼娜·库尔奇茨卡-沙洛尼,《波列斯瓦夫·普鲁斯》,普及知识出版社,华沙,1975年,第390页。

工厂、商店、住宅、剧院、公园、法院、赛马场甚至墓地的地理位置和人们在这些地方活动的情况,也都作了相当详尽的描写。小说中沃库尔斯基应邀参加华沙各界名流在伊扎贝娜姑妈伯爵夫人沙龙里的大聚会,伊扎贝娜和她的父亲在剧院里看罗西的表演和沃库尔斯基为罗西捧场,还有他参加赛马和华沙法院里的审案等的场面,都写得十分真实、生动。作者通过对贵族高雅豪华的沙龙生活的生动描写,也显示了沃库尔斯基作为华沙商界最著名的资产者在波兰社会各界的巨大声望。还有在这次华沙大贵族的聚会中,一个沙俄占领军的将军也是伯爵夫人邀请的客人之一,这说明伯爵夫人要和占领者当局拉拢关系,这在当时的贵族中是常见的,也充分说明了波兰贵族对沙俄占领者妥协投降的态度。普鲁斯在描写他的主人公关心华沙的公益事业时,甚至把他自己曾极力支持过的一些公益事业,如在华沙维斯瓦河岸边修一条林荫道和铺设自来水管的真实事件,也纳入到了主人公的想象中,这种虚虚实实、真真假假的描写也是他创作《玩偶》的重要手法之一。小说对华沙的城市面貌的描写,其中许多街道、学校、住宅、剧场、法院和公园等,都是按照普鲁斯生活和创作《玩偶》的那些年代它们和它们所在的地方的原貌重现出来的。他对它们有的没有说出名称,而只是在人物的对话和场景的描写中暗示了一下,但由于他的这种暗示准确无误,所以华沙人或熟悉华沙的人一看便知道他所指的是什么。正因为如此,后来在20世纪的两次世界大战之间,还有人在位于华沙的克拉科夫城郊街的一幢公寓楼的墙上钉了块小牌子,上面写着,"《玩偶》主人公斯坦尼斯瓦夫·沃库尔斯基曾在此居住。"普鲁斯对华沙社会面貌和自然环境这些细节的真实描写,是让每一个波兰的读者在他们祖国沦亡的时候,不要忘记波兰民族的解放事业,不要忘记他们的首都和故乡华沙的一草一木和这里发生的一切。因此,波兰人不论在什么地方,只要读到《玩偶》,就一定会引起他们对祖国和故乡的思念以及对童年的回忆,而倍感亲切。19世纪末,波兰一位著名的马克思主义政论家和文学评论家路德维克·克日维茨基(1859—1941)曾正确地指出:

  正像英国的狄更斯和法国的巴尔扎克一样,普鲁斯在我们这里乃是历史自然的见证,这个见证可以告诉千秋万代,在19世纪后半叶的波兰,人们是怎么生活的。他的小说中的人物是虚构的,但是他们每天所处的环境、他们的生活方式以及他们的思想过程却是形象的现实。①

《玩偶》作为波兰19世纪批判现实主义的代表作和一部关于华沙的小说永远不会失去其深刻的认识价值和无穷的艺术魅力。

  发表于1890—1893年间的长篇小说《妇女解放的斗士们》更进一步表现了普

---

① 亨利克·马尔凯维奇,《普鲁斯和热罗姆斯基》,国家出版机关,华沙,1954年,第35、36页。

鲁斯对波兰社会走向没落的悲观情绪。拉特尔太太几十年来在华沙开办了一所女子中学，目的在于使波兰的妇女年轻时都能学会一种技能，将来能够独自创业、谋生，而不依靠男人。她培养了一批又一批优秀的女学生，到1870年，她的这所女子学校已经非常有名。拉特尔有过两个丈夫，第一个丈夫叫诺尔斯基，所以她原来叫诺尔斯卡太太，他们有一个儿子卡齐米日和一个女儿海伦娜；但诺尔斯基后来死了，她又和一个叫拉特尔的男人结婚了，后来拉特尔也死了，她就叫拉特尔太太。她的儿子卡齐米日很聪明，她要送他出国留学，希望他成为拿破仑或俾斯麦式的大人物。后来卡齐米日去了瑞士，在苏黎世研究社会科学，他非常用功，有才能，也有远大的志向。但回国后，他只在华沙一家棉纺厂里找到了工作，不能发挥他的聪明才智，不是他母亲期盼的那样。女儿海伦娜后来去了意大利，据说在意大利的一个修道院里当了修女。在华沙，当时虽有实证主义宣传，对妇女的歧视却始终存在，有人说女人只能当母亲，如果她要当智者、改革家，那她就会变成小丑。所以有些富有的家庭不愿让自己的女儿上学，只求将来把她们嫁给社会地位高或有钱的男人，而那些贫困的家庭又担负不起子女的学费。拉特尔太太的这所学校的学生因此越来越少，以致她最后办不下去。有个贵族甚至对她说这个学校没有给她任何好处，要她不办了，拉特尔太太在绝望中投河自尽了。

小说另外一个谋求妇女解放的活动家叫马加，继拉特尔太太之后她在华沙也办了一所小学，并且请了一些有专业知识的教师教孩子们学音乐和世界历史，还组织了一场音乐会的演出，但这不仅没有受到大家的欢迎，反而产生了种种非议。马加的母亲后来要她出嫁，说只有男人才能帮她成就事业，但她一切都要自食其力。她照顾孤儿，看护病人，救助有难的人，做了许多好事，但仍有人对她进行诽谤，说她和一个老中校相好，他会给她财产，最后她和拉特尔太太一样对人世感到绝望，而进了修道院。作者在小说中同情这些为妇女解放而奋斗的斗士，通过支持她们事业的人物之口对她们进行赞扬，却给了她们悲剧结局，这些表现了作者对社会的不满。

发表于1895年的长篇历史小说《法老》是普鲁斯的重要作品之一。小说以古埃及第二十王朝为背景，奴隶主统治者当时通过对外发动侵略战争，俘获了大量的战俘，以充当他们的奴隶，埃及国内也完成了许多大的建筑工程。但后来因为战争消耗太大，埃及的经济开始衰退，第二十王朝的最后一个国王拉美西斯十一世法老的王位最后被底比斯最大的阿蒙神庙祭司长赫尔霍尔篡夺，继而建立了古埃及第二十一王朝。小说《法老》主要描写古埃及第二十王朝的末期拉美西斯十三世法老与以底比斯最大的神庙阿蒙神庙祭司长和埃及最高议事院院长赫尔霍尔为首的祭司集团的斗争，除了赫尔霍尔之外，其他的人物和情节都是作者虚构的。普鲁斯所描写的拉美西斯十二世法老执政期间，事事顺从于祭司集团，他统治了33年后，立他的第四个儿子为太子，准备继承他的王位，为拉美西斯十三世法老。太子从小就受到祭司们欺侮，他在祭司学校里读书时遭受过各种体罚。他深知,祭司在埃及不仅拥有大量的土地和奴隶,而且控制了孟菲斯迷宫里的所有财宝,所以他们实际上掌握了埃及的执政大权,他自己也得听他们的话。小说一开始就描写了太子在皮—巴伊洛斯的一次大军演,在这次军演中,他显示出指挥作战的能力,以及对普通士兵和埃及老百姓的关爱。

后来太子要在国内进行改革,为奴隶赎身,给他们土地,让农民在劳动的第七天能够得到休息,同时减轻对手工业者和农民的税务,宣布祭司只管宗教事务,不准参与国事的管理,因而引起了祭司集团对他的不满。赫尔霍尔便在他父亲拉美西斯十二世法老面前诬告他在军演上犯了错误,使拉美西斯十二世没有封他为孟斐斯的兵团司令。可太子这时看到了埃及国库里的钱财越来越少,而祭司集团却非常富有,因为他们的神庙里装满了足能偿还政府一切债务的黄金和珠宝,拥有比法老还要多的土地和最强壮的工人和农民,但是他们不支持太子的改革,他就不得不向腓尼基大银庄老板达贡借钱,这样太子就得依靠腓尼基人。

拉美西斯十二世法老要去底比斯的阿蒙神庙,向诸神表示感谢,因为诸神让尼罗河涨了水,可以用来灌溉埃及的万顷良田,但他这时在王位的继承上,又改变了主意,封了赫尔霍尔为他王位的继承人。太子一气之下,便离开了孟斐斯的王宫,和他爱的一个希伯来女人莎拉,住在她的庄园里,法老和祭司们误以为他这么做,是要对他在军演上犯的"错误"表示忏悔,因此对他又产生了好感,仍封他为孟斐斯兵团司令和下埃及的总督。太子因此来到了下埃及,到过这里的一些省区,在巡游中,一个巴比伦最高祭司议事院的成员贝洛埃斯对他说:"埃及的祭司集团正在崩溃。他们之中的许多人正敛收财物,强夺民女,过着花天酒地的生活。"①在哈托尔神庙里,当时在他身边工作的埃及最高祭司议事院成员潘吐埃尔向他说明了为什么法老国库里的钱财越来越少,那是因为长年的对外战争,埃及人口锐减,国家没有税收,农民没有可耕的土地,打不出粮食,劳役过重,官吏对农民进行残酷的剥削和压迫,使他们忍饥挨饿,陷入极端贫困。为了改变这种状况,首先要保持国家的长治久安,有一个和平的环境,保证人民过上富裕的生活。但太子认为,战争是使国家摆脱危机最好的办法,因为埃及在战争中可以获得大量的战俘,充当埃及人的奴隶,农民也会有他们劳动的帮手,多打粮食,使法老的国库得到更多的财源。此外腓尼基人利用太子对他们的依靠,又唆使他去和亚述打仗,因为他们知道,亚述有野心,要吞并腓尼基。

可是贝洛埃斯作为巴比伦的使者建议埃及的祭司们和亚述签一个为期十年的和约。这时亚述国王阿萨尔也秘密地派了他的一个亲戚沙尔恭来到埃及,要和拉美西斯十二世法老签订这个和平条约。亚述和埃及双方签了这个条约后,本来想要保密,但腓尼基人探听到了这个秘密条约的签订,太子后来也知道了,他非常气愤,一是因为这个条约是背着他签的,二是他要和亚述打仗。他认为,如果法老

---

① 波·普鲁斯,《法老》,邹国相译,北京燕山出版社,2009年,第155页。

同亚述国宣战并且打赢的话,他就能夺得很多钱财和奴隶,拥有"他本人的伟大的军队"、永远结束祭司集团"干预国家权力的行径"。① 他还说祭司集团和亚述签约是对埃及的背叛,但他这时却假装什么也不知道,成天喝酒和寻欢作乐,以免引起祭司们的注意。后来有一次,太子喝醉了酒,在讽刺埃及最高祭司院另一个成员麦富雷斯时,说出了他知道祭司集团签密约的事,祭司们因此知道太子是对他们最大的威胁,要和他展开生与死的较量。麦富雷斯这时便指使一个长得很像太子的希腊人里孔去谋杀太子,但里孔谋杀太子未成。这时正好利比亚人进犯埃及,祭司集团要派兵抵御外敌,便任命太子为这支军队的统帅,让他到边境上去,这样祭司们就可以独揽朝政,没有人干涉他们。可是太子在战场上打了胜仗,人们都向他表示致敬。

拉美西斯十二法老死后,埃及国内到处发生暴乱。在塞赫姆,农民杀了前去征税的书吏;在梅尔查梯斯和皮—赫毕特,农民捣毁了腓尼基庄园主的房子;在卡沙城附近,工人不愿修整水渠,强烈要求国家给他们的劳动付报酬;在班岩矿里,服役的犯人打了看守,想逃到海上去。农民、手工业工人,甚至囚犯都起来暴动了。太子名义上当上了拉美西斯十三世法老,但他并没有举行过加冕典礼。他国库的税款收入也逐年减少,可这时腓尼基人又要拉美西斯十三世法老挖一条连通地中海和红海的运河,到那时,腓尼基和埃及的船队穿过红海,可以开往陆路几乎无法到达的那些富饶的国家,找到那里容易找到的黄金、粮食和木材。但挖这条河,要雇用五万士兵,一个推罗的希拉姆王腓尼基人这时在法老的身边,他表示腓尼基商人可以给这些工人付工钱,管他们吃饭。法老表示同意,但他要在国内进行改革,改善埃及人民的生活,让他们劳动六天之后,第七天能够休息。他要向祭司集团借钱,祭司们不仅不借给他,还指责他和腓尼基人拉关系,表现出对祭司的厌恶,鼓动农民和士兵造反;祭司集团还说他是个疯子,会把国家引向灭亡,祭司和拉美西斯十三世法老的矛盾更尖锐了。这时一个阿比多斯神庙的祭司长沙门吐要去祭司集团控制的迷宫探宝,说只要得到里面一小部分宝贝,就可以让贵族们和法老还清腓尼基人的借款,赎回法老以前为借债抵押给祭司的庄园。法老还亲自来到了迷宫,看见那里有无数的金银财宝。沙门吐向法老表示他要去迷宫偷宝未成,遇上了麦富雷斯,沙门吐见自己已败露,便服毒自杀了。

法老要召开埃及各阶层的代表会议,决定打开迷宫里的宝库,让里面的财宝供国家所需,但是这次会议没有开成。赫尔霍尔说:

> 即使给他一座金字塔的金银,再加上一座金字塔的珠宝,他也干不成什么事,因为他是个淘气的顽童,亚述大使沙尔恭从不叫他别的,而称他为乳臭未干的黄嘴丫子……他吃喝玩乐、放荡,……同腓尼基人、破产的贵族和形形色色的叛徒结

---

① 波·普鲁斯,《法老》,邹国相译,北京燕山出版社,2009年,第253页。

合在一起,实际上他们正在把他推向灭亡。①

可拉美西斯十三世法老这时对祭司集团并没有妥协,他一方面鼓动民众去打砸神庙,另一方面又派军队到神庙里去,名义上是为了保护神庙,实际上要抓捕神庙里的祭司,没收他们的财产。可是在民众举行暴动的那天出现了日食,人们都说这是因为天神不赞成他们这么干,天神是站在祭司一边的。一个祭司设在拉美西斯十三世法老身边的奸细艾吾纳纳在法老的表弟、禁卫军队长图特茂吉斯要去逮杀赫尔霍尔时将他杀害,和图特茂吉斯一起来的志愿者们也都被祭司们收买了。可是拉美西斯十三世法老并不知道自己已处于危险的境地,他要去图特茂吉斯的妻子、他的情人荷布伦的别墅里叫她,可这时那个里孔正好又来到了法老的花园里,用匕首把正要回宫的法老刺伤。法老因为伤势过重,后来死了,但里孔也被法老刺死了。法老死后,赫尔霍尔作为底比斯阿蒙神庙的祭司长和先王的摄政王实施了对国家的统治。他马上平息了民众的暴乱,允许工人每七天休息一次。他在祭司们中间也实行了严格的纪律,处处保护外国人,特别是腓尼基人。他还同亚述国订立了条约,但没有把腓尼基割让给亚述,它仍然向埃及进贡。在短短几个月的统治期间,他的改革很快就得以实现,但没有采取残酷手段,没有人再敢打埃及的农民了,因为他们可以去法院告状。赫尔霍尔也迫使腓尼基人放弃了国家欠他们的债款。为了付清剩余部分,他从迷宫里取出了三万塔兰。三个月后,埃及出现了社会安宁和生活富裕的景象,所以国民反复说:

让摄政王圣·阿门·赫尔霍尔的统治得到祝福吧!说实在的,众神命定他为国王,是为了让他把埃及从不信神的近女色的拉美西斯十三世所造成的不幸中解救出来。②

但是在作者笔下,拉美西斯十三世法老同情下层劳动人民的疾苦,他一心想要进行改革,以减轻下层劳动人民的负担,改善他们的生活条件。他仇恨祭司,因为祭司富有而他自己很穷。他有很好的改革计划,但得不到祭司的支持,他欠了腓尼基人的债,想要弄到被祭司集团控制的迷宫里的财宝又弄不到。他和祭司的斗争是为了钱,为了政权,为了改革,为了国家的未来,他是值得同情的,但他没有执政的经验,遇事容易冲动,缺乏周密的思考,往往造成了不良的后果,这是他失败的主要原因。赫尔霍尔在拉美西斯十二和十三死后,当了埃及的法老,开创了一个新的第二十一王朝。这个人很聪明,对什么事件的发生他都要作深刻的分析。他的头脑清醒,判断客观,从来不带感情,很会玩手段。他要夺取政权,自己

---

① 波·普鲁斯,《法老》,邹国相译,北京燕山出版社,2009 年,第 593、594 页。
② 同上,第 683 页。

并不出面,让别人给他开路,麦富雷斯因闯迷宫被处死,赫尔霍尔本来可以阻止他,但他认为麦富雷斯不可靠,就让他自己去死。赫尔霍尔当上法老后,他进行了拉美西斯十三世法老想要进行的改革,但他害死了拉美西斯十三世法老、麦富雷斯、图特茂吉斯和里孔,是踩着他们的尸体登上王位的。

小说《法老》出版后,普鲁斯有过一段较长时间的沉默,直到1908年,他才出版了另一部小说《孩子们》。这部作品和他后来写的一部因为他在1912年去世而没有写完的长篇小说《转变》的思想倾向完全不同,可见普鲁斯在他的晚年,特别是经历了俄国1905年革命后,在思想上是矛盾的。《孩子们》一反作者过去对波兰社会黑暗的批判,不仅再一次地提出了实证主义的口号,而且把一些1905年革命的参加者都写成是匪头和流氓。小说中有个贵族少爷卡齐米日·希维尔斯基甚至公开表示反对马克思主义和阶级斗争学说,他认为革命造成了极大的破坏,只有实证主义才能救波兰。但是在《转变》中,普鲁斯不仅像他过去一样,再一次揭露了封建贵族的腐朽没落,而且成功地塑造了一个俄国革命者的形象,主人公季米特尔·佩尔斯基对波兰人公开表示,愿和他们一起,为打倒他们共同的敌人——沙俄专制主义,使两国人民都获得自由和解放而战斗到底。

他对他的波兰朋友说,我祝愿所有的民族,祝愿你们和我们都获得自由,相互之间平等对待,像兄弟一样团结起来。为了达到这个目的,我就是抛头颅,洒热血也在所不惜。今天有很多这样的俄国人,他们甘愿为自由,为了你们和我们的自由而牺牲,如果你们认为这么做对你们有好处,那也算上我一个吧!我不会欺骗你们。[①]

普鲁斯在1905年革命后,思想上的矛盾主要表现在:他认为1905年革命不仅没有使波兰恢复独立,而且给社会造成了破坏,因此他反对革命,也反对马克思主义关于阶级斗争的学说,但是他又看到了一些俄国的革命者站在被压迫的波兰一边,表示要和波兰的爱国者一起,推翻他们共同的敌人——沙皇俄国的反动统治。"为了你们和我们的自由",普鲁斯在小说中甚至直接引用那些俄国革命者对波兰人道出的肺腑之言,可见他是多么深受感动。但尽管这样,他依然看不到波兰民族复兴的前景,他再一次地在作品中提到在波兰现实中早已破产的实证主义社会纲领,不过是聊以自慰。

普鲁斯的作品最深刻地揭示了19世纪下半叶波兰社会各阶层的思想立场、道德面貌和生活状况,表现了强烈的爱国主义思想倾向,在波兰文学史上占有十分重要的地位,尤其对波兰批判现实主义文学的发展,产生了深远的影响。

[①] 扬·巴库列夫斯基,《一月起义后的波兰文学史概述》,国家学校出版机关,华沙,1959年,第149页。

第五节
玛丽娅·科诺普尼茨卡

玛丽娅·科诺普尼茨卡(1842—1910)出生于波兰东北部的比亚韦斯托省苏瓦乌基市的一个贵族知识分子家庭。她出生不久,她的全家就从苏瓦乌基搬到了波兹南省的卡利什市居住。科诺普尼茨卡幼年丧母,她是在父亲的抚养下长大的。她父亲是一个法律专家,爱好文学,在他的影响下,科诺普尼茨卡从小就读过许多带有民主和爱国主义思想倾向的波兰文学作品,特别是浪漫主义时期的文学作品,这对她以后的文学创作有很大的影响。1862年,她嫁给了罗兹省文奇察县的一个地主雅罗斯瓦夫·科诺普尼茨基,从此便住在丈夫的领地里。后来,科诺普尼茨基因为参加了一月起义,起义失败后,他不得不和妻子一起逃亡国外,他们在德国的德累斯顿住了一年后,又回到了波兰,依然住在他自己的领地里。但后来科诺普尼茨基的领地因经营不善而破产了,他的一家从此陷入贫困。这期间,科诺普尼茨卡的生活虽不宽裕,但她有机会阅读了许多波兰和世界文学名著,同时对波兰农村的社会和农民的生活状况,都有了深入的了解。1877年,她带着她的六个孩子来到了华沙,在这里秘密参加过援救被沙俄占领者当局囚禁的波兰爱国者的活动,并设立公众图书馆和阅览室,要在民众特别是妇女中普及文化知识。在1882—1890年间,科诺普尼茨卡曾先后去过奥地利、意大利、捷克、德国、瑞士和法国,并一直保持和国内的一些报刊和出版社的联系。她早期以创作诗歌为主,在19世纪80年代至20世纪初发表了《诗歌》第一卷(1881)、《以往戏剧片段》(1881)、《诗集》第二卷(1883)、《第三卷》(1886)、《第四卷》(1896)、《线条和声音》(1897)、《意大利》(1901)和《旅行包里的小东西》(1903)等。其中有的反映贫苦农民的悲惨命运,如《自由的雇农》一诗非常有代表性。波兰王国1864年农奴解放后,在封建贵族庄园里的农奴有了人身的自由,那么他们是不是真的获得了自由呢?这个"自由的雇农"获得"自由"后在人生的道路上,又有过什么样的遭遇呢?

> 一条狭窄如带的田间小径,
> 在绿油油的麦田里蜿蜒曲折,往前伸展,
> 这里行走着一个面色苍白、衣裳褴褛的穷人,
> 他是一个获得了自由的雇农。
>
> 从来没有这么多的心酸和悲戚,

我们无需更多地申述和形容,
从来没有这么深重的苦痛,
威胁着这个穷人的生存。

这一年年成艰苦,灾祸无情:
银闪闪的冰雹打坏了春播的种子,
血泪浸透了的土地,
长出的尽是荆棘的草根。

由于交租逾期,穷人被赶出了家门,
他没有和人告别,只抓了一把
自己耕过土地上的黄土,
装进行包便踏上了流浪的征程。

那九霄云上,静静地悬着蔚蓝的天空,
东边的树林里传来了村童的笛声,
他停住了脚步,用衣襟擦干泪痕,
他是自由的雇农。

他已经获得自由,
因为他抛弃了带在身上的枷锁——土地,
在这里他流尽血汗当马做牛,
可如今却要解脱这铁血法令规定的地租。

他已经获得自由,
今日不需给人积草盈槽喂牲畜,
他已经获得自由,
现在他能自由离家觅生路。

他已经获得自由,
人世再无别的要他来遭受,
只是那割草的镰刀仍挂在肩头,
还有这破衫遮掩皮包骨,流离度日多苦楚。

他已经获得自由,
最小的孤儿去春饥寒成疾折磨死,

就连这衰老的家犬,
也呜呜低吠竹篱头。

他已经获得自由,
从此可以自由歇息和行走,
或是对他忍受的绝望发出切齿的诅咒,
即使他放声痛哭或歌唱,天主对他也原宥。

他全身已经冻僵,
好似微霜遇到了严寒,
他像疯人一样,把头砸在地上,
可是那东升西落的太阳却依旧如常。

在他茅屋旁贫瘠的土地和田野上,
乡政府已种上了藓草和石南,
沉重的租税逼得他走投无路,
穷苦人怎不流浪走他乡!

政府的租税吃人似虎狼
庄稼地里一粒种子只长三根穗,
在这里他成年不遇米和粮,
穷苦人怎不流浪走他乡。

他为何站着不动,他不是像鸟一样的自由!
他能活着,也可以去寻找死亡,
他会自寻绝路,或者何处把身藏?
可是这会有谁去关切?

你看他,抓住了他头上的长发,多么悲伤!
可是他要做什么? 他可怎么活下去? 却无人去打听,
就是他从此倒下,安息,也无人过问,
自由的雇农啊,他是自由的雇农。[1]

这个农奴在农奴解放后,虽然获得了人身自由,但他因为没有土地,不得不成

---

[1] 飞白主编,《世界诗库》,第5卷俄罗斯·东欧,花城出版社,1994年,第477、478页。

为地主和新的农业资本家的雇佣劳动者,他在新雇主的土地上依然像过去一样"流尽血汗当马做牛",遇到灾荒,地里"长出的尽是荆棘的草根",由于"交租逾期",他被解雇了,从此无家可归,开始了他充满了艰辛和苦难的流浪生活。其实他不论在地主或农业资本家的庄园当雇工,还是流浪在外,他和他的家人都是"破衫遮掩皮包骨",会要"饥寒成疾折磨死"的。沙俄占领者的"政府的租税吃人似虎狼",可是这个雇农的苦难命运,却没有人关切。诗人以这个所谓获得了自由的雇农的血泪史,控诉了这个社会的不公。在《悲伤的日子》一诗中,诗人不仅看到了社会的不公,而且明确地指出了这是因为社会有阶级的存在而造成的:

> 为什么会有这样的鸿沟,
> 把同胞兄弟分为压迫者和被压迫者,
> 这鸿沟像大海一样漫无边际,
> 像破裂的伤口一样的可怕。①

面对社会的不公,诗人坚决表示:

> 我,一只受伤的鸟,要飞向蓝天,我没有高飞,
> 而是往下飞到了遭受痛苦折磨的这片土地上,
> 我要用爱拥抱那千百万苦难的人们,
> 虽然大家都保持沉默,但我要向蓝天表示抗议。
> ——《就是处于绝望境地也相信未来》②

而且她也看到了被压迫者

> 复仇的一天终于来到,
> 不甘心遭受屈辱,
> 要把一株枝叶枯黄的大树连根拔起。
> 从沉默不语到大声呼唤,
> 爱恨情仇催生了流血的一天
> 镰刀被扔在庄稼地里,
> 黑色的种子长出的是苦命。③
> ——《想象》

---

① 扬·巴库列夫斯基,《一月起义后的波兰文学史概述》,国家学校出版机关,华沙,1959年,第215页。
② 亨利克·马尔凯维奇,《实证主义》,国家科学出版社,华沙,2004年,第292页。
③ 同上,第221页。

除以上外,诗人另一部分作品主要反映波兰遭受的民族压迫,如在沙俄或普鲁士占领区,占领者对波兰人从孩童时起就采取了俄罗斯化或普鲁士化民族压迫的政策,对他们实行奴化教育,因而激起了波兰人的反抗。如在《九月》一诗中,诗人写道:

从格涅兹洛,从瓦尔塔河,
到处响遍了妇女的呼唤,
男人的怒吼和土地的呻吟,
普鲁士人在折磨波兰儿童!

父兄用自己的语言
给我们写下这一段祷文,
母亲们教会了我们朗诵,
普鲁士人在折磨波兰儿童!

白鹰在巢里站起来了,
展开闪闪发亮的翅膀,
要飞到上帝那里去控诉,
普鲁士人在折磨波兰儿童!

彼雅斯特①的骨灰已经苏醒,
国王已在王位上肃然起立,
他紧握着双拳,怒容满面,
他就要去保卫波兰儿童。

起来吧,村庄!起来吧,城镇!
在戈佩尔河的两岸,人们在前进。
钟声响了,从克罗希维察
传遍了彼雅斯特的土地。

它震撼着人们的心灵,
让背信弃义的普鲁士人发抖吧!
我们的呼唤声响彻了大地,
普鲁士人在折磨波兰儿童!

---

① 波兰历史上第一个王朝。

我们意志坚强,信心百倍,
只等国王号召,
人民将团结起来,组成义勇军,
英勇战斗,把敌人消灭干净。①

在反对民族压迫的斗争中,波兰人会更充分地表现出他们对祖国和家园的热爱,对祖国和家园的热爱又能增进他们和压迫者斗争的力量,

你爱你的家园,故乡的家园!
在一个仲夏之夜,
地面上笼罩着银色的大雾,
椴树枝叶的沙沙声响搅扰了你的美梦,
可夜晚的寂静能否擦干你的泪痕?

你爱你的家园,它是那么古老,
道出了那逝去的年代的神话,
老家门坎上的两扇大门长满了青苔,
正等着你从远处一条阴暗的道路上归来。

你爱你的家园,那里散发着
被割下来的青草和庄稼,
赤杨和野玫瑰扑鼻的芳香,
在你的脖子上挂满了一朵朵山楂花。

你爱你的家园,这是一片阴暗的密林,
那里响起了雄壮的歌声,
还有一个鬼魂的呻吟和旋风的呼啸,
都流淌在你沸腾的血脉里。

你爱你的家园,故乡的家园!
当你在人生的道路上遇到了暴风雨,
当你的灵魂遭受了雷电的袭击,
你要想起你的家园,它会使你得救。

---

① 飞白主编,《世界诗库》,第5卷俄罗斯·东欧,花城出版社,1994年,第479、480页。

如果你爱你的家园，
你要住在家园的屋檐下，吃庄稼地里的粮食，
那就要用心灵守护着祖国的大门，
用心灵筑起护卫祖国的长城。

——《家园之歌》①

对家园的热爱也是对首都华沙的热爱，华沙是波兰人最美好的家园：

华沙，华沙，你是一座红色的城市，
人民把你当成他们的女王，
不是因为你有端庄美丽的容貌，
而是因为你在清澈的维斯瓦河畔，
在古老的马佐夫舍的土地上，
这里大树的枝叶为你编织了生长的摇篮。

它在为你唱着一首催眠曲：
"快点长大吧，城市！长得像悬岩那么高！
像悬岩那么大！让大浪把你冲洗！
在岸边留下血色的珊瑚。
你的身躯面对着太阳，比云雾还宽广，
你的白鹰展开了银色的翅膀……"

风儿在大树的枝叶中吹过，
朝霞熄灭了，但明晨又会升起新的太阳。
林中有一株古老的橡树，
它是多少世纪以前，
从彼雅斯特的坟墓里长出来的，
在它的枝叶的沙沙声中，
道出了你古老的历史。

啊！你从未见到过天上那颗明亮的星，
你的命运也充满了艰辛
一道血红的朝霞，照亮了瓦维乌王宫的砖石，
照亮了华沙的沙土，照亮了蓝色的维斯瓦河，

---

① 《玛丽娅·科诺普尼茨卡的诗歌作品》，人民出版合作社，华沙，1988年，第141页。

燕子在河上飞过,它找不到自己的巢穴,
便落到了水中。

土地,马佐夫舍的土地,我的老母亲,
你将不断给予这座城市你要给的粮食。
彼雅斯特的橡树,多情的歌手,
你将为这里每一个春天唱出你动情的歌,
你会在这里长出的每一根麦穗中获得力量,
你会在这里的每一颗心中得到滋养。

——《华沙》①

诗人在法国旅游期间,还写过一组《普罗旺斯②十四行诗》,表示了她对这个曾和波兰有过深厚友谊的美丽国家的赞美,在其中的《祝福你,土地!》一诗中,诗人写道:

祝福你,一个静悄悄的国度!
祝福你,你被阳光照亮的头,
祝福你,你的甜美的语言,
你的银白和绿色的高粱秆,

你的血脉中,
流淌着罗讷河绿色的河水
你的心中,在唱着一首新歌,
就像酒杯里流出的红葡萄酒。

树香脂醉人的芳香,
柏树的枝叶遮住了你的眼睑,
我是一个远道来的朝圣者,

你的橄榄林在为我歌唱,
你让我看见了一个梦想的世界,
它是那么富于魅力,使我忘记了过去。③

---

① 《玛丽娅·科诺普尼茨卡的诗歌作品》,人民出版合作社,华沙,1988年,第185、186页。
② 地名,在法国。
③ 《玛丽娅·科诺普尼茨卡的诗歌作品》,人民出版合作社,华沙,1988年,第261页。

科诺普尼茨卡早期在创作和出版了一系列诗集的同时,也发表了大量的短篇小说作品,都收集在《四个短篇小说》(1888)、《我的相识》(1890)、《在路上》(1893)、《短篇小说集》(1897)、《人和事》(1898)和《在海峡群岛的岸边》(1904)等,大都反映社会下层劳动人民的疾苦,作者对他们表示深厚的同情,对社会的不公表示抗议和不满。如小说《马雷茜卡》的女主人公在地主庄园里当佣人,钱挣得很少,还要养活她刚出生的婴儿。她拼命地干,结果得了伤寒病,但她家里既没有吃的,也没有喝的,又怎么治病?《巴纳肖娃》中的巴纳肖娃老人80岁了,她从一个小地方瓦多维查搬到利沃夫来,因为她的女儿和女婿在利沃夫,巴纳肖娃住在他们家里要办居留证,这要花钱,她认为自己活不了多久了,不用办。三个月后,她依然身体健康,但没有办居留证要罚款,10个兹罗提还不够。警察叫她交罚款,她说:

我养了13个孩子,埋葬了7个,都像纯洁的花儿似的,两个儿子被抓去当了兵……一个儿子淹死在河里,一个女儿私奔到城里去了,而最小的儿子睡在阁楼上,恰好失火,他没有醒来,就那样活活烧死了,跟稻草屋檐下的麻雀一样。上帝从我这儿拿走的,抵得一百张居留证——又是生育,又是辛苦,又是沉重的劳动、又是饥饿、又是血泪、又是黄沙掩盖的坟墓……不缴不行,①5张票子,太太,一张也不剩。没有二话!彼得掏腰包贴了半张票子。辛辛苦苦积攒的买棺材本——全完了……那样的法律,那样的命令……我的命根子这样牢,恐怕还要缴完这一年……②

《烟》中有个老妇人,她的儿子马尔撒希是工厂里的司炉工,烟囱发生爆炸,把他炸死了,没有人理会。《敏杰尔·格但斯基》中的装订工敏杰尔是个犹太人,他有个外孙在学校里读书,从小失去了母亲,靠他抚养,但是学校有人轻蔑地叫他"席特"③,敏杰尔对他说:

你是在这个城市里生长的,也就是说,你在这里不是外人,换句话说,你是自己人,本地人,你有权利爱这个城市,只要你住在这儿光明正大,你没有什么可耻的。④

敏杰尔的外孙考试得了5分他很高兴。可是有个钟表匠对他说犹太人是异

---

① 指这里的罚款。
② 《柯诺普尼茨卡短篇小说集》,施友松译,人民文学出版社,1958年,第26、27页。这是过去的译本,本书作者将这个波兰诗人和作家的姓名 Maria Konopnicka 译为玛丽娅·科诺普尼茨卡。
③ 波兰文中对犹太人一种轻蔑的称呼。
④ 《柯诺普尼茨卡短篇小说集》,施友松译,人民文学出版社,1958年,第44页。

己分子,他要打犹太人,敏杰尔·格但斯基说他生长在格但斯克,是格但斯克人,靠劳动养活自己,他的父母也都葬在这里。说要打犹太人的人是醉汉、烟鬼、毒嘴恶舌的人。这时街上突然传来打犹太人的喊叫声,他对那些暴徒大喊:不许伤害犹太人!还有几个年轻人也和他一样厉声斥责那些喊打的暴徒,暴徒们最终退却了。作者揭露了种族歧视所造成的社会混乱,为社会伸张了正义。《我们的瘦马》写一个家庭生活困难,不断地卖东西,旧货商收走了他们家里许多用具,现在他们因为买不起草料,家里的一匹瘦马也要卖掉了,可是它在女主人死后还帮她拉过灵车,全家人都不舍得,一家人和在这个家里干过活、同样值得同情的瘦马有很深的感情。《弗罗连青娜小姐》的女主人公弗罗连青娜出身贵族,她父亲是伯爵,但父亲死后,她的家因破产而陷于贫困,她不得不去富人家里当佣人。但她仍自视高贵,看不起别的劳动妇女,可是她母亲心地善良,对她说:

  为什么我要在别人面前遮掩自己的穷相?孩子,永远去掉你的虚荣心吧,去掉你的自尊心吧,不要妄想高攀,既然世上有苦有难,那就让别人看见,让别人知道,那时候大家会更快地互相同情,互相帮助。①

  但是弗罗连青娜总是对人说她父亲当过官,她甚至把她母亲关在房里,不让母亲跟她认为低贱的洗衣妇接触。最后她的母亲病死了,她虽感到悲伤和绝望,但仍自以为高贵,说明社会上的等级观念是多么难以改变。《斯塔赫·沙法尔契克》写一个农民的孩子,他父亲有农舍和少量土地,父亲死后,母亲想要雇长工,还要改嫁,斯塔赫坚决反对。他年纪虽小,却甘愿一个人干起家里所有的农活,表示"决不允许别人把他从父亲的土地上赶走"。他认为只有他自己担负起所有的家务活,才能阻止长工在家里出现,也使他免遭继父的虐待。他初干农活,因为不会,曾被人讥讽,但由于他努力,终于学会了所有农活,一个人担负起了支撑全部家业的重任。作者反映了一个农民孩子对家乡和土地的热爱,颂扬了他的勤劳、不畏艰难、敢于担当的可贵品格。《撬门窃盗》写五个农民的孩子,最大的 14 岁,小的 10 岁,他们没有吃的,有的生了病,去撬门窃盗,因而遭到法庭的审讯,说他们"威胁着社会治安",那么他们为饥饿所逼难道不是这个社会造成的?《"在名册上……"》写监狱里的犯人饱受折磨,有个逃犯被抓回来,被打得头破血流,人们"像拖死尸一样把他拖回监狱"。② 但他在牢狱里又开始打摆子,发烧吐血,在第三天夜晚就死了。《村社的德政》中,一个某村舍的干事说:

  我们村社的法律是博爱济众的……使不幸的穷汉、残废和无依无靠的老人都

---

① 《柯诺普尼茨卡短篇小说集》,施友松译,人民文学出版社,1958 年,第 115 页。
② 本段引文出处同上,第 151,228,240 页。

有安身之处。……再没有乞丐,再没有沦落无依的人,村社是他们的再生父母,村社是他们的养育恩人。①

现在有一个老头,这个干事问一些社员,谁愿意把他收留在自己家里。他说村社并不要求社员白白赡养这个老头儿,将依法承担一部分开支。有的社员说要看这个老头是不是健康,手脚是不是灵活,能不能干活,问他多大岁数了。最后有人表示愿意收留他,因为

他在村自治局的公开招标中购买这样的废物已经有六年,也许是七年了,这不是没有好处的。他知道,这样的糟老头儿跟裂了缝的钵子完全一样,只要用铁丝把它箍一箍,那它有时候使起来比得上新的呢。无论如何,再便宜的工人是没处找了!总可以想法子从他身上得到一些财物或者劳力,用来抵偿他的食料,而村社替他付的钱就成为收益了,一股脑儿都落了荷包。②

原来这里宣扬的所谓的德政都是为了钱,表面上看,这个无依无靠的老人有了安身之处,实际上,他将遭受收养人对他的残酷的剥削。

1910年发表的长篇叙事诗《巴尔采尔先生在巴西》是科诺普尼茨卡的重要作品之一。19世纪80年代和20世纪初,波兰农民由于缺少土地,在国内无法谋生,曾大批迁移到西欧、北美和南美。科诺普尼茨卡这期间在国外,她从当时来往于南美的波兰人中,了解到许多波兰农民流亡巴西的情况,在1892—1908年间,她便以这一题材写了这部作品,作品真实反映了波兰农民被迫流落异乡遭受的苦难和他们对故土的思念,这也是一个被压迫民族所遭受的苦难。作者所描写的农民来自波兰全国各地,他们在国内遭受残酷的民族和阶级压迫,感到自己已没有生路,要去巴西谋生,可这也是一条充满了艰险的路,他们将要遇到许多不可预料的悲剧。首先,由于他们乘坐去巴西的船上条件极为艰苦,许多孩子死于饥饿和疾病,尸体被抛入大海。船上有一个鞋匠什琴希尼亚克的孩子死了,他的妻子怕孩子的遗体被扔进海里,便将它藏了起来,后来因为人们闻到了尸臭而被发现。这位母亲在悲痛中抱着孩子的遗体一起投海自尽。农民们因为处境艰难,在船上常争吵打骂。一个农民花光了他临行前变卖家产的钱,想要自杀,幸亏被人们救下。船行至赤道附近,一个铁匠巴尔采尔叫农民们不要争吵,说这里人与人是平等的,大家都是兄弟,没有贵族和农民之分,穷人也不会饿死。

他们乘坐的船终于到达了巴西一个港口城市,这些农民先是住在这里的一个

---

① 《柯诺普尼茨卡短篇小说集》,施友松译,人民文学出版社,1958年,第249、250页。
② 同上,第267页。

营棚里,他们遇见了一群侨居在这里的波兰妇女,她们赤着脚,抱着孩子,哭诉她们的丈夫是怎样在矿山里干活累死了,要这些农民回到波兰去。这便引发了农民对家乡的思念,但是他们既已来到巴西,就得在这里待下去,因此他们决定到城里去,希望那里的政府分给他们土地。这时突然来了一些德国人,自称是这里的政府所派,谁愿意同他们去,政府便给予土地,或让他去咖啡农场里工作。有的农民跟他们去了咖啡农场,大部分农民决定去森林伐木。巴尔采尔还在山上开了一个打铁坊,要带领大家一起劳动,建立家园。老霍罗杰伊很关心他们的牧场、果园和房子都建在哪里,可他们既没有农具,又没有种子,怎么办？这时,那些德国人又来了,他们要这些波兰农民登记入册,让他们服封建劳役,还要向他们征收赋税,引起了农民们极大的愤怒和反抗,他们还斥骂那个波兰人翻译是卖国贼。巴尔采尔对德国人说,这不是暴动,是集体的意志。德国人走后,农民们离开了森林。

他们穿过了一片大草原,经历了无数艰难险阻。许多人倒下了,老霍罗杰伊也死了。后来他们遇见了一些从咖啡农场来的黑人,这些黑人比他们更穷。农民罗赫看见黑人中有个波兰孤儿,便不顾黑人的反对,将孩子抱过来,要带回波兰。可是农民们又发现这些黑人在调戏妇女,争夺他们的食物,便和黑人们发生了打斗,双方死伤很多,黑人们在绝望中还纵火焚烧了附近的一座城市。农民们一路上受到饥渴和酷热的煎熬,罗赫抢回的孩子也死了。

后来他们又来到了另外一个港口城市,高兴地看见这里居住着波兰侨民,于是来到波兰马祖尔人居住的侨民营里作客,巴尔采尔发现这些侨民已失去了本民族的习俗,他们的孩子们连波兰话都不会讲了。港口的劳动十分繁忙。有一次,农民们看见一条船上有人要拍卖一些口袋,里面装的是那些在船上饿死和病死的人的遗物,许多人争相购买这些便宜货。巴尔采尔从一个口袋里还发现了一封死者临终前写给父母的信,信中表示了他对双亲和乡土的思念和不能见到他们的遗憾。农民们在港口的一个船坞里找到了工作。这里气候炎热,劳动辛苦。星期天,他们上教堂做礼拜,一个波兰教师布瓦霍塔对大家说,波兰是个可爱的国家,那里的沙子比这里的白银还珍贵,如果不是大雪阻住了道路,天主就会让耶稣诞生在波兰,农民们听后都激动得流下泪来。

有一天,港口工人举行罢工游行,队伍直奔市交易所大楼;波兰农民抬着一个饿死的同胞的尸体参加游行,他们把这当成是对当局的血泪控诉。尽管士兵挥舞军刀,对游行者进行威胁,他们也不害怕,最后,游行者将血红的旗帜插在了交易所的大楼上。老霍罗杰伊去世已经一年,巴尔采尔主张找船回波兰去,有的农民反对,说不愿回去做雇农和乞丐。这时,波兰波德拉谢地区来的农民在港口租了一条船,只要出半价就可以回波兰,于是大家便乘这条船离开巴西返回了波兰。

长诗通过曲折的故事情节的描写,真实而又生动地反映了波兰农民在19世纪末被迫流亡国外的原因,和他们在国外谋生的苦难经历,具有震撼人心的艺术魅力。作品的最后一段是在1905年革命爆发后写的,诗人在波兰和俄国当时蓬勃发展的革命形势的鼓舞下,构思了一个港口工人罢工的场面,这不仅反映了19世纪末资本主义国家阶级斗争尖锐化的实际情况,也表明了诗人拥护革命、认为革命能够伸张正义的态度。另外,作品再一次把德国人写成是当地的资产阶级统治者,他们对波兰农民敲诈勒索,这也表明了作者对普鲁士占领者一贯仇视的态度。长诗中描写巴西的一些比波兰农民更穷苦的黑人和农民的争斗可能是实际情况,诗人了解他们痛苦的处境,就像她在她的短篇小说中反映犹太人在占领者统治下的波兰遭受种族歧视一样,对于这些被压迫者,她是表示同情的。

第六节
其他重要的作家

波兰文学这一时期的重要作家除以上外,还有阿道夫·迪加辛斯基、亚当·阿斯内克、米哈乌·巴乌茨基、尤泽夫·布利津斯基、罗多奇(米科瓦伊·别尔纳茨基)、卡罗尔·希维津斯基和弗瓦迪斯瓦夫·贝乌扎等。

阿道夫·迪加辛斯基(1839—1902)出生于波兰凯尔采省平却夫县尼达河畔的涅戈斯瓦维查村。他父亲曾在一个地主庄园里做事,由于收入微薄,家境贫寒,但是尼达河畔崇山峻岭雄伟的自然景象从小就给他留下了很深的印象。此外迪加辛斯基因长期住在农村,从小对波兰封建农奴制庄园中的主仆关系、对地主管家和他们的仆役以及村里守林人的习性和生活状况都深有了解。他曾先后在平却夫和省会凯尔采市上过中学,1862年,迪加辛斯基来到了华沙,曾就读于华沙中央大学历史哲学系。翌年2月,他又返回家乡,因参加一月起义而被捕,在热索夫省奥尔库什县的监狱关了半年,出狱后曾先后在华沙和捷克布拉格的大学里继续深造。由于家里没有经济来源,他不得不采取半工半读的方式。这期间,他在富人家里当过家庭教师,后于1871年去了克拉科夫,翌年在克拉科夫开了一家书店,主要销售自然科学书籍和达尔文的著作。后因当地教会保守势力的反对,他的书店被迫关闭和拍卖了。1877年,迪加辛斯基又来到了华沙,仍以中学教师为职业,1883年他在华沙的《每周评论》上发表了他的处女作——以农民生活为题材的短篇小说《为了一头奶牛》。1890年秋天,迪加辛斯基作为《华沙信使》的记者,曾被派往巴西,和流浪到那里的波兰农民有过广泛的接触,了解到他们在巴西大丛林里的生活状况,有许多人就埋葬在那里,他对他们不幸的命运深表同情。

回国后他离开了华沙,仍在一些地方的地主和富人家当家庭教师。

迪加辛斯基是一位多产的作家,他一生除发表了大量小说作品外,还翻译出版了西欧各国许多有关哲学、心理学和教育学的名著。在他发表的小说作品中,主要有短篇小说集《在老爷的庄园里》(1884)、《沃翁·莫尔肯》(1885)、《村庄、田地和森林》(1887)和长篇小说《所有者们》(1887)、《贝尔多内克》(1888)、《皮什恰尔斯基先生》(1900)、《兔》(1900)和《生活的庆典》(1902)等。他的这些作品大都以农民生活为题材,反映了农民的贫困和疾苦,也揭露了他们的愚昧和落后的思想和习性,并指出这是长期的封建压迫所造成的。此外,他的许多作品还带有哲理性,表现了一种思想观点,认为不论是人类社会还是大自然,都有一个共同的发展规律,它是社会和大自然真正的统治者,这个规律谁都改变不了。如《在鸟巢里发生了什么》这个短篇,描写了农民马科什一家和他家粮仓里的一个仙鹤的鸟巢,以及距离他家不远的一株柳树上的一个夜莺的鸟巢同时遇到的一场灾祸。在作者笔下,不管是这个农民还是这些鸟,平日都很努力地工作,为了养活他们的孩子和它们的雏鸟。可是有一天,马科什家发生了火灾,他的妻子和孩子都被烧死了。他家粮仓里的那一巢仙鹤的雏鸟在大火中也被烧死了。与此同时,还有一只猫跑到柳树上的那个鸟巢里,把里面夜莺的雏鸟也全都咬死了。现在只剩下了农民马科什和那只公的仙鹤和公的夜莺,人和鸟遇到了同样的悲剧。作者认为,这就是这个自然规律的发展所造成的结果。就像他在他的另一个短篇《窝囊废》中说的那样:

多少世纪以来,就演着这么一出美妙绝伦的大剧,人类和所有的生灵都一直在期盼、活动、奔走和死去,可他(它)们完全不知,他(它)们都得遵循这个永远不变的大自然的发展规律。气候、水、泥土和动物既没有思想,也没有正义感,它们和人一样,都被一个不可改变的规律所掌握,不管他(它)们是幸福还是不幸,都是这样的。[①]

这里可以看出,作者早年因为对自然科学感兴趣而研究过达尔文的著作,达尔文物竞天择的思想对他是有影响的。但他认为,不管是人类还是其他生物,都无法抗拒大自然所强加给他(它)们的一切,这是一种悲观主义的哲学,也反映了他对资本主义社会以强凌弱的不满。

小说《兔》写的也是人和动物所遭遇的不幸:一个地主家的猎手马尔瓦,他的猎枪被常来他主人家林子里偷盗木材和打猎的泰特拉骗走了,因而遭到了地主管家的打骂,后被辞退,找不到生路,便上吊自杀了。小说中另一个主人公兔子的命

[①] 扬·巴库列夫斯基,《一月起义后的波兰文学史概述》,国家学校出版机关,华沙,1959年,第200页。

运也和马尔瓦一样,它虽多次逃避了被猎人击毙的危险,但最后却死于偷猎者泰特拉之手,而狡猾的狐狸却能得以安生。作者所描写的主人公马尔瓦胆小怕事,对自己的命运逆来顺受,他"从来没有给别人造成过委屈,连水都没有搅混过,平日就好像没有他似的。可是所有的人都欺侮他,要他干什么就得干什么,还极力讽刺他,叫他'耗子王',因为他长得又矮又瘦,好像总想找一个耗子窝把自己藏起来似的"。在作者看来,在这个恶势力统治的世界上,像他这样的弱者是无法生存的。那只兔子也和他一样,因为"到处都是战争和竞技,它们就像地心引力一样永远存在,一些人取得了胜利,另一些人就会失去一切",①动物也是一样。

小说《贝尔多内克》和《生活的庆典》所表现的思想倾向和以上作品不同。《贝尔多内克》写一个从小失去了双亲的孤儿贝尔多内克和他的祖父弗罗内克在波兰农村各地的一次参观和旅游。他们了解到在农奴制统治的波兰农村,人们仍保持着古老的生活习惯。他们还听到了许多美丽的民间传说。波兰农民虽然贫困、愚昧,但他们热爱劳动,品德高尚,总是盼着有一个美好的未来。《生活的庆典》写一只克戴菊鸟,虽然遇到过风暴对它的侵袭,但它仍然快乐地歌唱,歌唱生活的美好。同时它也希望通过自己的劳动,能对需要帮助的人们和别的动物有所帮助,因为"它很乐意为它所爱的他(它)们工作!"它认为,"生活的乐趣……不是只顾自己。"它最爱站在它的鸟巢旁的一根树枝上,面对着太阳,唱着一首爱的歌,它的歌声响遍了大地和丛林。"这是所有时代最美的歌,它让我们看到了一颗赤诚的爱心,为了这个活生生的世界的存在,它是不可缺少的,它永远不会消失。"②在作者看来,除了资本主义以强凌弱之外,在这个社会的底层,也有在一些令人称道的美好事物的存在。

亚当·阿斯内克(1838—1897)被认为一月起义后最有成就的诗人之一。他出生于一个城市贵族家庭,他的父亲参加过 1830 年的十一月起义,后曾长期在波兹南省的卡利什城经商,还在那里开过旅馆和书店。阿斯内克在卡利什中学毕业后曾就读于华沙和弗罗茨瓦夫的医疗卫生学院。他在华沙学习期间,还和一些思想激进的年轻人一起建立过一个名为黑色兄弟会的秘密组织。1860 年,他还参与制定了发动一月起义的计划,并且是制定这个计划的委员会领导成员之一。与此同时,他也参加过华沙一些秘密组织的革命活动,曾被囚禁在华沙希塔德里监狱,出狱后他去过巴黎和奥地利的海德堡,在那里的大学里学习哲学和社会科学。在起义爆发前夕,他又回到华沙参加了起义斗争,起义失败后他再一次去了海德堡,在那里继续深造,1866 年在海德堡大学毕业后获哲学博士。

阿斯内克在 1864—1865 年,也就是他侨居国外期间,就发表了他的第一批诗作。这些作品大都反映了他在起义失败后悲观失望的情绪,诗人认为在波兰社会

---

① 本段引文均引自扬·巴库列夫斯基,《一月起义后的波兰文学史概述》,国家学校出版机关,华沙,1959 年,第 204,205 页。

② 本段引文出处同上,第 202 页。

中,没有一种力量能够担当恢复波兰民族独立的重任,但他在《对过去的回答》一诗中,认为诗歌创作不应回避对于波兰过去民族解放斗争失败的反思,要成为这个斗争的引导者和同盟军,说明他在思想上是矛盾的。由于他对波兰前途的担忧,他在国外每听到波兰国内一些社会阶层对占领者妥协投降,甘愿充当占领者的奴仆,就表示愤慨。如在《坟墓中的梦》中,他不仅对波兰国内那些投降派的卖国行径进行谴责,同时也指出了一些爱国者的软弱无能,他还通过再现波兰浪漫主义诗人尤利乌斯·斯沃瓦茨基作品中的莉丽娅·韦内达、卢莎·韦内达和安赫利等思想性格不同的爱国者的形象,说明波兰爱国阵容中曾长期存在的各种思想状况。在《略字符》和《地狱的大门前》中,诗人指出了一些贵族表面上宣扬实证主义有机劳动的口号,实际上他们极端自私和保守,不容许对社会进行任何形式的改革。他认为人人都要和社会上的不平进行坚决的斗争,

> 向在苦难中挣扎的人民,
> 和被蛇困扰的拉奥孔①的部落
> 伸出援救的手。②

在《读者对诗人和诗人对读者要说的话》(1869)和《诗人在狂欢节上的哀叹》(1870)中,诗人表示了他对和他同时代的波兰诗歌创作的评价,指出有的诗人只知道对浪漫主义诗歌的形式进行模仿,缺乏自己的独创性,也不反映波兰的社会问题。他们的这种模仿说明他们并不理解波兰浪漫主义诗歌颂扬波兰民族解放斗争的爱国主义精神实质,这主要是因为这些诗人对占领者妥协投降的政治立场使他们远离了波兰斗争的现实。19世纪70年代末和80年代初,波兰无产阶级革命运动兴起,在加里西亚、利沃夫和克拉科夫,都产生了宣传社会主义思想的革命组织,它们的革命宣传使得一些参加过波兰民族解放斗争的爱国者也和它们发生了联系。在这个基础上,他们在1882年,便创办了一个宣传革命思想的刊物《新改革》。阿斯内克当时和这个刊物也有联系,后来还参加过它的编辑工作。他这时期发表的诗歌也充分表现了他拥护革命的思想立场,如在长诗《二十五周年》中,他认为波兰无产阶级革命继承了波兰民族解放斗争的传统:

> 你是一个新时代的孩子,
> 这个时代保持了过去鲜活的传统,
> 它从值得骄傲的过去吸取了果汁,

---

① 根据希腊神话,拉奥孔是特洛伊城的阿波罗祭司,因警告特洛亚人勿中木马计,引起雅典娜的震怒,被女神派来的两条蛇杀死。
② 扬·巴库列夫斯基,《一月起义后的波兰文学史概述》,国家学校出版机关,华沙,1959年,第273页。

它在不断地纺着自由梦想的细纱，
它在民族复兴的道路上迅跑，
本已到达目的地，但又远离了它。
它显示了祖国独立的精神，
它迎来了法兰西的大革命风暴，
它使大地响遍了惊雷。①

在 1883—1888 年间写的《在深渊之上》是一组十四行诗，也表现了达尔文进化论的哲学观点。诗人认为社会和大自然永远处于变化的过程中，新的形成和旧的消亡是大自然发展的规律，也是自然史发展的结果：

总会有什么到来，有什么离去，
一种思想和感情产生了，又会消失，
每天都能创造一个新的人型。②

他认为革命也是一种

新的情感，新的思想和理想，
新的潮流和新的存在方式。③

可以用它来"推翻这座虚情假意的社会大厦"，使"大树长出新的枝芽，开出新的花朵"。④ 阿斯内克将他对达尔文进化论的理解和他所接触的新的革命思想联系起来，使他的诗歌创作进入了一个新的境界。

米哈乌·巴乌茨基(1831—1901)也是一月起义后一个有成就的小说家和喜剧作家。他出生于克拉科夫一个手工业者家庭，他父亲原想让他从小就学习各种手工技艺，长大后以此为职业，但他中学毕业后，就考入了克拉科夫雅盖沃大学哲学系。在大学学习期间，他和一些爱国学生接触频繁，在一月起义爆发期间，他因参加了一个革命组织，被奥地利占领者当局逮捕，在监狱里关了一年。出狱后巴乌茨基便潜心于文学创作，在 19 世纪 60 年代和 70 年代初发表的作品如小说《年轻人和老人》、《闪光的贫困》、《您的先辈》和《神甫的外甥女》等，揭露了天主教神甫的伪善、社会上保守势力的猖狂，作家对社会下层遭受压迫，陷入苦难命

---

① 扬·巴库列夫斯基，《一月起义后的波兰文学史概述》，国家学校出版机关，华沙，1959 年，第 276、277 页。
② 同上，第 277 页。
③ 同上，第 279 页。
④ 同上，第 279，280 页。

运的人们表示深切的同情,颂扬了他们高尚的品德,相信他们定会获得翻身和解放。

在 19 世纪 80 和 90 年代,巴乌茨基继而创作了一系列喜剧作品,如《名流》、《一栋打开了的房子》和《单身汉俱乐部》等,大都以一些年岁大又没有结过婚的男人去追求年轻女子为题材。剧作者通过许多噱头的描写,反映了人们在加里西亚这个相对落后和不与外界接触的社会环境中,眼界闭塞,思想保守。这些作品刻画的人物个性鲜明,富于幽默感,他们善于玩弄各种手段,达到自己想要达到的目的,但都是为了一己之利,他们的所思、所行都局限在个人的小天地中,对国家前途和社会的发展毫不关心,而一些所谓的社会名流不过是徒有虚名,和那些一味追逐利禄的小人没有什么区别。

在 19 世纪末,巴乌茨基因为在他的作品中讽刺了社会上的保守势力,遭到了他们的攻击,在克拉科夫处于孤立无援的困难境地。但他在 1891 年写的最后一部喜剧《艰难的时刻》中,依然把讽刺的矛头指向了加里西亚那些享乐腐化的贵族,他们对国家和民族的命运毫不关心,但他们却空喊爱国的口号,为的是以这种伪装来获得头衔和荣誉。剧作家因对社会上层的讽刺和揭露也引来了加里西亚一些保守文人的攻击,使得他最后在绝望中自杀了。他的葬礼虽有一部分贵族僧侣拒绝参加,但克拉科夫却有许多普通老百姓都来为他送葬,可见他是受到人民群众爱戴的。

尤泽夫·布利津斯基(1827—1893)也是一月起义后一个重要的剧作家。他出生于一个地主家庭,小时候生活在库雅瓦地区的农村,在 1837—1845 年和 1873 年间曾两次到过华沙,在这里学过法律,和首都的文化界也有过接触,但他没有参加任何社团,也没有接受华沙实证主义的宣传。他年轻时对贵族和市民阶层的生活状况和思想习性有深入的了解,因此他的作品也是以这两个阶层人们的生活为题材的。如喜剧《达马齐先生》(1877)虽然塑造了一个正直、善良的贵族达马齐先生的形象,但对资本主义社会金钱决定一个人的价值、财产决定一个人的地位,进行了尖锐的讽刺。《破了产的人》(1881)写一个贵族家庭的老一辈因挥霍浪费而面临破产,希望通过他们晚辈的婚姻关系而获得财产,来恢复他们昔日的奢华。作者在这里并没有完全否定贵族的持家,而是表现了一个贵族家庭的两代人的不同,老一辈仍保持贵族以往的种种恶习,不事劳动,成天酗酒,挥霍无度,可又自视高贵,看不起别的社会阶层的人们;可是年轻的一代在新的社会环境中,已经变得勤劳和富于理智,懂得合理经营自己的庄园和土地。

这一时期,有的戏剧理论家就波兰现实主义戏剧对人们认识自己的社会和生活,接受伦理道德教育和勇于追求理想方面所起的作用,也都作了深刻的论述。例如当时华沙大学一位教授亨利克·斯特鲁维(1840—1912)本是一个哲学家,但他 1871 年 3 月 20 日在华沙大学做了一个题为"论戏剧及其对社会生活的意义"的讲座,认为:

戏剧最直接地表现各种形态的生活时,就是给每人提供一个认识自己和他人的可能性,使之对社会的缺点和优点、对社会的需求和愿望形成一个清楚的概念,并从中得到教训,既是关于自身的,又关乎自己于社会中的任务。在舞台上,人人都能看到自己实际上是什么样,以及应该是什么样。我们在喜剧中笑话人的弱点和缺点时,就直接感觉到我们应该是怎样,以免招来他人的取笑,结果我们就能接受理想的检验,来批判性地评价自身和他人。……一句话,戏剧是人类心灵真正的清洁工,在人类心灵里的一切理想,都会经历认识自己和他人的烈火考验。舞台上的生活以实际生活为背景,它给我们展示应该如何予以最终的完善,应该如何注入理想的因子,以便它能依此得到发展,并变得高尚。[①]

作者和这一时期许多著名的现实主义作家一样,认为不仅小说和诗歌,而且波兰的戏剧创作和表演同样要真实地反映现实,揭露现实的弊端,弘扬高尚的道德,追求美好的未来。

还有"被誉为现代现实主义演员化身的"安东尼娜·霍夫曼(1842—1897)也"曾宣称:'一切不自然的东西,都不可能是美的,但又并非一切自然的东西都是美的',演员的任务就是把不能满足的条件的因素(哪怕它是'自然的')从现实中清除掉,从而展示理想化和唯美化的版本。"[②]

罗多奇(米科瓦伊·别尔纳茨基,1836—1901)是这一时期一位善于创作讽刺作品的作家。他出生在乌克兰卡缅涅茨—波多利斯基市郊的齐甘诺夫斯卡—捷列涅茨卡村,青少年时期是在农村度过的。罗多奇1874年来到克拉科夫,1874—1878年间,创作和出版了诗集《歌和趣话》。因为作品对加里西亚的落后势力进行了讽刺,罗多奇被保守派告上了法庭,说它"在国民的各社会阶层中散布了仇恨的种子",因而作品被没收和烧毁了。1878年,罗多奇来到了利沃夫,又连续出版了《歌和讽刺作品》(1879)、《讽刺作品》(1882—1886)、《对习惯的讽刺》(1885)和《书信和谈话》(1902)等诗集,这些作品讽刺的矛头依然指向加里西亚的保守势力。例如在《致保守主义者们》一诗中,他写道:

我们的自由在慢慢地得到恢复
我们的光彩重又闪现,
但这不是国王们的恩赐,
而是人民的意愿。

他们的斗争会取得胜利,

[①] 达里乌什·考钦斯基,《波兰戏剧史》,仲仁译,中国戏剧出版社,2016年,第241、242页。
[②] 同上。

要消灭他们多少世纪遭受的屈辱！
保守主义者！他们在对你们说话
他们的两眼在注视着你们！

你们的集团思想落后，
举止横蛮，行为粗暴，
你们还到处散布毒素，
可你们却受到国王的保护。

你们站在波兰的坟墓上，
可你们的心是冷酷的，
你们高喊为了自己，
可什么也没有给人民。

你们的标志，你们的
掠夺和暴行数不胜数，
但我们有百万之众，
知道什么是平等和友爱。①

他对加里西亚的贵族保守派斯坦奇克们的这些指责依然遭到保守派反击，但他在《告密》一诗表明了自己的态度：

我过去什么也不知道，
可是从今天起，检察官先生们！
我就成了一个告密者了！
我要告一个歌手的密，
我，一个大的民主主义者，
你们来抓他吧！把他当成罪犯，
关到牢里去，没收他的作品！②

此后罗多奇也和巴乌茨基一样，在克拉科夫因为陷于极其困难的处境而自杀了。

卡罗尔·希维津斯基(1841—1877)出生于卢布林市一个贵族的家庭，他在一

---

① 扬·巴库列夫斯基，《一月起义后的波兰文学史概述》，国家学校出版机关，华沙，1959年，第258页。
② 同上，第258页。

月起义爆发期间,也参加过起义斗争,属于起义参加者中的左派。起义失败后希维津斯基流亡国外,曾在巴黎的一所波兰的中学里任教,后又参加过1871年巴黎公社的战斗,马克思和恩格斯在1880年写道:"在波兰的流亡者中,巴黎公社找到了自己真正的卫士。"①希维津斯基正是巴黎公社的卫士之一。公社失败后,他去过伦敦,1872年返回波兰,后住在加里西亚。这期间,他除了在各地报刊上发表了大量诗歌外,还创作了一个剧本《华沙的蝴蝶》。他1869年在巴黎创作的《为起义爆发周年最后的举杯》中,表示了他要继承一月起义左派进行民主革命的传统。两年后,也就是他参加巴黎公社战斗期间,又发表了诗歌《致巴黎公社期间的战争部长纳塔涅尔·罗塞尔》,揭露了法国资产阶政府官僚机构反动腐朽和对外侵略扩张的本质,表示他作为一个公社社员,在斗争中是站在巴黎人民一边的。而且他还认为,波兰民族解放斗争和巴黎公社斗争的方向是一致的,一切被压迫的人民只有在公社的旗帜下团结起来,在斗争中取得胜利,才能获得自由:

我们都向反动的世界开了枪,
我们的心灵和思想都是一样,
因为我们是兄弟,是流亡者,
是在波兰的歌声中诞生的孩子。②

弗瓦迪斯瓦夫·贝乌扎(1847—1913)出生在华沙,曾在华沙中央大学学习文学,1869年去过克拉科夫,后又去了波兹南。这期间他发表的诗作如《波兰的诗神,你要歌唱什么?》表现了诗人爱国主义的诗学观点:

亲爱的,你问我,
要歌唱什么?难道我的歌没有内容?
要歌唱我被肢解的民族。
我的母亲在痛苦地呻吟,
她流着眼泪,在唱一首悲哀的歌,
你又问我、要歌唱什么?③

在1869年发表的长诗《格罗耶茨基城堡》中,他认为要继续为恢复波兰的独立而战,相信这种战斗定能取得胜利。在组诗《致波兰少年》中,他表示了波兰的

---

① 引自卡尔·马克思、弗里德里希·恩格斯、保尔·拉法格、弗·列斯纳于1880年11月27日联名给11月29日在日内瓦举行的纪念1830年11月波兰革命,即1830年11月在华沙爆发的抗俄民族起义五十周年大会寄去的一封贺信。见《马克思恩格斯全集》,第19卷,人民出版社,1963年,第266页。
② 扬·巴库列夫斯基,《一月起义后的波兰文学史概述》,国家学校出版机关,华沙,1959年,第270页。
③ 同上,第267页。

爱国者要继承塔杜施·科希秋什科和亚当·密茨凯维奇的"爱学社"的革命民主主义的传统。

第七节
无产阶级革命文学的兴起

19世纪70和80年代,由于阶级斗争的尖锐化,在波兰王国和西里西亚的东布罗沃煤矿区开始发生工人罢工,这时期,波兰早期最著名的无产阶级革命家路德维克·瓦伦斯基(1856—1889)开始了在波兰建立以马克思主义为指导思想的无产阶级革命政党的工作。瓦伦斯基出生在基辅,1874—1875年在彼得堡工艺研究所学过工艺。他在那里组织大学生游行示威,因此被研究所开除。1876年底,他来到华沙,1877—1878年间在工人中组织了第一批社会主义小组,这些小组秘密学习马克思和恩格斯的著作,在工人和学生中进行宣传和组织工作,后来他又来到了利沃夫和克拉科夫,在那里也建立了第一批社会主义组织,后来瓦伦斯基被沙俄当局逮捕,被驱逐出境,来到了日内瓦。这里当时也有波兰社会主义者的活动,如斯坦尼斯瓦夫·门得尔森和西蒙·狄克什坦等早在1879年就创办了《平等》月刊。瓦伦斯基来到日内瓦后,也参加了该刊的编辑工作。这一年,月刊发表了"波兰社会主义纲领",称为"布鲁塞尔纲领"。1881年8月,瓦伦斯基还创办了《黎明》月刊。这两个刊物在宣传社会主义革命思想的同时,也和当时流亡日内瓦的俄国革命者有密切的联系。1881年年底,路德维克·瓦伦斯基从日内瓦来到了华沙,他和华沙的社会主义小组重新取得联系,于翌年8月,在这个基础上成立了波兰第一个无产阶级政党——国际社会革命党("无产阶级党"),它又被称为"大无产阶级"或"第一无产阶级"。"无产阶级党"成立后,瓦伦斯基又和该党其他成员一起制定了党的纲领,并在华沙、华沙附近的日腊尔杜夫、罗兹、琴斯托霍瓦、东布罗沃矿区和比亚威斯托克等地都建立了支部,并在1882年4月领导了日腊尔杜夫的工人大罢工,迫使资本家提高了工人的工资,缩短了工作日。同年9月,"无产阶级党"又开始出版机关刊物《无产阶级》,这是一个秘密刊物,主要是向各地党员和革命者宣传党的纲领,报道国内外工人运动发展的情况,并提出波兰无产阶级革命斗争的策略问题。与此同时,为了宣传马克思主义,使广大读者对它的革命思想有更深的认识,在波兰国内外,革命者们还大量翻译出版了马克思主义经典著作如《共产党宣言》、《资本论》、《家庭、私有制和国家的起源》和俄国革命民主主义者车尔尼雪夫斯基和赫尔岑的著作,参加过巴黎公社的波兰革命者雅罗斯瓦夫·东布罗夫斯基的个人传记也在这一阶段面世。"无产阶级党"当时是唯一同沙皇政府进行不妥协的斗争,高举民族和社会解放旗帜的革命政党。它于1885年遭到沙俄占领者的残酷镇压,虽然只存在了四年,但它作为波兰历史上第一个致力于为被压迫的劳动人民获得彻底解放的政党的存在,有重大的历史意义。它的机关刊物《无产阶级》虽然只出了五期就停刊了,在波兰也得到了很高的评价,被认为是"一部宣传新的信仰,反映了新的世界观的福音书,它要用写在纸上的文字这颗炸弹炸毁旧的世界,"它是波兰"无产阶级刊物这条长长的链带的起头。"①

除了《无产阶级》之外,"无产阶级党"的另一个领导人斯坦尼斯瓦夫·库尼茨基1884年在日内瓦还创办了另一个刊物《阶级斗争》。这个刊物主要宣传马克思主义关于阶级斗争的学说,同时它也报道了波兰各地无产阶级革命运动发展的状况,发表过一些被反动当局囚禁的无产阶级革命家写的文学作品,他们不怕身受牢狱之苦,相信革命一定取得胜利。

"无产阶级党"被镇压后,1888年在华沙又成立了一个新的"第二无产阶级党",这个党当时就确立了在波兰建立社会主义制度为它的最高纲领。1893年2—3月间,"第二无产阶级党"和波兰工人联合会合并,组成了一个新的政党,叫"波兰社会党"。这一年7月,它又改名为"波兰王国社会民主党"。该党派在1894年3月10—11日,在华沙召开了第一次代表大会,通过了由著名的无产阶级革命家罗莎·卢森堡(1871—1919)等起草的党的纲领,这个纲领把争取八小时工作日、工厂立法、提高工资和同俄国无产阶级一起推翻沙皇专制作为党的最低纲领,把通过社会革命推翻资本主义社会,建立社会主义社会作为它的最高纲领。该党派成立后,在波兰各地曾领导工人多次进行声势浩大的罢工,在1899年12月,波兰王国和立陶宛的社会民主党人的代表又在立陶宛的维尔诺会晤,决定两党合并,并于1900年8月在华沙附近的奥特沃茨克的两党代表大会上,决定两党合并后取名为"波兰王国和立陶宛社会民主党",继续领导波兰和立陶宛的无产阶级革命运动。

由尤泽夫·达尼卢克和波列斯瓦夫·切尔文斯基1878—1892年间在利沃夫创办的《劳动报》,宣传社会主义思想,曾极大地鼓舞和促进了利沃夫工人的罢工斗争,波列斯瓦夫·切尔文斯基还亲自组织和领导过工人罢工。著名的乌克兰诗人、作家、翻译家和革命民主主义社会活动家伊万·弗兰科(1856—1916)也参与过《劳动报》的编辑工作,他和波列斯瓦夫·切尔文斯基以及这个刊物的另外一个编辑英拉恩德尔还一起制定了一个"加里西亚社会主义者的纲领",用以指导奥地利占领区的革命活动。此外弗兰科自己也用波兰文写过一本名为《关于社会主义原则的问答》的著作,以增进波兰和乌克兰的工人阶级对社会主义的认识。这个

---

① 扬·巴库列夫斯基,《一月起义后的波兰文学史概述》,国家学校出版机关,华沙,1959年,第285,286页。

报纸还发表了许多革命者的诗歌、小说作品和以历史唯物主义观点对波兰进步的文学传统进行评论的理论文章,揭露了贵族统治阶级的卖国行径,指出只有波兰无产阶级才继承了波兰民族解放运动的革命传统。

总的来说,所有这些报刊都曾载文明确指出:在波兰要进行无产阶级革命,建立社会主义制度,才能使波兰人民在民族和阶级压迫下获得彻底的解放。有的政论文还对波兰一月起义后资本主义和无产阶级革命发展的因由和状况作了深刻的分析。作者认为,

那些资产阶级的代表人物现在都深深地感到,过去一个没有觉悟的工人,会老老实实听他们的话,是他们忠实的仆人。他没有见过社会主义报刊的宣传,可是读过一本叫《金祭坛》的小册子。这个重感情的小册子要他和工厂主、工头和大产业的所有者和睦相处,说雇佣工人的反压迫斗争是犯罪。可是现在时代变了,每个雇佣工人都知道,只要将自己所属阶级的利益和剥削者们的利益进行对比,便知道这两股风向是对立的。只有坚持斗争,在斗争中不断取得胜利,才能维护千百万工人群众的利益,所以无产阶级意识到他们的阶级利益,使统治阶级十分害怕。过去不一样,波兰的贵族在镇压了农民起义后,在议会上酗酒和叫闹,要恢复他们黄金般的自由,要剥农民的皮,……现在他们开工厂、商店,把他们的财产用在开办大企业和公司上。过去他们愚昧落后,腐化堕落,现在他们变得聪明了,他们把手伸向了德国和犹太人的银行家和资本家,用他们的资本来发展工业,也和原来有着深仇大恨的沙皇政府和解了。于是就出现了一个所谓有机劳动的时代,谁从一个工人的劳动中获得利润最多,他的钱包就鼓得最大,他也就更加坚信,会有人称他为"国民之父"。这种耽于享乐和富足,得了肥胖症的"国民之父"很快就多起来,他们如果增加到了几十个,那么工厂里的无产阶级就会有成千上万了。不能不想到这成千上万挨饿的人,年轻的资产阶级于是通过报纸杂志,极力宣传他们的雇主们要开展慈善事业,大工业带来的好处,还有国民的财富、教育和互助等。有的工人认为这都是欺骗,但这么看的人当时还不很多。

随着工业生产的继续发展,无产阶级的队伍更加壮大了,工人们也更加团结起来,逐步形成了一些大的群体,这种情况的出现一方面是西欧工人运动对它的影响,因为那里的资本主义发展得早些,另一方面,也是俄国社会主义革命运动对它的影响。在我们这里,由于强大的革命宣传和鼓动,工人们现在都懂得了这股新的力量和生机勃勃的潮流存在的意义。过去这里是那么阴暗、死气沉沉和令人窒息,现在把窗子打开,让明亮的阳光照了进来,唤醒了沉睡的生命。于是就开始秘密地聚在一起,在集会上热情地宣传社会主义的原则,这才使人们懂得了资产阶级说的"雇主们的慈善事业,互助和国民的财富"等是什么意思。由于这种新的潮流出现在越来越广大的工人群体中,他们便高喊万岁、自由、工厂和土地的口

号,这些口号响遍我们祖国辽阔的大地。①

此外,这些政论也很重视国际主义宣传,因为波兰的社会主义者都懂得,波兰的无产阶级只有和各国无产阶级团结起来,特别是和俄国的社会主义革命者联合起来,才能推翻沙俄、普鲁士和奥地利占领者以及依附于他们的波兰地主资产阶级的反动统治,建立一个民主自由的国家;而事实上,俄国在列宁领导下的布尔什维克党的一些革命者为波兰的解放,也付了很大的牺牲和努力。但是有的政论也指出了俄国革命中出现过民粹派,这是一个小资产阶级的派别,他们否认无产阶级是最革命和最先进的阶级,认为知识分子领导的农民才是革命的主要力量。他们把农民的"村社"视为社会主义的基础,认为只要发展"村社"就能过渡到社会主义。他们高喊"到民间去"的口号,可又否认人民群众的伟大力量,所有这一切都是反对马克思主义和无产阶级革命的,也是反对社会主义基本原则的。

为在波兰宣传马克思主义和社会主义革命思想作出了重大贡献的政论家有西蒙·迪克什塔英、路德维克·克日维茨基和布罗尼斯瓦夫·比雅沃布沃茨基等。西蒙·迪克什塔英(1858—1884)原是研究自然科学的,但年轻时就在波兰王国参加过一些社会主义革命组织,1878年,这些组织的革命活动遭到沙俄占领者的镇压,迪克什塔英被迫流亡国外,到过日内瓦和巴黎,在国外一直进行社会主义革命思想的宣传工作,翻译马克思主义的经典著作。他在1881年以扬·姆沃特为笔名出版的《谁养活谁》的小册子深刻阐释了《资本论》第一卷中关于剩余价值的理论,长期以来,这个小册子对世界各国的工人运动,都起了指导作用。路德维克·克日维茨基也是当时著名的马思主义政论家,在1883—1886年间,他在华沙的《每周评论》以及《黎明》、《阶级斗争》和《劳动报》上发表了大量宣传社会主义革命的文章,同时他还将《资本论》第一卷和恩格斯的《家庭、私有制和国家的起源》翻译成了波兰文。他的论文集《思想和生活》以历史唯物主义的思想观点来研究和分析人类社会的发展。此外他还是波兰最早的马克思主义文学评论家。布罗尼斯瓦夫·比雅沃布沃茨基(1861—1888)出生于一个较为穷困的贵族家庭,曾在俄国的彼得堡上大学。这期间他读过许多俄国的革命文学作品,深受车尔尼雪夫斯基和杜布罗留波夫的革命民主主义思想的影响。后来他和1876年成立的一个俄国民粹派组织"土地和意志"以及1879年成立的"国民意志"都有过接触。回波兰后,他1883—1885年间在华沙的《每周评论》和《阿泰内乌姆》发表过许多批判封建贵族的种种阶级偏见的政论文章,指出了他们的所作所为,都是为了他们的一己之利。此外他还向波兰读者介绍过俄国19世纪进步文学,如在一篇论述

---

① 扬·巴库列夫斯基,《一月起义后的波兰文学史概述》,国家学校出版机关,华沙,1959年,第288、289页。

俄国文学的文章中写道:

> 西欧的文学作品总是把人民的生活写成像田园诗一样的美。而且那些模仿它们的作品也是这样。作者描写人民的生活习惯,要使读者看到,一个普通人有为大众谋福利而献身的精神,他们懂得什么值得敬仰,什么叫爱和恨。俄国当代文学和这不一样,它更侧重于反映人民群众的疾苦和他们的期盼。①

比雅沃布沃茨基认为现实主义文学要反映被压迫者的命运,为他们指出从压迫下获得解放的革命道路。

除了以上政论文宣传社会主义革命思想,这一时期,一些无产阶级革命家还创作和发表了大量革命诗歌,反映了他们为了被压迫者的解放,敢于和黑暗的旧世界进行毫不妥协的斗争,为了一个没有压迫和剥削社会的建立,甘愿牺牲自己的一切,奋斗终生,他们相信这个伟大的理想定能实现。波兰无产阶级革命文学的出现不仅对波兰的社会主义革命运动起了很大的鼓舞和推动作用,而且它抒发的革命豪情和独特的艺术魅力,在波兰文学史上占有重要的地位。这些革命诗歌中,最有名的是波列斯瓦夫·切尔文斯基的《红旗》、瓦茨瓦夫·希文齐茨基的《华沙革命歌》和路德维克·瓦伦斯基的《镣铐玛祖卡歌》。

波列斯瓦夫·切尔文斯基(1851—1888)出生于利沃夫。他在这里的大学学习期间就和一些工人运动的活动家有联系,在1870年,还组织领导过利沃夫的排字工人罢工,后参加了加里西亚一个叫社会主义委员会的革命组织,曾和伊万·弗兰科共同起草过一个"东加里西亚波兰社会主义者的纲领"。1874—1880年间,切尔文斯基当过一些报刊的记者并从事诗歌创作,出版了长诗《某样东西》(1874)和《学者》(1875)。《某样东西》讲一个神话中的希托法古夫民族的人民如何遭受压迫和他们的反抗斗争。在《学者》中,诗人指出了知识分子的科学研究要为被压迫劳动人民服务。1881年,他创作的《红旗》充满革命激情,揭露了沙皇奴役和压迫波兰人民的罪行,反映了革命者和人民对民族和阶级敌人的仇恨:

> 刽子手让我们不断地流血,
> 人民也在流着伤心的泪,
> 但复仇的一天已经来到,
> 我们要对吸血鬼进行判决,
> 我们要对吸血鬼进行判决。

---

① 扬·巴库列夫斯基,《一月起义后的波兰文学史概述》,国家学校出版机关,华沙,1959年,第298,299页。

这也是一首革命英雄主义的赞歌：

我们的旗帜在皇帝的宝座上飘扬，
它表现人民的愤怒，让复仇的战鼓雷鸣，
它撒下了未来的种子。
它浸透了工人的鲜血，
它的颜色是红的。

它号召被压迫者

打倒暴君，打倒吸血鬼！
让卑鄙龌龊的旧世界彻底灭亡，
我们自己来创造新的生活，
建立新的秩序，
建立新的秩序。①

  这首诗曾收在由《黎明》月刊编辑部编的一部社会主义诗歌集《他们要什么？》中，1882年在日内瓦出版。有人还将它配上巴黎公社红旗的乐调，在革命群众中广为传唱，后来的"波兰王国和立陶宛社会民主党"还将这首诗中的某些诗句作为它动员人民群众参加战斗的口号。1900年，波兰著名无产阶级革命家罗莎·卢森堡将它翻成了德文，同时它也有俄文译本。此外，《他们要什么？》中其他的诗歌也都是1879年被沙俄占领者关押在华沙希塔德里监狱第十牢房的革命者和1881—1882年被普鲁士占领者关押在波兹南监狱里的革命者写的。这些作品有的反映了作者坚强的革命意志和不怕牺牲的革命精神，有的宣扬无产阶级国际主义和巴黎公社的革命传统，有的指出了要和俄国的革命者团结起来，打倒沙俄专制主义这个欧洲各国无产阶级共同的敌人。此外，这些革命者在狱中还曾秘密地办过一个刊物《囚徒之声》，也发表过一些革命诗歌和狱中生活的报道，都是囚徒们在狱中用手抄写的。有人后来回忆这份报纸在革命者的监狱里发行的情况时说：

  人们尝试了用各种各样的办法，有时候干得非常不错，例如在第十牢房就出了一个带插图的刊物叫《囚徒之声》。这是一个很好的想法，它不仅给囚徒，而且给整个组织以精神和力量。……它报道了有关政治生活最好的消息。这个刊物的每一期都是一个非常好的宣传工具，它以闪电般的速度传遍了华沙，使我们的

---

① 《工人歌曲》，波兰社会党出版社，托伦，1920年，第3、4页。

组织和越来越多的小组感到惊异,也感到十分亲切。①

《华沙革命歌》1883年发表在"大无产阶级"的《无产阶级》月刊上。作者瓦茨瓦夫·希文齐茨基(1848—1900)出生于华沙,曾在彼得堡的一个工艺研究所学过工艺,和一些俄国的革命者有过接触,在他们的影响下,参加过那里的一个称为波兰村社的大学生社会主义组织。后因参加群众示威游行,他被这个研究所开除,回到华沙,于1877年在华沙《每周评论》上发表了题为"德国人民党"的文章。翌年希文齐茨基又被沙俄当局关在希塔德里监狱中,因此他也参与过秘密编辑和发行《囚徒之声》的工作。他创作的这首《华沙革命歌》正是在"无产阶级党"的革命斗争中产生的,它高举无产阶级国际主义的大旗,像战斗的号角,争取胜利的宣言,鼓舞着全世界的无产阶级和人民为争取民族独立和社会解放,去和一切压迫者进行战斗:

> 勇敢地高举起我们的旗帜!
> 虽然敌人在对我们狂呼乱叫,
> 虽然悲惨的命运在折磨我们,
> 虽然我们不知道明天会怎么样?
> 但这是全人类的旗帜,
> 这是神圣的口号,这是复活的歌,
> 这是劳动和正义胜利的象征,
> 它使我们看到了全世界人民
> 兄弟般团结的曙光。
> 华沙,前进!
> 我们的斗争既神圣又正义,
> 华沙,前进!

它还告诉我们在这个战斗中,

> 每个人的牺牲都不会被忘记,
> 基督终将战胜犹大,
> 让我们的青春燃起神圣的火焰,
> 虽然有许多都倒下了,
> 但未来是我们的,

---

① 扬·巴库列夫斯基,《一月起义后的波兰文学史概述》,国家学校出版机关,华沙,1959年,第303、304页。

华沙啊，前进！

对波兰人民来说，首先当然是要推翻沙俄专制主义对他们的压迫，因此它高喊：

乌啦！我们要掀掉沙皇的王冠，
劳动人民还在遭受无尽的苦难
我们的鲜血浸透了这腐朽的皇位，
它已经被人民的鲜血染红。
复仇的一天到了，
向今天的刽子手复仇，
他们夺走了千百万人的生命。
向沙皇和财阀们复仇，
丰收的一天一定会来到！
华沙啊，前进！
去进行流血的战斗。
我们的战斗正义而神圣，
华沙，前进！前进！①

这首诗很快就被收入波兰各地几乎所有的革命诗歌集中，普及到了工人群众中。后来它又被配上乐调，1885年，华沙的工人高唱这首歌，举行了示威游行。与此同时，它也和《红旗》一样，被译成了俄文，在俄国的工人阶级中得到普及。1905年革命爆发期间，格鲁吉亚的革命工人在战斗中也唱过这首歌。1918年，俄国的革命工人也以这首歌为战斗的工具，反对帝国主义对俄国革命的干涉。

路德维克·瓦伦斯基（1856—1889）因长期参加和领导波兰无产阶级革命运动，曾多次被沙俄当局逮捕和审讯，1883年他再次被沙俄占领者当局逮捕后，关在华沙希塔德里监狱第十牢房中，后又曾被囚禁在彼得堡施里塞利堡要塞，在狱中死于肺病。他的《镣铐玛祖卡歌》就是在狱中写的。诗人和其他的革命者一样，虽然身陷牢房，遭受酷刑，但他一点也不悲伤，他的这首诗带有强烈的革命乐观主义，富于幽默的情调，

大家都高兴地跳起来吧，跳玛祖卡舞！
以我们要进行暴动的决心，
快乐地跳吧，围成一个圈！
华沙啊！我们在遭到酷刑。

---

① 《工人歌曲》，波兰社会党出版社，托伦，1920年，第6，7页。

敌人给我们戴上了许多镣铐，
还有无数的牢房，
可是我们兴高采烈，因为镣铐的
叮当声响，在伴我们跳玛祖卡舞。

锁链和刀枪都奏起了
生气勃勃的玛祖卡的乐调，
它使我们心潮澎湃，
眼里闪着欢乐之光。

只要跳起玛祖卡舞，
我们的锁链和牢房，
还有我们的铁窗，
都会奏响玛祖卡的乐调。

不仅革命者在敌人的监狱里兴高采烈地跳玛祖卡舞，而且全体波兰人民也会踏着这个舞曲的拍节，走向街垒，参加战斗，消灭压迫，打倒沙皇：

这乐调是多么威勇雄壮
它放射着明亮的火光，
它响遍了半个波兰，
它是玛祖卡舞曲。

这乐调响遍了祖国大地，
人民在欢庆和示威中，
踏着玛祖卡舞曲的节拍
勇敢地走向了街垒。

这跳动的玛祖卡和声
使我们备受鼓舞。
全体人民都站起来了，
在最勇敢的人们的带领下，
正踏着爽快的玛祖卡舞步，
奔向前方。

于是太阳光驱散了黑暗，

牢房、铁窗、镣铐
连同沙皇的经济，
都像幻影一样地一扫而光。①

19世纪70年代末和80年代，随着波兰无产阶级革命运动的兴起，在波兰国内出现的宣传社会主义思想和无产阶级革命纲领的政论和革命诗歌，充分地表达了它们的作者作为波兰早期马克思主义者的革命世界观。它们不仅对波兰这一时期无产级革命运动的发展起了积极的引领、指导和推动作用，而且对波兰后世的进步和革命文学，都产生了很大的影响。它们作为波兰无产阶级革命文学的首创，在波兰文学史上，占有重要地位。

---

① 《工人歌曲》，波兰社会党出版社，托伦，1920年，第31、32、33页。

后记

我与波兰文学相伴的一生

我年轻时就喜爱学习外语,记得1949年前我读初中,上的是湖南省衡阳市的一个英语教学较好的教会学校。之后我来到了我的家乡湖南长沙市,又考进了一所原先由美国人办的教会学校雅礼中学,后来这所学校改为湖南省立第五中学,改革开放以后,它又恢复了原先的校名。我于1953年在这里毕业后,便考进了我最喜爱的南开大学外语系俄罗斯语言文学专业学习,到第二年秋天,我经南开大学外语系选派,通过留学生考试和体检,被国内的高等教育部留学生管理司录取,去波兰继续深造。我当时对于被分配去波兰学习是很满意的,一是我知道波兰曾长时期被异族侵占,有民族解放斗争的光荣传统;二是波兰历史上无论在科学还是文化的发展上,都书写过灿烂的篇章,为人类的进步作出了伟大的贡献,很值得我们学习和研究。这一年9月,我和当时一起被选送去波兰留学的同学们来到华沙后,在波兰方面给我们专派的教授和助教精心指导下,经过一年的波兰语学习,便进了华沙大学波兰语言文学系,在这里学了五年。我们不仅熟练地掌握了波兰语,而且对波兰一千年的历史和文学有了一个初步的了解,并且借此机会,我在华沙也收集到了大量的波兰历史、文学史著作和文学作品,准备以后对它们进行进一步的译介和研究。记得当时我写的毕业论文是关于波兰20世纪被认为是"波兰人的良心"的著名现实主义作家斯泰凡·热罗姆斯基的创作。1960年6月我在华沙大学波兰语言文学系毕业后,带着我收集到的这些有关波兰历史、文学的资料回到了北京。这一年11月,我就很高兴地被分配在中国科学院哲学社会科学部(现为中国社会科学院)文学研究所,1964年转入当年成立的外国文学研究所,从事波兰文学的研究和翻译工作。

但是在20世纪60年代,由于众所周知的原因,我和其他在文学研究所以及后来的外国文字研究所研究东欧各国文学的同事一样,根本无法开展自己的研究工作,只能做一些波兰文学的动态报道,即便想写一些研究文章,由于"极左思潮"的干扰,也难以对外国作家作出客观的评价。再加上知识分子的劳动下放和后来的"文化大革命",10多年的光阴全都虚度了,有道是"莫是长安行乐处,空令岁月易蹉跎"。1972年6月,我从中国科学院哲学社会科学部在河南息县的五七干校回京后,虽然最初一段时间仍要去当时北京的工厂参加生产劳动,但已逐步开始了我的波兰文学的研究工作,这几年我读了不少波兰文学作品的原著。改革开放后，特别是 1979 年中国社会科学院成立后，我所在的外国文学研究所为该院所属，使我有了今后做研究工作的单位和组织的保证，社会上的思想解放也为我们译介和研究外国文学创造了从未有过的大好局面。我当时憋足了一股劲，定要把过去失去的大好时光找回来。经过几十年的不懈努力，我不仅撰写和出版了一系列波兰作家的传记，发表了大量有关波兰文学的论文，而且翻译出版了包括波兰小说、诗歌、戏剧、散文、书信文学理论和波兰汉学等方面的大量的著作，因而几次荣获波兰方面的各种奖项，包括总统授予的波兰共和国骑士十字勋章，在国内也受到了广泛的好评。

20 世纪 90 年代初，中国社会科学院外国文学研究所计划编写一套"20 世纪外国国别文学史丛书"，将《20 世纪波兰文学史》也列入其中，由我负责编写。我当时感到资料来源是没有问题的，因为除了我 20 世纪 50 年代在波兰学习时收集到的许多波兰文学作品的原著外，1989 年，我还应波兰密茨凯维奇研究所的邀请，去华沙访问了 10 个月，又收集了大量有关波兰文学的最新资料，所以在这方面，已经作了充分的准备。我在写作《20 世纪波兰文学史》的过程中，还曾几次去国内各地参加有关西方 20 世纪文学流派的讨论会，对西方各国 20 世纪现代派文学有了一些了解，还应约写了几篇关于波兰各种现代文学流派的论文，收在这些讨论会后编的论文集中。而这一时期我除了继续阅读了大量波兰文学作品原著的文本之外，也正好翻译出版了一系列波兰文学的经典，这也为我撰写《20 世纪波兰文学史》起了很大的促进作用。经过几年的努力，我的 30 万字的《20 世纪波兰文学史》在 1998 年，作为"20 世纪外国国别文学史丛书"中的一种，和这套丛书一起，终于由青岛出版社出版了。这套丛书出版后，在读者中引起了很好的反响，并于 2000 年获中国社会科学院第三届优秀科研成果奖。

正是在撰写和出版《20 世纪波兰文学史》获得成功的鼓舞下，我决心写一本能够全面介绍波兰千年文学创作发展的《波兰文学史》，并在 2004 年列为我当时主要的科学研究课题。此后我又曾几次应波兰图书协会的邀请，去克拉科夫参加了在那里举行的世界各国波兰文学翻译家大会，并且在 2009 年 11 月，也应这个协会的邀请，和老伴一起去克拉科夫访问了一个月。利用这几次去波兰的机会，我又收集了许多有关波兰文学最新出版的图书和资料，这样就为我撰写这部《波兰文学史》提供了很大的方便。但是在后来的几年中，由于各方面的需要，我在翻译波兰文学作品和撰写波兰作家的传记中，又不得不花了很多时间，但值得庆幸的是，这部断断续续地花了十几年时间和精力的文学史学术专著今天终于完成了。我认为，它的完成可以分两个阶段，第一个阶段就是在上面提到的 20 世纪 90 年代撰写了《20 世纪波兰文学史》，第二个阶段除了撰写波兰从开国到 19 世纪的文学史外，也对我原来的《20 世纪波兰文学史》进行了大量的修改和补充，除了补充我至今收集和阅读的有关资料外，又增加了 21 世纪波兰文学创作发展的新内容，所以这是一部从波兰古代一直到今天的文学发展状况进行全面介绍的专著。从内容看,这部文学史也是厚今薄古的,因为它有关20世纪文学的论述就占了全书的一半,这是因为波兰20世纪至今发生了多次巨大的社会变革,反映在文学创作中和整个意识形态中的情况,都非常复杂,有许多经验教训值得我们借鉴,所以我把这部著作分为上下卷出版,上卷论述从波兰于10世纪开国到19世纪的文学发展概况,下卷介绍波兰20世纪至今文学的发展,这样脉络比较清晰。我在撰写这部文学史的过程中,除了自己长期努力外,老伴王现修帮我抄写或电脑输入有关资料,也费了不少时间和精力。我虽年事已高,但今后研究、译介波兰文学的工作还很多,希望还能为此尽我的绵薄之力,以丰富我们国家的文化宝库,增进中波两国的文化交流和传统友谊。

张振辉

2017年7月22日